Sein ausgeprägtes Interesse für die Abgründe der menschlichen Psyche lässt **Arvid Heubner** Thriller schreiben, die die Grenzen unserer gesellschaftlichen Moral sprengen. Neben der Musik gilt seine Leidenschaft den Werken französischer und osteuropäischer Schriftsteller sowie skandinavischen Fernsehserien von *Forbrydelsen* bis *Borgen*. Arvid Heubner ist Preisträger des NEOBOOKS Bestseller Awards. Er lebt in Bremen.

ARVID HEUBNER

EISKALT

DAS SCHWEIGEN

Überarbeitete Neuausgabe Mai 2022

© 2022 dp Verlag, ein Imprint der dp DIGITAL PUBLISHERS GmbH

Made in Stuttgart with ♥
Alle Rechte vorbehalten

Eiskalt das Schweigen

ISBN 9783986377397
E-Book-ISBN 9783986377380
Hörbuch-ISBN 9788726732801

Dies ist eine überarbeitete Neuausgabe des bereits 2021 bei dp Verlag, ein Imprint der dp DIGITAL PUBLIHERS GmbH erschienenen Titels Totenstill (ISBN: 978-3-96817-253-8).

Copyright © Oktober 2017, Verlagsgruppe Droemer Knaur GmbH & Co. KG
Dies ist eine überarbeitete Neuausgabe des bereits Oktober 2017 bei Verlagsgruppe Droemer Knaur GmbH & Co. KG erschienenen Titels Mitten im kalten Winter (ISBN: 978-3-42644-522-8).

Covergestaltung: Anne Gebhardt
Umschlaggestaltung: ARTC.ore Design
Unter Verwendung von Abbildungen von
shutterstock.com: © Anton Jankovoy, © rdonar,
© Alex Stemmers, © Pilguj
stock.adobe.com: © moderngolf1984
neo-stock.com: © Tom Parsons
Lektorat: Nadine Buranaseda, typo18, Bornheim
Satz: dp DIGITAL PUBLISHERS GmbH
Druck und Bindung: Books on Demand GmbH, Norderstedt

*Humanität besteht darin, dass niemals ein Mensch
einem Zweck geopfert wird.*

Albert Schweitzer

Angst

Sophia, Johanna, Marie, Stephanie und Alisah. Alisah ...
Wo war Alisah? Hatte sie sich verstecken, hatte sie fliehen können?
»Ganz ruhig, ich tu ja nichts.«
Keine Reaktion.
»Ich möchte nur mit dir reden.«
»Zu spät ...« Er ging langsam auf sie zu.
»Bitte, nur reden. Was du dann mit mir machst, hast doch nur du zu entscheiden.«
»Wir haben uns nichts mehr zu sagen.« Er machte keine Anstalten stehen zu bleiben. Langsam. Schritt für Schritt. »Wage es!«
»Bitte nicht!« Ein entsetzter Aufschrei. »Nein!«
Plötzlich kommt die Erinnerung zurück. Sie weiß, sie hätte nichts tun können. Sie war machtlos! Aber jetzt muss sie an sich denken. Jetzt rennt sie. Sie rennt um ihr Leben. Sie rennt und rennt und rennt. Rennt davon.
Angst! Wo ist sie? Diese entsetzliche Kälte. Sie kann nichts sehen. Ein Schneesturm. Laufen. Fort von hier! Fliehen! Wohin? Sie muss durchhalten, rennen. Ihr ist kalt, doch sie darf der Kälte nicht nachgeben. Sie wird müde. Nicht einschlafen! Sie darf nicht einschlafen, denn das würde den sicheren Tod bedeuten. Sie rennt um ihr Leben.

Selbstsucht – Tag 1:
Montag, 18. Januar

Meldung MDR AKTUELL
08:00 Uhr

Bis zum gestrigen Abend gegen zweiundzwanzig Uhr dreißig konnte kein Kontakt zu einer Gruppe von sieben Personen aus dem Gymnasium Kloster Eichenburg hergestellt werden, die sich nach Angaben der Schulleitung für eine Silentiumfahrt im Oberharz aufgehalten hatte. Die sechs Schülerinnen und deren Tutor waren bereits gestern Mittag zurückerwartet worden. Innerhalb der letzten sechsunddreißig Stunden fielen in der Region bei Temperaturen unter minus zehn Grad etwa sechzig Zentimeter Neuschnee. Erwartungsgemäß werden Bergungsmannschaften die Hütte im Laufe des Vormittags erreichen.

Bei Erzhütte
09:14 Uhr

»Einen solchen Temperatursturz hatten wir seit über zwanzig Jahren nicht«, sagte Markus Grünwald zu seinem Fahrer. »Minus fünfzehn Grad, und das Thermometer fällt weiter. Ich habe Besseres zu tun, als nach ein paar verwöhnten Gören zu suchen.«

Sein Fahrer konnte da nur zustimmen. »Die sitzen gemütlich in der Hütte und führen sich ihre neueste Kaschmirkollektion vor. Wieso betreiben wir so einen Aufwand?«

»Weil ein Anruf von der Schule Gesetzescharakter hat. Wehe, Sie widersprechen, dann werden höhere Stellen bemüht. Sitzen Sie mal auf meinem Stuhl, Henneberg ... Wie weit ist es eigentlich noch?« In diesem

Augenblick kam das vorausfahrende Räumfahrzeug zum Stillstand. »Aufs Stichwort.«

»Also, Chef, ich befürchte, mit warmer Hütte ist da nicht viel.«

Die Hütte lag völlig eingeschneit und wie ausgestorben da. Aus dem Schornstein drang kein Rauch.

»Dann haben sie sich wohl den Arsch abgefroren. Schauen wir mal nach.«

Sie stiegen aus dem Streifenwagen. Nachdem sich Grünwald beim Winterdienst bedankt hatte, setzte dieser zurück und fuhr davon.

»Den Spuren im Schnee nach zu urteilen, waren sie wenigstens so vernünftig, im Haus zu bleiben. Es gibt nämlich keine«, stellte Henneberg fest.

»Na, nun haben wir's gleich.« Grünwald klopfte an die Tür. »Hier ist die Polizei, Ihr Freund und Helfer!«

Nichts passierte.

»Vielleicht müssen Sie Ihre Visitenkarte unter der Tür durchschieben, auf dem Gymnasium Eichenburg redet man nicht mit jedem.«

»Sehr komisch!« Er klopfte erneut. »Polizeirat Grünwald, Revierkommissariatsleiter von Altenrode. Bitte öffnen Sie die Tür!« Wieder passierte nichts. »Also, ich habe es auch nach so vielen Jahren immer noch nicht gern, wenn man mich verarscht ... Hier ist die Polizei, öffnen Sie jetzt die Tür!«

Es blieb still.

»Vielleicht sind sie ja doch längst abgereist«, sagte Henneberg.

Grünwald schaute auf sein Handy, ob ihm in der Zwischenzeit irgendein Anruf entgangen war – Fehlanzeige. Etwas machte ihn stutzig. »Henneberg, haben die nicht gesagt, sie hätten ihre Leute nicht erreichen können? Ich habe hier Empfang. Wie ist es bei Ihnen?«

»Ebenso.«

»Fragen Sie mal bei der Taxizentrale nach, ob die in letzter Zeit eine Schülergruppe gefahren haben. Ich rufe in der Schule an. Wenn die uns zum Narren halten wollen, wird es diesmal richtig teuer.« Er wählte die Nummer. »Grünwald, Revierkommissariat Altenrode. Sind Ihre Leute denn mittlerweile wohlbehalten angekommen? Uns frieren hier die Zehen ab wegen eines Fehlalarms! – Wie? Immer noch nichts? – Auch nicht telefonisch? – Bei den Eltern und Freunden auch niemand? – Hm, danke. Ja, ich melde mich.«

»Chef? Die Taxizentrale hat niemanden von hier abgeholt, verständlich.«

Grünwald legte die Stirn in Falten, schaute sich ungläubig auf der abschüssigen Lichtung um. »Hier stimmt doch was nicht. Gehen wir mal eine Runde um die Hütte.«

Nachdem sie die Rückseite mit dem aufgeschichteten Kaminholz erreicht hatten, mussten sie feststellen, dass dieses schon länger nicht mehr angerührt worden war, so eingeschneit, wie es war. Vor einem Fenster blieben sie stehen.

»Geben Sie mir mal Räuberleiter, ich werfe einen Blick durch.« Was Grünwald dort sah, schockierte ihn nicht, denn dafür hatte er zu viel erlebt, überrascht war er trotzdem. »Da ist ja noch alles da. Die Hütte ist nicht verlassen.«

Nachdem Grünwald abgestiegen war, fragte Henneberg: »Verschaffen wir uns Zugang?«

»Das lassen wir schön bleiben. Ich habe ein ganz mieses Gefühl. Warum konnten die trotz vorhandenen Funknetzes nicht erreicht werden? Die Hütte ist belegt, und doch sieht es so aus, als wäre seit Tagen keiner mehr hier gewesen. Henneberg, fordern Sie per Funk Verstärkung an und geben Sie an die Kollegen der Kripo die Vermisstenmeldung weiter. Wir haben eine Situation!«

Anninka Kresch war ihrer Ansicht nach kein »politisches Tier«. Eine solche Bewertung ihrer Person lehnte sie entschieden ab, ganz besonders in Anbetracht des Jahrmarkts der Eitelkeiten, mit dem sie sich gerade konfrontiert sah.

Abgeordnete! Diese jämmerlichen Gestalten, die in der Regel drei Probleme hatten: Drogen, Alkohol, unangemessene Liebschaften. Ihr direkter Vorgesetzter zum Beispiel, Landesinnenminister Frank Schulze, hatte ein äußerst spezifisches Problem. Er vögelte die Frau des Ministerpräsidenten. Es schien lediglich eine Frage der Zeit, bis der betrogene Ehemann seinen Kronprinzen vor die Tür setzen würde. Überhaupt, die Ministerriege: ein heruntergekommener Altherrenklub.

Als Direktorin des Landeskriminalamts wusste sie nur zu gut, welche »Vorkommnisse« bei gewissen »politischen Tieren« vertuscht werden mussten. Und was war der Dank dafür? Sie wurde hier gegrillt!

Nein, Politik war nicht ihr Ding. Es hatte ihr jedoch nicht geschadet, Mitglied der Regierungspartei zu sein. Ideen oder gar politische Visionen waren ihrer Meinung nach völlig überbewertet. Auf das Netzwerk aus Beziehungen und Gefälligkeiten kam es an!

Ihr Juraprofessor und Doktorvater Björn Jochimsen hatte ihr Talent erkannt und sie mit sich nach Magdeburg genommen, als er zum Justizminister ernannt worden war. Dort machte sie sich schnell einen Namen. Vergessen die Zeiten, in denen sie sich während des Studiums als »Fleißmeise« hatte demütigen lassen müssen. Als dann ihr Vorgänger über eine unschöne Geschichte mit Statistikfälschungen stolperte, fiel die

Wahl sofort auf sie. Fünfunddreißig Jahre alt und Herrin über die Kriminalpolizei! Ihren ehemaligen Studienkollegen dürfte das Lachen inzwischen vergangen sein.

Doch ihre Karriere trat etwas auf der Stelle, seit sich Jochimsen aus der Politik zurückgezogen hatte. Aber es gab ja noch den Ministerpräsidenten, dem sie nun ihre Zuneigung zuteilwerden ließ. Eigentlich war der Mann ein ekliger Spießer, der sich nicht wundern musste, wenn ihm seine Gattin von der Stange ging. Anninka Kresch ahnte, dass er ihr noch nützlich sein würde. Jäh wurde sie aus ihren Gedanken gerissen.

»Frau Doktor Kresch, Sie haben meine Frage nicht beantwortet!« Der Abgeordnete Meyer. Drei Probleme: Drogen, Alkohol, unangemessene Liebschaften – nicht mit Frauen.

»Verzeihung, Herr Abgeordneter? Ihre Fragestellung erschien mir unklar.«

Dem Mann riss langsam, aber sicher der Geduldsfaden. »Das neue Gesetz erlaubt Ihrer Behörde, Wohnungen zu belauschen, Telefone abzuhören und den Mobilfunkbetrieb zu stören. Weiterhin gestattet es die Internetüberwachung mit Staatstrojanern und eine Sicherheitsüberprüfung aller im Land tätigen Richter! Diese Eingriffe sollen bereits im Gefahrenvorfeld stattfinden. Es ist möglich, dass mir da etwas entgangen ist, aber seit wann betrachtet die Landesregierung ihre Bürgerinnen und Bürger als Sicherheitsrisiko?«

»Herr Abgeordneter Meyer, Ihre Frage richtet sich an die falsche Adresse. Ich bin nicht die Regierung! Aus Sicht meiner Behörde habe ich den ganzen Vormittag über dargelegt, warum eine Änderung des Gesetzes über die öffentliche Sicherheit und Ordnung sinnvoll erscheint.«

»Sie als Juristin sollten doch die Tücken in diesem Gesetz erkennen. Es ist schwammig formuliert. Sie haben sich Freiräume gelassen, um im Notfall hart durchgreifen zu können. Wo kein Kläger, da kein Richter. Letztere möchten Sie im Land anscheinend an die Kette legen.«

In diesem Moment erschien eine Nachricht auf ihrem Handy.

Unklare Situation im Polizeirevier Harz. Stehe vor
dem Saal B.
10:51, 18. Jan.

»Halten wir Sie von irgendetwas ab?«, ätzte Meyer.

»In der Frage der Sicherheitsüberprüfung von Richtern müssen Sie sich an den Verfassungsschutz wenden«, antwortete sie süffisant und wandte sich an den Ausschussvorsitzenden. »Wenn das alles wäre, Herr Vorsitzender, würden Sie mich entschuldigen?«

Der quittierte es mit einem kurzen Nicken, und sie verließ rasch den Saal.

***

»Dich schickt der Himmel!«

Ihr Stellvertreter Lorenz Behrendt sah betreten aus. »Na, mal sehen, ob du das gleich immer noch sagst.«

»Was ist los?«

»Das Revierkommissariat Altenrode hat um exakt neun Uhr dreißig Vermisstenmeldung gemacht. Eine Gruppe von Schülerinnen samt Tutor aus Eichenburg ist gestern Abend nicht wie vereinbart dorthin zurückgekehrt. In Anbetracht der momentanen Witterungsbedingungen hat sich der Revierkommissariatsleiter persönlich auf den Weg gemacht, um nach dem Rechten zu sehen.«

»Eichenburg! Was haben diese Biester jetzt wieder ausgefressen? Sind es Abiturientinnen?«

»Sieht wohl so aus. Spurlos vom Erdboden verschluckt. Die Hütte war allerdings noch von ihnen belegt. Das Polizeirevier Harz ist mit dem Winterchaos beschäftigt, und deren Revierkriminaldienst verfügt derzeit nicht über die nötigen Kapazitäten. Also haben sie es direkt an uns weitergeleitet.«

»Revierkommissariatsleiter ist doch dieser Grünwald, nicht? Ein erfahrener Mann. Der würde nicht mir nichts, dir nichts das Treiben verrückt machen. Wen hast du mit dem Fall betraut?«

»Den Neuen. Kriminalrat Tinus Geving.«

»Den von Europol? Geving war für Terrorismusbekämpfung zuständig. Findest du deine Wahl nicht ein wenig ungewöhnlich?«

»Das vielleicht schon. Aber auch uns fehlen die Leute.«

»Na gut. Er kommt von außen. Vielleicht ist er der Richtige für diese delikate Situation. Ich wage gar nicht, daran zu denken. Etliche Minister schicken ihre Töchter nach Eichenburg.«

»Wie sollen wir weiter vorgehen?«

»Informiere alle relevanten Abteilungen, die sollen sich bereithalten. Sicher ist sicher. Ich gehe davon aus, dass Kriminalrat Geving schon auf dem Weg ist.«

»Er müsste innerhalb der nächsten Minuten dort eintreffen. Auf unser Ersuchen hat die Bereitschaftspolizei die Zweite Einsatzhundertschaft in den Harz geschickt. Wir sollten bald mehr wissen.«

»Sehr unschön das Ganze. Wenn die Presse davon Wind bekommt, sind wir erledigt. Die Koalition steht seit Monaten vor dem Zusammenbruch. Geht etwas schief, heißt es, wir könnten nicht mal die Sicherheit von Ministertöchtern gewährleisten. Dann fliegt uns der ganze Laden um die Ohren. Der Tag wird heiß ...«

Tinus Geving war gebürtiger Westfale. Wortkarg, eisiger Blick, nahezu zwei Meter groß. Seine persönliche Erscheinung passte zu seiner Arbeit. Denn das, was Menschen in der Vernehmung zur Verzweiflung – und letztendlich zum Reden – brachte, war ein Bulle, der eisern schwieg und dessen Blicke Stahl durchbohren konnten. Damit kam er auf eine beachtliche Erfolgsquote.

Ganz so furchtlos, wie er erscheinen mochte, war er nicht. Auf der Fahrt ins Gebirge starb Geving innerlich tausend Tode. Enge Straßen, die sich in Haarnadelkurven an steilen Felsabgründen entlangschlängelten, dazu Glätte und immer noch starker Schneefall. Obwohl sich Geving berufsbedingt für einen guten Fahrer hielt, war er sich bis eben nicht im Klaren, wer hier wen im Griff hatte: er die Straße oder die Straße ihn.

Und natürlich war da jener Vorfall, der ihn bis heute nicht loslassen wollte, sondern tagtäglich mit seinen inneren Ängsten konfrontierte. Durchwachte, durchschwitzte Nächte. Ständig diese Träume, die ihn in Geiselhaft zu umklammern, ja, manchmal zu erdrücken schienen. Er hatte Angst vor dem Einschlafen. Er hatte Angst vor großen Menschenansammlungen. Psychologen halfen da nicht. Posttraumatische Belastungsstörung. Er solle es ruhig angehen lassen, sich auf sich konzentrieren, hatte man ihm geraten. Er konnte es nicht. Geving brauchte seine Arbeit, um irgendwie über den Tag zu kommen.

Europol hatte er verlassen, nachdem er die ständigen Erinnerungen an sein Versagen nicht mehr hatte ertragen können. Doch wohin? Zurück in die kleine, beengte Welt seiner Heimat? Ständig wäre er dort mit einem Leben konfrontiert worden, das er zugunsten seiner Karriere zurückgelassen hatte. Dazu die besorgten, gramvollen Blicke seiner Eltern. Nach einer gewissen »Abkühlphase« fiel Gevings Wahl auf den aus seiner Sicht unspektakulärsten Posten.

So war er – im Prinzip völlig überqualifiziert – im »Land der Frühaufsteher« gelandet, wie sich Sachsen-Anhalt um Werbung bemüht nennen ließ. In der kurzen Zeit, die er hier war, hatte er eher den Eindruck eines Landes der Zu-spät-Gekommenen gewonnen. Egal, er brauchte Abstand. Hier hatte er größtmöglichen Abstand. Tinus Geving war dankbar für die Ablenkung. Trotzdem fragte er sich ernsthaft, ob er als potenzieller Babysitter für eine Mädchenclique nicht doch ein wenig zu überqualifiziert war.

In diese Gedankengänge versunken, erreichte er die Hütte im Wald.

Er stieg aus dem Wagen und ging auf die kleine Menschenansammlung zu. Sie bestand aus fünf Uniformierten, offenkundig von der nächstgelegenen Revierstation, die ungebetene Zaungäste vertreiben sollten. Ein sinnloses Unterfangen. Erstens, bei dieser Eiseskälte begab sich niemand freiwillig vor die Tür, geschweige denn in einen Wald. Und zweitens, zu sichern gab es hier nicht allzu viel. Also standen sich die Beamten die Beine in den Bauch. Dann waren da zwei weitere, ein etwas untersetzter stämmiger Mann, wacher Blick in Uniform, und ein hagerer, blässlich wirkender Mann in Zivil. Beide sahen interessiert in seine Richtung. Geving erkannte, wen er ansprechen musste.

»Kriminalrat Geving, LKA«, stellte er sich vor.

»Polizeirat Grünwald, Revierkommissariatsleiter«, begrüßte ihn der Untersetzte mit einem flüchtigen Gruß an seine Mütze.

»Werner Vogel, Staatsanwaltschaft«, sekundierte der Blässliche etwas devot.

»Wie war die Fahrt?«, erkundigte sich Grünwald.

»Gab schon bessere«, antwortete Geving knapp.

»Flachlandtiroler, wie?« Grünwald zeigte ein verschmitztes Lächeln. Unsympathisch war er jedenfalls nicht.

»Westfalen. Aus Gütersloh.«

»Na ja, nobody's perfect.«

Geving konnte sich ein Schmunzeln nicht verkneifen.

»Sie wurden informiert?«

»Eher kurz und knapp. Gibt's schon was Neues?«

Der Staatsanwalt mischte sich ein. »Meine Herren, ich weiß nicht, was ich hier soll. Die Ermittlungen sind Ihre Sache.«

Grünwald reagierte genervt. »Herr Vogel, ich hab's Ihnen doch erklärt. Sieben Personen können sich nicht einfach in Luft auflösen. Seit über vierundzwanzig Stunden hat man nichts von ihnen gehört oder gesehen. Das ist in unserer Zeit selbst bei diesem Wetter doch zumindest ungewöhnlich.«

Geving deutete auf die Hütte. »Müssen wir da rein?«

»Jop«, sagte Grünwald.

»Herr Polizeirat, Sie wissen ganz genau, dass dafür ein richterlicher Durchsuchungsbeschluss nötig ist«, bemerkte Vogel. »Wie soll ich den, bitte schön, begründen?«

»Ich muss dem Kollegen Grünwald zustimmen«, erwiderte Geving. »Wenn ich mich hier so umschaue, erscheint auch mir die Sache merkwürdig.«

Der Staatsanwalt zog ein schmerzerfülltes Gesicht. »Ihr Bauchgefühl genügt mir nicht.«

»Mein Bauchgefühl – genauso wie das des Revierkommissariatsleiters – sagt mir: Gefahr im Verzug«, konterte er. »So lange können Menschen hier nicht von der Bildfläche verschwinden. Wenn sie sich in dieser Gegend in einer unkontrollierten Lage befinden, stehen Leben auf dem Spiel. Wir müssen da rein!« Geving zeigte erneut auf die Hütte. »Sie sind formell die höchste Ermittlungsperson. Ihre Entscheidung.«

Vogel überlegte einen Moment und gab schließlich nach. »Also gut, Gefahr im Verzug. Ich werde das regeln. Was gedenken Sie, dort drin vorzufinden?«

»Alles, was uns Hinweise auf einen eventuellen momentanen Aufenthaltsort gibt. Vorzugsweise Handys, Computer, Wanderkarten.«

Der Staatsanwalt hob ablehnend die Hand. »Von elektronischen Geräten lassen Sie bei der momentan nicht abzuschätzenden Sachlage vorerst die Finger. Anderenfalls verbrenne ich mir dieselben, so ohne richterliche Genehmigung. Wir gehen rein, aber ich schaue Ihnen über die Schulter!«

Grünwald winkte einen jüngeren Beamten, dem Dienstgrad nach zu urteilen, sein Stellvertreter, heran. »Henneberg, lassen Sie die Tür öffnen.«

11:41 Uhr

Das Gesetz?
11:41, 18. Jan

Alles läuft wie geplant. Das Übliche von der Opposition.
11:42, 18. Jan.

Und Schulze?
11:42, 18. Jan.

Stellt sich quer.
11:42, 18. Jan.

Muss er motiviert werden?
11:43, 18. Jan.

Nichts zu machen.
11:43, 18. Jan.

Dann muss er weg.
11:44, 18. Jan.

Keine Sorge. Ist in Arbeit ;-) Wir sprechen uns bald.
11:45, 18. Jan.

Bei Erzhütte
11:57 Uhr

»Chef, die Hütte ist offen«, meldete Henneberg.

Mit einladender Geste wies Grünwald ins Innere. »Nur herein.«

Geving, Grünwald und Vogel betraten die Hütte.

»Ich behalte Sie im Auge«, ermahnte der Staatsanwalt wiederholt, »wir bewegen uns auf dünnem Eis. Also bauen Sie bitte keinen Mist.«

Die Hütte selbst besaß zwei Etagen und wirkte entgegen ihrem äußeren Erscheinungsbild im Inneren recht geräumig. Sie standen sofort nach Betreten im Wohn- und Essbereich, in dessen Mitte eine Treppe in die Gästezimmer der zweiten Etage führte. Rechts die Küche, auf der linken Seite die Essecke. Im vorderen Bereich waren um den Kaminofen, der sich von der Eingangstür aus in der linken Ecke befand, gemütliche Polstermöbel angeordnet.

»Ganz schön kalt«, stellte Polizeirat Grünwald fest. »Sonst fällt mir nichts auf. Ihnen, Geving?«

»Bis jetzt nicht. Ordentlich scheinen sie ja zu sein. Der Abwasch steht gespült im Becken.«

Staatsanwalt Vogel stand unschlüssig in der Mitte des Raums, sah sich nach allen Ecken um, fragte schließlich: »Wie kalt mag es hier drin sein?«

Geving kam eine Idee. »Eine Frage, die wir rasch klären können. Das sollte uns auch einen Anhaltspunkt geben, seit wann die Hütte verlassen ist.« Er bog in die Küche ab, Grünwald und Vogel folgten ihm.

»Moment, was machen Sie da?«, rief Vogel panisch.

»Keine Angst«, sagte Geving. »Eine volle und ungeöffnete Flasche Mineralwasser.« Er öffnete die Flasche. Zum Erstaunen von Grünwald und Vogel gefror das Wasser in Sekundenschnelle zu Eis.

Grünwald ließ ein leises Pfeifen der Anerkennung vernehmen. »Na, das nenne ich mal 'nen Zaubertrick!«

»Physik, meine Herren, Physik«, entgegnete Geving. Er erklärte, dass das Wasser in der Flasche bereits eine Temperatur von unter null Grad gehabt habe. Als er die Flasche geöffnet habe, habe die Kohlensäure Gasbläschen freigesetzt, wodurch es zum Druckabfall gekommen sei. Dadurch sei dem Wasser erneut Wärme entzogen worden. Zusammengenommen habe das die schlagartige Kristallisation ausgelöst. Er führte seine Überlegungen weiter aus. »Wir verzeichnen seit Tagen Außentemperaturen von unter minus zehn Grad. Wenn wir davon ausgehen, dass die Hütte bei normaler Zimmertemperatur verlassen wurde und diese Temperatur auf einen Wert gefallen ist, der sogar Mineralwasser zum Gefrieren bringt, müssen wir zu dem Ergebnis kommen, dass die Gruppe seit über vierundzwanzig Stunden nicht mehr da war. Eher sechsunddreißig Stunden. Müsste ich eine pessimistische Schätzung abgeben, würde ich sogar auf achtundvierzig Stunden gehen.«

»Verdammte Scheiße!«, fluchte Grünwald.

Im Anschluss nahmen sie sich die obere Etage vor: vier kleine Zimmer mit Etagenbetten und einem Gemeinschaftsbad. Doch auch hier wurden sie nicht fündig. Mit Ausnahme eines Laptops im Zimmer des Tutors, der tabu war.

Ratlos ging Geving im Mittelflur auf den Polizeirat zu. »Nichts. Bei Ihnen?«

»Negativ.« Grünwald zuckte mit den Schultern. »Die Damen sind mit leichtem Gepäck gereist. Es hängen nirgendwo Jacken, und Winterschuhe habe ich auch keine stehen sehen. Zumindest wissen wir, dass sie nicht überstürzt aufgebrochen sind.«

In diesem Moment kam Henneberg die Treppe hochgelaufen. »Die Bereitschaftspolizei ist gerade eingetroffen.«

Geving seufzte. »Gehen wir runter. Hier können wir doch nichts erreichen.«

***

Das Bild, das sich Tinus Geving beim Verlassen der Hütte bot, war durchaus beeindruckend. Achtzig Mann, verteilt auf vier Züge, standen bereit wie zum Fahnenappell. Er ging auf den Hundertschaftsführer zu, der korrekt Meldung machte.

»Zweite Einsatzhundertschaft der Bereitschaftspolizei angetreten. Wir erwarten Ihre Anordnungen.«

Geving positionierte sich etwa in der Mitte zwischen den Zügen. »Ich mache es kurz. Sie alle wissen, warum wir hier sind. Seit über vierundzwanzig Stunden werden sechs Schülerinnen aus dem Gymnasium Kloster Eichenburg und ein Lehrer vermisst. Noch sind uns die Personalien der infrage stehenden vermissten Personen unbekannt. Gehen Sie aber davon aus, dass es sich um junge Frauen im Alter zwischen siebzehn und achtzehn Jahren handelt. Gehen Sie weiter davon aus, dass die vermissten Personen in der Gruppe unterwegs waren. Viele von Ihnen kennen dieses Gebiet genauso gut wie ich, nämlich gar nicht. Polizeirat Grünwald wird daher jedem Zug einen ortskundigen Beamten der Revierstation Erzhütte zur Seite stellen. Das sollte Ihnen die Suche etwas erleichtern. Sie sollten noch etwas wissen. Die Schätzung von vierundzwanzig Stunden ist optimistisch, rechnen Sie mit bis zu achtundvierzig

Stunden. Wir sind also zwei volle Tage im Rückstand. Was bedeutet das für die vermissten Personen? Bei diesen Witterungsbedingungen kann ein Mensch nach drei bis vier Tagen verdursten, nach acht Tagen verhungern. Treten Hunger und Durst gemeinsam auf, droht nach ebenfalls drei bis vier Tagen der Tod durch Erfrieren. Zeit ist ein Luxus, den wir nicht haben. Gehen Sie aufmerksam vor. Melden Sie jedes kleine Detail, so unwichtig es vielleicht erscheinen mag. An die Arbeit!«

Sie setzten sich in Bewegung.

Geving wandte sich an den Revierkommissariatsleiter. »Grünwald, übernehmen Sie bitte die Suchaktion. Ich möchte mal diesem Kloster Eichenburg ein wenig auf den Zahn fühlen.«

Vogel lachte zynisch. »Eichenburg. Ganz heißes Pflaster. Ohne amtliches Schreiben erreichen Sie da gar nichts. Ich werde mit dem Ermittlungsrichter telefonieren, doch ich befürchte, für das gute Stück müssen wir uns direkt nach Kreisstadt bemühen. Wir sollten nicht länger rumstehen, ich erkläre es Ihnen unterwegs.«

Geving nickte. »Dann mal los. Ich möchte Namen, Gesichter, Hintergründe. Alles, was uns irgendwie weiterbringt. Grünwald, Sie kommen klar?«

»Wünsche viel Glück. Brauchen wir auch. Der Wald ist groß. Im Umkreis gibt es mehrere Höhlen und Hochmoore. Wenn sie da reingeraten sind, dann gute Nacht! Hier oben schlägt das Wetter manchmal schnell um. Wären nicht die Ersten. Was sich der Berg erst einmal nimmt, gibt er so schnell nicht wieder raus.«

12:01 Uhr

Judith Metzger
Hey ihr Süßen! :-)
12:01

Carolin Aschenbach
Huhi ^^
12:01

Jasmin Roth
Hi, Sweeties
12:01

Sarah Trautvetter
...
12:02

Carolin Aschenbach
Sarah, was los!
12:02

Sarah Trautvetter
Ach...
12:02

Judith Metzger
Mach dich nicht fertig. Die kommen schon wieder ;-)
12:03

Jasmin Roth
Die brauchten bestimmt 'nen ungestörten Platz
12:03

Judith Metzger
????
12:03

Carolin Aschenbach
Stehen bestimmt alle Schlange bei Matthes. Der Stecher!
12:04

Jasmin Roth
Boah, Caro! Bäh... :-(((Jetzt hab ich Kopfkino!!!
12:05

Carolin Aschenbach
Was denn? Ist halt ein Circle of Bitches
12:06

Bundesstraße zwischen Altenrode und Kreisstadt
12:28 Uhr

»Ich wiederhole: An alle Einheiten. Mehrere Explosionen in der Metrostation Stadhuis. Polizeikräfte vor Ort außer Gefecht. Es gibt Berichte über Dutzende Tote und Verletzte. Lage völlig außer Kontrolle. Alle verfügbaren Kräfte sind dort umgehend zusammenzuziehen. Großalarm! Ich wiederhole. An alle Einheiten ...«

»Herr Geving, alles in Ordnung mit Ihnen? Sie wirken so abwesend«, erkundigte sich Staatsanwalt Werner Vogel.

Verdammt, Tinus Geving fühlte sich ertappt. Immer wieder überkamen ihn diese Flashbacks. Warum nur hatte er das Gefühl, erneut einer Katastrophe ins Auge zu blicken und nichts dagegen tun zu können?

»Mich ärgert, dass die in Eichenburg bisher so mauern. Sagen Sie, was hat es mit denen ganz genau auf sich? Alle scheinen die lediglich mit der Zange anfassen zu wollen.« Gerade noch so die Kurve gekriegt.

»Ja, das Gymnasium Kloster Eichenburg ... Ein Internatsgymnasium für Mädchen.«

»Kann mir denken, dass die bei der Jugend in einer kleinen Stadt wie Altenrode für Aufsehen sorgen.«

»Eichenburg wird, nun ja ... besonders gepflegt. Das Kultusministerium schmückt sich mit dieser Schule.« Vogel vertraute ihm an, dass Sachsen-Anhalt nicht allzu viel habe, womit es sich schmücken könne. Viele Schülerinnen in Eichenburg kämen aus einflussreichen Elternhäusern. Bankiers, Größen aus Industrie, Wirtschaft, Politik. Was seiner Meinung nach erkläre, warum die Schulleitung so »diskret« im Umgang mit Informationen sei. Die Schule stehe unter Druck. »Die Landesregierung befürchtet einen medialen Aufschrei, den sie in ihrer jetzigen Lage nicht gebrauchen kann.«

»Das Klischee einer höheren Töchterbildungsanstalt«, fasste Geving die Lage zusammen.

»Nicht annähernd. Die Eltern zahlen viel Geld, um ihre Problemtöchter verwahrt zu wissen. Viele von denen frühläufig, und das ist noch höflich ausgedrückt! Der Schulleiter führt dort einen regelrechten Amüsierbetrieb. Fragen Sie mal Grünwald.«

»Wie meinen Sie das?«

»In Eichenburg finden Sie alles an Unappetitlichkeiten und schmutziger Wäsche, was Sie sich nur vorstellen können. Alkoholeskapaden, Drogen, Gewalt, ominöse Initiationsrituale, Lehrer mit Schülerinnen. Die Hölle!«

»Ein Einschreiten ist nicht gewollt, nehme ich mal an.«

»Es wurde nie etwas Beweiserhebliches gefunden. Jetzt können Sie vielleicht verstehen, warum die so ›diskret‹ sind. Leichen sind dort nicht besonders tief vergraben. Rechnen Sie also nicht mit einem freudigen Empfang. Die haben Schiss, Sie könnten über eine Leiche stolpern, die die noch nicht vergraben haben.«

»Wieso kann sich die Landesregierung keinen Aufschrei leisten?«

»Richtig, Sie sind ja nicht von hier. Die Koalition steht davor, eines der größten Gesetzesvorhaben in der Landesgeschichte umzusetzen, eine umfassende Neuregelung zur Sicherheit und öffentlichen Ordnung, mit weitreichenden Befugnissen für die entsprechenden

Behörden.« So wie der Staatsanwalt es sah, konnte die Politik nicht glaubhaft die Daumenschrauben anziehen, wenn sie gleichzeitig nicht in der Lage war, die Sicherheit von Schülern zu gewährleisten. »Da wir unter uns sind: Die wollen das möglichst geräuschlos durchziehen. Ein Teil des Gesetzes ist dazu da, die Justiz an die Kette zu legen. Ich sage Ihnen, manche Dinge sind so widerlich, man kommt sich schon selbst vor wie 'ne Hure.«

Bisher hatte Geving kein klares Bild vom Staatsanwalt gehabt. In diesem Moment beschloss er, ihn zu mögen.

Landeskriminalamt Sachsen-Anhalt
Lübecker Straße 53-63
Magdeburg
Büro der Direktorin
13:03 Uhr

»Frau Doktor Kresch, Ihre Verbindung mit Kriminalrat Geving steht.«

»Danke, verbinden Sie«, sagte Anninka Kresch zu ihrer Sekretärin. »Geving, wie ist die Lage bei Ihnen?«

»Ich komme gerade mit Staatsanwalt Vogel vom Ermittlungsrichter. Es sollte jetzt möglich sein, an die Infos heranzukommen, die man uns bisher vorenthält.«

»Gut. Wie gehen Sie weiter vor?«

»Ich fahre hin, natürlich.«

»Ich brauche Ihnen, glaube ich, nicht zu sagen, dass Sie feinfühlig agieren sollten. Die Schülerinnen wissen von nichts und sind wahrscheinlich sogar verängstigt. Allzu offensives Auftreten könnte die ohnehin schon nervöse Situation zusätzlich aufheizen. Viele Eltern reagieren nicht sehr gut darauf. Die stehen dann nicht bei der Schulleitung auf der Matte, sondern beim Kultusministerium. Das ruft beim Innenministerium an, bei

denen ich mich wiederum zu rechtfertigen habe. Sie
haben eine ungefähre Ahnung?«

»Herr Vogel hat mich ins Bild gesetzt.«

»Wie kommt die Suche voran?«

»Polizeirat Grünwald leitet die Aktion. Bisher noch
nichts. Kurz nach achtzehn Uhr wird es dunkel, wir
sollten uns Gedanken machen, wie es weitergehen soll.
Da die Zeit drängt, empfehle ich, die Nacht über weiter-
suchen zu lassen. Irgendwelche Einwände?«

»Nein, bin ganz Ihrer Meinung. Ich habe bei der Bereitschaftspolizei die Hubschrauberstaffel angefordert.
Die momentanen Witterungsbedingungen lassen einen Einsatz jedoch nicht zu. Vorerst müssen Sie ohne
auskommen.«

»Da wäre noch eine Sache. Ich habe mir vom Richter
eine weitere Verfügung ausstellen lassen, bezüglich
Handyortung.«

»Heikel.«

»Mag sein. Da aber im Umkreis der Hütte Empfang
möglich ist, wäre es hilfreich zu wissen, wann sich die
infrage kommenden Handys aus den Funknetzen ausgeloggt haben. Wir könnten so Rückschlüsse ziehen,
wie weit die vermissten Personen bis zu dem Zeitpunkt
gekommen sind, und den Radius entsprechend ein-
grenzen. Ist bisher eher eine Suche nach der Nadel im
Heuhaufen.«

»Akzeptiert.«

»Wollen Sie Kollegen darauf ansetzen? Momentan
bin ich auf mich gestellt.«

»Ich habe eine bessere Idee. Der Revierkriminaldienst
in Kreisstadt ist bestens ausgestattet und steht zu Ihrer
vollen Verfügung. Schicken Sie so viele Leute ins Feld
wie nötig, delegieren Sie Aufgaben. Die Koordination
mit uns sollte von dort aus besser klappen. Übrigens,
der Chefposten in Kreisstadt ist momentan unbesetzt.

Gute Behörde, technisch auf dem neuesten Stand, die
Beamten sind auf Zack. Wäre vielleicht was für Sie.«

»Nun ja, erledigen wir erst mal unsere Arbeit. Sobald
es neue Erkenntnisse gibt, melde ich mich.«

»Viel Erfolg, Herr Kriminalrat.«

Damit war das Gespräch beendet.

Anninka Kresch fragte sich, wie ein Spitzenermittler
von Europol beim LKA landen konnte. Sie hatte ihm gerade die Leitung des RKD Kreisstadt förmlich auf dem
Silbertablett angetragen, und er reagierte so reserviert.
Ehrgeizige Kriminalbeamte, damit kam sie klar. Aber
Kriminalbeamte, die nur ihren Job machen wollten,
machten sie stutzig.

Kloster Eichenburg
14:07 Uhr

Das Gymnasium Kloster Eichenburg befand sich nicht
einmal zehn Autominuten entfernt vor den Toren Al-
tenrodes. Es lag tief verschneit in einem breiten, ruhigen Flusstal. Die Schule wirkte eher wie ein englisches
Internat. Sie war so anders als das, was Tinus Geving
kannte – einschließlich seiner eigenen Schule, einem
trostlosen Neubau aus dem NRW der 1970er-Jahre, in
dem er sein Abitur abgelegt hatte. Hier roch es gewollt
nach Elite, ein Gedanke, mit dem sich Geving nicht an-
freunden mochte.

Das Schulgelände als solches konnte nur zu Fuß
durch ein Torhaus betreten werden. Dahinter erstreckte sich eine von außen nicht einsehbare, weitläufige
parkähnliche Anlage. Vereinzelt standen Gebäude aus
der Zeit der Renaissance bis hinein ins neunzehnte
Jahrhundert, Internatsgebäude, in denen die Schülerinnen untergebracht waren. Stallungen, eine alte Post
und eine Mühle rundeten das Ensemble ab. Alle Wege
waren auf das herrschaftliche Hauptgebäude mit Aula-
flügel ausgerichtet, in dem sich die Unterrichtsräume

befanden. Dem schloss sich ein Kreuzgang zur gotischen Klosterkirche an, deren Turm das gesamte Ensemble krönte.

Auf dem Gelände herrschte reges Treiben. Schülerinnen kamen vom Unterricht oder gingen zu ihren diversen Nachmittagsveranstaltungen.

Im Hauptgebäude fand Geving nach einigem Nachfragen das Büro des Schulleiters. Er ahnte, dass es nötig sein würde, hier etwas offensiver aufzutreten. Ohne zu klopfen und ein »Herein« abzuwarten, öffnete er die Tür und stand im Sekretariat.

Empört schreckte eine dünne Blondierte in den Fünfzigern auf, die ihr Alter durch einen gewagten Modestil zu kaschieren suchte. Dadurch erschien sie doppelt grotesk.

»Was erlauben Sie sich?«, fuhr die Sekretärin ihn schrill an. »Einfach hereinzuplatzen! Ich kann mich nicht erinnern, dass Sie einen Termin mit Herrn Doktor Berghausen haben.«

Demonstrativ beiläufig zog Geving seinen Dienstausweis, den er der Sekretärin in ihr verdutztes fischartiges Gesicht hielt. »Oh, ich denke, er wird alle Zeit der Welt für mich haben. Wenn Sie ihm jetzt also Bescheid geben würden.«

Nicht einmal zehn Sekunden später öffnete sich die Tür zum Büro des Schulleiters. Heraus trat ein blasierter Mittfünfziger mit Pomade im Haar, Nickelbrille und feinem Zwirn, der wie die Karikatur des Schulmeisters aus der *Feuerzangenbowle* schien.

Mit aufgesetztem Grinsen im Gesicht hielt er Geving die Hand entgegen. »Julius Berghausen, Direktor des Gymnasiums Kloster Eichenburg. Sie sind?«

Der hat vielleicht Nerven, dachte Geving. Sechs Schülerinnen verschwunden und er hält immer noch Hof.

»Kriminalrat Geving, LKA. Ich denke, Sie wissen, warum ich hier bin.«

Berghausen tat nichts, seine selbstgefällige Art abzulegen. »Kommen Sie doch herein. Möchten Sie vielleicht einen Kaffee?«

Das hier wird hart. »Kommt drauf an.«

»Worauf?«

»Wie schnell Sie Ihre Schülerinnen wiederhaben möchten. Ich gehe davon aus, dass die Eltern bereits etwas in Sorge sind.«

So langsam begann Berghausens Fassade zu bröckeln. »Ja ... Aber ich begreife immer noch nicht, was Sie eigentlich von mir wollen.«

Geving entschied, seinen Ton zu verschärfen. »Es ist etwas mühevoll, nach sechs unbekannten jungen Frauen und einem namenlosen Lehrer zu suchen. Ich möchte Informationen!«

Noch sah es nicht danach aus, als wäre der Schulleiter bereit einzulenken. Er lehnte sich in seinem Stuhl zurück, wobei er Geving mit einem Blick bedachte, der sonst vermutlich seinen aufsässigen Schülerinnen vorbehalten war, wenn sie in sein Büro zitiert wurden.

»Wie Sie sich denken können, unterliegen unsere Schülerakten dem Datenschutz. Vorsicht ist angesichts der Prominenz einiger – wenn nicht vieler – Schülerinnen durchaus angebracht.«

»Da machen Sie sich mal keine Sorgen.« Geving zückte den richterlichen Beschluss und legte ihn auf Berghausens Schreibtisch.

Der nahm ihn, las ihn. So langsam entglitten ihm die Gesichtszüge. Mit mühsam unterdrückter Wut in der Stimme antwortete er: »Sie werden verstehen, dass ich das abklären muss.«

Jetzt hatte Geving ihn da, wo er ihn haben wollte. Die Nuss war bereit, geknackt zu werden.

»Sicher. Sie haben Ihre Vorschriften, ich meine. Bisher haben Sie lediglich das Vergnügen meiner Bekanntschaft aus Rücksichtnahme auf Ihre etwas delikate Situation. Wir können das gerne ändern. Es kostet mich einen Anruf und in nicht einmal einer halben Stunde steht im Büro Ihrer Sekretärin ein Dutzend Beamte, die Informationen sehen wollen. Ich mache mir allerdings Sorgen, welchen Eindruck das auf, nun ja … wie soll ich sagen? … einige – wenn nicht viele – Ihrer prominenten Schülerinnen und deren Eltern macht, ganz zu schweigen von Ihrem Vorgesetzten. Wenn die herausbekommen, dass Sie Polizeiarbeit blockieren …«

Dem Mann wich jegliche Farbe aus dem Gesicht. Er rang nach Atem. Schließlich griff er zum Telefonhörer.

»Die Schülerakten aller Teilnehmer der Silentium-fahrt«, befahl er seiner Sekretärin. »Unverzüglich!«

14:11 Uhr

Panik. Angst! Ist das ein schlechter Traum? Und wenn ja, warum wacht sie nicht endlich auf aus diesem Horror? Wer ist sie? Wo ist sie? Welcher Tag ist es? Sie weiß nicht, wie lange sie schon herumirrt. Es kann sie nicht kümmern. Ihr ist kalt, und sie hat Hunger, doch auch das berührt sie nicht. Laufen, laufen, laufen. Fort von hier. Fliehen! Aber wovor? Und warum? Irgendwo muss sie auf Menschen stoßen, es muss einen Ausweg geben! Sie ist verzweifelt, ihre Kräfte schwinden. Sie muss durchhalten, rennen, fliehen. Fort von hier. Aber wovor und wieso? Wie spät ist es? Wer ist sie? Wo ist sie? Hunger, Durst. Schlaf … Nein, nicht einschlafen. N-i-c-h-t e-i-n-s-c-h-l-a-f-e-n! Rennen …

Kloster Eichenburg
Büro des Schulleiters
14:30 Uhr

Sophia Dibelius
Alter: *18 Jahre*
Geburtsort: *Dessau*

Hobbys und Arbeitsgemeinschaften: *Singen, Lesen, Schülerzeitung*
Vater: *Konrad Dibelius, Synodalpräsident der Evangelischen Landeskirche Anhalts*

Johanna von Kleeberg
Alter: *18 Jahre*
Geburtsort: *Kapstadt, Südafrika*
Hobbys und Arbeitsgemeinschaften: *Reiten, Fechten*
Vater: *Ansgar von Kleeberg, Diplomat im Auswärtigen Dienst, Deutscher Botschafter in Kasachstan*

Mia Kolberg
Alter: *18 Jahre*
Geburtsort: *Halle (Saale)*
Hobbys und Arbeitsgemeinschaften: *Theater, Schwimmen, Wintersport*
Vater: *unbekannt*
Mutter: *Josephine Kolberg, Krankenschwester am Krankenhaus St. Elisabeth und St. Barbara Halle (Saale)*

Alisah ter Hoorst
Alter: *17 Jahre*
Geburtsort: *Essen*
Hobbys und Arbeitsgemeinschaften: *Singen, Lesen, Theater*
Vater: *Jonas ter Hoorst, Eigentümer und Vorstand der Deutsch-Niederländischen Privatbank ter Hoorst*

Marie Jannings
Alter: *17 Jahre*
Geburtsort: *Berlin*

__Hobbys und Arbeitsgemeinschaften:__ Reiten, Kampfsport, Theater
__Eltern:__ Marc und Anna Jannings, Teilhaber der Kanzlei für Wirtschaftsrecht Jannings & Röhler

__Stephanie Pousset__
__Alter:__ 17 Jahre
__Geburtsort:__ Koblenz
__Hobbys und Arbeitsgemeinschaften:__ Schwimmen, Schülerzeitung
__Vater:__ Anton Pousset, Inhaber und Geschäftsführer der Sektkellerei Pousset

Das sind ja ganz schöne Kaliber, mit denen hier geschossen wird, dachte Tinus Geving. Kein Wunder, dass seine Behördenleitung unter Strom stand.

»Sehen Sie, Herr Doktor Berghausen, warum nicht gleich so?«, sagte er gönnerhaft.

Der Schulleiter hingegen sah so aus, als hätte man ihm gerade seine Hose heruntergezogen. »Da haben Sie Ihre Informationen und alle Handynummern. Ich verstehe nach wie vor nicht, wozu Sie das alles brauchen.«

»Darin bestand Ihr Problem von Anfang an.«

»Was wollen Sie? Erklären Sie mal!«, fuhr ihn Berghausen schroff an.

Geving fiel es schwer sich einzugestehen, dass hinter der arroganten Fassade des Schulleiters tatsächlich nur ein Mensch steckte. Und der zeigte so langsam Nerven. Verständlich, denn immer noch hatte Grünwald keine Erfolge aus Erzhütte zu vermelden.

Geving bemühte sich, die angespannte Atmosphäre etwas zu beruhigen. »Die Handynummern sind für uns von Bedeutung, weil sie hilfreich sein könnten, die Vermissten mittels Handyortung aufzuspüren oder ihren Bewegungsradius nachzuvollziehen. Und wir müssen möglichst viel über die Personen erfahren. Vorlieben, Hobbys, Neigungen. Damit können wir Profile erstellen und vielleicht herausbekommen, wohin und warum sie verschwunden sind. Ich weiß, Sie kennen mich nicht, aber Sie sollten mir vertrauen.«

»Versuche ich doch«, erwiderte Berghausen sichtlich verzweifelt. »Sie können sich kaum vorstellen, unter welchem Druck ich stehe. So etwas ist noch nie passiert!«

Zum ersten Mal hatte Geving das Gefühl, es mit dem Menschen Berghausen zu tun zu haben, nicht mit dem gleichnamigen Kunstgebilde der vergangenen halben Stunde. Er sah davon ab, den Direktor von Kloster Eichenburg auf die diversen »Vorkommnisse« in Altenrode zu verweisen. Momentan brauchte er ihn als Verbündeten.

»Was können Sie mir aus fachlicher Sicht zu Ihren Schülerinnen erzählen?«

»Rein von den Interessenlagen handelt es sich um eine recht homogene Gruppe. Sie sind allesamt angehende Abiturientinnen.«

»Und menschlich?«

»Tja. Die Damen haben unterschiedliche Temperamente. Die einen sind aufbrausende Energiebündel wie Johanna von Kleeberg, andere, wie Alisah ter Hoorst, sind sensibel und introvertiert.« Berghausen konnte aber nicht behaupten, dass es zu Konflikten gekommen sei, die über das Normalmaß hinausgingen. In einem Internat sei es schließlich nicht einfach, vierundzwanzig Stunden an sieben Tagen die Woche miteinander leben zu müssen. Da blieben Reibereien nicht aus. »Hinzu kommt, dass man in der Abiturstufe dem normalen Schulalltag bereits entwachsen scheint. Viele planen Studium und Karriere. Unsere kleine Welt kann da oft nicht mithalten.«

»Wie läuft so eine Silentiumfahrt überhaupt ab?«, wollte Geving wissen.

»Die Schülerinnen sollen vor dem Stress der Abschlussprüfungen Gelegenheit haben, tief durchzuatmen und herauszufinden, wie sie sich gegenseitig über die letzten Hürden helfen können.« Der Schulleiter beschrieb ihm die Fahrt als eine Art Zuspitzung von persönlicher Konfrontation. Alle Welt verlange Sozialkompetenz, doch die Schule stehe in der Pflicht, diese ihren Schützlingen beizubringen. Berghausen sagte es offen heraus: Viele Mädchen in Eichenburg seien Einzelkinder oder »lediglich« die Töchter. In Elternhäusern mit extrem karriereorientiertem Hintergrund fehle in der Erziehung oftmals der Platz für menschliche Wärme. »Unsere Schützlinge erreichen uns teilweise als gezeichnete oder gebrochene Menschen. Ich bin auch nicht blind und merke, was sich in den umliegenden Orten ereignet, wenn die jungen Damen Freizeit haben«, rechtfertigte er sich. »Wie soll ich ihnen aber einen Vorwurf machen, wenn sie nie gelernt haben, Richtig von Falsch zu unterscheiden? Wir können uns nur bemühen, ihnen das Maß an Mitmenschlichkeit zukommen zu lassen, das ihnen aus unterschiedlichsten Gründen bisher versagt blieb.«

»Da Sie von karriereorientierten Elternhäusern sprechen, eine Person fällt da raus, wie ich sehe.«

»Sie meinen Mia Kolberg?«

»Ja.«

»Noch so ein Mythos, mit dem aufgeräumt werden muss. Kloster Eichenburg ist kein Elfenbeinturm.« Berghausen erkannte an, eine in großen Teilen äußerst privilegierte Schülerschaft zu haben, die die raue Wirklichkeit allenfalls aus dem Internet oder den Nachrichten kenne. »Daher betrachten wir es als ehrenvolle Aufgabe, solche Mädchen aufzunehmen, denen das Schicksal in der Vergangenheit nicht gut mitgespielt hat. Zerrüttete Elternhäuser, häusliche Gewalt, Probleme mit der Polizei ... Auch jenen müssen wir Orientierung geben.«

»So eine ist Mia Kolberg?«

»Mias Mutter ist eine alleinerziehende Frau, der Vater unbekannt. Auf diese Schülerin bin ich sehr stolz. Überhaupt entsinne ich mich nicht, jemals eine bessere Schülerin gehabt zu haben. Sie weiß, wie hart es ist, sich Chancen zu erarbeiten.«

»Führte das denn zu Problemen mit ihren bessergestellten Mitschülerinnen?«

»Anfangs, sicher. Es ist nicht unerheblich, wenn zwei verschiedene Welten aufeinanderprallen. Mit der Zeit gab sich das bei Mia. Ihre Klassenkameradinnen haben ebenfalls viel von ihr gelernt.«

»Wie können sich solche Schülerinnen das Schulgeld leisten?«

»Ganz einfach. Wir leben in einem Sozialstaat, und das ist immer noch eine staatliche Schule.«

»Also kommen die Ämter dafür auf?«

»So ist es.«

Geving war überrascht, wie freigiebig Berghausen mit Informationen sein konnte. Dennoch mahnte ihn sein Instinkt, nicht alles zu glauben. Zu widersprüchlich war das Gesagte im Vergleich zu dem, was ihm Staatsanwalt Vogel erzählt hatte. Es schien nicht gänzlich abwegig zu sein, dass der Schuldirektor ihm hier lediglich sein Bild vermitteln wollte. Die Wahrheit lag irgendwo dazwischen.

Ein Punkt war für ihn noch von Interesse: »Was können Sie mir zu diesem Tutor berichten? Herrn Matthes, wenn ich nicht irre.«

Berghausen rutschte scheinbar unangenehm berührt auf seinem Stuhl hin und her. »Alexander Matthes, Fachlehrer für Sport und Biologie, fünfunddreißig Jahre alt. Studium in Jena. Er kam über Umwege zu uns.

Früher war er als Sportsoldat im Kader der Biathlon-Nationalmannschaft. Nach Karriereende sattelte er um und wechselte in den Schuldienst. Seit fast drei Jahren ist er nun bei uns.«

»Ein beliebter Lehrer?«

»Die einen vergöttern ihn, die anderen haben ihre Probleme mit ihm. Dürfte jedem Lehrer so gehen.«

»Welchen Ruf genießt er im Kollegium?«

Berghausen begann zu mauern. »Mir sind keine Probleme bekannt.«

Geving beschlich das Gefühl, einen wunden Punkt getroffen zu haben. Es war nicht normal, dass sich ein Schulleiter in einem Hohelied auf seine Pädagogik erging, zu seinem Kollegen dagegen kaum zehn Sätze zu sagen wusste. Wie dem auch sei, Tinus Geving ließ es sich nicht anmerken. Er hatte ausdrückliche Order, sensibel vorzugehen.

»Danke, das wäre vorerst alles. Sollte ich weitere Fragen haben ...«

»... stehe ich Ihnen jederzeit zur Verfügung. Gerne, Herr Kriminalrat.«

Da war er wieder, der Schulmeister aus der *Feuerzangenbowle*.

***

Geving wollte nach Kreisstadt zurückkehren, um die Handyortung einzuleiten. Vielleicht konnte das die zähe Suche endlich beschleunigen und voranbringen. Er wollte die Geschichte vom Tisch haben. Der ganze Fall war gespickt mit potenziellen Sprengfallen, die für einen Mann in seiner momentanen Verfassung nichts waren.

Ihm entging nicht, dass er auf dem Rückweg Richtung Torhaus von einer Schülerin etwas unbeholfen verfolgt wurde. Klein, zierlich, dunkle Haare, dunkle Augen. Eher der schüchterne Typ. Er blieb stehen, drehte sich um, wartete. Sie tat es auch, überlegte einen Moment, unsicher, wie sie sich verhalten sollte. Schließlich fasste sie sich ein Herz, ging auf ihn zu und sprach ihn an.

»Entschuldigung, sind Sie vielleicht von der Polizei?«

Sie klang ein wenig ängstlich. Geving wollte sie nicht noch mehr entmutigen. »Klar, Tinus Geving mein Name. Mit wem habe ich das Vergnügen?«

Sie wagte kaum, ihm in die Augen zu sehen. »Sarah. Sarah Trautvetter.«

»Wie kann ich Ihnen helfen, Sarah?«

»Du. Mir wär's lieb, wenn Sie mich duzen.«

»Okay. Also, was kann ich für dich tun?«

»Ich wollte nur fragen ...« Gespräche mit Fremden waren wohl nicht so ihr Ding. »Gibt's schon was Neues?«

»Da muss ich dich leider enttäuschen, aber wir sind dran. Bist du mit den Vermissten befreundet?«

»Mia ist meine beste Freundin. Mia Kolberg.«

»Und du machst dir Sorgen?«

»Ja ... Es gibt da Dinge ... Ist vielleicht unwichtig.«

In dem Moment wusste Geving, dass hier mehr vor sich ging, als Berghausen zuzugeben bereit war. Diese Sarah hatte offenbar Gesprächsbedarf, traute sich aber nicht. Dafür hatte er Verständnis.

Er versuchte es mit einem Lächeln, griff in seine Mantelinnentasche nach einer Visitenkarte und reichte sie ihr. »Finde ich nett, dass du dir um deine Freundin Sorgen machst, Sarah. Falls dir was einfällt, das uns weiterhilft, oder du sonst über irgendetwas sprechen möchtest, melde dich einfach. Wir können dann gerne dort reden, wo es dir leichter fällt, okay?«

Sie lächelte traurig und nahm die Karte entgegen. »Danke schön. Drücke fest die Daumen.«

Es schnürte ihm die Kehle zu, ein plötzliches Frösteln durchfuhr seinen Körper.

Verdammt, diese Erinnerungen!

Er musste sofort hier raus.

»Der Landtag von Sachsen-Anhalt berät derzeit über eine Verschärfung des Gesetzes über die öffentliche Sicherheit und Ordnung. Innerhalb der Regierungskoalition sorgt das Thema für Unstimmigkeiten. Insbesondere Innenminister Frank Schulze äußerte starke Bedenken zur Gesetzesvorlage aus seinem Haus. Dieser ist uns jetzt aus Magdeburg zugeschaltet. Schönen guten Tag, Herr Minister.«

»Ich grüße Sie.«

»Wie schlecht ist die Stimmung tatsächlich? Es war der Fraktionsvorsitzende Ihrer Partei, der gesagt haben soll, und ich zitiere: ›Wir befinden uns auf den letzten Metern im Endspurt, und uns wird ein Knüppel zwischen die Beine geworfen, so etwas ist Sabotage!‹ Herr Minister, sind Sie ein Saboteur?«

»Was er gesagt haben soll, kann ich nicht bewerten. Ich rate zu etwas mehr Gelassenheit.«

»Die Opposition sieht es weniger gelassen. Sie ist der Meinung, Ihre Landesregierung betrachte die eigenen Bürger als Sicherheitsrisiko.«

»Natürlich wollen die das Thema für sich ausschlachten, im kommenden Jahr stehen Landtagswahlen an. Mehr als den Versuch, sich in Stellung zu bringen, kann ich darin nicht erkennen.«

»Jetzt klingen Sie eher wie Ihr Ministerpräsident, aber nicht wie der Kritiker, als der Sie sich zu erkennen gegeben haben. Wurden Sie zurückgepfiffen? Und welche Bedenken haben Sie?«

»Die Gesetzesvorlage in ihrer aktuellen Fassung bietet zu viele gefährliche Freiräume, die keiner Erklärung bedürfen. Und ich muss hinzufügen: Ein Mehr an Überwachung führt nicht automatisch zu einem Mehr an

*Sicherheit, das ist ein Irrglaube! Mit Videokameras
an jeder Straßenecke, umfassenden Polizeikontrollen
oder digitaler Überwachung verhindern wir keinen
Terrorismus oder andere Verbrechen, wir legen die
Hürden nur höher. Es ist eine Frage der Zeit, bis man
Schlupflöcher in diesen Mechanismen findet, und ob
wir dann nicht ein viel größeres Problem haben, darüber darf gemutmaßt werden. Viele Mitglieder meiner
eigenen Partei haben ähnliche Bedenken wie ich. Diese
Bedenken werde ich vertreten.«*

»Herr Minister, ich danke für das Gespräch.«
»Ich danke Ihnen.«

MDR Landesfunkhaus Sachsen-Anhalt
Stadtparkstraße 8
Magdeburg
15:26 Uhr

Frank Schulze war müde, so müde. Wie konnte sein eigenes Ministerium ihm einen solchen Gesetzentwurf
vorlegen! Wie konnten die ihm so etwas antun?

Er musste sich beruhigen. Ihm war bekannt, welche
Kräfte an diesem Gesetz mitwirkten. Kräfte, die nicht
aus dem Stamm seiner Beamten kamen. Ein wohlgehü-
tetes Geheimnis vor dem Wähler und den Abgeordneten. Setzte er das Gesetz nicht wie gewünscht um,
würde er vor den Scherbenhaufen seiner Karriere gestellt werden. Auf eine solche Gelegenheit hatte der Ministerpräsident gewartet, denn Frank Schulze hatte
noch ein anderes Problem: die Frau des Ministerpräsidenten. Es war keine simple Affäre, sie liebten sich. Die
Ehe des ersten Paars im Land hingegen war Fassade. Bis
zum nächsten Jahr wollte sie durchhalten, dann würde
sie ihren Mann für ihn verlassen. Weitere fünf Jahre in
der Staatskanzlei mit ihm ertrug sie nicht.

Schulze hatte nichts mehr zu verlieren. Das Interview
war eine Kriegserklärung. Politischer Selbstmord? Viel-

leicht. Wenn er schon gehen musste – das war unausweichlich, so viel war ihm klar –, dann zu seinen Konditionen.

15:34 Uhr

Sarah Trautvetter
Wir hatten heute Besuch. Polizei
15:34

Jasmin Roth
Polizei? :O
15:34

Sarah Trautvetter
Jep
15:34

Carolin Aschenbach
Männlein oder Weiblein? Süß? Steh auf beides ^^
15:35

Sarah Trautvetter
Caro! Ein Mann. Tinus Geving
15:36

Judith Metzger
What? Polizei??? Nicht gut...
15:37

Sarah Trautvetter
Mach mir Sorgen um Mia
15:38

Judith Metzger
Kann ich ja verstehen.
15:38

Jasmin Roth
Hast du mit diesem Geving geredet?
15:39

Sarah Trautvetter
Hab mich nicht getraut
15:39

Carolin Aschenbach
Sarah, du musst! Die Außenwelt soll wissen, was bei uns abgeht ;))
15:40

Jasmin Roth
Seh ich auch so
15:40

Sarah Trautvetter
Hab ja seine Nummer.
15:41

Jasmin Roth
Worauf wartest du dann noch???
15:41

Carolin Aschenbach
Leute! Wenn wir das durchziehen, dann zusammen. Wir haben nur eine Chance. Dabei?
15:43

Jasmin Roth
Klaro
15:44

Judith Metzger
Läuft
15:44

Carolin Aschenbach
Sarah?
15:44

Sarah Trautvetter
Okay, ich ruf den morgen an.
15:49

16:11 Uhr

Wo ist sie? Seit geraumer Zeit – Zeit? – schneit es, oder ist es Sturm? Dieser Schnee! Weißer Tod. Ist es kalt? Sie weiß es nicht. Sie fühlt nichts. Sie sieht nichts. Sie kann ihre Hand vor Augen nicht sehen. Ist es hell? Ist es dunkel? Sie kann nichts sehen! Wo ist sie? Wer ist sie? Laufen, laufen, laufen. Hunger, Durst, Schlaf. Sie ist müde. Sie kann nicht mehr. Schlaf ... Nein, nicht einschlafen. N-i-c-h-t e-i-n-s-c-h-l-a-f-e-n!

Verzweiflung kriecht in ihr hoch. Sie bricht in Tränen aus. Sie heult. Offensichtlich hat sie sich gerade bepisst. Durst! Die Bäume, Bäume! Wann hört das auf? W-a-n-n h-ö-r-t d-a-s a-u-f? Fuck! Sie stolpert. Fällt und fällt und fällt. Sie hört nicht auf zu fallen. Schmerzen. Schmerzen? Sie fühlt nichts. Fühlt sie etwas? Schlaf ... Nein, du musst aufstehen. S-t-e-h a-u-f!

Sie steht auf. Dieser Schnee! Sie sieht nichts. Moment, ist da etwas? Da ist etwas! Da ist es! Dort! Ein Haus! Nein, mehrere Häuser! Eine Siedlung? Laufen, laufen, laufen. Es hat ein Ende, bald! Dort, dort schleppt sie sich humpelnd hin. Nur noch wenige Meter. Sie kann nicht mehr. Schlaf. Nein, weiter! H-a-l-t-e d-u-r-c-h! Sie sieht schon die Tür, die Tür. Sie läuft. Sie rennt. Sie rennt um

ihr Leben. Sie heult. Die Tür, die Tür! Sie hat es ge-
schafft.

Klopfen, du musst klopfen!

Sie klopft, klopft, klopft, klopft. Sie schreit. Schreit sie? Sie kann sich nicht hören. Schreit sie? Sie heult. Sie schreit. Ihr wird schwarz vor Augen. Ist es schon dunkel? Nein, es ist hell. Ihr Kopf rast, saust! Sie sieht nichts mehr. Fallen. Fallen. Fallen. Fallen. Schwärze. Stille ... Taubheit. Wärme. Schl...

Revierkriminaldienst Kreisstadt
Kurt-Weill-Straße 18
16:22 Uhr

Der Revierkriminaldienst Kreisstadt war in einem monströsen Bau aus den 1930er-Jahren untergebracht. In dem ehemaligen, von Grund auf sanierten Kasernengebäude versahen achtundsiebzig Kriminalbeamte ihren Dienst. Da war es schon ein wenig peinlich, dass unter den Mitarbeitern kein einziger Experte für Telekommunikationsüberwachung aufzutreiben war. Per Videokonferenz mit Kriminalkommissarin Sabine Jentsch in Magdeburg besprach er daher das weitere Vorgehen. Sie war die Telekommunikationsexpertin, die er in diesem Moment so dringend benötigte.

Tinus Geving betrachtete sich als Meister der kriminalwissenschaftlichen Deduktion. Es hatte ihn immer gereizt, sich in die Gedankenwelten von Tätern und Verdächtigen hineinzuversetzen, ihren dunklen Seiten, Abgründen und Geheimnissen auf die Spur zu kommen, sie durch reine Kopfarbeit und Kombination zu entlarven. So war er schon in der Schule gewesen, ein Kopfarbeiter. Eher vergeistigt und introvertiert. Ihm lagen Sprachen, Natur- und Geisteswissenschaften. Seiner Meinung nach verfügte er über selektive Intelligenz.

In der momentanen Situation half Kopfarbeit allerdings nicht weiter. Sieben Personen konnten sich nicht einfach in Luft aufgelöst haben! Menschenleben standen auf dem Spiel, also war er gezwungen, einen Pakt mit dem Teufel zu schließen. Der Teufel steckte im digitalen Detail seines Berufs. Ihn störte daran nicht, dass die Polizei in der Lage war, aus Verbindungsdaten Bewegungs- und Persönlichkeitsprofile zu erstellen, das war ihr Job. Ihn störte, dass es Telefonkonzerne gab, die diese Daten horteten. Wofür, war ihm schleierhaft. Er hatte so etwas schon einmal erlebt. Damals ...

Noch kann ich Menschenleben retten.

Geving blieb keine andere Wahl, er musste diesen unheimlichen Pakt schließen, ob er wollte oder nicht. Die Zeit lief ab!

»Wir haben die richterliche Genehmigung, also nutzen wir sie. Wie lautet Ihr Plan?«

»Wir verschicken stille SMS-Nachrichten an die vermissten Personen«, antwortete Sabine Jentsch.

»Stille SMS?«

»Ja. Subroutinen in Form einer SMS, die für den Empfänger nicht abrufbar ist.« Währenddessen, so die Kriminalkommissarin, fielen Verbindungsdaten an. Dabei spielte es keine Rolle, ob ein Telefon in Betrieb sei oder nicht. War es außer Betrieb, komme die Nachricht wie ein Echo zurück. Jedoch mit dem Vermerk, dass sie an einen bestimmten Ort versendet wurde.

Trotz ihrer sicherlich anschaulichen Erklärung geriet er schnell an die Grenzen seines technischen Sachverständnisses.

Hätte ich Piet nur besser zugehört ...

»Wenn eine Nachricht nicht empfangen wird, wie kann sie sich dann an einem Ort befinden?«

»Ort ist kein räumliches Gebilde, eher ein Fingerabdruck.«

»Verstehe ich noch immer nicht.«

»Jedes Mobiltelefon verfügt über seinen individuellen digitalen Fingerabdruck. Haben wir den, schreiten wir zur eigentlichen Funkzellabfrage. Wir fordern die Verbindungsdaten aller Sendemasten in dem Gebiet an. So ermitteln wir die exakte Geoposition und den Zeitpunkt, an dem sich infrage stehende Telefone aus dem oder den Sendemasten und ihren Funkzellen ausgeloggt haben.«

»Die Geoposition ist die Kompassnadel, die uns verrät, in welcher Richtung und welchem Radius wir genau suchen müssen.«

»Bravo, Herr Kriminalrat. Sie haben's!«

»Wie schnell können Sie arbeiten?«

»Wir müssen zunächst die Rohdaten der Netzbetreiber erhalten. Das Versenden der stillen SMS veranlasse ich sofort, das ist eine Sache von wenigen Minuten. Sobald wir die Verbindungsdaten der letzten achtundvierzig Stunden haben, geht der Abgleich relativ zügig. Ich kann nichts versprechen, aber drei bis fünf Stunden wird es dauern.«

So lange! Bis dahin war Geving zur Untätigkeit verdammt. Andererseits, was brachten drei bis fünf Stunden zielloser Suche? Im Harz hatte seit einiger Zeit wieder starker Schneefall eingesetzt, die Bedingungen waren alles andere als optimal, und auf die Hubschrauberstaffel musste er bereits verzichten. Alles in allem bot sich keine andere Möglichkeit.

»Also gut. Fangen Sie an!«

16:33 Uhr
»Feuerwehrrettungsdienst Altenrode. Hallo?«
»Ja, guten Tag. Ich möchte einen Notfall melden!«
»Was ist geschehen?«

»Vor wenigen Minuten hat eine junge Frau völlig panisch an meine Tür geklopft und um Hilfe geschrien.«

»Wie alt ist die Person ungefähr?«

»Ich weiß nicht. Vielleicht zwischen sechzehn und zwanzig Jahre alt.«

»Befindet Sie sich jetzt bei Ihnen?«

»Ja.«

»Und Sie wohnen?«

»Rosssprung. Klippenweg vier.«

»Der Name?«

»Walther, Gertrude.«

»Ist die Frau verletzt?«

»Sie ist bewusstlos, wirkt stark unterkühlt und dehydriert. Mein Mann versorgt sie notdürftig. Mehr kann ich nicht sagen.«

»Wir schicken einen Rettungswagen, der in etwa fünfzehn bis zwanzig Minuten bei Ihnen sein wird.«

MDR Sachsen-Anhalt Heute
19:00 Uhr

Herzlich willkommen zu Sachsen-Anhalt Heute! Wir beginnen unseren Überblick mit einer aktuellen Sondermeldung. Wie die Kollegen von MDR AKTUELL bereits heute Morgen berichteten, konnte bis zu diesem Zeitpunkt kein Kontakt zu einer Gruppe von sechs Schülerinnen und einem Tutor des Gymnasiums Kloster Eichenburg hergestellt werden, die sich zu einer Fahrt im Oberharz nahe der Ortschaft Erzhütte aufhielt. Bisher ging man witterungsbedingt davon aus, die Gruppe wäre eingeschneit. Wie nun aus gut informierten Kreisen bekannt wurde, läuft derzeit eine groß angelegte polizeiliche Suchaktion. Der Verbleib der vermissten Personen ist weiterhin unbekannt. Sollte es im Lauf dieser Sendung aktuelle Entwicklungen geben, informieren wir Sie natürlich sofort.

Und nun zu unserem heutigen Thema: Haben Landes-
innenminister Schulze und der Ministerpräsident ein
Problem ...?

19:12 Uhr

Schwärze. Stille. Taubheit. Wärme. Schlaf ...
Kälte. Kälte? Kälte, aber kein Schnee. Licht. Gleißen-
des Licht! Zu hell! Kopfschmerzen. Durst.
»... noch mal Glück gehabt.«
Wo ist sie? Wer ist sie
»... ist ihr aktueller Zustand?«
Was ist passiert?
»... Umständen entsprechend ...«
Hellwach? Müde? Müde. Schlaf ...
»... Kochsalzlösung ...«
Schlaf. Schlaf. Dunkelheit. Wärme. Stille ...

Revierkriminaldienst Kreisstadt
Kurt-Weill-Straße 18
19:41 Uhr

Tinus Geving hatte die Nachrichtenmeldung gesehen. Wer oder was waren »die gut informierten Kreise«? Generell hatte Geving kein Problem damit, im Licht der Öffentlichkeit zu arbeiten. Er kannte das von Europol, nur war ihm dort das Terrain geläufig. Das hier, Sachsen-Anhalt, war Neuland für ihn. Er konnte seine Vorgesetzten nicht einschätzen, die Medien ebenso wenig, und er wusste nicht, wie seine Vorgesetzten mit medialem Druck umzugehen pflegten. Zu viele Unbekannte! Dabei wollte er Minenfelder bis auf Weiteres meiden. Sein Job war gerade nicht leichter geworden.

»Grünwald«, begann Geving, »gibt's was Neues aus Erzhütte?«

Er befand sich in einer Videoschalte, auf der einen Seite Polizeirat Markus Grünwald, auf der anderen Seite Kriminalkommissarin Sabine Jentsch, seine Expertin für Telefonüberwachung in Magdeburg. Grünwald sah erschöpft und durchgefroren aus. Kein Wunder, seit Stunden schneite es wieder, und es war klirrend kalt. Daher überraschte die Antwort des Polizeirats nicht.

»Das Wetter macht uns zu schaffen, wir kommen kaum voran. Und wir müssen aufpassen, dass die Hundertschaft nicht verloren geht. Mit dem Harz ist nicht zu spaßen. Es gibt hier tatsächlich Ecken, in denen sind Sie abgeschnitten von jeder Kommunikation.«

»Von uns gibt es vielleicht bessere Neuigkeiten«, unterbrach Sabine Jentsch.

Gevings stählerner Blick wurde noch stählerner. »Das will ich hoffen. Seit knapp einer Stunde ist unsere Suchaktion den Medien bekannt. So langsam brauchen wir neue Erkenntnisse.«

»Mit den stillen SMS-Nachrichten waren wir erfolgreich.«

»Stille SMS-Nachrichten?«, entfuhr es Grünwald mit einem Ausdruck des Unverständnisses im Gesicht.

»Lassen Sie gut sein, Grünwald«, beschwichtigte Geving. »Weitere Erklärungen führen zum Synapsenplatzen. Meine sind schon geplatzt. Weiter bitte!«

»Seit einer halben Stunde liegen uns die Rohdaten der infrage kommenden Mobilfunkstationen Erzhütte und Rosssprung vor«, fuhr die Kriminalkommissarin fort. »Wir konnten sie abgleichen.«

»Die Daten der letzten achtundvierzig Stunden?«

»Wie gewünscht«, bejahte sie.

Alle Telefone loggten sich demnach am Freitag, dem 15. Januar um 16:20 Uhr in den Sendemast Rosssprung ein und loggten sich um 16:32 Uhr wieder aus. Zum selben Zeitpunkt meldeten sich alle sieben Telefone im Sendemast Erzhütte an. Abends loggten sich drei Mobiltelefone aus, namentlich die von Alexander Matthes, Alisah ter Hoorst und Stephanie Pousset. Der Rest blieb auch am folgenden Tag noch angemeldet, bis sich alle verbliebenen Handys um 13:36 Uhr ausloggten. Seitdem befanden sie sich außer Signalreichweite.

Alisah ter Hoorst ... Dieser Name. Wieso nur sagte er Geving etwas?

»Also sind wir nicht einen Deut schlauer!«, bemerkte Grünwald frustriert.

Sabine Jentsch hob mahnend die Hand. »Moment, ich bin ja noch nicht fertig! Um dreizehn Uhr vierunddreißig wurde noch versucht, Mia Kolberg auf ihrem Handy zu erreichen, daraus konnten wir eine Geoposition ermitteln. Sie befindet sich etwa drei Kilometer nordöstlich der angemieteten Hütte Richtung Altenrode.«

»Das liegt in entgegengesetzter Richtung zu unserem bisherigen Suchgebiet. Bisher sind wir davon ausgegangen, sie wären hochgegangen zum Brocken, nicht runter zur Stadt. Frau Kriminalkommissarin, könnten Sie uns eine eindeutige GPS-Position schicken?«

»Klar. Nichts einfacher als das.«

Der Revierkommissariatsleiter beugte sich vor zur Kamera. »Geving, wenn sie getan haben, was ich denke, sind sie in ein Gebiet mit mehreren weitverzweigten Höhlensystemen gekommen. Wenn sie eine davon betreten haben, dann Gnade uns Gott!«

»Ihr Vorschlag?«

»Wir formieren alle Mannschaften neu im entsprechenden Gebiet zwischen Erzhütte und Altenrode.«

»Wie schnell bekommen Sie das hin?«

»Eine knappe Stunde wird's schon dauern. Hängt ganz davon ab, wie schnell wir unsere Leute aus dem Schnee kriegen.«

»Herr Polizeirat, ich muss Ihnen nicht sagen ...«

»... Zeit ist ein Luxus, den wir nicht haben. Keine Sorge, ich trete denen in den Hintern und schiebe an, wenn es sein muss.«

»Viel Erfolg weiterhin und danke, Frau Kriminalkommissarin.«

Endlich hatten sie einen »Ausschlag der Kompassnadel«. Hoffentlich kamen sie nicht zu spät.

20:17 Uhr

Sie ist wach. Wo ist sie? Wer ist sie? Oder träumt sie? Sie spürt ihre Kopfschmerzen und ein leichtes Stechen in ihrem rechten Unterarm. Eine Infusion. Sie liegt im Krankenhaus. Sie ist nicht allein.

»Herr Doktor, unsere Patientin ist wach!«

Also im Krankenhaus. Aber wieso? War sie nicht im Wald? Wie ist sie hierhergekommen?

»Junge Dame, Sie haben Glück gehabt. Wissen Sie, wo Sie sind?«

Kopfschütteln. Kopfschmerzen. Anstrengung. Es ist zu hell!

»Okay, wissen Sie, wie Sie heißen?«

Wie sie heißt? Diese Kopfschmerzen! Sie braucht Ruhe, Wärme, Schlaf ... Mo-m-e-n-t! Krächzen ihrer Stimme.

»Herr Doktor, sie versucht zu sprechen.«

Du m-u-s-s-t es schaffen! »Höhle ... Arminhöhle.«

Zu viel. Schlaf. Dunkelheit ... Wärme ...

»Arminhöhle. Wissen Sie, was sie meint?«

»Schwester, ist die Polizei noch im Haus?«

»Einer steht vor der Tür. Vermuten Sie Schlimmeres?«

»Wer rennt fast zwei Tage ununterbrochen durch den Wald ohne jegliche Orientierung? Holen Sie ihn, ich habe da eine Vermutung.«

Landeskriminalamt Sachsen-Anhalt
Lübecker Straße 53-63
Magdeburg
Büro der Direktorin

Muss dich sehen. Bin so geil auf dich!
22:11, 18. Jan.

Anninka Kresch wusste nur zu gut, dass der Ministerpräsident schwanzgesteuert war. Seine Ehe ging nicht völlig grundlos in die Brüche. Der Mann hatte keine Schwäche für Frauen, sondern eine Besitzsucht. Er war nicht attraktiv, sondern hässlich. Ein Mittfünfziger, aufgedunsen wie ein Kloß, schütteres Haar. Frauen besorgten es ihm nicht aus Freude. Die Angst vor seinem Einfluss war ein effektiver Motivator.

Wenn er Lust verspürte, fing er an zu stinken. Ja, man konnte sagen, dass man die geistige Verfassung des Ministerpräsidenten an dessen Körpergeruch messen konnte. In letzter Zeit stank er oft, eine Mischung aus teurem Parfüm und dem salzig modrigen Odium seines Genitalschweißes.

Zugegeben, in der Bevölkerung war der Ministerpräsident beliebt – seiner zupackenden Art wegen. Auch wenn nur Frauen wussten, wie zupackend er wirklich sein konnte. Jedoch war er kein sonderlich intelligenter Mann. Er blieb abhängig von Einflüsterern. Keine politische Idee war seine eigene. Er verfügte über eine einzige Gabe – Skrupellosigkeit. Es war die Art Skrupellosigkeit, andere seine Pläne entwickeln und danach in der Versenkung verschwinden zu lassen, damit ihm niemand seinen Platz streitig machen konnte. Das war es, was man von männlichen Politikern erwartete: Eier in der Hose. Um Kompetenz ging es niemals!

Der Ministerpräsident war kein intelligenter Mann. Dies galt zugleich bezogen auf jeglichen Beischlaf. Für die Kunst des Spiels hatte er nicht den Verstand. Er musste oben liegen und als Erster zum Zug kommen. Flexibilität in den Stellungen war ihm fremd.

Anninka Kresch musste feststellen, dass sie für den Ministerpräsidenten in jenen Momenten nicht mehr gewesen war als eine Matratze mit Loch. Ekel überkam sie bei dem Gedanken, wie er sie durchrammelte. Er stieß zu mit der Wucht einer Büffelherde. Dazu sein Grunzen und sein furchtbarer Körpergeruch! Immer ergoss er sich in sie, kotzte förmlich in sie hinein. Ein Wunder, dass dieser Buhlschaft noch kein Bastard entsprungen war. Manchmal kam er zu früh, und er bespritzte sie gefühlt mit Litern milchig schaumigen Spermas. Das war jedes Mal eine Sauerei.

Sicherlich, er war skrupellos. Doch in puncto Skrupellosigkeit übertraf sie ihn um Längen. Im Bett war er ein Trottel, während sie skrupellos blieb. War sein Penis genügend durchblutet, machte sein Gehirn Pause. In diesen Momenten und eine gewisse Zeit davor und danach war er ... empfänglich. Sie wusste, dass sie sich ihre Karriere nicht allein durch Arbeit, Fleiß und Kompetenz würde aufbauen können. Folgerichtig galt es, diese Momente auszudehnen. Anninka Kresch hatte ein Gespür für solche Momente und dafür, sie maximal gewinnbringend für sich zu nutzen. Ihre Antwort konnte nur lauten:

Nicht heute, mein Lieber. Morgen lasse ich dich ran. Vielleicht auch zweimal.
22:16, 18. Jan.

Harz-Klinikum Altenrode
Eichenburger Straße 15
22:41 Uhr

Schlafen. Dämmern. Wachen. Sie ist wach, zumindest für den Moment. Sie fühlt sich so schwach. Wenigstens ist es dunkel und nicht mehr so kalt. Nun ist sie allein. Allein mit sich und ihren Gedanken. Ja, sie kann wieder Gedanken fassen. Was ist passiert? Irgendetwas ist doch passiert. Ist sie nicht Ewigkeiten durch den Wald gelaufen? Sie kann immer noch nicht sagen, wie lange. Das Gefühl für Zeit ist ihr abhandengekommen. Sie kann sagen, wo sie ist. Und so langsam fällt es ihr ein. Sie kann sagen, wer sie ist. Sie weiß nun, wer sie ist!

Aber diese Kopfschmerzen. Ihre Gedanken rasen, sie kann sich nicht konzentrieren. Jetzt nicht. Sie braucht Schlaf. Schlaf ...

23:58 Uhr

»Ich wiederhole: An alle Einheiten. Mehrere Explosionen in der Metrostation Stadhuis. Polizeikräfte vor Ort außer Gefecht. Es gibt Berichte über Dutzende Tote und Verletzte. Lage völlig außer Kontrolle. Alle verfügbaren Kräfte sind dort umgehend zusammenzuziehen. Großalarm!«

Als er den Platz endlich erreichte – zusammen mit anderen Polizei-, Feuerwehr- und Rettungseinheiten, die im selben Moment auch dort eintrafen –, bot sich ihm ein Bild der Apokalypse. Das Chaos brach sich Bahn rund um die Station, die sich unter der Coolsingel befand, einer breiten, baumgesäumten Hauptstraße durch das Stadtzentrum. Weil der Bereich bisher nicht hatte abgesperrt werden können, bildete sich ein langer Verkehrsstau, der den nahe gelegenen Hofplein innerhalb kürzester Zeit lahmzulegen drohte. Viele Fahrzeuge standen direkt auf der Straße und waren verlassen, da die Fahrer wohl selbst zu helfen versuchten. Allein das Hupkonzert der Autos war ohrenbetäubend.

Aus dem Untergrund der Station quoll dicker, öliger schwarzgrauer Rauch. Er war so dicht, dass man die leuchtend gelben Stationsschilder, die die Zugänge normalerweise weithin ersichtlich markierten, nicht erkennen konnte.

Straßen und Plätze waren übersät mit Verwundeten. Teilweise lagen oder kauerten sie, teilweise irrten sie panisch desorientiert herum, der eigenen inneren »Notbatterie« folgend. Schreiende, weinende Kinder. Schreiende, weinende Mütter. Schreiende, weinende Kinder und Mütter, die voneinander getrennt waren. Aus dem Untergrund ergoss sich eine, einem sich windenden Lindwurm ähnelnde rußverschmierte und blutüberströmte Menschenmasse.

Panik! Panik setzte jegliche Vernunft außer Kraft. Die Menschen brüllten um Hilfe oder vor Schmerzen mit angstverzerrten Blicken, fielen, krochen, trampelten übereinander her. Trampelten sich tot! Hier wollte jeder nur noch seine Haut retten.

Er stand starr vor Schreck mitten im Gewühl, hin- und hergerissen zwischen den plan- und ziellos Flüchtenden. Zu Boden geworfen und kaum wieder auf den Beinen. Er lächelte. Er hatte es kommen sehen, stand nun dabei und wusste nicht, was zu tun war. Es erschien ihm so abstrus. Doch es erging nicht nur ihm so. Die Menschenmenge drückte ihn direkt in die Arme seines Kollegen Piet Veenstra.

Der stand plötzlich vor ihm, wie zur Salzsäule erstarrt. Kam er mit ihm, oder war er schon da? Es spielte keine Rolle, jemand musste jetzt die Initiative ergreifen. Er packte ihn am Arm. Piet erschrak, wie aus einer Trance gerüttelt.

»Tinus«, sagte er leise. »Du hattest recht. O mein Gott!«

»Beruhige dich. Reiß dich zusammen und erklär mir die Situation!«

Er schluckte. »Es gab zwei Explosionen im Stationsinneren, in jeder Fahrtrichtung eine. Zumindest erzählen das hier alle.«

Langsam kroch Geving der widerliche Geruch verbrannten Fleischs und Bluts in die Nase. Ihm wurde übel, doch er konnte sich nicht gehen lassen.

»Wie viele unserer Leute sind noch da unten?«

Piet lachte völlig von Sinnen. »Du hattest die ganze Zeit recht!«

»Piet! W-i-e v-i-e-l-e?«

»Ich weiß es nicht. I-c-h w-e-i-ß e-s n-i-c-h-t!«

Es war schwer, sich bei diesem ohrenbetäubenden Lärmgemisch aus Alarmsirenen und menschlichen Schreien zu konzentrieren.

Jetzt musste sich Geving konzentrieren. »Was wurde bisher in die Wege geleitet?«

Piet schüttelte den Kopf und sagte nichts, lachte nur halb wahnsinnig.

Geving fasste ihn an die Schultern, schüttelte ihn durch. »Piet!«

Sein Kollege fing an zu heulen.

Genug! Er verpasste ihm eine Ohrfeige. »Mann, komm zu dir! Wir müssen jetzt funktionieren!«

Piet schluckte seine Verzweiflung herunter und atmete tief durch.

Wieder wurden beide zu Boden gerissen, rappelten sich wieder auf.

»Welche Maßnahmen wurden eingeleitet?«, fragte Geving noch einmal.

»Bis auf die notärztliche Versorgung der Menschen noch nichts.«

»Du koordinierst die Rettungsmaßnahmen hier oben.«

Geving und Veenstra sahen in diesem Moment emotionslos mit an, wie ein junges Mädchen – vielleicht vierzehn Jahre alt – an einem der Stationsaufgänge fiel. Niemand half ihm auf. Niemanden kümmerte es. Die Kleine wurde von der Massenpanik niedergetrampelt. Ein kurzer Schrei, ein paar Momente des erwehrenden Zuckens, keine Chance, sie blieb reglos liegen. Sie würde später dort sterben.

»Sichert die Ausgänge, und lenkt die Evakuierung in geordnete Bahnen.«

»Verstanden.«

»Es müssen Gassen gebildet werden, ich möchte ...«

Eine weitere Explosion. War es eine Explosion? Eher ein dumpfes Grollen. Kam es von hier? Nein! Geving schaute sich in alle Himmelsrichtungen um und blieb an einem Punkt hängen. Es war auf der anderen Seite des Stadtzentrums, wo sich ein dunkler Rauchpilz erhob. War es das Westin oder das Beurs-World Trade Center? Nein, die Skyline schien unversehrt.

»Central Station«, erklärte Piet.

Bumm! Eine weitere Explosion, etwas näher, die Coolsingel runter.

»Und wo war das?«, fragte Geving.

»Lass es bitte nicht die Erasmusbrücke sein. Lass es b-i-t-t-e n-i-c-h-t die Erasmusbrücke sein!«

Da wurde es Geving schlagartig klar. Das hier war nicht die Hölle. Es war ein Vorspiel, die Vorhölle.

»Es ist eine Ablenkung!«

Geving drehte sich im Kreis, wurde angezogen von einem Punkt nahe der Einbiegung zur Kruiskade, fast hundert Meter entfernt. Für einen Moment trafen sich ihre Blicke. Es schien, als ständen sie sich direkt gegenüber. Verdammt! Geving hatte recht. Der Mann stand mit einem diabolischen Grinsen im Gesicht und hielt etwas hoch. Was war es? Es blinkte. Eine Zündfernsteuerung!

»Das kann doch nicht ...«

Jetzt brach die Hölle los, der Boden unter Geving gab nach. Eins, zwei, drei, vier! Geving hob es vom Boden ab, er wurde von einer Druckwelle erfasst und rücklings mehrere Meter durch die Gegend geschleudert. Dann Schwärze. Stille ...

Tinus Geving schreckte hoch. Einem Augenblick der Desillusionierung folgte die Erkenntnis. Er lag in einem leer stehenden Büro des Revierkriminaldienstes auf der Couch. Offenbar war er eingeschlafen. Er hatte nicht geträumt. Das war kein Traum! Er durchlebte es immer und immer wieder.

Was ihn aufschrecken ließ, war das Klingeln seines Diensthandys.

»Tinus Geving.«

»Grünwald hier. Kommen Sie schnellstmöglich ins Harz-Klinikum Altenrode. Ein junges Mädchen ist dort am frühen Abend halb erfroren, dehydriert und unter Schock stehend eingeliefert worden. Der behandelnde Arzt hatte so ein Gefühl.«

»Und das sagte ihm was?«

»Die Beschreibung passt auf eine unserer Vermissten.«

»Welche?«

»Mia Kolberg!«

Begehren – Tag 2:
Dienstag, 19. Januar

Kaum ein Mensch war zu dieser Stunde auf den Straßen unterwegs, was leider zur Folge hatte, dass der Winterdienst seiner Arbeit nur noch vereinzelt nachkam. Dabei schneite es ohne Unterbrechung. Trotz der eindeutigen Witterungslage fuhr Geving schneller, als es seiner Gesundheit zuträglich war, sollte er vom Weg abkommen. Er wollte keine Zeit verlieren, konnte keine Zeit verlieren. In solchen Situationen stand er unter Strom, sein ganzer Körper prickelte. Zuletzt hatte er so etwas erlebt ...

Nein, du musst dich auf den aktuellen Fall konzentrieren!

Am Haupteingang des Krankenhauses wurde er bereits von Polizeirat Markus Grünwald und dem Schulleiter von Kloster Eichenburg, Julius Berghausen, erwartet. Geving hatte ihn auf der Fahrt aus dem Bett geklingelt. Der Schulleiter war nicht allzu glücklich, die Wärme seines Betts mit der Kälte – das Thermometer fiel deutlich unter minus zwanzig Grad – einzutauschen, und zierte sich. Auch jetzt schien Berghausen etwas angefressen. Er sah so anders aus. Ohne Pomade wirkten seine Haare ungepflegt lang, sie standen in alle Richtungen. Unrasiert und mit dunklen Augenringen, die Berghausens Übernächtigung zuzurechnen waren, wirkte er tatsächlich wie ein Mensch und nicht wie die Karikatur des vorangegangenen Nachmittags.

»Tut mir leid, schneller ging es wirklich nicht«, begrüßte Geving die Wartenden.

»Ist es tatsächlich Mia?«, fragte Berghausen.

Der Polizeirat zuckte leicht die Schultern. »Bisher weiß ich darüber kaum mehr als Sie.«

»Wohin müssen wir eigentlich?«, wollte der Schulleiter wissen.

»Kardiologie. Dritte Etage.«

Geving, Grünwald und Berghausen mussten nicht lange auf den Fahrstuhl warten, die Türen öffneten sich umgehend.

Im Fahrstuhl war es an Geving nachzuhaken. »Und weiter?«

»Eine junge Frau, deren Beschreibung auf Mia Kolberg passt, ist gestern kurz nach siebzehn Uhr eingeliefert worden, halb erfroren und nicht ansprechbar. Der leitende Oberarzt informierte das Revierkommissariat gegen zwanzig Uhr, als ihm zu dämmern schien, wen er da vor sich haben könnte. Lief ja hoch und runter in den Medien.«

Geving fuhr den Polizeirat ärgerlich an. »Was hat dann bei Ihnen so lange gedauert? Das war vor über vier Stunden!« Er musste sich zügeln. In Situationen wie diesen blieb von seiner grundsätzlich großzügig ausgeprägten Geduld nichts übrig.

Dafür blieb Grünwald ruhig. »Mal Ihr Telefon gecheckt? Wir haben ununterbrochen versucht, Sie zu erreichen.«

»So viel zu ›Die Polizei schläft nie‹ ...«, spottete Berghausen.

Toll! Auch noch in Gegenwart dieses Lackaffen. Er hatte keinen Gedanken daran vergeudet, seine entgangenen Anrufe zu überprüfen. Fehler!

»Entschuldigung«, murmelte er beschwichtigend. »Langer Tag.«

»Ist die Suche denn wieder angelaufen?«, erkundigte sich der Schulleiter.

»Recht zügig sogar. Ich muss aber wohl nicht betonen, wie schwierig die Suche bei diesen Bedingungen ist in einem so unübersichtlichen Gebiet. Wir müssen Geduld haben«, gestand der Altenröder Revierkommissariatsleiter.

Da war es wieder, Geduld! In dem Moment sprang die Fahrstuhltür auf.

»Vielleicht auch nicht«, versuchte Geving zu ermutigen. »Ich hoffe es zumindest.« Tatsächlich hatte er noch einen Funken Hoffnung. Wenn es sich um Mia Kolberg handelte, bestand eine reelle Chance, die übrigen Vermissten bald zu finden. An Grünwald gewandt fragte er: »Sie kennen die Richtung?«

»Ja. Der Oberarzt, Doktor Spengler, erwartet uns.«

Vor dessen Arztzimmer wurden sie bereits von einem sportlich wirkenden, noch jungen Mann erwartet. »Spengler, leitender Oberarzt der Kardiologie.«

»Kriminalrat Geving vom LKA, mein Kollege Polizeirat Grünwald und Julius Berghausen, Schulleiter auf Kloster Eichenburg.«

»Danke, dass Sie kommen konnten. Heute Nachmittag ging in der Notrufzentrale ein Anruf aus Rosssprung ein. Demnach bat eine junge Frau, etwa achtzehn Jahre alt, bei einem Ehepaar panisch um Hilfe und verlor daraufhin das Bewusstsein.« Der Oberarzt beschrieb, dass die Patientin völlig dehydriert und mit einer extremen Unterkühlung eingeliefert worden sei. Anscheinend müsse sie über einen längeren Zeitraum dieser Belastung ausgesetzt gewesen sein. Muskelzittern, Herzrasen und überhöhte Atemfrequenz ließen nach Spenglers Expertise keinen anderen Schluss zu. »Im Fall der Patientin wurden die Symptome außerdem dadurch verstärkt, dass sie unter einer akuten Belastungssituation gestanden haben muss.«

»Mit anderen Worten, sie stand unter Schock.« Geving interessierte die Patientenakte jetzt nur am Rand. »Können wir sie sehen?«

Spengler seufzte. »Wissen Sie, wir haben eigentlich klare Regeln.«

»Es stehen weitere Menschenleben auf dem Spiel.« Geving war in diesem Schlüsselmoment sichtlich um Ruhe bemüht. »Also, können wir?«

Spengler seufzte abermals. »Aber nur ganz kurz!«

Vor der Tür des Krankenzimmers angekommen, ermahnte der Oberarzt die drei Beamten. »Wir haben ihr ein Beruhigungsmittel gegeben, sie müsste jetzt schlafen. Von hier aus sollten Sie sie erkennen können.«

Er öffnete leise die Tür. Dort lag sie, eine schlanke, hochgewachsene junge Frau mit langen blonden Haaren, eher der skandinavische Typ. Trotz ihres erbarmungswürdigen, zerbrechlichen Aussehens wirkte sie grazil und durchtrainiert. Geving überkam eine gewisse Faszination, die Patientin war umgeben von einer feenhaften Aura.

Wie an jenem Morgen. *La blanche neige ...*

Geving und Grünwald sahen den Schulleiter an, der nickte. Dr. Spengler schloss die Tür.

»Mia Kolberg«, bestätigte Berghausen mit merklicher Anspannung in der Stimme.

Obwohl Geving Mias Foto aus der Schülerakte kannte, musste er sich eingestehen, dass es nicht annähernd der Realität entsprach.

»Die Kleine hat echt Glück gehabt«, befand Markus Grünwald.

»Das können Sie laut sagen«, stimmte Spengler zu. »Sie muss über eine fantastische Kondition verfügen.«

»Sie ist Leistungssportlerin«, fügte Julius Berghausen ein. »Das erklärt es vielleicht.«

»Wenn man bedenkt, dass sie zwei volle Tage dort draußen war, ist sie noch glimpflich davongekommen«, fuhr der Oberarzt fort. »Manchmal ist es unglaublich, zu welch Willensleistungen der menschliche Geist in der Lage ist. Dennoch kam ihre Rettung keine Minute zu früh, einen weiteren Tag hätte sie nicht überlebt.«

Geving nahm all das nur wie durch einen Nebelschleier wahr.

Das erste Licht des Tages streifte die sanft geschwungenen Schultern, über die das glänzende Haar fiel. Chloé. Er würde sich niemals an ihrer Schönheit sattsehen können.

»Habe ich dich geweckt?«

»Wann können wir mit ihr sprechen?«

»Wie gesagt«, meinte Spengler, »sie schläft erst mal.«

»Dann wecken Sie sie halt auf!«, Gevings Ton wurde aggressiv. Er selbst war erstaunt über seinen Mangel an Kontrolle.

Nun hielt sich auch Spengler nicht mehr zurück. »Ihre Ermittlungen in allen Ehren, aber das kommt überhaupt nicht infrage! Niemand weiß, wie es um ihre psychische Verfassung bestellt ist. Wenn wir sie jetzt aus ihrer dringend benötigten Ruhe reißen, geht sie uns hops!«

»Ich wiederhole mich, es geht hier um Menschenleben!«

»Mir geht es um dieses Menschenleben, Herr Kriminalrat! Das hat für mich absolute Priorität. Solange Sie sich auf meinem Platz befinden, spielen Sie nach meinen Regeln! Verstanden?«

Geving wollte nicht klein beigeben. »Ich bestehe auf einer Befragung ...«

»... zum passenden Zeitpunkt«, fiel ihm Spengler ins Wort. »Sobald sich ihre Lage weiter stabilisiert und sie ihr volles Bewusstsein wiedererlangt hat. Sie sind der Erste, der es erfährt, versprochen!«

Natürlich hatte der Oberarzt recht. Aber Geving missfiel es, Gefangener von Umständen zu sein, an denen er nichts ändern konnte. Mia Kolberg war in Sicherheit, ein absoluter Glücksfall. Vom Rest? Keine Spur! Erst in diesem Moment bemerkte Geving den Polizeibeamten, einer von Grünwalds Leuten, der vor Mia Kolbergs Zimmer postiert war.

»Grünwald, bitte sorgen Sie dafür, dass einer Ihrer Beamten ständig in der Nähe ist.«

»Wird in die Wege geleitet.«

»Ich werde umgehend die Mutter informieren«, meldete sich Berghausen zu Wort.

»Da wäre noch etwas, meine Herren«, setzte Spengler nach. »Als sie das Bewusstsein wiedererlangt hat, brachte sie genau zwei Worte hervor: Höhle, Arminhöhle. Ich hielt das erst nicht für wesentlich, viele Patienten in ihrer Lage halluzinieren.«

Jetzt platzte Geving der Kragen. »Mann, Sie haben vielleicht Nerven! Warum haben Sie das nicht früher erwähnt? Wir stecken mitten in einer groß angelegten Suchaktion. Da ist jeder Hinweis ...«

»Arminhöhle?« Dem Polizeirat kam ein Geistesblitz. »Die Arminhöhle befindet sich zwischen Erzhütte und Altenrode exakt in unserem Suchgebiet, wenn auch etwas am Rand.«

Geving zögerte nicht lange. »Jeder verfügbare Mann begibt sich umgehend dorthin und durchforstet das verdammte Ding. Und wenn sie jeden Stein einzeln umdrehen oder heraustragen müssen. Grünwald, Berghausen, kommen Sie, wir haben keine Zeit zu verlieren!«

Wie spät mag es sein? Draußen ist es dunkel. Sie hat wohl längere Zeit geschlafen, aber etwas hat sie aus dem Schlaf gerissen. Ist jemand in ihrem Zimmer? Es ist leer. Sie fühlt sich immer noch erschöpft. Wirre Bilder haben sich im Schlaf vor ihrem inneren Auge abgespielt. Was waren das für Bilder? Sie kann sie nicht verorten.

Stimmen vor ihrer Tür.

»Dann wecken Sie sie halt auf!«

Sie hat es sich nicht nur eingebildet, jemand muss bei ihr gewesen sein. Aber wer?

»... das kommt überhaupt nicht infrage!«

Sie versucht zu lauschen.

»Niemand weiß, wie es um ihre psychische Verfassung bestellt ist.«

Ihre psychische Verfassung? Es geht ihr doch gut! Geht es ihr gut? Was ist geschehen?

»... es geht hier um Menschenleben.«

Um Menschenleben? Ist sie nicht allein? Sie ist doch allein! Oder? Zweifel.

»Ich bestehe auf einer Befragung ...«

Befragung! Es geht also um sie, Mia. Sie versteht nicht. Kann nicht verstehen. Oder will nicht verstehen. Diese wirren Bilder im Kopf! Sie braucht Ruhe, Schlaf ...

Zwischen Altenrode und Erzhütte
01:52 Uhr

Die Arminhöhle lag in einem in den Harz hineinragenden Flusstal, das zu beiden Seiten durch schroff sich aufrichtende Felswände begrenzt wurde. Aus Richtung Altenrode konnte man die Höhle nur fußläufig erreichen. Der Schneefall ließ endlich nach, es rieselte nur leicht, und es war fast windstill. Das Tal war von natürlicher Helligkeit erleuchtet, der wolkenverhangene Himmel reflektierte die Lichter der nahe gelegenen Stadt. Geving kam es hier noch kälter vor, was an dem Flusslauf lag, dem sie folgten. Sie waren nun bereits eine Viertelstunde unterwegs.

»Grünwald, wie weit ist es noch?«, fragte er.

»Wir müssten fast da sein. Vielleicht fünf Minuten.«

»So wie ich es einschätze, liegt die Höhle näher an Altenrode als an Erzhütte, oder täusche ich mich?«

»Nein, es stimmt.«

»Ganz schöner Weg, den die hinter sich haben.«

»So in etwa sechs Kilometer.«

Berghausen war schon längere Zeit ungewöhnlich still. Mia Kolbergs an ein Wunder grenzende Rettung ließ ihn nicht weniger angespannt wirken. Für Geving war das nach dem kurzen Einblick des Vortags nicht weiter verwunderlich. Viel weniger als in seiner eigenen mochte er jetzt in der Haut des Schulleiters stecken. Die sechs Schülerinnen und ihr Tutor waren quasi vor Berghausens Augen verschwunden. Daran hatte eine solch eitle Person ein Weilchen zu knabbern.

Geving bemühte sich, ihn aus dessen Gedanken zu holen. »Schon mal hier gewesen, Herr Doktor Berghausen?«

Die Antwort kam matt. »Die Arminhöhle ist ein beliebtes Ausflugsziel für die Eichenburger.«

Talaufwärts waren Stimmen und Rufe zu vernehmen, sie mussten jetzt ganz nahe sein. Bald strahlte ihnen gleißend weißes Scheinwerferlicht entgegen.

Auf Höhe der Höhle verbreiterte sich das Tal und bot einen natürlichen Vorplatz. Geving, Grünwald und Berghausen registrierten, dass die Suchmannschaften mit großräumigen Absperrarbeiten begonnen hatten.

Sie hörten als Nächstes die Anordnung des Hundertschaftsführers, der in Grünwalds Abwesenheit die

Sucharbeiten leitete. Er erkannte sie und ging beim Reden auf sie zu.

»Jeder, der nichts in der Höhle zu suchen hat, hält sich von ihr fern!« Mit versteinertem Gesicht blieb er vor den Neuankömmlingen stehen.

Tinus Geving bekam ein flaues Gefühl im Magen, ein heißkalter Schauer durchfuhr ihn. »Wollen Sie sagen …?«, mehr brachte er nicht heraus.

Der Hundertschaftsführer schüttelte nur den Kopf.

Privatwohnung Anninka Kresch
Hegelstraße 21
Magdeburg
02:07 Uhr

Anninka Kresch hatte nur eine sehr kurze Nacht gehabt, als das Telefon sie aus dem Schlaf riss. Am Apparat war Kriminalrat Tinus Geving.

Sie lauschte seinen Ausführungen, war im Grunde genommen schon auf ein Desaster vorbereitet. Sie gab vor, äußerst betrübt zu sein. Von einer Frau in ihrer Position, die obendrein nach Höherem strebte, wurde das einfach erwartet. Als Landeskriminaldirektorin war sie jetzt am Scheideweg. Handelte sie richtig, führte klug, traf notwendige Entscheidungen, stand einer steilen Karriere nichts entgegen. Glitten ihr jedoch die Dinge aus den Händen, sie würde sang- und klanglos in der Versenkung verschwinden – wie ihr Vorgänger.

Anninka Kresch war nicht religiös, sie war Atheistin. An irgendeine höhere, gar übernatürliche Instanz mochte sie nicht glauben. Sie glaubte an die Macht des Egoismus – diese Melange aus Ehrgeiz und Streben nach unbedingtem Materialismus sowie einem Netzwerk guter Beziehungen. Zur Not auf Kosten anderer, sie war da nicht sonderlich sentimental.

Sie griff erneut zum Hörer, wählte eine Nummer. »Schicken Sie bitte sofort meinen Wagen, ich muss unverzüglich nach Kreisstadt!«

Zwischen Altenrode und Erzhütte
Arminhöhle
03:43 Uhr

»Mitten im kalten Winter, wohl zu der halben Nacht ...«

»Entschuldigung, wie bitte?« Grünwald verstand nicht ganz.

Kriminalrat Tinus Geving musste an die Zeile eines alten Weihnachtslieds denken.

»Alles in Ordnung bei Ihnen?«, fragte Grünwald erneut.

»Hier stehen wir nun. Mitten im kalten Winter, wohl zu der halben Nacht. Dort drin, Grünwald, dort drin liegen fünf rotgefleckte verblühte Rosen und ihr Lehrer ...«

Geving konnte nicht sagen, wie lange die Spurensicherung schon ihrer Arbeit nachging. Der Tatort war gesichert, die Spurensuche auf den ersten Blick abgeschlossen.

Den Schulleiter ließ Geving bereits nach Eichenburg zurückfahren. Der Mann war kreideweiß, stand unter Schock und war zu nichts mehr in der Lage.

Um ihn herum herrschte stille Trauer. Viel war nicht mehr auszurichten. Die Zweite Einsatzhundertschaft machte sich zum Abmarsch bereit. Vierzehn Stunden fieberhafter Suche bei Schnee, Eis und Kälte lagen hinter ihnen. Sie waren durchgefroren, zermürbt – und sie kamen zu spät. Man sollte meinen, Polizeibeamte könnten mit derlei Situationen professionell und abgehärtet umgehen. Polizisten waren aber eben auch nur Menschen. Der Anblick so vieler junger Opfer, für die man nichts mehr tun konnte, war ausreichend, einen in die Verzweiflung zu treiben.

Geving selbst fühlte in diesem Moment nichts. Es drang nicht zu ihm durch ...

Er fühlte nichts ...
Er hörte nichts, außer einem hochfrequenten Tinnitus in seinem Schädel. Geräusche nahm er nur äußerst gedämpft, wie durch Watte, wahr. Seine Trommelfelle entweder gerissen oder geplatzt. Kein Mensch konnte die Wucht von vier Detonationen einfach wegstecken.
Er kam langsam zu sich. Er war bedeckt von Geröll und Staub. Seine Lunge brannte, er musste husten und durfte nicht zu tief einatmen.
Er sah nichts. Die Wand aus gelblich gräulichem Rauch hatte sich noch nicht verzogen. Er tastete über den Boden. Schreie wie aus der Ferne, doch ganz nah. Er konnte die Schreienden sehen. Abgerissene Gliedmaßen, ein menschlicher Torso ohne Kopf. War das Piet Veenstra? Wo war Piet Veenstra? Sie waren beide zusammengestanden!
Geving kroch durch das Trümmerfeld, das bis vor wenigen Minuten noch Teil der Coolsingel gewesen war. Er fand seinen Kollegen. Er lag, als schliefe er, jedoch die Arme und Beine seltsam verrenkt.
»Veenstra.« Nichts. »Piet!«
Er fühlte dessen Puls. Nichts. Piet Veenstra war tot.

»Geving, können wir?«
Nichts da, er musste jetzt funktionieren! An Grünwald gewandt, der ebenfalls ungläubig und frustriert dreinschaute, sagte er: »Gut. Tatortübergabe.«
Sie liefen durch einen etwa zwanzig Meter langen, relativ breiten und etwa zwei Meter fünfzig hohen Gang, der am Ende eine scharfe Biegung nach links machte. Kein Wunder, dass niemand bisher die Leichen entdeckt hatte. Bei diesem Wetter würde sich kein nor-

maler Mensch in die Lebensgefahr einer Fußwanderung zur Arminhöhle begeben.

Das Höhleninnere hatte er sich gewaltiger vorgestellt, als es der Realität entsprach. Der Saal – eher war es ein Raum – hatte vielleicht zwanzig Meter im Durchmesser und war ungefähr fünf Meter hoch. Im Prinzip ein recht idyllisches Fleckchen.

Die Idylle wurde getrübt durch die Anwesenheit sechs abgedeckter lebloser Körper. Zu allem Überfluss wären Geving und Grünwald beim Betreten der Höhle beinahe über einen davon gestolpert.

»Alle raus«, befahl er den anwesenden fünf Kollegen der Spurensicherung, die ihre Arbeit erledigt hatten.

Geving wollte jetzt ungestört sein. Beim ersten Blick auf die Toten bot sich ihm ein ziemliches Massaker. Der Raum war übersät mit Markierungstafeln und -pfeilen, die auf jedes noch so kleine Detail hinwiesen. Irgendwie tangierte es ihn nicht, letztendlich war der Anblick recht harmlos. Da hatte er schon Schlimmeres gesehen. Tinus Geving hätte etwas fühlen sollen, allein es stellte sich nichts ein. Doch, er fühlte sich verdorben, weil ihn die Szenerie nicht berührte!

»Fangen wir mal hier an«, empfahl der Polizeirat. Er hob die Abdeckplane hoch. Ein schlankes Mädchen, rotes Haar, sommersprossiges Gesicht, lag bäuchlings mit der rechten Gesichtshälfte auf dem Boden in einer riesigen glitschig gallertigen Lache gefrorenen Bluts. Der ausgestreckte rechte Arm wies bereits Fraßspuren auf. Tiere im Winter waren nicht sonderlich wählerisch.

»Johanna von Kleeberg. Von hinten erschossen, wahrscheinlich wollte sie fliehen.« Markus Grünwald wies mit dem Zeigefinger auf Kriechspuren hinter dem Opfer, die mit Richtungspfeilen markiert waren. »Der Schuss muss nicht unmittelbar tödlich gewesen sein. Aber Sie sehen es ja selbst, das Blut suppte nur so aus ihr raus. Keine Chance!«

In der Raummitte lagen zwei weitere Leichen, die vorerst nicht von Belang waren. Grünwald führte Geving zu einem Körper etwas weiter hinten, ebenfalls abgedeckt. Der Polizeirat nahm die Plane beiseite. Das Opfer wirkte nicht so zierlich wie Johanna von Kleeberg, hatte ein breites Kreuz und schulterlange braune Haare, zu einem Zopf geflochten. Sie hing da, mit aufgerichtetem Oberkörper, den Kopf gesenkt. Ihre helle Winterjacke war blutdurchtränkt.

»Stephanie Pousset. Sieht nach Bauchschuss aus. Jämmerliche Art zu verrecken.«

»Das heißt, auch der Schuss war nicht prinzipiell tödlich?«, wollte Geving wissen.

»Scheint so. Weiter?«

Sie wechselten auf die entgegengesetzte Seite der Höhle. Hinter einem Felsvorsprung, der aus der Wand in die Höhle hineinragte, lag ein weiteres Opfer.

»Alisah ter Hoorst. Kopfschuss.«

Sie lag rücklings auf dem Boden, mit weit aufgerissenen, fast vorwurfsvollen grünen Augen. Mehr konnte Geving vom Gesicht nicht erkennen. Aus einem roten Punkt mitten auf der Stirn ergoss sich ein purpurfarbenes dünnes Rinnsal.

»Interessantes Beweisstück haben wir hier gefunden.«

Etwas abseits in Hüfthöhe des Opfers lag ein Handy.

»Läuft es noch, Grünwald?«, wollte Geving wissen.

»Gute Frage. Ich gehe mal davon aus, dass der Akku leer ist. Ob sie Hilfe holen wollte?«

»Ohne Netz? Zweifelhaft. Auf jeden Fall mitnehmen zur Überprüfung. Wir gewinnen so vielleicht Erkenntnisse über den genauen Tatzeitpunkt. Wenn ich mir das alles so ansehe, sind die seit über vierundzwanzig Stunden tot. Das reinste Gefriergut!«

»Mit anderen Worten, ihr Schicksal war gestern Morgen schon besiegelt.«

»Grünwald, es gab absolut nichts, was Sie hätten tun können.«

»Es ist so verdammt unfair!«

Nun erreichten sie die Raummitte. Zwei Leichen lagen in trauter Zweisamkeit nebeneinander. Die eine mit dem Kopf zu den Füßen der anderen. Wie Plätzchen nach dem Ausstechen auf dem Ofenblech. Es hätte ein komisches Bild sein können. Hätte …

»Dieses Opfer, Marie Jannings, wurde durch einen Schuss in die Brust getötet. Die Wucht des Geschosses muss sie von den Füßen gerissen haben. Vermutlich war sie bereits tot, ehe sie auf dem Boden aufkam.«

»Aha.«

»Das andere Opfer, Sophia Dibelius. Ich muss Sie warnen, das wird ein bisschen hart …« Grünwald zog die Plane weg, Geving sah für den Bruchteil einer Sekunde hin und drehte sich instinktiv zur Seite. »Direkter Gesichtsschuss.«

Das halbe Gesicht hing in Fetzen, ein Teil der Schädeldecke war förmlich weggesprengt worden und heraus quoll blutig weiße Gehirnmasse. Glücklicherweise musste der Schuss auf sie das Letzte gewesen sein, was sie hatte vernehmen können.

Etwas weiter blieb Grünwald vor vier Bodenmarkierungen stehen. »Vier Patronenhülsen. Der Täter muss sich also für vier Schüsse nicht vom Fleck bewegt haben, was darauf schließen lässt, dass alles sehr schnell gegangen ist.«

»Die vier Schüsse galten demnach Johanna von Kleeberg, Marie Jannings, Sophia Dibelius und Stephanie Pousset?«

»So die Vermutung der Spurensicherung. Das fünfte Opfer, Alisah ter Hoorst, fiel dieser Serie nicht zum Opfer. Vermutlich wollte sie sich verstecken und wurde hinterm Felsvorsprung gestellt.«

»Kann man schon was zum Kaliber sagen?«

»Dazu kommen wir jetzt«, antwortete Grünwald.

Sie machten einen Bogen um die markierten Patronenhülsen und bewegten sich auf den letzten Leichnam zu, der Richtung Ausgang seitlich an einer Wand lag.

»Alexander Matthes. Schauen Sie, was er bei sich hat, so etwas sieht man nicht alle Tage.« In der totenstarr rechten Hand hielt er eine Waffe. »Jarygin PJa!«

»Konventionelle halbautomatische Militärpistole. Kaliber neun Millimeter Luger. Modifiziertes Browning-System mit kurzem Rücklauf und Rückstoßlader. Mögliche Magazinfüllungen: achtzehn Geschosse«, ergänzte Geving.

»Wow! Sie kennen sich gut aus.«

»Standarddienstpistole der Polizei und der Streitkräfte Russlands, vor knapp zwanzig Jahren eingeführt. Wie Sie sehen, ist die Waffe in Ganzstahl ausgeführt, demnach ein frühes Fertigungslos. Die aktuellen Exemplare haben ein Polymergriffstück.«

»Woher wissen Sie das alles?«

»Ich sag's mal so, bei Europol bekommt man solche Waffen häufiger zu sehen. In Deutschland finde ich's trotzdem recht ungewöhnlich.«

»Matthes war Offizier. Standarddienstpistole ist die P8 von Heckler und Koch.«

»Aber er konnte schlecht eine Waffe aus Bundeswehrbeständen in Privateigentum übergehen lassen, nicht wahr?«

»Interessantes Detail am Rand, Geving: Wenn Sie genau hinsehen, müssten Sie bemerken, dass die Registrierung rausgefeilt wurde. Die Waffe kam vom Schwarzmarkt.«

»Wird eine Herausforderung herauszubekommen, woher genau.«

»Damit wären wir bei der letzten Sache. Der Boden ist hier aufgewühlt.« Grünwald deutete auf ein Meer von

Fußspuren am Boden. Mit bloßem Auge war erkennbar, dass es sich um die Abdrücke zweier verschiedener Personen handelte.

Geving ließ einen kurzen Atemstoß vernehmen. »Ich wette, dass zweite Paar Fußspuren gehört Mia Kolberg.«

Seiner Einschätzung nach musste sie mit Matthes um die Waffe gerungen haben, wenn auch der Zeitpunkt unklar blieb. War es vor oder nach den Tötungen ihrer Mitschülerinnen gewesen? Warum hatte er ihr nicht nachgesetzt? Johanna von Kleeberg hatte auch versucht zu fliehen, war aber nicht weit gekommen. Klar schien zu sein, dass sich Matthes im Anschluss selbst gerichtet haben musste. Die Einschusswunde über der Schläfe sprach eine deutliche Sprache. Aber wieso, warum, weshalb ...?

»Ist Frau Doktor Kresch denn schon im Bilde?«, fragte der Revierkommissariatsleiter.

»Nur ungefähr«, antwortete Geving. »Sie sollte bereits auf dem Weg nach Kreisstadt sein.«

Tinus Geving funktionierte jetzt nur noch auf Automatik. Seine Gefühle schienen völlig abgestellt. Er wusste, was er und wie er es zu tun hatte. Mit sich selbst würde er später klarkommen müssen. Fakt war, sechs Menschen waren tot. Alles deutete auf Matthes als Täter hin, die schwerwiegenden Indizien ließen keinen anderen Schluss zu. Doch welches Motiv steckte dahinter? Geving stand vor einem Rätsel. Er erinnerte sich an sein gestriges Gespräch mit Julius Berghausen und wie schmallippig er – angesprochen auf Alexander Matthes – reagiert hatte. Was wurde ihm verschwiegen? Nun musste er sich eingestehen, bei der Lösung dieses Rätsels auf weitere Hilfe nicht verzichten zu können. Die galt es, bei Anninka Kresch einzufordern.

Vorerst musste er hier raus.

Wir haben jämmerlich versagt!

Er gab Grünwald letzte Anweisungen. »Die Leichen sind zwecks Obduktion nach Magdeburg zu bringen. Die Waffe und die Patronenhülsen gehen zur weiteren Untersuchung unverzüglich ins Kriminaltechnische Institut nach Dresden. Sagen Sie denen, ich erwarte in den nächsten vierundzwanzig Stunden Ergebnisse. Lassen Sie die Spurensicherung wieder rein. Wir sind hier fertig.«

Geving verließ zügig die Höhle, ohne die so schreckliche Szenerie eines weiteren Blickes zu würdigen. Er brauchte dringend Luft!

05:15 Uhr

Wir haben ein Problem!
05:15, 19. Jan.

Nein, DU hast ein Problem.
05:15, 19. Jan.

Komm mir nicht so. Wenn ich eins habe, hast du auch eins!
05:16, 19. Jan.

Noch haben wir alles unter Kontrolle.
05:17, 19. Jan.

NOCH??? Bist du in der Stadt?
05:17, 19. Jan.

Melde mich später.
05:20, 19 Jan.

Anninka Kresch lauschte Tinus Gevings vorläufigem Tatortbefundbericht seit einer knappen halben Stunde und machte dabei nicht den Eindruck, sich aus ihrer merkwürdig aufgeräumten Stimmung bringen zu lassen.

Ganz im Gegensatz zum kreidebleichen Staatsanwalt Werner Vogel, der ebenfalls zugegen war. Ein solcher Fall war in dieser Gegend keine Routine, schon gar nicht, wenn es sich bei den Opfern um Schülerinnen handelte.

Zu empathischer Reflexion abseits des bloßen Sachverständnisses war Geving nach wie vor nicht in der Lage. Oder schob er seit dem Vorfall jegliche persönliche Betroffenheit beiseite?

Sekunden betretenen Schweigens vergingen, nachdem er seinen Bericht geschlossen hatte. Anninka Kresch war es schließlich, die das Schweigen brach.

»Was für eine Katastrophe!«

»Haben Sie eine ungefähre Vorstellung davon, welcher Shitstorm über uns hereinbrechen wird, Frau Doktor Kresch?«, fragte der Staatsanwalt aufgewühlt. »Sollte sich herausstellen, dass diese ... ›Katastrophe‹ vermeidbar gewesen wäre, sind wir fällig!«

»Herr Vogel«, sprach sie in freundlich besänftigendem Ton, »beruhigen Sie sich! Wenn Matthes als Täter infrage kommt, ist das doch das Problem der Schule und des Kultusministeriums, nicht unseres. Zu dem Mann liegt nichts vor, was uns auch nur ansatzweise in die Lage versetzt hätte, ihn rechtzeitig zu stoppen. Wir machen unseren Job, den Rest müssen andere klären.«

Nun schaltete sich Geving ein. »Wissen Sie sicher, dass zu Alexander Matthes nichts vorliegt, Frau Doktor Kresch?«

»Mit einem Eintrag ins Führungszeugnis hätte er niemals Beamter im Schuldienst werden können.«

»Das Gespräch mit dem Schulleiter war in Bezug auf Matthes nicht besonders ergiebig«, konstatierte Geving. »Mitte dreißig. Hat in Jena Sport und Biologie studiert. War früher als Biathlet Sportoffizier und seit fast drei Jahren Lehrer in Eichenburg.«

»Schießen und laufen, wie passend!«, frotzelte Anninka Kresch zynisch.

Werner Vogel überlegte einen Moment. »Ich erinnere mich, dass es vor Jahren mal einen Alexander Matthes im Biathlon gegeben hat. Der verschwand sang- und klanglos von der Bildfläche. Wieso, weshalb, warum? Keine Ahnung.«

»Wieso, weshalb, warum. Das wäre von nicht ganz unwesentlicher Bedeutung, Herr Vogel«, drängte sie. »War es vielleicht der Frust über persönliche Erfolglosigkeit und das triste Lehrerdasein, der in diesem Ausraster mündete?«

»Soweit ich weiß, war er recht erfolgreich in seiner aktiven Zeit.«

Vogels letzte Bemerkung fand Gevings Beachtung. »Da scheidet ein erfolgreicher Sportler aus, und niemand scheint ihm eine Träne hinterherzuweinen.«

Anninka Kresch warf ihm eifrige Blicke zu. »Nun, Geving, Sie sind mit dieser beklagenswerten Geschichte betraut. Wie wollen Sie weiter vorgehen?«

»Zunächst haben wir eine offenbar zentrale Zeugin des Vorfalls, Mia Kolberg, die bisher nicht vernehmungsfähig ist.«

»Wann wäre sie vernehmungsfähig?«

»Schwer zu sagen. Der behandelnde Arzt, Doktor Spengler, hält sein Hand über sie. Es wird ein Geduldspiel, während wir hier auf glühenden Kohlen sitzen.«

Vogel nahm den Arzt in Schutz. »Mit einer Aussage im Zustand partieller oder vollständiger Unzurechnungsfähigkeit hätten wir keine Chance. Wir wären von den Medien zum Abschuss freigegeben.«

Geving ging nicht weiter darauf ein. Man pflegte hier anscheinend einen anderen Arbeitsstil, als er ihn von Europol her kannte. Diese Mentalität musste er sich noch antrainieren.

»Konzentrieren wir uns zunächst auf den mutmaßlichen Täter«, sagte er.

»Gute Idee!« Jetzt wirkte Anninka Kresch direkt aufgekratzt. »So signalisieren wir, dass wir uns nicht lange mit Nebensächlichkeiten aufhalten.«

Geving beschlich das Gefühl, dass es seiner Vorgesetzten um mehr ging als nur eine effektive Aufklärung. Andererseits kannte er sie nicht und konnte sich täuschen. In letzter Zeit war er sich in vielem, was früher Gewissheit gewesen sein mochte, nicht mehr sicher. Daher beschloss er, diese Beobachtung zurückzustellen. »Wir müssen selbstverständlich den persönlichen Hintergrund von Alexander Matthes ausleuchten, vollständig! Dazu gehört seine frühere Tätigkeit im Leistungssport. Außerdem Familie und Freunde, wenn er welche hat.«

Sie sah Geving verwundert an. »Was lässt Sie annehmen, er hätte keine Freunde?«

»Aus Berghausens Reaktion schließe ich, dass er an der Schule eher wenig sozialen Anklang gefunden hat, zumindest galt er als umstritten.«

»Sie sollten sich bei Ihren Nachforschungen vor allem auf die Frage konzentrieren, warum Matthes gerade diese Mädchen zum Opfer gemacht hat. Also bitte keine öffentlichen Spekulationen von Ihnen!«, ermahnte sie ihn. »Mal von Matthes abgesehen, was haben Sie sonst noch, Herr Kriminalrat?«

»Die Spurenlage lässt vermuten, dass um die Waffe gerungen wurde. Wahrscheinlich war es Mia Kolberg. Näheres wissen wir nach der Auswertung der Fingerabdrücke – und nach ihrer Aussage. Seine Fingerabdrücke lassen wir abgleichen, nur für den Fall. Die Obduktion der Leichen müssen wir abwarten. So viele Präzisionsschüsse setzen aber genaue Waffenkenntnis voraus. Das passt zumindest ins Bild von Alexander Matthes als Täter. Zum Schluss das Gespräch mit den Angehörigen der Opfer ...«

»Ich gehe davon aus, dass Sie eine derartige Bandbreite an Ermittlungen ohne Unterstützung nicht bewältigen können?«

»Sie sagen es.«

»Soko also. Gut, sollen Sie haben. Der Revierkriminaldienst sollte das personell auf die Reihe bekommen. Mit der Schutzpolizei muss ich sprechen.«

»Ich hätte da einen Vorschlag. Polizeirat Grünwald aus Altenrode. Er war mit der Suchaktion betraut und hat die nötige Sach- und Ortskenntnis sowie Erfahrungen im Umgang mit Kloster Eichenburg. Ich hätte ihn gerne als stellvertretenden Kommissionsleiter.«

Anninka Kresch vergewisserte sich stumm bei Vogel, der nickte. »Also gut, wenn das Ihr Wunsch ist. Sonst noch was?«

»Kriminalkommissarin Jentsch. Hier mangelt es an Experten für Telekommunikation und technische Auswertung.«

»Sie gehört Ihnen.«

»Und ich denke, wir werden auf die Hilfe eines Kriminalpsychologen nicht verzichten können. Gerade im Hinblick auf eine mögliche Motivation des mutmaßlichen Täters.«

»Wenn also alles geklärt wäre ...«

»Eine Sache wäre da noch.«

Anninka Kresch machte mittlerweile einen derart geschäftsmäßigen Eindruck, als würden sie seine ständigen Einwürfe nerven. Um Professionalität bemüht, erwiderte sie dennoch: »Ja?«

»Zum jetzigen Zeitpunkt sollten wir einen politischen Hintergrund der Tat nicht ausschließen.«

Jetzt wurde Vogel wach und Anninka Kresch bleich.

»Einen politischen Hintergrund?«, fragte sie irritiert.

»Herr Geving, Ihnen ist hoffentlich bewusst, was das bedeutet. Sollten Ihre Vermutungen konkreter werden, ermitteln hier nicht mehr wir, sondern das BKA«, warnte Vogel.

Da schien sie sich bereits wieder gefangen zu haben. »Das BKA ist zuständig, wenn anzunehmen ist, dass der Täter aus politischen Motiven gehandelt hat. Momentan haben wir, wenn ich den Kriminalrat richtig verstehe, nicht mal eine Spur ...«

»... und die Staatsanwaltschaft kann im Einvernehmen mit dem BKA die Ermittlungen einer anderen sonst zuständigen Polizeibehörde übertragen«, kam Vogel die Erleuchtung. »Den guten Willen Ihrer und meiner Vorgesetzten vorausgesetzt, sollte das kein Problem sein.«

»Wir kommen nicht umhin, uns für die Pressekonferenz eine Strategie zurechtzulegen. Andernfalls behalten wir die Lage nicht unter Kontrolle«, empfahl Annika Kresch.

Vogel klang skeptisch. »Wie sieht unsere Strategie Ihrer Meinung nach aus?«

»Wir sind ehrlich! Jetzt noch ein Schauspiel einzustudieren, macht uns unglaubwürdig. Das durchschaut die Meute sofort.«

Der Staatsanwalt war nicht überzeugt. »Meinen Sie nicht, dass der Innenminister da ein Wörtchen mitzureden hat?«

»Das lassen Sie mal mein Problem sein. Der Fall mag spektakulär erscheinen, noch wirft er aber keine politischen Fragen auf. Solange das so ist, wird der Minister keine politische Verantwortung wahrnehmen und folglich auch keine Fragen beantworten müssen. Involvieren wir ihn zu diesem frühen Zeitpunkt, führt das nur zu mehr Spekulation seitens der Medien, dann entgleitet uns der Fall. Also, wir haben viel zu tun. Der Tag wird heiß ...«

08:13 Uhr

Mia sieht die Höhle wieder vor sich. Was ist passiert?

Kein Mucks mehr. Totenstille. Die Stille nach den Schüssen. Die Akustik der Höhle verstärkte jeden Knall ins Unermessliche. Ein hochfrequentes Fiepen in den Ohren. Sie war am Leben, sie und Alisah. War es Alisah? Wo war Alisah? Konnte sie sich verstecken, konnte sie fliehen? Sie wurde entdeckt ... O nein! Ein leises Wimmern, dort hinterm Vorsprung. Jetzt ein entsetzter Aufschrei. Bitten. Flehen. Zu viel, zu schnell, zu unverständlich. Unklare Bilder. Was ist dann passiert?

»Unsere Wege trennen sich hier.«

Der Schuss. Die Stille nach dem Schuss. Sie musste hier raus ...

Revierkriminaldienst Kreisstadt
Kurt-Weill-Straße 18
09:00 Uhr

Für die Pressekonferenz war das Foyer des Revierkriminaldienstes Kreisstadt ausgewählt worden. Die Halle wurde allein von fahlem Deckenlicht erhellt. Das Grau der Granitverkleidung gab der Szenerie zusätzlich etwas Beklemmendes.

Hier wollten sie der Medienmeute – einem in dieser Region eher übersichtlichen Häuflein – die unangenehmen Neuigkeiten präsentieren. Flankiert von Geving und vom Staatsanwalt begann Anninka Kresch ihre »Vorstellung« zügig ohne große Vorrede.

»Guten Morgen. Wie Ihre Kollegen vom Mitteldeutschen Rundfunk gestern Morgen berichteten, konnte kein Kontakt zu sechs Schülerinnen und einem Tutor aus dem Gymnasium Kloster Eichenburg hergestellt werden. Auch berichteten Sie gestern Abend weiter von einer groß angelegten polizeilichen Suchaktion. In Anbetracht der Umstände und aufgrund der neuen Sachlage haben wir uns entschlossen, an die Öffentlichkeit zu gehen, um weiteren Spekulationen vorzubeugen. Neben mir stehen Werner Vogel, Vertreter der Staatsanwaltschaft Magdeburg, und Kriminalrat Tinus Geving vom Landeskriminalamt.«

Geving und Vogel nickten gleichzeitig.

»Zum jetzigen Zeitpunkt kann ich bestätigen, dass bereits am Abend des siebzehnten Januar jede Spur von den infrage stehenden Personen in Eichenburg fehlte. Zunächst ließ sich das auf die kritische Witterungslage zurückführen. Nachforschungen durch das Revierkommissariat Altenrode gestern Vormittag ergaben ein bedenklicheres Bild. Von der Gruppe fehlte jede Spur, obwohl die von ihnen angemietete Hütte oberhalb von Erzhütte noch belegt war. Sie waren weiterhin nicht zu erreichen und meldeten sich in der Zwischenzeit auch nicht. Da es sich bei einigen Schülerinnen noch um Minderjährige handelte, entschied das Revierkommissariat folgerichtig, die infrage stehenden Personen als vermisst zu melden. In solchen Fällen hat die Kriminalpolizei ungeachtet des Ausgangs zunächst Ermittlungen einzuleiten. Ich kann ebenfalls bestätigen, dass es eine groß angelegte Suchaktion in Zusammenarbeit mit der Zweiten Einsatzhundertschaft der Bereitschaftspolizei gab.«

Anninka Kresch unterbrach für einen kurzen Augenblick, sah in routiniert gespannte, konzentrierte

Gesichter. Sie schien dem Nachdruck verleihen zu wollen, was sie nun zu sagen hatte.

»Eine vermisste Person wurde am gestrigen Spätnachmittag in der Ortschaft Rosssprung aufgefunden. Um es kurz zu machen: Für die übrigen kam trotz intensiver Suche jede Hilfe zu spät.«

Sekundenlange Totenstille, diese Information mussten sie erst einmal verarbeiten. Man hätte eine Stecknadel auf den Boden fallen hören können. Dann setzten Blitzlichtgewitter und ein unverständliches Fragenwirrwarr ein.

Anninka Kresch hob abwehrend eine Hand. »Über die näheren Einzelheiten wird Sie nun Kriminalrat Geving informieren.«

Er musste einen Augenblick warten, bis sich der Trubel wieder beruhigt hatte. »Wie Frau Doktor Kresch bereits erwähnt hat, wurde ich gestern Vormittag zu den Ermittlungen hinzugezogen. Erzhütte erreichte ich gegen elf Uhr dreißig, um mir ein Bild von der dortigen Lage zu verschaffen. Zusammen mit Herrn Staatsanwalt Vogel und dem Revierkommissariatsleiter Polizeirat Grünwald gingen wir zunächst von Gefahr im Verzug aus und verschafften uns Zugang zur Hütte. Dort deutete nichts auf einen überstürzten Aufbruch hin. Wenig später erreichte die Zweite Einsatzhundertschaft den Ort. Die Suchaktion wurde mithilfe ortskundiger Beamter umgehend eingeleitet, gestaltete sich jedoch bis kurz nach Mitternacht erfolglos und schwierig. Zu diesem Zeitpunkt wurde bekannt, dass die Überlebende bereits ins Harz-Klinikum Altenrode eingeliefert worden war. Von ihr kam ein entscheidender Hinweis, dementsprechend wir das Suchgebiet neu abstecken mussten. Relativ zügig wurden daraufhin die Suchmannschaften zwischen ein Uhr und ein Uhr dreißig in der Arminhöhle zwischen Altenrode und Erzhütte fündig. Bei den sechs verbliebenen Personen konnte nur noch der Tod festgestellt werden. Nach weitgehender Sicherung der Spurenlage kann ich an dieser Stelle bestätigen, dass es sich um ein durch Schusswaffengebrauch verübtes Gewaltverbrechen handelt. In jedem Fall trat der Taterfolg dadurch ein, auch wurde das fragliche Tatobjekt am Tatort – und um diesen handelt es sich bei der Arminhöhle eindeutig – sichergestellt.« So weit, so gut.

Schon kam die erste Zwischenfrage. »Sie sprachen von einer Überlebenden. Können Sie bestätigen, dass es sich um eine Schülerin handelt?«

»Ja, das kann ich. Da die Ermittlungen andauern und die Zeugin bisher nicht vernehmungsfähig ist, haben Sie bitte Verständnis, dass ich mich zur Identität nicht äußern kann.«

»Und die Identität der Toten?«

»Kein Kommentar. Momentan werden die Hinterbliebenen unterrichtet, da gebietet es der Anstand, dass wir dem nicht vorgreifen.«

»Sie haben gesagt, dass der entscheidende Hinweis von der überlebenden Zeugin gekommen sei.«

»Sie hat sich gegenüber dem behandelnden Arzt geäußert, der es an uns weitergeleitet hat.«

Eine weitere Journalistin meldete sich zu Wort. »Ich werde aus einer Sache nicht ganz schlau. Sie sagten, man habe die Überlebende gestern Nachmittag gefunden, Sie wurden aber erst gegen oder kurz nach Mitternacht davon unterrichtet, dass sie bereits im Krankenhaus lag. Was dauerte da so lange? Und was lief da schief bei der Polizei?«

Das war die zu parierende Standardfrage. »Zunächst müssen Sie verstehen, die Zeugin hatte keinerlei Personalien bei sich, was die Identifizierung von vornherein schwieriger gestaltete. Dann dürfen Sie nicht vergessen, dass das gesamte Polizeirevier Harz nach wie vor mit dem Winterchaos personell voll ausgelastet ist, weswegen wir um Hilfe durch die Bereitschaftspolizei baten. Unter diesen Umständen haben alle Seiten den Informationsfluss so schnell und professionell bearbeitet, wie es ihnen möglich war. Schiefgelaufen ist da gar nichts!«

Geving konnte es immer noch. Nun war dieser Haufen allerdings wesentlich zahmer als das, was er bei Europol gewohnt gewesen war. Im Angesicht der Presse fand er zu der ruhigen, sachlichen und routinierten Ausstrahlung zurück, für die er durchaus geschätzt wurde.

Anninka Kresch verwies für den juristischen Aspekt der Ermittlungen auf den Staatsanwalt. Werner Vogel fühlte sich im Scheinwerferlicht nicht wohl, er schwitzte stark.

Bereits die erste an ihn gerichtete Frage hatte es in sich. »Der Kriminalrat sprach von einem durch Schusswaffengebrauch verübten Gewaltverbrechen. Also war es Mord?«

Er zögerte, schien sich nicht sicher und blickte hinüber zur Direktorin. Sie schaute ihn ebenso erwartungsvoll an.

»Aufgrund der örtlichen Gegebenheit des Tatorts, der vermeintlichen Situation zum Tatzeitpunkt und der daraus folgenden arglosen Lage der Opfer werden sich unsere Ermittlungen auf diese Frage konzentrieren.«

»Sie sprachen von Tatzeitpunkt, Herr Staatsanwalt. Können Sie das spezifizieren?«

»Der Tatortbefundbericht geht davon aus, dass die Opfer bereits seit über vierundzwanzig Stunden tot sind.«

»Mit anderen Worten, bereits gestern Morgen wäre jede Hilfe zu spät gekommen.«

Vogel nestelte an seinen Ärmeln. »So ist es wohl leider«, gab er kleinlaut zu.

»Haben Sie einen konkreten Hinweis auf den Täter und welche Motivation er gehabt haben könnte?«

»Das haben wir. Da es sich um eine laufende Ermittlung handelt, kann und werde ich mich dazu nicht äußern, bis sich die Beweislage erhärtet. Auch zur Motivation vorerst keine Angaben, wir ermitteln in verschiedene Richtungen.«

»Könnte die Tat ein politisches Motiv gehabt haben?«

Angesprochen auf diesen heiklen, von Geving ins Spiel gebrachten Ermittlungsansatz entglitten dem Staatsanwalt die Gesichtszüge. »Was bringt Sie zu der Annahme?«

Anninka Kresch räusperte sich unmerklich, aber nicht zufällig, wie Geving sofort verstand. Es war an Vogel, Fragen zu beantworten, nicht welche zu stellen! So etwas gab kein gutes Bild ab.

»Na ja«, mutmaßte der Journalist, »wir wissen ja, wer seine Kinder nach Eichenburg schickt.«

Sie räusperte sich erneut, merklicher. Mit Sicherheit der Hinweis an Vogel, jetzt bloß nichts Falsches zu sagen.

Der parierte. »Das wäre spekulativ.«

So, jetzt war Schluss! Ab hier übernahm sie wieder.

»Das wären alle Erkenntnisse, die wir Ihnen in diesem frühen Ermittlungsstadium mitteilen können. Das Landeskriminalamt nimmt diesen Vorfall sehr ernst, daher haben wir beschlossen, alle weiteren Ermittlungen einer Sonderkommission unter Leitung von Kriminalrat Geving anzuvertrauen. Sie wird im Moment aufgestellt und sollte im Laufe des Tages ihre Arbeit aufnehmen.«

»Hat die Polizei nicht wieder mal beim Schutz unserer Kinder versagt?«, fragte Damian Immig vom Mitteldeutschen Rundfunk.

Anninka Kresch schätzte es nicht, unterbrochen zu werden. »Was heißt hier ›wieder mal‹, und wie kommen Sie darauf, wir hätten versagt? Wir sind schließlich keine Gedankenpolizei und können nicht in die Köpfe von Menschen schauen. In diesem Fall gab es faktisch nichts, wodurch die Tat irgendwie hätte verhindert werden können.«

»Sie müssen zugeben, dass Ermittlungen bereits im Gefahrenvorfeld derartige Vorfälle erschweren würden. Da käme Ihnen das neue Gesetz doch ganz gelegen, womit wir bei Ihrem gestrigen Auftritt im Landtag wären ...«

Sie fiel ihm ins Wort. »Hier geht es um sechs verlorene Menschenleben und die für die Hinterbliebenen alles entscheidende Frage nach dem Grund oder der Sinnlosigkeit einer solchen Tat. Ich sehe mit gewisser Sorge, dass Sie diese Tragödie Ihren aktuellen politischen Mutmaßungen unterordnen, die nichts, aber auch gar nichts mit unserem Fall zu tun haben. Politische Fragen sollten Sie an die entsprechenden Gremien stellen und nicht an Beamte, ich weise sie jedenfalls von mir. Wenn das also alles wäre, dann lassen Sie uns unsere Arbeit machen. Je schneller wir erfolgreich sind, desto schneller kann der Gerechtigkeit Genüge getan werden.«

Gevings Vorgesetzte verstand es gut, den Spieß umzudrehen. Dieser Journalist wollte sie in die Ecke drängen, jetzt stand er – auch vor seinen Kollegen – als gewissensflexibler Sensationsjournalist da. Er würde es nicht noch einmal wagen. Anninka Kresch – so viel musste Geving ihr nach der kurzen Zeit, die er sie kannte, zugestehen – war gerissen.

Frank Schulze wusste überhaupt nicht, wie ihm geschah. Sicher, nach seinem gestrigen Fernsehinterview rechnete er nicht mit einem sonderlich angenehmen Tag, doch bisher gab es weder eine Reaktion aus dem Kabinett noch aus seiner eigenen Partei. Er konnte und musste davon ausgehen, dass bereits damit begonnen wurde, ihn zu isolieren.

Das hier hatte jedoch scheinbar nichts damit zu tun, was ihn nur umso misstrauischer machte. Seit einigen Minuten wurde er mit Journalistenanfragen förmlich bombardiert.

Ihm war bekannt, dass es Vermisste in Eichenburg gab. Vorfälle in und um die Schule waren ein offenes Geheimnis, niemand wollte sich daran die Finger verbrennen.

Und jetzt das! Fünf tote Schülerinnen, ein toter Lehrer und alles deutete auf Mord hin! Vielleicht sogar Terrorismus? Er mochte es sich nicht ausmalen. Schulze erfuhr von diesem desaströsen Ausgang nicht durch die ihm untergebene Landeskriminaldirektorin, sondern über Journalisten, denen gegenüber sich Anninka Kresch vor einer halben Stunde in einer Pressekonferenz erklärt hatte! Damian Immig hatte ihm sogar den kompletten Mitschnitt zuspielen lassen mit der Bitte um Stellungnahme. Wozu sollte er Stellung nehmen? Auf dem Dienstweg war er nicht einmal informiert worden! Er hatte Anninka Kresch zwar schon immer für ehrgeizig gehalten, diese Nummer überraschte ihn aber doch. Wollte sie ihn im Dunkeln lassen oder ihn politisch schützen?

Es schien wahrscheinlicher, dass man ihn als Innenminister bewusst außen vor gelassen hatte. Öffentlich konnte er das nicht zugeben, es wäre sein sofortiger politischer Exitus gewesen. Welches Spiel spielte die Direktorin? War es die willkommene Gelegenheit, ihn in der Regierung als inkompetenten Idioten dastehen zu lassen? Schon bald würde die Frage im Raum stehen, wie er die beabsichtigte Verschärfung der Sicherheitsgesetze weiterhin ablehnen könne, denn fünf tote Schülerinnen schrien förmlich nach Konsequenzen.

Was er auch tat, er würde sich rückversichern müssen.

11:57 Uhr

Schreie wie aus der Ferne, doch ganz nah. Er konnte die Schreienden sehen. Abgerissene Gliedmaßen, ein menschlicher Torso ohne Kopf. War das Piet Veenstra? Wo war Piet Veenstra? Sie waren doch beide zusammengestanden! Geving kroch durch das Trümmerfeld, das bis vor wenigen Minuten noch Teil der Coolsingel gewesen war. Er fand seinen Kollegen. Seinen Kollegen? Das war nicht sein Kollege. Wer war er? Er lag seitlich an einer Wand. Welche Wand? Er war in einer Höhle! Einschusswunde an der Schläfe, Alexander Matthes. Er war allein mit dem Toten. Er lag so friedlich ... Ruckartig stand er vor ihm. Alexander Matthes stand! Arme und Beine in seltsamen Winkeln verrenkt. Tote weiße, pupillenlose Augen starrten ihn an. Ein heiseres Röcheln, Matthes machte einen Satz nach vorne und warf ihn zu Boden.

Geving schreckte hoch. Es war nur ein Traum. Wie lange mochte er geschlafen haben? Er lag wieder auf der Couch in jenem leer stehenden Büro, das er gestern okkupiert hatte. Ein kurzer Blick auf die Uhr genügte. Es war so weit.

*Tragische Wende im Fall der sieben Vermissten aus
dem Gymnasium Kloster Eichenburg. Nach Angaben
der Direktorin des Landeskriminalamts Sachsen-Anhalt, Anninka Kresch, sind fünf der sechs Schülerinnen
und ihr Lehrer tot. Für weitere Informationen zeigen
wir Ihnen zunächst die Zusammenfassung einer Pressekonferenz, die am frühen Vormittag in Kreisstadt ab-
gehalten wurde ...*

**Revierkriminaldienst Kreisstadt
Kurt-Weill-Straße 18
12:27 Uhr**

Der Fall war öffentlich. Tinus Geving und seine Kollegen der neu formierten Soko Eichenburg sahen den
ersten großen Fernsehbericht des Tages. Eher früher
als später würden die Medien greifbare Ergebnisse sehen wollen. In Kreisstadt standen sie bisher mit nichts
da. Daher war an dieser Stelle kein Platz für Freundlichkeiten, sie würden sich schnell zusammenraufen
müssen.

Geving befand, es sei am besten, die Ermittlungskom-
mission klein zu halten. Je kleiner das Team, desto geringer die Möglichkeit, dass Informationen unkontrol-
liert nach außen drangen. Diese Erfahrung hatte er zumindest bei Europol gemacht.

Der Kern der Soko Eichenburg bestand neben ihm
und Markus Grünwald aus fünf weiteren Personen.
Kriminalkommissarin Sabine Jentsch, zuständig für
Technische Ermittlungsunterstützung, hatte ihren
Weg aus Magdeburg sehr schnell gefunden, offenbar
waren die Straßen wieder frei. Für die Zentrale Ermittlung und Auswertung zog Geving drei Kollegen von ihren bisherigen Aufgaben in Kreisstadt ab: Kriminaloberkommissarin Wiebke Hellmund – eine kleine

Frau, modischer Kurzhaarschnitt, bestimmt im Auftreten – war die Erfahrenste in der Runde und kam obendrein aus der Region, was sich hoffentlich als vorteilhaft erweisen würde. Kriminalkommissar Tobias Stegner – ein Zweimeterhüne mit rasiertem Schädel, der ihn aber nicht älter wirken ließ als seine Anfang dreißig – war ebenfalls ein Zugezogener, ein »Nordlicht« aus Schleswig-Holstein, was man auch hörte. Kriminalkommissaranwärter Thomas Rausch wiederum war ein blutiger Anfänger. Mit seinem sommersprossigen Gesicht wirkte er wie ein Pennäler, eher achtzehn als fünfundzwanzig Jahre alt. Der Nachwuchs musste zeitnah mit der harten Realität konfrontiert werden. Aufgrund seines Alters hatte er vielleicht Aspekte beizutragen, für die Geving und seinen Kollegen der Einblick fehlte. Der Fünfte in der Runde, Professor Dr. Christian Sänger, wurde aus Hannover ausgeliehen. Der Kriminalpsychologe würde erst im Lauf des Abends in Kreisstadt eintreffen.

Geving eröffnete die Diskussion. »Wir stehen zwar am Anfang, aber bereits unter Erfolgsdruck. Also, was haben wir?«

Sabine Jentsch ließ kein langes Schweigen aufkommen. »Ich habe das Handy von Alisah ter Hoorst zur Auswertung hier liegen.«

»Sind Sie daraus schon schlauer geworden?«

Sie musste gestehen, dass sich das Gerät mal in besserem Zustand befunden habe. »Das Display ist völlig im Arsch, der Akku auch, und ein erster Durchlauf hat ergeben, dass es den Speicher in Mitleidenschaft gezogen hat.«

»Dabei schwärmen immer alle von der Qualität koreanischer Kleingeräte«, versuchte sich Tobias Stegner an einem Scherz.

»Wie sind die Schäden zu erklären?«, fragte Geving.

»Kälte und Feuchtigkeit in der Höhle«, antwortete Sabine Jentsch. »Ein Akku reagiert auf Kälte durch schneller sinkende Leistung.« Interessant wurde es in Bezug auf den internen Speicher des Telefons. Daten, sagte sie, seien eine Ansammlung von Einsen und Nullen, die lösten sich nicht einfach in Luft auf. »Wir müssen die Daten mittels Data Recovery wiederherstellen. Das ist dann möglich, wenn wir vorher ein Speicherabbild des Handys auf unsere Rechner gezogen haben.«

»Schon eine Ahnung, wie lange das dauert?«

»Hängt sehr vom Grad der Beschädigung ab, die Wiederherstellung der Daten erfordert ein hübsches Sümmchen an Rechenleistung. Im schlimmsten Fall würde ich achtundvierzig Stunden veranschlagen, kann aber auch schneller gehen. Es liegt nicht an mir, schließlich zähle ich da keine Erbsen.«

»Was gedenken Sie zu finden?«

Diesmal war es der Polizeirat, der antwortete. »Alisah ter Hoorst war die Einzige, die ihr Handy parat hatte. Möglicherweise war sie so geistesgegenwärtig, den Vorfall oder einen Teil des Vorfalls zu filmen.«

»Wäre auch möglich, dass sie den Audiorekorder mitlaufen ließ«, vermutete Wiebke Hellmund.

»Video- und Audiodateien«, fasste Sabine Jentsch zusammen. »Ich halte Augen und Ohren offen.«

Noch etwas anderes beschäftigte Geving. »Gibt es Neuigkeiten aus dem Krankenhaus bezüglich Mia Kolbergs Zustand?«

Grünwald verneinte. »Henneberg hat wiederholt nachgefragt. Bisher nicht vernehmungsfähig.«

»Kresch und Vogel haben uns abgeraten, Druck zu machen. Abgesehen von Handyaufnahmen – und wir wissen nicht, ob sie existieren – ist sie die Einzige, die uns sagen kann, was passiert ist. Sollte sich bis heute Nachmittag nichts ergeben, werde ich bei Herrn Doktor Spengler wohl mal nachhaken müssen.«

»Das wäre begrüßenswert.«

»Nächster Punkt: Eichenburg. Heikles Thema ...«, bemerkte Geving.

»Ich gehe davon aus, dass wir da heute noch aufschlagen werden«, meinte Wiebke Hellmund.

»Unmittelbar im Anschluss. Wo ist unser junger Kommissaranwärter eigentlich zur Schule gegangen?«

Thomas Rausch hatte bisher geschwiegen. Seine Antwort kam zaghaft. »Fürstengymnasium Altenrode.«

»Also aus der Gegend, wie erfreulich!«

»Ja, wie man's nimmt.«

»Hatten Sie denn in Ihrer nicht allzu weit zurückliegenden Jugend Kontakt zu Schülerinnen aus Eichenburg?«

»Kontakt wäre zu viel gesagt, die üblichen Begegnungen in der Stadt halt. Im Gegensatz zu unseren Mädels waren sie unerreichbar. Nichts gegen unsere Mädels, das sollte jetzt nicht abwertend gemeint sein.«

»Keine Angst, Rausch. Wollen doch mal sehen, ob Ihr jugendlicher Charme immer noch zieht. Sie begleiten nämlich die Oberkommissarin und mich nach Eichenburg.«

Rausch wurde blass und schluckte.

Wiebke Hellmund konnte sich ein Schmunzeln nicht verkneifen. Sie schlug ihm auf die Schulter. »Alles wird gut! Sie sind jetzt bei der Kripo, das sollte Ihnen einen entsprechenden Stand bei Frauen verschaffen.«

Ihre erste Lagebesprechung war damit fast beendet.

»Grünwald, ist alles bereit?«, erkundigte sich Geving.

»Wir warten nur auf Ihr Zeichen.«

»Ich muss betonen, dass wir sehr zurückhaltend sein müssen, schließlich ist es ein Schulgelände, und nicht irgendeines.«

»Das wird schwierig, wenn wir mit richterlichem Beschluss die Zimmer der Opfer und Matthes' Wohnung auf den Kopf stellen. Die Kunst der Unsichtbarkeit beherrschen wir nämlich nicht.«

»Dann sollten wir uns in der Kunst des dezenten Auftritts üben, Grünwald. Ich befürchte, dass die Schule bereits von Presse, Funk und Fernsehen belagert wird. Sollte dem so sein, lassen wir räumen, aber auch das dezent! Nicht dass es am Ende heißt, das LKA trete die Pressefreiheit mit Füßen. Wir sollten vorausfahren und je nach Lage der Dinge entscheiden, mit wie viel Personal wir anrücken.«

»Alles klar.«

»Eine letzte Sache. Stegner, Sie halten die Stellung. Fragen Sie mal nach, wie weit man in Dresden mit der Tatwaffe ist.«

»Werde mich dahinterklemmen.«

***

Bevor es losgehen konnte, zog sich Geving unauffällig in sein provisorisches Büro zurück, blätterte in den Akten der getöteten Schülerinnen. Eine Akte war für ihn von besonderem Interesse. Ihr Name spukte durch seinen Kopf wie ein fernes Echo.

Tatsächlich, dort stand es schwarz auf weiß.

Alisah ter Hoorst, Tochter von Jonas ter Hoorst, Vorstand der Deutsch-Niederländischen Privatbank ter Hoorst.

Plötzlich war alles wieder da. Die Aussagen einer norwegischen Spitzenindustriellen.

»Die EADC-Konten sind bei der Deutsch-Niederländischen Privatbank ter Hoorst *angelegt. Deren Wirtschaftsprüfer machte auf die Diskrepanz aufmerksam. Wir haben keine Steuern hinterzogen, sondern ordnungsgemäß überwiesen, die Zahlen belegen es. Dennoch frage ich mich, wohin die fehlenden dreizehn*

*Millionen Euro verschwunden sind. Die können sich
nicht einfach in Luft aufgelöst haben.«*

Die Versicherungen eines spanischen Justizministers.
»Die Regierung arbeitet nicht zum ersten Mal mit der
Deutsch-Niederländischen Privatbank ter Hoorst *zusammen. Sie sind absolut diskret und neutral. Keine
unserer eigenen Banken wäre zu solch einem schonungslosen Blitzstresstest imstande.«*

Seine eigene, abweichende Vermutung.
*»Ich denke, da ist noch mehr. Vermutlich vertritt
diese Bank,* ter Hoorst, *in erster Linie die eigenen Interessen.«*

Geving lachte trocken. Er hatte gehofft, vor seiner
Vergangenheit davonlaufen zu können. Welch schwerwiegender Irrtum! Seine Vergangenheit hatte ihn
schnell wieder eingeholt – ausgerechnet in der ostdeut-
schen Provinz. Dämlicher Zufall. Allein, Tinus Geving
glaubte nicht an Zufälle.

Kloster Eichenburg
14:00 Uhr

Gevings Befürchtungen sollten sich bestätigen. Über-
tragungswagen privater Nachrichten- und Fernsehka-
näle, dazu Vertreter solcher Blätter, die allenfalls durch
reißerische Titel in Großbuchstaben auf sich aufmerksam machten denn durch journalistischen Qualitätsge-
halt, versammelten sich auf dem Parkplatz, der außerhalb des Schulgeländes lag. Es war der Bodensatz der
deutschen Medienlandschaft, jener Teil, der die perverse Lust an der Sensationsmeldung befriedigte.
Auf den ersten Blick fand Tinus Geving kein Gesicht
wieder, das ihm von der morgendlichen Pressekonferenz her vertraut vorkam. Das war typisch für die

Anwesenden. Für eine simple Ermittlung zeigte niemand Interesse, waren dann plötzlich Tote im Spiel, noch dazu minderjährige Schülerinnen aus den oberen Zehntausend der Gesellschaft, witterte jeder den großen Coup. Es war ekelhaft!

Kriminaloberkommissarin Wiebke Hellmund stöhnte. »Verfluchte Aasgeier! Die haben sich echt nicht viel Zeit gelassen.«

»Widerliches Dreckspack!«, platzte es aus Thomas Rausch heraus.

Geving und Hellmund wandten sich mit erstaunten Blicken zum jungen Kriminalkommissaranwärter um, der auf der Rückbank saß. Er fühlte sich offenbar ertappt und wurde rot im Gesicht, wodurch er noch jünger aussah.

»O Verzeihung«, versuchte er sich an einem Rückzieher.

»Nicht dafür«, winkte Wiebke Hellmund ab. »Wir sehen das ähnlich. Stellt sich aber die Frage, was nun?«

»Wir können jedenfalls nicht anfangen, solange die nicht ihre sieben Sachen gepackt haben. Anrückende Polizeikräfte, dann hätten sie ihre Bilder des Tages, und zwar solche, die wir vermeiden wollen«, fasste Geving die Lage zusammen.

»Vom Hof jagen können wir sie schlecht, Pressefreiheit ...«, meinte Wiebke Hellmund.

»Wieso eigentlich nicht?«, fragte Rausch. »Ist das ein öffentlicher Parkplatz?«

»Ja«, bestätigte Geving. »Schulöffentlich.«

»Na, dann haben Sie doch Ihr Argument.«

»Natürlich! Die Schule hat das Hausrecht. Originelles Denken, Rausch. Gefällt mir!«

Der fühlte sich geschmeichelt und wurde noch ein Stückchen röter im Gesicht.

Sie stiegen aus dem Dienstwagen, gingen schnurstracks auf die Menge zu und postierten sich vor dem

Eingang des Torhauses. Die Menge brauchte einen Moment, um zu registrieren, mit wem sie es zu tun hatte. Sogleich setzte das obligatorische Bombardement aus Fragen ein.

Tinus Geving ließ sich davon nicht aus der Ruhe bringen. »Wie Ihre Kollegen bereits heute Vormittag informiert wurden, laufen die Ermittlungen auf Hochtouren. Sie werden Verständnis dafür haben, dass sich die Schule in Fragen einer andauernden Ermittlung nicht äußern kann, worauf ich Sie ausdrücklich hinweise. Es besteht daher die dringliche Bitte, von Nachstellungen abzusehen und den Schulbetrieb nicht zu stören. Das wäre alles.«

Merkliches Gegrummel, jedoch kein Protest. Alle schienen sich nach und nach in ihr Schicksal zu fügen. Genau das, was Geving erreichen wollte.

Möchtest du klare Aussagen vermeiden, musst du sie zu Tode langweilen.

»Alle Achtung«, sagte die Kriminaloberkommissarin anerkennend. »Das haben Sie ja gut hinbekommen!«

»Informieren Sie Grünwald, in einer halben Stunde kann er anrücken. Behalten Sie die Situation im Auge, ich werde mal nach Berghausen sehen.«

»Sollten wir nicht dabei sein?«

»Vorerst nicht. Der arme Mann war heute Nacht schon durch den Wind. Ich glaube kaum, dass er noch mehr Kriminalpolizei vertragen kann. Mich kennt er wenigstens.«

»Verstehe.«

»Die Durchführung der Sicherstellung übertrage ich Ihnen. Melden Sie sich, sollten Sie auf etwas stoßen.«

14:11 Uhr

So. JETZT bin ich in der Stadt
14:11, 19. Jan.

Dann sollten wir reden.
14:11, 19. Jan.

Persönlich?
14:12, 19. Jan.

Ja
14:12, 19. Jan.

Ich weiß nicht, ob das eine so gute Idee ist. Wenn uns
jemand sieht!
14:14, 19. Jan.

Du stehst auf meiner Gehaltsliste. Was eine gute Idee
ist, entscheide ICH
14:15, 19. Jan.

Also gut. Aber erst nach Einbruch der Dunkelheit.
14:18, 19. Jan.

22 Uhr. Unser üblicher Treffpunkt.
14:20, 19. Jan.

Kloster Eichenburg
Büro des Schulleiters
14:25 Uhr

Der Schulleiter war ein Häuflein Elend. Julius Berghausen saß, übernächtigt und unrasiert, zusammengesunken an seinem Schreibtisch. Jegliche Kraft schien entwichen, die letzte Nacht musste ihm arg zugesetzt haben. Menschlich, allzu menschlich.

Tinus Geving hatte die Hallen von Eichenburg erst zum zweiten Mal betreten. Schon jetzt wusste er, dass sich alles verändert hatte. Wo gestern lebhafte Schü-

lerinnen über das Gelände geströmt waren, begegneten
ihm heute Stille, Nachdenklichkeit und Trauer. Wo
gestern fröhliche Ausgelassenheit geherrscht hatte, bestimmten nun Angst und Verzweiflung die Gemüter. Es
war ein hinreißend schöner Wintertag, das erste Mal
seit Tagen zeigte sich wieder ein azurblauer Himmel,
und die Sonne strahlte. Die das Flusstal umringenden
Berge und Erhebungen waren in prächtiges Weiß gekleidet. Doch danach stand niemandem der Sinn. In
Gedanken war finsterste Nacht. Vereinzelt zu verneh-
mendes Wimmern zeugte davon, dass gerade sehr viele
Tränen flossen. Die sonst so wortreiche und aufge-
drehte Sekretärin wies Geving nur mit stiller Geste in
Berghausens Büro.

Er war ratlos, wie er beginnen sollte. Nun, er musste
es probieren. »Herr Doktor Berghausen, wir haben uns
um die Situation auf dem Parkplatz gekümmert. Sie
sollten nicht länger behelligt werden.«

Berghausen starrte ins Leere. »Danke«, sagte er mit
tonloser, erstickter Stimme.

Geving lagen warme Worte nicht besonders. Sie wären in Anbetracht dessen, was folgen würde, vielleicht
auch zynisch gewesen. »Sie wissen, warum wir hier
sind?«

Keine Reaktion. Der Schulleiter war wie in Trance.

»Herr Doktor Berghausen?«

Jetzt schreckte er hoch, als hätte man ihn aus einem
Traum gerissen. »Entschuldigung, was?«

»Sie wissen, warum wir hier sind?«

»Ja, die Durchsuchung ...«

»Eine Sicherstellung. Nur damit kein falscher Eindruck entsteht.«

Berghausen schüttelte bedächtig lächelnd den Kopf.
»Kommt es darauf noch an? Kein falscher Eindruck,
selbstverständlich ...« Sie traten auf der Stelle. Er versuchte sichtlich, seine Fassung wiederzufinden. »Ja. Ich

habe alle Schülerinnen und Lehrer in der Aula zusammenrufen lassen. Ihr ... Vorhaben sollte unbemerkt bleiben. Wir werden reden ... Wenn ich nur wüsste, worüber.« Er holte tief Luft. »Ich meine, wie kann ein Mensch zu so etwas fähig sein? Ich verstehe es nicht!«

»Sie wissen von unserem Verdacht?«

»Verdacht ...«, erwiderte er verächtlich. »Es steht doch anscheinend fest.«

»Bis zum Ende der Ermittlungen steht gar nichts fest.«

»Und wie soll ich das den Leuten erklären? Welchen Sinn hat der Tod von fünf Schülerinnen?«

»Meiner Erfahrung nach haben solche Taten nie einen Sinn, egal was der Täter darin gesehen haben mag.«

»Worthülsen! Danke für die Hilfe ...« Trotz intensiven Ringens hatte Berghausen seine Fassung wieder verloren.

Geving konnte sich dadurch nicht angegriffen fühlen. »Natürlich nicht. Sie sind der Pädagoge.«

»Ah ja.« Berghausen wurde puterrot im Gesicht, schnappte nach Luft. »Was soll man sagen, ein System muss erst den Gipfel seiner Dekadenz erreichen, bevor es zusammenbricht. Glauben Sie mir, ich weiß, was für ein beschissenes Loch ich hier führen muss. Um den Job habe ich mich nicht gerissen, ich wurde gezwungen.« Dann brach es aus dem Schulleiter heraus, er schrie: »U-n-d d-a-n-n d-r-e-h-t d-i-e-s-r W-i-c-h-s-e-r M-a-t-t-h-e-s d-u-r-c-h!«

Bisher hatten beide seinen Namen vermieden. Da sich Berghausen schon einmal in einem Anfall von Ehrlichkeit erging, warum ihn nicht noch ein wenig kitzeln?

»Ist hier vielleicht etwas vorgefallen, was es erklären könnte?«, fragte Geving mit gekonnter Unschuldsmiene.

»Woher soll ich das wissen? Ich kannte ihn ja kaum! Möglich, dass seine Beliebtheit in letzter Zeit nachgelassen hat, so genau weiß ich das nicht. Mich erreicht nicht jeder Schultratsch.«

Geving stieß auf Mauern. Da wohnte ein Lehrer auf dem Gelände, man sah sich seit fast drei Jahren nahezu täglich, aber konnte nichts zur Person sagen? Möglich, dass Berghausen gerade den Kopf mit anderen Dingen voll hatte, wahrscheinlicher war aber, dass er mehr wusste, als er sagen wollte. Geving musste es vorerst dabei belassen, vorerst …

»Falls Ihnen doch noch etwas einfällt, melden Sie sich. Jede Kleinigkeit kann zur Aufklärung beitragen.

Der Schulleiter ging nicht weiter darauf ein. »Ich kann Sie nur bitten, schnell zu Ergebnissen zu gelangen. Die Eltern von fünf toten Mädchen wollen wissen, warum ihre Kinder sterben mussten.«

15:15 Uhr

Die weitläufige ehemalige Klosteranlage lag menschenleer. Berghausen hatte Wort gehalten und das komplette Gymnasium in der Aula versammelt. Anninka Kresch würde erfreut sein, davon zu erfahren, wie diskret gearbeitet wurde. Prinzipiell war es Geving nicht wichtig, seiner Chefin durch Diplomatie zu einem ruhigen Tag zu verhelfen. Er pflegte, Ermittlungen so deutlich und direkt durchzuführen, wie die Umstände es erforderten. Wenn er hier diskret vorging, dann allein aus dem Grund, die ohnehin verstörte Schülerschaft nicht noch stärker zu verschrecken.

»Herr Geving?«

Er war derart in Gedanken versunken, dass er erschrak. Sarah Trautvetter! Die Kleine hatte ein Talent dafür, sich unbemerkt von hinten anzuschleichen.

»Sarah. Solltest du nicht in der Aula sein? Was machst du hier?«

»Ob ich da fehle oder nicht, wem fällt das schon auf?«

Damit hatte sie irgendwie recht. Er würde nicht so weit gehen, sie als »Mauerblümchen« zu bezeichnen, doch ihre stille, introvertierte Art machte es ihr sehr leicht, keinen Eindruck zu hinterlassen, wenn sie es darauf anlegte.

»Dann gehe ich davon aus, dass du mit mir reden möchtest.«

Sie sah sich eine Weile zwischen den Internatsgebäuden um. »Ja, aber nicht hier«, sagte sie schließlich leise. »Gehen wir ein Stück.«

Sie führte ihn quer über die Klosteranlage hin zu einer kleinen Kapelle mit angrenzendem Friedhof, der durch eine hohe Feldsteinmauer vom dahinterliegenden Wald abgetrennt wurde. Auf dem Weg herrschte zwischen ihnen Schweigen.

»Jetzt sollten wir unbeobachtet sein. Sie haben keine Ahnung, wie das hier ist.« Sie hob den linken Zeigefinger und ließ ihn kreisen. »Die Wände haben Augen und Ohren.«

»Bist du nicht ein wenig paranoid?«

»Das Gelände wird videoüberwacht. Sicherheitsvorkehrungen für unsere prominenteren Mitschüler. Wussten Sie nicht, oder?«

Er war in der Tat verblüfft. »Nein.«

»Tja, wenn die Schulleitung vorgibt, von bestimmten Vorfällen nichts gewusst zu haben, dann lügt sie. Wenn es drunter und drüber geht – und glauben Sie mir, hier geht es drunter und drüber –, liegt das nicht daran, dass die Schule uns nicht unter Kontrolle hat, sondern daran, dass sie uns nicht unter Kontrolle haben will.«

»Schön und gut, aber warum erzählst du mir das?«

»Herr Geving, ich bin nicht dumm. Ich weiß, was Matthes getan haben soll.«

Sie schaffte es nicht nur, ihn zu verblüffen. Wenn sie so weitermachte, war er bald sprachlos.

»Ich fürchte, ich verstehe immer noch nicht ganz.«

»Sie sollten eine Möglichkeit finden, an die Videoaufnahmen zu gelangen. Die werden bis zu einem Monat gespeichert, sagt man.«

Er versuchte, so wenig beeindruckt wie möglich zu wirken. »Du meintest, du wüsstest, was Matthes getan haben soll. Das Wörtchen ›soll‹ macht mich hellhörig. Was weißt du?«

Sie schwieg, sah ihn aber mit einem wissenden Blick an. Von Schüchternheit keine Spur mehr. Verdammt, dieses Mädchen war kryptischer als das Orakel von Delphi!

»Schauen Sie sich die Aufnahmen an.«

Er probierte es mit einem Bluff. »Dir ist schon klar, dass wir diese Unterhaltung jederzeit auf dem Revier fortführen können.«

Sie blieb ruhig. »Ich denke, Sie wissen, dass das keine gute Idee ist, davon hätten wir beide nichts. Ich will hier noch meinen Abschluss machen, und Whistleblower sind nicht besonders beliebt. Sie stehen vor einer Mauer des Schweigens, oder hat Ihnen Berghausen irgendetwas Brauchbares erzählt?«

Im Fall Matthes schwieg sich der Schulleiter beharrlich aus. Es bedurfte geradezu erpresserischer Methoden, um an die Schülerakten zu gelangen. Das Thema »Videoüberwachung« war Geving völlig neu! Was verschwieg dieser Mann ihm noch?

»Wenn Sie also einen Verbündeten brauchen – und den brauchen Sie –, machen wir es zu meinen Konditionen«, fuhr Sarah Trautvetter fort.

Wow! Die Kleine hatte es faustdick hinter den Ohren. Was blieb ihm anderes übrig?

»Gut, was schlägst du vor ... *Partner*?«

»Ich bin nicht die Einzige, die so denkt. Hier gehen Dinge vor sich, die gezielt vor der Öffentlichkeit verborgen bleiben sollen. Von Berghausen erfahren Sie nie etwas.«

»Ich nehme an, dass wir unser Gespräch in größerer Runde fortsetzen werden. Nicht in Eichenburg.«

»Eine Freundin wohnt in Altenrode, und ihre Eltern sind unter der Woche oft unterwegs. Wir treffen uns morgen bei ihr, dort sind wir ungestört. Zeit und Ort lasse ich Ihnen zukommen.«

Geving wollte die Gelegenheit nutzen und sprach Sarah auf Mia Kolberg an. »Du bist sicher sehr froh, dass deine Freundin noch am Leben ist.«

Ihr Gesichtsausdruck blieb sphinxhaft, offenbar wollte sie nicht darüber sprechen. »Ich wünschte, es wäre einfacher für sie.«

Was meinte sie jetzt wieder damit? Er beließ es dabei.

»Okay. Wenn du mich jetzt entschuldigst, ich habe noch offizielle Ermittlungen durchzuführen.«

»Ja. Ich sollte auch woanders sein.«

Ihre Wege trennten sich.

Eines musste er sich eingestehen, *das* war die ungewöhnlichste Begegnung in seiner an ungewöhnlichen Begegnungen nicht armen Karriere. Er musste einen Weg finden, an die Videoaufzeichnungen zu kommen. Er war sich sicher, dass seine »Privatermittlungen« nicht über den offiziellen Dienstweg laufen durften. Wenn es so war, wie Sarah Trautvetter sagte, dann waren möglicherweise höhere Interessen im Spiel.

Tinus Geving beschloss, nach Kreisstadt zurückzukehren. Wiebke Hellmund und Grünwald würden gut ohne ihn zurechtkommen. Er sollte ja delegieren.

15:47 Uhr

Die den Abiturientinnen vorbehaltenen Einzelzimmer befanden sich in der alten Mühle, einem umgebauten zweigeschossigen Gebäude mit hohem Dachaufbau aus der ersten Hälfte des achtzehnten Jahrhunderts. Sie verfügte sogar über einen zu dieser Jahreszeit komplett zugefrorenen Mühlteich.

Hier waren Polizeirat Markus Grünwald und seine Beamten vom Revierkommissariat Altenrode mit der Sicherstellung beschäftigt. In den Zimmern von Sophia Dibelius, Marie Jannings und Stephanie Pousset waren sie schon gewesen. Momentan ging die Suche bei Johanna von Kleeberg und Alisah ter Hoorst weiter. Bei den Zimmern handelte es sich um kleine Kammern. Viel mehr als ein Bett, ein Schreibtisch, ein Schrank und ein Wandregal passte dort nicht hinein. Bedachte man die Klientel, lebte es sich hier überraschend spartanisch.

Allzu viel sicherzustellen gab es nicht. Außer den obligatorischen Laptops und einigen Fotos, die einige der Opfer in trautem Miteinander zeigten, wurde nichts von Interesse gefunden. Das Zimmer von Mia Kolberg blieb komplett tabu, schließlich war sie Zeugin und bis auf Weiteres nicht zu behelligen, so der ungefähre Wortlaut des Staatsanwalts Werner Vogel.

Grünwald gefiel es nicht, in den Hinterlassenschaften der jungen Mädchen herumzuwühlen.

Henneberg brachte es auf den Punkt. »Wie in einem Geisterhaus ist das hier!«

»Fragen Sie mich mal, hab schon ein ganz flaues Gefühl im Magen! Mir kommt's vor, als würden wir Grabschändung begehen.«

Er konnte nur hoffen, dass sie es möglichst schnell hinter sich brachten.

16:23 Uhr

Nicht anders verhielt es sich in der Wohnung von Alexander Matthes, wo Kriminaloberkommissarin Wiebke Hellmund die Aktion leitete. Matthes' Apartment lag im alten Postgebäude, einmal quer über das Schulgelände. Es hob sich durch seinen gelben Anstrich deutlich von der schneeweißen Umgebung ab.

Die Wohnung war recht klein und symmetrisch auf-
gebaut. Betrat man sie, ging es rechts in die Küche und
links ins Bad. Die danebenliegende Tür führte ins
Wohnzimmer, das trotz Lage zum Waldhang nicht düster erschien. Die beiden im rechten Winkel zueinander
liegenden Fenster garantierten auch im Winter natür-
liches Licht für die meiste Zeit des Tages. Eine Garnitur
aus Sofa und Sessel, ein Beistelltisch, Eckregal und
Fernseher, sonst nichts. Gegenüber, auf der Vorderseite
des Hauses, lag das Schlaf- und Arbeitszimmer, sehr
aufgeräumt. Überhaupt wirkte alles kalt und steril, wie
aus dem Einrichtungskatalog. Wiebke Hellmunds Meinung nach fehlte hier Leben, eine persönliche Note. Die
Wohnung verriet nichts über den Menschen Matthes.
Auf den ersten Blick wurden sie auch in seiner persönlichen Habe nicht fündig.

Ihre Suche war nahezu abgeschlossen, ohne dass die
Beamten auf be- oder entlastendes Material gestoßen
wären. Schriftstücke, Ordner und Rechner waren bereits in Kisten verpackt. Sie erhoffte sich davon nicht
viel. Sollte es eine Tat im Affekt gewesen sein, konnte
man naturgemäß nicht von Planung ausgehen oder sie
nachweisen. Wiebke Hellmund wusste nicht, wie es
sich bei den anderen verhielt, hier waren sie nach der
Sicherstellung jedenfalls nicht schlauer als zuvor.

»Sind wir fertig, Rausch?«, fragte sie.

Er überlegte einen Moment, wurde stutzig. »Einen
Moment.« Er ging hinüber ins Wohnzimmer und
kehrte mit einem gerahmten Bild zurück. »Das hätten
wir fast übersehen.«

Das Foto zeigte Matthes zusammen mit einer jungen
Frau an einem offenbar glücklicheren Tag.

»Wo haben Sie das her?«

»Stand im Bücherregal etwas verdeckt. Konnte daher
nicht sofort ins Auge fallen.«

Sie nickte anerkennend. »Nicht schlecht! Sieht so aus, als wären wir doch noch auf eine Spur gestoßen.«

ARD Tagesschau
17:00 Uhr

Dunkelheit bricht herein über Magdeburg, und in der Tat, es ist der dunkelste Tag in der Geschichte dieses jungen Bundeslandes. Fünf tote Schülerinnen und ein Lehrer einer renommierten Internatsschule sind eine Katastrophe.

Es war ein stiller – kein ruhiger – Tag. Dabei ist es die Stille, die für allergrößte Unruhe sorgen kann. Noch immer ist nichts bekannt über die Identität der Opfer. Über einen potenziellen Täter und die genauen Tathintergründe schweigt man sich aus. Antworten des zuständigen Landesinnenministeriums auf Nachfragen bleiben nebulös. Man wolle sich zum jetzigen Zeitpunkt nicht zu andauernden Ermittlungen einer dem Ministerium untergeordneten Behörde äußern.

Wie jedoch die Evangelische Landeskirche Anhalts vor wenigen Minuten bekannt gab, soll die Tochter des Synodalpräsidenten Konrad Dibelius zu den Opfern gehören. Das wäre eine bittere Nachricht, die die Frage aufwirft, ob die Tat möglicherweise einen politischen oder religiösen Hintergrund haben könnte und ob das laute Schweigen der Behörden darauf zurückzuführen ist, dass sie diese Fragen entweder nicht beantworten können oder wollen.

Dieser Tag verursacht bedenklich weitreichende politische Turbulenzen. Das böse Wort von der »Regierungskrise« macht die Runde. Landesinnenminister Frank Schulze genoss in weiten Teilen seiner Partei bisher durchaus Popularität. Mit dem heutigen Tag hat sich alles ins Gegenteil verkehrt. Schulze wird die Frage beantworten müssen, wie er angesichts dieses Desasters immer noch gegen ein Mehr an Sicherheitsvorkeh-

rungen sein kann. Er wird sich auch die Frage gefallen lassen müssen, ob die Tat nicht zu verhindern gewesen wäre.

So oder so dürften die letzten Tage des Ministers angebrochen sein. Entweder tritt er aus freien Stücken zurück, oder er wird vom Ministerpräsidenten entlassen. Letzteres wäre schmerzhaft. Die Koalition gilt seit einem Jahr als labil, ein weiterer Vorfall könnte zu ihrem Scheitern führen.

Es bleiben Fragen. Festzustehen scheinen nur zwei Dinge: Landesinnenminister Frank Schulze hat sich verspekuliert, und ein ›Weiter so‹ kann es nach dem heutigen Tag in Sachsen-Anhalt nicht mehr geben.

Harz-Klinikum Altenrode
Eichenburger Straße 15
18:27 Uhr

Mia Kolberg spürte, wie die Kräfte zurückzukehren begannen. Ein Tag Ruhe schien ihr gutgetan zu haben. Doch bei einem Tag, dessen war sie sich gewiss, konnte es nicht bleiben. Weitere Tage – sehr viele Tage – würden folgen müssen. Langsam kehrte Ordnung in ihren Kopf zurück. Sie realisierte, was geschehen war. Sophia, Johanna, Marie, Stephanie und Alisah. Alisah ... Sie wusste, dass sie alle tot waren. Es gab nichts, was sie dagegen hätte tun können. Nichts, was sie anders hätte machen können.

Sie würde darüber reden müssen. Noch konnte sie das nicht, aber der Zeitpunkt rückte unerbittlich näher. Was dann? Musste sie sich alles erneut antun?

Sie bemerkte nicht sofort, dass sie nicht allein war.

»Mia, entschuldigen Sie, aber Ihre Mutter ist hier.«

Mama ...

An Tagen wie diesem war der Ministerpräsident ihr gegenüber äußerst redselig. Er hielt ihr vor, wie angefressen er wegen der Eichenburg-Ermittlungen sei, dabei hatte er genug mit Schulze zu tun. Seine Unfähigkeit, ohne Stimulierung eine Entscheidung zu treffen, amüsierte sie. Sollte er ihn vor die Tür setzen? Oder sollte er dafür sorgen, dass er freiwillig ging? Es ging hin und her. Sie musste schmunzeln. Mal wieder war er überfordert.

Anninka Kresch dachte nicht daran, diesem Mann irgendwelche Ratschläge zu erteilen. Es erschien ihr nicht passend, zu ... ehrgeizig. Sie kannte den Ministerpräsidenten. Er war abhängig von Leuten, die für ihn dachten. Fing sie jetzt auch noch damit an, würde ihn das abhängig von ihr machen. Im Umkehrschluss wäre sie abhängig von ihm, denn sie wusste, wie schnell er Berater beseitigen ließ, wenn es mal nicht so lief. Sie war zu selbstbestimmt, um sich unnötigerweise in dieses Karussell zu begeben. Natürlich war sie ehrgeizig, aber sie hatte Möglichkeiten, und sie nahm sich Zeit, diese Möglichkeiten für sich arbeiten zu lassen. Langfristig war das profitabler. Bis dahin musste sie in ihrer Beziehung zu diesem Ekelpaket Opfer bringen, also die Beine breit machen.

Heute nahm er sie ganze drei Mal in Anspruch. Das erste Mal war noch einvernehmlich, wenn auch sehr kurz, er spritzte nach nicht mal drei Minuten ab. Okay, beim zweiten Mal musste sie ihm einen blasen, aber dann war sie es auch schon müde. Er hatte noch nicht genug, sie ließ es über sich ergehen, selbst wenn es schmerzhaft war. Er stieß zu und stieß zu, mit dem Gewicht und der Wucht eines jungen Zuchtbullen. Sie blendete das weg. Es hatte keinen Sinn, ihn wegzustoßen, er bekam ja doch immer, was er wollte. Seine Leibwächter sorgten für die nötige »Diskretion«. Wenn er nur nicht so stinken würde. Und niemals benutzte er beim Ficken ein Kondom, es würde das Erlebnis stören. Na, hoffentlich hatte er keine ansteckenden Krankheiten.

Dann verließ er grußlos ihre Wohnung, offenbar wieder in der Lage, klar zu denken. Schwanzgesteuert.

ARD Tagesschau
20:00 Uhr

Die tragischen Todesfälle in Sachsen-Anhalt führten mittlerweile zu ersten internationalen Reaktionen. Am Rand seines Gipfeltreffens mit der Bundeskanzlerin kommentierte Russlands Präsident das heutige Geschehen wie folgt:

»Deutschland und Russland mögen Differenzen haben, aber in einem Punkt sind wir uns einig: in der Sorge um unsere Kinder. Russland hat diese bitteren Erfahrungen nach Beslan machen müssen, als Vater zweier Töchter kann ich den Schmerz nachvollziehen. Wer vergreift sich an Unschuldigen? Welches Monster ist dafür verantwortlich? Mich macht wütend, dass es eine Waffe aus meinem Land gewesen sein soll, die getötet hat. Der Generalstaatsanwalt wurde daher von mir angewiesen, alle erdenklichen Schritte zu unternehmen, die für illegale Aktivitäten Verantwortlichen zu finden und sie notfalls auf dem Klo zu stellen. Ich garantiere, die russische Justiz wird schnell, effektiv und unerbittlich sein!«

»Woher wissen die das?« Tinus Geving schnaufte. »Woher haben die diese verdammte Information?«

»Keine Ahnung, ich denke nicht, dass irgendjemand von uns geplaudert hat. Wann hätten wir das tun sollen? Wir waren mit Arbeit eingedeckt bis zur Waterkant«, versuchte Kriminalkommissar Tobias Stegner die Kollegen zu verteidigen.

»Das war auch nicht mein Verdacht. Aber dass es sich bei der Tatwaffe um ein russisches Modell handelt, dürfte aus unserem Umfeld kommen.«

»Meinen Sie, es gibt ein Leck im LKA?«, fragte Markus Grünwald.

»Wäre nicht das erste Mal, dass eine Behörde Informationen für den internen Dienstgebrauch an die Öffentlichkeit durchspielt.«

»Haben Sie einen konkreten Verdacht?«

Den hatte er nicht. Eher eine Ahnung. Mit Ahnungen ging er sehr vorsichtig um.

»Ich kenne den Laden, und ich muss sagen, gerade auf höherer Beamtenebene gibt es besondere Interessen. Jeder weiß, dass das LKA leckt und tropft wie ein Sieb«, bekannte Sabine Jentsch.

»Wäre es möglich, dass die Information aus dem Innenministerium weitergegeben wurde?«, fragte Wiebke Hellmund.

Wieder war es Sabine Jentsch, die antwortete. »Solche Details? Unmöglich! Diese Durchstechereien tragen eindeutig die Handschrift des LKA.«

»Bleibt die Frage nach dem Warum.«

»Ist doch wohl klar, Hellmund«, sagte Grünwald. »Die bauen Druck auf und wollen unsere Ermittlungen in eine ganz bestimmte Richtung lenken, nämlich auf Alexander Matthes als Täter, und zwar pronto.«

»Ganz Ihrer Meinung.« Geving hatte bereits heute Morgen den Eindruck gehabt, dass sich Anninka Kresch sehr früh – und öffentlich – auf Matthes festlegen wollte.

»Ehrlich, Leute«, fuhr Grünwald fort, »bei der Sachlage spricht wirklich alles für ihn.«

Staatsanwalt Werner Vogel, der bei der abendlichen Lagebesprechung zugegen war, bisher aber geschwiegen hatte, wirkte verstimmt. »Wenn es tatsächlich aus dem LKA kam, war die Aktion äußerst dämlich. Das im Zusammenhang mit dem Bekanntwerden des ersten Opfers schreit für die Öffentlichkeit förmlich nach einer Tat mit politischem oder terroristischem Hintergrund. Wenn wir Pech haben, fängt die Bundesanwaltschaft an zu ermitteln und nimmt uns die Butter vom Brot. Damit hätten sich unsere Freunde in Magdeburg echt ins Knie geschossen.«

Geving wechselte das Thema. »Stegner, wo stehen wir bei der Tatwaffe?«

»Der bisherige Befund scheint sich dahin gehend zu bestätigen, dass es tatsächlich ein Handgemenge zwischen Mia Kolberg und Alexander Matthes gegeben haben muss.«

»Wie sicher ist das?«

»Ich würde sagen, zu hundert Prozent. Im Fall Matthes schlug das AFIS an.«

Alle schauten plötzlich auf ihn.

Wiebke Hellmund war konsterniert. »Das Automatisierte Fingerabdruckidentifizierungssystem?«

»Fingerabdruckverifikation, Fingerabdruckidentifikation, alles passt.«

»Demnach war Alexander Matthes kein Unbekannter?«, hakte Geving nach. »Weswegen tauchte er da auf?«

Stegner zögerte einen Moment. Er schien zu überlegen, wie er die Antwort am besten formulieren sollte.

»Das, Herr Kriminalrat, ist eine gute Frage. Jetzt kommt's: Sperrvermerk durch das LKA Thüringen.«

Tinus Geving fuhr sich durchs Haar und schaute Vogel entnervt an. »Haben wir heute Morgen nicht erst darüber gesprochen, dass niemand mit einschlägiger Vorgeschichte Beamter werden könne? Sperrvermerk ... Darum sollten Sie sich kümmern.«

»Ich verspreche Ihnen schon jetzt, dass es dauern wird, die Partnerbehörde eines anderen Bundeslandes zur Kooperation zu bewegen«, prophezeite der Staatsanwalt düster.

»Ein Fleck mehr auf der Weste des Alexander Matthes«, meinte Stegner.

Geving hatte das laute Bauchgefühl, dass ein entscheidendes Stück in diesem Puzzle fehlte. »Frau Jentsch, konnten Sie Alisah ter Hoorsts Handy schon etwas entlocken?«

»Ja, da haben sich die bisherigen Vermutungen ebenfalls bestätigt. Sie war tatsächlich so geistesgegenwärtig, einen Teil des Geschehens in Bild und Ton festzuhalten.«

»Also haben wir ihn auf Video?«

»Soweit würde ich nicht gehen. Ich zeige es Ihnen am besten mal. Erhoffen Sie sich nicht allzu viel.«

Sie legte das Bild auf den großen Bildschirm des Konferenzraums. Zunächst erschienen Bildrauschen, Zahlenkolonnen und Burst-Signale.

»Wie gesagt, der Speicher des Handys ist beschädigt.« So ging das noch etwa zehn Sekunden weiter. Plötzlich wandelte sich das Chaos zu einem klarer erkennbaren, wenn auch sehr grobkörnigen Bild. Es zeigte Alisah ter Hoorst von unten in der Totale. »Offensichtlich ist ihr das Handy zu Boden gefallen.« Plötzlich verwackelte Bilder. »Die Kleine hatte Mut, sie hebt das Handy auf.« Eine vernehmbare Stimme, wieder Burst-Signale, die

Sprache metallisch klingend. *»Bitte nicht!«* Ein Schrei. *»Nein!«* Erneutes Bildrauschen. Abbruch.

Geving drehte sich zu Sabine Jentsch. »Das ist alles?«

»Alles, was ich in der kurzen Zeit sichern konnte.« Sie bewegte den Kopf hin und her. »Ich bin mir sicher, dass ich das Video voll wiederherstellen kann, doch das braucht Zeit. Obwohl es vielleicht gerade mal eine halbe Minute lang ist, ist es im Grunde total zerstört. Bis auf die Bildsequenz, die wir gesehen haben. Die Rechner laufen auf Hochtouren, aber es kann noch bis zu zwei Tage dauern.«

»Bin ja schon froh, dass Sie überhaupt etwas liefern konnten. Bleiben Sie dran.«

»Hatte ich vor.«

»Und die anderen Asservate?«

»Konnte ich bisher noch nicht auswerten, Herr Kriminalrat. Ich bräuchte morgen eine helfende Hand.«

»Sie können Herrn Rausch haben.«

»Wo immer ich helfen kann.« Der Kriminalkommissaranwärter wurde wieder rot.

Wiebke Hellmund fasste die bisherigen Erkenntnisse zusammen. »Aus dem, was wir haben, scheint sich der Verdacht gegen Matthes zu bestätigen. Als ehemaliger Offizier war für ihn der Umgang mit einer Pistole wie der Jarygin ein Klacks. Bleibt ein dickes Fragezeichen – das Motiv.«

Es schlug die Stunde des Kriminalpsychologen Professor Sänger. Mit seinem gescheitelten schlohweißen Haar, seiner asketischen Erscheinung, gekleidet in ein Cordjackett, dazu randlose Brille, war Sänger die musterhafte Verkörperung einer Hochschullehrkraft.

»Liebe Frau Hellmund, bevor ich auf Ihre Frage nach einem möglichen Motiv zurückkomme, lassen Sie mich zum Verständnis einige Aussagen genereller Natur treffen. Erst einmal ganz platt: Der Mörder ist in uns allen! Wir genießen die berauschende Erfahrung, Herr über Leben und Tod zu sein. Allein unsere Zivilisation hindert uns daran, unserem Tötungstrieb nachzugeben. Gewalt ist eine elementare Kraft im Menschen, wie Sexualität oder Hunger. Es bedarf nur eines passenden Auslösers.«

»Was war Ihrer Meinung nach der Auslöser bei Matthes?«

»*Du sollst nicht begehren deines Nächsten Weib, Knecht, Magd, Vieh noch alles, was dein Nächster hat.*«

»Wie jetzt, eine Affekttat wegen verschmähter Liebe?«

Geving hakte ein. »Wäre nicht unlogisch. Berghausen reagierte bisher sehr schmallippig, sprach bei Matthes nur davon, er sei umstritten gewesen. Möglicherweise gab es da eine Lehrer-Schüler-Beziehung.«

»Mein Gott, wie widerlich«, entfuhr es Stegner.

»Das ist wohl eine Frage der moralisch sittlichen Einstellung«, wandte der Professor ein. »Das mögliche Opfer war nahezu volljährig, daher durchaus selbstbestimmt.«

»Sie wollen also sagen, Matthes stand in einer Beziehung, die allem Anschein nach in die Brüche ging, woraufhin er durchdrehte. Verstehe ich Sie da richtig?«, fragte Geving.

»Darauf möchte ich hinaus. Die Mehrheit der Erwachsenen entwickelt bisweilen ernsthafte Mordfantasien gegen ihre Partner. Wir leben sie in den meisten Fällen nicht aus, dazu bedarf es einer Reihe an Triggern. Sind die hintereinandergeschaltet, kommt es zur Affekttat. Begehren!«

»Wie kommt das?«

»Mal zum Vergleich, Sie sind noch nicht allzu alt, aber bereits Kriminalrat, also haben Sie wahrscheinlich sehr viel Ehrgeiz in Ihren Beruf investiert. Eventuell mehr Ehrgeiz als in die Liebe. Das tut aber nichts zur Sache.«

Doch, tut es! Woher wusste er das?

»In der Liebe investiert der Mensch in sich selbst. Zerbricht eine Beziehung, fügen sich die meisten zunächst in ihr Singledasein, einige wenige jedoch nicht. Je stärker bei ihnen die Liebe war, desto größer die Erwartungen und umso tiefer der Fall, wenn die Liebe enttäuscht wird. Enttäuschung führt zu Wut. Kommt dann womöglich noch Provokation hinzu, ist die Wut nicht mehr zu bändigen.«

»Sie vermuten, dass es sich bei Matthes so verhalten hat, Professor?«

»In der Tat.«

»Warum dann der Selbstmord?«

»Sie alle kennen das, wenn man rotsieht, setzt das Gehirn aus. Im Prinzip richtet sich die Tat nur gegen die verschmähende Geliebte. Eine Handlung im Affekt ist jedoch kaum steuerbar. Unglücklicherweise war zum Tatzeitpunkt nicht nur die fragliche Person zugegen. So hat man sich des verhassten Opfers entledigt und ganz nebenbei noch ein Gemetzel angerichtet. Matthes kommt wieder zu Verstand, sieht das Blutbad und denkt sich ›O mein Gott, was habe ich getan?‹. Er sieht keinen Sinn mehr darin, an seinem Leben festzuhalten, denn Unschuldige sind seinem Rausch zum Opfer gefallen. Schlussendlich richtet er die Waffe gegen sich selbst.«

»So kann man das sehen.« Tinus Geving hegte zwar gegenüber Psychologen ein tiefes Misstrauen, doch er musste zugeben, dass sie auf Sängers Expertise nicht verzichten konnten.

Stegner versuchte zu verstehen. »Welche der fünf Schülerinnen war es? Alisah?«

Geving zuckte unwillkürlich zusammen. Glücklicherweise fiel seine Instinktreaktion niemandem auf.

»Ausgehend von der Lage der Leichen am Tatort, würde ich entweder auf Marie Jannings oder Sophia

Dibelius tippen«, sagte der Polizeirat. »In diesem Fall wohl eher Sophia Dibelius, ihr Kopf war ja nur noch Matsch. Darauf folgten die ›Kollateralschäden‹ in kurzer Folge. Zunächst die neben ihr stehende Marie Jannings. Johanna von Kleeberg versuchte zu fliehen und bekam es von hinten ab, es folgte Stephanie Pousset. Währenddessen versuchte Alisah ter Hoorst sich zu verstecken und griff zum Telefon. Irgendwo dazwischen fand das Handgemenge um die Waffe mit Mia Kolberg statt.«

»Aber wo dazwischen?«, fragte Geving.

»Das kann uns nur Mia beantworten. Mich würde interessieren, wie sie da rausgekommen ist.«

Vogel wandte sich an Geving. »Gibt es denn etwas Neues in Bezug auf die Zeugin?«

»Ich habe mit Doktor Spengler telefoniert. Immerhin ist heute ihre Mutter eingetroffen. Er meinte, wir sollten es morgen vorsichtig probieren.«

Es war ein langer und aufreibender Tag für alle gewesen. Geving war mittlerweile seit fast achtundvierzig Stunden auf den Beinen und brauchte nur noch eine Dusche und ein Bett.

Ähnlich schien es Wiebke Hellmund zu gehen. »Wären wir damit bei der Tagesplanung für morgen?«

»Guter Punkt. Zunächst steht der Obduktionsbericht aus, und auch die Hinterbliebenen der Opfer sind zwecks Identifizierung einbestellt. Hellmund, Stegner, Sie fahren nach Magdeburg in die Rechtsmedizin. Im Anschluss befragen Sie die Eltern.«

»Auch über eine mögliche Beziehung ihrer Kinder mit Matthes?«

»Diese unangenehme Aufgabe kann ich Ihnen nicht ersparen. Jentsch und Rausch beschäftigen sich wie besprochen mit den Asservaten. Ich kümmere mich um die Befragung der Zeugin Kolberg. Herr Vogel, ich gehe mal davon aus, dass Sie dabei sein wollen.«

»Sehr richtig. In Anbetracht ihres Zustands halte ich eine psychologische Erstbegutachtung für keine schlechte Idee.«

»Wohl wahr. Herr Professor, wenn Sie nichts dagegen haben?«

Er war Vogels Idee gegenüber sofort aufgeschlossen. »Mit Freuden!«

»Wäre das geklärt. Ach, und wir sollten uns dringend um die Herkunft der verdammten Russenpistole bemühen.«

»Kümmere ich mich drum, Geving«, sicherte Grünwald zu.

»Okay. Selbst wenn die Presse es anders sehen mag, wir sind heute ein großes Stück vorangekommen. Wollen wir hoffen, dass es so weitergeht. Ich danke Ihnen.«

21:12 Uhr

Carolin Aschenbach
Und? steigt die Sache nun morgen? :c
21:12

Sarah Trautvetter
Ja.
21:12

Jasmin Roth
Caro, wir treffen uns doch bei dir?
21:13

Carolin Aschenbach
YESS...
21:13

Judith Metzger
Nabend Sweeties! <3
21:13

Jasmin Roth
Aber was wollen wir dem erzählen? Kommt er überhaupt alleine?
21:14

Sarah Trautvetter
Klar kommt er alleine. Was anderes kann er sich gar
nicht erlauben.
21:14

Judith Metzger
Aber was sollen wir dem erzählen? :-)
21:14

Jasmin Roth
Judith!
21:15

Judith Metzger
Ja ja ...
21:15

Carolin Aschenbach
Gute Frage ... Ich würde sagen ALLES?
21:17

Sarah Trautvetter
Er weiß absolut nicht, womit er es bei uns zu tun hat.
Berghausen, diese Pflaume hat ihm auch nix erzählt.
Also ja: ALLES
21:20

Carolin Aschenbach
Vorher Frühstück bei mir?
21:21

Judith Metzger
Ohhhh jaaaa! <3 <3
21:21

Carolin Aschenbach
Läuft ...
21:21

Jasmin Roth
Hätte echt nicht gedacht, dass wir dieser beschissenen Clique im Nachhinein noch helfen.
21:22

Sarah Trautvetter
Tja
21:23

Jasmin Roth
Das gilt für alle außer Mia natürlich
21:23

Sarah Trautvetter
Wird sich zeigen.
21:24

Judith Metzger
???
21:24

Sarah Trautvetter
Warten wir's ab.
21:25

Jasmin Roth
Nachti!
21:26

Was für ein Tag! Tinus Geving bereiteten die Indiskretionen Kopfzerbrechen. Bei Sophia Dibelius war es das Pressebüro der Evangelischen Landeskirche Anhalts, das nicht hatte abwarten können. Anders verhielt es sich bei der Tatwaffe – der Jarygin PJa. Es war äußerst ungewöhnlich, dass sie es mit einem russischen Modell zu tun hatten. Wie passte das ins Bild von Alexander Matthes als Täter? Als ehemaliger Offizier hätte er auf dunklen Kanälen ebenso gut eine deutsche Pistole beziehen können.

Warum etwas aufgeben, das man liebt und schätzt?

Dass ausgerechnet dieses Detail bekannt geworden war, machte ihn stutzig. Dem Stand der Dinge nach zu urteilen, gab es im LKA divergierende Interessen. Eine Seite versuchte die andere auszuspielen. Das war eine Möglichkeit.

Und dann war da ihre einzige Zeugin – Mia Kolberg. Geving hoffte, sie würde schnell Licht ins Dunkel bringen können. Trotz belastender Indizienlage war zu viel im Nebel des Ungefähren. Julius Berghausen wollte eindeutig nicht zur Aufklärung beitragen. Tinus Geving würde seinen weiteren persönlichen Umgang mit dem Eichenburger Schulleiter daher deutlich offensiver gestalten müssen. Wie offensiv, hing von Sarah Trautvetter ab. Dass er sie als private Quelle führte, war ein absoluter Regelbruch, Privatermittlungen waren mit seiner Stellung als Kriminalbeamter absolut nicht vereinbar. Doch wenn die Tat ihren geistigen Ursprung in Eichenburg hatte, kamen sie mit offiziellen Untersuchungen nicht weit. Geving nahm den Regelbruch in Kauf, wie er schon bei Europol Regelbrüche in Kauf genommen hatte.

Womöglich nicht genug ...

Er hatte nicht den blassesten Schimmer, wie er an die Überwachungsvideos herankommen sollte, von denen Sarah gesprochen hatte. Da würde er Sabine Jentsch ins Vertrauen ziehen müssen, zumindest erschien sie ihm vertrauenswürdig. Was aber, wenn sie seine privaten Nachforschungen ans LKA weitertrug? Geving hasste Abhängigkeitsverhältnisse.

***

»Kriminalrat Geving?«, fragte eine Stimme.

Geving war gerade auf dem Weg ins Hotel, in dem er sich für die Dauer der Ermittlungen einquartiert hatte. Er hatte nicht damit gerechnet, dass ihn hier jemand kannte. Im Dunkeln war der Mann schlecht zu erkennen, womöglich legte er es darauf an. Die Limousine, vor der er stand, wies eine interessante Plakettennummerierung auf: Fahrbereitschaft des Landes Sachsen-Anhalt! Geving versuchte, die unerwartete Situation abzuschätzen. Er befand sich an einer befahrenen Straße. Kein guter Ort für einen Angriff.

»Der bin ich«, bestätigte er also. »Und Sie sind?«

Keine Antwort, stattdessen öffnete er die Tür zum Fond der schwarzen Limousine. »Steigen Sie bitte ein.«

Er machte nicht den Eindruck, darüber diskutieren zu wollen. Geving tat, wie ihm geheißen. Im Wageninneren traf er auf eine Überraschung, verstand es jedoch gut sich zu beherrschen.

»Guten Abend, Herr Kriminalrat. Ich gehe mal davon aus, Sie wissen, wer ich bin.«

»Natürlich weiß ich, wer Sie ...«

Ihm wurde geboten zu schweigen: »Aber, aber! Keine Namen.«

»Wie bitte?«

»Ganz einfach, dieses Gespräch hat niemals stattgefunden, und ich war auch nicht hier.«

So ein Theater!

»Na, dann hoffe ich«, spottete Geving, »dass Sie Ihr Alibi für den Abend gut abgesichert haben.«

Sein Gegenüber sah ihn mit versteinerter Miene an und schwieg.

»Warum haben Sie mich nicht einfach in meinem Büro aufgesucht oder gar einbestellt?«

»Sie sollten verstehen, dass sich jemand in meiner Position nicht mit Ihnen treffen kann, ohne dass es ... gewisse Fragen aufwirft.«

»Gestatten Sie mir die unhöfliche Frage: Was wollen Sie von mir?«

Sein Gegenüber schmunzelte. »Der typische Westfale, kommt direkt zum Punkt. Sie können sich bestimmt denken, worum es geht.«

Es hatte keinen Sinn, das zu bestreiten. »Eichenburg. Ich befürchte, dass ich Ihnen nicht mehr sagen kann, als Sie ohnehin bereits wissen dürften.«

»Die Berichte kenne ich. Mich interessiert mehr, was nicht darin steht.«

»Da ist aber nicht mehr.«

Sein Gesprächspartner wurde ernst. »Sie sollten mich nicht zum Narren halten! Schließlich treffe ich mich nicht mit Ihnen, ohne vorher Ihre Akte gelesen zu haben.«

»Aha. Und was haben Sie der entnommen?« Geving ließ sich nicht aus der Reserve locken.

»Ihnen entgeht nichts, aber auch gar nichts. Notfalls gehen Sie ein Risiko ein. *Darüber* möchte ich mit Ihnen sprechen.«

Geving tat begriffsstutzig, ihm passte das hier ganz und gar nicht. »Was denn für ein Risiko?«

Sein Gegenüber wurde laut. »Lassen Sie das! Meine Frage an Sie ist: Sind Sie bereit, ein Risiko einzugehen? Ich kann Ihnen helfen. Wenn Sie das nicht wollen, bitte schön, Ihre Entscheidung. Aber ich befürchte, ohne Hilfe sind Sie in der ganzen Sache verloren!«

Jetzt musste Geving lachen. »Das habe ich heute schon mal gehört.«

Sein Gesprächspartner wurde wieder ruhig und schaute ihn selbstzufrieden an. »Ist das so?«

»Ja, nur war diejenige Person eine Abiturientin«, offenbarte er und verfluchte sich augenblicklich.

»Aha, dachte ich mir doch.«

»Sie wussten davon?«, fragte Geving verstört.

»Nein, aber Sie haben es so bereitwillig eingestanden, *jetzt* weiß ich es. Machen Sie sich keine Sorgen, es bleibt unter uns.«

Darauf würde er wohl vertrauen müssen. »Wie sind Sie darauf gekommen?«

»Ich habe vermutet, Sie haben bereits eine Informantin. Da Tote nicht reden können, musste es jemand aus dem Umfeld der Toten sein – entweder des mutmaßlichen Täters oder der Opfer. Auf jeden Fall in Eichenburg. Und was der- oder diejenige zu sagen hat, sollte nicht Teil eines amtlichen Vernehmungsprotokolls sein. Also haben Sie sich entschlossen, die Regeln, nun ja, ein wenig weiter auszulegen. Liege ich da in etwa richtig?«

»In etwa. Aus den Aussagen des Schulleiters werde ich nicht schlau, in puncto Matthes hat er definitiv etwas zu verbergen. Ich habe den Verdacht, dass die Tat in Eichenburg ihren Ursprung haben muss, man hört ja so gewisse Sachen. Sie wissen, wie schwer es ist, an diese Leute heranzukommen. Die genießen einen Schutz, der meine Gehaltsstufe bei Weitem übersteigt. Ohne konkrete Beweise komme ich auf der Schiene nicht weiter. Wie es der Zufall wollte, hat mich eine Schülerin angesprochen ...«

Sein Gegenüber unterbrach erneut. »Keine Namen! Was ich nicht weiß, muss ich nicht bestreiten. Aber bitte, weiter!«

»Sie forderte mich auf, mir die Aufnahmen der Überwachungskameras zu besorgen. Angeblich zeigen sie, was uns gegenüber vertuscht werden soll. In welche Richtung es geht, weiß ich nicht.«

»Sie haben die Bänder also noch nicht gesehen?«

»Ich habe nicht mal eine Ahnung, wie wir drankommen sollen. Mir stellt sich auch die Frage – selbst wenn das Kunststück gelänge, die Aufnahmen ohne richterlichen Beschluss konfiszieren zu lassen –, wie wir sie verwerten können, denn Kresch wird mit Sicherheit wissen wollen, woher die Informationen stammen. Ich kann das Problem nicht lösen, ohne ein neues zu schaffen.«

Sein Gegenüber nickte verstehend, dachte nach und sagte schließlich: »Dafür hätte ich eine Lösung.«

»Die sähe wie aus?«

»Das ist nicht Ihr Problem. Was Sie nicht wissen, müssen Sie nicht abstreiten. Ich habe da spezielle ... Möglichkeiten.«

»Selbst dann wüsste ich nicht, wonach ich suchen sollte.«

»Alles, was mit dem Vorfall in Verbindung stehen könnte.«

»Das wären unzählige Stunden Material. Nur der liebe Herrgott weiß, wie viele Kameras die dort haben. Dafür habe ich bis auf Kriminalkommissarin Jentsch kein Personal.«

»Jetzt sagen Sie nicht, Sie wollten sie da mit reinziehen!«

»Welche andere Wahl habe ich denn?«

»Das lassen Sie schön bleiben! Ich kümmere mich darum. Wenn es etwas zu finden gibt, wird es gefunden, und um die Verwertbarkeit machen Sie sich mal keine Sorgen.«

Gevings größtes Problem schien sich soeben in Luft aufgelöst zu haben. Er hätte erleichtert sein müssen, war es aber nicht.

»Warum helfen Sie mir?«, fragte er stattdessen misstrauisch.

Wieder lange Stille, sein Gegenüber blickte abwesend aus dem Autofenster. »Herr Geving, Sie sind neu hier. Es gibt vieles, was Sie nicht verstehen.«

»Dann erklären Sie's mir!«

»Das ist nicht der richtige Zeitpunkt. In nicht allzu weit entfernter Zukunft werden Sie verstehen.«

»Ich weiß nicht, ob ich Ihnen danken soll. Ich weiß nicht mal, ob ich Ihnen vertrauen kann.«

Sein Gegenüber wirkte verständnisvoll. »Das müssen Sie wohl.«

Geving war noch nicht überzeugt. »Na dann ... Danke, schätze ich mal.«

»Oh, dass wir uns nicht falsch verstehen, weder verteile ich Bonbons, noch werde ich Ihre Arbeit erledigen. Ihre Ermittlungen führen Sie, da halte ich mich heraus. Betrachten Sie mich als logistische Unterstützung, nicht mehr und nicht weniger.«

Und er betrachtet mich als wertvolle Informationsquelle. Geben und Nehmen.

Jetzt war es an ihm, seinen Gesprächspartner zu konfrontieren. »Mal ehrlich, die Sache mit der Waffe war doch ein schlechter Scherz!«

Sein Gegenüber ließ sich nicht aus der Ruhe bringen. »Bald werden Sie begreifen.«

»Na, hoffentlich ...«

»Wie schön, da hatten wir doch einen guten Start«, bemerkte er süffisant. »Unser Gespräch werden wir zum gegebenen Zeitpunkt fortsetzen.«

Er öffnete die Wagentür, für Geving das Zeichen, sich zu entfernen. »Wie jetzt, Sie werfen mich raus in diese Arschkälte?«

»Herr Geving, wir sind nicht Ihr Chauffeurservice«, erwiderte der Insasse lächelnd. »Jeder Kilometer muss abgerechnet werden, und es ist schon schwer genug, unser Tête-à-Tête aus den Büchern herauszuhalten.«

Geving machte keine Anstalten zu gehen. Sein Gegenüber machte keine Anstalten nachzugeben. Schließlich stieg er aus.

»Einen schönen Abend«, rief ihm sein Gesprächspartner hinterher und schloss die Tür.

Ehe sich's Geving versah, war die schwarze Limousine verschwunden. Nichts von alldem hatte stattgefunden. Als wäre es ein Traum gewesen ...

Für Geving endete der Tag verworrener, als er begonnen hatte, und das war ein extremes Kunststück! Anninka Kresch hatte schon unklare Absichten, was aber wollte sein Gesprächspartner? Wurde er als Figur missbraucht in einem Spiel, dessen Regeln er nicht kannte? Dabei war er nach Sachsen-Anhalt gekommen, weil er Ruhe brauchte und die provinzielle Abgeschiedenheit schätzte.

Rotehornpark
Magdeburg
22:00 Uhr

Zu dieser späten Stunde war kein Mensch mehr unterwegs. Es war ein stiller Abend, kaum ein Lüftchen regte sich. Nichtsdestoweniger machten sich die zweistelligen Minustemperaturen bemerkbar.

Sollte es dennoch potenzielle Zeugen geben, bis zum Marientempel auf der im Adolf-Mittag-See gelegenen Marieninsel würden sie sicher nicht vordringen. Der Tempel lag auf einer leichten Anhöhe über dem still und starr ruhenden See. Da die Zeit des Neumonds gerade vorüber war, fiel nur fahles Licht auf den Platz, sie genossen den Schutz der Dunkelheit, so wie es geplant war.

»Ich muss mich schon sehr wundern über deine Zögerlichkeit.«

»Wenn uns jemand sieht und Schlüsse daraus zieht, sind wir am Arsch!«

»Ach was, das ist paranoid. Niemand kann etwas zu uns zurückverfolgen. Alles unter Kontrolle.«

»Wirklich? Wenn der Zufall dir nicht diesen bösen Streich gespielt hätte. Scheiße ist das!«

»Tu doch nicht so, als wäre es meine Schuld.«

»Wie konnte es dir nur so dermaßen aus den Händen gleiten? Ich habe dir gesagt, nimm es nicht auf die leichte Schulter. Aber nein ...«

»Kann ich Gedanken lesen?«

»In diesem Fall hättest du es *müssen*! Und wer darf den Dreck ausbaden?«

»Wie redest du eigentlich mit mir? Du hast mir deine Karriere zu verdanken! Da muss ich mich nicht maßregeln lassen.«

»Dafür muss ich jetzt unser beider Karrieren retten. Das wäre nicht nötig, wenn du zur Abwechslung mal etwas mehr auf deine Umgebung achten würdest. Es gab einen Plan, Schulze aus dem Amt zu kegeln. Er hätte den Einschlag nicht mal kommen sehen, aber jetzt ist er alarmiert!«

»Ich habe, ehrlich gesagt, zu viel Zeit und Geld in das Projekt investiert, als dass es an diesem Traumtänzer scheitern sollte. Lass dir was einfallen!«

»Habe ich schon. Dürftest du mitbekommen haben.«

»Ja, war tatsächlich nicht ganz ungeschickt. Aber das reicht nicht.«

»Das war erst der Auftakt. Du kannst von Glück reden, dass uns deine ... Nachlässigkeit ganz gelegen kommt. Läge sie nur nicht so dicht unter der Oberfläche. Gelangt sie ans Tageslicht, sind wir gefickt, und

zwar ohne Gummi. Das hätten wir anders haben können. Sei's drum, passiert ist passiert.«

»Wer ist darauf angesetzt?«

»Jemand von außen, jemand, der steuerbar ist und es
nicht weiß.«

»Bist du dir da sicher?«

»Kümmere dich um deinen Dreck, ach nein, das muss
ich ja tun. Natürlich bin ich mir sicher!«

»Hey, es tut mir leid.«

»Ärgerlich. Ärgerlich ist das!«

»Du hast ja recht.«

»War sonst noch was?«

»Nein, musste dich nur sehen. Sicherstellen, dass du
noch dabei bist.«

»Da mach dir mal keine Gedanken. Wie du so treffend
formuliert hast, stehe ich auf deiner Gehaltsliste.«

»Zwischen uns ist alles gut?«

»Mein Gott, ja!«

»Dann will ich dich nicht länger aufhalten.«

»Lass uns das einfach durchstehen, nach Montag ist
der ganze Spuk vorbei.«

»Das wollte ich nur hören.«

»Na, dann ist doch alles bestens. Gute Nacht.«

Kein Laut, absolute Stille, kein Mensch. Jeder ging seiner Wege in die Finsternis hinein.

Feigheit – Tag 3:
Mittwoch, 20. Januar

Ministerium für Inneres und Sport des Landes
Sachsen-Anhalt
Halberstädter Straße 2
Magdeburg
Büro des Ministers
07:00 Uhr

Frank Schulze bestand auf diesem Termin, also musste Anninka Kresch sich – widerwillig – fügen. Widerwillig! So weit war der Zerfall seiner Autorität gediehen. Schulze war wie ein von den Ereignissen Getriebener, wie ein Minister auf Abruf. Stellte sich die Frage nach freiwilligem Rücktritt überhaupt noch?

Er musste aktiv werden, die Zügel in die Hand nehmen. Dazu zählte eine rasche Aufklärung der Todesfälle im Harz. Zumindest würde das seinen Anhängern signalisieren, dass mit ihm noch zu rechnen war. Vor dem unvermeidbaren Ende würde es ihn nicht retten, er hatte seinen Ministerposten innerlich bereits abgeschrieben.

Was Anninka Kresch trieb, gab zu Misstrauen Anlass. Sie war damals nicht seine Wahl gewesen. Der ehemalige Justizminister Björn Jochimsen hatte zu ihren Gunsten über seinen Kopf hinweg beim Ministerpräsidenten insistiert, so lange, bis sie den Posten bekommen hatte.

Schulze kannte Jochimsen, der lange Zeit als Kronprinz gehandelt worden war. Unglaublich, welchen Einfluss der ehemalige Minister von außen immer noch hatte. Inkludierten seine Planungen Anninka Kresch? War sie eine Art Platzhalter? Eigene Ambitionen zeigte sie bis dato kaum, in der Partei war sie ein kleines Licht. Daher war es verwunderlich, wie steil sie plötzlich die Karriereleiter nach oben fiel.

Die Direktorin musste kontrolliert werden, die Ermittlungen mussten kontrolliert werden.

Wenigstens erschien Anninka Kresch pünktlich zum Rapport. Sie wirkte so erholt, die Garderobe saß perfekt, nichts war dem Zufall überlassen. Die Landeskriminaldirektorin betrat sein Büro in einem lasziven Schritt, der eher auf den Laufsteg passte als in ein Ministerium. Zunächst würdigte sie ihn keines Blickes, sondern musterte eingehend sein Büro, als beträte sie es zum ersten Mal. Schließlich ließ sie sich zu einem »Guten Morgen, Herr Minister« herab.

Schulze ging auf die Zurschaustellung unerträglicher Spa-Frische nicht ein. Möglicherweise war sie heute Nacht auch nur ordentlich durchgebumst worden.

»Setzen Sie sich, Frau Doktor Kresch.«

Sie tat wie geheißen, offensichtlich verwundert, dass er ihr nicht wenigstens einen Kaffee anbot. Er musterte sie eine Weile und blieb an ihrem Gesicht hängen, nicht um Freundlichkeit bemüht. Eine halbe Minute der Stille verging. Das ertrug die sonst so wortreiche Frau nur schwer, zumindest war sie ernsthaft darum bemüht, ihre Fassade aufrechtzuerhalten.

»Die Ermittlungen im Fall Eichenburg, Frau Doktor Kresch«, begann er dann.

»Was ist damit?«

»Das sollten Sie mir sagen, schließlich ist es Ihre Behörde.«

»Meine bisherige Zusammenfassung haben Sie erhalten.«

Er nahm ein spärlich beschriebenes Blatt Papier von seinem Schreibtisch und hielt es ihr vor die Nase. »Das hier?« Er zerknüllte es und warf es über seine Schulter. Sie sah ihn völlig entsetzt an. »Diese eine Seite – e-i-n-e

S-e-i-t-e! – hat ungefähr so viel Informationswert, dass
ich mir den Arsch damit abwischen könnte und den
Gehalt an Informationen eher noch steigern würde!«

»Ich ... also ich habe Ihnen alles an Informationen gegeben«, stotterte sie, »was erheblich schien. In die Arbeit der Soko mische ich mich nicht ein. Sie sollten wissen ...«

Er schlug mit der Hand auf den Tisch und fuhr sie an.
»Einen Scheiß haben Sie! Sie wollen mir alle Informationen gegeben haben, die wesentlich sind? Die Herkunft
der Tatwaffe hielten Sie demnach nicht für wesentlich,
hm? Ich hatte gestern einen amüsanten Abend, ich
habe nämlich aus den Nachrichten von der Pistole erfahren. Vom russischen Präsidenten! Offensichtlich
hielt er das für wesentlich.«

»Das waren streng vertrauliche Informationen ...«

»... die Leute hatten, die sie überhaupt nicht haben
dürften!«

»Wir sind auf der Suche nach dem Leck. Da muss sich
jemand aus der Soko verplappert haben.«

»Spielen Sie nicht mit mir.« Schulze stand auf und
beugte sich bedrohlich in ihre Richtung. »Welches Interesse sollten denn ausgerechnet die Beamten daran gehabt haben, ihre eigene Ermittlungsarbeit zu torpedieren? Die Leute, die um die Beschaffenheit der Tatwaffe
wussten, lassen sich an einer Hand abzählen. Entweder
sind Sie zu blöd, Ihren Laden ordentlich zu führen, oder
jemand hatte ein gesteigertes Interesse an der Preis-
gabe. Vielleicht sogar Sie!«

Anninka Kresch war empört. »Welches Interesse
sollte ich daran gehabt haben?«

»Wir wissen beide, *wem* Sie Ihren Posten zu verdanken haben.«

»Ihre Meinung ...«

»Wie schön! Sie bestreiten es nicht einmal mehr. Das
macht es einfacher. Zu Ihrem Interesse: Ihr Engage-

ment für den Gesetzesentwurf verwundert mich etwas. So viel Einsatz sieht Ihnen gar nicht ähnlich.«

»Was unterstellen Sie mir?«

»Sie sind jung und ambitioniert, selbst wenn Sie nicht die geringste Ahnung haben, worauf Sie sich da einlassen. Kennen Sie das Sprichwort ›Wes Brot ich ess, des Lied ich sing‹? Mir ist nicht ganz klar, wessen Lied Sie singen, aber Sie essen definitiv noch mein Brot. Also beenden Sie vorerst Ihre kleinen Rückversicherungen.«

Sie sagte nichts mehr, offensichtlich hatte sie nicht damit gerechnet.

»Zurück zum Fall Eichenburg. Sie werden mir ab sofort täglich Punkt sieben Bericht erstatten und jeden Informationsschnipsel vorlegen. Ihre Öffentlichkeitsarbeit wird ausnahmslos mit unserem Pressesprecher abgestimmt. Sie wollen mit dem Fall Lorbeeren ernten? Das können Sie vergessen!«

Wieder nickte sie stumm und sah betreten zu Boden. In diesem Moment klingelte Schulzes Telefon. Seine Büroleiterin meldete sich.

»Herr Minister, Ihr Tagesplan wurde gerade umgeworfen. Sie möchten heute Nachmittag vor dem Landtag erscheinen.«

Verdammt! Er bemühte sich, es sich nicht anmerken zu lassen. Huschte da etwa ein Grinsen über das Gesicht der Landeskriminaldirektorin? »Hoffentlich keine neuen Pannen, Frau Doktor Kresch, ansonsten schaffen Sie's nicht mal bis morgen früh um sieben Uhr.«

Sie waren tot. Hingerichtet! Gerächt? Sie alle! Sophia, Johanna, Marie, Stephanie. Sie war noch am Leben, sie und Alisah. Wo war Alisah? Hatte sie sich verstecken, hatte sie fliehen können?

Alexander ... Schockstarre im Angesicht der Waffe. Wer war als Nächstes an der Reihe?

Versuche der Beschwichtigung. »Ganz ruhig, ich tu ja nichts.«

Keine Reaktion.

»Ich möchte nur mit dir reden.«

»Zu spät ...« Er ging langsam auf sie zu.

»Bitte, nur reden. Was du dann mit mir machst, hast doch nur du zu entscheiden.«

»Wir haben uns nichts mehr zu sagen.« Er machte keine Anstalten stehen zu bleiben. Langsam. Schritt für Schritt. »Wage es!«

»Bitte, nimm die Waffe runter.«

»Ich denke gar nicht dran!«

Im Bruchteil einer Sekunde ein Kampf um die Waffe ...

»Mia!«

Mia Kolberg schlug die Augen auf. Sie lag schweiß-überströmt im Bett. Es war ihre Mutter, die rief. Sie saß neben ihr auf dem Bett. Mama. Zärtlich strich sie ihr das feuchte blonde Haar aus dem Gesicht.

»Es war nur ein Traum, mein Schatz.«

»Nein. Ich erinnere mich.«

Ihre Mutter sah sie liebevoll an. So liebevoll, wie es wohl nur Mütter können. Mia fühlte sich das erste Mal seit langer Zeit wieder sicher und geborgen.

»Alles wird gut, mein Schatz. Alles wird gut.« Sie nahm sie in die Arme und wärmte sie mit Mutterliebe.

Ja, alles würde gut werden.

Kriminaloberkommissarin Wiebke Hellmund und Kriminalkommissar Tobias Stegner waren sehr früh an diesem Morgen in Kreisstadt aufgebrochen. Der Tag würde einiges an Unannehmlichkeiten für sie bereithalten, darüber machten sie sich keinerlei Illusionen. Die Zahl der jungen Opfer bestürzte und die Sinnlosigkeit des Verbrechens hinterließ sie ratlos. Wie sollte man so etwas den Hinterbliebenen vermitteln? Eltern, die zumindest den Grund erfahren wollten, warum es ihr Kind gewesen war, das hatte sterben müssen. Ihnen graute vor den Befragungen im Anschluss an die Obduktion.

Sie hatten Fragen, unerträgliche – unerhörte – Fragen, nämlich, ob eine der toten Töchter eine intime Beziehung zu dem Mann gehabt hatte, der als Täter galt. Wie würde man als Angehöriger darauf reagieren? Was war eine menschlich nachvollziehbare Reaktion auf solcherlei Unterstellungen?

Trägt unsere Tochter Mitschuld am Tod der anderen? Welche Schuld trifft uns? Hätten wir die Beziehung erkennen und verhindern müssen?

Fragen, die nicht mehr beantwortet werden konnten.

Dementsprechend war es um die Stimmung der beiden bestellt. Auf der Fahrt wechselten sie kaum ein Wort miteinander, jeder war mit seinen Gedanken allein.

Es roch nach neuem Schneefall an diesem trüben Januarmorgen, der zur allgemeinen Stimmung passte.

Das Institut für Rechtsmedizin war in einem weitläufigen Gebäude aus den 1950er-Jahren, erbaut im vereinfachten »Zuckerbäckerstil«, beheimatet. Alle Leichen, deren Todesursache im Rahmen von Ermittlungen festzustellen war, wurden an diesen Ort gebracht.

Sie stiegen hinab in den Keller, der die Sektionssäle
beherbergte. Sofort stieg ihnen der Formalingeruch in
die Nase. Süßlich, giftig, krebserregend. Die Toten hatten keinen Grund zur Beschwerde mehr. Es war
Wiebke Hellmund unerklärlich, wie ein normaler
Mensch diesen Gestank aushielt, doch wer oder was
war hier schon normal? An diesem Ort hatte der Tod
sein Zuhause.

Tobias Stegner blieb auf halbem Weg stehen und
wühlte etwas aus seiner Mantelinnentasche hervor,
ein kleines Döschen.

Wiebke Hellmund beobachtete ihren Kollegen neugierig. »Was machen Sie denn da?«

Er öffnete das Döschen und rieb sich etwas daraus unter die Nase. »Die ätherischen Öle überdecken den Geruch.« Er hielt ihr das Döschen hin. »Auch was?«

Sie lehnte ab. »Danke, ich überstehe das auch so.«

Sie betraten den Sektionssaal, einen weiß gekachelten Raum in gleißend kaltem Licht. Wiebke Hellmund
registrierte die zunehmende Blässe im Gesicht des Kollegen und konnte sich ein Schmunzeln nicht verkneifen.

Auf sechs Sektionstischen – jeweils zwei in drei Reihen – lagen die Toten aus der Arminhöhle. Lediglich
der Leiter des Instituts, Professor Dr. Hermann Krieger,
war präsent. Er hatte das sechzigste Lebensjahr bereits
überschritten, allzu lange musste er nicht mehr auf seinen Ruhestand warten. Im Allgemeinen hatte er eine
großväterlich freundliche Ausstrahlung. Dass seine Patienten nicht mehr reden konnten, schien kein großes
Problem für ihn zu sein. Seine Arbeit musste ihm enormes Vergnügen bereiten.

Krieger hatte sie noch nicht bemerkt. Am vordersten Sektionstisch stehend machte er sich letzte Notizen. Schließlich sah er auf.

»Ah, einen wunderschönen guten Morgen! Pünktlich auf die Minute, sehr schön.« Er begrüßte sie mit einem überschwänglichen Händeschütteln.

»Wie man's nimmt«, kommentierte Wiebke Hellmund. »Die Obduktion ging ja ungewöhnlich schnell.«

»War kein großes Kunststück, wir mussten schließlich nicht lange nach der Todesursache suchen. Ich fange am besten mal mit den toxikologischen Befunden an. Wir wollten auf Nummer sicher gehen und haben den Opfern zunächst Blut- und Gewebeproben entnommen.«

»Das Ergebnis?«

»In allen Fällen negativ, eine Vergiftung der Opfer kann ausgeschlossen werden.« Krieger stellte zunächst generell fest, dass der Taterfolg bei allen Opfern durch die Tathandlung – also die Schüsse – eingetreten sei. Die Anordnung der Leichen auf den Sektionstischen entsprach in etwa der Chronologie des Tatortbefundberichts. »Grob gesprochen kamen die Opfer auf zweierlei Art ums Leben: erstens durch Kreislaufstillstand durch Zerstörung lebenswichtiger Organe oder Hauptblutgefäße, zweitens durch Zerstörung wichtiger Hirnzentren.«

Von Tobias Stegner war ein lautes Schlucken zu vernehmen. Ihm war es hier wirklich nicht geheuer.

Krieger trat an den ersten Sektionstisch heran und zog das Tuch zurück. Das Opfer mit den roten Haaren und den Sommersprossen im Gesicht wirkte wie eine Wachsfigur. Jegliches Leben war vor Ewigkeiten entwichen.

Krieger drehte die Tote etwas auf die Seite und winkte sie heran. »Johanna von Kleeberg. Tod durch unerwarteten Nahschuss. Die Kugel drang von hinten in die

Halswirbelsäule des Opfers ein, in Höhe des Wirbels C-fünf. Dort blieb sie stecken, weshalb wir in ihrem Fall von einem Steckschuss zu sprechen haben.« Er griff zu einem kleinen Plastikbecher – eine Patrone beinhaltend – und reichte ihn an Stegner weiter. »Gehört Ihnen.«

Der Kriminalkommissar überwand sich zu einer Frage. »Konnte bestätigt werden, dass sie aus der mutmaßlichen Tatwaffe abgeschossen wurde?«

»Ganz eindeutig. Parabellum-Geschoss, neun Millimeter, konische Hülse.«

»Da hätte ich gleich eine Frage«, unterbrach Wiebke Hellmund. »Im Tatortbefundbericht heißt es, der Schuss war vermutlich nicht unmittelbar tödlich. Stimmt das?«

»Ja und nein. Der Schuss selbst wäre nicht unmittelbar tödlich gewesen, da aber der C-fünf-Wirbel getroffen wurde, hätte das Opfer den Rest seines Lebens im Rollstuhl verbracht. Der Schuss war dennoch tödlich, weil die Kugel, bevor sie im Wirbel stecken blieb, die Spinalarterie zerrissen hat. Das Opfer ist im Ergebnis schnell verblutet.«

Wiebke Hellmund nickte.

Krieger drehte das Opfer zurück auf den Rücken, deckte es wieder zu, trat an den Nachbartisch und zog das Tuch zurück. »Stephanie Pousset. Direkter Schuss in den Magen, nicht unmittelbar tödlich.« Die Folgen waren es durchaus. Sehr starker Blutverlust, nach etwa fünfzehn Sekunden Bewusstlosigkeit, Hirntod nach sieben Minuten. »Selbst wenn Rettungskräfte direkt vor Ort gewesen wären, man hätte ihr nicht mehr helfen können.«

Ihr fielen hellrot gefärbte Stellen an Beinen und Händen der Toten auf. »Gibt es dafür eine Erklärung?«

»Totenflecke. Da die Tote noch längere Zeit aufrecht gelehnt hat, sammelte sich das Blut in Beinen und Händen. Wir kommen noch darauf zurück.«

Stegner bemühte sich redlich, die Contenance zu wahren.

»Herr Kriminalkommissar, ist Ihnen nicht wohl?«

Er quälte sich ein verkrampftes Lächeln ab. »Geht schon, Professor.«

Sie standen nun in der zweiten Reihe der Obduktionstische. »Alisah ter Hoorst, Kopfschuss.« Die Kugel war frontal in den Schädel eingedrungen, hatte das Zwischenhirn durchschlagen, war hinten aus dem Schädel wieder ausgetreten. Krieger diagnostizierte einen sofortigen Funktionsausfall des Zentralnervensystems, der zum unmittelbaren Tod geführt hatte. Der Rechtsmediziner hatte die Schädeldecke geöffnet und das Gehirn zwecks Feststellung entnommen. »Möchten Sie es vielleicht sehen?«

Stegner war kurz davor sich zu übergeben. Kriegers perfider Begeisterung konnte er offenbar absolut nichts abgewinnen. »Danke, wir glauben es Ihnen auch so.«

Der Mann zuckte mit den Schultern wie ein unschuldiges Kind. »Okay.« Wieder bedeckte er die Leiche und ging zum Nebentisch. »Marie Jannings, Schuss in die Brust. Todesursache: Pumpversagen des Herzens.« Das Blut hatte sich schnell im Herzbeutel gesammelt, die Herzleistung war durch massiven Druckabfall verdrängt worden, sofortige Bewusstlosigkeit. Erneut waren die roten Flecke auf der Unterseite des Körpers erkennbar. »Da das Opfer bereits auf dem Rücken gelegen hat, verlaufen die Totenflecke hier von der hinteren Rumpfwand bis zu den vorderen Achsellinien. Weil man es am Opfer so schön sieht, gestatten Sie mir vielleicht gleich eine Angabe zum ungefähren Todeszeitpunkt.«

»Aber nur, weil man es so ›schön sieht‹«, betonte Wiebke Hellmund sarkastisch.

»Bedenkt man die Außentemperaturen, kamen die Opfer hier als Tiefkühlware an. Von der Körperkerntemperatur auf den genauen Todeszeitpunkt zu schließen, war aus diesem Grund unmöglich.« Es waren die Totenflecke, die letztendlich zu einer genauen Klärung verholfen hatten. Er zog sich Gummihandschuhe über. »In einem Zeitraum von bis zu sechsunddreißig Stunden post mortem lassen sich Totenflecke wegdrücken. Wenn ich jetzt also drücke, müsste sich der Druckpunkt hell färben.« Er drückte, nichts dergleichen geschah. »Hätte er sich hell gefärbt, wäre noch ein Teil des Bluts in den Adern und darin beweglich. Es ist aber nicht so. Der Tatortbefund geht mithin richtig davon aus, dass die Opfer zum Zeitpunkt ihres Funds bereits zwischen sechsunddreißig und achtundvierzig Stunden tot waren. Dazu Fragen?«

Sie hatten keine weiteren Fragen.

Die letzte Reihe. Beim Anblick der Toten stand Stegner kalter Schweiß auf der Stirn. »Sophia Dibelius. Sie ist arg mitgenommen, Schuss in die rechte Gesichtshälfte.« Krieger erläuterte, dass beim Einschuss das Jochbein unter dem rechten Auge zertrümmert worden sei, danach hatte die Kugel den Augapfel zerstört, wanderte durch die Augenhöhle, durchschlug den Hirnstamm und trat aus der Schädeldecke aus. »Auch hier war das Opfer wegen Versagens des Zentralnervensystems sofort tot.«

Wiebke Hellmund grübelte. »Woher kommen diese massiv schlimmen Verletzungen verglichen mit Alisah ter Hoorst? Warum ist bei ihr kaum etwas zu sehen, und hier ist das halbe Gesicht weggesprengt?«

»Tja, so sehen die Wirkungen eines Hartmantelgeschosses, wie es die neun Millimeter Parabellum ist, bei einem Schuss aus unmittelbarer Nähe aus. Augapfel und Hirnmasse bilden kaum einen hinreichenden Widerstand, um die Geschwindigkeit des Geschosses abzumindern. Die Wucht beim Aufprall auf die Schädeldecke war immens. Sehr unschön.«

Sie kamen zum vermeintlichen Täter.

»Alexander Matthes, mutmaßliche Selbsttötung.« Einschuss an der rechten Schläfe, die Kugel durchdrang das Frontalhirn und trat auf der gegenüberliegenden Seite wieder aus, was Krieger einen »glatten Durchschuss« nannte. Frontalhirnschäden, so der Rechtsmediziner weiter, konnten überlebt werden. »Matthes hätte aber sofortiger Hilfe bedurft, so ist er durch die Blutansammlung im Gehirn verstorben. Im Grunde genommen ist der Schläfenschuss die Suizidtat schlechthin.«

Stegner wurde stutzig. »Warum sagten Sie ›mutmaßlich‹?«

»Ich habe darüber nachgedacht und möchte es zumindest losgeworden sein.« Für einen aufgesetzten Schuss, den er unterstellte, fehlte es an den charakteristischen Schmauchspuren. Nur hatten die Toten eine halbe Ewigkeit in der Höhle gelegen, ungeschützt der Witterung ausgesetzt, was ausreichend für eine Verfälschung des Ergebnisses sein dürfte. »Schmauchspuren sind keine sonderlich zuverlässige Quelle. Meine Überlegung muss nicht wesentlich sein, ich wollte sie der Vollständigkeit halber zumindest trotzdem anbringen.«

Tobias Stegner hakte nach. »Um das klarzustellen, Sie sagen nicht, es war *kein* Selbstmord?«

»Nein. Es handelt sich um eine klassische Selbstmordtat, nur die Schmauchspurenanalyse fiel negativ aus, was nichts heißen muss.«

»Danke für die Klarstellung.«

»Damit wären wir am Ende der kleinen Führung. Wenn Sie keine weiteren Fragen mehr haben ...«

»Doch«, gestand Stegner. »Ich hätte da noch eine Frage. Ausgehend von Ihrer fachlichen Begutachtung, handelte es sich um eine Affekttat?«

»Was sagt die Analyse der Tatwaffe?«

»Bei einem Fassungsvermögen von achtzehn Patronen waren noch zwölf Schuss im Magazin.«

»Dann war jeder abgegebene Schuss ein Treffer.« Hermann Krieger dachte einen Augenblick über die Frage des Kriminalkommissars nach, bevor er antwortete. »Ich bin kein Spezialist, aber reden wir doch mal über Amokläufe. Die Täter sind im Blutrausch, können ihr Verhalten nicht steuern, ballern einfach drauflos. Mal treffen sie, mal treffen sie nicht. Hier feuerte der Täter fünfmal und traf exakt fünfmal.«

»Sie halten es demnach für Mord?«

»Schwierige Frage. Jeder abgegebene Schuss führte zum Tod, das setzt zielgerichtetes Handeln voraus. Inwiefern das zum Tatzeitpunkt volle geistige Zurechnungsfähigkeit erforderte, kann ich schwerlich beantworten, das ist nicht mein Fachgebiet.«

»Ich danke Ihnen trotzdem«, sagte Stegner.

»Keine Ursache. Meinen vollständigen Bericht sollten Sie spätestens gegen Mittag haben. Können die Leichen freigegeben werden?«

Wiebke Hellmund zögerte. »Wurden sie von den Hinterbliebenen einwandfrei identifiziert?«

»Ja, von allen.«

»Dann geben Sie sie frei. Bis auf Matthes, sollten sich aus Ihren Ausführungen noch Fragen ergeben.«

»Verstanden. Ich gehe mal davon aus, dass Sie die Hinterbliebenen befragen wollen.«

»Hatten wir vor.«

»Das könnte partiell schwierig werden. Der Vater von Alisah ter Hoorst ist gar nicht erst angereist und lässt sie nach Essen überführen.«

Stegner schnaufte. »Herzloser Knabe, holt seine tote Tochter nicht mal persönlich heim.«

»Die Familie von Kleeberg ist außer Landes, bleiben die Eltern von Marie Jannings und Stephanie Pousset, die sind in der Stadt und halten sich zur Verfügung. Für Sophia Dibelius müssten Sie sich nach Dessau bemühen.«

Wiebke Hellmund seufzte. »Klingt nach einem langen Tag.«

»Ich wünschte, ich könnte Ihnen mehr helfen.«

Sie lächelte. »Das haben Sie bereits. Vielen Dank, Herr Professor.«

Nach Verlassen des Sektionssaals hielt Stegner sich augenblicklich die Hand vor den Mund.

»Was denn, was denn, Herr Kollege?«, spottete sie. »Das war doch noch gar nichts!«

»Entschuldigung, ich muss mal kurz ... aufs Klo.« Da rannte er auch schon.

Das war noch der einfachere Part dieses unschönen Tages gewesen.

Privathaus der Familie Aschenbach
Rudolf-Ditzen-Weg 3
Altenrode
09:28 Uhr

Erstaunlicherweise hatte Tinus Geving eine ruhige Nacht gehabt, was wohl daran gelegen hatte, dass er nahezu achtundvierzig Stunden auf den Beinen gewesen war. Er konnte sich kaum noch daran erinnern, wie er ins Hotelbett gefallen war. Vielleicht stimmte es, was man sagte, dass Arbeit immer noch die beste Therapie sei. Zumindest fand er kaum Zeit, über sich nachzudenken.

Immer noch versuchte er, aus Alexander Matthes schlau zu werden. Was mochte ihn zu solch einem Blutbad veranlasst haben? Überkam ihn tatsächlich nur persönliche Frustration, wie Anninka Kresch behauptete, oder gab es da noch etwas anderes? Tiefere Ursachen? Welche Informationen hielt das LKA Thüringen unter Verschluss? Gab es einen politischen Hintergrund? Vielleicht hatte auch Christian Sänger recht und Matthes war außer Kontrolle geraten aufgrund einer gescheiterten Beziehung zu einer Schülerin. Was ging hinter den Kulissen von Eichenburg vor sich?

Welche Absichten verfolgte schließlich sein Informant? Geving kannte die Menschen zu gut, niemand half uneigennützig einem Bullen. Offenbarte dieser Fall verborgene Nebenschauplätze, verbotenes Terrain gar? Möglich war vieles, die Wahrheit lag vermutlich irgendwo dazwischen.

Geving hoffte, dass er und seine Kollegen heute Antworten erhalten würden. Antworten erwartete er sich von Sarah Trautvetter. Sie hatte Ort und Zeit ihres mysteriösen Treffens bestimmt. Er entschuldigte sich für den Vormittag so nichtssagend wie unverdächtig mit »persönlichen Recherchen«. Zumindest unverdächtig genug, sodass Anninka Kresch keine Fragen stellte. Er durfte sich bei seiner inoffiziellen Ermittlungsarbeit nicht ertappen lassen. Solange die Direktorin ihre Fähigkeiten allerdings darauf verschwendete, das Bild – ihr Bild? – in der Öffentlichkeit zu steuern, hatte er Ruhe vor ihr.

Geving fand sich unter der ihm angegebenen Adresse mit dem Namensschild *Aschenbach* ein. Die Familie Aschenbach bewohnte eine weiße Gründerzeitvilla in einer nicht besonders geschäftigen Straße oberhalb des Altenröder Altstadtkerns.

Er läutete, woraufhin ihm die Tür geöffnet wurde.

»Ah, der Herr Kommissar! Bitte kommen Sie herein«, sagte Sarah Trautvetter.

Geving konnte sich täuschen, aber hatte sie eine Fahne?

Sie führte ihn in ein herrschaftliches, helles Wohnzimmer mit hoher Stuckdecke und großen Fenstern, die sich zum dahinterliegenden Garten öffneten. Die Einrichtung wirkte modern, nicht protzig, eher auf Understatement aus als auf persönliche Note.

Es waren drei weitere Mädchen zugegen. Zuerst reichte ihm Carolin Aschenbach die Hand. Sie war lang, nicht weniger zierlich als Sarah und hatte ebenfalls dunkles Haar.

Geving sprach sie direkt an. »Haben deine Eltern nichts gegen eure kleine Versammlung hier?«

Sie winkte ab. »Ach, was! Die sind unter der Woche eh unterwegs.«

»Müsstet ihr nicht in der Schule sein?«

»Schule ... Nach dem, was passiert ist, ist in dieser Woche doch nicht mehr an Unterricht zu denken. Das reinste Chaos da!«

»Vermisst euch denn keiner?«

Darauf antwortete Sarah. »Wir können tun und lassen, was wir wollen, wer kontrolliert das schon? Selbst die Kontrollfreaks bei uns dürften zurzeit alle Hände voll mit Schadensbegrenzung zu tun haben.«

Die Dritte im Bunde war brünett, mittelgroß und hatte recht helle Haut. Sie stellte sich als Jasmin Roth vor. Die Vierte, Judith Metzger, war kleiner als die anderen, etwas pummelig und hatte rotblondes Haar.

Alle in dieser illustren Runde hatten eines gemein: Sie fielen einem nicht sofort ins Auge und wirkten charakterlich zurückhaltend. Sicherlich konnten sie sich geschickt unterhalb des Wahrnehmungsradars bewegen. Wer wusste schon, wozu die Mädchen in der Lage waren oder was sie alles mitbekamen? Geving fragte sich, wohin das hier führen würde.

Er wurde gebeten, Platz zu nehmen.

»Sehr schön, da wir nun vollzählig sind, kann es ja losgehen«, begann Sarah.

»Tja, mal sehen, wie schön das wird«, entgegnete Geving mit eiserner Miene. Sein vorheriger Eindruck hatte sich bestätigt. Auf dem Wohnzimmertisch standen zwei geleerte Sektflaschen. Irgendwie wirkten alle schon ein wenig angeschickert. »Scheint ja nicht direkt eine Trauergesellschaft zu sein.«

Sarah blickte ein wenig betroffen zu Boden, sagte aber nichts.

Carolin Aschenbach schien weniger gehemmt zu sein. »Und es ist kein *Pousset*-Sekt.« Sie nahm ihr Glas und erhob es. »Auf die Toten! Mögen diese Schlampen in der Hölle verrotten.«

Hört, hört! Zu seiner Verwunderung erhoben die anderen ebenfalls ihre Gläser, um den Toast zu erwidern. Er fand das reichlich makaber, es gelang ihm jedoch, keinerlei Reaktion zu zeigen.

»Ich würde Ihnen ja was anbieten«, Carolin gluckste, »aber Sie sind bestimmt im Dienst.«

Alle bis auf Sarah prusteten laut los.

Geving blieb unbeeindruckt. »Vielleicht solltet ihr nicht meine Zeit verschwenden. Ich kenne da nämlich ein paar hübsche Ausnüchterungszellen, die nur auf euch warten.«

Er meinte es todernst. Der Mädchenrunde blieb das Lachen abrupt im Hals stecken.

Jasmin Roth versuchte sich an einer Entschuldigung. »Sie müssen uns für Monster halten. Wenn Sie wüssten, was wir wissen, würden Sie es verstehen.«

Geving wurde noch ernster, er musste nicht lauter werden, seine Stimme klang schneidend. »Vier Mädchen am frühen Morgen in angetrunkenem Zustand, bestimmt noch nicht alle volljährig. Ich wundere mich doch sehr, was das werden soll. Vielleicht hätte jemand die Güte, mich aufzuklären, anderenfalls lasse ich euch doch noch beim örtlichen Revierkommissariat vorführen. Die freuen sich immer über Besuch aus Eichenburg. Meine Fragen werden dann amtlicher, und die Schule wird auch informiert, ganz zu schweigen von euren Eltern.« Es war mucksmäuschenstill. »Na? Wer fängt an?«

Sarah fand den Mut. »Jasmin hat es schon gesagt, wir sind hier nicht die Monster. Bevor ich Ihnen das erkläre, sehen Sie selbst. Caro, zeig es ihm.«

»Was zeigen?«, fragte Geving.

Carolin öffnete ihren Laptop, danach eine Datei. Er bekam ein weiteres verwackeltes Handyvideo zu sehen, das aussah, als wäre es in einem Duschraum aufgenommen worden.

Carolin bestätigte es. »Das ist unser Gemeinschaftsduschraum.« Er wollte sich instinktiv abwenden, wurde von ihr aber daran gehindert. »Nein! Schauen Sie es sich an. Schauen Sie sich alles an!«

Eine Gruppe Mädchen stand in ihre Schlafsachen gekleidet unter der Dusche, durchnässt bis auf die Knochen. Hier und da schienen durch die durchtränkte Kleidung Brüste und Genitalbereiche durch. Es war widerwärtig! Dazu die Geräuschkulisse: Schreien, Stöhnen und Jammern. Teilweise empörte Ausrufe.

»Hört auf mit der Scheiße! Habt ihr sie noch alle? Was soll das?«

Ständig Versuche, den Duschen zu entkommen.

»Das Wasser war eiskalt.« Immer wieder wurden sie zurückgestoßen mit den Worten *»Ihr bleibt schön da stehen«*. Höhnisches Gelächter beantwortet von entsetzten Schreien. Jetzt erst registrierte Geving, wer die Opfer dieses barbarischen Scherzes waren, und schaute kurz auf. »Ganz recht, das sind wir.«

Irgendwann fügten sich die Mädchen in ihr Schicksal, Widerstand war nicht mehr zu vernehmen, nur leises Wimmern.

Daraufhin erneut die Stimme. *»Lasst sie draußen antreten! Wollen doch mal sehen, wie erfolgreich unsere kleine Säuberungsaktion war.«*

Carolin ließ das Video pausieren.

»Wann war das?«, fragte er entsetzt.

»Vor fast genau einem Jahr. Im Januar«, antwortete Judith Metzger.

»In Eichenburg?«

»Sie sehen es doch selbst.«

Ihm fehlten die Worte.

»Das Beste kommt noch«, fuhr Carolin fort und ließ das Video weiterlaufen. *»... Wollen doch mal sehen, wie erfolgreich unsere kleine Säuberungsaktion war.«* Die Mädchen wurden von ihren Peinigern abgeführt »Bingo! Johanna von Kleeberg, Marie Jannings, Sophia Dibelius und Stephanie Pousset. Alle noch quicklebendig.«

»Wer hat das aufgenommen?«

Carolin ließ die Frage unbeantwortet.

Ein Gesicht drehte sich in die Kamera, Johanna von Kleeberg. *»Ey, ich fass es nicht! Da ist noch eine von den Nutten! Alisah, steh da nicht rum ...«*

Abbruch.

Jetzt beantwortete Carolin Gevings Frage. »Die Aufnahme hat Mia Kolberg heimlich gemacht.«

»Was ist dann noch geschehen?«

»Wir wurden nach draußen gescheucht und durften eine halbe Stunde in unseren nassen Klamotten in der Kälte strammstehen. Mia kam nach etwa zehn Minuten dazu, ziemlich übel zugerichtet, dafür trocken ...«

»Man nennt das ›Nachtduschen‹«, erklärte Sarah. »Eigentlich ein Initiationsritual für die neuen Jahrgänge.«

Geving war bekannt, dass es an Eliteschulen solche Vorkommnisse gab, jedoch eher an englischen Internaten. »Gab es einen speziellen Grund?«

»Die wollten uns mal so richtig zeigen, wer das Sagen bis zum Schulabschluss hat«, antwortete Julia.

Purer Sozialdarwinismus!

»Es gab keinerlei Konsequenzen?«

Sie lachte. »Konsequenzen ... Carolin, zeig ihm noch das andere.«

Wenige Klicks später folgte das nächste Video, diesmal in sehr viel besserer Qualität. Wieder zeigte es die vier Toten, Alisah ter Hoorst war nicht zu sehen. Szenerie des Ganzen: ein Internatszimmer. Ein Mädchen wurde fixiert, Geving erkannte sofort, um wen es sich handelte. Schlank, groß, blond: Mia Kolberg!

»Haltet sie schön fest. Brecht ihr aber nicht den Kiefer, wir wollen doch keine Spuren hinterlassen.«

»Johanna, erneut die Rädelsführerin«, beschrieb Carolin. Marie Jannings führte Mia eine Tülle in den Mund, während Sophia Dibelius und Stephanie Pousset mit einem Eimer herantraten.

»Hier kommt der gute Stoff. Mädels, legt los!«, forderte Johanna von Kleeberg die anderen auf.

Sie hoben den Eimer und gossen den Inhalt, eine zähflüssig bröcklige Masse, in die Tülle. Mia wurde gezwungen zu schlucken, was einen sofortigen Würgereiz bei ihr auslöste.

»Na, na! Immer schön schlucken, darin bist du doch so gut!«

An dieser Stelle unterbrach Carolin die Vorführung erneut.

»Was war in dem Eimer?«

»Oh, eine Mischung aus Rotwein, Urin und Hundekot.«

»Warum hatte die Aufnahme eine so gute Qualität?«

»Ihrer Regisseurin Alisah sei Dank! Haben sie uns geschickt, als ›ständige Mahnung‹, wie sie sagten.«

»Das kann der Schule nicht verborgen geblieben sein. Da ist man gezwungen einzugreifen!«

Gelächter.

»Berghausen? Diese Pfeife?«, lästerte Jasmin Roth. »Der ist viel zu feige, genauso wie der Großteil der Lehrer. Es wird behauptet, er hätte sich mit Händen und Füßen dagegen gewehrt, bei uns Schulleiter zu werden.«

»Einen gab es dann doch, der den Mumm hatte, was zu sagen.« Carolin zeigte den Rest dieses unsäglichen Filmchens. Mia Kolberg hielt der Tortur nicht lange stand und erbrach sich auf ihre Füße. Plötzlich ertönte das Geräusch einer auffliegenden Tür hinter der Kamera. Eine männliche Stimme.

»Das reicht jetzt!« Er trat ins Bild, zog und stieß Sophia Dibelius und Stephanie Pousset von Mia weg. Alexander Matthes.

»Ah, ihr Stecher gibt sich die Ehre!« Wieder Johanna von Kleeberg.

Damit endete das Video.

Geving hatte schon viel gesehen, war aber immer wieder überrascht, welche Abgründe sich hinter der so ehrenhaften Fassade großbürgerlicher Gesellschaften auftaten. Diese Mädchen hatten sehr genau gewusst, was sie taten.

Und Matthes' Auftreten am Ende war ein mögliches Motiv. Darauf wollten die Mädchen also hinaus.

Minutenlange Stille, erwartungsvolle Gesichter.

»Matthes hat eingegriffen«, sagte er dann. »Ihr wolltet, dass ich genau das sehe.«

»Jetzt sollten Sie verstehen, warum sich unsere Trauer in Grenzen hält«, erwiderte Jasmin Roth. »Sie sehen, wozu die fähig waren, und vor allen Dingen, an wem sie in schöner Regelmäßigkeit ein Exempel statuiert haben.«

Es war wirklich nicht zu übersehen. »Mia.«

»Geld verdirbt den Charakter«, sagte Carolin Aschenbach. »Das sind Asoziale mit Geld! Alle, die weniger hatten, haben sie spüren lassen, welche Macht Geld haben kann. Es war deren Geld – großzügige ›Spenden‹ –, das sie jedes Mal lächelnd aus dem Raum gehen ließ, wenn sie doch mal erwischt wurden. Diejenigen, die am wenigsten hatten, bekamen das meiste Fett weg.«

»War Matthes der Einzige, der versucht hat, ihnen das Handwerk zu legen?«

»Ja. Er kam von außen und hatte noch nicht resigniert wie die anderen. Für das, was er dieser Drachenbrut letztendlich angetan hat, müsste man ihm einen Orden verleihen.«

Eigentlich wollte er es nicht ansprechen, wagte es aber trotzdem. »Ihr geht davon aus, dass Matthes Mia gerächt und diese Mädchen deshalb erschossen hat?«

Jasmin lächelte. »Witzig, wie nah die beiden Wörtchen ›gerächt‹ und ›gerecht‹ beieinanderliegen, nicht wahr? Es wäre absolut nachvollziehbar. Die gerechte Strafe haben sie allemal bekommen.«

Ein gewichtiges Argument, trotzdem es nicht Matthes' vermeintlichen Suizid erklärte. Tinus Geving ließ es so stehen, er wollte noch auf etwas anderes hinaus.

»Was meinten sie eigentlich damit: ›Ihr Stecher gibt sich die Ehre?‹«

Sarah schwieg und schaute zu Boden.

Jasmin sprach weiter. »Es gab Gerüchte, er hätte was mit Mia gehabt.«

Davon hörte Geving zum ersten Mal. Mia war also diejenige gewesen? Interessant. Dann würde natürlich einiges für eine Rachetat sprechen, für ein Verbrechen aus Leidenschaft. Es würde erklären, warum Mia mit dem Leben davongekommen war. Aber wieso dann Selbstmord? War Mia so angewidert von seinem Einsatz für sie gewesen, dass er deswegen sein Leben hatte beenden wollen?

»War er deswegen vielleicht unbeliebt?«

»Was heißt ›unbeliebt‹? An unserer Schule sind solche Geschichten nicht ungewöhnlich. Männliche Lehrer und junge Mädchen, da fühlen die sich wie der Hahn im Korb. Im Gegensatz zu den anderen war Matthes kein Verkehrter. Er machte guten Unterricht und war fair. In den meisten Dingen schwamm er gegen den Strom. Bekam er von solchen Aktionen Wind, schritt er ein. Das wurde ihm nicht sonderlich gedankt. Sobald du nicht funktionierst wie die Masse, versucht die Masse, dich zu assimilieren. Unsere abgestumpfte und zynische Lehrerschaft hat es bei ihm versucht. Die haben weggeschaut, weil sie ihre Ruhe haben wollten. Bei seinen Kollegen war er bestimmt nicht beliebt. Ein Unruhestifter.«

Geving ließen seine Gedanken nicht los. »Er soll mit Mia eine Beziehung gehabt haben? Wir dachten bisher, es wäre eine der Toten gewesen.«

»Never ever!«, sagte Judith. »Denken Sie mal nach: Alle sind tot, Mia lebt. Warum wohl?«

»Ihr bleibt dabei, dass er sie gerächt hat?«

»Logisch, oder?«

»Nein, eigentlich nicht. Für eine Schülerin das eigene Leben zu ruinieren, erscheint mir übertrieben.«

»Noch mal, bei seinen Kollegen war er eh unten durch, die haben ihm das Leben zur Hölle gemacht. Er wollte schon eine ganze Weile versetzt werden, doch man hat ihn schön schmoren lassen. Irgendwann reicht's halt. Ich kann es verstehen.«

Geving war nicht gänzlich überzeugt. Möglich, dass die beschriebene Gesamtsituation dazu geführt hatte, dass Matthes sich nicht mehr hatte kontrollieren können. Aber warum hatte er sie nicht gleich in der Hütte erledigt? Warum hatte er überhaupt eine Waffe dabei gehabt? Geving störte dieser Planungscharakter.

»Bei uns sind es immer die Armen, das schwächste Glied in der Kette«, unterbrach Carolin seine Grübeleien. »Die Elite unterwirft sich den Rest.«

Judith pflichtete ihr bei. »Unser *Club of Rome* hat dieselben Erfahrungen machen müssen, die sie so bereitwillig an uns weitergegeben haben. Früher haben sie geheult und geheult und geheult, als sie Opfer solcher Behandlungen gewesen sind. Irgendwann hört man auf zu heulen, weil man mit dem Fühlen aufhört. Plötzlich waren sie die Ältesten und ganz oben, und natürlich zynische emotionale Krüppel.«

Nun meldete sich auch Sarah zu Wort. »Mia hat noch Glück gehabt. Es gab mal eine Schülerin, die wurde mit Lösungsmittel besprüht und angezündet. Wurde selbstverständlich vertuscht. Mia haben die sich rausgepickt, weil sie als Opfer taugte. Vater unbekannt, ihre Mutter rackerte sich ab, um das Schulgeld aufzubringen.«

Geving wurde stutzig. »Moment, dafür kommen doch staatliche Stellen auf.«

»Hat Ihnen Berghausen das erzählt? Dann lügt er. In Eichenburg zahlen *immer* die Eltern.«

»Das weißt du genau?«

»Na, sie hat es mir doch erzählt.«

Dass Berghausen in diesem Punkt die Unwahrheit gesagt hatte, ließ tief blicken. Es würde schon noch Folgen haben.

»Ich habe es Ihnen doch gesagt«, redete Sarah weiter, »es ist nicht so, wie es scheint. Die Opfer waren mal ganz große Täter.«

»Ich frage mich, was ich damit anfangen soll.«

»Sie kennen jetzt den Hintergrund. All die schmutzigen kleinen und großen Geheimnisse, über die sich Berghausen ausschweigt. Er schweigt nicht, weil er sich schämt, sondern weil er Angst hat. Angst vor seinen Vorgesetzten, die nicht wollen, dass so etwas rauskommt. Um uns geht es überhaupt nicht.«

Er musste überlegen. »Gibt es eine Chance, dass ich die Aufnahmen kriege?«

Carolin Aschenbach schien auf diese Frage gewartet zu haben und reichte ihm eine CD. »Das mit Matthes haben die nicht kommen sehen, deswegen sind sie in heller Aufregung. Das ganze System aus Schweigen, Missachtung und Gefälligkeiten droht mit einem Schlag zu implodieren. Lassen Sie es implodieren, lassen Sie den ganzen Laden hochgehen! *Einmal* hat es die Richtigen erwischt, hoffentlich nicht umsonst.«

Er verabschiedete sich wenig später. Sarah brachte ihn zur Tür.

»Du warst die ganze Zeit über so still«, bemerkte Geving.

»Finden Sie?«

Er durchschaute sie einfach nicht. »Möchtest du mir vielleicht noch irgendetwas sagen. Etwas, das die anderen nicht mitbekommen sollen?«

Sie wich aus. »Schauen Sie sich die Aufnahmen aus Eichenburg an. Da finden Sie Antworten.«

Sie schloss die Tür vor seiner Nase und ließ ihn verdutzt zurück.

***

Bei Geving mochte sich die Erkenntnis nicht einstellen, hier einen wirklichen Fortschritt erzielt zu haben. Seine Vermutungen in Bezug auf Eichenburg hatten sich zwar bestätigt und ihm war ein mögliches Motiv präsentiert worden. Jedoch stellten sich immer neue Fragen. Fragen, die im Moment nur Mia Kolberg und Julius Berghausen beantworten konnten. Aus offensichtlichen Gründen konnte er Wiebke Hellmund und Stegner nicht informieren. Sie sollten die Eltern möglichst unvoreingenommen befragen. Noch wurde in alle Richtungen ermittelt. Solange die Möglichkeit bestand, dass die hinterbliebenen Eltern mit Informationen freigebig waren, durfte diese nicht verspielt werden.

Ihm brummte der Schädel. Aber Fragen mussten beantwortet werden. Geving wusste, wo er anfangen würde. Er nahm sein Telefon zur Hand.

»Grünwald, lassen Sie doch bitte Berghausen schnellstmöglich aufs Revier bringen. Keine Zeit für Erklärungen. Wir müssen Fortschritte machen, und mit Samthandschuhen fassen wir ihn nicht mehr an.«

Meldung MDR AKTUELL
10:00 Uhr

Im Fall der fünf Schülerinnen und eines Lehrers aus dem Gymnasium Kloster Eichenburg, die gestern nach aufwendiger Suche nur noch tot aufgefunden werden konnten, gab das Landeskriminalamt Sachsen-Anhalt nun Auskunft zu den Identitäten.

Demnach bestätigen sich gestrige Meldungen, wonach Sophia Dibelius, Tochter des Synodalpräsidenten der Evangelischen Landeskirche Anhalts Konrad Dibelius, zu den Opfern gehört.

Auch die weiteren Opfer entstammen namhaften Familien aus Politik und Wirtschaft: Johanna von Kleeberg, Tochter des deutschen Botschafters in Kasachstan, Alisah ter Hoorst, deren Vater der Essener Privatbank vorsteht, und Stephanie Pousset, Tochter des Sektfabrikanten Anton Pousset. Ebenfalls wurde der Tod von Marie Jannings bestätigt, deren Eltern eine der größten und einflussreichsten Wirtschaftskanzleien Deutschlands führen.

Auf Nachfrage des Senders haben sich bisher weder die Familien der Opfer noch die Direktorin des LKA, Anninka Kresch, persönlich geäußert.

Zu den Umständen der Tat gibt es weiterhin keine Einzelheiten ...

Wiebke Hellmund hatte sich mit Tobias Stegner darauf geeinigt, die Leitung in den anstehenden Befragungen zu übernehmen. Das Privileg ihres höheren Dienstgrads und der längeren Berufserfahrung.

Zuerst waren Maries Eltern, Romina und Marc Jannings, an der Reihe. Sie wollten ihnen weiteren Stress ersparen und suchten sie daher im Hotel auf, wo sie auf die Überführung der Leiche ihrer Tochter warteten.

Niemand konnte erahnen, in welcher Zwischenwelt sich das Ehepaar Jannings befand. Wie würden sie mit dem Verlust ihrer Tochter umgehen, mit diesem bitteren Ende tagelanger Ungewissheit? Die Frage beantwortete sich schnell. Romina Jannings schwebte geradezu in einer sonderbar fröhlichen Stimmung. In krassem Gegensatz dazu stand ihr Mann Marc. Ihm sah man an, dass er über Nacht um Jahre gealtert sein musste. Seine Wangen waren hohl und eingefallen, sein Gang schlaff.

Romina Jannings begrüßte sie überschwänglich. »Wir müssen uns für die Unannehmlichkeiten entschuldigen, die unsere Tochter Ihnen bereitet. Was hat sie nun wieder ausgefressen?«

Sie verstanden zuerst nicht ganz, dann dämmerte es ihnen. Wie sollte man darauf reagieren?

Schließlich erlöste Marc Jannings sie aus dieser Lage. »Schatz, wir haben doch darüber gesprochen. Es wäre besser, du würdest dich hinlegen!«

Sie zeigte kein Verständnis. »Was meinst du? Mir geht es gut.«

»Bitte! Hast du deine Tabletten genommen?«

Plötzlich war sie wie ausgewechselt und wurde wütend. »Hör gefälligst auf, mich zu bevormunden! Ich bin kein kleines Kind!«

Er beschwichtigte. »Natürlich nicht, Liebling. Aber du weißt, worüber wir gesprochen haben? Du weißt es doch noch?«

Sie wurde wieder sanftmütig. »Du sprichst mit ihnen, das weiß ich.«

»Sehr gut. Und was sollst du tun?«

»Ich brauche Ruhe, hat der Arzt gesagt.«

»Genau.«

Sie erhob sich, gab ihrem Mann einen Kuss auf die Wange und verabschiedete sich genauso fröhlich wie zu Anfang. »Seien Sie nachsichtig mit Marie. Schatz, du kommst doch gleich zu Bett?«

Wieder ratlose Blicke, es war früher Vormittag.

»Ja, ich komme bald.« Damit verschwand sie ins Schlafzimmer.

Marc Jannings wirkte, als würde er unter der sich ihm aufgebürdeten Last zusammenbrechen. Neben dem Tod der Tochter musste er zu allem Überfluss auch noch mit der geistigen Zerrüttung seiner Frau umgehen. Er bat Wiebke Hellmund und Stegner, Platz zu nehmen.

»Die vergangenen Tage waren zu viel für sie. Sie ist äußerst labil, weshalb der Arzt ihr starke Beruhigungsmittel verschrieben hat. Irgendwie möchte sie Maries Tod nicht wahrhaben.«

Wiebke Hellmund beschloss, die Befragung so kurz wie möglich zu halten. »Obwohl ich selbst Mutter bin, kann ich Ihre Lage nicht annähernd erfassen. Wie Sie wissen, wollen wir die Umstände des Todes Ihrer Tochter rasch aufklären. Sind Sie in der Verfassung, uns einige Fragen zu beantworten?«

Jannings atmete tief durch. »Selbstverständlich. Bitte stellen Sie Ihre Fragen.«

»Zunächst würden wir uns gerne ein persönlicheres Bild von Ihrer Tochter machen. Was für ein Mensch war sie, wie schätzen Sie sie ein?«

»In ihrer Kindheit war Marie ein absoluter Goldengel. Das änderte sich, als sie etwa zwölf Jahre alt war. Es wurde zunehmend ... schwieriger.« Seine Frau und er führten eine große Wirtschaftskanzlei. Sie waren zu beschäftigt gewesen, um mitzubekommen, dass sich Marie mit den falschen Freunden umgeben habe. Sie sei auf die schiefe Bahn geraten, habe dichtgemacht und sich nichts sagen lassen. Dann Drogen und Alkohol ... »Eines Tages kam es, wie es kommen musste. Sie wurde beim Diebstahl erwischt, als sie versucht hat, Geld für Drogen zu beschaffen.«

»Das konnten Sie nicht verhindern?«

»Wir hielten es zunächst für Pubertätsallüren, eine Phase, die schon vorbeigehen würde. Als uns das Ausmaß ihrer Probleme in vollem Umfang offenbar wurde, war es bereits zu spät. Da beschlossen wir einzugreifen. Berlin war definitiv nicht mehr der richtige Ort für sie.« Also hatten sie ihre Tochter nach Eichenburg geschickt. Die Schule genoss ein gewisses Renommee im Umgang mit Problemjugendlichen aus reichem Elternhaus. Marie sollte unter ihresgleichen und trotzdem unter Kontrolle sein.

»Ging Ihre Rechnung denn auf?«

»Das dachten wir zumindest. Sie wurde selbstbewusster und ehrgeiziger, wollte in unsere Fußstapfen treten und nach dem Abitur Jura studieren. Wir waren heilfroh über diese Entwicklung. Eine Entwicklung, an der ihre Freundinnen maßgeblichen Anteil hatten.«

»Johanna, Sophia, Alisah, Stephanie und Mia?«

Er überlegte. »Ja, alle. Bis auf diese ... Mia?«

»Mia Kolberg.«

»Von einer Mia Kolberg hat sie nie gesprochen.«

»Wir dachten, sie wären befreundet, schließlich waren sie alle zusammen auf dieser Silentiumfahrt.«

»Ausschließen kann ich das natürlich nicht. Mia Kolberg ist doch die Überlebende?«

»Ja.«

»Wirklich merkwürdig ...«

»Vielleicht sollten wir weitermachen. In welcher Beziehung stand Ihre Tochter zu Alexander Matthes?«

»Pf ... Matthes!« Jannings spuckte den Namen förmlich aus. »Was haben die sich nur dabei gedacht, diesen Kretin auf unsere Tochter loszulassen?«

»Klingt nicht gerade so, als hätten Sie eine sonderlich hohe Meinung von ihm.«

»Matthes war wirklich das Allerletzte! Aus irgendeinem Grund bewertete er Marie im Unterricht bewusst schlecht. Ich kann mir schon denken, wieso ...«

»Und wieso?«

»Weil er ihr an die Wäsche wollte. Deshalb! Wie nannten sie ihn doch gleich? ›Matthes den Stecher‹.«

»Sie wollen sagen, er hatte eine Affinität zu jungen Frauen?«

»Das und nichts anderes.« Marie habe ihn anscheinend abgewiesen. Seitdem habe es schlechte Noten gehagelt. Matthes sei bewusst gewesen, dass die meisten Universitäten hervorragende Schulabschlüsse als Zugangsberechtigung verlangten, weswegen er ihr das Leben schwer gemacht habe. Seine Frau und er waren daraufhin beim Schulleiter vorstellig geworden, nichts sei geschehen. »Bei ihren Freundinnen muss er es ähnlich erfolglos versucht haben. Darin liegt doch wohl sein Motiv! Mord aus Eifersucht. ›Niedrige Beweggründe‹ nennen wir Juristen das. Der Mann war gestört! Als er die Gelegenheit hatte, hat er sich gerächt.«

»Sprechen Sie jetzt als Jurist oder als Vater?«

»Als Jurist und Vater.«

»Sie halten den Tod der Schülerinnen für eine Rachetat?«

»Natürlich! Jetzt werden Sie natürlich fragen: Warum dann der Selbstmord? Einfache Antwort: Der Mann hatte sich sein Leben bereits vorher verpfuscht und wollte am Ende so viel Schaden anrichten wie möglich.«

Jannings redete sich in Rage, es wurde schwierig, sachliche Informationen von ihm zu erhalten, sodass Wiebke Hellmund beschloss, das Gespräch abzubrechen.

»Herr Jannings, vielen Dank. Von meiner Seite aus wäre das alles.«

»Gestatten Sie«, mischte sich nun Tobias Stegner ein. »Für mich klingt es nicht so, als wären Sie restlos überzeugt davon gewesen, dass Eichenburg der bessere Ort für Ihre Tochter war. Täusche ich mich?«

Jannings überlegte, wie er die Frage beantworten sollte. Er wandte sich an Wiebke Hellmund »Frau Oberkommissarin, Sie sagten, Sie seien Mutter?«

»Ja.«

»Auch eine Tochter?«

»Ein Sohn.«

»Wie alt ist er?«

»Dreizehn. Und ja, er kommt jetzt in dieses schwierige Alter. Manchmal ist er ein richtiger Rabauke.«

»Können Sie Ihrem Sohn zu jeder Zeit trauen?«

»Er baut schon mal Mist, wie Jungs in seinem Alter das halt tun. Aber grundsätzlich traue ich meinem Kind. Wieso fragen Sie?«

Marc Jannings seufzte. »Da können Sie sich glücklich schätzen. Bei uns und Marie war das nicht so. Seit dieser schlimmen Zeit in Berlin hat sich nie wieder das Vertrauensverhältnis entwickelt, das wir vorher hatten. Wir wussten nicht, ob wir ihr in allen Dingen vertrauen konnten, und sie vertraute uns offenkundig nicht alles an.«

»Na ja, in dem Alter finden doch alle Mädchen ihre Eltern irgendwie peinlich und ätzend.«

»Nein, da war etwas anderes. Es stand immer der stille Vorwurf im Raum, wir hätten als Eltern versagt und ihr Vertrauen verwirkt. Schließlich hätten wir ihren Schrei nach Aufmerksamkeit eher erkennen müssen. Wir waren die Schuldigen, und so fühlten wir uns auch. Meine Frau und ich lebten seitdem ständig mit dem Gefühl, dass unsere Tochter noch in einer Parallelwelt existierte, einer Schattenwelt. Eine Welt, die sie vor uns verborgen hielt.«

»Was brachte Sie zu der Annahme?«

»Ich weiß es nicht. Ich hatte den Verdacht, dass es nicht nur Freundschaft war, die die Mädchen zusammenschweißte. Also, ja, Herr Stegner, Eichenburg schien der bessere Ort gewesen zu sein. Wir haben uns geirrt und nun den Preis dafür zu bezahlen.«

»Danke«, erwiderte Stegner. »Auch keine weiteren Fragen von mir.«

Jannings war den Tränen nahe, konnte aber die Fassung bewahren. »Frau Hellmund, verlieren Sie nie Ihr Kind aus den Augen. Es ist wie im Märchen vom Rotkäppchen: Die Versuchung, auf Abwege zu geraten, ist groß.«

Tinus Geving blieb keine andere Wahl, als Markus Grünwald ins Vertrauen zu ziehen, denn die bei Sarah und ihren Freundinnen gewonnenen Erkenntnisse warfen ein ganz anderes Licht auf den Fall.

»Meine Fresse«, gestand Grünwald. »Wenn sich alles so abgespielt hat, wie die jungen Damen behaupten, ist

es für uns nicht einfacher geworden. Die Schule müsste
eine Mitschuld einräumen, weil sie ein Problem zum
Desaster hat eskalieren lassen. Das hätte Konsequenzen. Eltern melden ihre Kinder in Massen von Eichenburg ab. Die werden alles daransetzen, dass nichts davon jemals das Licht der Öffentlichkeit erblickt.«

Geving interessierten solche Fragen nicht, er hatte einen Job zu erledigen. »Wie dem auch sei, Berghausen
weiß etwas. Damit sollte er spätestens jetzt rausrü-
cken.«

»Ihnen ist klar, dass wir hier nicht nach den üblichen
Regeln spielen, oder? Wenn Kresch davon Wind bekommt.«

»Das lassen Sie mal meine Sorge sein. Also, legen wir
los?«

»Bitte, nach Ihnen!«

Sie betraten das Vernehmungszimmer, in dem sie Julius Berghausen bereits eine geschlagene halbe Stunde
hatten schmoren lassen. Der Schulleiter kochte vor
Wut, rannte mit hasserfülltem Blick in dem kleinen
Raum auf und ab wie ein Raubtier im Käfig.

»Das ist eine Unverschämtheit! Erst wird man herge-
bracht, ohne den Grund dafür zu erfahren, und dann
auch noch hingehalten. Ich werde mich beschweren!«

Geving hatte eine ans Masochistische grenzende Leidenschaft für Menschen, die ihm gegenüber die Fassung verloren. Das machte sie verwundbar.

»Nehmen Sie Platz, Herr Doktor Berghausen«, sagte er
so beiläufig wie möglich. »Vielleicht überlegen Sie sich
das mit Ihrer Beschwerde, wir müssen Ihnen da nämlich etwas zeigen.« Mit knappem Nicken forderte er
Grünwald auf zu beginnen.

Der Altenröder Revierkommissariatsleiter ließ sich
nicht lange bitten. Er zeigte die beiden verhängnisvol-
len Videos in voller Länge. Unkommentiert. Geving beobachtete den Schulleiter sehr genau. Er versuchte erst,

sich nichts anmerken zu lassen, wurde aber mit jeder unappetitlichen Szene blasser. Wusste er tatsächlich nichts, oder war er einfach schockiert, seine Untätigkeit in Bild und Ton festgehalten zu sehen? Eine knappe Minute verging nach Beendigung der Vorführung. Eine Minute, in der kein Wort fiel. Berghausen würde gleich so weit sein. Schließlich kommentierte Geving das Gesehene lapidar mit »Ups!«. Ein bösartiges Lächeln umspielte seine Lippen.

»Wollen Sie sich immer noch beschweren?«

Berghausen sah verständnislos drein. »Was sind das bloß für Methoden?«

»Es sieht nicht gut aus für Sie. Wir glauben, aus den Videos ein Motiv für Matthes' Tat herleiten zu können.«

»Was hat das mit mir zu tun? Wo haben Sie diesen Mist überhaupt her?«

Grünwald wurde direkter. »Sagen Sie mal, wollen Sie uns verarschen? Sie können doch nicht allen Ernstes behaupten, davon nichts gewusst zu haben!«

Geving lächelte weiterhin freundlich. »Das Geschehene hat sich an Ihrer Schule zugetragen, unter Ihren Augen. In zumindest einem Fall wissen wir, dass Sie versucht haben, die Sache unter den Teppich zu kehren. Es könnte der Eindruck entstehen, Sie träfe eine gewisse Mitschuld an Matthes' Taten. Wir glauben nämlich auch, dass es die Atmosphäre in Eichenburg war, die ihn in den Wahnsinn getrieben haben könnte. Früher oder später wird die Wahrheit ans Licht kommen, das ist ein Naturgesetz. Was macht Sie so sicher, dass man Sie dann nicht fallen lässt wie eine heiße Kartoffel?« Er sprang direkt auf den Schwachpunkt des Schulleiters an, der gegen seinen Willen berufen worden war.

Berghausen saß wie versteinert.

»Ich habe keinerlei Interesse an Ihnen. Mir geht es darum, diesen Fall aufzuklären, vorzugsweise mit Ihrer Hilfe. Von Ihrer Rolle bei der Aufklärung wird niemand erfahren, nur wir drei wissen davon.« Geving beugte sich vor, das Lächeln in seinem Gesicht wich einem bedrohenden Blick. Der Ton wurde schneidend scharf. »Also, Herr Doktor Berghausen, legen Sie Ihre unfassbare Arroganz ab und beantworten Sie unsere Fragen!«

Einmal mehr meisterte er die Herausforderung, Berghausens selbstsichere Fassade zu durchbrechen.

Der zitterte am ganzen Körper und schluckte. »Stellen Sie Ihre verdammten Fragen.«

»Fangen wir doch mal mit diesen delikaten Vorfällen an.«

»Ja, ich wusste davon. Welchen Sinn hätte es, das zu bestreiten? Sie wissen es, ich weiß es, alle wissen es. Zufrieden?«

»Kam es Ihnen nie in den Sinn, dem nachzugehen oder gar einen Riegel vorzuschieben?«

»Halten Sie mich für derart feige?« Natürlich hätte es Konsequenzen geben müssen. Berghausen wollte die Mädchen von der Schule werfen, aber da hätten seine Vorgesetzten in Magdeburg interveniert. Er erklärte, dass die Schule viel zu wichtig für das Prestige des Landes sei. Daher bestehe kein Interesse daran, solche Vorfälle einzugestehen oder öffentlich auszuwerten. Würde man es ernsthaft wollen, Eichenburg müsste geschlossen werden. Ihm sei schlichtweg die Verfügungsgewalt darüber entzogen worden, wer an seiner Schule bleiben dürfe und wer nicht. »Schulleiter sind nur Marionetten, um die Form zu wahren, ich bin nur eine Marionette. Was glauben Sie, warum ich den Job nicht haben wollte?«

»Aber Sie haben im Fall der angezündeten Schülerin doch aus eigenem Antrieb die Ermittlungen der Staatsanwaltschaft erfolgreich untergraben.«

»Nach Druck aus dem Ministerium, mir was einfallen zu lassen, Herr Kriminalrat. Anderenfalls hätten sie mir das Leben schwer gemacht.«

Grünwald schnaufte. »Da wollen fünf Schülerinnen ihre Mitschülerin in ein Häuflein Asche verwandeln und Sie unternehmen nichts aus Angst um die eigene Karriere. Sind Sie denn von allen guten Geistern verlassen?«

»Sie haben keine Ahnung, wie das ist! Regelmäßige Kontrollen meiner Amtsführung. Offizielle Anfragen Tag und Nacht, weil den betuchten Eltern entweder die Hausaufgaben ihrer Töchter oder unser Umgang mit ihnen nicht passen. Irgendwann greifen Sie zur Selbstzensur. Ja nicht auffallen, ja keine Fragen und ja keine Vorfälle. So läuft das bei uns. Ehe die Untersuchungen weiter oben eingestellt werden, wird man selbst aktiv, denn im Ergebnis wäre immer das Gleiche rausgekommen: nichts.«

»Die Eltern hätten ihre Kinder so oder so freigekauft?«

»Welchen Grund sollte es sonst haben, sie zu uns zu schicken? Jeder weiß, dass das Abitur bei uns käuflich ist.«

»Offensichtlich war Alexander Matthes noch nicht vom Mut verlassen«, behauptete Grünwald.

»Haben Sie doch gesehen, er griff ein. Er überging mich und informierte direkt das Ministerium, ohne Folgen. Er nervte und nervte, schließlich bat er um seine Versetzung. Ich war bereit, ihn ziehen zu lassen, in Magdeburg entschied man anders. Er wusste zu viel.«

»War das der Grund für den Vorfall?«

»Es war für ihn doch nicht mehr zu ertragen, und weg konnte er nicht. Da werden ihm die Sicherungen durchgebrannt sein.«

»Neigte Matthes zu ungesteuertem Verhalten, gar Gewalttätigkeit?«, wollte Geving wissen.

»Bei uns ist nichts Derartiges bekannt geworden. Ich weiß aber, dass er gezwungen war, seine Karriere im Profisport zu beenden. Warum nimmt man einen erfolgreichen Sportler aus dem Rennen? Da muss etwas vorgefallen sein.«

»Ist er womöglich strafrechtlich in Erscheinung getreten?«

»Unmöglich! Er hätte niemals Lehrer werden können.«

Geving hatte es zumindest versucht, doch auch Berghausen hatte keine Kenntnis von einer eventuellen LKA-Spur.

»Und Beziehungen?«, fragte er weiter. »Man sagte ihm nach, eine Beziehung zu einer Schülerin zu haben.«

»Solche Gerüchte gibt es immer, nicht nur über Matthes. Angeblich soll da was mit Mia Kolberg gelaufen sein, wer kann das schon sagen?«

Dem Schulleiter schien das Thema unangenehm zu sein. Wenn Geving den Erzählungen von Sarahs Freundinnen glauben konnte, probierte sich ein nicht geringer Teil des Eichenburger Lehrerkollegiums an Schülerinnen aus. Er beließ es dabei, hatte Berghausen doch interessanterweise eingestanden, von Mia Kolberg und Alexander Matthes gehört zu haben.

»Kommen wir mal auf Mia zu sprechen. Es ist offenkundig, dass sie kein leichtes Leben bei Ihnen hatte. Wie konnten Sie da Nachfragen abwehren? Gab es überhaupt welche?«

Berghausen antwortete zögerlich. »Von der Mutter, ja. Nachfragen und keine Konsequenzen.«

Geving musste den Schulleiter reizen. »Ich weiß nicht, ob ich Ihnen glauben soll. In Sachen Mia haben Sie mich schließlich schon einmal belogen.«

»Es ist so, wie ich gesagt habe«, brachte Berghausen kurzatmig hervor. »Wann soll ich Sie außerdem belogen haben?«

»Sie behaupteten, für Mias Ausbildung käme der Staat auf. Ich habe erfahren, dass das nicht sein kann, da ausschließlich die Eltern zahlen. Haben Sie mir gegenüber nur Unwissenheit vorgetäuscht, und warum sollte es jetzt nicht wieder so sein?«

»Als Beamter bin ich gehalten, keinen Einblick zu gewähren«, flehte der Schulleiter beinahe. »Es ist wahr, vom Gehalt einer Krankenschwester kann man sich das Schulgeld nicht leisten. Welche Rolle spielt das? Das hat nichts mit Matthes oder den Problemen in Eichenburg zu tun.«

Geving musste es so hinnehmen, auch wenn ihn dieses Detail argwöhnisch machte. Ihm ging es nur darum, Berghausens Ehrlichkeit zu überprüfen.

»Das wäre dann alles«, schloss er die Befragung.

Der Schulleiter schien unschlüssig. »Was geschieht nun?«

»Wir haben keinen Grund, Ihre Zeit weiter zu strapazieren. Sie hätten mir gegenüber von vornherein ehrlich sein sollen, das hätte Ihnen und uns diese Schereien erspart. Ihnen sollte klar sein, Herr Doktor Berghausen, dass ich hier nicht der Böse bin. Ich versuche nur, meinen Job zu machen.«

Berghausen nickte kleinmütig und verließ still das Zimmer.

Tinus Geving und Markus Grünwald saßen noch eine Weile beisammen.

»Und, Geving, glauben Sie ihm?«

»Warum sollte ich nicht? Ich wollte ihm nur die Instrumente zeigen. Hat gewirkt.«

»Matthes' Motiv scheint sich zu verfestigen.«

»Ich weiß nicht, irgendwas fehlt mir.« In der Tat war Alexander Matthes nach wie vor ein großes Mysterium, sogar unter Druck hatte Julius Berghausen kaum mehr erzählen können als bisher. Aber in Anbetracht der Umstände sah es schwer nach dem jungen und nun toten Lehrer aus. »Ich bin immer wieder baff, dass es eine Parallelwelt gibt, in der man sich anscheinend alles erlauben kann.«

»Leider ist das von uns nicht zu verfolgen«, bemerkte der Polizeirat ernüchtert.

Ramada Hotel
Hansapark 2
Magdeburg
12:04 Uhr

Das Ehepaar Pousset bereitete Tobias Stegner und Wiebke Hellmund einen eiskalten Empfang, nicht von Trauer geprägt, sondern von Hochmut. Diese Befragung würde ganz anders werden als die der Eltern von Marie Jannings.

Stephanies Vater, Anton Pousset, dreiundfünfzig Jahre alt, wirkte mit seinen Geheimratsecken wie der hugenottische Patrizier, der er war. Er unterließ alle Freundlichkeiten.

»Meine Zeit und die meiner Frau sind äußerst knapp bemessen. Wenn Sie sich also kurzfassen würden.« Er machte sich nicht einmal die Mühe, ihnen einen Platz anzubieten.

Ein kurzes Nicken von Wiebke Hellmund signalisierte Stegner, dass er die Fragen stellen sollte.

»Dann kommen wir direkt zur Sache«, begann er sogleich. »Ich denke, Sie wissen, warum wir hier sind. Wir hätten da einige Fragen Ihre Tochter betreffend.«

Mireille Pousset, ehemaliges Supermodel und deutlich verblasste Schönheit, tat es ihrem Mann in puncto Unhöflichkeit gleich. »Was hat unsere Tochter mit Ihren Ermittlungen zu tun? Sollten Sie Ihre Zeit nicht sinnvoller verwenden, indem Sie – ich weiß nicht – dieses Verbrechen aufklären?«

Stegner neigte aufgrund seiner norddeutschen Art nicht dazu, sich schnell auf den Schlips getreten zu fühlen. Da wo er herkam, konnte dieses Benehmen als nahezu liebevoller Umgang miteinander interpretiert werden.

»Wir haben Hinweise, dass sich der Lehrer Alexander Matthes und Ihre Tochter etwas besser kannten. Ihre Angaben sind für uns sehr wohl von Belang.«

»Alexander Matthes?«, spottete Mireille Pousset. »Der Mann wäre bis vor wenigen Tagen nicht der Rede wert gewesen. Psychopath und Abschaum ...«

»Ich muss Sie bitten, sachlich zu bleiben, Frau Pousset.«

»Wir kannten ihn nicht persönlich. Alles, was wir wissen, ist, dass er es wohl bei Stephanie versucht, sie ihm aber eine Abfuhr erteilt hat.«

Es gab eine Parallele zu Jannings' Aussagen. »Und weiter?«

»Nichts weiter. Allem Anschein nach hat er es ihr nachhaltig übel genommen. Was unsere Tochter an Bettgeschichten hatte, war für uns nicht von Belang. Dieser Matthes meinte allerdings, seine sexuelle Frustration an ihren Zensuren auslassen zu müssen. Das war sehr unschön.«

»Davon haben wir gehört. Gute Noten sind den meisten Universitäten wichtig. Hatte Ihre Tochter die Absicht, in Ihre Fußstapfen zu treten, Herr Pousset?«

»*Wir* hatten nicht die Absicht«, lautete die knappe Antwort. »Mehr gibt es zu unserer Tochter nicht zu sagen.«

Stegner hatte eigentlich schon die Schnauze voll. »Ihre Tochter liegt in der Rechtsmedizin, und das ist alles, was Ihnen zu ihr einfällt? Reichlich charakterlos, oder?«

»Die Menschen trauern auf unterschiedliche Weise. Da wo wir herkommen, ist es nicht üblich, sein Privatleben vor aller Augen auszubreiten.«

»Bei allem Respekt, Herr Pousset, nicht *Ihr* Privatleben ist es, das uns interessiert, sondern das Ihrer Tochter.«

»Es leuchtet mir nicht ein. Dieser Herr Matthes tötet unsere Tochter. Und alles, was Sie interessiert, ist Stephanies Privatleben. Wo bleibt da Ihr Respekt? Was wollen Sie hören? Dass Sie studieren wollte, es jetzt nicht mehr kann? Dass wir sie von der Firma fernhalten wollten, um sie zu schützen?«

»Zu schützen? Wovor?«

»Diese Welt ist nun einmal keine Frauenwelt«, verteidigte Mireille Pousset die Aussagen ihres Gatten. »Mein Mann möchte, dass unser Sohn die Firma übernimmt. Er ist unser einzig noch verbliebenes Kind. Nur, um Ihnen in Erinnerung zu rufen, mit welch schwerem Schicksalsschlag wir umzugehen haben.«

Pousset war sichtlich genervt. »Haben Sie sonst noch unangebrachte Fragen, Herr Kommissar?«

Die hatte er. »Welches Motiv könnte Matthes gehabt haben? Sie scheinen sich ja eine ganz klare Meinung von ihm gebildet zu haben.«

»Hass! Hass auf Bessergestellte und härter arbeitende Menschen, Hass auf Erfolg. Die Sorgen und Nöte, die wir haben, kann sich ein Subjekt wie er überhaupt nicht ausmalen.«

»Es zerreißt mir förmlich das Herz ...«

»Herr Stegner, Sie haben um eine Meinung gebeten. Wenn Sie das Echo auf Ihre Frage nicht vertragen können, ist das Ihr Problem. Es war bei ihm der gleiche Hass wie bei diesem Mädchen, Mia Kolberg.«

Es wurde doch noch interessant. »So? Mia hat Stephanie also auch gehasst.«

»Dieses Mädchen ist ein Parvenü und hatte bei Matthes einen guten Stand. Sie neidete unserer Tochter alles. Aussehen, Erfolg ... Würde mich nicht wundern, wenn sie ihn gegen unsere Tochter aufgehetzt hat.

Zuzutrauen wäre es ihr, sie hat so etwas Manipulatives an sich.«

»Sie geben ihr eine Mitschuld am Tod Ihrer Tochter, sehe ich das richtig?«, fragte Wiebke Hellmund.

»Sie hat etwas Böses in sich, etwas, das sie von Zeit zu Zeit auslebt.«

»Das verstehe ich nicht.«

»Fragen Sie einen Psychologen, ich mache schließlich nicht Ihren Job! Sie ließ es hin und wieder an unserer Tochter und ihren Freundinnen aus. Bis man beschloss, ihr eine ... Lektion zu erteilen.«

»Eine Lektion?«

»Sie von dem hohen Ross, auf dem sie ohne jede Berechtigung saß, herunterzuholen.«

»Das ist mir zu ungenau.«

»Mehr werden Sie aber nicht erfahren, Frau Hellmund. Wir mussten intervenieren.«

»Wie viel Geld war bei Ihrer ›Intervention‹ im Spiel?«

Keine Antwort von Anton Pousset. »Ich befürchte, Ihre Zeit ist um. Wenn das also alles wäre.«

»Vorerst. Wir wissen ja, wo wir Sie für weitere Fragen erreichen können«, erklärte Stegner.

»Ich denke nicht, dass meine Frau und ich zu dem Thema noch etwas zu sagen haben. Sollten Sie dennoch Grund für weitere Belästigungen haben, darf ich Sie an unseren Anwalt verweisen.«

»Wie Sie wünschen. Das ist zwar unüblich, aber bitte. Ich befürchte nur, es ist in diesem Fall – wie sagten Sie? – schwer, es aus der Presse herauszuhalten. Mangelnde Kooperation mit uns ist nicht die beste Werbung für Sie, gerade wenn die Übernahmegespräche auf Messers Schneide stehen, nicht wahr?«

Pousset wich die Impertinenz aus dem Gesicht. Mit versteinerter Miene sagte er nur noch: »Guten Tag.«

Auf dem Weg zum Dienstwagen machte Stegner seinem Unmut Luft.

»Reizendes Pärchen, echt! Wir verschwenden deren Zeit? Man sollte mal über verschärfte staatliche Zwangsmaßnahmen nachdenken, wenn solche Leute unsere Zeit verschwenden.«

»Alle Achtung, Herr Kollege, denen haben Sie's aber gegeben!«, sagte Wiebke Hellmund. »Woher wussten Sie von den Übernahmegesprächen?«

»Ich wusste es nicht, es war ein Bluff. Irgendwas steht bei denen doch immer auf der Kippe. Lassen Sie uns hier verschwinden!«

Revierkriminaldienst Kreisstadt
Kurt-Weill-Straße 18
13:40 Uhr

Sabine Jentsch und Thomas Rausch waren den ganzen Vormittag über beschäftigt gewesen. Bisher hatte sich die Arbeit als zermürbend erwiesen. Mit den Computern und Telefonen der toten Schülerinnen war nichts anzufangen. Die üblichen Nichtigkeiten in privaten Chatrooms und sozialen Netzwerken, die von Mädchen in diesem Alter zu erwarten waren. Auch die sichergestellten Fotos brachten keine neuen Erkenntnisse, bis auf eine.

»So viel Alkohol, wie bei denen im Spiel war, vertrage ich im Leben nicht«, fasste Sabine Jentsch zusammen.

Das Gleiche galt für die Unterlagen von Alexander Matthes. Rechnungen, Abrechnungen, Überweisungen, Dienstschreiben. Nichts Ungewöhnliches, nichts Privates. Hellmunds Befürchtung schien sich zu bestätigen, man kam dem Menschen Matthes nicht einmal den Bruchteil eines Millimeters näher. Aber, dachte Thomas Rausch, vielleicht besteht genau darin die Absicht des mutmaßlichen Täters. Was wiederum für Gevings Verdacht sprechen würde. Wer eine Tat mit politischem Hintergrund plant, der legt es darauf an, als Person nicht aufzufallen, sondern in der grauen Masse zu verschwinden. Für sie war Matthes genau das: graue Masse. Nichts Handfestes, nichts Beweiserhebliches. Sie traten auf der Stelle.

»Das ist doch alles zum Mäusemelken.« Sabine Jentsch rieb sich frustriert die Augen.

Rausch zuckte nur antriebslos mit den Schultern. Sein erster Fall und dann gleich ein solcher Brocken! Dafür hatte er sich Aufsehenerregenderes versprochen. Aber Moment ...

»Darf ich dieses Foto noch mal sehen?«, bat er sie.

»Das aus Matthes' Wohnung?«

»Genau das.«

Sie durchwühlte das vor ihr ausgebreitete Chaos, wurde fündig und reichte Rausch das Bild.

Er sah es sich kritisch an. »Wer ist diese Frau?«

»Freundin vielleicht? Die offizielle?«

»Hätten wir nicht längst Kontakt zu ihr?«

»Auch wieder wahr ... Eine Bekannte? Seine Schwester?«

»Matthes war Einzelkind.«

Plötzlich zog sich ein verschmitztes, fast kindhaftes Lächeln über die Lippen der Kriminalkommissarin. »Ich schätze, das können wir herausfinden.«

»Aha. Und wie?«

»Biometrische Gesichtserkennung.«

»Brauchen wir dafür nicht eine Genehmigung? Datenschutz und so?«

»Ich habe gerade weder einen Staatsanwalt noch einen Richter an der Hand. Sie etwa?«

Er verneinte.

»Dafür«, sie schloss ihren persönlichen Laptop an und öffnete ein Programm, »dafür das Neueste vom Neuesten! Nennt sich ›*Biomet3D*‹ und kommt von *Aquila Defence*.«

»Das *Aquila Defence*?«

»Yes. Made in Sachsen-Anhalt. Das Programm ist der Hammer! Noch steckt es in der Testphase. Jetzt können wir mal ausprobieren, was es in der Realität kann.«

Thomas Rausch sah verlegen zu Boden. »Tut mir leid, hatte in der Ausbildung nur die technische Schnellbesohlung. Von *Biomet3D* habe ich noch nie was gehört.«

»*Biomet3D* nimmt eine dreidimensionale Erfassung vor. Stellen Sie sich das vor wie im Geo-Unterricht: Es gibt die normalen Landkarten – gähn! –, und es gibt Reliefkarten, die die exakte 3D-Verkleinerung einer bestimmten geografischen Oberfläche darstellen.« Sabine Jentschs Begeisterung brach sich allmählich Bahn. Ein menschliches Gesicht sei gewissermaßen nichts anderes als eine geografische Oberfläche. Jeder Mensch besitze ein ihm eigenes Profil, wie einen Fingerabdruck oder seine DNA. »Während bei der 2D-Methode die Falschauslesungsrate bei nahezu neunundsiebzig Prozent lag, reduziert unser Wunderwerk hier diese Rate auf sagenhafte null Komma eins Prozent, nahezu fehlerfrei!« Das funktioniere nicht nur bei Fotos. *Biomet3D* sei in der Lage, innerhalb von Sekunden aus Livekameraaufnahmen eine oder mehrere Personen zu identifizieren, unabhängig davon, ob polizeibekannt oder nicht. Tauchten sie irgendwo im Netz auf, finde es sie auch dort.

Rausch machte große Augen. Er konnte ihre Begeisterung nicht teilen. »Puh! Das ist ja wie bei George Orwell! Wenn ein Computerprogramm das kann, ich meine, wenn es jederzeit herausbekommen kann, wo wir uns bewegen, ohne den Umweg über Handyprofile zu nehmen, wie können wir da noch unbeobachtet sein? Big brother is watching you. Finden Sie das nicht ... besorgniserregend?«

»Das ist die klassische Frage, die mit technischem Fortschritt verbunden ist. In den richtigen Händen kann Technologie segensbringend sein, in den falschen Händen gefährlich.«

»Wir wollen nur diese Frau finden, das ist gut, schätze ich. Was machen wir jetzt?«

»Ganz einfach, wir scannen die Aufnahme ein und lassen dann suchen.«

»Null Komma ein Prozent Falschauslesungsrate?«

»Verblüffend, oder?«

»Wollen wir hoffen, dass sie nicht zu den null Komma ein Prozent gehört.«

Sabine Jentsch scannte das Bild von Alexander Matthes und der Unbekannten ein, anschließend startete sie den Suchlauf. Binnen weniger Sekunden gab es ein Ergebnis.

»Bingo!«, entfuhr es ihr vor Freude.

Die Unbekannte hatte einen Namen, eine Biografie und eine Karriere. Und was für eine! Kaya-Philine Neugebauer, siebenundzwanzig Jahre alt, geboren im thüringischen Lauscha. Biathletin. Doppelolympiasiegerin im 7,5-Kilometer-Sprint, Olympiasiegerin in der 10-Kilometer-Verfolgung, Olympiazweite beim Massenstart, Teamolympiasiegerin in der Staffel. Diverse Gesamtweltcupsiege und Beiwerk nicht mitgerechnet.

»Wow!«, rief Sabine Jentsch. »Die Frau ist eine Maschine! Geht das ohne Doping?«

»Keine Ahnung. Aber es ist beschämend, wir hätten auch so draufkommen können. Ich meine, so bekannt wie sie ist«, gestand Rausch.

»Interessieren Sie sich für Biathlon?«

»Nee.«

»Ich auch nicht. Sollte ich vielleicht.«

»Ob der mit ihr zusammen gewesen ist?«

»Sonst gab's ja nix Persönliches von ihm. Dieses Foto muss einen gewissen Wert für ihn gehabt haben. Wir sollten mal einen Blick in seine privaten Mails werfen, dafür haben wir eine Genehmigung. Wer weiß, vielleicht werden wir fündig.«

»Meinen Sie?«

»Leute sind doch immer unvorsichtig. Früher haben sie Briefe aufgehoben, heute Mails. Da man zu faul zum Ausdrucken ist, speichert man sie ab.«

»Und wie stellen wir das an?«

Sie lachte. »Passwort! Sie sind ja süß.«

Rausch ahnte, dass sie ihn weiter in ihre unheimlichen Fähigkeiten einweihen würde. Er sollte sich nicht täuschen. Auch dafür hatte sie Software, die aus dem elektronischen Datenverkehr Informationen und Passwörter herauslesen konnte. Die größte Schwachstelle, so klärte sie ihn auf, liege bei im Browser abgespeicherten Passwörtern. Diese würden in der Regel nicht extra mit einem Masterpasswort eingeschränkt, kein Normalsterblicher tue so etwas. Sollte man aber! Wäre es so, könnte man nämlich nicht an die übrigen Passwörter gelangen.

»Haben Sie ein Masterpasswort?«, lautete ihre unverblümte Frage an ihn.

Rausch verstand vor lauter »Passwort« nur noch Bahnhof. »Ähm, nein ...«

»Ist wirklich sicherer! Nun ja, ich beschäftige mal unsere Rechner. Im Nullkommanichts sollten wir Zugriff auf Matthes' Mailserver erhalten.« Sie war vertieft in ihre Arbeit, plötzlich kicherte sie. »Sie wissen, ich könnte jederzeit auch Ihre Mails lesen.«

War das etwa der Versuch eines Flirts? Rausch mochte Sabine Jentsch. Sie war nur unwesentlich älter als er und ziemlich attraktiv, um nicht zu sagen: heiß! In Anbetracht ihrer »Zauberkünste« erschien es ihm dennoch angebrachter, in Zukunft mit persönlichen Informationen im Netz etwas vorsichtiger zu sein.

Frank Schulze durfte nun schon seit über zwei Stunden diese Suada über sich ergehen lassen. Wem es bisher nicht ersichtlich gewesen war, dem wurde es spätestens jetzt glasklar: Er war zum Abschuss freigegeben worden. Attribute wie »Amokläufer« und »Boykotteur« waren noch das Freundlichste, was ihm ins Gesicht geschleudert wurde. Es hätte ihn persönlich treffen können, aber bisher zeigte er sich ungerührt. Letztendlich verblüffte ihn, dass der Ministerpräsident nach wie vor nicht handelte. Warum war er noch Landesinnenminister? Hatten die sich mit »ihrer« Gesetzesvorlage verspekuliert? Vielleicht war das der Grund. Der Ministerpräsident konnte Schulze nicht entlassen, nicht zu diesem Zeitpunkt, er wusste zu viel.

Schulze schaute demonstrativ gelangweilt auf die Uhr, lange würde er seine Aufmerksamkeit dem Ganzen hier nicht mehr widmen.

Der Fraktionsvorsitzende seiner eigenen Partei wollte gerade zum Rundumschlag ausholen, wurde aber vom Abgeordneten Meyer unterbrochen. »Zur Abwechslung wäre es sinnvoll, den Minister zu Wort kommen zu lassen. Wir für unseren Teil würden gerne hören, was er zu sagen hat, denn offensichtlich haben nicht alle in diesem Haus den Verstand verloren.«

Zuvor hatte sich Schulze mit seinen Mitstreitern getroffen. Ganze drei Abgeordnete teilten seine Bedenken, sahen die Dinge genauso wie er. Sie waren in die Tücken jener »Lex Aquila« – wie sie sie hinter vorgehaltener Hand nannten – eingeweiht, die in einem Akt von Selbstermächtigung mit Windeseile durchs Parlament gedrückt werden sollte. Diese drei Abgeordneten konnten nicht davon überzeugt werden, in der entscheidenden Abstimmung zu Beginn der nächsten Sitzungswoche gegen die Parteilinie zu votieren. Zu groß war die Furcht, bei den nächsten Wahlen durch gefügigere Leute ersetzt zu werden. Außerdem hatten sie Angst vor Repressionen gegen sich und ihre Familien. Die Stimmung im Land war auch ohne Eichenburg schlecht genug. Dennoch hatten sie sich bereit erklärt, ihn bei einer »originellen Lösung« zu unterstützen. Bei »Eintreten bestimmter Umstände«. Diese Umstände galt es, klug vorzubereiten. Meyer hatte ihm gerade die Gelegenheit dazu geboten.

»Die neuen Gesetze zur Ordnung und Sicherheit bedeuten nichts anderes als einen totalen Überwachungsstaat«, erklärte Schulze also. »Wie viele von uns sind gegen einen solchen Staat in der Vergangenheit auf die Straße gegangen? Da war doch der ein oder andere von Ihnen dabei! Jetzt führen wir mit wehenden Fahnen und tönenden Fanfaren wieder ein, was wir damals zum Teufel gejagt haben? Was für eine Doppelmoral!«

Jubel und Applaus bei der Opposition, Schreie der Empörung und Getrampel aus der Koalition. Die Stimmung stand kurz vorm Siedepunkt.

»Als Minister habe ich nicht nur das Recht, sondern die Pflicht, meine Bedenken zu äußern. Genau das tue ich, so lange, bis eine endgültige Entscheidung gefallen ist. Dann habe ich die Entscheidung mitzutragen oder zurückzutreten.« Er wandte sich an seinen Fraktionsvorsitzenden. »Solange ich Gehörsrecht in der Regierung habe, werde ich es nutzen. Wenn Sie mich entschuldigen, dieses Inquisitionstribunal nimmt schon zu viel meiner Zeit in Anspruch. Ich habe Wichtigeres zu tun. Guten Tag.«

Frank Schulze verließ schnurstracks den Plenarsaal, nicht ohne mit Schmunzeln die triumphierenden Mienen seiner Mitstreiter zur Kenntnis zu nehmen.

14:35 Uhr

Hab ich's nicht gesagt? Der riecht was! Schulze ist immer für eine Überraschung gut.
14:35, 20. Jan.

Schulze hat mehr Leben als 'ne Katze. Zum Kotzen! Es ist an der Zeit für aggressivere Maßnahmen.
14:36, 20. Jan.

Meinst du, ich sitze da und drehe Däumchen?
14:36, 20. Jan.

Streng dich gefälligst mehr an!
14:37, 20. Jan.

Du bist zu ungeduldig. Sowas musste passieren. Ich wiederhole mich bestimmt: Vertrau mir gefälligst und lass mich machen!
14:38, 20. Jan.

Privathaus der Familie Dibelius
Knobelsdorffallee 4
Dessau-Roßlau
15:03 Uhr

Die Familie von Sophia Dibelius bewohnte ein Haus im Dessauer Stadtteil Mosigkau, der sich seinen ruhigen dörflichen Charakter bewahrt hatte. In direkter Sichtweite gegenüber lag das berühmte Rokokoschloss nach Entwürfen des Sanssouci-Architekten Georg Wenzeslaus von Knobelsdorff. Das Ensemble aus Garten, Orangerie, Corps de Logis, Kavaliershäusern und Wirtschaftsbauten sowie der Irrgarten lagen in stillem Winteridyll.

Wiebke Hellmund und Tobias Stegner wurden von Hilde Dibelius, der Dame des Hauses, eingelassen und sofort zur Gartenterrasse geführt, auf der ihr Mann Konrad eingehüllt in eine Decke vor sich hin stierte.

»Sie müssen meinen Mann entschuldigen, ihn nimmt das Ganze sehr mit.«

Konrad Dibelius war ein hagerer Mann Anfang sechzig, mit schulterlangem schlohweißem Haar. Seine pastorale Erscheinung hatte etwas Kaltes an sich. Seine gleichaltrige Frau wirkte durch ihre gütige Art wesentlich zugänglicher.

Der Synodalpräsident war geistig absent, schien sich ihrer Anwesenheit nicht einmal gewahr zu sein. Wiebke Hellmund blickte direkt in dessen graue Augen, die Blicke blieben unerwidert.

»Sie scheinen ja ganz gefasst zu sein«, bemerkte sie gegenüber der Gastgeberin, nachdem sie Platz genommen hatten.

Hilde Dibelius seufzte. »Es ist schwer.« Mit Blick auf ihren gezeichneten Mann sagte sie: »Ich muss stark sein für ihn. Was er an Kraft hatte, ist aufgebraucht.«

Wiebke Hellmund konnte diese Haltung nur bewundern, was es umso schwerer machte, das Gespräch zu beginnen.

Hilde Dibelius hatte offenbar ein feines Gespür für das Unwohlsein ihres Gegenübers. Sie begann von sich aus. »Sie wollen sicherlich über unsere Tochter sprechen.«

»Wir können das jederzeit abbrechen, sollte Ihnen danach sein«, versicherte Tobias Stegner.

Die trauernde Mutter brauchte einen Moment der Besinnung. »Wo soll man da anfangen ...?« Sophia sei ihr jüngstes Kind. Ein recht später Entschluss, wenn man bedachte, dass die Zweitjüngste fast zehn Jahre älter sei als sie. »Der große Altersunterschied hat die Geschwisterbindung nicht gerade einfach gemacht.« Sie atmete tief durch, bevor sie in der Lage war weiterzuerzählen.

»Sophia war ein stilles Kind, anders als unser Sohn und unsere ältere Tochter.«

Wiebke Hellmund gestattete sich eine erste Zwischenfrage. »Sie sprachen vom großen Altersunterschied. Hat Ihre Tochter dadurch vielleicht eine schwere Kindheit gehabt?«

»Das kann man so nicht sagen, sie ist wohlbehütet aufgewachsen. Ich hatte große Schwierigkeiten damit, sie nach Eichenburg ziehen zu lassen. Sophia war nicht nur unser jüngstes, sondern auch unser sensibelstes Kind.«

»Habe ich richtig gehört. Ihre Tochter hatte den Wunsch, nach Eichenburg gehen zu wollen?«, erkundigte sich Tobias Stegner.

»Wir haben sie weder darauf gebracht noch dazu gedrängt, aber man soll die Kinder in ihren Entschlüssen ja möglichst fördern. Bei näherer Betrachtung hielten wir es für eine gute Idee. Ihre schulischen Leistungen waren gut. Doch sie hatte nie viele Freunde, war regelrecht isoliert. Als sie älter wurde ...«

Im letzten Satz brach Hilde Dibelius die Stimme weg, ein heftiger Weinkrampf durchfuhr sie. Wiebke Hellmund, die dasaß und nichts tun konnte, fühlte sich schrecklich unwohl. Am liebsten wäre sie aufgestanden und gegangen. Was muteten sie diesen armen Menschen zu?

Sie nahm Hilde Dibelius' Hände in die ihren. »Sie müssen nicht weiter darüber reden, wenn Sie nicht wollen.«

Mit Mühe fand Sophias Mutter zu ihrer Fassung zurück, bevor sie mit Bestimmtheit sagte: »Doch, ich muss. Einmal muss ich mit den Geistern der Vergangenheit abschließen.«

Wiebke Hellmund und Stegner tauschten alarmierte Blicke aus. Wohin würde sich das entwickeln? Die

Frage, die ihr eigentlich auf der Zunge lag, schluckte sie herunter. Sensibilität war gefragt.

»Sie entscheiden, was Sie uns erzählen wollen und was nicht. Wir wollen Ihnen und dem Andenken Ihrer Tochter nichts Böses.«

Hilde Dibelius atmete mehrmals tief ein und aus, bevor sie sich überwinden konnte. Sophia habe ihren Charakter gehabt. Je älter sie geworden sei, desto problematischer sei es geworden. Sie habe etwas Dunkles an sich gehabt. Beinahe etwas Dämonisches. Ein eisiger Blick, der – wenn er einen getroffen habe – jegliche Freude aus einem herauszusaugen schien. »Bitte verstehen Sie mich nicht falsch, wir haben unser Kind geliebt, hatten jedoch immer das Gefühl, diese Liebe würde nicht erwidert. Es klingt schrecklich, wenn eine Mutter das über ihre eigene Tochter sagt.«

Wiebke Hellmund hatte durchaus Verständnis. Es fiel der armen Frau nicht leicht, so offen über ein Kind zu sprechen, das seit wenigen Tagen nicht mehr lebte.

»Gab es psychische Probleme irgendwelcher Art bei ihr, vielleicht eine soziale Persönlichkeitsstörung, die es erklären würde?«

»Mein Mann hat das zunächst ernster genommen als ich. Wir haben dann gemeinsam versucht, es herauszufinden. Erfolglos. Sie war nicht besonders kooperativ, wie Mädchen es in diesem Alter nun mal nicht sind. Da war sie dreizehn. Danach beschloss sie, nach Eichenburg gehen zu wollen. So schmerzvoll es für uns war, so hoffnungsvoll waren wir. Wir wünschten uns, sie würde menschlich auftauen, Freunde finden.«

»Sie hat anscheinend welche gefunden«, bemerkte Stegner, um Anteilnahme bemüht.

Hilde Dibelius' Miene verfinsterte sich. »Ich fürchte nur, die falschen. Johanna von Kleeberg, Marie Jannings und Stephanie Pousset – Teufelinnen!«

Wiebke Hellmund war überrascht. »Das haben wir so ähnlich heute schon mal gehört. Können Sie uns vielleicht aufklären?«

»Diese Freundinnen. Sie waren die Ausgeburt des Bösen. Fragen Sie mal dieses arme Mädchen!«

Sie hatte eine Ahnung. »Mia Kolberg?«

»Ja. Bedauernswertes Geschöpf.«

»Was war denn da?«

Hilde Dibelius reagierte mit weiteren Tränen. »Oh, wie ich mich schäme, so über das eigene Kind sprechen zu müssen.«

»Sie müssen es wirklich nicht«, versicherte sie aufs Neue.

»Sie haben Mia gequält, nur weil sie anders ist. Da versucht man, sein Kind im Sinne der christlichen Nächstenliebe zu Toleranz und Mitgefühl zu erziehen, und stellt dann fest, dass alle Bemühungen nicht gefruchtet haben. Fragen Sie am besten Mia.« Tränen liefen ihr die Wange hinunter.

»Wenn es so war, wie Sie sagen, warum gab es keine Konsequenzen?« Wiebke Hellmund war darauf bedacht, nicht wertend zu klingen.

»Die hätte es geben müssen!« Hilde Dibelius vermutete, dass irgendjemand die Mädchen geschützt haben müsse, denn die Schule habe es unter den Teppich gekehrt. »Wir haben versucht, darauf zu reagieren. Wir wollten sie von der Schule nehmen, sie weigerte sich. Wir drohten ihr mit Unterhaltsentzug, sie drohte uns mit Klage.« Sie habe gemeint, es wäre sehr ungünstig, sollte die Öffentlichkeit erfahren, dass der Synodalpräsident seine Tochter verstoße. Infolgedessen sei es zum Zerwürfnis zwischen Sophia und ihrem Vater gekommen. »Ich habe versucht zu vermitteln, aber sie beachtete nicht mal mich, ihre eigene Mutter!« Wieder brach sie in Tränen aus. »Was haben die aus unserer Tochter gemacht?«

Es dauerte, bis sie sich wieder fasste. Sie ließen ihr Zeit. Gerade Wiebke Hellmund hatte vollste Sympathie für die Not der Frau, die sich eingestehen musste, dass die eigene Tochter kein Unschuldslamm gewesen war.

Deswegen sagte sie so vorsichtig wie möglich: »Ich muss Sie das leider fragen. Ist es möglich, dass Ihre Tochter ein Verhältnis mit Alexander Matthes gehabt hat?«

Hilde Dibelius rang immer noch um Fassung. »Nein, das halte ich für unmöglich. Er hat sich für die Schülerinnen aus finanziell schwächeren Familien stark gemacht. Er hatte kein Interesse an Sophias Clique.«

Mit dieser Antwort hatten sie nicht gerechnet.

»Klingt nicht so, als würden Sie ihn für das, was er getan haben soll, verurteilen«, bemerkte Stegner.

»Wir haben Matthes immer als sehr netten Lehrer kennengelernt. Er hat die Umtriebe unserer Tochter sowie ihrer Freundinnen durchschaut und sie dafür zu Recht hart rangenommen. Dass er plötzlich völlig durchdreht, ist für uns unbegreiflich.«

»Glauben Sie nicht, dass er der Täter war?«

»Doch, ich glaube, dass er es getan hat, Herr Stegner. Es ist schwer, ihn zu verurteilen, ohne diese verdammte Schule zu verurteilen.« Sie war der Überzeugung, dass Eichenburg die Leute gegeneinander aufhetzen würde. Die Alten auf die Jungen, die Starken auf die Schwachen, die Reichen auf die Armen. »Eichenburg hat uns unsere Tochter schon vor langer Zeit genommen. Wir haben Sophia nicht mehr wiedererkannt. Es war so, als wäre sie nie unsere Tochter gewesen. Was Matthes getan hat, war böse. Doch das war es, was diese Menschenmühle von Schule aus Menschen gemacht hat. Das war es, was sie aus einem zerbrechlichen und so guten Menschen wie unserer Tochter gemacht hat.«

Wie aufs Zeichen erwachte der Synodalpräsident aus seiner Schockstarre und verkündete: »*Gott ist ein rechter Richter und ein Gott, der täglich droht. Will man sich nicht bekehren, so hat er sein Schwert gewetzt und seinen Bogen gespannt und zielt und hat darauf gelegt tödliche Geschosse; seine Pfeile hat er zugerichtet, zu verderben. Siehe, der hat Böses im Sinn, mit Unglück ist er schwanger und wird Lüge gebären. Er hat eine Grube gegraben und ausgehöhlt und ist in die Grube gefallen, die er gemacht hat, sein Unglück wird auf seinen Kopf kommen und sein Frevel auf seinen Scheitel fallen.«*

»Wir werden uns nicht mehr mit Sophia aussöhnen können. Was bleibt, sind Leere und Schmerz«, brachte Hilde Dibelius noch mit Mühe hervor.

»Vielen Dank, ich glaube, das reicht uns fürs Erste.« Wiebke Hellmunds letzter Satz blieb wie in der Ferne hängen.

Hatte sie ihn überhaupt gesagt? Sie war wie vor den Kopf geschlagen. Hilde Dibelius hatte gerade vermutlich zum ersten Mal gewagt, ihr Herz zu öffnen, ihre Not und ihren tiefen Schmerz zu teilen. Was war das für eine grausame Welt, die eine Mutter so strafen konnte? Wiebke Hellmund hatte keine Zeit zu verlieren. Schon auf der Rückfahrt wollte sie die Stimme ihres Sohnes hören und ihm sagen, wie lieb sie ihn hatte.

Revierkriminaldienst Kreisstadt
Kurt-Weill-Straße 18
16:12 Uhr

Sabine Jentsch und Thomas Rausch waren bei ihrer Suche fündig geworden.

Von: Alexander Matthes
<alexander.matthes@webmail.com>
An: Kaya-Philine Neugebauer
<kpneugebauer@webmail.com>
Datum: 06.09. 19:43:20

Mein Philinchen,

die gemeinsame Zeit mit dir war wieder sehr schön und leider viel zu kurz. Ich freue mich bereits auf das kommende Wochenende. Ich weiß, wie zeitintensiv und hart dein Trainingsplan ist, darum ist jede Minute, die ich mit dir verbringen kann, umso wertvoller. Du bist mein Kraftpol, und dafür bin ich enorm dankbar. Hätte ich dich nicht, ich wüsste nicht, wie ich all das hier überstehen sollte.

Das dritte Jahr bin ich nun schon hier, und es wird immer schlimmer. Ich rede gar nicht von den menschlich verkommenen Schülerinnen, sie sind in einem Alter, in dem sie es noch nicht besser wissen. Sie können nichts dafür. Eine helfende, führende Hand täte not. Das ist aber offensichtlich nicht gewollt. Ich komme mir vor wie der junge Idealist in einem Haufen von Zynikern, die allesamt schon resigniert haben. Sicherlich kann man auch dafür Verständnis haben, aber diese Summierung von Untätigkeit wird – ich sage es dir – eines nicht allzu fernen Tages zur Explosion führen. Hoffentlich muss ich das nicht mehr erleben, denn ich will hier weg, das weißt du. Manchmal bezweifle ich, die richtige Entscheidung getroffen zu haben.

Aber bis es so weit ist, lasse ich mir möglichst keine grauen Haare wachsen und mache unbeirrt meinen Job. Und wenn ich mal nicht weiterkann, stelle ich mir dich einfach vor, dann geht es mir besser.

In Liebe

Alex

Von: Kaya-Philine Neugebauer
<kpneugebauer@webmail.com>
An: Alexander Matthes
<alexander.matthes@webmail.com>
Datum: 19.11. 17:13:11

Alexander Matthes schrieb:
Ich muss dir das schreiben, es kann nicht warten, bis wir uns wiedersehen. Heute hatte ich eine Begegnung der dritten Art, mit einer Schülerin! Bisher konnte ich solche Missverständnisse vermeiden, und du kennst mich. Für mich gibt es nur die EINE, und das bist DU. Heute suchte sie mich auf, und – ich kann es nicht anders sagen – sie wollte ziemlich schnell zur Sache kommen. Es kostete mich einiges an Mühe, sie von mir abzubringen. Gruselig! Gerade meine beste Schülerin, die so anders und so viel reifer ist. Klar, sie ist ein toller Mensch. Wenn ich es bisher mit einem weißen Schwan zu tun hatte, dann stand heute der schwarze Schwan vor mir.
Ich muss dringend hier weg!

Hey, Schatz!
Nur kurz, du weißt, das Trainingslager. Ich liebe dich für deine Offenheit. Mach dir deswegen keine Sorgen, ich vertraue dir blind. Aber ihretwegen mach dir bitte auch keine Sorgen, es wird sich schon wieder legen.
Kuss!

Von: Alexander Matthes
<alexander.matthes@webmail.com>
An: Kaya-Philine Neugebauer
<kpneugebauer@webmail.com>
Datum: 14.01. 18:02:47

Kaya-Philine Neugebauer schrieb:

Liebster, hoffe, du bist gut wieder in dein Kloster zurückgekommen. Ich kann kaum das verdammte Saisonende abwarten. Dieser Leistungsdruck! Alle erwarten stets mindestens 200 Prozent von dir. Ich bin auch

*nur ein Mensch und keine Maschine. Aber du kennst
das ja.*

*Deine »Mia-Situation« tut mir leid. Versprichst du mir,
dass du auf dich aufpasst?*

*Natürlich mache ich das! Kann, ehrlich gesagt, auch
kaum noch unseren gemeinsamen Urlaub (und mehr!)
erwarten. Nur noch dieses Wochenende über die
Bühne bringen, danach mache ich an das Schulhalb-
jahr gedanklich einen Haken.*

»Die letzte Mail ist vom vergangenen Donnerstag! Ein
Tag, bevor sie auf Silentiumfahrt gegangen sind. Das
ist ...« Rausch fehlten die Worte.

»Ja. Das müssen die anderen sehen!«

Meldung MDR AKTUELL
17:00 Uhr

*»Der Fall Eichenburg stürzt die sachsen-anhaltinische
Landesregierung in eine ernsthafte Krise. Am zweiten
Tag ihrer Ermittlungen kann die eigens aufgestellte
Soko noch immer keine Ergebnisse vorweisen. Bisher
gibt es weder neue Erkenntnisse zu den Hintergründen
der Tat noch zur Identität des mutmaßlichen Täters.*

*Auf einer außerordentlichen Sitzung des Landtags
lehnte Landesinnenminister Frank Schulze jegliche
Verantwortung für die bisherige Ermittlungsarbeit ab.
Weiterhin warf er der eigenen Regierungskoalition einen Bruch des Koalitionsvertrags in Bezug auf die Gesetzesvorlage über die Sicherheit und Ordnung vor ...«*

Harz-Klinikum Altenrode
Eichenburger Straße 15
17:11 Uhr

Aus Tinus Gevings Sicht hatte man viel zu lange auf
Mia Kolbergs Befragung warten müssen. Sie war der

Schlüssel zu allem, was noch im Dunkeln lag, sie war die zentrale Zeugin des Geschehens.

Mit ihm waren Werner Vogel und der Kriminalpsychologe Christian Sänger zugegen.

Zuerst galt es, ein Hindernis zu überwinden: Mias Mutter Josephine Kolberg. Eine gepflegte blonde Frau, auf deren Alter man nicht schließen konnte.

»Moment mal! Was glauben Sie, tun Sie hier?« Sie fing Geving, Vogel und Sänger vor der Tür zum Krankenzimmer ab.

Der Staatsanwalt signalisierte Geving stumm, dass er die Situation klären würde. »Uns wurde mitgeteilt, dass Ihre Tochter vernehmungsfähig ist. Wir hätten dringende Fragen.«

»Da marschieren Sie zu dritt auf?«, empörte sie sich. Besonders argwöhnisch beäugte sie den Kriminalpsychologen.

Vogel versuchte, Mia Kolbergs Mutter zu beruhigen. »In einem solchen Fall ist das nicht ungewöhnlich, Frau Kolberg. Ein Psychologe wie Professor Sänger wird stets dann hinzugezogen, wenn ein Zeuge unter enormem psychischem Stress gelitten hat.«

Mittlerweile war auch Dr. Spengler herbeigeeilt.

Doch Josephine Kolberg ließ sich von ihrer Verteidigungshaltung nicht abbringen. »Wenn Sie da hineingehen, komme ich mit.«

»Das wird nicht nötig sein«, sagte der Staatsanwalt. »Ihre Tochter ist volljährig, und dies ist lediglich eine Befragung. In Ihrer Anwesenheit könnte uns Ihre Tochter möglicherweise aus Scham nicht alles erzählen, was verheerend wäre.«

Nun war es an Spengler einzuschreiten. »Schon gut, Frau Kolberg, das geht in Ordnung. Natürlich werde ich mit dabei sein.« Das beruhigte sie etwas. Sogleich schob der Arzt, seinen Blick auf Tinus Geving gerichtet, ein Wort der Warnung nach. »Sollten die Herren allerdings die Kraft meiner Patientin überstrapazieren, beende ich die Befragung. Habe ich mich unmissverständlich ausgedrückt?«

Geving hob kapitulierend die Hände, auch er wollte die ohnehin aufgeheizte Stimmung nicht weiter eskalieren lassen.

»Gut«, fuhr Spengler fort und öffnete die Tür. »Nach Ihnen!«

17:13 Uhr

Wer waren diese Leute? Wo war ihre Mutter? Panik kroch in Mia hoch. War das die Polizei? Es musste die Polizei sein. Kein Grund zur Panik. Alles würde gut werden. Das hatte ihre Mutter versprochen.

Trotzdem war da diese Ungewissheit. Was wussten die? Was wusste sie? Sie erinnerte sich nur schemenhaft. Das, was sie wusste, reichte ihr. Sie wollte es überhaupt nicht so genau wissen.

»Wer sind Sie?«, fragte sie dennoch. Der Klang Ihrer eigenen Stimme kam ihr auf einmal fremd vor.

»Mia, das sind der Staatsanwalt Herr Vogel und Herr Geving von der Polizei«, stellte Dr. Spengler die Neuankömmlinge vor. Dieser Polizist, stahlblaue Augen, die durch sie hindurchzusehen schienen. »Der Dritte im Bund ist Professor Sänger, ein Psychologe. Er möchte nur sehen, wie es Ihnen geht. Sie müssen keine Angst haben. Die Herrschaften haben ein paar Fragen an Sie. Wenn Sie nicht mehr können, brechen wir das ab.« Dabei musterte der Arzt die Übrigen scharf, um sich ihr wieder mit freundlichem Blick zuzuwenden. »Ich bleibe dabei, okay?«

Stummes Kopfnicken.

Der Polizist und der Psychologe hielten sich im Hintergrund. Der Staatsanwalt schien hier das Wort zu haben.

»Mia, fühlen Sie sich in der Lage, mit uns zu sprechen?«

Das musste sie wohl. Sie suchte Blickkontakt zu den anderen. Dieser Polizist, Geving, wirkte plötzlich so abwesend. Irgendwas war mit ihm, das konnte sie in seinen Augen erkennen. Die Frage des Staatsanwalts quittierte sie mit einem Nicken.

»Also gut«, fuhr er fort. »Es ist uns noch nicht gelungen, den genauen Tatzeitpunkt festzustellen. Können Sie uns da weiterhelfen?«

Konnte sie weiterhelfen? Was sollte sie dazu sagen? Ihr fiel nichts ein. Kopfschütteln.

»Können Sie sich daran erinnern, wann Sie zum letzten Mal in der Hütte gewesen sind?«

»Welchen Tag haben wir heute?« Welcher Tag war heute?

Vogel schien zu verstehen. »Mittwoch, der zwanzigste Januar.«

»Es war Samstag. Am frühen Nachmittag haben wir die Hütte verlassen.«

»Zu welchem Zweck?«

»Ähm ...« Zu welchem Zweck? »Wir wollten wandern gehen, schätze ich.«

»Bei dieser Witterung?«

Dieser Schneefall. Sie konnte nichts sehen! »Uns fiel die Decke auf den Kopf. Ich weiß, wir haben vorher noch gegessen.«

»Die Arminhöhle war demnach Ihr Ausflugsziel?«

Die Arminhöhle ... Ja. »Wir hatten vor, im Gebiet zu wandern, aber es ging bergab, Richtung Altenrode. Es war so ein merkwürdig stiller Marsch. Am stillsten war unser Lehrer. Plötzlich standen wir vor der Höhle.« Er war so still gewesen ... Immer so still.

»Wann war das ungefähr?«

»Wann?«

»Ja, wann?«

Sie war sich nicht sicher. Dabei wollte sie aufrichtig sein. Was tun? Was sagen? »Ich weiß es, ehrlich gesagt, nicht, kein Zeitgefühl mehr. Man läuft so gute« zwei Stunden.«

»Gegen fünfzehn Uhr?«

Der Staatsanwalt war nicht zufrieden mit ihr, sie sah es ihm an. Warum war nie jemand zufrieden mit ihr? Sie gab doch immer ihr Bestes!

»Vielleicht. Es war noch hell.« Ja, es war noch hell gewesen. Ihre Sicherheit kehrte zurück.

»Was passierte dann?«

»Ich wollte nicht in die Höhle, aber ich musste.« Es stimmte, wenn sie es hätte vermeiden können, hätte sie diese gottverdammte Höhle nicht betreten.

»Wer wollte in die Höhle?«

»Die anderen, schätze ich.«

»Bitte fahren Sie fort.«

»Womit denn?«

»Hat sich Ihr Lehrer auffällig benommen?«

Ihr Lehrer? Sollte *er* etwa ...? Dieser Blick des Polizisten. »Ich kann das schlecht beurteilen, er war ... still. Irgendetwas schien ihn zu bedrücken, er wirkte nicht wie er selbst. Was weiß ich schon?« Natürlich wusste sie es. Schämte sie sich dafür? Nein!

»Haben Sie sich Sorgen gemacht?«

Eine dumme Frage! »Von uns war niemand alarmiert, es ging dann auch in die Höhle. Es war kalt, so verdammt kalt.« Zumindest vermutete sie das, in dem Moment war es ihr egal gewesen.

Der Staatsanwalt räusperte sich. »Möglicherweise wird es jetzt sehr hart für Sie. Nachdem Sie im Inneren der Höhle ankamen, zog Matthes sofort die Waffe?«

Das Blut schoss ihr in den Kopf, sie konnte die Hitze förmlich spüren. Matthes ... »Er zog die Waffe?« Wie war die Pistole ins Spiel gekommen? Und wann?

Vogel wurde ungeduldig. »Ja. Zog er die Waffe?«

»Ich weiß es nicht.«

»Können Sie sich überhaupt an irgendetwas in der Arminhöhle erinnern, und seien es auch nur Kleinigkeiten?«

»Alles ist so verschwommen. Weit weg. Ich weiß nicht, ob es Streit gab zwischen ihm und den Übrigen.« Streit musste es gegeben haben. »Möglich, dass gesprochen wurde oder diskutiert. Plötzlich ein Schuss!« *Die Stille nach dem Schuss. Totenstille.*

»Der Streit mündete im Waffengebrauch. Verstehe ich Sie da richtig?«

Mia schwieg.

»Nehmen wir an, es war so. Wem galt der Schuss?«

Wem hatte der Schuss gegolten? »Es ging alles so schnell. Keine Möglichkeit zu reagieren!«

»Versuchen Sie, sich die Lage in Erinnerung zu rufen.«

»Ich kann es nicht!« Verzweiflung lag in ihrer Stimme.

»Sie müssen!«

»Ich kann es nicht! I-c-h w-i-l-l e-s n-i-c-h-t!« Ein Wutschrei! Wer hatte geschrien? War sie es gewesen? Der Arzt wollte ihr helfen, der Polizist hielt ihn zurück. Durfte der das? Wieso schauten die so? Glaubten sie ihr etwa nicht? Das durfte nicht passieren.

Gut, sie war jetzt wieder ruhig. Alles in Ordnung, alles unter Kontrolle. »Es gab mehrere Schüsse. Zwei oder drei.«

»Zwei oder drei?«, hakte Vogel nach.

Hoffentlich hatte sie ihn nicht erschreckt. Das wollte sie nicht. »Plötzlich lagen Marie und Sophia am Boden. Sie standen uns am nächsten.«

»Also waren es zwei Schüsse?«

»Dann war da noch Stephanie. Sie hing so da ...«

»Es gab drei Schüsse in kurzer Aufeinanderfolge. Wäre das möglich?«

»Ja.«

»Vermuteten Sie da schon, dass Ihre Mitschülerinnen tot waren?«

Sie waren tot. Hingerichtet! Sophia, Marie, Stephanie. »Ich glaube, mir ist dieser Gedanke gekommen.«

»Was geschah danach?«

»Irgendwie war es ruhig. Still. Johanna wollte fliehen.«

»Und da wurde sie von hinten erschossen?«

»Sie wollte fliehen.« Sie war noch am Leben gewesen, sie und Alisah. *Hatte sich Alisah verstecken können?* »Dann musste Alisah sterben, sie hatte sich versteckt …« *»Unsere Wege trennen sich hier.«*

»Danach, so vermuten wir, haben Sie mit Matthes um die Waffe gerungen. So ergibt es sich aus der Spurenlage.«

Sie war sich nicht sicher. »Habe ich das?«

»War das, bevor Alisah hingerichtet wurde oder danach?«

Sie konnte und wollte nicht mehr! »Daran kann ich mich nicht erinnern. Ich weiß es nicht mehr!« Schockstarre im Angesicht der Waffe. *»Ganz ruhig, ich tu ja nichts. Ich möchte nur mit dir reden.«* –*»Zu spät. Wir haben uns nichts mehr zu sagen.«* Er machte keine Anstalten stehen zu bleiben. *»Bitte nimm die Waffe runter.«* –*»Ich denke gar nicht daran.«* »Doch. Ich habe ihm etwas Kaltes aus der Hand geschlagen.«

»Die Pistole vermutlich.«

»Ich weiß nur noch, dass ich hier im Krankenhaus aufgewacht bin. Da ist sonst gar nichts mehr!« Sie waren tot. Sie alle! Ihr wurde schwarz vor Augen.

»Das genügt fürs Erste.« Dr. Spengler hielt Wort und brach die Befragung ab. Es war zu viel, mehr konnte sie nicht ertragen.

Der Staatsanwalt schien nicht die geringste Absicht zu haben, jetzt aufzuhören. »Ich hätte da noch weitere Fragen ...«

»... die warten müssen. Sie sehen doch, dass die Patientin sehr schwach ist und sich ausruhen muss. Sie können Ihre Befragung gerne morgen fortsetzen.«

Noch mehr Fragen! Konnten sie sie nicht einfach in Ruhe lassen?

»Ich denke auch, dass es das Beste sein wird«, pflichtete Christian Sänger dem Oberarzt bei.

Vogel kapitulierte. Endlich!

»Dann vorerst keine weiteren Fragen. Danke Mia und gute Besserung weiterhin.«

Sie wollte jetzt allein sein. Allein mit sich und ... Jeder Mensch konnte nur stören. Ihre Mutter konnte nur stören.

»Was willst du?«

Mit mütterlicher Sorge in den Augen trat sie an ihr Bett. »Mia, Schatz. Haben sie dich sehr gequält?«

»*Gequält* ...«, antwortete Mia mit Verachtung in der Stimme. »Mich kann man nicht mehr quälen.«

Ihre Mutter sah zu Boden, wusste darauf nichts zu erwidern.

»Sie sagen, es war Alexander Matthes!«

»Natürlich! Erinnerst du dich nicht?« Sie wollte ihr übers Haar streicheln.

Mia schlug um sich. »Nimm deine Hände weg!«

Ihre Mutter versuchte zu verstehen, konnte es aber nicht. »Ich fürchte, ich muss deinen Vater informieren.«

»Meinen Erzeuger.«

»Wie du meinst ...«

Sachsen-Anhalt hat die Frankfurter Börse fest im Griff. Der DAX öffnete bereits im Minus bei zwölftausendeinhundertzweiundzwanzig Punkten. Ein altes Börsianer-Sprichwort sagt: »Wer schwach anfängt, der lässt auch stark nach.« Und so war es, die Talfahrt des heutigen Tages nahm und nahm kein Ende. Bei Handelsschluss lag der Deutsche Aktienindex bei nur noch zehntausendneunhundertzehn Punkten. Man muss sich diese Zahl auf der Zunge zergehen lassen. Zehn Prozent an Börsenwert wurden an nur einem Tag vernichtet! Die Gründe dafür lassen sich in zwei Problemen zusammenfassen.

Problem Nummer eins, die Deutsch-Niederländische Privatbank ter Hoorst mit Sitz in Essen. Schon seit einiger Zeit läuft das Rad im niederländischen Teil der Bank nicht rund. Ter Hoorst hat fünf Milliarden Euro an Eigenkapital in geschlossenen Immobilienfonds liegen. Bei unseren Nachbarn am Polder platzte aber jüngst eine Immobilienblase. Die Bank müsste das Geld jetzt lockermachen, solange die Fonds noch etwas wert sind, anderenfalls kommen die Essener mit ihrer Liquidität ins Trudeln. Eine schwierige Entscheidung, bedeutet sie doch den Shutdown eines traditionellen Geschäftszweiges. Ist Jonas ter Hoorst nach dem Tod seiner Tochter dazu in der Lage? Die Anleger bezweifeln es und fliehen in Scharen.

Problem Nummer zwei, die Sektkellerei Pousset. In Koblenz hat man zurzeit einen Umsatzrückgang im deutschen Kerngeschäft zu verzeichnen. Dafür wollte man auf dem hart umkämpften französischen Markt angreifen nach dem Motto: »Egal wie groß die Krise ist, Sekt geht immer.« Pousset hat eine gute Ausgangsposition, was aber bedeutet, dass die Übernahmegespräche entschieden schnell zu Ende geführt werden müssen, denn ein viertes Quartal in Folge mit roten Zahlen lässt sich auch bei noch so viel Sekt nicht ertragen. Anton Poussets Tochter gehört ebenfalls zu den Opfern, und wieder die Frage: Ist jemand in der Lage, das Ruder herumzureißen?

Das Ruder herumreißen, die Talfahrt beenden – eine wichtige Lehre aus diesem Tag. Anderenfalls folgt auf ihn ein Winter des Missvergnügens.

20:17 Uhr

Warum gehst du nicht ans Telefon? Dieser Kommissar tritt uns langsam auf die Füße. Ich will dich sprechen! Du kennst Ort und Zeit

20:17, 20. Jan.

Ein allerletztes Mal
20:23, 20. Jan.

Revierkriminaldienst Kreisstadt
Kurt-Weill-Straße 18
20:41 Uhr

»Gute Arbeit, Kollegen«, lobte Tinus Geving anerkennend, nachdem er die E-Mails gelesen hatte, die Sabine Jentsch und Thomas Rausch gesichert hatten.

Die Kriminalkommissarin sah Geving erwartungsvoll an. »Bleibt die Frage, was wir damit anfangen können.«

»Die Mails werfen ein völlig neues Licht auf die persönliche Beziehung zwischen Mia und Matthes.« Seine »Insider« hatten am Vormittag darüber nicht viel zu sagen gewusst.

Tobias Stegner klang vorsichtiger. »Ich weiß nicht, immerhin geht es ja um ein mögliches – ein wahrscheinliches – Motiv. Unsere Erkenntnisse aus den bisherigen Befragungen sind in diesem Punkt bestenfalls divergent. Marc Jannings und Hilde Dibelius hatten keinerlei Kenntnis davon. Nur Poussets deuteten eine mögliche Beziehung zwischen Alexander Matthes und Mia Kolberg an.«

Dem pflichtete der Kriminalpsychologe Christian Sänger bei. »Was ein Mann sagt und was er in Wirklichkeit tut, sind manchmal zwei verschiedene Paar Schuhe. Man kann den Beteuerungen glauben, aber man muss es nicht.«

Matthes der Stecher ... »Offensichtlich hatte diese Kaya-Philine Neugebauer Vertrauen in ihren Freund«, hielt Geving dagegen.

Wiebke Hellmund wog die Argumente gegeneinander ab. Aus ihrer Sicht sprach, wie sie betonte, viel für die Meinung des Professors. Sie passte zu einigen getroffenen Aussagen. Übereinstimmend hatten Marc Jannings und die Poussets keine sonderlich hohe Meinung von Matthes.

»Der Fairness halber sei erwähnt, Frau Dibelius konnte sich nicht vorstellen, dass er ihrer Tochter Avancen gemacht hat. Interessanterweise hatte sie vor dem Vorfall keine schlechte Meinung von ihm.«

»Die Aussage der Mutter Hilde Dibelius war in vielerlei Hinsicht bemerkenswert«, fuhr Stegner fort. »Sie räumte nämlich ein, dass unsere Opfer – inklusive der eigenen Tochter – Mia gequält haben sollen.« Die genauen Geschehnisse hätten sie nicht erhellen können. Der einzige Grund war ihr zufolge, dass Mia keine von ihnen gewesen sei. »Ähnliches erzählte Anton Pousset, der dafür nicht sonderlich viel Mitleid aufbringen konnte.«

»Laut Sophias Mutter muss Matthes von den Machenschaften der Opfer gewusst haben«, ergänzte Wiebke Hellmund. »Nur Mia fiel da raus. Immerhin spricht das nicht gegen ihn als Täter. Möglich wäre, dass er sich für die ihr zugefügten Grausamkeiten rächen wollte. Es würde zumindest erklären, warum sie noch lebt. Wäre interessant, bei Berghausen nachzuhaken, was er von all dem wusste und still und heimlich beerdigt hat.«

Geving steckte in der Zwickmühle, wie so oft, wenn er ohne Absprache ein »Risiko« einging. Dass sich auf alternativen Wegen Berghausens Aussage bestätigen sollte, war ein Glücksfall, es machte sie damit aber zentral. So wie Grünwald und er das heute durchgezogen hatten, ging es nicht mehr. Er warf dem Polizeirat einen vielsagenden Blick zu. Der verstand.

»Guter Ansatzpunkt«, meinte Geving. »Ich denke, Grünwald, Ihre Leute sollten mit dem Schulleiter sprechen.«

»Geht klar«, bestätigte der mit gespieltem Eifer.

Natürlich würde er kein Gespräch führen, da war sich Geving sicher, das bereits stattgefunden hatte. Aber er war offenbar bereit, die Regeln ein wenig weiter zu beugen und das nicht vorhandene Protokoll »geglättet« den Akten beizugeben.

Da sich der Staatsanwalt nicht weiter wunderte, gelang es Geving, die Kurve zu kriegen. »Haben Sie sonst noch Erkenntnisse aus den Befragungen gewinnen können?«

»Im Prinzip war's das«, schloss die Kriminaloberkommissarin. »Jedes Mädchen für sich war mehr oder weniger verhaltensauffällig. Da ist man als Mutter froh, dass das eigene Kind halbwegs geradeaus läuft.«

Werner Vogel war an der Reihe. »Zur Befragung von Mia Kolberg: Sehr weit sind wir heute nicht gekommen. Im Großen und Ganzen bestätigte sie das, was wir ohnehin schon wussten oder geahnt haben. Sie hat mit Samstag fünfzehn Uhr den Tatzeitpunkt ungefähr festgelegt. Der absolute Durchbruch war es jetzt nicht. Ich stelle mir die Frage, wie es gelingen konnte, eine Waffe unbesehen einzuschleusen.«

»Herr Professor Sänger, was können Sie uns aus Ihrer ersten Begutachtung zur Glaubwürdigkeit der Zeugin sagen?«, fragte Geving.

»Zunächst ist erkennbar, dass Mia unter posttraumatischem Stress steht. Das erklärt die Labilität, die wir bei ihr erlebt haben. Inwiefern ihre Aussage glaubwürdig ist oder nicht, muss sich erweisen, sie ist aber unter diesen Aspekten einzuordnen.« Persönlich und fachlich gehe er von einer erlebnisgebundenen Aussage aus, da sie unabhängig und zumindest teilweise im Detail bestätige, was sich als Eindruck bereits ergeben habe. Auffällig sei, dass sie bei unangenehmen Fragen versucht habe auszuweichen. Das sei allerdings kein Indiz für eine Falschaussage. Vielmehr führe er dieses Ausweichverhalten auf die große zeitliche Nähe zur Tat zurück. Vieles, was sie aus Angst oder unter Schock jetzt nicht sagen könne, lege sich mit der Zeit, dann ergebe sich für die Zeugin ein klareres Bild. Das sei lediglich eine Frage von Tagen. »Ich bin mir sicher, dass sie uns dann die bereits genannten Details wiederholen und ergänzen wird. Ich empfehle eine erneute Befragung, unter Berücksichtigung der neuen Erkenntnisse zu ihrem Stand in der Schule, in etwa achtundvierzig Stunden.«

Geving musste sich fügen. »Danke, dann machen wir das so.«

»Kommt es nur mir so vor oder stecken wir im Morast? Das ist bereits der zweite Tag in Folge ohne merkliche Fortschritte«, brummte Grünwald desillusioniert.

»Bei der unklaren Sachlage?«, widersprach Vogel. »Ich finde, wir sind erfolgreich darin, uns ein klareres Bild zu verschaffen. Wir dürfen uns nicht dem medialen Druck beugen. Die sind der Meinung, wir wären langsam. Die müssen den ganzen Schlamassel schließlich nicht aufklären.«

Der gleichen Meinung war Geving. »Zumindest haben wir jetzt ein deutlich differenzierteres Bild von Alexander Matthes. Mia gab in der Befragung an, ihm möglicherweise die Waffe aus der Hand geschlagen zu haben. Mir stellen sich aber noch Fragen zu Mia. Sie sagte in Bezug auf den Tod von Marie Jannings und Sophia Dibelius ›Alles ging so schnell. Plötzlich lagen Marie und Sophia am Boden. Sie standen uns am nächsten.‹ Sänger, ist es möglich, dass sie dem Tatgeschehen bei vollem Bewusstsein zugesehen und nichts unternommen hat?«

Der konnte es nicht ausschließen. In Gefahren- oder Stresssituationen, so erklärte er, stoße das Nebennierenmark Adrenalin aus, wodurch der Herzschlag erhöht und die Muskulatur mit Sauerstoff versorgt werde, um den Körper auf Kampf oder Flucht vorzubereiten. Manchmal sei das Angstlevel allerdings so groß, dass das Gegenteil eintrat. Der Herzschlag sinke, Muskeln versteiften sich, die Kontrolle über Körperfunktionen ließe signifikant nach. »Das nennen wir ›Angststarre‹. Es ist sogar höchstwahrscheinlich, dass sie dem Tatgeschehen teilnahmslos zusah, jedoch aus den genannten Gründen nicht bei vollem Bewusstsein. Der Körper verbleibt so lange in diesem Zustand, bis die Adrenalinausschüttung möglich ist. Dann hat sie das Erwartbare getan, indem sie um die Waffe rang und schließlich floh.«

»Okay. Haben wir schon was Neues zu einem möglichen politischen Motiv? Ausschließen können wir es bisher ja noch nicht.«

Vogel schüttelte den Kopf. »Bislang erfolglos, anderes LKA ... Niemand rückt freiwillig mit seinen Quellen raus. Der Dienstweg läuft, aber bei unserer Bürokratie kann das dauern.«

Aus seiner Erfahrung bei Europol wusste Geving, dass es schneller gehen konnte. Nun, er würde Mittel und Wege finden.

»Was wissen wir über die Herkunft der Waffe?«

Grünwald konnte ebenfalls keinen Erfolg verbuchen. »Eine Jarygin PJa ist schon eine sehr ungewöhnliche Anschaffung, zumal ohne Registrierung. Die bekommt man selbst bei Hehlern nicht mal eben so. Wir kennen unsere Pappenheimer, in diesem Fall jedoch sind wir ratlos. Die Suche geht weiter.«

Alle waren erledigt, das konnte Geving sehen. Es hatte keinen Sinn, das Ganze weiter in die Länge zu ziehen.

»Wir sollten noch kurz über morgen reden. Ich denke, wir müssen Matthes' privatem Umfeld auf den Zahn fühlen.«

»Und wie stellen wir das an?«, fragte Wiebke Hellmund.

»Ich begebe mich morgen auf Dienstreise nach Thüringen, bin auch mal mit Fahren dran. Befragungen von Freundin, Trainingskollegen und Elternhaus.«

»Klingt nach einem Plan.«

»Rausch, Sie haben Telefondienst und arrangieren mir das Ganze, ansonsten gehen Sie weiterhin Kriminalkommissarin Jentsch zur Hand. Erfolgreiche Teams soll man nicht trennen.«

»Verstanden.«

»Jentsch, Sie haben einmalige Fähigkeiten.«

»Ach, danke.«

»Ist es vielleicht möglich, dass Sie sich am Kauf einer Waffe interessiert zeigen?«

Sie grinste über beide Ohren. »Oh, aber klar! Besonders interessiere ich mich für eine Jarygin PJa, der Traum aller Waffennarren von hier bis nach Tschetschenien.«

»Ich sehe, wir haben uns verstanden.«

»Sobald ich was Neues zu Alisahs Handyvideo habe, lasse ich es Sie wissen. Wird langsam Zeit.«

»Apropos erfolgreiche Teams, was machen wir?«, erkundigte sich Tobias Stegner.

»Wir brauchen immer noch die Aussagen von Kleeberg und … ter Hoorst …«

Grünwald war das Zögern in Gevings Stimme offenbar nicht entgangen. »Was, haben Sie ein Gespenst gesehen?«

Da war doch etwas! Ausgerechnet Jonas ter Hoorsts Tochter – das einzige Kind des Bankiers, wie Geving meinte – hatte so erbärmlich viel Pech. War sie nur zur falschen Zeit am falschen Ort gewesen?

»Nein, alles gut. Ich bestehe auf diesen Aussagen, notfalls per Videoschalte. Auch bei von Kleeberg, Deutscher Botschafter hin oder her. Er hat zu kooperieren.«

»Dann soll es so sein«, sagte Stegner.

»Schluss für heute. Frau Doktor Kresch wartet auf meinen Bericht.«

Geving hatte noch einen letzten »Termin«, und er wusste, wo.

Rotehornpark
Magdeburg
22:00 Uhr

»Das wird langsam zur blöden Gewohnheit!«

»Mein Risiko, nicht deins.«

»Oh, noch ist es auch mein Risiko. Ich kann nicht jedes Mal verschwinden, ohne dass das Fragen aufwirft. Also, was ist?«

»Du weißt genau, was ist. Sie haben es tatsächlich getan, heute!«

»Natürlich haben sie es getan. Was meinst du, wie das abläuft?«

»Nicht so.«

»Also das ist doch echt nicht mein Problem! Noch mal, hättest du deine ... Verpflichtungen besser im Griff gehabt, hätten wir das Problem jetzt nicht.«

»Was, wenn dieser Geving auf den Trichter kommt?«

»Dann wird er zurückgepfiffen. Dafür haben wir Leute.«

»Als ließe sich der zurückpfeifen. Mal seine Akte gelesen?«

»Ja, natürlich. Was meinst du, warum er darauf angesetzt wurde? Und wenn er dahinterkommt, scheiß drauf! Der Mann kennt hier keine Sau, und er ist ein psychisches Wrack. Wenn er uns auf die Füße tritt, wird die Europol-Karte gezogen. Noch ist es nicht so weit. Ich denke, dass seine Soko, wie soll ich sagen, etwas zu viel Personal bindet.«

»Ein beschissener Tanz auf dem Drahtseil ist das!«

»Ich wiederhole mich nicht ...«

»Und Schulze?«

»Hör auf, alles zu hinterfragen. Der Mann ist Geschichte! Ob es jetzt zwei oder drei Tage länger dauert, ist völlig egal. Alles läuft wie geplant. Ich werde mich nicht noch weiter aus dem Fenster lehnen, nur weil du Panik hast. Meine Vorgesetzten werden sonst stutzig. Noch was?«

»Das wäre alles.«

»Gut. Komm mal klar! Schönen Abend ...«

Irgendwo in Kreisstadt
22:15 Uhr

Tinus Geving stieg zu. »Guten Abend, Mister Ambrose Chapel.«

Sein Gegenüber schmunzelte. »Wie läuft es denn so?«

»Wie es läuft? Mal sehen, ich habe *inoffizielle* Aussagen, dass Eichenburg ein Drecksladen ist, in dem die Schülerinnen ihre Sozialisierung selbst vornehmen und sich der Schulleiter als Fehlbesetzung erwiesen hat. Ich habe *offizielle* Aussagen, dass Eichenburg ein Drecksladen ist, in dem die Schülerinnen ihre Sozialisierung selbst vornehmen und in dem der Schulleiter sich als Fehlbesetzung erwiesen hat. Und ich habe das erpresste Geständnis des Schulleiters, der – es wird Sie überraschen – zugegeben hat, dass Eichenburg ein Drecksladen ist und er sich als absolute Fehlbesetzung erwiesen hat. Darüber hinaus sind wir kein Stück weiter.«

»Immerhin wissen Sie jetzt, dass Eichenburg ein Drecksladen ist und der Schulleiter eine Fehlbesetzung.«

»Und bei Ihnen?«

»Jetzt mal ernsthaft. Sie haben wirklich nichts Neues?«

»Kresch müsste doch alle relevanten Leute ins Bild gesetzt haben.«

»Ich traue ihr nicht. Sollten Sie auch nicht.«

»Wem kann ich denn dann noch trauen?«

»Vorzugsweise mir.«

»Guter Witz ...«

»Nein, ehrlich! Hat sich von offizieller Seite jemand bereit erklärt, Ihnen zu helfen, Geving?«

»Das wissen Sie besser als ich.«

»Sehen Sie. Was ist jetzt mit diesem Matthes?«

»Wir werden nicht schlau aus ihm. Immerhin haben wir seine Freundin ausfindig gemacht. Ich nehme das morgen selbst in die Hand.«

»Und Mia Kolberg?«

»Haben wir befragt.«

»Ich vermute mal, sie war keine große Hilfe.«

»Wenn Sie das alles schon wissen, warum fragen Sie dann?«

Keine Antwort, dafür eine Gegenfrage. »Sie glauben, da ist mehr dran, als es den Anschein hat?«

»Ich glaube, die Wahrheit liegt, wie so oft, irgendwo dazwischen.«

»Damit haben Sie nicht unrecht.«

»Die haben sie gequält und misshandelt, aber das wissen Sie bereits, oder?«

»Ich kann das nicht kommentieren. Übrigens, wir haben einen Weg gefunden, an die Videoaufnahmen aus Eichenburg zu gelangen.«

»Wie haben Sie das denn angestellt, oder darf ich das nicht wissen?«

»Nur so viel, *Aquila Defence* müsste mal in die eigene Sicherheit investieren.«

»Die sind dafür zuständig?«

»Das wussten Sie nicht?«

»Nein. Und weiter?«

»Ich bitte um Geduld.«

»Ich habe wohl kaum eine andere Wahl ...«

»Der Mensch hat immer eine Wahl. Sie haben sich bereits entschieden.«

»Eine Sache bräuchte ich von Ihnen. Dringend.«

»Ich höre.«

»Alexander Matthes. Das LKA Thüringen führt eine Akte über ihn. Ich will wissen, was da drinsteht. Auf offiziellen Wegen kommen wir nicht weiter.«

»Sie brauchen die Akte, um jeden möglichen politischen Verdacht auszuschließen. Das ist klug!«

»Ich bräuchte die Akte wirklich dringend.«

»Oh, ich habe weder gesagt, dass Sie sie bekommen, noch, dass Sie sie von mir bekommen. Sie werden alles erfahren, was Sie wissen müssen, verlassen Sie sich darauf.«

»Zurückverfolgbarkeit. Versteht sich.«

Sein Gegenüber applaudierte leise. »Bravo! Wir verstehen uns doch bereits ganz gut. Bei unserem zweiten Date.«

»Dabei stehe ich normalerweise nicht auf Blind Dates.«

Sein »geheimnisvoller« Gesprächspartner wechselte das Thema. »Darf ich Sie etwas Persönliches fragen, Geving?«

»Ich schätze mal, ja.«

»Wieso tun Sie sich das an? Bei uns? Ein Mann mit Ihrer Karriere? Ich weiß, es wird Sie kaum trösten, Sie traf keine Schuld. Es gab nichts, was Sie hätten tun können.«

»Sagen Sie das den siebenundsechzig Toten!«

»Sie können sich das nicht auf Ihre Schultern laden. Es war weder Ihr Versagen noch das Ihrer Vorgesetzten. Sie müssen loslassen.«

»Es ist schwer!«

»Sie taugen nicht zum Kleinstadtpolizisten, und das wissen Sie. Nicht bei Ihrer Vorgeschichte.«

»Vielleicht ist meine Vorgeschichte genau der Grund, mich davon fernzuhalten.«

»Erst Jonas ter Hoorsts Tochter, dann *Aquila Defence*. Plötzlich, wie aus dem Nichts, meldet sich Ihr alter Fall zurück. Wenn das so weitergeht, können Sie eine Reunionparty veranstalten.«

»Ich will nichts mehr davon hören!«, entfuhr es Geving wütend. »Für meinen alten Fall habe ich wahrlich bitter bezahlt. Ich kann das nicht mehr!«

Sein Gegenüber gab nicht nach. »Die Flucht zu uns ist keine Lösung. Manchmal ist es besser, sich seiner größten Angst zu stellen. Ich möchte Sie nicht blind für Alternativen machen. Verstehen Sie, was ich Ihnen damit sagen will?«

Geving seufzte. »Ich denke drüber nach.«

Der andere öffnete die Wagentür.

»Ja, ich weiß. Kein Chauffeurservice.«

»Viel Glück, Geving.«

Zorn – Tag 4: Donnerstag, 21. Januar

Harz-Klinikum Altenrode
Eichenburger Straße 15
02:43 Uhr

Sie sind tot. Hingerichtet! Sophia, Johanna, Marie, Stephanie ... Schockstarre im Angesicht der Waffe.

»Ganz ruhig, ich tu ja nichts. Ich möchte nur mit dir reden.«

»Zu spät.« Er geht langsam auf sie zu. »Wir haben uns nichts mehr zu sagen, du hast es doch beendet!«

Alisah ... Wo ist Alisah? Hat sie sich versteckt, ist sie geflohen?

»Unsere Wege trennen sich hier.«
Dann der Schuss ...

Mia schreckte hoch, es war nur ein Traum gewesen. Aber stimmte das überhaupt? Vermutlich war es besser, zu akzeptieren als zu verdrängen. Sie schaute auf die Uhr. Es war finsterste Nacht, doch an Schlaf war nicht mehr zu denken.

Hotel Altes Gewerbehaus
Holzmarkt 12
Kreisstadt
02:43 Uhr

Im Ergebnis seiner Untersuchungen stellt das Europäische Parlament fest, keinerlei Beweise für ein mutwilliges Versagen von Europol gefunden zu haben. Das heißt nicht, dass es kein Versagen gab. Es war nur kein Behördenversagen, sondern unser eigenes, ein politisches Versagen. Ich schäme mich dafür, dies heute vor

Ihnen eingestehen zu müssen. Noch nie in seiner Geschichte wurde unser Parlament von Regierungsvertretern derart belogen und auf Irrwege geführt. Uns sollte suggeriert werden, dass Europol unvorbereitet und auf den Händen sitzend in die Anschläge vom siebenundzwanzigsten April stolperte. Dass dem nicht so war, haben wir vielen mutigen Zeugenaussagen zu verdanken, insbesondere den Ausführungen von Kriminalrat Tinus Geving.

Wir wissen nun, dass es die Realitätsverweigerung zweier Regierungen – der Bundesrepublik und der Niederlande – war, die der Polizeibehörde im entscheidenden Moment das Wasser abgegraben hat. Inwiefern diese Regierungen das mit ihrem Gewissen ausmachen können, ist von uns nicht zu beurteilen. Entschieden weisen wir an dieser Stelle jegliche Verantwortung von Europol für die siebenundsechzig Todesopfer und vierhundertzweiunddreißig Verletzten von Rotterdam zurück. Wir zeigen mit dem Finger auf Den Haag und Berlin und hoffen, dass sich dort der Mut finden möge, eigenes Regierungshandeln schonungslos unter die Lupe zu nehmen.

»Gratulation, Tinus.« Seine Kollegin Chloé Lambert umarmte ihn.

»Das macht die Toten auch nicht wieder lebendig.«

Chloé umschlang ihn weiterhin. Wie konnte das sein?

»Chloé?«

»Ja, Tinus?«

»Hier stimmt etwas nicht.«

»Und was sollte das sein?«, säuselte sie mit sanfter Stimme in sein Ohr.

Er wagte nicht, sich aus ihrer Umarmung zu lösen. »Chloé, du solltest nicht hier sein.«

Sie strich mit ihren Händen über seine Brust, nahm seine Hände und lächelte ihn liebevoll an. »Ich werde immer bei dir sein.«

»Aber ... Chloé, du bist tot!«

Es schien sie nicht zu treffen. »Ich weiß. Aber in deinem Herzen lebe ich weiter. Du kannst meinen Tod nicht akzeptieren, du hast noch zu viele Fragen.«

»Alle Fragen sind beantwortet!«

»Tinus, du weißt es besser. Du weißt, warum du davongerannt bist.«

»Ich bin nicht davongerannt!«

»Er ist davongerannt«, sagte eine unbekannte Stimme hinter ihm.

Er erschrak, fuhr herum und blickte unvermittelt Stephanie Pousset ins Gesicht.

»Er wird es wieder tun«, versicherte eine andere Stimme.

Erneut wirbelte er herum. Es war Marie Jannings.

»So, wie er es immer tut ...«, meinte Johanna von Kleeberg.

»... wenn ihm die Zügel aus der Hand gleiten«, ergänzte Sophia Dibelius.

»Alles, weil er die Wahrheit kennt und Angst vor den Konsequenzen hat«, resümierte Alisah ter Hoorst.

Tinus Geving sah in das immer noch liebevoll freundliche Gesicht von Chloé. »Das ist nicht wahr! Das ist alles nicht wahr!«

»Tinus, ich bin immer bei dir. Wir sind immer bei dir, so lange, bis du loslassen kannst.«

»Was soll ich tun?«

»Das, Herr Kriminalrat, weißt du ganz genau.« Mia Kolberg ging auf ihn zu und schloss den Kreis, in dessen Mitte Chloé und er nun standen. »Folge den Spuren bis zum Schluss. Nichts ist so, wie es scheint.«

»Chloé, was wollt ihr von mir? Könnt ihr mich nicht einfach in Ruhe lassen?« Halb wahnsinnig brach er in Tränen aus.

»Es ist nicht mehr weit, Tinus. Du musst den Weg bis zum Ende gehen.«

»Welchen Weg, Chloé?«

Ihr Gesicht wurde schlagartig ernst. Sie zeigte mit dem Finger hinter ihn.

Geving drehte sich um und sah in den Lauf einer Pistole. Dann kam der Schuss ...

Er wachte schweißgebadet auf. Es war nicht nur ein Traum gewesen, die Erinnerungen kamen wieder. Chloés Gesicht ... Er hatte ihr Gesicht schon fast vergessen. Der Besuch bei Mia im Krankenhaus musste ihn mehr mitgenommen haben, als er sich eingestehen wollte. Josephine Kolberg hatte Glück, sie konnte ihr lebendes Kind in die Arme schließen. Mit Chloé war ihm damals nicht so viel Glück vergönnt gewesen.

Mühsam richtete er sich auf, tastete vorsichtig nach einer Stelle in seiner Leistengegend. Der immer wiederkehrende Schmerz. Bei dieser Kälte brachte ihn das heftige Ziehen und Stechen noch um den Verstand. Nur eine weitere seiner Erinnerungen, die er begraben geglaubt hatte.

All das, und noch mehr, war wieder da. Jonas ter Hoorst, *Aquila Defence.* Die Erinnerung an einen Mann namens Henning Mikkalsen, mit dem alles begonnen hatte, ohne den sie nie einen Fall gehabt hätten. Mikkalsen, ehemaliger Offizier bei der königlichen Garde Norwegens, hatte jahrelang für *Aquila Defence* gearbeitet. Warum gab sich ein milliardenschweres Unternehmen mit so etwas Profanem wie der Videoüberwachung eines Schulgeländes ab? Das waren in aller Regel Aufträge für Subunternehmen. Wen oder was wollte *Aquila Defence* in Eichenburg kontrollieren?

Geving erkannte, dass es besser war, die Vergangenheit zu akzeptieren, statt sie zu verdrängen. Er schaute auf die Uhr. Es war finsterste Nacht, an Schlaf kaum noch zu denken. Dieser Wahrheit würde er auf die Spur kommen, er würde nicht vor ihr davonlaufen.

Männer waren lenkbar. Und sie behandelten einen bisweilen fürstlich. Lorenz Behrendt jedenfalls behandelte Anninka Kresch fürstlich.

Zur Abwechslung konnte sie einmal ihren Frust loswerden. Dafür nahm sie ihn – in Abständen, je nachdem wie sie es brauchte – rege in Anspruch. Das, was sie hatten, basierte auf gegenseitigem Einvernehmen, nicht so wie bei *ihm*. All ihre Sorgen, Ängste und Befürchtungen, sie waren wie weggeblasen.

Anninka Kresch konnte sich schönere Tage vorstellen als die letzten. Doch sie musste da durch. Sie wollte nicht länger nur Landeskriminaldirektorin bleiben, dazu waren ihre Ambitionen zu groß. Eine Anninka Kresch scheiterte niemals an ihren Ambitionen, alles nur eine Frage der Planung und der Beziehungen. Der Ministerpräsident war allzu gerne bereit, ihr alles zu geben, es bedurfte lediglich einer gewissen Konditionierung.

Sie wunderte sich schon nicht mehr darüber. Männer, Penisdenker. Der Vorteil: Es machte sie lenkbar. So widerlich es für sie jedes Mal war, den Ministerpräsidenten seinen feisten Körper über sich wälzen zu lassen, die Intimität hatte unschätzbare Vorteile. Sie half ihm, auf der Spur zu bleiben. Gerade jetzt.

Mit Lorenz Behrendt war es etwas anders, im Grunde genommen aber ähnlich.

»Wow, du warst heute so aggressiv wie eine tollwütige Wildkatze.« Behrendt verarztete gerade seine letzten »Nahkampfwunden«.

Sie lag neben ihm, immer noch etwas außer Atem. »Such dir was anderes zum Ficken, wenn es dir nicht passt.«

Er beugte sich über sie. »Wer hat behauptet, dass es mir nicht passt?«

Sie grinste, fasste in seine Hose, streichelte sein wieder steifes Glied. »Na? Macht dich das an?«

Statt einer Antwort kam ein Stöhnen, Blut schoss ihm in den Kopf, seine Haut bekam eine leicht rosige Farbe. Sie ließ plötzlich ab, zog ihre Hand zurück und erhob sich unvermittelt.

Enttäuscht ließ er sich in die Kissen fallen. »Manchmal verstehe ich dich nicht.«

Sie stand vor ihrem Schlafzimmerspiegel und zog sich an. »Musst du auch nicht. Ich bin deine Vorgesetzte.«

»Diese Tour wieder ...«

»Apropos, wir haben gar nicht darüber gesprochen.«

Er trat hinter sie, streichelte über ihre Schultern und hauchte ihr ins Ohr. »Du hast mich ja nicht zu Wort kommen lassen.«

Anninka Kresch tat so, als nähme sie seine Avancen nicht zur Kenntnis. Sie setzte sich an ihren Schminktisch. »Dieser Fall in Bernburg ...«

Behrendt zeigte sich enttäuscht, weil sie nun ausgerechnet damit anfing. »Keine große Sache. Die Kollegen haben urlaubsbedingten Personalengpass.«

»Wir können niemanden abstellen«, gab sie patzig zurück.

Behrendt schwieg dazu, vielleicht einen Moment zu lange.

Sie trug Rouge auf und blickte aus dem Spiegel direkt zu ihm. »Können wir doch nicht, oder?«

»Nicht wirklich. Kriminalrat Geving hat einige unserer besten Leute abgezogen. Die Soko Eichenburg ist überdurchschnittlich gut besetzt.«

Aha, so war das also. »Was bedeutet?«

»Was bedeutet, er hat gerade alle Leute an der Hand, die wir entbehren könnten.«

»Dann wird es Zeit, ein paar von ihnen wieder zurückzuholen.«

»Aber die Ermittlungen ...«

»Die laufen so oder so. Kriminalrat Geving muss lernen, mit dienstlichen Verlusten klarzukommen. Zieh ihm ein paar Leute ab, und schick sie nach Bernburg.«

»Gut«, erwiderte er in merklich dienstlichem Ton. »Wenn das alles wäre, Frau Doktor Kresch.«

Sie bemerkte es und würdigte es mit ihrer lasziv umgarnenden Art, die ihn sofort wieder in Stimmung brachte.

»Lorenz, jetzt sei doch nicht so. Wenn du hübsch artig bist, habe ich heute Abend eine kleine Belohnung für dich. Oder zwei oder drei ... Wie du willst.«

Er lächelte nur noch blöd. Nicht lange genug. Sie war fertig, nahm ihre Handtasche und ging lässig zur Wohnungstür. Da hatte er sich schon wieder gefangen.

»Wo willst du um diese Uhrzeit denn hin?«

»Geht dich nichts an.«

»Hoffentlich kein anderer Mann.« Er lachte über seinen eigenen Witz.

Sie lachte nicht mit. War er wirklich so doof? Oder kannte er ihr Geheimnis? »Du findest ja den Weg raus.«

Ja, Männer waren lenkbar ...

Noch zwei Minuten. Ob sie pünktlich sein würde? Und mit welchen neuen Ermittlungsergebnissen würde sie aufwarten? Frank Schulze konnte nicht darauf vertrauen, dass Anninka Kresch irgendwelche Informationen von Wert mit ihm teilte. Sie hatte ihre eigene Agenda. Dabei kümmerte es sie nicht im Geringsten, dass er immer noch ihr direkter Vorgesetzter war. Wer brauchte schon direkte Vorgesetzte, wenn man den Ministerpräsidenten buchstäblich bei den Eiern hatte?

Welches Spiel wurde hier eigentlich gespielt? Wurde dieses Spiel mit ihm gespielt? So langsam, aber sicher musste der Ministerpräsident doch mal gezwungen sein, sich zu entscheiden. Schulze saß auf geborgter Zeit.

Die Schreibtischuhr schlug sieben. Wo blieb Anninka Kresch?

Wie aufs Zeichen klingelte sein Telefon. »Ich gehe davon aus, dass Frau Doktor Kresch nicht um Einlass begehrt.«

»So ist es leider, Herr Innenminister, Anruf aus der Staatskanzlei. Frau Doktor Kresch ist unabkömmlich. Sie wurde zu ... Fachkonsultationen einberufen.«

Unabkömmlich ... Fachkonsultationen ... Schulze konnte sich ein spöttisches Schnaufen nicht verkneifen. Warum war er nicht überrascht? Er wusste, für welche Art von »Konsultationen« Björn Jochimsens Mädchen beim Ministerpräsidenten herhielt. Schulze lehnte sich zurück und dachte nach. Er griff erneut zum Telefonhörer.

»Wecken Sie für mich doch bitte den Abgeordneten
Meyer.«

»Einen Augenblick ...«

Er wartete.

»Ich verbinde.«

»Guten Morgen, Herr Meyer. Ich denke, es ist an der
Zeit, dass wir die Aktivitäten von *Aquila Defence* etwas
mehr in den Fokus rücken.«

Biathlon Arena Oberhof
Tambacher Straße 44
09:54 Uhr

Heute war wieder einer dieser Tage ... Eine über vier-
stündige Autofahrt durch dichtes Schneetreiben ließ
Tinus Geving keine andere Wahl, als über sich nachzudenken. Was hatte er im Leben wirklich erreicht? Wen
kümmerte, dass es ihn gab? Er war allein, auf sich gestellt. Keine Beziehungen, keine großen persönlichen
Bindungen. Würde er jemals etwas Substanzielles hinterlassen?

Für eine kurze Weile hatte es dieses zarte Pflänzchen
Hoffnung gegeben. Chloé Lambert. Zuerst mehr eine
spaßhafte Liebelei denn Ernst. Am Ende war sie brutal
aus dem Leben gerissen worden. Es hätte ihn fertigma-
chen sollen, doch es berührte ihn kaum, konnte ihn
kaum berühren.

Vielleicht brauchte er den Abstand. Vielleicht brauchte er diesen Fall, um zu erkennen, dass es für ihn kein
Leben gab, sondern es sich lediglich um eine weitere
Station auf seiner Flucht vor sich selbst handelte.
Wenn es für ihn noch ein Leben gab, dann nur, wenn
er mit seinen Ungewissheiten abschließen und loslassen konnte.

Was aus seiner Karriere werden würde, es war ihm
gleichgültig. Nur noch dieser eine lästige Fall.

Gerade traf Geving auf dem Biathlontrainingsgelände im Thüringer Wald ein. Die weitläufige Anlage, auf einer Hochebene gelegen, bot mit der in unmittelbarer Nähe errichteten Trainingshalle, in der man auch im Sommer unter Winterbedingungen arbeiten konnte, einen grandiosen Anblick. Geving rieb sich die Augen. Er hielt es kaum für möglich, dass es im Thüringer Wald noch größere Schneemassen geben konnte als im Harz.

Nicht so grandios war der Flachbau, eine Art erweiterter Bungalow, in dem die Trainerbüros untergebracht waren. Ein Bau aus DDR-Zeiten, der schon bessere Tage gesehen hatte. Der äußere Eindruck setzte sich im Inneren fort. Hier sah es nicht nach Weltelite aus, sondern nach spärlich möbliertem und abgenutztem Sportlehrerzimmer, nichts für Ästhetiker.

In einem solchen Zimmer wurde Geving zu seinem ersten Termin von Alexander Matthes' ehemaligem Trainer Udo Wegscheider empfangen. Der Trainer war ein drahtiger Typ Ende fünfzig im Trainingsanzug mit Stoppelhaarschnitt und Dreitagebart.

Geving zeigte flüchtig seinen Dienstausweis. Wegscheider bat ihn, vor seinem wackeligen Schreibtisch, der unter der Last irgendwelcher Trainingspläne und alter Pokale zusammenzubrechen drohte, Platz zu nehmen. In Anbetracht des ehrgeizigen Tagesplans – Thomas Rausch organisierte alles aufs Vorzüglichste – hielt sich Geving nicht mit langen Vorreden auf.

»Herr Wegscheider, mein Kollege hat Sie über die wesentlichen Dinge informiert?«

Wegscheider wirkte tief getroffen. »Ich kann es nicht glauben. Einer von uns soll das getan haben?«

»Das versuchen wir zu ermitteln. Ich gehe davon aus, dass nichts von alldem Ihren Kollegen bekannt ist.«

Der Trainer kämpfte merklich mit seinem Gewissen.
»Ich habe Stillschweigen bewahrt. Wie soll man es den
Leuten auch begreiflich machen?«

»Vorerst überhaupt nicht.«

»Schon aus PR-Gründen werden wir Ihren Ermittlungen nicht vorgreifen. Was dann los wäre!«

Geving war nicht nach Smalltalk zumute. »Was für
ein Mensch ist Alexander Matthes überhaupt gewesen?«

Wegscheider runzelte die Stirn. »Als Kollege und
Sportler oder als Mensch?«

»Vorzugsweise beides.«

Der Trainer fuhr sich mit der Hand durchs raspel-
kurze Haar. »Mal sehen ... Als Mensch still und streb-
sam. Es gibt ja Leute, die kennen nur den Sport. Er
nicht, er suchte sich den Ausgleich. Hat ihm womöglich geholfen, immer auf der Höhe seiner Leistungsfä-
higkeit zu bleiben.«

»Welcher Ausgleich war das?«

»Alexander war mehr so der kulturelle Typ. Zumindest wusste er, wie man ein Buch richtig herum hält,
wenn Sie verstehen, was ich meine.«

Geving verstand. Er verstand auch, dass der arme
Mann gleichzeitig versuchte, mit dem Tod seines ehemaligen Schützlings klarzukommen und die ver-
krampfte Gesprächsatmosphäre aufzulockern. Er verstand all das, aber er hatte einfach keine Nerven dafür.
Also überging er den plumpen Versuch eines Witzes.

»Weiter.«

»Er war ein Intellektueller. Wenn man bedenkt, dass
er von der Sportschule kam, von Kindesbeinen an
nichts anderes kannte, ist das ungewöhnlich.«

»Und wie war er nun als Sportler?«

»Allererste Sahne! Wenngleich ich betonen sollte,
dass er ein Einzelkämpfer war. Teamdisziplinen waren
nicht sein Ding.«

»War er grundsätzlich ein Einzelgänger?«

Sein Gesprächspartner musste überlegen. »Man kann nicht sagen, er wäre ein Einzelgänger gewesen. Alexander grenzte sich nie ab. Seine Mannschaftskameraden schwärmten in höchsten Tönen von ihm. Er war halt ein wenig schüchtern.«

Das überraschte Geving. »Schüchtern?«

»Alexander machte nie viel Gewese um sich. Die Show lag ihm nicht. Er brachte seine Leistung. Da gab es nie Grund zur Klage.«

»Das wundert mich. Unsere bisherigen Ermittlungen legen den Schluss nahe, er wäre ein Frauenheld gewesen.«

Wegscheider lachte auf. »Alexander ein Frauenheld? Ganz gewiss nicht! Ja, er sah blendend aus, aber das war's auch. Er hatte nur Augen für eine.«

»Kaya-Philine Neugebauer.«

Dem Trainer verschlug es für einen Moment die Sprache. »Na, meine Fresse! Sie sind gut informiert. Die Beziehung war nichts, wovon die Öffentlichkeit wusste. Beide wollten es so.«

»War sie der Grund für sein Karriereaus?«

»Es ist nicht so eindeutig. Ja, sie haben ... hatten eine Beziehung. Aber wir sind nicht mehr im DDR-Sport. Wir machen niemandem Vorschriften. Im Fall der beiden war es außerdem völlig unproblematisch, es belastete weder seine noch ihre Leistung. Der wahre Grund hieß, wenn Sie mich fragen, Ronny Andrä. Alexander hat den frühen Tod seines Freundes nie richtig verwunden.«

Tinus Geving war plötzlich hellwach. »Was war da?«

Udo Wegscheider schüttelte traurig den Kopf. »Ronny und Alexander waren nicht nur Trainingskameraden.« Sie hätten sich vom Studium aus Jena gekannt. Ronny sei gut gewesen, doch ihm habe Alexanders Talent gefehlt. Er habe nicht das Zeug zum Profisportler gehabt.

»Ronny wurde zunehmend frustriert und entwickelte gewisse ... Ansichten, die irgendwann seinen Verbleib im Kader unmöglich machten.«

»Im Zusammenhang mit Jena vermute ich da etwas.«

»Sie vermuten richtig.« Es habe harmlos angefangen mit Äußerungen über die internationale Konkurrenz. Bald sei es nicht mehr harmlos gewesen. Nur noch Parolen der übelsten Art. Die Medien hätten Wind davon bekommen. »Sie können sich vorstellen, wie schwer es war, diese Eskapaden aus den Meldungen herauszuhalten. Wir konnten es nicht länger dulden und mussten die Konsequenzen ziehen.«

»War Matthes empfänglich für Andräs Parolen?«

»Nie und nimmer! Er versuchte, seinem Freund zu helfen, ließ sich eine Weile von seinen Verpflichtungen freistellen.«

»Wie lange ungefähr?«

»Neun Monate werden es schon gewesen sein.«

»Wie versuchte er, Andrä zu helfen?«

»Ich weiß es wirklich nicht. Von Erfolg gekrönt kann es nicht gewesen sein, denn auf einmal war Ronny tot.«

»Das muss ein ziemlicher Schock für Matthes gewesen sein.«

»Möglich, dass Alexander unter Schock gestanden und nicht mehr weitergekonnt hat. Kaya kann Ihnen sicher mehr dazu erzählen.«

Ronny Andrä ... Geving war oberflächlich mit dem Fall vertraut. Da war einiges nicht sauber gelaufen. Von seinen Überlegungen ließ er sich Wegscheider gegenüber nichts anmerken.

»Wirkte Matthes psychisch labil? Um den Tod seines Kameraden herum?«

»Natürlich hat es ihn mitgenommen. Und von einem Tag auf den anderen beendete er seine Karriere, vernunftmäßig fehlt mir da jede Erklärung. Aber dass Alexander jemals etwas mit sich auszumachen gehabt hätte oder nicht klarkam? Nein, er war ein geerdeter Charakter. Labilität passte nicht zu ihm. Wenn Sie versuchen, mit einem Puls jenseits von Gut und Böse noch Präzisionsschüsse auf winzige Scheiben abzugeben und dabei ins Schwarze zu treffen, brauchen Sie die psychische Widerstandsfähigkeit eines Artilleriepferdes. In seinem Fall gab es nie Hinweise durch die Sportpsychologen. Wenn da etwas war, wir wüssten es.« Wegscheider wurde nachdenklich, blickte durch Geving hindurch. »Aber jeder Mensch hat seine Abgründe. Es passiert manchmal, dass Sportler aus heiterem Himmel einen Trainingskoller kriegen. Wenn Alexander getan haben soll, was ihm vorgeworfen wird, ist er wahrscheinlich auf seinen eigenen Abgrund gestoßen. Ich kann es eigentlich nicht glauben. Er war nie der Mensch für finale Lösungen, dafür hat er sein Leben zu sehr geschätzt und Kaya zu sehr geliebt.« Der Trainer hatte plötzlich einen dicken Kloß im Hals. »Ich wünschte, ich hätte ihn noch einmal sprechen können.«

»Wann war denn das letzte Mal?«

»Am Tag seines Weggangs. Vor drei Jahren. Hinterher ist man immer schlauer...«

Hinterher ist man immer schlauer. Ja, für Tinus Geving war heute wieder einer dieser Tage.

10:31 Uhr

»Nach Sichtung aller mir zugänglichen Unterlagen und auf Basis eigener Beobachtungen stelle ich fest, der Betroffene leidet unter posttraumatischen Belastungsstörungen, kurz PTBS.«

»Er ist also krank.«

»Nein, es ist eine Störung. PTBS entsteht weder aufgrund psychischer Labilität, noch ist sie Ausdruck irgendeiner psychischen Erkrankung. Im Fall des Betroffenen liegen die Risikofaktoren zeitlich vor dem

Trauma. Sozusagen war er einem namenlosen Grauen ausgesetzt.«

»Wissen Sie, welches namenlose Grauen ihn quält?«

»Ziemlich genau sogar. Es geht zurück auf seine Zeit bei Europol. Sie erinnern sich an die Terroranschläge von Rotterdam?«

»Ja. Siebenundsechzig Tote.«

»Kriminalrat Geving war mittendrin. So wie ich es verstehe, liefen die Ermittlungen im Vorfeld auf Hochtouren mit dem Ziel, Anschläge zu verhindern.«

»Europol wurde von der niederländischen Regierung zurückgepfiffen ...«

»... und die wollten danach den Schwarzen Peter Europol in die Schuhe schieben, unter tätiger Mithilfe unserer Bundesregierung.«

»Europol wurde in der Sache vom EU-Parlament entlastet. Wieso hat Geving immer noch damit zu kämpfen? Und wieso ist er da raus?«

»Der Tod so vieler Menschen wird ihn belasten. Die Tatsache, dass er trotz intensivster Bemühungen nichts verhindern konnte. Das ist zunächst ein gesundes menschliches Verhalten. Jedoch gibt er sich für das Geschehene die Alleinschuld, das macht es ungesund und kann verheerende Folgen haben.«

»Die sehen Ihrer Meinung nach wie aus?«

»Der Betroffene leidet unter anhaltenden Erinnerungen an das Ereignis. In diesem Fall wurden Flashbacks und Albträume diagnostiziert, die ihn am helllichten Tag in Ausübung seines Dienstes treffen können. Grundsätzlich meiden Betroffene daher Umstände, die der Belastung ähneln. Personen mit PTBS leiden außerdem unter Einschlafstörungen und Konzentrationsschwierigkeiten.«

»Das ist ja furchtbar!«

»Es geht noch weiter. Sozialer Rückzug, emotionale Taubheit, Gleichgültigkeit gegenüber anderen Menschen, Stimmungsschwankungen und allgemeine Symptome wie Depressionen.«

»Puh ... Ihre Schlussfolgerung?«

»Na, einen Gefallen hat ihm das LKA mit diesem Fall sicherlich nicht getan.«

»Warum hat er nie gesagt, dass ihn das überfordern könnte?«

»Mal seine Dienstakte genauer gelesen? Er macht auf mich nicht den Eindruck, bei der erstbesten Gelegenheit zu kneifen. Und ganz ehrlich, Sie wissen, dass Sie dafür kaum einen besseren Mann hätten finden können, gerade in Anbetracht der ungewöhnlichen Umstände.«

»Könnten ihn seine Probleme in der Objektivität beeinträchtigen?«

»Schwer zu sagen. Es kommt vor, dass Betroffene in vergleichbaren Situationen einen anderen Weg gehen als jenen, der in der Vergangenheit so folgenschwer gewesen ist. Dann sind sie von vornherein befangen.«

»Wie sehen Sie das bei Geving?«

»Ich weiß nicht, ob ich das beantworten soll ...«

»Herr Professor Sänger, besteht die Möglichkeit, dass Geving falsche Entscheidungen trifft?«

»Es ist nicht gänzlich ausgeschlossen, wenn auch unwahrscheinlich.«

»Ja oder nein?«

»Herrgott, ja!«

»Welche Konsequenzen hätte das?«

»Man müsste ihn von dem Fall abziehen. Ich muss schon sagen, das hier ist höchst ungewöhnlich. Sie wissen, dass ich meine Verschwiegenheitspflicht bis zum Erbrechen biege?«

»Sie sagten es ja selbst: ungewöhnliche Umstände. Und ungewöhnliche Umstände erfordern ungewöhnliche Maßnahmen.«

»Wenn Sie es so sehen wollen ...«

»In der Tat, das tue ich. Ich kann mich darauf verlassen, dass Sie mich informieren, sollten Sie auf weitere Auffälligkeiten in Gevings Verhalten stoßen?«

Christian Sänger verließ schleunigst ohne Antwort und Gruß das Büro.

10:47 Uhr

Was für ein schöner Tag! Wir haben Geving in der Hand.
10:47, 21. Jan.

Was macht dich da JETZT so sicher?
10:47, 21. Jan.

Unser Kriminalrat ist beschädigte Ware.
10:48, 21. Jan.

Wenn du die Europol-Sache meinst, da ist nichts kleben geblieben.
10:48, 21. Jan.

An der Karriere vielleicht nicht, im Kopf schon.
10:48, 21. Jan.

Ich verstehe
10:48, 21. Jan.

Super, oder?
10:49, 21. Jan.

Weil wir gerade von Geving sprechen: Ich glaube nicht, dass er so arbeitet, wie die Frau Direktorin es gerne hätte.
10:50, 21. Jan.

Wie meinst du das?
10:50, 21. Jan.

Ich hab dir ´n Videofile geschickt. Bin da auch früh genug auf was anderes gestoßen. Es wundert mich etwas, dass du da nicht schon von selbst draufgekom-
men bist.
10:52, 21. Jan.

Das wäre?
10:52, 21. Jan.

Kann dir gerade egal sein. Du meintest, ich müsse
meine Verbindlichkeiten klären. Ich drücke es mal so
aus: Die Videoüberwachung in Eichenburg musste in
den vergangenen Tagen wegen Wartungsarbeiten leider ausfallen.
10:53, 21. Jan.

:-D
10:54, 21. Jan.

Revierkriminaldienst Kreisstadt
Kurt-Weill-Straße 18
11:00 Uhr

Beinahe schien es, als säßen Kriminaloberkommissarin Wiebke Hellmund und Kriminalkommissar Tobias
Stegner im Auge eines Orkans. Um sie herum tobte der
Mediensturm im aufsehenerregendsten Fall in der Geschichte Sachsen-Anhalts, doch im Kreisstädter Revierkriminaldienst herrschte angespannte Stille. Es gab
nicht viel, was man an diesem Tag hätte tun können.
Geving hatte Order erteilt, alle Hinterbliebenen ohne
Ausnahme zu befragen. Hier saßen sie und warteten.
Die Minuten schlichen nur so dahin, sie waren so dehn-
bar wie Gummiband, das dennoch jeden Augenblick

reißen konnte. Nach drei Tagen hatten sie immer noch keinen merklichen Fortschritt erzielt, dabei konnte jede Sekunde die Wende in diesem Fall bringen, jedes Indiz, jeder Satz. Sekunden, Minuten, Tage ... Alles war verschwommen. Sie waren zur Untätigkeit verdammt.

Zur vollen Stunde kam die Erlösung per Videokonferenz.

»Herr ter Hoorst, ich bin froh, dass Sie endlich Zeit für uns gefunden haben.« Wiebke Hellmund gab sich alle Mühe, ihren Unmut zu verbergen.

Der Bankier wirkte von ihrer Begrüßung keineswegs pikiert, machte im Gegenteil sogar einen eher aufgeschlossenen Eindruck.

»Für die Verzögerung bitte ich um Entschuldigung.«

Sie war noch nicht bereit nachzugeben. »Warum waren Sie gestern nicht persönlich zugegen?«

»Ich habe eigene Nachforschungen zum Tod meiner Tochter angestellt. Es ließ mir einfach keine Ruhe.«

»Eigene Nachforschungen? Zu welchem Zweck?«

»Frau Hellmund, in meiner Branche hat man nicht nur Freunde, sondern auch Feinde, manchmal mehr Feinde als Freunde. Die Ermordung meiner Tochter sollte möglicherweise mich treffen. Ist Ihnen eine Verdeckungstat denn nicht in den Sinn gekommen?«

»Es gab zu viele Opfer unterschiedlicher Herkunft. Für den Tod jeder Schülerin ließe sich ein Motiv konstruieren, genau das macht eine Verdeckungstat unwahrscheinlich.«

Tobias Stegner schien ter Hoorsts Überlegungen aufgeschlossener gegenüberzustehen. »Wen haben Sie im Verdacht? Geht es dabei um die Immobiliensparte Ihrer Bank?«

Wiebke Hellmund war aufs Neue überrascht, wie gut er informiert war.

»Richtig. Weil wir Verlust machen, müssen wir diesen Bereich liquidieren. Einige Anleger verlieren damit viel

Geld und sind nicht glücklich. Ich bezweifle, dass jeder unserer Kunden eine reine Weste hat, und ich habe zu viel gesehen, als dass ich meine Vermutung sofort ins Reich der Fantasie verbannen würde.«

»Wir werden dem natürlich nachgehen, doch ist nicht anzunehmen, dass sich Ihre Befürchtungen bestätigen«, gestand Stegner.

Wiebke Hellmund sah es genauso. »Lassen wir das mal dahingestellt, wie passt der vermutliche Täter in Ihr Bild?«

»Alexander Matthes? Glauben Sie denn, der war es wirklich?«

Sie traute ihren Ohren nicht. Keine der bisher befragten Personen hatte die Täterschaft ernsthaft in Zweifel gezogen. »Wir glauben nichts, bis es bewiesen wurde.«

Der Bankier schüttelte entschieden den Kopf. »Nein. Jemand hat ihm das untergeschoben, um ihn zum Sündenbock zu machen. Wenn Sie mich fragen, da lief etwas ganz anderes.«

Sie ließ sich darauf nicht ein. »Wie stand Ihre Tochter zu ihrem Lehrer?«

»Sie hat ihn gehasst.«

Wiebke Hellmund machte große Augen. »Sie sind ja direkt.«

»Ich will Ihnen nichts vormachen. Alisahs Mutter hat uns schon vor langer Zeit verlassen, nicht einmal jetzt hat sie sich gemeldet.« Er habe sein Bestes gegeben, sagte er, doch eine führende mütterliche Hand fehlte. Auf ein eigentlich introvertiertes Kind wie Alisah habe das schlimme Auswirkungen gehabt. Daher sei es das Beste für sie gewesen, sie nach Eichenburg zu schicken, wo sie unter ihresgleichen gewesen sei, Jugendliche mit ähnlichen Problemen. »Leider hat sie in dieser Zeit Ansichten entwickelt, wonach der Stand unserer Familie ihr einen Freifahrtschein für alles gegeben hat.« In Eichenburg habe sich eine Zweiklassengesellschaft etabliert, Schüler herrschten über Schüler. Matthes sei gegen jede Form von Privilegienmissbrauch scharf vorgegangen. »Alisah hat das nicht gepasst«, erinnerte sich ter Hoorst. »Dann war da dieses Mädchen. Mia Kolberg. Die hatte es Alisah irgendwie angetan. Mia hatte keinen Vater, Alisah keine Mutter. Sie entdeckte plötzlich ihr Gewissen, was sie in Konflikt mit ihren Freundinnen brachte, mit der Kleeberg und dieser Dibelius.«

»Klingt nicht so, als hätten Sie den Umgang Ihrer Tochter sonderlich geschätzt.«

»Die waren in jeglicher Hinsicht schlimmer als Alisah. Vor gut einem Jahr gab es an der Schule einen schwerwiegenden Zwischenfall.« Johanna von Kleeberg und Sophia Dibelius hätten geglaubt, einigen Mitschülerinnen eine Lektion in Sachen Gehorsam erteilen zu müssen. Dabei seien die Mädchen übel zugerichtet worden, am übelsten Mia. Leider sei Alisah von Anfang an in diese Aktion verstrickt gewesen. Als sie gesehen habe, was da passiert und wem es passiert sei, habe sie sich geweigert, weiter mitzumachen. »Es kam zum Bruch zwischen ihr und Johanna sowie Sophia. Alisah ergriff Partei für Mia. Meine Tochter war trotzdem verantwortlich. In Zusammenarbeit mit der Schulleitung beschlossen wir, diese Angelegenheit ... zu vergessen.«

»Mit anderen Worten, Sie haben Ihre Tochter freigekauft. Sie wissen, dass Sie gerade die Verdeckung einer Straftat gestehen?«

»Welchen Unterschied macht das jetzt noch, Frau Hellmund? Wohin kann das schon führen, bin ich nicht bestraft genug? Alisah wurde klar, dass sie nicht dieser Mensch war. Ich habe großzügig an den Schulfonds gespendet, meine Tochter durfte bleiben, die Geschichte war beerdigt. Der Schule war nicht an Öffentlichkeit gelegen, aus verständlichem Grund. Alisah ist tot, welchen Sinn hat es, das noch zu verfolgen?«

»Haben Sie Beweise für diese Behauptungen?«, insistierte Stegner.

»Die habe ich. Mia hat den Vorfall heimlich gefilmt. Ich bin im Besitz dieser Aufnahmen.«

Wiebke Hellmund war jetzt wütend. »Wie kommt es, dass Sie uns Beweismittel unterschlagen?«

Ter Hoorst versuchte zu beschwichtigen. »Alisah hat diese Aufnahmen nie gesehen. Ich habe damals mit Mia gesprochen, ganz so verantwortungslos bin ich nicht.«

»Warum haben Sie uns darüber nicht früher informiert?«

»Ich habe nicht damit gerechnet, dass es noch einmal zur Sprache kommen würde. Ich biete Ihnen einen Handel an.«

Sie schnaufte, das war so typisch!

Deshalb übernahm Stegner die Initiative. »Der wäre?«

»Ich lasse Ihnen die Aufnahmen zukommen, dafür lassen Sie die Sache ruhen.«

Der Kriminalkommissar versuchte sich in Diplomatie. »Wir müssten erst einmal sehen, ob dieser Vorfall in Zusammenhang mit unseren Ermittlungen steht. Letztendlich erstreckt sich unser Ermittlungsauftrag nicht auf das, was Sie da letztes Jahr vertuscht haben. Noch nicht. Sollte das also alles sein, haben wir eine Abmachung. Kriminalrat Geving ist mit Sicherheit nicht daran interessiert, weitere schlafende Hunde zu wecken.«

Der Bankier wurde merklich stutzig. »Wie war der Name?«

»Geving. Kriminalrat Tinus Geving, unser Ermittlungsleiter. Warum fragen Sie?«

»Ach, nur aus Interesse.«

»Haben wir eine Abmachung?«

»Die haben wir.«

»Gut. Lassen Sie uns die Aufnahmen zukommen, wir melden uns dann bei Ihnen.«

Wiebke Hellmund und Tobias Stegner waren mit ihrem Latein am Ende. Die Befragungen der letzten Tage hatten nichts gebracht. Nicht einen Hinweis, der sie der Aufklärung einen Millimeter nähergebracht hätte. Stattdessen neue Vermutungen ohne konkrete Richtung. Und dann waren da die erschreckenden Einblicke in die Psyche der Mädchen. Wiebke Hellmund fragte sich schon die ganze Zeit, wie junge Mädchen derart verdorben und grausam werden konnten. Es war nicht deren Schuld, sie alle waren Opfer der Umstände. Trotzdem beschäftigte sie als Mutter die Frage, wie man einer derartigen Entwicklung entgegenwirken konnte.

Stegner riss sie aus ihren düsteren Grübeleien. »Da gehen Mädchen zusammen auf Fahrt, die sich abgrundtief hassen und bis aufs Blut bekämpfen. Was für eine perverse Zweckgemeinschaft.«

Ein Moment betroffener Stille folgte, abermals durchbrochen vom Kriminalkommissar.

»Und ter Hoorst? Ist da irgendwas dran?«

»Dass man im Grunde genommen ihn zerstören will? Wohl kaum ... Aber was war noch mal mit dem Obduktionsbericht?«

»Was meinen Sie?«

»Mutmaßliche Selbsttötung.«

»Bei Matthes, ja.«

Sie blickte gedankenversunken ins Leere. »Mutmaßliche Selbsttötung. Ob ter Hoorst da einen Punkt hat? Erinnern Sie sich, was Krieger dazu gesagt hat?«

»Der Schuss sei nicht unmittelbar tödlich gewesen. Für einen aufgesetzten Schuss habe es an den charakteristischen Schmauchspuren gefehlt.«

»Hat ter Hoorst vielleicht doch recht?«

»Dass man Matthes die Schuld lediglich zugeschoben hat? Ich weiß nicht. Krieger betonte ausdrücklich, dass die Schmauchspurenanalyse keine zuverlässige Quelle sei.«

Wiebke Hellmund runzelte ungläubig die Stirn. »Irgendwas passt da nicht ganz zusammen.«

Jonas ter Hoorst war während der ganzen Befragung nicht allein gewesen. Sein langjähriger Wegbegleiter und Rechtsanwalt Pascal Wertheim hatte sich nervös im Hintergrund gehalten, jederzeit bereit einzugreifen. Er hätte es gerne mehrfach getan, doch ter Hoorst hatte Ruhe befohlen.

Jetzt musste er seiner Besorgnis Luft verschaffen. »Jonas, das hältst du so nicht lange durch.«

»Es bringt nichts, die Sache noch länger zu vertuschen. Dafür stecken wir zu tief in der Scheiße.«

»Aber dieser Geving.«

»Was soll mit dem sein?«

»Jonas, die Schlinge um deinen Hals zieht sich zu. Wir müssen was unternehmen!«

»Damit meinst du, wir müssen was gegen ihn unternehmen?«

»Beim letzten Mal sind wir gerade so davongekommen. Wir müssen handeln!«

»Nein. Wir unternehmen nichts.«

»Jonas, das wäre dein ...«

»Ich sagte Nein! Wir unternehmen nichts.«

Kaya-Philine Neugebauer bewohnte die geräumige Dachgeschosswohnung einer ehemaligen Industriellenvilla im Jenaer Kernbergviertel, das zu den besten Quartieren zählte. Von den Hängen östlich des Saaletals hatte man einen erstklassigen Blick über die Stadt mit ihrem Wahrzeichen, dem ehemaligen Universitätshochhaus, für das der bissige ostdeutsche Volksmund den Spottnamen »Penis Jenensis« geprägt hatte. In Jena hatte man nie viel von Großmannssucht gehalten, solcherlei sozialistische Repräsentationsarchitektur war den Bürgern ein Gräuel. Mit Jenaer Architekturgeschichte konnte sich Tinus Geving nicht befassen. Ihm stand eine schwierige Befragung von Matthes' Freundin bevor.

Er wusste, dass er hier nur mit Behutsamkeit weiterkommen würde. Kaya-Philine Neugebauer war vier Jahre jünger als Alexander Matthes. Ihre kleine und bemerkenswert zierliche Statur – sie war gerade mal etwas über ein Meter fünfundfünfzig groß – ließ sie jünger wirken. In dieser Verfassung umso mehr. Sie war ein Häufchen Elend und verkroch sich in Pullover und Decke eingehüllt in ihrer verdunkelten Wohnung. In ihrem Kummer erkannte er beinahe sich selbst wieder. Allzu gut konnte er verstehen, wie sie sich fühlte. Kaya-Philine Neugebauer war ein Schatten ihrer selbst. Nichts verwies auf die energische junge Frau, die mit einem Affenzahn über die Loipe brettern konnte – auf die »Kampfwurst«, wie Udo Wegscheider sie beschrieben hatte.

Er wusste nicht, wie er beginnen sollte. Sie starrte die ganze Zeit auf ein gerahmtes Porträtfoto von Alexander Matthes, das sie vor sich auf dem Couchtisch stehen hatte.

»Wie lange waren Sie zusammen?«

Sie schreckte auf, schien erst jetzt zu erfassen, dass er mit ihr sprach. »Entschuldigung, wie bitte?«

»Wie lange waren Sie zusammen?«

»In diesem Jahr wären es fünf Jahre gewesen.«

»Wie haben Sie sich kennengelernt?«

Sie seufzte, versuchte, die Fassung zu bewahren, strich sich den Pony aus dem Gesicht. »Verschiedene Wettkämpfe. Abends haben wir oft Zeit miteinander verbracht. Eines Tages wurde mehr daraus.« Sie wischte sich einige Tränen aus dem Gesicht. »Er war ein stiller und nachdenklicher Typ. Das gefiel mir. Alexander war nicht der Mensch, der nur für den Sport lebte und an Ruhm interessiert war.«

Eine kurze Pause.

»Gab es irgendwelche Anzeichen, dass er mit der zunehmenden Öffentlichkeit um seine Person nicht umgehen konnte?«

»Nein. Ich war diejenige, die darunter fast zusammengebrochen wäre. Ohne Alexander hätte ich es niemals gepackt. Er war so eine starke Persönlichkeit und strahlte eine unglaubliche Ruhe aus. Wenn ich mit ihm zusammen war, fühlte ich mich geschützt und geborgen.« Wieder wischte sie sich über die Augen. »Ich weiß nicht, wie ich es anders ausdrücken soll.«

Sie tat Geving leid, er kam sich vor wie ein Voyeur. Ein mieses Gefühl.

»Sie machen das gut.«

»Hätte ich ihn nicht gehabt, ich hätte es wohl nie so weit gebracht. Ich war nur ein junges Ding von der Sportschule, bei dem irgendjemand feststellte, dass es schneller war als die anderen und man daraus ja was machen könnte. Das allein reichte aber nicht. Auf den Mediendruck war ich nicht vorbereitet. Zu Alexander konnte ich aufsehen, er stand immer hinter mir, ihm konnte ich blind vertrauen. Das gab mir mehr Selbstsicherheit. Ich wusste, dass er da war.«

»Er war Ihr Idol.«

Sie schniefte. »Ja, vielleicht. In unserer Beziehung ging es nicht um den Sport. Er machte sich nicht viel aus seiner Bekanntheit und auch nicht daraus, dass ich der weibliche Star der Biathlonmannschaft war. Für ihn war ich ›das Philinchen‹. So hat er mich immer genannt.«

Geving war der Spitzname nach der Lektüre ihrer Korrespondenz mit Alexander Matthes bekannt. Doch auch diesen Fakt musste er ihr verschweigen, was das miese Gefühl verstärkte und es noch schwerer für ihn machte sich abzugrenzen. Er befand, dass es am besten wäre, Kaya-Philine Neugebauer einfach weiterreden zu lassen.

»Für ihn war ich das Philinchen, das morgens so verwirrt ist und nicht weiß, wo oben und wo unten ist. Das Philinchen, das ungeschickt ist und häufiger was zu Bruch gehen lässt. Das Philinchen, das an sich zweifelt, alles besser machen will, sich und die anderen dabei in den Wahnsinn treibt. All das störte ihn nicht, er nahm mich so, wie ich bin. Bei ihm vergaß ich alle Selbstzweifel.«

»Meinen Sie, dass diese Stärken ihn zu einem guten Lehrer gemacht haben?«

»Er hatte Lehramt studiert und wollte immer an die Schule. Aber er hätte sich wohl auch vorstellen können, die Jugendmannschaft zu trainieren. Nachwuchsarbeit machte ihm Spaß. Nach seinem Ausstieg hatte er keinerlei Schwierigkeiten damit, in den Schuldienst zu gehen. Wenn er nur nicht an diese verfluchte Schule gekommen wäre ...« Ihr Blick verfinsterte sich wieder.

»Wie hat er Eichenburg empfunden?«

»Als reinsten Horror! Schlimmer als Schulen in Problembezirken waren seiner Meinung nach solche ... Eliteschulen.« Das letzte Wort spie sie vor Verachtung förmlich aus. Hatte sie mit Eliteschulen ihre eigenen Erfahrungen gemacht? »Mit Elite hat das alles dort nichts zu tun. Menschen sind zu vielen Gemeinheiten fähig, doch diese Kinder können grausam sein. Ich weiß nicht, wo ich da beginnen sollte.«

Geving wollte sie nicht noch mehr belasten. »So wie ich es verstehe, hat er versucht, diesem Treiben Einhalt zu gebieten.«

»Alexander stand allein, alle anderen hatten bereits aufgegeben.«

»War er deswegen frustriert?«

»Wer wäre das nicht?«

»War er so frustriert, dass er sich nicht mehr ausreichend distanzieren konnte?«

»Es war für ihn ein täglicher Kampf, aber das kannte Alexander aus dem Leistungssport. Doch, er konnte sich distanzieren.«

Wie sollte Geving jetzt der Übergang gelingen?

»Es ist mir etwas unangenehm, Sie das zu fragen. Ihm wurde nachgesagt, diverse Beziehungen zu Schülerinnen gehabt zu haben.«

Entgegen aller Befürchtungen antwortete sie bestimmt. »Ich kenne die Geschichten. Da ist nichts dran, und das sage ich nicht bloß so daher. Teilweise wurden solche Gerüchte gestreut, um seinen Ruf zu untergraben. Alexander konnte darüber nur lachen. Eine Schülerin versuchte es allerdings ernsthaft bei ihm.«

»Mia Kolberg?«

»Sie sagen es.«

»Kannten Sie sie?«

»Nur aus Erzählungen. Alexander meinte immer, das Bild, das sie von sich vermittelt, wäre nur Fassade. Sie wirkte immer so bemüht, zu bemüht. Er vermutete, es läge an ihrer unklaren Familiengeschichte. Sie machte ihm gegenüber Andeutungen. Etwas schien nicht recht zu passen. Mehr konnte er nicht sagen. Ganz ehrlich, mehr wollte ich auch nicht wissen.«

»Verstehe ich das richtig, es gab keine Beziehung, die von ihm oder ihr beendet wurde?«

»Mia hätte es bestimmt so gewollt, doch dem war nicht so. Alexander hatte es ihr mehrfach zu verstehen gegeben.«

»Gab es aus Ihrer Sicht sonst einen Anlass zu einer Kurzschlusshandlung?«

Sie überlegte verzweifelt. »Eben das ist es, was ich nicht verstehe! Mit Zumutungen konnte er umgehen. Alexander hätte nie und nimmer Selbstmord begangen, geschweige denn andere mit reingezogen. Nein!«

Kaya-Philine Neugebauer schien sich ihrer Sache sicher, Geving musste es dagegen in Zweifel ziehen.

»Vielleicht war die Silentiumfahrt eine Zumutung zu viel?«

»Jeder seiner hochgeschätzten Kollegen hat sich vor dieser Aufgabe gedrückt. Vor allem mit diesen Schülerinnen – und mit Mia. Da passte nichts, aber auch gar nichts zusammen. Er wurde dazu verdonnert und wollte es einfach hinter sich bringen. Und noch etwas: Wir hatten Pläne! Ich wollte meine Karriere nächstes Jahr beenden, wir wollten heiraten. Wenn Sie mich also nach einer Kurzschlusshandlung fragen, nein, ich glaube nicht, dass sich das so abgespielt hat.«

»Wenn er so stabil war, wie Sie behaupten, wie erklären Sie sich sein plötzliches Karriereende?«

»Zuerst dachte ich, ich wäre der Grund. Ich habe mir riesige Vorwürfe gemacht. Der wirkliche Grund war sein Freund Ronny Andrä.«

»Was spielte sich zwischen den beiden ab?«

»Ich habe ihn immer wieder danach gefragt. Er meinte, zu seinem und zu meinem Schutz könne er nicht mehr sagen. Mich hat das anfangs wütend gemacht, doch wie so oft beruhigte er mich, und ich vertraute ihm.«

»Wie konnten Sie sich so sicher sein, dass er recht hatte?«

»Ich habe Alexander vertraut, mehr musste ich nicht wissen. Der plötzliche Tod seines Freundes war ein Schock für ihn, er betrachtete das Leben danach mit anderen Augen, hinterfragte vieles. Leistungssport war ihm nicht mehr genug, er brauchte Abstand. Diese Welt ist rau. Wenn man gerade einen herben Verlust hinnehmen musste, kann man sich nicht zurück in die Arbeit stürzen, als wäre nichts gewesen. Er hatte nicht mehr diesen Leistungswillen. Wäre der Erfolg ausgeblieben, hätte es ihn genauso frustriert wie Ronny. Das wollte er nicht. Alles in allem war sein Schritt vernünftig.«

Mehr war nicht zu sagen. An der Wohnungstür ergriff sie Gevings Arm.

»Finden Sie den wirklichen Täter«, bat sie ihn. »Alexander kann es nicht getan haben. Nennen Sie es weibliche Intuition, ich weiß es einfach.«

Das Treffen mit Kaya-Philine Neugebauer ließ Tinus Geving ratlos zurück. Er hatte Einblicke in das Leben eines ganz anderen Alexander Matthes erhalten. Aber was hatte es mit Ronny Andrä auf sich? Bestand darin vielleicht die Verbindung zu jener mysteriösen LKA-Akte?

Harz-Klinikum Altenrode
Eichenburger Straße 15
14:00 Uhr

Sein erster Besuch seit Jahren. Er wünschte sich einen anderen Anlass als diesen. Sie war nicht wiederzuerkennen, eine Schönheit – blond, hochgewachsen und athletisch. Mia besaß die Schönheit ihrer Mutter. Doch es ging nicht um ihre Größe, ihr Aussehen. Wo vor drei Jahren ein verunsichertes Mädchen gewesen war, war nun eine vom Hass zerfressene junge Frau. Sie hasste ihn, sie hatte ihn schon damals gehasst, überhaupt hatte sie ihn immer schon gehasst. Trotzdem fühlte er sich seiner Tochter gegenüber verpflichtet.

»Mia, es tut mir so leid.« Er wusste, dass es für sie nur hohle Worte waren. Wäre er an ihrer Stelle, er hätte genauso empfunden.

Sie blätterte in einer Illustrierten, sah nicht einmal auf. »Niemand hat dich gebeten, hier zu sein.«

Immerhin, sie redete mit ihm. »Deine Mutter hat mich gebeten zu kommen.«

Mia blätterte weiter. »Mutter ... Sie hat noch nie klare Bilder gesehen, wenn es um dich ging.«

»Wir sind hier, weil es um *dich* geht.«

Bisher hatte sie ihn wie ein lästiges Insekt behandelt. Der letzte Satz allerdings rief Erstaunen bei ihr hervor. Sie stand auf, ging auf ihn zu, musterte ihn, ging um ihn herum, blieb vor ihm stehen. Plötzlich lächelte sie ihn an – und verpasste ihm eine schallende Ohrfeige. Sie lächelte nicht mehr, sondern fauchte ihn an.

»Um mich! Achtzehn Jahre gibt es mich schon nicht. Jetzt plötzlich soll es um *mich* gehen?« Sie lachte höhnisch, beinahe kreischend.

Die Ohrfeige hatte er wahrscheinlich verdient. »Haben wir es jetzt hinter uns?«

Mia wurde puterrot im Gesicht. »Du bist so ein Schwein! Konntest es nicht lassen, deinen Schwanz wieder und wieder in sie zu stecken statt in deine Frau. Dir hätte es an den Kragen gehen sollen, nicht den anderen!«

Hier war nichts mehr auszurichten. Achtzehn Jahre der Entfremdung waren zu viel, um nun ein Band des Vertrauens aufzubauen.

»Und wer finanziert dir dann dein Leben? Deine Ausbildung, so ziemlich jede idiotische Leidenschaft?«

»Almosen! Schweigegeld, damit dein Fehltritt nicht bekannt wird!«

»Darauf hatten deine Mutter und ich uns verständigt.«

»Für diese Gnade bin ich dir so dankbar.« Mias Zynismus war nicht nur ätzend und unangebracht, er strapazierte langsam, aber sicher seine Geduld. »Darf ich dich jetzt ›Vater‹ nennen, oder ist dir ›Herr Minister‹ lieber?«

»Soll ich mich öffentlich zu dir bekennen? Ist es das, was du von mir willst?«

»Es wäre mehr als diese monatliche Erniedrigung, die du so großzügig ›Apanage‹ nennst.«

»Das werde ich nicht tun. So langsam bist du zu alt für solche Kinderspielchen.«

»Vielleicht sollte ich mir die Anerkennung allein verschaffen. Wenn das rauskommt ...«

Genug! Mit einem Hechtsprung nach vorn packte er sie am Hals und drückte sie an die Wand. Wie ein Schraubstock schloss sich seine Hand um ihren Kehlkopf. Erst wurde ihr Gesicht rot. Sie versuchte zu schlucken, erfolglos. Dann lief sie blau an, fing schon an zu schielen. Gleich war es so weit. All seine Probleme wären mit einem Schlag gelöst.

Mia war kräftiger als angenommen.

»Na, los!«, presste sie mit zusammengebissenen Zähnen hervor. »Beende es endlich!«

Ihre Wut war stärker als der Wille aufzugeben. Davor hatte er Respekt. In ihren Temperamenten waren sich beide so ähnlich. Daran lag es, dass er sie nicht in seinem Leben haben wollte. Er erkannte sich selbst in ihr wieder.

Er ließ genauso plötzlich von ihr ab. Sie brach fast zusammen, röchelte, versuchte Luft zu holen, was schwer gelang, hustete. Er stand bedrohlich vor ihr, hielt eine Hand an der Wand abgestützt.

»Du solltest meinen guten Willen nicht auf die Probe stellen, Schätzchen.«

Sie schien seine Gedanken förmlich lesen zu können. »Ist schon scheiße, wenn du in den Spiegel blickst und in das Bild deiner unehelichen Tochter siehst, oder? In das Spiegelbild deiner Selbstsucht.«

»Ich gehe.«

»Niemand hat dich gebeten zu kommen. Niemand hält dich auf.«

»Es hat keinen Sinn mit dir. In deinem Todeswunsch werde ich dich nicht unterstützen. Du solltest aber an unsere Abmachung denken.«

»Soll das eine Drohung sein?«, fragte sie spöttisch.

Er antwortete mit frostiger Kälte in der Stimme. »Ein väterlicher Rat.«

Kloster Eichenburg
Büro des Schulleiters
14:45 Uhr

Sarah Trautvetter war ziemlich mulmig zumute. Zu Julius Berghausen zitiert zu werden, verhieß nie etwas Gutes, derzeit schon gar nicht. Sie wartete bereits eine Viertelstunde, während derer die Sekretärin des Schulleiters sie keines Blickes gewürdigt hatte.

Sarah hatte dieses Kribbeln in den Fingern, eine nervöse Störung, die sich erst in Eichenburg bei ihr entwickelt hatte. Dieses Kribbeln trat immer dann auf, wenn sie sich bedroht fühlte. Sie hatte dieses Kribbeln vor jener Aktion unter der Dusche im letzten Jahr gehabt. Sie hatte dieses Kribbeln vor dem letzten Wochenende gespürt. Und sie hatte dieses Kribbeln jetzt. Es war schmerzhaft. Mehr als einmal hatte sie sich daran die Finger blutig gekratzt. Selbst davon wollte es nicht aufhören. Nicht einmal der daraus folgende pochende, stechende Schmerz, der eisenhaltige Geschmack von Blut im Mund konnte dieses Kribbeln dämpfen. Sie spürte es.

Plötzlich ertönte das beinahe schon erlösende »Gehen Sie bitte hinein« der Sekretärin.

Sie tat, wie ihr geheißen. Ihre dunklen Vorahnungen bestätigten sich binnen Sekunden. Berghausen war nicht allein. Ihm gegenüber – auf einem der beiden Stühle vor dem Schreibtisch – saß er. Der »Man in Black«, wie sie ihn alle nannten, ein Typ vom Kultusministerium. Sarah kannte seinen Namen nicht, aber sie kannte ihn. Diesen widerlichen schmerbäuchigen Typen mit schütterem Haar und teigigem Gesicht, der immer wieder auftauchte und es nicht lassen konnte, jungen Mädchen in den Ausschnitt zu glotzen, wobei ihm fast der Geifer aus dem Mund lief. Selbst der Schulleiter konnte ihn nicht leiden, das war offensichtlich.

Sarah tat, als beeindruckte sie die ganze Szenerie überhaupt nicht, auch wenn ihr Herz vor Aufregung fast zu zerspringen drohte. »Sie wollten mich sprechen?«

Berghausen sah sie fast mitleidig an. »Nehmen Sie Platz, Sarah.« Dabei wies er auf den Platz zur Rechten des Ekelpakets.

»Worum geht es?«, fragte sie bewusst um freundliches Auftreten bemüht.

Berghausen kam nicht zu Wort, der fette Anzugträger antwortete an seiner statt mit säuselnder Stimme. »Haben Sie schon mal etwas von Verschwiegenheit und Loyalität gehört, Frau Trautvetter?«

Er kannte ihren Namen! Sarah hatte ein ganz mieses Gefühl.

Berghausen stand kalter Angstschweiß auf der Stirn, seine Stimme zitterte. »Dieser Herr ist vom Kultusministerium, der Grund seines Besuchs dürfte auf der Hand liegen.«

»Ja, klar«, antwortete sie brav. Sie wollte schnellstens hier raus. Das ging nur, wenn sie es dem Schulleiter nicht unnötig schwer machte. »Es ist so schrecklich. Ich kann immer noch nicht glauben, dass es bei uns passiert ist.«

Das Ekelpaket hatte seine perverse Freude daran zu sehen, wie sie sich wand. »Sie irren sich, denn hier geht es um Sie. Verschwiegenheit und Loyalität, wie ich schon sagte.«

»Um mich?« Ihre Angst übermannte sie, sie war kaum noch bei Sinnen.

Julius Berghausen startete einen erneuten Versuch, Herr der Lage zu werden. »Bitte, ich werde das regeln. Noch bin ich hier der Schulleiter.«

Der Man in Black genoss das von ihm erzeugte Klima der Angst, lehnte sich zurück, tippte irgendwas in sein Tablet ein, das bisher nur in seinem Schoß gelegen hatte. »Dann regeln Sie mal.«

Berghausen ließ einen kurzen Atemstoß aus. »Sarah, sagt Ihnen der Name Tinus Geving etwas?«

Verdammt! Sarah rutschte das Herz, das eben noch bis zum Anschlag gepocht hatte, schlagartig in die Hose. Darum ging es also. Sie hatte sich so bemüht, keinerlei Spuren zu hinterlassen. Doch vielleicht fischten sie im Trüben, und es hatte nichts zu bedeuten. »Äh ... nein.«

Der Schulleiter sah ihr in die Augen.

Sie wich seinem Blick aus.

»Überlegen Sie genau.«

»Wirklich nicht.« Sie starrte auf den Boden. Am liebsten wollte sie jetzt ganz unsichtbar sein.

Das Ekelpaket, dessen Namen sie immer noch nicht kannte, lachte hämisch auf. »Uneinsichtig bis zum Schluss.« Sein Lachen verstummte abrupt und wich einem bedrohlichen Blick. Er knallte ihr das Tablet auf den Tisch. Darauf sah man sie mit einem Mann.

»Natürlich kennen Sie Kriminalrat Geving. Sie hatten mindestens zweimal Kontakt zu ihm auf diesem Gelände. Also verkaufen Sie uns nicht für dumm!«

O Gott! Ihr wurde kurz schwarz vor Augen. Inzwischen hatte sich das Kribbeln auf ihren ganzen Körper ausgebreitet. Eine Hitzewelle durchfuhr sie, unmittelbar abgelöst von kaltem Frösteln. Sie würde das durchstehen.

»Ach der … Wusste doch nicht, wie der heißt. Das war irgendso'n Typ von der Polizei. Man hat uns nicht verboten, mit denen zu sprechen.«

Warum rechtfertigte sie sich eigentlich?

Es folgte ein unerträglich langer Moment des Schweigens. Der Man in Black blickte zwischen Sarah und Berghausen hin und her. Er schnalzte mit der Zunge, tippte erneut aufs Tablet. Das Bild setzte sich in Bewegung.

»Herr Geving, ich bin nicht dumm. Ich weiß, was Matthes getan haben soll« –»Ich fürchte, ich verstehe immer noch nicht ganz.« –»Sie sollten eine Möglichkeit finden, an die Videoaufnahmen zu gelangen. Die werden bis zu einem Monat gespeichert, sagt man.«

Er beugte sich zu ihr, sodass sie seinen fauligen Atem riechen konnte. »Mit beiden Händen in der Keksdose erwischt.«

Sarah war wie erstarrt. Sie konnte sich nicht rühren, sie konnte nichts sagen. Sie wollte einfach nur weg. Doch ihre Glieder waren steif.

»Sarah, es tut mir leid. Das ist eine sehr ernste Situation«, erklärte Berghausen.

Das reichte dem Man in Black nicht. »Mensch, Berghausen, reden Sie nicht um den heißen Brei herum! Da haben Sie Ihr Informationsleck, und sie gibt es nicht einmal zu. Sie sind aber auch ein Weichei.«

Sarah stand kurz vor einer Ohnmacht. Der Ministerialbeamte setzte ihr unaufhörlich nach. »Was haben Sie sonst noch mit ihm besprochen?«

Sie zitterte am ganzen Leib. Dazu dieses schmerzhafte Kribbeln! Sie hatte keine Kraft mehr, ihr Flüstern war kaum zu vernehmen. »Bitte, darf ich gehen?«

»W-a-s h-a-b-e-n S-i-e s-o-n-s-t n-o-c-h m-i-t i-h-m b-e-s-p-r-o-c-h-e-n?«, brüllte er.

Sie zuckte zusammen. »Bitte, darf ich gehen?«, wiederholte sie. Ihr kamen die Tränen. Sie wollte stark sein, doch es gelang ihr nicht. Sie wollte am liebsten aufstehen und gehen, doch ihr Körper gehorchte ihr nicht.

»Herzchen, du weißt hoffentlich, mit wem du hier sprichst.«

Sarah Trautvetter stiegen Tränen in die Augen. »Was hätte ich denn machen sollen? Ich wollte nur helfen! Ich wollte, dass sie Mia finden. Mia ist meine beste Freundin. Können Sie das nicht verstehen? Ich weiß jetzt, dass es falsch von mir war.« Sie flehte beinahe. »Bitte, ich kann nicht mehr!«

***

Julius Berghausen zerriss es förmlich das Herz, eine seiner Schülerinnen so leiden zu sehen. Nein, es war nicht falsch, was sie getan hatte. Es war falsch, was sie – er und dieser Schreibtischhengst – hier taten. Warum hatte er sich nur wieder darauf eingelassen?

Der Man in Black hingegen zeigte kein Erbarmen. »Packen Sie Ihre Sachen, Sie sind hier raus.«

»Nein, ist sie nicht«, widersprach Berghausen ruhig. Was? Hatte er es etwa gewagt zu widersprechen?

Der Ministerialbeamte glaubte vermutlich, sich verhört zu haben. »Sind Sie von allen guten Geistern verlassen?«

Was hatte Dr. Julius Berghausen, Schulleiter des Gymnasiums Kloster Eichenburg zu verlieren? Dieser Mann würde sowieso seinen Kopf fordern. Was schadete da noch Offenheit angesichts des »Exekutionskommandos«? Berghausen spürte, wie er innerlich zwei Meter größer wurde. *Einmal* konnte er das Richtige tun.

Er wandte sich an Sarah. »Was Sie getan haben, war in Anbetracht der Umstände menschlich nachvollziehbar, aber unklug. Diese Situation nimmt uns alle mit, den einen mehr, den anderen weniger. Manchmal trifft man eine Fehlentscheidung. Bis zum Ende der nächsten Woche sind Sie vom Unterricht freigestellt. Gehen Sie nach Hause, und ruhen Sie sich aus, ich werde später nach Ihnen schauen.«

Sarah Trautvetter wirkte perplex, damit hatte sie offenbar nicht gerechnet. Sie kam seiner Aufforderung eilig nach. Am Ausgang warf sie ihm aus tränengeröteten Augen noch einen Blick stiller Dankbarkeit zu, den er verstehend quittierte.

Der Man in Black schüttelte den Kopf. »Berghausen, Berghausen, Berghausen, Sie sind so ein Schwächling. Ihnen ist klar, dass es das für Sie war?«

»Tun Sie mit mir, was Sie wollen. Aber von meinen Schülerinnen lassen Sie Ihre verdammten Finger!« Entschlossen sah er den Mann an. Überhaupt wagte er es zum ersten Mal, ihm in die Augen zu sehen.

Der Man in Black lehnte sich in seinem Stuhl zurück, betrachtete den Schulleiter in einer Mischung aus Mitleid und Herablassung, bevor er sagte: »Ich wäre ja beeindruckt von Ihnen, wenn ich nicht wüsste, dass Sie kein Rückgrat haben. Aber so ...«

»Sarah war nicht die Einzige, die mit der Polizei kooperierte. Ich habe ebenfalls mit Kriminalrat Geving gesprochen, wozu es noch verheimlichen?«, unterbrach Berghausen den heranziehenden Monolog des selbstgefälligen Ministerialbeamten.

»Sie haben was?«

»Sie haben mich bestens verstanden, denke ich.«

Er drohte mit dem Zeigefinger. »Sie ... Genießen Sie Ihre letzten Tage als Schulleiter. Ich garantiere Ihnen, Sie werden nie wieder eine Schule betreten, nicht mal als Hausmeister!«

»Davon kann ich Sie natürlich nicht abhalten«, entgegnete Berghausen mit einem Schmunzeln im Gesicht. »Ich wäre dann allerdings gezwungen, laut nachzudenken.«

»Worüber?«

»Wie viel vom Selbstwertgefühl eines Mannes in meiner Position noch übrig ist. Vom Selbstwertgefühl eines Mannes, der sich wie eine billige Hure hat benutzen lassen, um dieser«, er wies in den Raum, »Farce hier vorzustehen.«

»Wen interessiert's?«

»Träumen Sie manchmal?«

Der Man in Black ließ die Frage unerwidert. Er stand auf. »Wir sind hier fertig. Sie sind fertig.«

»In den letzten Nächten habe ich oft geträumt«, fuhr der Schulleiter unbeirrt fort. »Es war immer der gleiche Traum. Die anklagenden Gesichter von Sophia Dibelius, Alisah ter Hoorst, Johanna von Kleeberg, Marie Jannings, Stephanie Pousset, Alexander Matthes. Wissen Sie, was die mir zu sagen hatten? Ich habe sie alle im Stich gelassen. Ich habe Blut an den Händen kleben. Es stimmt! Ich habe deren Blut an den Händen kleben. Wissen Sie, wer noch? Sie!«

»Sie sind nicht nur ein Idiot, Sie sind krank. Sie brauchen mal eine psychiatrische ...«

»Nein, deren Blut klebt auch an Ihnen. An Ihnen mit Ihren ... Memos, internen Untersuchungen, ewigen Belehrungen und ›freundschaftlichen Ratschlägen‹. Wenn ich mich erinnern sollte ...« Berghausen knallte einen dicken Aktenordner auf seinen Schreibtisch.

Er musste seinen Satz nicht beenden, dem Man in Black wich jegliche Farbe aus dem Gesicht.

»Setzen Sie sich! Reden wir über einige Veränderungen an dieser Schule.«

»Henneberg, wie weit sind wir mit der Waffe?« Polizeirat Markus Grünwald wurde langsam ungeduldig. Wie schwer konnte es sein, die Herkunft der ominösen Jarygin PJa zu ermitteln?

»Bisher haben wir leider niemanden, der ins Raster passen könnte.«

»Niemanden, der ins Raster passen könnte? Komisch, mir fallen da sofort ein halbes Dutzend Leute ein.« Grünwald war jetzt nicht nur ungeduldig, sondern verärgert. Seit geraumer Zeit hatte er den leisen Eindruck, sein Stellvertreter wäre womöglich nicht ganz bei der Sache. Fast ein Jahr war Henneberg nun bei ihnen. Er war jung, engagiert, ehrgeizig. Vielleicht etwas zu ehrgeizig für Grünwalds Geschmack. Er selbst blickte auf eine fast vierzigjährige Berufslaufbahn zurück. Ihm war es immer nur um den Job und die Menschen gegangen.

Worum ging es Henneberg? In all der Zeit hatte Grünwald ein untrügliches Gespür für Menschen und deren Befindlichkeiten entwickelt. Irgendetwas sagte ihm, dass sich Henneberg seltsam benahm. So hinhaltend, fast schon inkompetent. Ob er sauer war, dass ihm keine zentralere Rolle in den Ermittlungen zugedacht worden war? Grünwald hielt nichts von falscher Eitelkeit.

»Mensch, Junge! Wach mal auf! Wir müssen langsam Ergebnisse vorweisen.«

Henneberg sah ihn mit kryptischem Blick an. »Herr Polizeirat, wir sind dran. Ich kann nicht zaubern.«

»Komm schon! Heute wird nicht an der eigenen Karriere gebastelt. Das kannst du morgen wieder tun.«

Er gab Henneberg einen ermutigenden Klaps auf die Schulter. Ein leichtes Lächeln umspielte daraufhin die Mundwinkel seines Stellvertreters.

Andererseits, dachte Grünwald, ist es vielleicht nützlich, die Dinge selbst in die Hand zu nehmen. Vertrauen ist gut, Misstrauen ist besser. Denn Henneberg konnte noch so sehr versuchen, es zu verbergen, seine Ambitionen wogen schwerer als seine Loyalität.

Revierkriminaldienst Kreisstadt
Kurt-Weill-Straße 18
16:15 Uhr

»Ihre Videokonferenz zwecks Befragung von Kleeberg steht«, meldete der Beamte der Kommunikationszentrale.

Tobias Stegner und Wiebke Hellmund saßen bereits den ganzen Nachmittag wie auf glühenden Kohlen.

»Die haben sich ja Zeit gelassen«, meinte Wiebke Hellmund.

Stegner verdrehte die Augen. »Auswärtiger Dienst, die halten sich für die Crème de la Crème. Ich wünsche viel Spaß.«

Sie wehrte ab. »O nein! Das machen mal schön Sie.«

Er sah seine Vorgesetzte entgeistert an. »Ihr Ernst?«

»Brauchen Sie es vielleicht schriftlich?«

Er fügte sich ins Unvermeidliche. »Also gut«, sagte er und stellte das Gespräch auf seinen Monitor durch.

Sofort erschien das glatte Gesicht eines geschniegelten und gebügelten Beamten, dessen Alter man auf den ersten Blick nicht abschätzen konnte. Er sah gut aus, dazu der abschätzige Blick. Nichts an diesem Mann verriet auch nur das Geringste über die Person hinter dem Diplomaten. Ebenso gut hätte er ein austauschbares GQ-Model sein können.

Grußlos kam er direkt zum Punkt. »Mit wem spreche ich?«

Stegner sah die ihm unmittelbar gegenübersitzende Kollegin ratlos an. Er brauchte einen Moment, um sich zu sammeln. »Ähm ... Kriminalkommissar Stegner, Revierkriminaldienst Kreisstadt.«

»Ich bin etwas überrascht. Eigentlich wollte ich mit Kriminalrat Geving sprechen.« Das Gesicht des Karrierebeamten blieb betont ausdruckslos, allein der Ton seiner Stimme verriet Missbilligung.

»Der ist auf Dienstreise. Ich bin ebenfalls überrascht. Ich war davon ausgegangen, mit Botschafter von Kleeberg sprechen zu können.«

Der Diplomat bemühte sich nicht einmal, auf Stegners Feststellung einzugehen. »Ich verstehe, Sie haben Fragen an den Herrn Botschafter?«

»Ja. Fragen insbesondere zu einer möglichen Täter-Opfer-Beziehung. Fragen, die ich dem Botschafter gerne persönlich stellen würde.«

»Lassen Sie mir Ihren Fragenkatalog per Mail zukommen. Ihre Fragen werden innerhalb kürzester Frist bewertet und – so möglich – beantwortet.«

Wut kroch in Stegner hoch. Wut, die er sofort wieder herunterschluckte. »Jetzt bin ich nicht nur überrascht, sondern irritiert. Ich soll Ihnen unsere Fragen zukommen lassen, und Sie bewerten die?«

»Richtig. Wäre das dann alles?«

Die Überheblichkeit dieses Mannes war ohne Beispiel.

»Wir stecken mitten in Ermittlungen, wozu wir leider auch den Herrn Botschafter befragen müssen. Direkt.«

»Sie werden verstehen, dass der Herr Botschafter derzeit unabkömmlich ist ...«

»Aber ...«

Der Diplomat gebot Stegner per Handzeichen zu schweigen: »... und er in Anbetracht dieser speziellen Situation derzeit nicht in der Lage ist, sich dazu zu äußern.«

Stegner riss der Geduldsfaden. »Herrgott, es geht um seine Tochter!«

Der Diplomat schien unbeeindruckt. »Das ist mir bewusst. Trotzdem bin ich mit der Wahrnehmung seiner Interessen beauftragt.«

»Wahrnehmung seiner Interessen? Es geht hier um eine polizeiliche Befragung. Da hat der Herr Botschafter zu kooperieren!«

»Darüber wird zu reden sein. Zunächst sollten Sie wissen, dass wir auch mit der Koordinierung der konsularischen Arbeit in unseren Auslandsvertretungen befasst sind.«

»Sind Sie jetzt also sein Rechtsvertreter, oder was?«

Erneut erhielt er statt einer Antwort eine arrogante Zurechtweisung. »Herr Kommissar, anscheinend sind Ihnen die politischen Implikationen entgangen.«

»Klären Sie mich auf.« Der Zynismus in Stegners Stimme war kaum noch zu überhören.

»Unsere Verbindungsbeamten zum BKA informierten mich darüber, dass die Tat möglicherweise einen politischen Hintergrund haben könnte, immerhin ist die Tochter des Botschafters tot.«

»In dieser Frage laufen lediglich Vorermittlungen. Wir haben weder etwas Handfestes, noch scheint sich dieser Verdacht zu bestätigen.«

»Vom Tisch ist der Verdacht damit nicht. Wir nehmen den Vorfall sehr ernst, Vorermittlungen hin oder her. Das Leben des Botschafters könnte in Gefahr sein.«

»Deswegen kooperieren Sie nicht?«

»Ich bitte Sie, das ist nicht der Punkt. Noch nie zuvor war ein Botschafter zur Rechenschaft gegenüber einer Landesbehörde verpflichtet. Wer garantiert mir, dass

Ihre Fragen nicht unsere nationale Sicherheit berühren? Stellen Sie sich vor, Sie gewännen Informationen, die Sie nach Klärung der Rechtslage überhaupt nicht haben dürften.«

»Das ist doch fadenscheinig!«

Der Diplomat wurde undiplomatisch ärgerlich. »Derlei Formfehler haben schon ganze Ermittlungen zu Fall gebracht. Die Dummen sind dann nicht wir, sondern Sie. Wir tun Ihnen – ob Sie wollen oder nicht – lediglich einen Gefallen. Also schicken Sie mir Ihre Fragen. Der Herr Botschafter wird sich auf die ein oder andere Weise dazu äußern. Guten Tag.«

Damit endete das Gespräch abrupt. Stegner schaute auf den leeren Bildschirm und schlug mit der Hand auf den Tisch. »So ein Arsch!«

Wiebke Hellmund musste das eben Geschehene erst mal sacken lassen. »Was war das denn?«

Sie kamen nicht mehr dazu, sich länger den Kopf zu zerbrechen. Erneut meldete sich der Beamte der Kommunikationszentrale bei Stegner.

»Herr Kriminalkommissar, Lorenz Behrendt erwartet umgehend Ihren Rückruf.«

16:50 Uhr

Sarah Trautvetter
Ey, Leute. Ich wurde heute gegrillt! Bin immer noch ganz fertig.
16:50

Judith Metzger
Besser gegrillt als gekillt
16:50

Sarah Trautvetter
Das ist nicht witzig. I'm grounded Bis nächste Woche!
16:51

Carolin Aschenbach
WHAT???!
16:51

Sarah Trautvetter
Der Arsch vom Kultus weiß alles. Hat mich mit Geving
an die Wand nageln wollen und er hat mir KAMERA-
AUFNAHMEN gezeigt!
16:52

Jasmin Roth
Krass ...
16:52

Judith Metzger
Die haben alle verhört. Uns auch
16:52

Sarah Trautvetter
Was habt ihr wegen Geving gesagt?
16:52

Judith Metzger
Dazu wurde ich nix gefragt. Die interessierte mein Verhältnis zu den Toten.
16:53

Carolin Aschenbach
Bei mir das gleiche
16:53

Jasmin Roth
Komisch. Bei mir weder noch. Dafür Mia ...
16:54

Sarah Trautvetter
How very NSA
16:54

Carolin Aschenbach
Wohl eher Stasi
16:54

Jasmin Roth
Und was jetzt?
16:55

Sarah Trautvetter
Keine Ahnung. Aber Berghausen ist mir beigesprungen
und hat mich verteidigt!
16:56

Judith Metzger
Schön und gut. Trotzdem, was nun?
16:56

Sarah Trautvetter
...
16:56

Carolin Aschenbach
Sarah, ehrlich. Wenn die das schon wissen. Du hältst
das nicht mehr lange durch!
16:56

Sarah Trautvetter
Ich denke nach. Bin ja erst mal aus dem Spiel und irgendwas sagt mir, dass Berghausen es so wollte.
16:59

Staatsanwaltschaft Magdeburg
Zweigstelle Kreisstadt
Brahmsstraße 5
17:00 Uhr

Fälle wie dieser bedeuteten grundsätzlich nur eines: Überstunden.

Wenigstens heute würde sich Werner Vogel einen pünktlichen Dienstschluss gönnen. Das war zumindest der Plan.

»Herr Staatsanwalt, das kam mit der Post für Sie.«

Vogel wollte gerade sein Büro verlassen, wurde aber an der Tür von einem Justizangestellten aufgehalten, der eine ansehnliche Briefpostsendung in Händen hielt.

Er beäugte die Sendung misstrauisch. »Was ist das?«

Der Justizbeamte zeigte auf den amtlichen Vertraulichkeitsvermerk. »Irgendeine LKA-Akte, die Sie angefordert haben.«

»Ich habe keine ...« Vogel hielt inne. »Ja, doch, natürlich.« Er riss dem Mitarbeiter die Akte aus der Hand, der nun wiederum ihn misstrauisch ansah. »Ist noch was?«, fragte er lapidar. Zur Antwort bekam er ein Kopfschütteln. »Dann schönen Feierabend Ihnen.«

Werner Vogel kehrte an den Schreibtisch zurück und öffnete das Paket. Sofort wurde offenbar, was er da in Händen hielt: Aktenfarbe und Codierung des LKA Thüringen. Es war die Akte einer Vertrauensperson. Name: Alexander Matthes.

Werner Vogel hasste Überstunden.

Revierkriminaldienst Kreisstadt
Kurt-Weill-Straße 18
17:32 Uhr

Die Auflösung des kurzen – jetzt etwa halbminütigen – Videos von Alisah ter Hoorsts Handy war wesentlich besser, das Bild klarer. Der Anfang war bekannt, Alisah in der Totalen, die das Handy fallen ließ und geistesgegenwärtig wieder aufhob. Verwackelte Bilder, dazu die Rufe *»Bitte nicht!«* und *»Nein!«*, die zweifelsfrei dem Opfer zugeordnet werden konnten. Ab hier lief der Film weiter. Er war so verwackelt, dass die Kameralinse keinen Fokus erzeugen konnte. Das Bild hatte Ähnlichkeit mit verwischter Tusche. Alisah musste die letzten Sekunden ihres Lebens in purem Grauen verbracht haben. Starkes Bildrauschen, Zahlenkolonnen. Die Aufnahme wurde schlechter. Man hörte Worte, einen Satz.

»Unsere Wege trennen sich hier.«
Wem die Stimme gehörte, war nicht auszumachen, sie klang derart technisch verfremdet und roboterhaft. Schließlich der Schuss. Ein kurzes Aufblitzen in der unteren linken Ecke des Monitors.

Sabine Jentsch und Thomas Rausch zuckten beim Knall unwillkürlich zusammen. Erneut fiel das Handy zu Boden, für zwei Sekunden sah man aus dem Dunkeln heraus das, was die Decke der Arminhöhle sein musste. Ein schwerer Schatten senkte sich langsam über den Kamerafokus – der Schatten der tot zu Boden gehenden Alisah. Das Bild wurde klarer. Seitlich vom Fokus das Gesicht des Opfers. Weit aufgerissene tote Augen, denen der Schrecken anzusehen war. Ein Ausdruck des Vorwurfs im Gesicht. Stille. Schlurfende Schritte. Erneut ein Schatten, kein Gesicht, ein Schuh, Knacken, Schwärze, Abbruch.

Kriminalkommissarin Sabine Jentsch hob enttäuscht die Hände. »Wie heißt es so schön: schwach angefangen, stark nachgelassen.«

»Ach, komm«, versuchte sich Thomas Rausch an einer Aufmunterung. »Immerhin hast du den kompletten Tathergang rekonstruiert. Das ist nicht nichts!«

Sie waren ziemlich schnell zum Du übergegangen, so groß war der Altersunterschied nicht, als dass man sich mit Förmlichkeiten aufhalten musste.

Der Kriminalkommissaranwärter konnte sie vom Ergebnis ihrer Mühen nicht überzeugen. »Was hat es uns gebracht? Ist der Täter jetzt unser Täter, oder ist er es nicht? Es gibt nichts Verwertbares. Wenn wenigstens erkennbar wäre, wer da zum Schluss gesprochen hat.«

»Warum klingt das so technisch? Kann man da nicht noch was machen?«

»Das ist halt die große Kacke, wenn der Speicher beschädigt ist. Besser geht's nicht.«

»Kannst du die Sequenz noch mal abspielen?«

Sie folgte Rauschs Bitte. Es erklang jenes geschlechtsneutrale *»Unsere Wege trennen sich hier«*.

Rausch wiederholte grübelnd: »Unsere Wege trennen sich hier ...« Er schloss die Augen, dachte scharf nach. Längeres Schweigen. Schließlich schien er sich seiner Sache sicher. »Kann es sein, dass wir den Fall völlig falsch angegangen sind?«

Sabine Jentsch, der nichts dazu einfallen wollte, fragte unschlüssig: »Wie kommst du darauf?«

»Vielleicht ist es kompletter Unsinn. Was, wenn man uns glauben machen wollte, dass es sich so abgespielt hat, wie wir denken?«

Sie war unentschlossen, ob sie Rauschs Gedankengang von sich weisen konnte. »Warum sollte Matthes das getan haben?«

»Das ist eine gute Frage: Warum sollte Matthes das getan haben?«

Von der Tür her war leiser Applaus zu hören. »Rausch, ich muss sagen, Sie haben Potenzial.«

Der Applaudierende war Kriminalkommissar Tobias Stegner. Sie waren so in die Diskussion vertieft gewesen, dass sie ihn über Minuten nicht bemerkt hatten.

Rausch wurde wie immer rot im Gesicht, als hätte man ihn bei irgendetwas Unanständigem erwischt.

»Verzeihung, ich wusste nicht, dass Sie ...«

»O nein! Ihre Überlegungen sind so dämlich nicht, wenngleich ziemlich unwahrscheinlich. Nichts für ungut, die Kollegin muss ihre kleinen grauen Zellen jetzt ohne Ihre Hilfe anstrengen. Für uns ist in dreißig Minuten Abfahrt.«

»Sorry?« Sabine Jentsch verstand nicht.

»Der Kriminalkommissaranwärter und meine Wenigkeit werden abgezogen.«

»Wieso?«

»Die Kollegen in Bernburg benötigen Unterstützung. Bandenkriminalität. Alle sind krank oder im Urlaub. Also werden wir geschickt.«

»Das kann doch wohl warten!«

»Sehen Sie so, sehe ich so, sieht das LKA anders. Die Wege des Dienstherrn sind unergründlich.«

Sabine Jentsch und Thomas Rausch sahen einander entgeistert an.

»Tja«, seufzte sie in einer gekonnten Anspielung, »unsere Wege trennen sich hier. Aber mit dir kann man arbeiten, Kollege. Außerdem ...« Sie nahm einen Zettel und notierte ihre Nummer. »Melde dich, wenn ihr in der Megacity Bernburg aufgeräumt habt.« Ein Augenzwinkern.

Rausch strahlte vor Glückseligkeit. »Cool.« Und ging, offenbar auf Wolke sieben schwebend, davon.

Sie grinste.

Stegner verdrehte die Augen. »Leute, wie alt seid ihr?«

Sabine Jentsch überlegte, was sie jetzt ohne ihren neuen Kollegen anfangen sollte. Das Handyvideo war wiederhergestellt, sonst gab es für sie im Moment nicht viel zu tun. Ihre Gedanken schweiften in die Ferne, wieder zurück und trafen auf den Satz *»Unsere Wege trennen sich hier«*.

Eine verrückte Idee, die Thomas gehabt hatte. Warum sollte Matthes das getan haben? Ziemlich unwahrscheinlich, hatte Stegner befunden. Es sei denn ... Wenn man alles Unmögliche ausschließt, muss das, was übrig bleibt, folglich die logische Wahrheit sein, so unwahrscheinlich sie auch klingen mag.

Sabine Jentsch wurde blass, sie musste unbedingt zurück an ihren Computer. Sie hatten etwas Entscheidendes übersehen.

Die Zeit verflog geradezu. Nach fast zweistündiger intensiver Suche wurde sie fündig.

»Oh fuck!« Sie griff zum Telefon. »Frau Hellmund, sind Sie noch im Haus? – Nein? – Ich bräuchte Sie dringend zurück, wir haben ein Problem.«

Privatwohnung der Familie Matthes
Glück-Auf-Weg 12
Gera
19:41 Uhr

»Monsieur und Madame Lambert? Ich bedauere, Ihnen mitteilen zu müssen, dass Ihre Tochter Chloé in Ausübung ihrer Pflicht gestorben ist.«

Schmerzerfülltes Kreischen der Mutter, die in den Armen ihres Mannes zusammenbrach.

Chloés Vater stockte der Atem, er brachte nur ein Wort heraus. »Wieso?«

Wieso? Das war eine gute Frage. Es war eine verfrühte Frage. Wie? Das wäre die angemessene Frage gewesen. Auf das Wieso hatte er keine Antwort.

Eltern mit dem Tod ihrer Kinder zu konfrontieren, war eine beschissene Aufgabe, die kein Polizist jemals freiwillig wahrnahm. Hier hatte Tinus Geving die Eltern zu befragen, das machte den undankbaren Job noch beschissener.

Trostlosigkeit, wohin man blickte. Ekkehard und Regina Matthes, ein trostloses Rentnerehepaar, empfingen Geving in ihrer trostlosen Wohnung in einer trostlosen Plattenbausiedlung am Rand dieser trostlosen Stadt. Trostlos und grau. Grau war die Bevölkerung dieser bis zur Bedeutungslosigkeit geschrumpften ehemaligen Großstadt, deren Auf- und Niedergang mit dem nahen Uranbergbau verbunden war. Ein grauer, beinahe morbider Schleier lag über allem. Trostloser kalter Winter, der sehr zu Gevings Grundstimmung passte. Mitten im kalten Winter ...

Sie empfingen ihn mit Argwohn, möglicherweise sogar mit unterdrückter Wut. Er konnte es ihnen nicht verübeln. Wie würde er an ihrer Stelle reagieren? Doch es war sein Job, und er musste sich abgrenzen. Abgrenzen auch wegen der Parallelen. Waren es überhaupt Parallelen? Er empfand es so.

Ekkehard und Regina Matthes reagierten ungläubig.

»Die Beweislage ist erdrückend. Ich wünschte, Ihnen etwas anderes mitteilen zu können, aber so ist es leider«, räumte Geving ein.

Der Vater sah ihn verächtlich an. »Beweislage ... Wenn ich das schon höre! Ich frage Sie jetzt mal nicht, wie oft sich unsere Polizei schon geirrt hat.«

Nicht so oft, wie es den Anschein haben mag, dachte Geving, konnte es natürlich nicht laut aussprechen. Alexander Matthes' Eltern waren zur Kooperation nicht verpflichtet. Wenn sie ihn vor die Tür setzten, erreichte er überhaupt nichts. Bereits die Befragung von Kaya-Philine Neugebauer hatte ihn nachdenklich gemacht.

Daher war es nicht gelogen, als er erklärte: »Es ist auch meine Aufgabe, nach entlastenden Hinweisen zu suchen. Persönlich bin ich jederzeit bereit, mich vom Gegenteil überzeugen zu lassen. Allerdings setzt das Ihre Kooperation voraus.«

Das Ehepaar sah sich an.

Schließlich nickte Frau Matthes. »Also gut.«

»Warum glauben Sie, dass Ihr Sohn unschuldig ist?«

Ekkehard Matthes antwortete prompt, fast so, als könnte er das Ende der Frage nicht abwarten. »Weil nichts zusammenpasst! Allein die Geschichte mit der Waffe. Alexander war kein Waffennarr, er hatte nie eine Waffe bei sich im Haus. Sogar seine Sportwaffen ließ er in Oberhof.«

»Ihr Sohn ist doch Sportoffizier gewesen.«

»Weil er deren Förderung brauchte, wir konnten ihm nichts geben. Wie auch, seit der Wende haben meine Frau und ich keine Arbeit mehr und meine Invalidenrente ist nicht gerade üppig. Ich habe Alexander nie dazu ermutigt, zur Armee zu gehen. Glauben Sie mir, ich war jahrelang bei der Fahne. Ich habe für ihn mitgedient. Mit Leidenschaft gegenüber diesem Schießbudenverein hatte das bei ihm mit Sicherheit nichts zu tun.«

»Er hatte eine Scharfschützenausbildung und konnte mit jeder Art von Schusswaffen umgehen.«

»Ihr Kollege Rausch erwähnte diese russische Waffe. Finden Sie es nicht merkwürdig, dass ein deutscher Offizier für sein Vorhaben zu einer Jarygin PJa greift?«

»Wie meinen Sie das?«

»Ich war auch Sportschütze und kenne mich ein wenig aus. Ich will Ihnen mal was zur Beschaffenheit dieses Modells sagen. Die frühen Jarygins leiden unter einem sich bei mehrfachem Gebrauch verziehenden Lauf, was bedeutet, dass sich die Treffpunktlage verändert. Irgendwann treffen Sie nicht mehr ins Schwarze.«

Geving fasste sich an die Stirn. Wie hatte ihnen das entgehen können? Wie hatte *ihm* das entgehen können? Der Obduktionsbericht hätte ihn zweifeln lassen müssen.

»Je weiter entfernt Sie vom Ziel stehen, desto größer der Abweichwinkel«, sagte er.

»Wenn man treffen möchte, dann doch mit jedem Schuss. Warum muss ich Ihnen das überhaupt erzählen? Führt die Polizei heutzutage keine Ballistiktests mehr durch?«

Gute Frage. Hatte er überhaupt ein ballistisches Gutachten angefordert? Wie hatte er das vergessen können? Auf den berechtigten Vorwurf des Vaters wollte er nicht eingehen.

»Wie kam die Waffe Ihrer Meinung nach ins Land?«

»Wie viele Spätaussiedler, die zu uns kamen, haben vorher bei den russischen Streitkräften gedient? Bei deren Organisationschaos wird doch nie die Ausrüstung kontrolliert. Was meinen Sie, wie einfach es ist, eine Armeepistole mitgehen zu lassen? Irgendeiner wird sie in Deutschland zu Geld gemacht haben. Hätte unser Sohn diese ungeheuerliche Tat wirklich geplant, wie ihm vorgeworfen wird, dann nicht mit solchem Schrott. Eine Jarygin benutzt nur, wer an nichts Besseres kommt oder nicht weiß, dass es Besseres gibt. Denken Sie mal nach!«

»Schön und gut. Aber ich habe schon das Gefühl, dass Ihr Sohn ein Mann mit Geheimnissen gewesen ist.«

Regina Matthes hatte bisher fast teilnahmslos zugehört, bei dieser Frage wachte sie auf. »Alexander? Niemals!«

»Hat er auf Sie in letzter Zeit den Eindruck gemacht, als würde ihn etwas besonders belasten? Hatte er etwas zu verbergen?«

Sie war empört. »Wir haben stets einen offenen Umgang miteinander gepflegt. Nein.«

»Wirklich keine Probleme jedweder Art?«

»Da wäre natürlich die Schule, Kaya wird Ihnen sicherlich davon erzählt haben. Wir haben uns schon Sorgen gemacht, Eltern tun so etwas für gewöhnlich immer. Aber wir kennen ... kannten unseren Jungen. Es gab nichts, was ihn übermäßig belastete. Nichts, was bei uns die Alarmglocken schrillen ließ.«

»Neigte Ihr Sohn gelegentlich zu ungesteuertem Verhalten oder Aggression?«

Regina Matthes funkelte ihn böse an. »Wie kommen Sie darauf?«

»Tut mir leid, ich muss das fragen.«

»Er war nicht dieser Mensch! Impulsivität gehörte nicht zu seinen Charakterzügen. Alexander war immer ruhig und ausgeglichen, schon als Kind. Manchmal vielleicht zu ruhig. Etwas mit Gewalt lösen zu wollen, war nie eine Option für ihn. So haben wir ihn nicht erzogen.«

»Und in der Beziehung?«

»Hat Kaya den Eindruck vermittelt, unglücklich mit ihm gewesen zu sein? Bestimmt nicht! Sie waren ein Herz und eine Seele. In jeder anderen Beziehung wäre es angesichts der bösen Gerüchte, die über ihn verbreitet wurden, zu Krach gekommen. Nicht bei den beiden.«

»Erwähnte er Ihnen gegenüber jemals eine Mia Kolberg?«

Das Ehepaar sah sich an, sie antwortete. »Nein, uns gegenüber nicht.«

Also doch nicht so offen, der Umgang ...

»Oder Ronny Andrä?«

Der Vater zog das Gespräch wieder an sich. »Ja, das war so eine Sache ... Alexander wollte ihm helfen. Er hat es lange versucht. Fast bis zur Selbstaufgabe.«

»Wie haben Sie ihn in dieser Zeit erlebt?«

»Mit Ronny war es immer schwierig. Er war leider empfänglich für gewisse ... Einflüsterungen.«

Geving fragte sich nicht zum ersten Mal, warum so ziemlich jeder im Osten den Begriff »Rechtsextremismus« vermied.

»Ronny war bereits zu Studienzeiten so, und Alexander hat ihm deswegen gehörig den Kopf gewaschen. Irgendwann nahm es überhand, Ronny ließ sich nichts mehr sagen, geriet auf die schiefe Bahn. Es muss übel um ihn gestanden haben.«

»Muss? Wissen Sie es nicht genauer?«

»Alles, was wir wissen, haben wir von unserem Jungen. Hätte er unseren Rat gebraucht, wäre er schon gekommen.«

»Wollten Sie es nicht so genau wissen?«

»Doch, aber er hat uns nur das Nötigste erzählt.«

»Sie wissen also nicht genau, was mit Ronny Andrä vorgefallen ist.«

Der trauernden Mutter wurde es langsam zu viel. »Wollen Sie unserem Sohn jetzt vielleicht noch den Tod seines Freundes anhängen, Herr Kriminalrat? Ronny musste sterben, weil er einer Untergrundbewegung angehörte. Alexander hat versucht, ihn da rauszuholen, leider erfolglos. Und wenn Sie mich fragen, es sind Ihre Leute, die den Ronny auf dem Gewissen haben.«

Seine Leute? Das war ja interessant. Bisher hatte Geving es nur vermutet. Nun wusste er, dass Ronny Andrä in irgendeiner Hinsicht Bestandteil von Matthes' LKA-Akte sein musste, die auf mysteriöse Weise ihren Weg zu Staatsanwalt Vogel gefunden hatte. Eine Akte, von deren Existenz die Eltern erkennbar nichts wussten.

»Wie ging es Ihrem Sohn danach?«

»Dämliche Frage! Wie geht es einem Menschen danach? Man ist erst mal am Boden zerstört. Aber Alexander hat sich wieder aufgerappelt.«

»Ronny Andrä war demnach der Grund für das überraschende Karriereende Ihres Sohnes?«

»Ja!«, sagte Regina Matthes bestimmt. Und dann weiter: »Hören Sie. Unser Sohn war kein Mörder, das verspreche ich Ihnen.«

Tinus Geving wollte den Beteuerungen der Mutter gerne glauben. Aber bei der Beweislage? Was blieb noch zu besprechen? Trost konnte er den Eltern nicht spenden. Seine Blicke wanderten durch das karge Wohnzimmer, bis sie schlagartig an einem Punkt in der Vitrine haften blieben.

»Dürfte ich das Foto bitte einmal sehen?«

Regina Matthes stand unvermittelt auf, eilte zur Vitrine, aus der sie ein gerahmtes Bild herausnahm und Geving reichte. »Alexander bei den Olympischen Spielen, was waren wir stolz auf ihn!«

Er betrachtete es genau. Vielleicht konnte man dem Menschen Alexander Matthes nicht in die Seele schauen, auf die Hände allerdings schon.

»Gestatten Sie eine letzte Frage. Als Ihr Sohn Schreiben gelernt hat, haben Sie ihn umlernen lassen?«

Sie sah in verständnislos an. »Was denken Sie? Wir gehören nicht zu denen, die einem Kind entgegen seinen Veranlagungen etwas anderes aufzwingen.«

Er war völlig baff. »Darf ich mir das Foto ausleihen?«

»Wofür?«, fragte Ekkehard Matthes misstrauisch.

»Sie haben mich überzeugt. Vertrauen Sie mir einfach.«

***

Er musste dringend nach Kreisstadt zurück. In der linken Hand hielt Geving das Bild des Sportlers Alexander Matthes. Eine Aufnahme, die ihn zeigte, wie er im Liegendanschlag mit seiner Waffe zielte. Mit der rechten Hand zog er sein Telefon, fotografierte das Bild und verschickte es umgehend. Danach wählte er die Nummer.

»Hellmund hier.«

»Ist Kriminalkommissarin Jentsch bei Ihnen?«

»Hört mit. Sie sitzt gerade mit einer total verrückten Geschichte bei mir.«

Geving unterbrach brüsk. »Jentsch, das Video aus der Höhle.«

»Wir konnten es nahezu vollständig wiederherstellen. Es zeigt kaum mehr, als wir bisher hatten. Der Täter wusste, wie er sein Gesicht verbergen musste, und er zerstörte das Kameraobjektiv mit einem Fußtritt. Wir haben jedoch eine Theorie, die ...«

Dafür hatten sie keine Zeit. »Der Obduktionsbericht! Wo befand sich bei Matthes der Einschuss?«

»An der rechten Schläfe«, antwortete Wiebke Hellmund. »Wenn Sie mich ausreden lassen würden ...«

Rechts! Geving schlug mit der Hand aufs Lenkrad. »Alexander Matthes ist nicht unser Mann.«

Schweigen am anderen Ende der Leitung, dann die Kriminaloberkommissarin: »Geving, was meinen Sie?«

»Er war's nicht!«

Sabine Jentsch wirkte belustigt. »Das war auch unsere Theorie. Was macht Sie da so sicher?«

»Matthes kann nicht geschossen haben.«

»Geving!« Wiebke Hellmund klang etwas ungehalten. »Wir können Ihnen nicht ganz folgen.«

»Alexander Matthes hat keinen einzigen Schuss abgegeben. Er war Linkshänder!«

Bundesstraße zwischen Querfurt und Eisleben
22:30 Uhr

»Nun komm schon, du blöde Kuh, geh endlich ans Telefon!«

Mit einem Affenzahn raste Tinus Geving zurück nach Kreisstadt über leere, kaum geräumte Straßen. Er geriet in eine Wetterfront, die ihm Schneeflocken in der Größe von Kaffeetassen bescherte. Es wurde damit gerechnet, dass im Lauf der Nacht zu dem bereits vorhandenen guten halben Meter Schnee noch einmal dreißig Zentimeter Neuschnee dazukämen. Das war der Winter des Jahrhunderts! Besserung nicht in Sicht.

Er war zur Untätigkeit verdammt, wie in Rotterdam. Um ihn herum änderte sich alles, und er konnte nichts tun. Panik machte sich breit. Fast schien es, als hätte Anninka Kresch auf diesen Zeitpunkt gewartet. Ihm im entscheidenden Zeitpunkt zwei Ermittler abzuziehen, das war beispiellos. Ihn darüber nicht zu informieren und Wiebke Hellmund den Botengang zu überlassen, eine Frechheit!

Wieso stellten sich immer mehr Fragen zu Mia Kolberg? Geving hatte zu spät geschaltet. Er hätte bei Berghausen hellhöriger sein müssen, er hätte bei Kaya-Philine Neugebauer nachhaken müssen, er hätte seine eigenen Beobachtungen nicht so leichtfertig abtun dürfen. Mia Kolberg war Leistungssportlerin!

Nicht nur er stieß auf die Wahrheit. In Kreisstadt kam man von einem gänzlich anderen Ausgangspunkt zu der gleichen folgenschweren Erkenntnis: Nichts war so, wie es schien.

Und jetzt ging seine Vorgesetzte nicht ans Telefon. Er konnte sich des Eindrucks nicht erwehren, dass das nicht ganz zufällig geschah.

MDR AKTUELL Spezial
22:30 Uhr

»Wir unterbrechen das laufende Programm an dieser Stelle für eine Sondermeldung. Im Fall Eichenburg gibt es offensichtlich Bewegung. Wir schalten direkt nach Magdeburg, wo die Direktorin des LKA, Anninka Kresch, nähere Informationen zu den Tathintergründen und – das ist überraschend – zu mutmaßlichen Tatverdächtigen präsentieren wird.«

»Guten Abend. Zu den bisherigen Ermittlungen im Fall Eichenburg wird es an dieser Stelle von mir eine kurze Erklärung geben. Als Landeskriminalamt tragen wir dem öffentlichen Bedürfnis nach Informationen Rechnung. Zur noch andauernden Arbeit der Soko Eichenburg werden wir keine Stellung beziehen.

Die Ermittlungen konzentrieren sich auf einen männlichen Einzeltäter, fünfunddreißig Jahre alt, der als Fachlehrer für Sport und Biologie am Gymnasium Kloster Eichenburg arbeitete.

In Auswertung der Zeugenaussage des einzigen überlebenden Opfers lässt sich der Tathergang so rekonstruieren: Am frühen Nachmittag des sechzehnten Januar verließ die namentlich bekannte Gruppe mit dem mutmaßlichen Täter die angemietete Hütte nahe der Ortschaft Erzhütte, um zu einer Winterwanderung aufzubrechen. Der Weg führte die Gruppe Richtung Altenrode zur Arminhöhle, einem beliebten Ausflugsziel, das sie gegen fünfzehn Uhr erreichten. Unter einem uns bisher nicht bekannten Vorwand lockte der mutmaßliche Täter die Schülerinnen in die Höhle, wo er unmittelbar zur Tat schritt und wo die Opfer schließlich zu Tode kamen.

Zur Identität des mutmaßlichen Täters: Bei der infrage stehenden Person handelt es sich um Alexander Matthes, einen ehemaligen Profisportler, mehrfachen Olympiateilnehmer und Sportoffizier. Er verfügte über die Ausbildung, eine solche Tat durchzuführen. Mit dem Namen gehen wir deshalb an die Öffentlichkeit, weil Persönlichkeitsrechte in seinem Fall nur noch bedingt eine Rolle spielen, denn Alexander Matthes ist tot. Unmittelbar nach Ausführung der Tathandlungen richtete er die Waffe gegen sich selbst.

Matthes hatte bereits zu Studienzeiten in Jena und während seiner gesamten Sportlerlaufbahn Kontakt zu Ronny Andrä, einem der damals führenden Köpfe innerhalb der Jenaer NSU-Zelle. Ob Matthes an Aktionen des NSU beteiligt war, lässt sich derzeit nicht belegen. Möglicherweise handelt es sich um eine Vergeltungstat, um den Tod von Ronny Andrä zu rächen. Die Prominenz seiner Opfer – darunter die Tochter eines deutschen Botschafters – legt die Vermutung nahe.

Dieser Vorfall ist in jeder Hinsicht schwerwiegend und kann nicht ohne Konsequenzen bleiben. Die Informationen, die uns jetzt vorliegen, wurden uns vom LKA Thüringen zugänglich gemacht. Derart sensible und relevante Daten waren für die Landesbehörden bei derzeitiger Gesetzeslage nicht ohne Weiteres abrufbar. Wären sie es gewesen, man hätte von Anfang an Schlimmeres verhindern können. Der Vorfall zeigt überdeutlich, dass die in der aktuellen Gesetzesvorlage enthaltenen Sicherheitsüberprüfungen von Landesbeamten dringend geboten sind. Bei der uns nachträglich offenbar gewordenen Aktenlage hätte Alexander Matthes niemals in den Staatsdienst übernommen werden dürfen.«

Missgunst – Tag 5:
Freitag, 22. Januar

00:00 Uhr

Das war knapp!
00:00, 22. Jan.

Dafür war es der Sargnagel für Schulze.
00:00, 22. Jan.

Ob er so einfach aufgibt?
00:01, 22. Jan.

Es endet. Auf die eine oder andere Weise.
00:01, 22. Jan.

Und Geving? Lässt die Frau Direktorin ihn noch ein wenig ermitteln?
00:02, 22. Jan.

Das hängt vom StA ab. Mache mir da keine allzu großen Gedanken.
00:02, 22. Jan.

Wenigstens haben wir gegen DEN was in der Hand, wenn es hart auf hart kommt.
00:04, 22. Jan.

Björn, das ist dein Job. Ich will davon nichts wissen.
00:04, 22. Jan.

»Lorenz! So spät noch wach? Was gibt es denn so Dringendes?«

»Du meidest mich, schließt mich aus! Und endlich gehst du mal an dein verdammtes Telefon. Weißt du, wie lange ich es schon probiere?«

»Ach, Gott ...«

»Hör auf! Ist dir klar, in was für eine Lage du uns gebracht hast? Geving versucht es schon den ganzen Abend bei dir.«

»Ich bin beschäftigt.«

»Bist du bei ihm?«

»Du benimmst dich wie ein eifersüchtiger Teenager.«

»Also bist du es.«

»Lorenz, so dumm bist du nun auch wieder nicht. Du wusstest, worauf du dich einlässt.«

»Zufälligerweise bin ich aber derjenige, der deinen Dreck hinter dir zusammenkehren muss. Die halbe Behörde stellt sich nach deinem Auftritt schon Fragen.«

»Was für Fragen?«

»Anninka, niemand weiß, woher du deine Erkenntnisse nimmst. Dann kommt Geving und behauptet das Gegenteil. Bist du denn von allen guten Geistern verlassen? Wenn das rauskommt!«

»Wenn es rauskommt, wird der gute Kriminalrat hängen. Der Mann verrennt sich in irgendwelchen Verschwörungstheorien.«

»Verschwörungstheorien, für die er Beweise hat.«

»Na, wenn schon? Er war derjenige, der einen politischen Hintergrund vermutete. Niemand wird ihm die Absurditäten glauben, mit denen er jetzt ankommt. Zerbrich dir mal nicht meinen Kopf, es hat alles seine Richtigkeit.«

»Wenn du es sagst ...«

»Geduld, Lorenz, Geduld. Ich kenne deinen Ehrgeiz. Er wird bald belohnt werden, sehr bald. Jetzt beruhige dich, so viel Aufregung bekommt dir nicht. Gute Nacht.« Dann legte sie auf.

Sie war nicht bei ihm. Er war bei ihr! Wonach auch immer ihm der Sinn stand, sie würde es über sich ergehen lassen. Dieses eine Mal noch.

Anninka Kresch hätte Ekel empfinden können, Ekel vor sich selbst. Doch wozu? Alles lief genauso, wie es laufen sollte. Der Tag würde heiß werden!

Ministerium für Inneres und Sport des Landes
Sachsen-Anhalt
Halberstädter Straße 2
Magdeburg
Büro des Ministers
01:03 Uhr

Diese Runde ging an Anninka Kresch, das musste Frank Schulze anerkennen. Vielleicht sollte es so sein. Schulze hätte sich von ihr gedemütigt fühlen müssen. Er tat es nicht, im Gegenteil. Es war der eine Schachzug zu viel, der sie nun völlig schutzlos dastehen ließ, weder war es ihr bewusst, noch war es von ihr rückgängig zu machen. Nein, er fühlte sich nicht gedemütigt, er war zufrieden.

Der Abgeordnete Meyer hatte die Tragweite der Ereignisse noch nicht so ganz erfasst. »Ihre Untergebene hat Ihnen den Schneid abgekauft. Wie, zur Hölle, konnte das passieren?«

Schulze blieb sachlich und ruhig. »Sie kennt meine Meinung, ich kenne ihre Meinung. Herr Abgeordneter, wir wissen, wer sie unterstützt.«

»Dann war diese dramatische Pressekonferenz nur ein Manöver?«

»Was sollte es sonst gewesen sein?«

»An der Sache mit diesem Lehrer ist nichts dran?«

»Ich denke, Frau Doktor Kresch hält wesentliche Ermittlungsergebnisse zurück«, offenbarte Schulze sehr
vorsichtig.

Gewiss, er und Meyer waren Verbündete. Der Abgeordnete führte jedoch die aktuelle Opposition an, was
sie gleichzeitig zu Gegnern machte. Noch.

Meyer erregte sich schon wieder. »Ihre Partei will bereits heute über das Gesetzesvorhaben abstimmen lassen und nicht erst am Montag.« Er wurde laut und panisch. »Wir sind noch nicht so weit!«

Schulze zeigte sich ungerührt. »Wenn es so kommt,
dann werden wir das Ganze etwas in die Länge ziehen.
Bis heute nicht mehr abgestimmt werden kann.«

»Wie sieht Ihre Strategie denn aus?«

»Geduld, Meyer, Geduld. Der Tag hält einige Überraschungen bereit. Wenn ich bisher keine Veranlassung
gehabt habe, jetzt habe ich sie. Manchen Schuss kann
man nur einmal abgeben.«

Der Oppositionsführer verstand sofort. »Und *Aquila
Defence*?«

»Jochimsen hat jedes Leck gestopft. Jedes Leck, bis auf
eines.«

Meyer konnte sich ein fieses Grinsen nicht verkneifen. »Ihr Plan?«

»Wie der Tag auch ausgehen mag, wir werden heute
Abend ein kleines Hintergrundgespräch mit Lorenz
Behrendt führen.«

Revierkriminaldienst Kreisstadt
Kurt-Weill-Straße 18
01:23 Uhr

»Gratulation! Frau Doktor Kresch hat den Fall im Al-
leingang gelöst. Ich hab's im Fernsehen gesehen!« Markus Grünwalds Sarkasmus war nicht zu überhören.

In welches Wespennest hatten sie da nur gestochen? Es hatte Tinus Geving ziemliche Mühen gekostet, ein Vertrauensverhältnis zu Ekkehard und Regina Matthes aufzubauen, sie davon zu überzeugen, auf der Suche nach der Wahrheit zu sein. Dem Ehepaar musste es wie ein Schlag ins Gesicht vorkommen, aus dem Fernsehen zu erfahren, mit welcher Begründung Anninka Kresch ihren toten Sohn zum Mörder erklärt hatte. In jedem Fall war es ein Schlag in Gevings Gesicht und das der Soko Eichenburg.

Die Soko Eichenburg oder das, was von ihr übrig war. Hier stand er mit der Rumpfbesetzung, um Ermittlungsergebnisse zu diskutieren, die in krassem Gegensatz zu dem standen, was ihre Vorgesetzte in die Öffentlichkeit getragen hatte.

Bei ihm setzte die berühmte westfälische Sturheit ein. So einfach würde er nicht klein beigeben, nicht mehr! In Rotterdam hatte er sich – vielleicht in einer Mischung aus Eitelkeit und Karriereabsichten – ins Handwerk pfuschen lassen. Er kannte siebenundsechzig gute Gründe, warum das eine ganz schlechte Idee war. Von Anninka Kresch ließ er sich nicht einschüchtern. Er würde bis zum bitteren Ende weiterermitteln!

»Haben wir überhaupt etwas in der Hand, was Frau Doktor Kreschs These ad absurdum führt?« Der Staatsanwalt Werner Vogel klang skeptisch.

Geving machte den Anfang. »Anscheinend sind wir alle zu der Erkenntnis gelangt, dass es sich so nicht abgespielt haben kann und die Täterschaft zweifelhaft ist.« Er trug zusammen, ausgehend von den Behauptungen der Direktorin. Samstag, sechzehnter Januar. Die Gruppe verließ die Unterkunft Richtung Arminhöhle. Den Ort des Geschehens erreichten sie gegen fünfzehn Uhr. »Bis hierhin stimmen Kreschs Ausführungen mit Mias Aussage und unseren Erkenntnissen überein.«

»Das war's dann aber auch schon!«, lästerte Grünwald.

Wiebke Hellmund setzte Gevings Überlegungen fort. »Jetzt wird es widersprüchlich. Die Direktorin behauptet, Matthes habe die Opfer in die Höhle gelockt. Wo nimmt sie das her?«

»Es war eine freiwillige Angelegenheit, denn wie sagte Mia? ›Uns fiel die Decke auf den Kopf‹«, erinnerte sich Vogel.

»Aber hat Matthes sie genötigt?«

»Nicht laut Mia Kolberg. Alle – bis auf sie – wollten in die Höhle. Matthes machte auf sie einen stillen, gar bedrückten Eindruck. Spricht nicht gegen ein mutmaßliches Vorhaben.«

»Wie dem auch sei«, fasste Geving zusammen. »Irgendwie gelangten sie ins Höhleninnere, wo es passierte. Wie Frau Jentsch uns zeigen wird, entspricht der Tathergang im Wesentlichen unseren bisherigen Vermutungen.«

Auf Gevings Zeichen hin führte Sabine Jentsch den Kollegen das Ergebnis ihrer mühevollen Kleinarbeit der letzten Tage vor. Bei jenem hartherzigen Satz *»Unsere Wege trennen sich hier«* lief es ihr immer noch kalt den Rücken hinunter. Hellmund und Vogel wirkten entsetzt, Grünwald schüttelte den Kopf, Geving ließ keinerlei Regung erkennen. Alle waren vom Aussagegehalt des Gesehenen ernüchtert.

Es war an Geving, ihre Arbeit zu würdigen. »Ich denke, diese Aufnahmen werden noch sehr zentral. Reden wir zunächst mal über das Motiv.«

»Eifersucht auf eine Schülerin wegen einer unangebrachten Beziehung?«, fragte Wiebke Hellmund. »Durch unsere Befragungen ist diese These nicht haltbar. Dazu die E-Mails, die mit Kaya-Philine Neugebauer ausgetauscht wurden.«

»Sie hat mir bestätigt, dass da nichts gewesen ist«, fügte Geving hinzu.

»Man könnte entgegenhalten, dass man nicht in die Köpfe der Menschen hineinsehen kann«, gab der Staatsanwalt zu bedenken.

»Was spricht gegen Amoklauf?«, fragte Geving weiter.

Sabine Jentsch lehnte diese Vorstellung entschieden ab. »Aus Frust, nur um dann Suizid zu begehen? Neugebauer und Matthes hatten einen gemeinsamen Urlaub geplant. Wozu noch solche Planungen, wenn man sich vornimmt, aus dem Leben zu scheiden?«

»Neugebauer vertraute mir an, dass sie nach Beendigung ihrer Karriere heiraten wollten. Zu viele Gründe, am Leben zu bleiben. Ich glaube weder an einen Amoklauf noch an Selbstmord.«

Vogel wirkte nicht überzeugt. »Aus den Mails geht hervor, dass sich Frau Neugebauer Sorgen um Matthes machte. Wie schrieb er so schön: *Diese Summierung von Untätigkeit wird – ich sage es dir – eines nicht allzu fernen Tages zur Explosion führen.* Wer schreibt, der bleibt! Diese Worte aus seiner Feder in Kombination mit dem Geschehenen, es wirkt sehr belastend.«

»Den Suizid zweifelt aber auch der rechtsmedizinische Befund an. Für den aufgesetzten Schuss fehlt es nämlich an charakteristischen Schmauchspuren«, konterte Wiebke Hellmund.

»Frau Hellmund, ich habe den Bericht gelesen, es ist nur die halbe Wahrheit.« Der Staatsanwalt betonte, dass allein die Witterung bei der langen Leichenliegezeit das Ergebnis hätte verfälschen können. Deswegen habe Krieger darauf hingewiesen, dass er dieses Analyseverfahren für keine besonderes zuverlässige Quelle halte und es in jedem Fall nach einer klassischen Selbstmordtat aussehe.

Die Kriminaloberkommissarin war verunsichert. »Herr Staatsanwalt, sind Sie eigentlich für oder gegen uns?«

»Einer muss den Advocatus Diaboli spielen und jede Ihrer Schlussfolgerungen angreifen. Wenn wir überhaupt eine Chance haben wollen, muss alles auf den Prüfstand. Wir brauchen Argumente, die nicht widerlegbar sind, um diesen Fall zu retten.«

Sie nickte.

Geving schien Vogels Äußerungen nicht mitbekommen zu haben und machte stoisch weiter. »Reden wir mal über den Verdacht einer politischen Vergeltungstat.«

Werner Vogel hob die Brauen. »In der Tat gibt es beim LKA Thüringen eine Akte mit Sperrvermerk. Alexander Matthes arbeitete ein Jahr lang für die als Vertrauensperson.«

»Ich nehme an, es hängt mit Ronny Andrä zusammen. Dieser Name ist heute in jeder Befragung gefallen. Demnach waren Andrä und Matthes seit Studienzeiten befreundet. Matthes wusste von Andräs Gesinnung und versuchte, ihn aus dessen Kreisen herauszubekommen.«

»Damit meinen Sie den NSU?«, kombinierte Wiebke Hellmund.

»Ja. Etwas ging schief, am Ende war Ronny Andrä tot.«

»So weit richtig«, bestätigte Vogel. »Nur befürchte ich, dass Matthes kaum zum weißen Ritter taugt.« Er berichtete, dass Matthes jedes seiner Gespräche mit Andrä ans LKA weitergetragen habe. Irgendwann müsse Andrä ihn in Planungen involviert haben, die ihm das Genick brechen sollten. Für die Durchführung seiner Aktionen habe der NSU Geld gebraucht, sehr viel Geld. Man habe beschlossen, es sich in einer Reihe von gewöhnlichen Banküberfällen zu beschaffen, die nicht so ohne Weiteres auf den NSU zurückzuführen seien.

Ungewollt lieferte sich Andrä ans Messer. Matthes habe befunden, dass seinem Freund damit gedient wäre, bei einem solchen Überfall aufzufliegen, anders bekäme man ihn dort nicht heraus. Das LKA habe das für einen Plan gehalten, wenngleich mit einer ganz anderen Motivation. »Jedenfalls war die Polizei schon vor Ort, bevor der NSU zuschlagen konnte. Es kam zur Schießerei. Niemand kann – oder will – sagen, wer das Feuer eröffnet hat. Andrä hatte keine Chance, er wurde von zehn Kugeln geradezu durchsiebt.«

»Matthes musste es mit ansehen?«, fragte Geving.

»Darüber schweigt das LKA.« Im Übrigen würden die Akten über den gesamten Ablauf kryptisch bleiben. Vermutlich habe die Polizei die Schießerei bewusst angezettelt, da sie es auf Andrä abgesehen habe. Er habe als einer der führenden Köpfe gegolten, habe wahrscheinlich von gewissen V-Mann-Verstrickungen gewusst. So habe man ihn einfach ausschalten können, ohne die eigenen Leute zu gefährden. Unübersichtliche Lage, niemand könne sagen, wie es dazu gekommen sei.

»Ein Leichtes, eine Tötungsaktion zu vertuschen, wenn man es denn wollte. Dazu gab es interne Ermittlungen – ohne Ergebnis. Eine Krähe hackt der anderen kein Auge aus. Danach wurde Matthes abgeschaltet.«

»Also stimmt es, er machte sich den Tod seines Freundes zum Vorwurf und beendete seine Karriere. Das sollte reichen, den Verdacht einer politischen Straftat zu entkräften.«

»Ich glaube nicht«, widersprach Wiebke Hellmund. »Der Typ vom Auswärtigen Amt war da sehr bestimmt. Die haben bessere Beziehungen als wir.«

»Unter Berücksichtigung der genauen Todesumstände Andräs ...«

»... wäre auch nichts gewonnen«, beendete der Staatsanwalt Gevings Satz. »Wir wissen nicht, was und wie viel Frau Doktor Kresch weiß. Offensichtlich kennt sie die thüringische LKA-Akte. Ob sie sie genau kennt – keine Ahnung. Mir wurde sie«, dabei schaute er Geving noch finsterer an als zuvor, »auf dunklen Kanälen zugespielt. Die Akte hat einen Sperrvermerk, das heißt: absolutes Verwertungsverbot! Die Erfurter Behörden werden uns nicht helfen, die sind doch nicht blöd. Niemand will schlafende Hunde wecken.«

»Wer weiß, vielleicht gibt es einen Deal zwischen denen und uns«, mutmaßte Sabine Jentsch. »Ist doch einfach, Matthes als Sündenbock hinzustellen. Keine lästigen Fragen mehr zu dessen Vergangenheit.«

»Wir wissen, dass es keinen politischen Hintergrund gab, und können nichts verwerten?«, fragte Geving resigniert.

»Das ist das Problem, wir wissen es nicht. Matthes musste sich als Menschenfänger missbraucht fühlen, wer würde es an seiner Stelle nicht? Dies liefert ihm ein dickes Motiv.«

Markus Grünwald blieb uneinsichtig. »Und seine Rache war: Ich werde Lehrer, gehe nach Eichenburg und knalle Deutschlands Elite ab? Nach über drei Jahren? Wohl kaum! Er konnte nicht damit rechnen dorthin zu kommen.«

Sabine Jentsch sah es ähnlich. »Seine Versetzungsanträge sind aktenkundig, er wollte da weg. Ein bisschen viel Aufwand für eine falsche Spur nach dem Motto: ›Ich gebe vor, hier nicht bleiben zu wollen, und plane in Wirklichkeit mein weiteres Vorgehen.‹«

»Genau das ist der Knackpunkt, Frau Jentsch«, sagte Vogel. »Wäre es anders, es würde bereits der Generalbundesanwalt ermitteln.«

»Wie sieht es jetzt aus? Nach dem ›Kresch-Crash‹?«, wollte Geving wissen.

Der Staatsanwalt holte tief Luft. »Schwer zu sagen. Bisher haben die keine Anstalten gemacht, das Ruder übernehmen zu wollen. Ob und wie lange das noch so bleibt, keine Ahnung. Ich würde mal sagen, dass Ihre Behördenleiterin uns mit ihrem Fernsehauftritt ungewollt einen Gefallen getan hat. Immerhin hat sie den Eindruck vermittelt, die Eichenburg-Ermittlungen wären abgeschlossen.«

»Also sind wir nicht mehr im Spiel«, folgerte Wiebke Hellmund.

»Noch ist die Staatsanwaltschaft Herrin des Verfahrens. Damit das so bleibt, müssen wir zu Potte kommen. Irgendwelche Ideen?«

»Ich grüble schon den ganzen Tag«, gestand Wiebke Hellmund. »Ehrlich gesagt, war dieser Jonas ter Hoorst der Grund dafür.«

Jonas ter Hoorst ... Es machte Tinus Geving wahnsinnig, diesen Namen immer und immer wieder hören zu müssen. »Was hat er gesagt?«

»Nichts, was ernst zu nehmen wäre«, fuhr sie fort. »Aber in einem Punkt klang er ziemlich überzeugt, Alexander Matthes sei nicht der Täter, sondern der Sündenbock. Ich weiß nicht, irgendetwas verbirgt er. Allerdings hat er uns etwas sehr Interessantes zugespielt. Etwas, das unseren Fall in einem ganz anderen Licht erscheinen lässt.«

Sabine Jentsch spielte Aufnahmen ab, die Geving wie der Schlag trafen. Eine Gruppe Mädchen stand in Schlafsachen gekleidet unter der Dusche, durchnässt bis auf die Knochen. Es war das Video, das Sarah Trautvetter und ihre Freundinnen ihm bei ihrem sonderbaren »Brunch« gezeigt hatten.

Geving kannte die Szenen. Unbemerkt tauschte er mit dem Polizeirat wissende Blicke aus.

»Rache ist ein Gericht, das am besten kalt serviert wird«, sagte der wie zur Ablenkung.

Vogels Blick wurde steinern. »Wann war das?«

»Im März letzten Jahres«, informierte Wiebke Hellmund. »Der Vorfall gelangte nie an die Öffentlichkeit.

Wie Sie sehen, war ter Hoorsts Tochter Alisah daran beteiligt. Offenbar wurde die Schule finanziell dabei ... unterstützt, es herunterzuspielen.«

Geving konnte sein zweifelhaftes Glück kaum glauben. Was für ein Zufall. Durfte er sein Wissen offenbaren?

»Dafür haben Sie Beweise?«, fragte Vogel.

»Nur ter Hoorsts Aussage und dieses Filmchen«, antwortete die Kriminaloberkommissarin.

»Man müsste den Schulleiter damit konfrontieren.«

Geving gab seinen inneren Widerstand auf. »Das ist bereits geschehen, Vogel.«

»Ich habe mich wohl verhört!«, entfuhr es dem Staatsanwalt ungläubig.

Geving bemühte sich, nicht kleinlaut zu klingen. »Ich kenne diese Aufnahmen. Sie wurden mir ... anonym zugespielt. Daraufhin haben der Herr Polizeirat und ich Herrn Doktor Berghausen zur Rede gestellt. Es war nicht unbedingt nach Vorschrift. Wir mussten diskret handeln, alles andere hätte unsere Ermittlungen gefährdet.«

Vogel war wütend. »Sie haben was? Ohne meine Zustimmung?«

»Er hat es im Wesentlichen bestätigt. Gegen die Zusicherung, dass wir ihn da raushalten.«

Vogel schäumte. »Nicht unbedingt nach Vorschrift ... Sie ... und Ihre anonymen Quellen! Seien Sie froh, dass ich Ihnen nicht die interne Ermittlung auf den Hals hetze!«

Geving gab sich gleichgültig. An Wiebke Hellmund gewandt fragte er: »Sie wissen, wer diese Aufnahmen gemacht hat?« Sie bestätigte mit einem Kopfnicken. »Frau Jentsch, bitte noch einmal die Aufnahmen aus der Arminhöhle.«

Sie ließ den Film erneut ablaufen bis zu dem markerschütternden Satz *»Unsere Wege trennen sich hier«.* Stopp.

»Über diesen Satz sind wir gestolpert, weil es technisch einfach nicht besser hinzubekommen war und wir nicht wussten, wer hier spricht. Kriminalkommissaranwärter Rausch entwickelte eine interessante Theorie. Was, wenn man uns glauben machen wollte, alles hätte sich so abgespielt? Was, wenn in Wirklichkeit alles ganz anders gewesen ist? Die einzig logische Erklärung also ist, dass der wahre Täter den Tatort präpariert hat. Es war keine Tat im Affekt, es war kaltblütiger Mord!«

Dem Staatsanwalt blieb der Mund offen stehen. »Ihnen ist bewusst, dass Sie damit unsere bisherigen Vermutungen kassieren?« Er fasste sich an die Stirn, als wollte er einen stechenden Kopfschmerz abwehren. »Eine Erklärung bitte.«

Tinus Geving legte das Foto auf den Tisch, das er sich bei Matthes’ Eltern ausgeliehen hatte und über das sich alle Anwesenden nun beugten. »Am Tatort wurde Alexander Matthes mit der Waffe in der rechten Hand vorgefunden. Matthes hingegen war Linkshänder.«

Vogel bemühte sich, sein Erstaunen zu verbergen. »Ist das bestätigt?«

»Von der Familie, von Kaya-Philine Neugebauer und vom ehemaligen Trainer Udo Wegscheider.«

»Was ist, wenn er beidhändig schießen konnte?«

»Konnte er nicht. Hat Wegscheider auf erneute Nachfrage hin ebenfalls bestätigt. Er sagte wortwörtlich: ›Mit rechts hätte Alexander eine Elefantenherde auf einen halben Meter Entfernung verfehlt.‹«

»Die Tatwaffe in Matthes’ rechter Hand?«, fragte Wiebke Hellmund. »Es hätte kaum funktioniert, schon gar nicht bei einer Selbsttötung. Jemand hat sie bei ihm so positioniert. Matthes hat sich nicht das Leben genommen, er wurde erschossen. Es gab nie einen aufgesetzten Schuss, was die Schmauchspurenanalyse erklären würde.«

»Matthes' Vater ist selbst ernannter Waffenexperte«, fügte Geving hinzu. Seinen Aussagen zufolge eigne sich dieses frühe Modell der Jarygin PJa nicht für Präzisionsschüsse. Die Waffe leide unter einem sich verziehenden Lauf. Was wiederum erkläre, warum die Schüsse auf Johanna von Kleeberg und Stephanie Pousset nicht an sich tödlich gewesen seien. Anders als von Anninka Kresch unterstellt, hätte sich Matthes als Profi nie auf ein russisches Roulette mit dieser Waffe eingelassen.

Vogel dachte nach. »Interessant. Warum muss Ihnen das eine Privatperson erzählen? Haben Sie kein ballistisches Gutachten angefordert?«

»Guter Hinweis, habe da nachgehakt«, intervenierte Wiebke Hellmund. »Es gab ein ballistisches Gutachten mit ähnlicher Aussage, das ans LKA weitergeleitet wurde.«

Grünwald schmunzelte. »Lustig. Irgendwie hat das LKA vergessen, uns darüber zu informieren.«

»Die haben es nicht vergessen«, behauptete Geving.

»Was bedeuten würde, dass jemand die Arbeit dieser Soko bewusst torpediert«, schlussfolgerte Werner Vogel.

»Dieser Jemand hat ein starkes Interesse daran, dass Alexander Matthes als Täter gesetzt bleibt. Nur das Warum will sich mir nicht erschließen.«

»Sie haben Ihre Behördenleiterin doch gehört. Sie macht Stimmung für die neuen Gesetze zur Sicherheit und Ordnung in diesem Land. Für sich genommen ist das nicht verwerflich, aber in diesem Umfeld schafft sie mit Eichenburg einen Präzedenzfall. Also gut, Geving. Ich bin zumindest überzeugt, dass wir diese

Ermittlungen fortsetzen sollten. Nur müssen Sie Ihre Theorien bald mit harten Fakten untermauern.«

Geving war erleichtert. »Frau Jentsch, bitte lassen Sie das Video weiterlaufen.« Kurz vor Abbruch ließ er anhalten, als der Schuh ins Bild kam. »Können Sie das Bild höher auflösen?«

Es gelang ihr.

Zu sehen war ein khakifarbener Winterschnürschuh, rote Schnürsenkel, rote Sohle.

An Vogel gewandt erklärte Geving: »Sie fragten, wer unser Täter ist. Wie heißt es im Märchen vom Aschenputtel: Wenn der Schuh passt, zieht man ihn an.«

Der Staatsanwalt wurde kreidebleich. »Heißt das …?«

Geving hielt die Luft an. Er blickte in erwartungsvolle Gesichter. Einen Moment herrschte Stille. »Mia? Mia Kolberg?«, fragte er dann leise.

Sabine Jentsch nickte. »Ich habe einen Kollegen in Magdeburg drauf angesetzt. Eine Bestätigung müsste jeden Moment eintreffen.« Wie aufs Zeichen klingelte ihr Handy. »Ah, das wird sie sein.«

Die Kriminalkommissarin ging kurz vor die Tür. Man verstand nicht, mit wem sie sprach oder worüber sie sprach.

Werner Vogel schien daraufhin nicht mehr zu wissen, ob er lachen oder ob er weinen sollte. »Freunde, das ist doch nicht euer Ernst!«

Sabine Jentsch beendete das Telefonat. Mit einem merkwürdigen Lächeln im Gesicht drehte sie sich um, kehrte zu den Übrigen im Laufschritt zurück.

»Mia Kolberg war einige Jahre im Jugendkader der Biathleten. Was lernt man da? Laufen und schießen.«

***

Obwohl Geving hundemüde war, befürchtete er, dass er nicht würde schlafen können. Bis zum Morgengrauen musste ein Plan her. Wiebke Hellmund und

Sabine Jentsch würden dem ballistischen Gutachten nachgehen müssen. Vogel hätte genug damit zu tun, ihnen den Rücken freizuhalten. Und dann war da noch Markus Grünwald, der gerade vor seinem Büro aufgetaucht war.

»Geving, auf ein Wort«, raunte der Polizeirat.

Geving verstand sofort. »Geht es um die Waffe?«

Der Altenröder Revierkommissariatsleiter sah sich um, bevor er fortfuhr. »Jentsch wird nichts finden. Nicht nur das LKA hat ein Interesse daran, uns Knüppel zwischen die Beine zu werfen.«

»Okay, das müssen Sie erklären.«

»Mein Stellvertreter ... wirkt in den letzten Tagen sehr unambitioniert. Das widerspricht völlig seinem Naturell.«

»Es ist kein Zufall?«

»Ich habe in meinen Dienstjahren schon Pferde vor der Apotheke kotzen sehen. Natürlich ist es kein Zufall. Ich denke, er hat Order, die Angelegenheit zu verschleppen. Diese Order wird er von den Leuten haben, die Matthes zum Abschuss freigegeben haben – wenn er nicht bereits tot wäre, versteht sich.«

»Versteht sich.«

Grünwald zog eine alte zerfledderte Akte hervor, schlug sie auf und gab sie Geving. »Ich habe Leute, denen ich wirklich vertraue, auf diesen Mann angesetzt.«

Tinus Geving betrachtete das Foto eines schmächtig wirkenden, finster dreinblickenden Mannes. Eduard Garrijewitsch Genze, geboren am 10. Juli 1962 in Saratow. Ehemaliger Offizier der Roten Armee, sprach fließend Deutsch. War von 1986 bis 1990 in der DDR stationiert. Blieb nach seiner Dienstzeit in Deutschland und versorgte die Russen bis zum Abzug 1994 mit dem Lebensnotwendigsten, nicht alles legal.

»Man nennt ihn ›Biznesmen‹«, erklärte der Revierkommissariatsleiter. »In Zeiten der Wende hatten sowohl wir als auch die Besseres zu tun, als genauer hinzusehen. Seine Geschäfte allerdings sind mit ›Import/Export‹ noch höflich umschrieben.«

»Und diese Akte? Hat er was ausgefressen?«

»Mehr meine ... Privatabsicherung. Wir haben ihn nie bei irgendwas erwischt, er ist nicht dämlich. Nach dem Abzug der letzten Truppen blieb er im Geschäft. Ist aktiv in Kreisen der Spätaussiedler. Dort sorgt er für Ruhe und Ordnung, mitunter mit rabiaten Methoden.«

»Grünwald, so etwas dulden Sie in Ihrer Stadt?«

»Was soll ich sagen, manchmal muss man der Realität ins Auge schauen. Wir wurden über Jahre kaputtgespart, waren ständig unterbesetzt und froh, nicht noch dort Probleme zu haben.«

»Gab es finanzielle Anreize seinerseits, nicht so genau hinzusehen?«

»Daran hat er bestimmt gedacht, aber ich wiederhole mich, er ist nicht dämlich. Das hätte Ärger für ihn bedeutet. Wir haben ihm immer klargemacht, dass er seine Geschäfte betreiben kann, solange er uns nicht auf die Füße tritt.«

»Warum haben Sie ihn nicht schon längst?«

»Genze ist ein viel beschäftigter Mann mit vielfältigen Interessen und nicht immer in der Stadt. Henneberg hat zwar sein Bestes gegeben, uns aufzuhalten, aber wir kriegen ihn. Wenn einer weiß, woher eine Jarygin PJa so plötzlich auftaucht, dann er.«

»Ich wünsche gute Jagd.«

Eine Jagd ... Ja, das waren diese Ermittlungen. Geving fragte sich, wer hier der Jäger war und wer der Gejagte. Anscheinend wollte man nicht nur Matthes »zum Abschuss freigeben«, wie Grünwald es so treffend formuliert hatte, sondern die komplette Soko.

Hotel Altes Gewerbehaus
Holzmarkt 12
Kreisstadt
05:59 Uhr

Tinus Geving irrte sich nicht, er irrte sich überhaupt äußerst selten.

»Herr Kriminalhauptkommissar, auf ein Wort!« Chloé Lambert nahm ihn beiseite.

»Worum geht es?« Er wusste genau, worum es ging. Allein er tat ihr nicht den Gefallen, ihr entgegenzukommen. Sie musste schon von selbst mit der Sprache herausrücken.

Sie druckste etwas herum. »Wegen Paris ...«

»Was sollte damit sein?«, fragte er betont teilnahmslos. Manchmal konnte Geving grausam sein, das wusste er. Eine kleine Charakterschwäche ...

Sie schaute zu Boden, wagte nicht, ihm in die Augen zu sehen. Ein Überbleibsel ihrer Jugendzeit. »Ich weiß nicht, ob das eine so gute Idee ist.«

»Sie waren von Anfang an involviert. Sie waren involviert, als dieser Fall noch kein Fall war. Ich habe mich für Sie weit aus dem Fenster gelehnt. Bei allem Verständnis für Ihre Bedenken, Sie kennen die Gegebenheiten vor Ort am besten. Also ja, es ist eine gute Idee.«

Sie schüttelte verzweifelt den Kopf. »Ich bin mehr ein Ermittlungshindernis als eine große Hilfe.«

»Ich habe eine Entscheidung getroffen, Sie werden sie befolgen!«, ordnete er mit sehr viel mehr Stahl in der Stimme an. Nicht ohne Hintergedanken. Fordern und fördern.

Es verfehlte die Wirkung nicht. Sie schreckte zurück. »Natürlich ...«

Etwas ruhiger fuhr er fort. »Ich verstehe Ihre Angst. Es sind Ihre alten Kollegen, und Sie sind wahrscheinlich mehr im Unguten auseinandergegangen, als Sie zuzugeben bereit sind.«

»Genau das ist es! Befindlichkeiten sollten nicht unsere Arbeit behindern.«

»Ich lasse Sie nicht allein losziehen. Sie haben es erlebt, Veenstra kann äußerst bestimmend sein.«

Sie strich sich nervös eine Haarsträhne aus dem Gesicht. »Mein erster Fall und dann so was ...«

»Willkommen bei Europol, Flitterwochen gibt's bei uns nicht. Ich glaube, Sie haben Angst vor der eigenen Courage. Manchmal muss man das scheinbar Unmögliche wagen, um zu sehen, was möglich ist. Sie sind nicht mehr der Underdog der Pariser Polizei, Sie sind Vollstreckungsorgan einer europäischen Polizeibehörde. Das ist, was Sie wollten. Das ist, was Sie bekommen. Also lassen Sie es die ruhig spüren. Sie werden das schon machen.«

Gevings Ansprache hatte Erfolg. Die kummervolle Miene wich einem strahlenden Lächeln mit bezaubernden Grübchen. »Vermutlich haben Sie recht.«

»Ich wünsche gute Jagd!«

Dieses Lächeln! Wie hatte es sich in sein Gedächtnis eingebrannt.

Es war Chloés erster regulärer Arbeitstag bei Europol gewesen. Der Fall Erik-Sondre Bondevik: norwegischer Sonderermittler, der in Paris ermordet worden war. Sie waren damals so unbekümmert und idealistisch gewesen. Niemand hatte geahnt, was ihnen noch bevorstehen würde. All dies schien Ewigkeiten weit weg, dabei lag es kaum drei Jahre zurück.

Was für eine Predigt über Arbeitsmoral und Arbeitsethos er ihr damals gehalten hatte.

»Manchmal musste man das scheinbar Unmögliche wagen, um zu sehen, was möglich war.«

An diesem Standard hatte er die Arbeit seines Teams festgemacht, er hatte diesen Standard verkörpert. Nach

Rotterdam war er ihm abhandengekommen. Konnte man es ihm verübeln? Nach diesem Verlust?

Interessant, dass es ihm gerade jetzt wieder einfiel. Tinus Geving war lange vor dem Klingeln des Weckers auf den Beinen. Fragen über Fragen beschäftigten ihn. War er ein Ermittlungshindernis? Wie objektiv konnte ein Mann mit seiner Vergangenheit, mit seinem Schmerz mit Menschen wie Mia Kolberg umgehen? Hatte Sarah Trautvetter ihm etwas verschwiegen? Was hatte es mit der Tatwaffe auf sich? Und immer wieder: Wer war Mia Kolberg?

Punkt sechs Uhr. Der Wecker klingelte.

Es war an der Zeit für ein paar Antworten.

MDR AKTUELL
09:15 Uhr

»In knapp einer Dreiviertelstunde beginnt im Magdeburger Landtag der Tag der Entscheidung. Abstimmungsgegenstand: eine Neufassung des Gesetzes zur öffentlichen Sicherheit und Ordnung des Landes Sachsen-Anhalt. Darauf haben sich – völlig überraschend – die Koalitionsspitzen gestern Abend geeinigt. Ein heikles Unterfangen, betrachtet man die noch andauernden Ermittlungen im Fall Eichenburg. Darüber sprechen wir nun mit Frau Doktor Kresch, Direktorin des Landeskriminalamts Sachsen-Anhalt. Guten Morgen, Frau Doktor Kresch!«

»Guten Morgen!«

»Frau Doktor Kresch, in der Pressekonferenz am Dienstag versprachen Sie ›eine zügige und zielgerichtete Aufklärung‹. Versprechen gehalten?«

»Ich müsste mich schon sehr irren, aber ich meine, gestern mit genauen Angaben zum möglichen Täter an die Öffentlichkeit gegangen zu sein.«

»Bleiben wir bei der Pressekonferenz vom Dienstag. Gefragt, ob die Tat ein politisches Motiv haben könnte,

antwortete der Vertreter der Staatsanwaltschaft, Werner Vogel, das sei spekulativ. Sie widersprachen da nicht. Vor wenigen Stunden warteten Sie mit ebenjener Erkenntnis auf. Möglicherweise zu wenig zielgerichtet, dafür zu schnell? Woher der plötzliche Sinneswandel?«

»Zum einen stellte der Ermittlungsleiter der Soko Eichenburg diese These selbst auf. Zum anderen ergaben die Ermittlungen der letzten Tage das Bild eines Mannes, der sich in Widersprüche verstrickte.«

»Mit anderen Worten, Sie halten Alexander Matthes, eines der großen Sportidole der letzten Jahre, für den Täter.«

»Sonst hätte ich mich nicht so geäußert. Auf eventuelle Prominenz kann man keine Rücksicht nehmen.«

»Themawechsel. Einer Neunovellierung der Gesetze über die öffentliche Sicherheit und Ordnung im Land Sachsen-Anhalt stehen Sie mehr als aufgeschlossen gegenüber.«

»Nach Jahren der Stagnation und des behördeninternen Kampfes liegt endlich ein Regelwerk vor, das es uns erlaubt, in Zukunft effektiv zu arbeiten.«

»Auf Kosten bürgerlicher Freiheitsrechte?«

»Man kann den Teufel auch an die Wand malen. Sie werden verstehen, dass ich aus Behördensicht diese Unterstellung nicht nachvollziehen kann.«

»Ich mache nur darauf aufmerksam, dass Sie in dieser Frage der Hardliner sind, während Landesinnenminister Schulze verzweifelt nach einem Kompromiss sucht.«

»Wenn Sie mit ›Hardliner‹ die Leute meinen, die unsere Standpunkte realistisch betrachten, ja, dann bin ich wohl ein ›Hardliner‹. Letztendlich – daran wird mein Eintreten für die Gesetzesvorlage nichts ändern – kann der Minister auf meinen Rat hören oder auch nicht. In jedem Fall wird die Mehrheit entscheiden.«

*»Möglicherweise wird der Rücktritt des Ministers un-
ausweichlich. Es gibt Leute, die halten Sie für ministra-
bel. Machen Sie sich schon bereit für die Nachfolge?«*

»Im LKA haben wir genug zu tun.«

»Ein kategorisches Nein klingt anders.«

»Ihre ganz persönliche Bewertung.«

*»Frau Doktor Kresch, vielen Dank nach Magdeburg
für das Gespräch.«*

Deutsch-Niederländische Privatbank ter Hoorst
Lindenallee 60-62
Essen
09:33 Uhr

Jonas ter Hoorst hatte sich das Interview mit Anninka
Kresch in Ruhe angehört, sehr gelassen, ohne unnötige
Gefühlsregung. Er hatte eine unruhige Nacht gehabt –
zu viel Vergangenheitsbewältigung. Oder war es unbe-
wältigte Vergangenheit? Wenn sich seine Wege mit de-
nen Tinus Gevings erneut kreuzten, konnte das kein
Zufall sein. Vielmehr wurde ihm klar, dass sein eigenes
Tun letztlich nur eine Konsequenz haben konnte. Das
Gehörte bestätigte ihn im Entschluss.

An seinen engsten Berater Pascal Wertheim gewandt,
ordnete ter Hoorst an: »Ich möchte, dass du mir einen
Überblick über unser Offshore-Kundengeschäft auf
Saint Kitts und Nevis verschaffst.«

Nach dem Interview ahnte Wertheim offenbar, worum es ging. »Zwei Kunden im Speziellen?«

»Insbesondere *Tatanka Yotanka* und *Pepitschek*.«

»Jonas, ich verstehe dich. Aber möchtest du es dir
nicht noch einmal überlegen?«

»Da gibt es nichts zu überlegen.«

»Wenn du das durchziehst, bist du erledigt!«

»Wozu das Unvermeidliche noch länger hinauszö-
gern? Bringen wir es wenigstens würdevoll zu Ende.

Eines Tages möchte ich wieder in den Spiegel sehen können.«

»Daran hängt nicht nur dein Kopf! Mal an deine Mitarbeiter gedacht, die du mit in den Abgrund ziehst?«

»Du bist mein Anwalt. Finde eine Lösung!«

Wertheim schien zu wissen, dass sich keine weitere Diskussion mehr lohnte. »Wenn wir uns möglicherweise an gewisse Behörden wenden könnten?«

»Damit meinst du Tinus Geving?«

»Ja.«

Jonas ter Hoorst wiederholte seine Anweisung. »Ich möchte, dass *alles* auf den Tisch kommt. Jedes schmutzige kleine Detail über *Tatanka Yotanka* und *Pepitschek.*«

Landeskriminalamt Sachsen-Anhalt
Lübecker Straße 53-63
Magdeburg
Büro der Direktorin
09:40 Uhr

Dieser Damian Immig war eine impertinente Person!

Wenn Männer Ambitionen zeigten, war es normal. Wenn Frauen Ambitionen zeigten, war es Stutenbissigkeit. Sie hatte es satt, jedes Mal in diese Klischeerolle gedrängt zu werden. Ihr ganzes Leben lang hatte sie darunter gelitten, unterschätzt zu werden. Vielleicht ließ genau das Anninka Kresch so sein, wie sie war: rücksichtslos, bindungslos.

Ihre Ambitionen waren immer ein Problem gewesen, sie waren zu offensichtlich, zu verkrampft, zu bemüht. Sie hatten ihr den wenig schmeichelhaften Namen »Fleißmeise« eingebracht.

Sie würde nicht mehr lange Gedanken darauf verwenden müssen. Eigentlich musste sie sich nur noch zurücklehnen, wären da nicht gewisse ... Verbindlichkeiten, um die sie sich zu kümmern hatte.

Auf einer nach Norden vorgeschobenen Terrasse – unterhalb des Schlossbergs, über der Fachwerkstadt thronend – erstreckte sich der Lustgarten der Stadt, ein Landschaftspark im englischen Stil. Die zahlreichen Esskastanienbäume standen wie in dicke Zuckerwatte verpackt. Zur Stadt hin wurde das Ensemble von einer Orangerie abgegrenzt, die dem örtlichen Adelsgeschlecht einst als Sommerresidenz gedient hatte.

Sarah Trautvetter hatte den Treffpunkt vorgeschlagen. Die Lage direkt unterhalb des Schlossbergs Richtung Norden ließ den Platz trotz sonnigen Winterwetters schon vor Mittag wieder in kaltem Schatten verschwinden, was bedeutete, dass sich bei sibirischen Temperaturen niemand in den Park verirrte. Sie würden ungestört sein.

Sarah machte auf Tinus Geving einen merkwürdig reservierten, fast schon schroffen und abweisenden Eindruck. Da er nicht länger in dieser Kälte verweilen wollte als unbedingt nötig, hielt er sich ebenfalls nicht mit zeitraubender Förmlichkeit auf.

»Wir sollten uns über Mia unterhalten.«

Sie starrte ihn ausdruckslos an. »Sollten wir?«

»Dein Handy. Zeig es mir!«

»Wozu?« Sarah schien ihm nicht folgen zu können.

»Na los! Zeig mir dein verdammtes Handy.«

Er hatte mit seinem ruppigen Kasernenhofton Erfolg. So gerissen Sarah auch sein mochte, sie war immer noch unerfahren genug, sich schnell einschüchtern zu lassen. Geving erinnerte sich an eine von Sabine Jentschs Bemerkungen am Tag der Suche nach den Vermissten. Er scrollte durch die Liste ausgehender Anrufe, bis er seinen Verdacht bestätigt sah. Samstag, 16. Januar, 13:34 Uhr. Wütend stellte er Sarah zur Rede.

»Du warst die letzte Person, die mit Mia gesprochen hat!«

»Habe ich nicht«, entgegnete sie schnippisch. »Ich habe es versucht.«

Geving hatte die einsilbigen Ausweichversuche satt. »Du weißt sehr genau, dass Matthes nicht unser Täter ist, es nie war.«

Sie kehrte ihm den Rücken zu.

Sarah wollte gehen, wurde jedoch von Geving am Arm gepackt und herumgezogen, ohne sich dagegen wehren zu können.

»Diesmal ist es keine leere Drohung, wenn ich sage, wir können das Gespräch auch auf dem Revier fortsetzen. Du weißt etwas!« Sie zuckte nur mit den Schultern, was ihn noch nachdrücklicher machte. »Behinderung polizeilicher Ermittlungen steht unter Strafe. Du wirst mir jetzt alles erzählen!«

Sie wirkte weder überrascht noch erschrocken. Derartiger psychischer Druck schien sie peripher zu tangieren. Hatte Eichenburg sie so abstumpfen lassen?

Stattdessen zeigte sie Geving einen Chat mit Mia auf ihrem Handy.

Sarah Trautvetter
Mia, nimm dir das mit Matthes nicht so zu Herzen.
19.11. 18:31

Mia Kolberg
Ich denke, es ist an der Zeit, etwas zu unternehmen
19.11. 18:31

Sarah Trautvetter
Lass es, Süße. Er weiß, dass es unangebracht ist. Du
kannst nichts erzwingen!
19.11. 18:36

Mia Kolberg
Ist mir klar.
19.11. 18:40

Sarah Trautvetter
Was willst du dann noch unternehmen?
19.11. 18:40

Mia Kolberg
...
19.11. 18:43

Sarah Trautvetter
???
19.11. 18:43

Sarah Trautvetter
Mia, du musst ihn vergessen
19.11. 18:50

Mia Kolberg
Es geht längst nicht mehr um ihn
19.11. 18:50

»Einen Tag später endete die Anmeldefrist für die
Silentiumfahrt. Dreimal dürfen Sie raten, wer völlig
überraschend auf der Liste stand«, lieferte Sarah die Erklärung hinterher.

»Woher hatte Mia die Waffe?« Erneute Richtungsän-
derung. Geving musste die Salamitaktik der Schülerin

durchbrechen. Er brauchte Antworten statt scheibchenweise Informationen.

Sie lachte verächtlich. »Es ist nicht so, dass sie mich in ihre Pläne eingeweiht hätte.«

»Stell dich nicht dümmer, als du bist! Du wusstest, dass es auf den Videoaufzeichnungen etwas zu sehen gab. Was war es? Wer war es?«

»Mia hat sich in den letzten zwei Wochen auffallend oft mit 'nem Typen getroffen.«

»Ihr Freund?«

»Sie hat keinen Freund, denn sie war in Matthes verschossen. Aber irgendwoher kannte ich den. Ich könnte schwören, den vorher schon mal gesehen zu haben.«

»Wann? In welchem Zusammenhang?«

»Wenn ich es wüsste, hätten Sie meine Antwort längst.«

»Wie sah er aus?«

»Gewöhnlich. Etwa so groß wie Mia, gut gebaut, noch relativ jung. Keine Ahnung! Mich machte stutzig, dass Mia und er sich zu kennen schienen. Sie hatte ihn mir gegenüber nie erwähnt.«

»Woher willst du so genau wissen, dass sie die Waffe von ihm hatte?«

»Ich weiß es nicht, es ist mehr so ein Instinkt. Keinem Schüler hier würde es gelingen, eine Waffe aufs Schulgelände zu schmuggeln, ohne dass jemand Wind davon bekommt. Bei einem Fremden hingegen? Es gibt keine Einlasskontrollen.«

Tinus Geving hatte keinen Grund, an Sarahs Instinkt zu zweifeln. Eine Waffe auf dem Schulgelände wäre über kurz oder lang nicht unentdeckt geblieben. Es war sogar höchstwahrscheinlich, dass die Waffe von außen eingeschmuggelt worden war, jetzt, da klar war, dass Matthes nicht der Täter sein konnte.

Sarah Trautvetter wollte die Unterredung abbrechen. »Sie wissen jetzt alles, was kaum reichen dürfte, mich da noch tiefer mit hineinzuziehen.«

Wie meinte sie das nun wieder? »Noch tiefer?«

Sie sah ihn eisig an. »Ich hatte gestern ein Gespräch mit Berghausen und einem Typen vom Kultusministerium. Man hat mich bis Ende nächster Woche vom Unterricht freigestellt.«

»Wieso?« Er verstand nicht ganz.

»Wieso ...«, entgegnete sie in spöttischem Ton. »Die hatten Aufnahmen! Die haben unsere verdammten Begegnungen in Bild und Ton! Irgendjemand wird sie denen gegeben haben.«

Jetzt begriff er, warum sie die ganze Zeit über so abweisend gewesen war. »Wenn ich das getan hätte, hätte ich riesigen Ärger am Hals. Dann wäre rausgekommen, dass ich ohne Not eine zentrale Zeugin – dich – gedeckt und aus den Ermittlungen herausgehalten habe. Du bist intelligent genug zu wissen, dass ich nicht masochistisch veranlagt bin.«

»Woher haben die dann die Aufnahmen?«, fragte Sarah entrüstet.

»Das wüsste ich auch gern.«

»Also sind Sie nicht fündig geworden?«

»Bisher nicht, nein. Sonst wären wir weiter und dieses Gespräch fände nicht statt.«

»Jemand hat Interesse daran, Ihnen in die Suppe zu spucken«, schlussfolgerte Sarah. Leider zu Recht.

»Zurück zu Mia. Wie hast du sie in den Tagen vor dem Wochenende erlebt?«

»Wie immer, schätze ich. Ob das mit Matthes sie belastete oder nicht, keine Ahnung. Sie ließ sich nichts anmerken. Ihre Selbstkontrolle war fast zu perfekt.«

»Wie kann Selbstkontrolle zu perfekt geraten?«

Sie gingen schon eine Weile durch den menschenleeren Park. Beide waren der Welt entrückt, auf das

Wesentliche konzentriert. Die Kälte machte ihnen plötzlich nichts mehr aus.

Sarah blickte ins Weite und antwortete nebenbei. »Bei ihr ist das so eine Sache. Mia konnte fröhlich und ausgelassen sein, es wirkte niemals ... echt.«

»Sie machte sich etwas vor?«

»Sie machte wohl nicht sich etwas vor, sondern uns, also mir ...«

»Es war für sie sicherlich eine emotionale Ausnahmesituation.«

»Je emotionaler sie wurde, desto kontrollierter wurde sie. Kalt und distanziert. Nach Matthes erschien sie auf mich in jedem Fall kalt und distanziert. Mia war auch in Gesellschaft immer allein, zurückgezogen, distanziert. Dazu dieser Mangel an aufrichtiger Freude.«

»Ein Mangel an aufrichtiger Freude?«

»Ich glaube, dass sie etwas für Matthes empfand, aber irgendetwas hielt Mia davon ab, ihre Gefühle zu zeigen. Zumindest mir gegenüber, und ich bin ihre engste Freundin. Es umgibt sie eine unsichtbare Wand, es macht sie unnahbar. Sie wirkte auf mich ständig, als würde sie unsichtbares Gepäck mit sich herumtragen, irgendein Geheimnis. Komisch, warum fällt es mir erst jetzt auf?«

»Hat sie mal etwas angedeutet, oder hast du danach gefragt?«

Sie schüttelte den Kopf. »Sie hat nie mehr von sich preisgegeben als unbedingt nötig. Ich denke, wie in allen Fällen hat es mit dem Elternhaus zu tun.«

»Was bringt dich zu der Annahme?«

»Sie wissen, Eichenburg ist teuer. Woher sollte ihre Mutter das nötige Geld haben? Jemand finanziert sie, sonst könnte sie sich die Ausbildung nicht leisten. Ich denke, es ist ihr Vater, wer immer es ist.«

»Ziemlich wilde Spekulationen.«

»Nein, Logik! Die Mutter alleinstehend mit Kind. Unbefleckte Empfängnis kann es nicht gewesen sein. Vater unbekannt, möglicherweise will er seine Anonymität gewahrt sehen. Wahrscheinlich setzt Mia alles daran, dass es so bleibt.«

»Du meinst, Mia kennt ihren Vater?«

»Mia ist intelligent, intelligenter als zehn von uns zusammen. Sie ist smart, gerissen, zielstrebig, manchmal rücksichtslos, emanzipiert. Ich gehe davon aus, dass sie ihren Vater kennt. Um ihretwillen, folgen Sie dem Geld und Sie stoßen auf das Geheimnis!«

Er dachte laut. »Und was immer es ist, es hängt mit ihm zusammen ...«

»Was geschieht jetzt mit Mia?«

»Ich weiß es nicht. Was auch geschehen mag, es geht weit über Mia hinaus.«

Nach ihrem Abschied blieb Tinus Geving noch eine Weile auf einer Parkbank sitzen. Sarah unterschätzte sich. Selten hatte er so eine altersweise junge Frau erlebt. Das war es wohl, was diese Zuchtanstalt aus den Mädchen machte. Sie hatte ihm ein Psychogramm von Mia Kolberg geliefert. Jemand, der sich hinter einer unsichtbaren Schutzwand verbarg, der niemanden an sich heranließ. Professor Sänger sollte sich in den nächsten Stunden mit ihr befassen, das würde sie bis heute Nachmittag in Sicherheit wiegen. Irgendetwas stank bei ihr finanziell zum Himmel: das Schulgeld, Biathlon – ein teures Hobby. Alles vom Gehalt einer alleinerziehenden Mutter nicht zu bewerkstelligen. Wer war der reiche Gönner?

In dem Moment klingelte sein Handy. »Grünwald, was gibt es?«

»Genze. Wir haben ihn.«

Markus Grünwald hatte nicht übertrieben. Genzes Anwesenheit in diesem Gebäude musste einigen Leuten sauer aufstoßen. Geving durchquerte gerade gemeinsam mit dem Revierkommissariatsleiter von Altenrode den Korridor, als sie dessen Stellvertreter in die Arme liefen. Der stellte seinen Chef umgehend zur Rede.

»Wer ist der Mann im Vernehmungszimmer?«

Grünwald würdigte Henneberg im Vorbeigehen keines Blickes. »Ach, nur unsere Spur zur Tatwaffe.« Dann drehte er sich um. »Und wie fix das plötzlich ging. Wenn man will, dass es klappt, muss man es halt selbst machen.« Mehr hatte er ihm nicht zu sagen.

Geving war verblüfft, wie kaltblütig der erfahrene Kollege sein konnte. Respekt!

Sie betraten das Vernehmungszimmer, dasselbe Zimmer, in dem sie bereits Julius Berghausen in die Mangel genommen hatten.

Da saß er also. Eduard Garrijewitsch Genze, der Biznesmen. Auf dem Foto hatte er größer gewirkt. Stattdessen wartete hier ein untersetzter Mann, etwa ein Meter fünfundsechzig groß, schmächtig. Seine Kurzhaarfrisur betonte den schmalen Schädel – Militärhaarschnitt. Manche Gewohnheiten waren anscheinend schwer abzulegen. Die Gesichtszüge hatten einerseits etwas Sensibles, Zerbrechliches, andererseits aber auch etwas Brutales und entsprachen daher wohl der Komplexität des Mannes. Hohle Wangenknochen, schmale Lippen, die ihm einen finsteren Anblick verliehen. O ja, Tinus Geving konnte sich vorstellen, dass mit Genze nicht zu spaßen war. Dazu dunkle, tief liegende Augen, die die Neuankömmlinge – nicht unfreundlich, eher interessiert – anschauten. Die Kleidung formal, gepflegt, aber bescheiden.

Geving wusste schon jetzt, was der Revierkommissariatsleiter noch nicht wusste: Von diesem Mann hatte Mia Kolberg die Waffe nicht bekommen. Er entsprach nicht Sarahs Beschreibung. Dieser Fall war einfach zum Kotzen! Man konnte kein Rätsel lösen, ohne gleichzeitig vor einem neuen zu stehen.

Sie setzten sich ihm gegenüber an den Tisch. Grünwald machte den Auftakt.

»Guten Morgen, Herr Genze. Schön, dass Sie Zeit für uns gefunden haben.« Die falsche Freundlichkeit des Polizeirats konnte zermürbend sein.

Genze antwortete ebenso freundlich. »Hatte ich denn eine Wahl?«

»Sie sind ziemlich schwer zu erreichen. Man könnte fast meinen, Sie machen sich rar.«

Genzes Augen waren kalt, die kleine Provokation brachte ihn nicht aus der Ruhe. »Darf man rauchen?«, fragte er immer noch freundlich lächelnd.

Sein Deutsch war perfekt, ohne jeden Akzent, stellte Geving fest. Vermutlich gebildetes Elternhaus, womöglich studiert, womöglich Naturwissenschaftler. Wäre nicht ungewöhnlich.

Grünwald schob ihm einen Aschenbecher über den Tisch. »Gewiss.«

Genze zog ein altmodisches Etui hervor und nahm eine Zigarette heraus. Er schloss das Etui, klopfte den Tabak zurecht – wohl ebenfalls eine alte Militärgewohnheit – und zündete sich die Zigarette an. Er nahm einen Zug, blies den Rauch aus, blickte ihm hinterher, bevor er auf Grünwalds Anspielung einging.

»Ich gehe mal davon aus, es geht um Ihre Ermittlungen im Fall Eichenburg. In der Tat war ich auf Geschäftsreise. So etwas tun Geschäftsleute hin und wieder. Benötigen Sie vielleicht irgendwelche Referenzen?«

Eduard Garrijewitsch Genze war ein verschwiegener Mann. Er blickte Tinus Geving direkt ins Gesicht. Geving blickte in Eiseskälte.

Sie brauchten keine Worte, um sich gegenseitig abzumessen, und sahen sehr schnell, woran sie waren. Geving übernahm das Ruder, er hatte seine Beobachtungen abgeschlossen.

»Das wird nicht nötig sein.« Ein kurzer Blick in die Notizen. »Herr Genze, Sie sind Russlanddeutscher?«

Der reagierte amüsiert. »Ich bin Deutscher.«

Geving ließ den Blickkontakt nicht abreißen. »Aber Sie sind gebürtiger Russe?«

Ein kurzer Zug an der Zigarette. »Ich war Bürger der Sowjetunion, das ist ein Unterschied. Für jemanden aus dem Westen dürfte dieser Unterschied marginal sein.«

Er hatte es also bemerkt.

»Sie sind nach Ihrer Dienstzeit hiergeblieben. Wieso?«

»Weil ich heimatlos war, im doppelten Sinne. Bereits zu Zeiten der glorreichen Weltrevolution waren wir Fremde im eigenen Land. Nach dem Zerfall verschwand auch noch der Grund unseres Aufenthalts hier, das war ziemlich surreal.« Wieder ein Zug. »Meine Herren, ich kann mir kaum vorstellen, dass Sie ausschließlich meine Biografie diskutieren wollen.«

Markus Grünwald lehnte sich zurück, sah Geving an und dann wieder Genze. »Wir führen nur ein Gespräch unter Freunden. Wir sind doch Freunde, oder?«

Genzes Lächeln schwand. »In einem Vernehmungszimmer? Herr Grünwald, halten Sie mich nicht zum Narren.«

»Reden wir über Ihre Geschäfte, Herr Genze«, fuhr Geving fort.

»Wenn Sie unbedingt wollen. Ich importiere Waren aus der alten Heimat, die hier verkauft werden.«

»Was für Waren?«

»Lebensmittelkonserven, Fisch, Süßwaren, Spirituosen, Geschirr, Zeitschriften, Filme und so weiter. Dinge, die unserer Gemeinschaft ein Stück alter Heimat und Identität geben.«

»Die Heimat, die Ihnen fremd war?«, fragte er in eisigem Ton.

»Ich kann nur für mich sprechen.« Ein weiterer genüsslicher Zug.

»Muss schwierig sein. Der Import, meine ich. Bei den aktuellen Handelsbeschränkungen.«

»Es ist nicht immer einfach.«

»Erfordert es manchmal ein wenig Originalität?«

»Gewiss.«

»Schmuggel zum Beispiel?«

Die Temperatur im Zimmer sank gefühlt unter den Gefrierpunkt.

»Das muss ich wohl kaum beantworten.« Genze zuckte nicht einmal mit der Wimper.

»Sie haben recht, das müssen Sie nicht. Dinge des, sagen wir, täglichen Lebensbedarfs also.«

»Ja.«

»Gehören zum täglichen Lebensbedarf – wie soll ich mich ausdrücken? – Waffen?«

Ein dünnes Lachen. »Diese Frage weise ich als geschmacklos zurück.«

Der Polizeirat schlug auf den Tisch. Wie von der Tarantel gestochen sprang er auf, ging um den Tisch herum, beugte sich von hinten über Genze und schnauzte ihn an. »Jetzt hören Sie auf, uns zum Narren zu halten! Ich fasse es mal für Sie zusammen: unerlaubte Einfuhr von Waffen, unerlaubter Erwerb von Waffen, unerlaubter Besitz von Waffen und Munition, unerlaubter Waffenhandel! Da kommt ganz schön was zusammen. Die Justiz wird sich die Hände reiben.« Dann sprach er wieder ruhig. »Na, immer noch geschmacklos?«

Geving lächelte. »Sehen Sie, Herr Genze, Sie haben da möglicherweise ein Problem, das – sollte es bekannt werden – an Ihrer Reputation als ›Biznesmen‹ nagen wird. So nennt man Sie doch, nicht wahr? Ich denke, wir können uns gütlich einigen. Die Staatsanwaltschaft könnte es bei einem empfindlichen Bußgeld belassen. Den Verlust holen Sie wieder rein.«

Genze war nicht aus der Fassung zu bringen. Er drückte seine Zigarette aus, lehnte sich zurück, sah Geving ein Weilchen an, bevor er wohlüberlegt erwiderte: »Meine Herren, ich kann Ihre Leidenschaft sehr gut nachvollziehen. Sechs Opfer sind ja nichts Alltägliches. Aber wäre es so, wie Sie sagen, wir würden hier nicht sitzen und ein ›Gespräch unter Freunden‹ führen. Ist es nicht so? Sie stehen mit dem Rücken zur Wand.« An Grünwald gewandt, der sich wieder gesetzt hatte und sich zu beruhigen schien, sagte er: »Herr Polizeirat, liegt denn irgendetwas gegen mich vor?«

»Bisher nicht, doch das kann sich ändern«, grummelte Grünwald.

»Und wie meinen Sie das?«

»Ihr Vorgehen gegen Ihre Leute ist nicht immer ganz sauber, das wissen Sie genau.«

»Bisher konnten Sie sehr gut damit leben, deswegen finde ich diesen Vorwurf etwas scheinheilig. Aber als Zeichen meines guten Willens werde ich Ihnen etwas erzählen – über eine junge Dame. Wie hieß sie doch gleich ... ach ja, Mia Kolberg.«

Wieder sah Genze den Geving eindringlich an, offenbar gespannt auf seine Reaktion.

Stattdessen Pokerface. »Bitte«, sagte Geving neutral.

»Sie kam zu mir aufgrund der mir unterstellten Reputation.«

»Sie armer Mann. Mir blutet das Herz!«, frotzelte Grünwald.

Genze hob die Hände. »Meine Herren, wollen Sie es jetzt hören oder nicht? Ich kann auch gehen.«

Geving mahnte den Revierkommissariatsleiter zur Ruhe. »Wann war das?«

»Letzten Donnerstag. Gegen fünfzehn Uhr.«

»Also am vierzehnten Januar.«

»Korrekt.«

»Wirkte sie verstört auf Sie, emotional oder wütend?«

»Nein, sie machte einen normalen Eindruck auf mich. Aber was ist schon normal? Ich kannte Afghanistanveteranen, die wirkten völlig normal, bis … nun ja. Nein, sie hatte sogar etwas emotional Unterkühltes an sich. Beinahe frostig.«

»Und weiter?«

»Sie erzählte mir eine ziemlich haarsträubende Geschichte. Dass sie sich ihres Lebens nicht mehr sicher sein könne, mehrere Mitschülerinnen hätten es auf sie abgesehen. Dann noch irgendetwas zu ihrem Elternhaus. Wenn *er* es herausbekommen würde …«

»Wer war *er*? Was herausbekommen?«

»Das fragte ich sie auch, aber sie wollte nicht näher ins Detail gehen.«

»Sie haben ihr geglaubt?«

»Ich hatte keinen Grund, es nicht zu tun. Man hört von dieser Schule so einiges. Die Zustände dort sind fast … sowjetisch. Wer zur Oberschicht gehört, darf sich alles erlauben.«

»Was geschah dann?«

»Ich lehnte ihr Begehren natürlich ab.«

»Weil Sie gerade nichts auf Lager hatten?«, hakte Grünwald scharfzüngig nach.

Genze ging kurz in sich, bevor er dem Polizeirat offenbarte. »Herr Grünwald, in all den Jahren lief es hier wie ab? Wir haben uns an die Regeln gehalten, Sie haben uns unsere Angelegenheiten regeln lassen. Ich weiß, was Waffen anrichten können. An solchen Geschäften beteilige ich mich nicht. Vielleicht lieben wir diesen Staat nicht auf das Innigste, aber wir achten ihn.«

»Gott sei Dank, dann kann ich heute Nacht ja beruhigt schlafen.«

Geving ging darüber hinweg. »Sie lehnten ab. Und dann?«

»Die junge Frau war offenbar in Not, und mein Herz ist ja nicht aus Stein. Ich habe ihr angeboten, mit diesen Leuten zu reden.«

»Mit ›reden‹ meinten Sie was genau?«

»Reden. Ihnen ihre Optionen vor Augen führen. So etwas in der Art. Sie war daran nicht interessiert.«

»Dann ist sie einfach gegangen?«

»Dann ist sie einfach gegangen. Unser Gespräch dauerte keine zehn Minuten, sehr einprägsame zehn Minuten. Sie hatte etwas Entschlossenes an sich. Ihre Angst konnte nicht überspielen, dass sie ein ziemlicher Charakter ist.«

»Und das war's?«

»Das war's. Fragen Sie sie. Das haben Sie doch wahrscheinlich ohnehin vor.«

Grünwald war noch nicht fertig mit Genze. »Das klärt leider nach wie vor nicht die Herkunft einer russischen Militärwaffe. Ist die von Geisterhand aufgetaucht, oder was? Hat Väterchen Frost sie vorbeigebracht?«

»Eine Jarygin PJa. Ja, das ist ein Problem ...«

Geving brach kurz aus seiner Fassade heraus. »Woher haben Sie diese Information?«

»Ich informiere mich.«

»Würden Sie uns daran teilhaben lassen?«

»Herr Grünwald führte hier ja eine sehr vorbildliche Behörde, so ordentlich und korrekt.«

»F-ü-h-r-t-e?«, bellte der ihn an.

»In der letzten Zeit hat eine gewisse ... Nachlässigkeit Einzug gehalten.«

»Eine gewisse Nachlässigkeit ...«

»Ich frage Sie mal direkt, Herr Grünwald: Können Sie für jeden Ihrer Kollegen die Hand ins Feuer legen? Man hört von Razzien, bei denen Waffen beschlagnahmt wurden, nicht von unseren Leuten natürlich. Wo sind die alle? In der Asservatenkammer? Wenn ja, sind Ihre Bestände vollzählig?«

»Sie glauben doch nicht, dass unsere Leute ...«

»Ist Ihre letzte Inventur denn korrekt?«

»Natürlich.«

»Können Sie sich da so sicher sein, wie Sie klingen?« Genze hatte den Spieß mühelos umgedreht.

Daran schien Grünwald überhaupt nicht gedacht zu haben. Sollten die eigenen Leute in krumme Geschäfte verwickelt sein?

Geving hatte keinerlei Interesse daran, den Revierkommissariatsleiter gedemütigt zu sehen. »Ich denke, das genügt fürs Erste. Wir werden Ihre Angaben überprüfen.«

Genze nickte freundlich. »Selbstverständlich.«

»Und Sie halten sich zur Verfügung.«

»Wenn das Ihr Wunsch ist, gerne.«

***Privatwohnung Henneberg
Grüne Straße 12
Altenrode
12:01 Uhr***

Seine Mittagspausen verbrachte Polizeihauptkommissar Henneberg niemals im Revier. Von vornherein hatte er es so gehalten. Er genoss den Vorzug persönlicher Diskretion. Nicht dass er Privatsphäre benötigte, er brauchte regelmäßig ein Zeitfenster, um sich seinen Interessen – die vielfältig waren – zu widmen. Vor allen Dingen bewahrte es ihn vor jeder Art von sozialer Interaktion, durch die seine Absichten offenbar werden konnten, insbesondere mit seinem Chef.

Zugegeben, bisher war das Verhältnis zwischen ihnen freundschaftlich, vonseiten Grünwalds sogar väterlich gewesen. Aber der Polizeirat war eben auch ein bärbeißiger Typ, geradeheraus, nicht um Schmeicheleien bedacht. Seine Methoden: effektiv, aber von gestern. Ein Fremdkörper im modernen Polizeiapparat. Mit dieser Meinung stand Henneberg offenkundig nicht allein, schließlich beobachtete er im Dienst seiner Vorgesetzten – und damit ebenso Grünwalds Vorgesetzten – jeden Schritt und Tritt des Altenröder Revierkommissariatsleiters genau. Gerade jetzt, im Licht dieser Ermittlungen.

Es geschah nicht von Anfang an freiwillig, seine Vorgesetzten hatten ihm sehr schnell Sinn und Zweck dieses Verfahrens schmackhaft machen können – mangels für ihn günstigerer Alternativen. Es war wirklich dumm gelaufen, wer konnte schon mit einem derartigen Zufall rechnen? Seine Vorgesetzten reagierten verständnisvoll, eine so hoffnungsvolle Karriere sollte nicht unnötig mit Schmutz besudelt werden. Henneberg saß gerade an seinem privaten Laptop, um sich die Visualisierung dieses Zufalls in Erinnerung zu rufen. Natürlich durfte es keine dienstlichen Spuren geben.

Markus Grünwald musste ein Gespür für Veränderungen haben, denn seitdem man vor drei Tagen an Henneberg herangetreten war, war das Verhältnis zwischen Chef und Stellvertreter merklich abgekühlt. In den Ermittlungen spielte Henneberg nur eine Nebenrolle, Grünwald weihte ihn nicht in alles ein. Und dann war da noch dieser Genze.

Unter großen Mühen gelang es ihm, die Ermittlungen, wie gewünscht, zu »begleiten«. Dafür sollte er belohnt werden. Kurzum, mit all diesen Problemen würde sich Polizeihauptkommissar Henneberg nicht mehr lange befassen müssen.

Werner Vogel seufzte unmerklich. Er hatte nicht mehr damit gerechnet, dass es nach über einem Vierteljahrhundert nur eine Frage von Zeit und Gelegenheit war, bis es ihm auf die Füße fiel. Jenes verhängnisvolle Schreiben aus den Krakenarmen des berüchtigten Ministeriums für Staatssicherheit, das er nun in Händen hielt.

Verpflichtung
Leipzig, 19. Juli 1989
Im Angesicht anhaltender Provokationen und zielgerichteter Störungen des friedlichen Aufbaus des Sozialismus in unserer Gesellschaft durch revanchistische Kräfte des westlichen Imperialismus erkenne ich, daß es notwendig ist, alle Angriffe des Klassengegners gegen die DDR, ihre gesellschaftlichen Verhältnisse und ihre staatliche Sicherheit rechtzeitig zu erkennen, vorbeugend zu verhindern und wirksam zu bekämpfen.
Daher verpflichte ich mich, das MfS bei der Aufdeckung und Bekämpfung dieser Angriffe mit ganzer Kraft zu unterstützen.
Ich bin bereit, mir bekannt werdende Sachverhalte umfassend schriftlich zu dokumentieren und unverzüglich Verbindung zum Mitarbeiter des MfS aufzunehmen.
Über diese Zusammenarbeit werde ich keine weiteren Personen in Kenntnis setzen. Die mir dargelegten Regeln der Konspiration setze ich in vollem Umfange durch. Aus diesem Grund wähle ich den Decknamen »Kranich«.

Ich bin darüber belehrt worden, daß ein Bruch dieser Verpflichtung entsprechend den Gesetzen der DDR sanktioniert werden kann.
Werner Vogel

Natürlich ließe sich dieses Schreiben erklären, fast wäre es ihm damals an den Kragen gegangen. Enormer psychischer Druck war auf ihn ausgeübt worden. Die Verpflichtung blieb folgenlos, da kaum ein halbes Jahr später der Krake keine Macht mehr hatte. Doch das interessierte im Zweifelsfall niemanden.

Noch. Es war eine Warnung. Er würde zu jener linken Fraktion im Justizapparat des Landes gehören, die unter besonderer Beobachtung stand. Angesichts der Herkunft des Schreibens und der sich abzeichnenden politischen Lage in Sachsen-Anhalt war das nicht gänzlich ohne Ironie.

Verbunden mit der Warnung hatte er eine dem Schreiben angeheftete Notiz erhalten.

Sehr geehrter Herr Staatsanwalt,
zu Ihrer Information und Klärung die beigefügte Anlage. Seitens des Ministeriums bestand in der Vergangenheit kein Handlungsbedarf. Eine weitere Prüfung ist nicht vorgesehen.
In weiterer Angelegenheit bitten wir um Ihre Entscheidung bezüglich der noch andauernden Ermittlungen im Fall Eichenburg.

Die Intention war klar. Vogel war in der Lage, zwischen den Zeilen zu lesen. Er war durch seine Hartnäckigkeit für den Moment in Ungnade gefallen. Und er wusste, wem er das zu verdanken hatte.

»Es tut mir leid, Geving. Ich bin gerade erst rausgekommen. Wie ist der Stand der Dinge bei Ihnen?«

»Wir erleben böse Überraschungen am laufenden Band.«

»Ja. Kreschs Auftritt gestern, was soll man dazu sagen?«

»Hätte man es nicht verhindern können?«

»Darum ging es vermutlich: zu verhindern, dass wir etwas verhindern können. Wenn ich immer wüsste, was in Anninka Kreschs Kopf vor sich geht, hätten wir die Probleme nicht. Und Sie bräuchten meine Hilfe nicht.«

»Um bei der vollen Wahrheit zu bleiben, Sie brauchen meine Hilfe genauso dringend wie ich Ihre.«

»Das ist wohl fair.«

»Also, was wird da gespielt?«

»Die thüringischen LKA-Akten wurden nicht nur uns, sondern auch ihr zugespielt. Nicht so abwegig angesichts ihrer Position. Mit den Informationen ist sie dann an die Öffentlichkeit gegangen.«

»Ich verstehe ihre Motivation nicht. Es ist dämlich und fällt ihr auf die Füße, damit begeht sie karrieremäßig Selbstmord! Uns zieht sie gleich mit in den Abgrund.«

»Das ist wiederum nur die halbe Wahrheit. Es zieht Sie in den Abgrund, an ihr bleibt nichts hängen. Sie sollten die Direktorin nicht unterschätzen, sie ist Vollprofi.«

»Wir versuchen jetzt fieberhaft, die Herkunft der Tatwaffe zu ermitteln.«

»Schon ein Ergebnis?«

»Nur noch eine neue Spur. Wird keine schöne Sache, sollte sich der Verdacht bestätigen.«

»Ein ... internes Problem?«

»Wissen Sie was? Sie sollten über einen Jobwechsel nachdenken.«

»Vielleicht tue ich das, vielleicht tue ich das ...«

»Womit wir beim Thema wären: die Videoaufzeichnungen.«

»Unsere Quelle berichtet, dass die Aufzeichnungen gestern gelöscht wurden. Das kann bei *Aquila Defence* nicht jeder machen, dafür braucht man eine Sicherheitsfreigabe. Jemand ist uns einen Schritt voraus.«

»Wie mir meine Quelle bestätigte, hat man sie mit jenen Aufnahmen unter Druck setzen wollen, die nun angeblich nicht aufzutreiben sind.«

»Möglicherweise benötigen Sie die Aufzeichnungen nicht, es hat sich eine Alternative aufgetan. Bleiben Sie bis dahin auf der Hut, Geving! Besonders vor ehrgeizigen Landeskriminaldirektorinnen. Was die Ermittlungen angeht, kann ich Ihnen momentan kaum helfen.«

»Ich verstehe.«

»Sollte Kresch erneut auf die Idee kommen zu intervenieren, sollten Sie vorbereitet sein. Ich muss unter dem Radar bleiben, sonst haben wir keine Chance, Matthes' Namen reinzuwaschen. Also halten Sie Augen und Ohren offen. Ich melde mich, sobald dieser ... Zirkus überstanden ist.«

»Viel Glück, Herr Minister.«

In einer Sache hatte Tinus Geving gar nicht so unrecht, er sollte über einen Jobwechsel nachdenken. In umgekehrter Richtung galt das ebenfalls. Frank Schulze zeichnete diesbezüglich gerade die letzten Vorkehrungen ab. Geving wusste es natürlich noch nicht. Zeitnah würde er begreifen. Zeit war jetzt von essenzieller Bedeutung für Schulze.

Letzten Endes zog er die Reißleine zum richtigen Zeitpunkt. Niemand hatte es kommen sehen.

Zeit ... Zeit, sich ein wenig Handlungsspielraum zurückzuholen.

14:06 Uhr

Verdammt, wo bist du? Hast du es mitbekommen?
14:06, 22. Jan.

Nicht in der Stadt, Ja, wurde informiert
14:06, 22. Jan.

Das haben wir SO nicht kommen sehen.
14:07, 22. Jan.

Schulze ist nicht zu unterschätzen
14:07, 22. Jan.

Der Hurensohn gefährdet uns!
14:07, 22. Jan.

Ach, was soll schon passieren? Er kann es nicht mehr
aufhalten
14:08, 22. Jan.

Ich schätze mal, du hast recht.
14:08, 22. Jan.

Björn, wir sollten uns einfach zurücklehnen. Wir können nichts mehr tun. Alles läuft! Jede weitere Einmi-
schung fiele auf.
14:10, 22. Jan.

Dann schätze ich mal, Glückwünsche sind angebracht
:-D
14:10, 22. Jan.

Abwarten ;-)
14:10, 22. Jan.

Wo bist du???
14:11, 22. Jan.

Hab was zu erledigen
14:12, 22. Jan.

Revierkriminaldienst Kreisstadt
Kurt-Weill-Straße 18
14:15 Uhr

Es war nicht unüblich, dass der Revierkriminaldienst von Zeit zu Zeit hohen Besuch bekam. Jedoch immer mit Ankündigung!

Wiebke Hellmund traute ihren Augen kaum. Seit gestern Abend war sie wie vom Erdboden verschluckt, nun stand sie hier wie der Leibhaftige: in ihrem – ihrer Position und den Umständen völlig unangemessenen – Max-Mara-Kostüm. Ob Anninka Kresch immer so aussah, als wäre sie gerade vom Laufsteg gefallen?

Die Direktorin des LKA überfiel Wiebke Hellmund mit einem strahlenden »Ich grüße Sie«.

Damit traf sie auf wenig Gegenliebe. Von ihr gab es ein nicht so strahlendes »Guten Tag« zurück.

Anninka Kresch ließ sich in ihrem Narzissmus nicht beirren. Sie kam direkt zum Grund ihres Besuchs. »Wo ist Kriminalrat Geving?«

»Außer Haus.« Wiebke Hellmund war um Unfreundlichkeit bemüht. »Sie können ihn jederzeit anrufen.«

Die Direktorin überging diese Spitze. »Wie bedauerlich. Ich hatte gehofft, mit ihm einige Punkte klären zu können.«

Wiebke Hellmund hatte es nicht auf einen »Catfight« abgesehen, aber bei so viel Perfidie konnte sie nicht an sich halten. »Wenn Sie hoffen, die Ermittlungen einstellen zu können, kommen Sie zu spät.«

Anninka Kresch lächelte immer noch ihr falsches Lächeln. »Das bleibt abzuwarten.«

Jetzt reichte es. »Ich begreife nicht, wie Sie nach Ihrem Auftritt gestern hier aufkreuzen können. Leute haben uns vertraut. Diese Vertrauensgrundlage haben Sie uns unter unseren Füßen weggezogen! Von Anfang an waren wir auf die Kooperation aller Hinterbliebenen angewiesen. Keine Ahnung, wie wir jetzt noch mit denen reden sollen.«

Anninka Kresch ließ diese barsche Kritik an ihrem Vorgehen kalt. Sie warf einen kurzen Blick in ihren Taschenspiegel, bevor sie ihr bescheinigte: »Sie sind eine tapfere Frau, so loyal. Ich schätze Loyalität. Dass Sie den Kriminalrat verteidigen, ist durchaus ehrenwert. Aber Sie wissen nicht einmal die Hälfte über Tinus Geving. Er ist nicht derjenige, der er zu sein vorgibt.«

»Was wollen Sie damit andeuten?«

»Andeuten?«, fragte die Direktorin unschuldig. »Rein gar nichts. Ich denke, Sie sollten einige Dinge erfahren, zur Klärung Ihres Standpunkts.«

Die Direktorin beschrieb Wiebke Hellmund alles. Jedes Detail über Gevings Zeit bei Europol, jede noch so kleine menschliche Tragödie. Dazu Sängers Einschätzungen.

»Sehen Sie jetzt, was ich meine?«, schloss sie.

Wiebke Hellmund war sprach- und fassungslos. Wie konnte Geving nur mit dieser Last auf seinen Schultern leben? »Das ändert natürlich einiges.«

»Eben. Sie verstehen, warum diese Ermittlungen früher oder später eingestellt werden.« Anninka Kresch führte sie freundschaftlich durchs Büro. »Frau Hellmund, Ihre Beförderung ist schon seit längerer Zeit überfällig. Ist Ihnen bekannt, dass diese Behörde einen neuen Leiter braucht? Was meinen Sie?«

Sie reagierte misstrauisch. »Wollen Sie mich kaufen?«

»Wo denken Sie hin? Das LKA braucht ruhige, zielgerichtete Arbeit. Sie sind ruhig und zielgerichtet. Denken Sie an Ihre Karriere.« Nur um wenig freundschaftlich, dafür drohend hinzuzufügen: »Denken Sie an Ihren Sohn.«

Wiebke Hellmund schluckte.

Wieder war die Direktorin die Freundlichkeit in Person. »Also, Frau Kriminalhauptkommissarin, wo befindet sich Tinus Geving jetzt?«

Phoenix Vor Ort
15:00 Uhr

Für alle Zuschauerinnen und Zuschauer, die jetzt erst eingeschaltet haben: Auf der Tagesordnung im Magdeburger Landtag steht eines der umstrittensten Gesetze der letzten Jahre. Wir erleben heute einen parlamentarischen Schlagabtausch in seiner heftigsten Form. Die Fronten zwischen Regierung und Opposition liegen weit auseinander, die Gräben sind tief.

Für eine persönliche Erklärung ans Rednerpult tritt jetzt Landesinnenminister Frank Schulze, der eigentlich nicht auf der Rednerliste stand.

»Herr Präsident! Sehr geehrte Damen und Herren!

Ich war und bin kein Freund dieser Gesetzesvorlage, die Gründe sind bekannt. Sie steht in krassem Gegensatz zu unseren demokratischen Gepflogenheiten und untergräbt die Unabhängigkeit der Justiz. Man möchte hier die Sache durchziehen, ohne Rücksicht auf Verluste.

Ich nehme es zur Kenntnis, akzeptiere es jedoch nicht. Die Gesetzesvorlage stammt nicht nur teilweise aus der Feder externer Kanzleien, sie wurde allein von Aquila Defence verfasst. Dieser Fakt ist den meisten Kolleginnen und Kollegen vorenthalten worden!

Dazu kann ich nicht länger schweigen. Dafür werde ich keine weitere Verantwortung übernehmen. Mithin ist es folgerichtig – ich habe es ohne Bedauern getan –, dass ich dem Ministerpräsidenten heute Mittag meinen Rücktritt vom Amt des Ministers für Inneres und Sport des Landes Sachsen-Anhalt erklärt habe.«

Landtag von Sachsen-Anhalt
Domplatz 6-9
Magdeburg
15:11 Uhr

Vor dem Plenarsaal wurde Frank Schulze von seiner Büroleiterin in Empfang genommen. »Chapeau, Herr Minister!«

Sein Puls raste, und er zitterte am ganzen Leib. Er kam sich vor wie ein Häftling, der gerade seiner eigenen Hinrichtung entkommen war. »Ist alles bereit?«

»Wie gewünscht. Alles wird sehr diskret ablaufen.« Sie nickte in Richtung eines leeren Sitzungszimmers.

Schulze betrat zügig den Raum, seine »Verabredung« traf nur eine halbe Minute nach ihm ein.

»Also, dass wir beide mal im selben Boot sitzen würden ...«

»Ironie der Geschichte, Meyer.«

»Respekt, Sie haben Nerven wie Drahtseile!«

»Das ist sehr freundlich, aber wir haben nicht viel Zeit zu verlieren.«

»Ich nehme an, der Ausführung unseres Ablenkungsmanövers steht nichts im Weg?«

Schulze wischte sich kalten Schweiß von der Stirn. »Drei Abgeordnete meiner Partei und ich werden wegen ›familiärer Notfälle‹ bis zum Abend nicht erreichbar sein. Ich habe uns gerade eine Gnadenfrist erkauft, nutzen Sie sie gut.«

Nahezu den kompletten Vormittag hatte der Kriminalpsychologe Christian Sänger mit Mia Kolberg verbracht.

»Es ist, wie Sie vermutet haben. Die Betroffene verfügt über eine schizoide Persönlichkeit. Ihr Bauchgefühl hat Sie nicht betrogen.« Mia, befand er, sei ein schwieriger Fall. Sie wirke freundlich, vertrauenswürdig sogar, durchaus interessiert an zwischenmenschlichen Beziehungen. »Aber all das ist Fassade. Bei näherer Betrachtung fällt auf, dass sie keine oder wenig fest verankerte Freundschaften pflegt. Es liegt nicht etwa daran, dass sie keine Freunde findet, sie wünscht einfach keine vertrauensvollen Beziehungen.«

Trotz dieser Tatsache konnte Tinus Geving keinen Triumph empfinden.

»Wie erklären Sie ihre Gefühle für Alexander Matthes?«, fragte er bemüht sachlich.

»Obwohl man menschliche Nähe nicht unbedingt sucht, kann man sie empfinden. Wehe dem, der sie zurückweist. Schizoide Persönlichkeiten haben ein deutlich mangelndes Gespür für geltende soziale Normen und Konventionen.« Im vertraulichen Umgang sei ihm Mias emotionale Unzugänglichkeit aufgefallen. Dieser Zustand rühre nicht von einem andauernden Schock her. Sie sei schlichtweg unfähig, angemessene Gefühle zu empfinden.

»Fachlich gesehen, trauen Sie es ihr zu?«

Sänger wog seine Worte sorgfältig ab, ehe er antwortete. »Schizoide Persönlichkeiten nehmen Veränderungen meistens als Gefahr wahr. Sie schützen sich entweder durch Rückzug oder durch Kontrolle. Ein Tötungsakt kann der Versuch sein, Kontrolle wiederherzustellen. Seien Sie vorsichtig mit ihr.«

Nach Gevings Meinung basierte jedes Tötungsverbrechen auf nachvollziehbaren Motiven, seien es rationale, seien es emotionale. Sogar simple Zerstörungslust – »Rache an dieser Welt« – war ein mehr oder weniger nachvollziehbares Motiv. Gleichzeitig sah Geving in jedem Mord eine Bestätigung gesellschaftlicher Ohnmacht, des Versagens. Jedes Mal aufs Neue versagte die Gesellschaft einem Menschen dasjenige Maß an Mitgefühl, das verhindert hätte, dass aus ihm ein Mörder wurde.

Erneut steckte der Kriminalrat in einem Gefühlskonflikt. Mia Kolbergs Persönlichkeit nahm ihn mehr und mehr ein, dafür gab es keine verständliche Erklärung. Was war ihr Motiv? Rache an dieser Welt? Denkbar. Oder tatsächlich Liebe? Nicht vorhandene Liebe, nicht erwiderte Liebe? In Geving begann eine Ahnung jenes Meers der Tränen zu keimen, das Mia überquert haben musste.

Der Kriminalpsychologe musterte ihn eingehend. Diese Art prüfender Blicke kannte er zur Genüge, sie nervten ihn und bedeuteten nicht immer Gutes.

»Ist noch etwas, Herr Professor?«

»Herr Geving, ich müsste Ihnen etwas im Vertrauen sagen.«

»Was immer es ist, es kann warten. Können wir anfangen?«

15:57 Uhr

Mia war erschöpft. Es waren nicht die Fragen dieses Psychologen gewesen, die ihr zusetzten, es war seine Art. Diese geheuchelte Anteilnahme! Wenn sie recht überlegte, setzte die ihr nicht nur zu, sie widerte sie förmlich an.

Sie hatte es noch nicht hinter sich. Der Polizist, Tinus Geving, trat ein und setzte sich ihr gegenüber an den Tisch. Wenigstens gab er nicht vor, an ihrem Wohlergehen interessiert zu sein. In seiner Art fand sie ihn erfrischend ehrlich.

»Ich habe noch einige Fragen. Vielleicht gelingt es uns heute, Antworten zu finden. Was meinen Sie?«

Sie sah in Gevings stahlblaue Augen, die in ihr zu lesen schienen wie in einem offenen Buch. »Habe ich denn eine Wahl?«

»Der Mensch hat immer eine Wahl.«

»Stellen Sie Ihre Fragen.«

Eigenartig. Mia verstand nicht, worauf er hinauswollte. Die Wahrheit, so viel war klar. Wie würde er es anstellen? Da war nichts!

»Sie haben die Nacht gemeinsam in der Hütte verbracht, ist das richtig?«

»Ja.«

»Hat es bei Ihrer Ankunft am Freitag geschneit?«

»Es schneite Donnerstag, Freitag und Samstag.«

»Es war kalt?«

»Möglich, ich habe es nicht so empfunden.« Es war kalt gewesen, so verdammt kalt. »Ich bin ein Winterkind. Minusgrade machen mir nichts aus.«

»Wie haben die anderen es empfunden?«

»Spielt das eine Rolle?«, stellte Mia eine Gegenfrage.

Damit gelang es ihr, den Polizisten zum Stolpern zu bringen, fast wäre er gefallen. Ihr Glück würde nicht von Dauer sein.

Er gab sich unbeirrt. »Sie sind wandern gewesen am Samstag?«

»Ja.«

»Es stand sofort fest, dass es zur Arminhöhle gehen sollte?«

»Das war mein Vorschlag. Ich kannte mich am besten aus.«

»Sind Sie oft in der Gegend?«

»Ja.« Bloß nicht über den Sinngehalt der Frage hinausgehen.

»Viel mit Freunden unterwegs?«

Ein gemeiner Haken! »Ich laufe Ski.«

Er ließ es so stehen. »Und dann ging es los. So gegen dreizehn Uhr?«

»Eher gegen zwölf Uhr.«

»Gegen fünfzehn Uhr haben Sie die Höhle erreicht. Sie haben drei Stunden für einen Weg benötigt, der in unter zwei Stunden zu absolvieren ist?«

»Sie dürfen den hohen Schnee nicht vergessen, da kommt man langsamer voran.«

»Ja, natürlich ... Sie kannten sich am besten aus. Waren alle für eine Wanderung unter solchen Extrembedingungen ausgerüstet? Bei der klirrenden Kälte brauchte man doch sicher gefütterte Jacken und festes Schuhwerk.«

»Darauf waren wir vorbereitet.«

»Was geschah weiter?«

»Das habe ich doch schon gesagt. Alles, woran ich mich erinnern kann, sind Bruchstücke. Mehr nicht.«

So weit, so gut.

Freundlich lächelte Geving sie an und stand auf. »Sehr gut, das wäre dann wohl alles.«

Der Psychologe wirkte überrascht, folgte Geving zur Tür.

Für Mia lief es wie erwartet, wenngleich die Fragen dieses Ermittlers belanglos gewesen waren. Würde man sie jetzt wieder in Ruhe lassen? Wollte sie das überhaupt?

Der Kriminalrat blieb stehen, bereits mit der Hand an der Türklinke. Er drehte sich zu ihr um.

»Eine Sache noch.« Er trat auf sie zu. »Wieso geht man auf Silentiumfahrt?«

Jetzt war Mia wirklich enttäuscht. »Weil es Tradition an unserer Schule ist.«

Damit gab er sich nicht zufrieden. »Das weiß ich. Wieso geht man auf diese Fahrt? Welcher Sinn steckt dahinter?«

Sie überlegte. Darüber hatte sie sich keine Gedanken gemacht. »Es soll die letzte Ruhepause vor den Abschlussprüfungen sein.«

»Eine Art Konzentration auf das Wesentliche?«

»Wenn Sie so wollen.« War der Mann schwer von Begriff?

»Es geht darum, sich gegenseitig zu helfen, um Sozialkompetenz?«

»Wieso fragen Sie, wenn Sie es bereits wissen?« Mia versuchte, über ihre ersten Anzeichen von Unruhe hinwegzulächeln.

»Sie hatten es nicht leicht in Eichenburg, nicht wahr?«

Das war unfair! Mia geriet aus dem Tritt. Sie hatte Mühe, ihre Selbstkontrolle aufrechtzuhalten. »Ich komme zurecht.«

»Wie können Sie sich das leisten? Die Schule ist nicht billig.«

Ihr Puls schnellte in die Höhe, die Atemfrequenz steigerte sich. »Was hat das mit all dem zu tun?«

Ihre Augen trafen Tinus Gevings harten Blick, seine Absichten blieben unklar. »Sie waren bei den Biathlonjunioren, die Ausrüstung muss ein kleines Vermögen verschlungen haben.«

O nein! Wie hatte er es erfahren?

»Dann das Schulgeld. Wer ist es? Wer finanziert Sie? Ihr Vater?«

Ihre Pupillen zogen sich zusammen, die Hände ballten sich zu Fäusten. »Das geht Sie nichts an!«

Mia begann rotzusehen. Der Psychologe wollte intervenieren, Geving hielt ihn zurück.

Er setzte sich wieder zu ihr an den Tisch. Mia konnte seine Nähe nicht ertragen.

»Ihr Lehrer wollte, dass es zur Höhle ging?«

So viel Ignoranz machte sie wütend. »Hören Sie nicht zu? Es war *meine* Idee!«

Er grinste. »Mein Fehler. Was trug sich in der Arminhöhle zu?«

»Ich erinnere mich nicht!«

Er bohrte kaltblütig weiter. »Sie sagten, es gab drei oder vier Schüsse.«

»Ja.«

»Nein, Sie sagten, es waren zwei oder drei Schüsse. Entschuldigung, meine Aufzeichnungen ...«

Er lockte sie erbarmungslos aus der Reserve. Sie konnte nichts dagegen tun!

»Ich weiß es nicht.«

Er überging ihre Antwort. »Marie und Sophia waren die ersten Opfer.«

»Das sagte ich doch schon.«

»Dann Stephanie?«

»Ja.«

»Gefolgt von Johanna?«

»Ja ...«

»Zuletzt Alisah?«

»Ja!«, entfuhr es ihr aggressiv.

Der Polizist legte den Zeigefinger auf die Lippen. »Wie war denn Ihre Beziehung zu Alisah?«

Mia war völlig perplex. Welcher Linie folgten diese Fragen? Ein Schritt vor, zwei Schritte zurück, ein Schritt zur Seite. Wie konnte sie sich darauf einstellen?

»Wie kommen Sie jetzt auf Alisah?«

Wie kam er auf Alisah?

Je unruhiger sie wurde, desto ruhiger schien er zu werden. Genoss er es etwa?

»Beantworten Sie einfach die Frage.«

Woher sollte er es wissen?

»Normal, würde ich sagen. Nicht besonders intensiv. Man kannte sich, das war's.« Diese Frage konnte sie sachlich beantworten. Kein Grund zur Panik.

»Aha. Kein so vertrauter Umgang wie mit Ihrer Freundin Sarah?«

Das war ein Schlag in die Magengrube.

»Was haben diese persönlichen Fragen zu bedeuten?« Mia war nicht sauer. Sie war darum bemüht, nicht sauer zu sein. Es half ihr wenig.

Wieder ließ er ihre Frage unbeantwortet. »Und Ihre Beziehung zu den anderen? Johanna von Kleeberg etwa oder Marie Jannings? Auch *normal*?«

Mia schwieg.

»Das Handgemenge mit Ihrem Lehrer um die Waffe. War das vor den Schüssen auf Alisah oder danach?«

Wo war Alisah? Hatte sie sich verstecken, hatte sie fliehen können?

Alexander ... Schockstarre im Angesicht der Waffe. Wer war als Nächstes an der Reihe?

Versuche der Beschwichtigung. »Ganz ruhig, ich tu ja nichts.«

Keine Reaktion.

»Ich möchte nur mit dir reden.«

»Zu spät ...«

Er ging langsam auf sie zu. »Bitte, nur reden. Was du dann mit mir machst, hast doch nur du zu entscheiden.«

»Wir haben uns nichts mehr zu sagen.«

Er machte keine Anstalten stehen zu bleiben. Langsam. Schritt für Schritt.

»Wage es!«

»Bitte, nimm die Waffe runter.«

»Ich denke gar nicht dran!«

Im Bruchteil einer Sekunde ein Kampf um die Waffe ...

»Mia!« Geving riss sie aus ihren Erinnerungen. »Das Handgemenge mit Ihrem Lehrer um die Waffe?«

»Ich sage dazu nichts«, lautete ihre grimmige Antwort.

Geving zog ein Tablet aus seiner Tasche und öffnete eine Videodatei. Er schob es Mia zu. Sie kannte die Szenen. Es war jenes Video, das die nächtlichen Vorfälle in den Eichenburger Duschen in ihrer ganzen Unerträglichkeit zeigte. Mia betrachtete die Aufnahme mit einer Mischung aus Faszination und Grauen.

»Genug«, sagte sie schließlich.

Nicht genug. Er öffnete eine weitere Datei, die Aufnahme aus der Arminhöhle. Alisah ... Der Satz *»Unsere Wege trennen sich hier«.* Sie ließ es über sich ergehen. Bis zum Abbruch. In großem Standbild: ein khakifarbener Winterschnürschuh, rote Schnürsenkel, rote Sohle.

Mia saß eine Weile wie erstarrt da, bevor sie wieder aufsah. In dem Moment stellte Geving ein Paar Schuhe auf den Tisch: khakifarbene Winterschnürschuhe, rote Schnürsenkel, rote Sohle.

»Wenn der Schuh passt, zieht man ihn an.«

Ihr war entgangen, dass er sich an ihrem Schrank zu schaffen gemacht hatte.

Es war still, so still. Niemand sagte ein Wort. *Die Stille nach dem Schuss.* Mia war ... erleichtert. Eine erdrückende Last fiel von ihr ab. Sie war gestellt. Endlich!

Geving beugte sich vor. »Wir können das hier beenden. Sie müssen nichts mehr sagen.«

»Ich denke, es wäre an dieser Stelle das Beste«, empfahl Sänger.

Mia erwachte aus ihrer Trance. Völlig verändert, völlig ruhig und gewiss. »Doch, ich werde reden.«

Geving lehnte sich zurück, bevor er fortfuhr. »Wieso, Mia?«

Sie zuckte mit den Schultern. »Sie haben es gesehen.«

»Ich habe es gesehen. Fünf von zehn Menschen würden sich zur Wehr setzen, kaum jemand würde deshalb töten. Also wieso, Mia? War es das wert?«

»Jede einzelne Demütigung war es wert!«

»In Eichenburg?«

»Ja.«

»Weil Sie ihrer nicht würdig waren?«

»Ja.«

»Haben die es auch so gesehen?«

Mia verstand den Sinn der Frage nicht. »Wie bitte?«

»Ob sie fanden, dass Sie ihrer nicht würdig waren? Mit Sarah sind Sie immerhin befreundet. Eine Frage des Klassenunterschieds kann es kaum sein. Da ist noch etwas anderes.«

»Was denn?«, fragte sie plötzlich kleinlaut, ängstlich.

»Minderwertigkeitsgefühle?«

»Ich weiß nicht ...«

»Nein, das ist es nicht. Sie waren denen in allen Dingen haushoch überlegen, und das wussten Sie. Möglicherweise ein Elektrakomplex? Eine im Grunde genommen überstarke Bindung der Tochter an den Vater. Jedoch teilt der Vater diese Bindung nicht. Er entwertet das eigene Kind, in diesem Fall durch Abwesenheit. Ist es das?«

Mia fühlte sich ihrer Fassade beraubt. Nackt und ungeschützt.

»Sie kennen Ihren Vater, zumindest wissen Sie, dass es ihn gibt. Obwohl er Sie nicht in seinem Leben haben will, finanziert er Ihre Ausbildung. Ein Widerspruch.«

Sie versuchte sich zu sammeln, das Sprechen fiel ihr schwer. »Für ihn bin ich ein Unfall! Am Leben gehalten von Almosen, ganz nach Lust und Laune. Jedes Mal lässt er mich spüren, wie absolut wertlos ich in seinen Augen bin.«

»Sie konnten sich nie gegen ihn behaupten?«

»Ich habe es doch versucht! Aber ich kann es nicht. Jedes Mal tritt er mich nieder wie ein lästiges Insekt.«

»Warum all die Opfer?«

»Um sie ging es gar nicht, haben Sie das nicht kapiert? Sie waren im Weg, Kollateralschäden.«

»Wenn Sie Ihren Vater treffen wollten und Ihre Klassenkameradinnen nur Kollateralschäden waren, warum musste Matthes sterben? Stand er auch im Weg?«

»Matthes, Matthes ... Es geht nicht immer nur um ihn!«

»In Abwesenheit des eigenen Vaters haben Sie sich ein Wunschbild ausgemalt, wie Ihr Vater sein sollte. Diesem Wunschbild entsprach Matthes, nicht wahr?«

Sie nickte nur stumm.

»Es war ein gutes Gefühl, oder? So geborgen und geschätzt. Sie wurden das erste Mal in Ihrem Leben richtig wahrgenommen. Sie haben sich in ihn verliebt und das eigentlich Selbstverständliche mit Gegenliebe verwechselt.«

Mia begann zu weinen.

»Mit der Zurückweisung konnten Sie nicht umgehen. Emotionen sind ein Problem, Sie möchten – oder können – keine Schwäche zeigen. Also haben Sie auf die Abfuhr mit der Härte reagiert, die Sie für das Gesetz Ihrer Welt halten.«

Alles, was er sagte, stimmte. Er hatte sie durchschaut. Er verstand sie. Mia ließ ihn gewähren, sie würde sonst niemals Ruhe finden.

»Ihre Mitschülerinnen waren keine Kollateralschäden. Ja, sie haben Sie gedemütigt. Sie fühlten sich gedemütigt, weil sie Ihr Geheimnis kannten. Sie wussten, wer Ihr Vater ist. Diese Mädchen haben es Sie jeden Tag spüren lassen, habe ich recht? Jedes Ihrer Probleme ließ sich auf eine Person zurückführen. Dem waren Sie auf Gedeih und Verderb ausgeliefert. Daran sind Sie zerbrochen. Alle haben stellvertretend für Ihren Vater die

Quittung für Zurückweisung und Demütigung erhalten. Alle, bis auf Ihren Vater.«

Mia machte sich keine Illusionen, worauf es nun hinauslief.

»Mia, *wer* ist Ihr Vater?«

Sie würde seine Frage beantworten. Endlich wäre sie mit sich im Reinen und dieses schreckliche Geheimnis los. Sie würde aufatmen und leben können.

In dem Moment flog die Tür zum Krankenzimmer auf. Dr. Spengler und ihre Mutter stürmten herein, angeführt von einer Frau, die Mia nicht zuordnen konnte und die ihr sofort unheimlich war.

»Diese Befragung ist beendet«, verfügte die Fremde.

Tinus Geving erhob sich von seinem Platz.

Mia war völlig irritiert. »Was ist hier los?«

Ihre Mutter zog sie an sich. »Es ist vorbei, Schatz. Du musst keine weiteren Fragen mehr beantworten.«

In hartem Befehlston schnarrte die unheimliche Frau Geving an. »Sie warten draußen! Wir sprechen uns noch.«

Der letzte Satz klang in Mias Ohren wie eine Drohung.

Sie versuchte, sich dem Zugriff ihrer Mutter zu entziehen. »Nein! Ich wollte reden!«

»Das wird zu klären sein«, wurde sie von der Unbekannten abgebürstet.

Der Arzt hatte genug und bereitete dem Treiben ein Ende. »Alle raus! Die Patientin braucht Ruhe.«

16:24 Uhr

Auf dem Flur herrschte Anninka Kresch ihren Untergebenen an. »Was glauben Sie, was Sie hier tun, Herr Kriminalrat?«

»Mia war gerade dabei, uns alles zu erzählen.«

»Schluss, aus, Feierabend!« Sie hatte das Temperament einer Furie. »Was kann die Ihnen schon erzählen?«

Nun verlor auch Geving die Geduld. »Matthes war es nicht! Wie können Sie sich nur dieser Tatsache verweigern? Sie haben uns der Lächerlichkeit preisgegeben!«

»Mäßigen Sie Ihren Ton! Was glauben Sie, wen Sie hier vor sich haben?«

Geving tobte. »Wollen Sie es nicht verstehen, oder können Sie es nicht verstehen? Mia Kolberg ist nicht das Opfer, sie ist die Täterin! Wir haben eine vollständig rekonstruierte Beweiskette. Alles, was uns fehlt, ist die Herkunft der Waffe. Sehen Sie es sich wenigstens an.«

»Ich sehe mir gar nichts an. Beweiskette ...«, spottete sie. »Ich soll mich Tatsachen verweigern? Sie drehen sich die Dinge so, wie Sie sie gerne hätten.«

»Frau Doktor Kresch, Herr Geving hat durchaus einen Punkt«, versuchte Sänger dagegenzuhalten.

»Sie sind nicht gefragt«, herrschte sie ihn an.

»Unterstellen Sie mir jetzt, ich wäre ein Spinner?«, fragte Geving wütend.

»Was denn sonst? Ein achtzehnjähriges Mädchen schießt sechs Menschen über den Haufen. Also wirklich!«

Geving atmete tief durch, schluckte seine Wut hinunter, versuchte es erneut mit Argumenten. »Dann erklären Sie mir, warum der Täter mit rechts geschossen hat, Matthes aber Linkshänder war.«

»Sind Sie so naiv? Geving, das ist doch kein Beweis! Sie haben das Wort seines Trainers, seiner Freundin und seiner Eltern. Ist Ihnen mal in den Sinn gekommen, dass die natürlich nicht wahrhaben wollen, dass er es war? Die sind befangen und würden alles behaupten, was ihn entlasten könnte.«

Geving lachte, es war absurd! »Warum hat Mia gestanden?«

»Dieses Mädchen? Mit seinem Psychoknacks? Die Kleine würde Ihnen alles gestehen. Und Sie fallen da auch noch drauf rein! Sie haben es verkackt, Geving! Sie und Ihre völlig unprofessionellen Ermittlungsmethoden. Sie treten den Rechtsstaat mit Füßen!«

»Da sind wir schon zu zweit.«

Anninka Kreschs Augen verengten sich zu Schlitzen. »Ich warne Sie, noch eine solche Unterstellung.«

»Unterstellung? Sie grätschen zum zweiten Mal innerhalb von zwei Tagen in meine Ermittlungen!«

»Was mein gutes Recht ist!«

»Ach, und es ist Ihr gutes Recht, Alexander Matthes öffentlich als Terroristen zu diffamieren? Wir stehen bei den Angehörigen im Wort. Mit einem Streich haben Sie unsere Glaubwürdigkeit hinweggefegt!« Gevings Puls raste.

»Was denn, Geving? Es war doch *Ihr* Verdacht. Jetzt können Sie mit den Folgen nicht umgehen?«

Er würdigte dies keiner Antwort. Kalter Schweiß stand ihm auf der Stirn. »Ich frage mich, was Sie hier überhaupt tun, wenn die Ermittlungen angeblich in trockenen Tüchern sind.«

»Das reicht!«, brüllte sie. »Sie sind von dem Fall abgezogen. Hellmund wird die Ermittlungen zu Ende führen. Ich kann Ihnen versichern, das war es dann mit Ihrer Karriere.«

Geving atmete immer schwerer. »Wen schützen Sie? Sie oder ihn? Wir sind hier noch nicht fertig.«

»Hoho! So, denken Sie? Wer soll das entscheiden?« Sie machte eine theatralische Pause, nur um genüsslich nachzutreten. »Ihr ... *Informant?* Ich denke nicht, dass der Ihnen noch helfen kann.«

Geving schwankte, wie vom Schlag getroffen. »Was?«

»Ach, kommen Sie! Denken Sie, ich bin dumm? Glauben Sie wirklich, ich wüsste nicht, dass Sie sich vertrauliche Akten zum Fall Ronny Andrä verschafft haben?«

Ihm wurde allmählich schwarz vor Augen. »Sie können unmöglich wissen ...«

»Ich weiß *alles.* Ich ziehe Sie nicht nur ab, weil Sie befangen sind, sondern weil Sie überfordert sind. Sie glauben Mia, weil sie in einer ähnlichen Situation steckt wie Sie. Was in Rotterdam geschehen ist, haben Sie bis heute nicht verwunden. Nur ist das hier keine Selbsthilfegruppe für emotionale Wracks.«

Gevings ganzer Körper kribbelte, das Atmen fiel immer schwerer, sein Herz raste. Anninka Kreschs Anfeindungen nahm er nur noch gedämpft wahr.

»Sie mögen mal ein guter Ermittler gewesen sein, jetzt sind Sie kaum mehr als eine Fehlbesetzung.«

Schwindel, Enge in der Brust. Tinus Geving konnte sich nicht mehr auf den Beinen halten und brach zusammen. Alles rückte in die Ferne. Er vernahm noch, wie Sänger sich mit besorgtem Blick über ihn beugte.

»Ein Arzt!«

Und er sah sie. Anninka Kreschs Lippen umspielte ein verachtendes, triumphierendes Lächeln.

Er sah Chloés schönes Lächeln ... Dann Schwärze ... Stille ...

16:51 Uhr

Mia und ihre Mutter waren von der Außenwelt abgeschnitten. Was ging außerhalb der vier Wände ihres Krankenzimmers vor sich? Mia wusste es nicht.

Sie realisierte, dass sie sich in Gegenwart des Polizisten Geving sicherer fühlte als ohne ihn. Jetzt fühlte sie sich bedroht. Die Bedrohung ging von dieser Frau aus. Irgendwo hatte Mia sie schon einmal gesehen.

Ihre Mutter wirkte angespannt und unruhig. Spürte sie die Bedrohung ebenfalls?

Mia fasste sich schließlich ein Herz. »Hör mir bitte gut zu. Ich glaube, es muss schnell gehen.«

Ihre Mutter und sie schmiedeten einen Plan, der ihrer beider Lebensversicherung war.

Sie hatten ihre Vorkehrungen gerade beendet, da drang die Frau, die sich als Anninka Kresch vorstellte, in die vertrauliche Zweisamkeit ein. Sie schloss die Tür, ignorierte die Mutter und streichelte Mia über die Stirn.

»So, Schatz. Was machen wir jetzt mit dir?«

Revierkommissariat Altenrode
Matthäusplatz 1
17:14 Uhr

Das Revierkommissariat Altenrode hatte nur eine kleine Asservatenkammer. In diesem Fall war es tatsächlich eine muffige Kammer. Der zuständige Beamte führte peinlich genau Buch darüber, was hinein- und was hinausging. Die Akten belegten inzwischen mehrere Regalmeter.

Für Genzes Behauptungen konnte Grünwald keine Bestätigung finden. In den Beständen sollten drei Waffen eingelagert sein, sie waren es.

»Ich wusste doch, er hat uns verarscht«, entfuhr es ihm.

Der Beamte schien sich seit geraumer Zeit über die Geschäftigkeit seines Chefs zu wundern. »Kann ich helfen?«, fragte er endlich.

»Vielleicht kannst du das.« Grünwald erzählte ihm vom Gespräch mit dem Biznesmen und dessen gewagter These.

Der Beamte kam in Fahrt. »Tja, wollen mal sehen. Alles, was hier hängen bleibt, ist entweder unwichtig, oder es wurde noch nicht angefordert. Der letzte Einsatz, bei dem Waffen sichergestellt wurden, lag vor Jahreswechsel, wenn ich mich recht erinnere.«

»Das weißt du genau?«

»Na, alltägliches Geschäft ist das nicht.« Der Polizeibeamte ging an sein Regal, zog einen Aktenordner hervor und schlug ihn zielgerichtet auf. »Da haben wir's. Fünfzehnter Dezember des letzten Jahres. Razzia bei einer Bürgerwehr. Einsatzleiter war Polizeihauptkommissar Henneberg.« Er zeigte Grünwald die Unterlagen. »Neben diversen Hieb- und Stichwaffen wurden laut Protokoll drei Schusswaffen sichergestellt und eingelagert, noch am selben Abend.«

»Also stimmt der Bestand.«

Der Beamte runzelte die Stirn. »Merkwürdig. Jetzt, wo du's sagst, könnte ich schwören, es wären vier Waffen gewesen.«

»Kein Irrtum möglich?«

»Solche Fälle hat man nicht jeden Tag, da erinnert man sich besser an Einzelheiten.«

Grünwald verwies auf die Akten. »Die Buchführung stimmt mit dem Inventar überein.«

Der Beamte schüttelte den Kopf. Er ging zum Schreibtisch, schloss eine Schublade auf und zog einen dicken grünen Hefter hervor.

»Aktuelle Bestandsauflistungen. Ich ziehe mir gerne Kopien, für den Fall der Fälle.«

»Kopien von dem hier?« Grünwald zeigte auf den Ordner.

»Wenn beide Exemplare übereinstimmen, haben wir kein Problem.«

»Da bin ich ja gespannt.«

»Fünfzehnter Dezember ...« Die Miene des Beamten verfinsterte sich. »Das ist nicht gut.« Er legte seine Kopie neben das vermeintliche Original. »Laut Kopie wurden an besagtem Tag vier Waffen eingelagert. Jetzt rate, welche Waffe in der Abweichung fehlt.«

Grünwald sah es schwarz auf weiß: eine Jarygin PJa, Kaliber 9 mm Luger. Er musste sich erst einmal setzen. »Erklärungen bitte.«

»Ich habe die Kopie des Originals, folglich wurde das Original ausgetauscht.«

»Von wem? Wieso?«

»Über das Wieso mag ich gar nicht nachdenken. Von wem? Wer es auch war, er muss über Zugang und Unterschriftsberechtigung verfügen.«

»Wer hat das ausgetauschte Formular unterschrieben?«

»Polizeihauptkommissar Henneberg.«

Markus Grünwald wollte mit den Dokumenten zu Genze zurückkehren, doch der war verschwunden! Dann stürmte er durch die Flure des Revierkommissariats, auf der Suche nach seinem Stellvertreter. Wo steckte der verdammte Kerl? Schließlich sah er es. Henneberg saß in seinem Büro, an *seinem* Schreibtisch! Im Vorbeigehen herrschte er zwei Beamte an, mit ihm zu kommen.

Grünwald drehte sich kurz um. »Ja, was denn? Braucht ihr eine Extraeinladung?«

Sie folgten ihm zögerlich.

Im Büro knallte er Henneberg die unterschiedlichen Dokumente auf den Tisch. »Sie haben einiges zu erklären!« Seinen Kollegen befahl er: »Ruft die interne Ermittlung, und sichert Hennebergs Arbeitsplatz.«

Die Beamten taten nichts dergleichen.

»Ich habe euch eine Anordnung gegeben!«

»Sie geben hier keine Anordnungen mehr«, sagte Henneberg trocken. Zu den Beamten: »Lasst uns bitte allein, und schließt die Tür hinter euch.«

Dieser Anweisung folgten sie.

»Was ist hier los?«, fragte Grünwald irritiert.

Henneberg grinste frech und lehnte sich in Grünwalds Schreibtischstuhl zurück. »Haben Sie das Memo nicht bekommen? Na ja, Sie waren über Stunden auch nicht aufzufinden.« Er legte ihm ein Schriftstück auf den Tisch.

Grünwald nahm es, las es und blickte den Polizeihauptkommissar fassungslos und wütend an.

»Mit sofortiger Wirkung sind Sie von Ihren Aufgaben als Revierkommissariatsleiter entbunden. Bis auf Weiteres wurde ich mit der Wahrnehmung Ihrer Position betraut. Die Kollegen sind bereits informiert.«

Grünwald musste lachen. »Alle Achtung! Ich habe so etwas geahnt. Dass Sie es tatsächlich durchziehen würden, hätte ich Ihnen nicht zugetraut.«

»Sie sind alt. Eigentlich wächst Ihnen das hier doch schon seit Jahren über den Kopf, wie man sieht.«

Markus Grünwald überging die dreiste Behauptung. »Wo ist Genze?«

»Er wollte mir nicht sagen, warum er hier war, also habe ich ihn gehen lassen.«

»Sie haben *was*? Wir waren noch nicht fertig mit ihm!«

»Der Meinung war er auch. Er wusste allerdings nicht, dass die Ermittlungen eingestellt werden. Ich musste ihn fast rausschmeißen. Letztendlich ging er freiwillig, angesprochen auf seine diversen Geschäftsaktivitäten.«

Der Mann, der sein Stellvertreter gewesen war, hatte sich völlig verändert. Oder war er die ganze Zeit über schon ein rücksichtsloser Opportunist gewesen und Grünwald hatte es nie bemerkt? Dann war er wirklich zu alt für seinen Job. Er kam zurück zum eigentlichen Grund, verwies auf die Papiere.

»Ich an Ihrer Stelle würde mich hier nicht häuslich einrichten. Das bricht Ihnen das Genick.«

Henneberg schaute nicht einmal darauf, er kannte den Inhalt. »Niemand interessiert sich mehr dafür.«

Grünwald entglitten die Gesichtszüge. Er langte über den Schreibtisch und zog Henneberg vom Stuhl.

»Du korruptes Schwein hast es die ganze Zeit gewusst, nicht wahr? Deswegen hast du unsere Ermittlungen behindert!«

Es gelang ihm nicht, Hennebergs gute Stimmung zu vertreiben. »Nur zu, verwenden Sie das. Da wird nichts bei rauskommen. Im Gegenteil, unter Ihrer Führung ist die Waffe verschwunden. Sind Sie auf unangenehme Fragen vorbereitet?« Er stieß Grünwald zurück und setzte sich wieder. »An Ihrer Stelle würde ich jetzt nach Hause gehen und über Ruhestandsplanung nachdenken. Das ist es, was Sie erwartet. Und jetzt raus aus meinem Büro.«

»Junge, du weißt wahrscheinlich gar nicht, worauf du dich einlässt.«

Grünwald stürmte aus dem Revier in die Kälte. Er brauchte frische Luft, um wieder zu Verstand zu kommen.

Genze hatte also recht gehabt! Es war sogar noch schlimmer als erwartet. Offenkundig war die Landespolizei nur an einem Ausgang des Falls interessiert. Dafür war man im wahrsten Sinne des Wortes bereit, über Leichen zu gehen. Henneberg erwies sich als williger Vollstrecker.

Etwas haben die nicht bedacht, ging es Grünwald durch den Kopf. Ich bin immer noch stellvertretender Ermittlungsleiter der Soko Eichenburg.

Ihm war klar, was zu tun war. Doch warum ging Tinus Geving nicht ans Telefon?

Bei aller gebotenen Sachlichkeit fällt es schwer, auf die Ereignisse des heutigen Tages in Sachsen-Anhalt nicht mit Superlativen zu reagieren. Verhältnisse, wie man sie allenfalls aus Parlamenten südlicher Gefilde kennt, in einem Bundesland, in dem es normalerweise eher ruhig und gemächlich zugeht.

Da wäre zunächst der spontane Rücktritt des Innenministers Frank Schulze im Landtag. Nach Unterbrechung der ohnehin turbulenten Sitzung beantragte die Opposition völlig überraschend die Feststellung der Beschlussfähigkeit. So überraschend, dass die Regierungskoalition den angeordneten ›Hammelsprung‹ mit einundfünfzig von hundertfünf Abgeordneten nicht überstand. Ihr fehlten vier Abgeordnete, weswegen die für heute geplante Abstimmung über das Gesetzespaket auf den kommenden Sitzungsmontag verlegt werden musste. Bei – man möchte schon sagen – mutwilliger Abwesenheit fast aller Abgeordneter der Opposition.

Damit nicht genug. Nach bestätigten Informationen aus der Magdeburger Staatskanzlei soll Anninka Kresch die Nachfolge Schulzes im Innenministerium antreten. Die fünfunddreißigjährige promovierte Juristin leitete bisher das Landeskriminalamt. Ihre Vereidigung vor dem Magdeburger Landtag erfolgt morgen Vormittag im Rahmen einer außerordentlichen Sitzung. Bereits am Montag wird sie parlamentarische Fragen zum Zustandekommen des Gesetzes über die Sicherheit und Ordnung im Land beantworten müssen. Wer ihr auf dem Posten des Landeskriminaldirektors nachfolgen wird, ist zur Stunde noch nicht entschieden.

Was für ein Tag! Endlich war sie am Ziel. Macht konnte glücklich machen. Je mehr Macht sie hatte, desto glücklicher war sie. Im Moment war sie wunschlos glücklich.

Sie hatte sich ihren Erfolg selbst erarbeitet. Mit ihrem Verstand, ihren Argumenten, ihrer Ruchlosigkeit und ... nun gut, ihrem Körper. Sie ließ Karrieren hinter sich, beendete Karrieren, vernichtete Karrieren. Wer fragte da schon nach? An die Hälfte der Leute erinnerte sie sich gar nicht mehr. Vergessen konnte ein Segen sein.

Natürlich hatte niemand geahnt, dass Schulze zu derart viel Widerstand in der Lage sein würde. Und dieser Geving erwies sich geradezu als Spaßbremse. In wenigen Stunden spielte es keine Rolle mehr, Männer, über die man nie wieder sprechen würde.

Die wenigen Stunden wollte sie genießen. Sie wollte feiern, und sie wollte so richtig schön vögeln. Dafür kam nur noch Lorenz Behrendt infrage. Doch der schien sich etwas zu zieren. Sie liebte es, wenn er schmollte, weil sie ihn hart rannahm.

Sie probierte es erneut auf seinem Handy. Nichts. Sie probierte es in seiner Wohnung. Auch dort nichts.

Wo steckte Lorenz Behrendt?

»Was denn, Herr Minister? Oder sollte ich sagen Herr Abgeordneter? Sie haben noch gar nicht gepackt!

Dürfen Sie hier überhaupt noch empfangen?«, lästerte Lorenz Behrendt.

Meyer, der neben Frank Schulze und Behrendt ebenfalls zugegen war, gab zurück: »Warum so giftig? Halten wir Sie von etwas ab, einem Tête-à-Tête vielleicht?«

Behrendt wich für einen kurzen Moment die Überheblichkeit aus dem Gesicht.

Der ehemalige Landesinnenminister ließ sich seine gute Stimmung nicht vermiesen. »Seien Sie froh. Unter Umständen sind Sie es vielleicht gar nicht wert, so repräsentativ empfangen zu werden, Herr Behrendt. Mal daran gedacht?«

»Warum bin ich hier?«

Schulze überließ dem Oppositionsführer die Beantwortung der Frage. »Wir haben Dinge mit Ihnen zu besprechen, die in Ihrem Interesse nicht in Terminkalendern oder Protokollen auftauchen sollten.«

»Ich weiß nicht, was Sie meinen. Sie haben fünf Minuten Zeit«, sagte Behrendt schon leicht angefressen.

»Das wollen Sie sich bestimmt gleich noch einmal überlegen«, empfahl Meyer.

»Wozu sollte ich?«

Was hatte dieses knappe Kopfnicken von Frank Schulze zu bedeuten?

»Sie sind ja ziemlich obenauf. Möglicherweise liegt es an Ihrem Umgang ...« Frank Schulze zog einige Fotos aus einer Mappe.

Hochglanzfotos. Schlimmer noch, hochauflösende Fotos!

»Schöne Bilder, nicht wahr?«, fragte Meyer in fiesem Ton. »Besonders«, er zog ein Foto hervor, das Behrendt und die zukünftige Innenministerin in einer Kamasutrapose besonderer Exzellenz zeigte, »dieses hier. Man nennt das ›Brückenpfeiler‹, nicht wahr? Ich bin beeindruckt von Ihrer Gelenkigkeit. Bekommen Sie nie Krämpfe dabei?«

Behrendt wurde panisch. »Woher haben Sie das?«

Schulze war ganz entspannt. »Sagen wir so, Sie haben Spuren hinterlassen.«

»Was wollen Sie von mir?«

»Ja, sehen Sie, Behrendt, jetzt verstehen wir uns. Das ist die richtige Frage.«

Behrendt war völlig in sich zusammengefallen. »Ich höre.«

»Es gibt da einige unappetitliche Verquickungen, die wir aufklären möchten.«

»Und wir werden sie aufklären, auch ohne Ihre Hilfe«, drohte Meyer.

»Behrendt, an sich sind Sie ein guter Junge«, fuhr Schulze fort. »Ein bisschen dämlich vielleicht, aber Sie haben Ehrgeiz, Sie haben Stehvermögen. Auf Letzteres wird im LKA offensichtlich großer Wert gelegt.«

Wieder war es der Oppositionsführer, der Behrendt die Lage noch klarer machte. »Ist Ihnen nie in den Sinn gekommen, dass Anninka Kresch Sie benutzt?«

Behrendt hyperventilierte schon. »Ich weiß, was Sie von mir hören wollen. Ich habe damit nichts zu tun!«

»Das wissen wir«, beruhigte Schulze ihn. »Nur, wie heißt es so schön: mitgefangen, mitgehangen.«

»Wenn diese äußerst spektakulären Bilder an die Öffentlichkeit gelangen«, überlegte Meyer laut, »ist das Beste, was Ihnen passieren kann, dass Anninka Kresch Sie und Ihre Karriere begräbt. Das Schlimmste allerdings, sie lässt Sie als ihren Stellvertreter fallen und hängt Ihnen die ganze Sache an. In jedem Fall wird es unangenehm für Sie, sollte Ihre Bestätigung als Direktor des LKA anstehen.«

»Natürlich waren Sie an keiner von Kreschs schmutzigen Aktionen beteiligt, und doch sieht es so aus«, verdeutlichte Schulze.

»Ihre Ernennung kann schnell, angenehm und geräuschlos sein, wenn Sie mit uns kooperieren«, erklärte

Meyer. »Anderenfalls ... Man weiß nie, wer solche Bilder alles in die Hände bekommt. Mal ehrlich, so ein Vorgehen verlangt Intelligenz, und Sie sind nicht gerade der Hellste.«

Sie hatten ihn so weit. »Was kann ich tun?«

Schulze widmete dem Überführten seine ganze Aufmerksamkeit. »Erzählen Sie uns alles über Anninka Kresch, Björn Jochimsen und *Aquila Defence*.«

Privatwohnung Henneberg
Grüne Straße 12
Altenrode
22:24 Uhr

Am Ende eines ereignisreichen Tages kam Polizeihauptkommissar Henneberg endlich zur Ruhe. Er hätte stolz auf sich sein können, endlich Revierkommissariatsleiter. Die neue Aufgabe entsprach seinem Ehrgeiz. Doch noch immer schlotterten ihm die Knie von der Auseinandersetzung mit Grünwald. Gewiss, der Alte musste weg, und er konnte den Job besser machen. So sahen es seine Vorgesetzten, trotz dieser kleinen Affäre, die keine Rolle mehr spielen sollte. Allein die Art des Wechsels hinterließ bei ihm einen faden Beigeschmack, der andauern würde, bis die Eichenburg-Ermittlungen endgültig beerdigt waren.

Der Weg zur Macht war steinig und gepflastert mit einstigen Freunden und Weggefährten, die man hinter sich gelassen hatte.

Man kann kein Omelett zubereiten, ohne Eier zu zerschlagen.

Er musste sich daran gewöhnen. Das Unwohlsein blieb.

Hatte er gerade ein Geräusch gehört? Nein, er war allein zu Hause. Du bist schon genauso paranoid wie die in Magdeburg, versuchte er sich zu beruhigen.

Aus dem Arbeitszimmer drang ein schwacher Licht-
schein. Ja! Es war der Bildschirm seines Laptops, von
dem dieser Schein ausging. Hatte er etwa vergessen,
ihn auszuschalten? Nein, er hatte ihn ausgeschaltet.

Plötzlich wurde das Licht im Arbeitszimmer ange-
schaltet. Zwei riesige Gestalten postierten sich zwischen ihm und der Tür. Am Schreibtisch saß rauchend
der Biznesmen.

Henneberg wollte wegrennen oder zum Telefon greifen, doch er stand wie festgefroren.

»Was wollen Sie von mir?«, fragte er stattdessen mit
zitternder Stimme.

Eduard Garrijewitsch Genze gebot ihm sich zu setzen.
»Guten Abend, Herr Henneberg. Wir sollten uns ein wenig unterhalten.«

Somnus est imago mortis
Drei Jahre zuvor

*Bisweilen hatte Tinus Geving Aufgaben wahrzuneh-
men, die so undankbar waren, dass ihn niemand darum beneidete. Eine der undankbarsten Aufgaben war
sicherlich, Politikern die Arbeit von Europol erklären
zu müssen. Niemand wollte sich belehren, geschweige
denn in die Suppe spucken lassen – von Ausländern!
Dafür war das Revierverhalten innerhalb der EU zu
ausgeprägt.*

*So verhielt es sich auch bei diesem Termin, immerhin
ein Ortstermin. Geving musste den Spitzen von Sicherheit und Justiz innerhalb der niederländischen Regierung die aktuelle Lage schildern. Die Ministerin für Sicherheit und Justiz Minon Vermeulen, eine aufstre-
bende Jungpolitikerin, und der Chef des Landelijke Politiediensten Adriaen Mulder, ein Mann, der kurz vor
der Rente stand, waren sein bestenfalls reserviertes
Publikum.*

Rückendeckung bekam Geving allein von seinem Chef, dem Deputy Director Laurits Pedersen. Aufgrund seiner enormen Sachkenntnis gehörte er zu Europas führenden Kriminalexperten. Pedersen sah in dem deutschen Beamten seinen fähigsten Mann, was leider der Grund war, warum sich Geving vor diesem Termin nicht drücken konnte.

Die Stimmung am Turfmarkt in Den Haag war merklich unterkühlt. Tinus Geving hatte in der vergangenen Stunde diverse Ermittlungsergebnisse vorgetragen, als er von Minon Vermeulen unterbrochen wurde.

»Sie erklären uns seit einer gefühlten Ewigkeit, dass Europol die Dinge unter Kontrolle hat.« Bisher hatte die Ministerin das Meeting als informative Zeitverschwendung betrachtet. »Was hat Europol nicht unter Kontrolle?«

Damit kam er zum zentralen Thema. »Seit zweitausenddreizehn verzeichnet Europol einen Anstieg von Aktivitäten rechter Terrorgruppierungen.« Parallel sei es vor einigen Monaten zum Zugriff in über siebzig Haushalten in Polen und Frankreich in den Regionen Białystok und Besançon gekommen. Die Beamten hätten Waffen, Drogen, Amphetamine, Marihuana und anabole Steroide beschlagnahmt.

»Wir wissen nun, wie die zu Geld kommen.« Laurits Pedersen konnte einen gewissen Stolz nicht verbergen.

»Sie unterhalten Kontakte zum organisierten Verbrechen«, schlussfolgerte Mulder.

»Was alarmierend ist«, so Geving. »Es handelt sich um Personenkreise, die wir noch nie auf dem Schirm hatten. Viele Häuser, die von denen genutzt wurden, haben unbekannte Eigentümer. Wahrscheinlich verbergen sich dahinter internationale anonyme Fondsgesellschaften oder Stiftungen.«

»Also Geldwäsche?«, fragte Minon Vermeulen.

»Der Verdacht liegt nahe.«

»Ich habe das, ehrlich gesagt, nie so richtig verstanden«, gab der Korpschef zu.

Wie sollte er auch? Tinus Geving half ihm auf die Sprünge. Das Prinzip war einfach und ließ sich in drei Stufen unterteilen. Erstens Einspeisung. Beträge in unverdächtiger Höhe wurden auf Privatkonten bei verschiedenen Geldinstituten eingezahlt, um keine Aufmerksamkeit zu erregen. Zweitens Verschleierung. Das Geld wurde in einer Vielzahl von Transaktionen hin und her geschoben, bis die kriminelle Herkunft nicht mehr zu beweisen war. Drittens Integration. Nachdem die Herkunft des Geldes nicht mehr feststellbar war, legte man es wie das Ergebnis rechtmäßiger Geschäftstätigkeit in Firmenanteilen, Aktien und Immobilien an.

Minon Vermeulens Geduld wurde arg strapaziert. »Ich erkenne nichts, was auf alarmierende Aktivitäten hindeuten würde.«

Geving räusperte sich. »Wir sind auf eine weitere Verbindung gestoßen. In Norwegen formierte sich die sogenannte Motstandsbevegelsen oder auch Widerstandsbewegung. Sie unterhält mutmaßlich Verbindungen zu Polizei und Militär. Norwegische Ermittlungsbeamte haben erst in der vergangenen Woche ein Trainingscamp ausgehoben, auf eigenem Boden, in einer aufgelassenen Kaserne. Motstandsbevegelsen trainierte unbehelligt im eigenen Land.«

Der Polizeichef verdrehte die Augen. »Mich nervt, dass mal wieder eine Verschwörung zwischen Staat und rechten Kräften konstruiert wird. Das hatten wir doch alles, und nie konnte etwas einwandfrei bewiesen werden.«

Die Ministerin ließ Mulders Bemerkung unberücksichtigt. »Ich begreife immer noch nicht, inwiefern das uns betrifft.«

Geving kam zum deutlich unangenehmen Teil. »In Norwegen wurden auch belgische Aktivisten festgenommen.«

»Militante flämische Separatisten, nehme ich an.«

»Ganz genau.«

»Werden die jetzt von uns unterstützt, oder was?«, polterte der Korpschef. »Belgien ist auf bestem Weg zu einem failed state, trotzdem gibt es nur wenige im Norden, die einen Anschluss an die Niederlande wünschen. Schließlich wollen auch die Franzosen Wallonien nicht mal geschenkt haben. Die Belgier müssen mit ihren Problemen allein fertig werden.«

»Genau das ist der Punkt. Deren Probleme sind Ihre Probleme. Ob Ihnen das passt oder nicht«, widersprach Geving völlig ruhig und sachlich.

Die Ministerin verstand nicht. »Das erklären Sie bitte.«

»In Kooperation mit der BaFin überprüften das BKA und die Zollbehörden in Deutschland ein Institut wegen des Verdachts auf Verstoß gegen das Geldwäschegesetz: die Deutsch-Niederländische Privatbank ter Hoorst.«

Minon Vermeulen wich die Farbe aus dem Gesicht. »Uff ...«

»Finanzprüfer wurden stutzig wegen vermehrter Absetzungsbewegungen unverdächtiger Beträge auf Offshorekonten. Ein oder zwei solcher Transaktionen mögen Zufall sein, doch die schiere Anzahl von über einem Dutzend Transaktionen ist mit Zufall nicht mehr zu erklären. Die meisten von ihnen konnten noch nicht zurückverfolgt werden. Eine jedoch schon, und die ging direkt zur Gingerland Savings and Loans auf Saint Kitts und Nevis – in hundertprozentigem Eigentum von ter Hoorst. In einem jener Staaten, die sich definitiv nicht an die Standards zur Geldwäscheprävention halten.«

Die Ministerin blieb skeptisch. »Schön ist das nicht, aber auch nicht verboten.«

»Die deutschen Behörden sehen es leider genauso«, bekannte Geving zähneknirschend. »Ter Hoorst selbst muss sich keine Unregelmäßigkeiten im deutschen Privatkundengeschäft vorwerfen lassen. Und Gingerland, da gibt sich ter Hoorst ahnungslos. Er versprach, dem nachzugehen, Unregelmäßigkeiten seien ihm nicht bekannt.«

»Kommen Sie zum Punkt.«

»Ein Insider bestätigt, dass ein Teil der verschwundenen Beträge aus norwegischen Quellen stammt. Motstandsbevegelsen.«

»Da es Insiderinformationen sind, können Sie die Quellen nicht öffentlich machen, ohne dass sich Ihr Informant strafbar machen würde. Schönes Dilemma.«

Mulder war nicht überzeugt. »Ihr eigenes BKA sagt, dass dahinter nichts stecken muss. Ihre Verbindungsbeamten sagen das Gleiche. Was erwarten Sie von uns?«

»Ich glaube nicht an derartige Zufälle, es legt einen Anfangsverdacht nahe.« Geving blieb standhaft. »Bei den insgesamt verschobenen Geldmengen – insgesamt fast dreizehn Millionen Euro – plant jemand etwas Großes.«

»Sie vermuten, dass uns ein Anschlag bevorsteht?«, fragte Minon Vermeulen perplex.

»Ich halte es nicht für ausgeschlossen.«

Laurits Pedersen unterstützte ihn. »Den Haag, Amsterdam, Rotterdam sind unserer Meinung nach wahrscheinliche Anschlagsziele. Wer immer etwas plant, möchte ein Zeichen setzen, gerade wenn es flämische Separatisten sind. Ein Anschlag in der Region Randstad mit einem der weltweit größten Seehäfen könnte die wirtschaftliche Entwicklung der Niederlande auf Jahre ins Mark treffen. Wer würde davon profitieren? Ant-

werpen und der wirtschaftlich starke belgische Norden. Die Frage des Anschlusses würde sich völlig neu stellen.«

»Wir sind auf die Norweger wegen ihres Kommunikationsverhaltens gestoßen. Die wirkten nicht einmal sonderlich schockiert, als wir bei ihnen aufgetaucht sind. Jetzt herrscht absolute Funkstille, die Ruhe vor dem Sturm.«

Der Blick der Ministerin verfinsterte sich. »Mehr als einen Anfangsverdacht haben Sie nicht?«

»Den Belgiern hat es gereicht, ihre Sicherheitswarnstufe zu erhöhen.«

»Das funktioniert bei uns nicht. Wie stellen Sie sich das vor? Der Koningsdag steht vor der Tür. Niemand wird die politische Verantwortung für Ihr Bauchgefühl übernehmen und unseren Leuten den Nationalfeiertag verderben wollen.«

»Genau um dieses Datum könnte es sich handeln.«

Der Korpschef teilte die Meinung seiner Ministerin. »Da wären die schön blöd! Zweitausendneun wird sich nicht wiederholen. Wir haben aufgerüstet, und das Verteidigungsministerium ist mehr als bereit.«

»Wollen Sie es wirklich riskieren? Wir haben meistens nur einen Anfangsverdacht, während die zuschlagen.« Tinus Geving war mehr als nur zögerlich.

»Frau Ministerin, einmal könnten wir agieren, statt zu reagieren«, drängte der Deputy Director.

»Was erwarten Sie von mir?«, wollte die Justizministerin wissen.

»Wir tragen nur die Fakten vor, die politischen Schlussfolgerungen müssen Sie ziehen«, antwortete Geving um Neutralität bemüht.

Sie wurde noch blasser. »Ich kann das nicht entscheiden und werde es daher im Kabinett vorbringen. Aber die Verbindung zu Jonas ter Hoorst ... Herrgott! Der Mann ist Großkreuzträger des Ordens von Oranien-

Nassau! Ich kann mir die Reaktion der Ministerpräsidentin vorstellen.«

»Vom König bei der wöchentlichen Audienz ganz zu schweigen«, spottete Mulder.

Minon Vermeulen schien genug gehört zu haben. »Meine Herren, ich danke Ihnen, doch ich muss Rücksprache halten. Vorher unternehmen Sie nichts! Wir können uns jetzt keine Panik leisten.«

***

»Mir ist nach einem Spaziergang zurück. Wie steht es mit Ihnen, Geving?«, fragte Laurits Pedersen.

Zwischen dem Justizministerium und dem Hauptquartier lag ein ordentliches Stück Weg, fast vier Kilometer.

»Meinetwegen. Frische Luft kann nicht schaden.«

Beide waren in Gedanken versunken. Der Deputy Director sprach schließlich aus, was ihn beschäftigte. »Das hätte besser laufen können.«

»Somnus est imago mortis.«

»Der Schlaf ist das Abbild des Todes. Cicero. Bravo! Ich wusste nicht, dass Sie so bewandert sind.«

»Ist hängen geblieben.«

»Sie haben recht, die schlafen. Deren Untätigkeit wird noch ihr Verderben sein.«

»Glauben Sie wirklich, die unternehmen nichts?«

»Sie haben die Ministerin gehört, sie kann das nicht entscheiden. Und was Mulder angeht, nun ja ... er ist ein alter Streifenpolizist. Vor dem Königstag wird nichts passieren, die versuchen es auszusitzen.«

»Was wird von uns erwartet? Dass wir eine schriftliche Absichtserklärung vorlegen? So lebensfremd kann doch keiner sein! Es gibt Verbindungen, die ins Auge stechen. Verbindungen zwischen ter Hoorst und den Norwegern. Verbindungen zwischen den Belgiern und

den Norwegern. Alles, was uns fehlt, ist ein Puzzleteil, das alles zusammenfügt.«

»Solange wir das nicht haben, rühren die sich nicht von der Stelle. Sie schlafen ...«

Geving blieb stehen. »Ich weiß nicht. Da läuft etwas schon seit einer ganzen Weile, warum gehen sie sonst auf Tauchstation? Ich befürchte, das letzte Puzzleteil ist die Durchführung. Dann ist es zu spät.«

»Können wir ›es‹ noch aufhalten?«

»Die Möglichkeit besteht wenigstens. Haben wir erst den Bankier, wird sich sehr schnell alles entflechten. Es kann doch nicht zu viel verlangt sein, um ein paar Tage intensiver Kooperation zu bitten. Uns bleibt nicht mal mehr eine Woche Zeit.«

»Bei der Regierung? Schwierig. Sie wissen, mit welch überwältigender Mehrheit sie die letzten Wahlen gewonnen hat.«

»Gerade das sollte ihnen ein starkes Mandat geben.«

»Gerade das gibt ihnen das Mandat, uns eine Abfuhr zu erteilen, Geving. Die Bevölkerung – insbesondere die junge – hatte von der Politik der Vorgängerregierung die Schnauze voll. Deren Umgang mit Migranten, die umstrittene Antiterrorpolitik ... Aus diesen Schichten bezieht die neue Regierung ihre Wähler.«

»Die empfinden es als Wahlbetrug, wenn die Regierung so weitermacht wie ihre Vorgänger, die sie aus dem Amt gejagt haben? Mal sehen, wie populär die noch sind, sollte wirklich etwas passieren.«

»Jonas ter Hoorst ist hier beinahe unantastbar. Beim König geht er ein und aus. Es wird gemunkelt, seine großzügigen Spenden hätten ganz entscheidend zum Wahlsieg der jetzigen Regierung beigetragen.«

»Die Hand, die einen füttert, beißt man nicht.«

Laurits Pedersen nickte. »So ist es.«

»Wie geht es jetzt weiter?«

»Ich rede mit dem Direktor. Er ist ehrgeizig und schert sich nicht die Bohne, was die Niederländer von uns halten.«

»Und er ist Belgier.«

Pedersen lachte. »Ja, das auch. Aber mal was anderes, man hört ja einiges: Sie und Chloé Lambert?«

»Kein Kommentar ...«

»Ach was! Von mir haben Sie nichts zu befürchten. Sie sollten sich den Abend freinehmen. Sie und Lieutenant Lambert.« Den letzten Satz sagte der Deputy Director mit einem Augenzwinkern.

»Aber wir sind ...«

»Papperlapapp. Geving, Sie sind seit geschlagenen drei Tagen fast ununterbrochen auf den Beinen. Gönnen Sie sich mal 'ne Pause. Sie sind auch nur ein Mensch. Bevor ich nicht mit dem Direktor gesprochen habe, kommen wir ohnehin nicht weiter.«

»Wenn Sie meinen.«

»Das ist eine Dienstanweisung. Ich erwarte, dass Sie ihr mit Begeisterung Folge leisten.«

***

»Tinus, deine Wohnung könnte ein wenig mehr persönlichen Touch vertragen«, sagte Chloé.

Sie waren dem Rat des Deputy Director gefolgt und machten sich einen entspannten Abend, so gut es unter den gegebenen Umständen möglich war. Pedersen hatte recht, sie hatten wirklich kaum Zeit füreinander gehabt.

»Dann solltest du am besten einziehen. Ihr Franzosen habt ein Auge für so was«, scherzte er.

»Haha.«

»Im Ernst! Ich hätte da einige Ideen fürs Schlafzimmer, über die wir sofort sprechen sollten.« Er biss sie leicht in den Nacken.

Sie kicherte. »Du spinnst, oder?« Sie nahm sein Gesicht zwischen ihre Hände. »Bist du dir da so sicher?«

»Ich war mir noch nie sicherer.« Doch die Freude verschwand aus seinen Blicken.

Mehrere Sekunden des Schweigens vergingen, es kam Chloé vor wie eine halbe Ewigkeit. »Möchtest du mir nicht erzählen, was los ist?«

Er offenbarte ihr, was ihn umtrieb. »Dieses Gespräch heute Morgen ...«

»Du weißt doch, wie die sind. Erst leisten sie ein bisschen Widerstand, schließlich geben sie nach. So was lässt dich doch eigentlich kalt?«

Er trat ans Fenster seines Wohnzimmers und schaute hinaus in die Stadt. Regen trommelte gegen die Fensterscheiben. »Diesmal haben wir keine Zeit für derlei Spielchen.«

Chloé trat hinter ihn, legte ihre Arme um ihn und schmiegte ihren Kopf an seine Schulter. »So habe ich dich selten gesehen. So verängstigt.«

»Ich komme mir vor wie der Bote, der ruft ›Hannibal steht vor den Toren‹. Niemand nimmt meine Warnung ernst.«

»So schlimm?«

»Erinnerst du dich noch daran, wo du am elften September zweitausendeins warst?«

»Wie könnte ich das vergessen? Es war ein so wunderschöner Tag. Strahlend blauer Himmel, kein Wölkchen. Wir hatten zwei Freistunden und saßen in unserem Stammcafé. Plötzlich aus dem Nichts diese Bilder im Fernsehen. Die Flugzeuge, das brennende World Trade Center. Menschen sprangen in den Tod. Die Türme brachen wie ein Kartenhaus in sich zusammen. Das brennende Pentagon. Das Weiße Haus. Leute, die um ihr Leben liefen. Alles war so unwirklich, wie in einem Hollywoodfilm. Die Welt, wie sie uns umgab, war auf einmal unwirklich. Der strahlend schöne Tag. Wir

wussten, es würde Krieg geben. Mit einem Schlag war unsere unbeschwerte und unschuldige Jugend vorbei.«

Chloé war einige Jahre jünger als Tinus, dessen Karriere da schon begonnen hatte. Sie hatte noch niemandem davon erzählt, wie sie es damals wahrgenommen hatte. Was wieder einmal bewies, wie eng das Band des Vertrauens zwischen ihnen mittlerweile war.

»Man hätte es verhindern können, wusstest du das?«, fragte er.

»Ja.«

»Die Zelle in Hamburg und deren plötzlicher Aufbruch. Pilotenschüler, die nicht daran interessiert waren, das Landen zu üben. Die Funkstille, der Abbruch jeglicher Kommunikation. Man hatte lange mit etwas Großem gerechnet, man hatte das Puzzle fast zusammen, nur wenige Teile fehlten.«

»Und niemand wollte wahrhaben, dass Hannibal vor den Toren stand.«

»Wie bei uns.«

»Jemand sagte einmal: Der Schlaf ist das Abbild des Todes.«

»Komisch, dass du das sagst.«

Sie standen wortlos und blickten gemeinsam in die Dunkelheit.

***

Laurits Pedersen hatte Neuigkeiten für die Ermittlerrunde seiner Abteilung. »Ich komme gerade von Direktor Despius.«

Geving war gespannt. »Und?«

»Wir sind wieder im Spiel. Na ja, irgendwie ...«

»Wie hat er das denn angestellt?«, fragte Piet Veenstra.

»Das Übliche. Verweise auf Schengener Durchführungsabkommen sowie polizeiliche und justizielle Zusammenarbeit in Strafsachen.«

»Was meinen Sie mit ›irgendwie‹?« Geving wurde stutzig.

Pedersen zögerte mit der Antwort. »Es ist an Bedingungen geknüpft.«

»Welche Bedingungen?«

»Die deutschen und niederländischen Behörden konzertieren ihr Vorgehen. Sie rücken morgen bei ter Hoorst an, und wir sind dabei. Sie unterstützen die Deutschen und Veenstra, Sie helfen Ihren Kollegen.«

»Also sind wir Zuschauer?«

»Man nennt das Kooperation. Die Befragungen leiten immer noch wir.«

Geving konnte nicht anders, als aufzulachen. »Schon amüsant. Erst wollten sie damit gar nichts zu tun haben, jetzt spielen wir die zweite Geige.«

»Was soll ich sagen, geteilte Ermittlungen sind besser als gar keine Ermittlungen. Immerhin geschieht überhaupt was«, fand Pedersen.

»Das hätten wir schon vor ein paar Tagen haben können.«

»Die Mühlen der Justiz ...«

»Geving, packen Sie Ihre Sachen, Sie fahren nach Essen.«

»Muss das wirklich sein? Morgen ist doch Koningsdag ...« Er war nicht überzeugt.

»Dann haben Sie ja einen Grund sich ranzuhalten. Für Lieutenant Lambert habe ich eine andere Aufgabe. Möglicherweise hat die Haager Polizei eine Alternativspur. Kommen Sie mit.«

Sie zögerte nicht und sprang von ihrem Stuhl auf.

Tinus Geving sah sie mit fragendem Blick an. »Großes Geheimnis?«

Chloé gab ihm einen französisch kurzen Kuss auf die Wange. »Ich werde berichten. Viel Spaß mit dem Großkreuzträger.«

Piet Veenstra hatte noch eine letzte lakonische Bemerkung. »Wir kommen in Millimeterschritten voran. Bei dem atemberaubenden Tempo könnten wir schon ein Ermittlungsergebnis vorlegen, wenn Geving in Pension geht.«

***

Der Zugriff in der Essener Zentrale erwies sich nicht als Spaß. Gevings ehemalige Kollegen waren nur halbherzig bei der Sache. Sie ließen keine Gelegenheit aus, ihn spüren zu lassen, welch unwillkommener Fremdkörper er war. Überhaupt verschwieg man nicht, dass dies reine Zeitverschwendung darstellte. Eine Zeitverschwendung, die man gezwungen war in Kauf zu nehmen, um sich Scherereien mit den Niederländern zu ersparen. Wenigstens die schienen aus ihrer Lethargie zu erwachen. Hoffentlich hatte Piet leichteres Spiel.

Der Großkreuzträger verfügte doch nicht über so viel Rückgrat, er war nicht im Haus. Schließlich betrafen die Ermittlungen nicht ihn als Person. Noch nicht.

Jonas ter Hoorst wurde von seinem Justiziar Pascal Wertheim vertreten, der Gevings Unmut über sich ergehen lassen musste.

»Es ist einigermaßen sagenhaft, dass Ihr Chef keine Zeit findet, in seinem eigenen Interesse unsere Fragen zu beantworten.«

Wertheim berührte das kaum. »Ich finde Ihr Vorgehen sagenhaft. Wir hatten es schon hinter uns, und jetzt beginnt dieser ganze Tanz von vorn. Sie haben doch nicht ernsthaft damit gerechnet, dass Herr ter Hoorst nur eine Minute seiner kostbaren Zeit darauf verwendet? Die Geschäfte gehen weiter. Darüber hinaus muss er den Schaden begrenzen, den Sie verursachen. Unsere Aktionäre reden schon.«

»Das tut mir furchtbar leid«, sagte Geving zynisch. »Was werden Ihre Aktionäre erst sagen, sollten sich die gegen Ihr Haus gerichteten Vorwürfe bestätigen?«

Wertheim lachte abschätzig. »Haben Sie die letzten Monate hinterm Mond verbracht? Die BaFin hat uns von allen Vorwürfen freigesprochen.«

Tinus Geving konnte sich vorstellen, wessen Interessen die Bundesanstalt für Finanzdienstleistungsaufsicht damit vertrat. In vielerlei Hinsicht verhielten sich die Deutschen wie die sprichwörtlichen drei Affen: nichts hören, nichts sehen, nichts sagen.

»Europol noch nicht. Also müssen wir jetzt jedes einzelne Papier selbst durchsehen, oder erleichtern Sie die Sache und reden zur Abwechslung mal?«

»Es geht um siebzehn verschiedene Privatkonten. Privatkonten!«

»Und um eine verschobene Summe von insgesamt dreizehn Millionen Euro. Das macht Sie bis heute nicht stutzig?«

»Wissen Sie, wie viele Kontobewegungen es tagtäglich in Deutschland gibt?«

»Wir reden hier von siebzehn zeitgleichen, auf die Minute und Sekunde genauen Abflüssen eines in der Summe nicht unerheblichen Betrags.«

»Auf Konten bei verschiedenen Banken, die mit uns nichts zu tun haben. Mal bei denen nachgefragt?«

Eines musste Geving Wertheim lassen, er war aalglatt.

»Haben wir. Die waren wesentlich kooperativer.«

»Schön für Sie.« Wertheim lächelte fies. »Zu Ihrer Information: Wir haben Nachforschungen angestellt. Ihr ... Insider ist jetzt wohl ein Outsider.« Er wartete, bis sich dieser Stein bei Geving erkennbar gesetzt hatte. »Wir können einen solchen Vertrauensbruch nicht dulden. Jonas ter Hoorst nimmt das Bankgeheimnis überaus ernst.«

»Da wir gerade von Bankgeheimnis sprechen«, konterte Geving, »Ihre Kollegen in den anderen Instituten konnten uns bestätigen, dass ein Großteil der Beträge auf Offshorekonten gelandet ist. Da war überraschend oft die Gingerland S and L dabei. Haben Sie dafür immer noch keine Erklärung?«

Wertheim schien erfolgreich in die Enge getrieben. »Eine Tochtergesellschaft ...«

»Wow! Erzählen Sie mehr.«

»Eine Tochtergesellschaft, die nach Recht und Gesetz vor Ort agiert. Wir sind weiterhin bemüht, die Vorgänge dort aufzuklären, die in bisherigem Widerspruch zu unseren Ansprüchen stehen.«

»Na, jetzt sind wir ja hier, um Ihre Bemühungen zu beschleunigen.«

In dem Moment klingelte Gevings Telefon, es war Chloé. Er ging vor die Tür.

»Wie läuft es bei dir?«, fragte sie.

»Immer dieselbe alte Leier. Und bei dir? Wo bist du?«

»Wir sind hier in Scheveningen. Gestern wurde ein Postbeamter als vermisst gemeldet, ein Paketzusteller. Offenbar hatte er seine Tour nicht beendet, seine Route ließ sich bis zu dieser Adresse zurückverfolgen.«

»Und weiter?«

»Der Wagen und dessen Fahrer sind nicht aufzufinden. Das Haus ist wie leer gefegt, obwohl Nachbarn beschwören, es sei bis gestern noch bewohnt gewesen.«

»Gibt es eine genaue Beschreibung?«

»Leider nein. Das Haus war wohl nicht länger als ein paar Wochen bewohnt. Feststellung des Eigentümers läuft noch.«

Gevings Puls beschleunigte sich. »Ich habe es geahnt.«

»Ein Mann verschwindet in einem Haus, in dem niemand wohnt.«

Geving durchfuhr eine kalte Erkenntnis. »Es hat begonnen.«

»Anscheinend. Aber wo?«

Er hatte noch eine Befürchtung. »Der Königstag ... Chloé, die schlagen in Rotterdam zu!«

»Ich informiere die Kollegen.«

»Und ich mache mich sofort auf den Rückweg.«

»Wie lange brauchst du?«

»Zwei Stunden, anderthalb mit etwas Glück. Ich informiere Piet, der ist schneller da.«

»Tinus, passiert das alles wirklich?«

»Keine Zeit für Fragen, wir müssen handeln. Wenn wir das überhaupt noch können ...«

***

Der Verkehr im Ruhrgebiet und im westlichen Nordrhein-Westfalen erwies sich immer als Lotteriespiel. Tinus Geving hatte von vornherein die Route gewählt, die am wenigsten staugefährdet war, und die linke Spur für sich gepachtet. Die ganze Zeit schon war er per Konferenzschaltung telefonisch mit seinem Ermittlerteam und dem Deputy Director verbunden.

»Wo stecken Sie, Geving?«, erkundigte sich Laurits Pedersen.

»Gerade bei Goch über die Grenze. Die Kollegen der Gendarmerie räumen mir die Straße frei.«

Chloé meldete sich zu Wort. »Veenstra und ich stehen im Lagezentrum. Alle arbeiten auf Hochtouren. Zentrale Plätze, öffentliche Einrichtungen, Verkehrsüberwachung, Nahverkehr. Hier müssen auf einen Schlag über vierundzwanzig Stunden Videomaterial ausgewertet werden.«

Sie würden nicht unter Zeitdruck stehen, hätte man ihnen von Anfang an alle Kompetenzen eingeräumt. Es war müßig, jetzt darüber zu spekulieren.

»Was machen wir, wenn Rotterdam überhaupt nicht im Visier ist?«, fragte Piet Veenstra.

Geving mochte sich nicht ausmalen, was es bedeutete, wenn sie ihre Bemühungen auf einen Ort konzentrierten und dann an ganz anderer Stelle zugeschlagen wurde. Auszuschließen war es nicht. Er versuchte, so überzeugt wie möglich zu klingen.

»Es ist Rotterdam.«

»Wir müssen die Suchparameter einschränken«, schlug Pedersen vor. »Das ist zwar mit weiteren Risiken behaftet, aber was bleibt uns anderes übrig?«

Dem stimmte Geving zu. »Welchen Weg nimmt der Festumzug?«

»Durch die Innenstadt«, sagte Piet.

»Die meisten Leute werden demnach die Metro benutzen.«

»Ein ideales Anschlagsziel heute.«

Chloé war unsicher. »Die Sicherheitskräfte konnten bisher nichts Ungewöhnliches feststellen.«

Geving dachte nach. »Welche Stationen könnten betroffen sein?«

»Moment«, bat Piet. »Rotterdam Centraal, Stadhuis und Beurs – der zentrale Knotenpunkt der Stadt.«

»Dann sollten primär dort alle Einheiten verstärkt werden.«

»Das kann ein Problem werden«, gab Pedersen zu bedenken. »Alle verfügbaren Kräfte sind bereits im Einsatz zum Schutz des Umzugs und der königlichen Familie.«

»Der Umzug ist noch in vollem Gange?« Geving war fassungslos.

»Es kommt für sie bisher nicht infrage, ihn abzusagen.«

»Die haben überhaupt nichts begriffen, oder?«

»Der Direktor insistiert schon persönlich. Geving, beeilen Sie sich! Ich mache mich jetzt auch auf den Weg ins Lagezentrum.«

»Tinus«, sagte Chloé. »Piet und ich rücken aus. Wir müssen uns vor Ort ein Bild von der Lage machen.«

»Seid vorsichtig und wachsam. Die kennen unser Vorgehen und werden uns überraschen wollen.«

***

Geving verließ mit Höchstgeschwindigkeit die Autobahn in Capelle aan den IJssel und fuhr auf direktem Weg in die Rotterdamer Innenstadt.

»Wie ist der Stand der Dinge?«

»Ich bin nun im Lagezentrum, Geving«, meldete sich der Deputy Director. »Die Regierung hat für die Region Randstad die höchste Terrorwarnstufe ausgerufen. Der Festumzug wurde abgebrochen, der komplette Nahverkehr ist eingestellt.«

Zu spät ...

»Davon weiß hier kaum einer was«, informierte die überfordert klingende Chloé. »Es stimmt, hier fährt nichts mehr. Aber die Menschen strömen immer noch in die Station. Zumindest hier in Stadhuis. Das Chaos ist unbeschreiblich.«

Es wäre zu vermeiden gewesen.

»Bei mir in Beurs ist es ähnlich«, bestätigte Piet Veenstra. »Aber die Evakuierung läuft bereits. Die Masse der Leute kommt wohl zu euch, Chloé.«

Tinus Geving zeigte langsam Nerven. »Ihr müsst evakuieren, Chloé!«

»Wir bemühen uns doch!«

Wieder Veenstra. »Bei uns haben Sicherheitskräfte bereits mit der Durchsuchung der kompletten Station begonnen. Bisher Fehlanzeige.«

»Was könnten wir übersehen haben?«, überlegte Pedersen laut.

Es kann nicht der Knotenpunkt sein, es sollte möglichst viele Menschen treffen. Es war Stadhuis ...

358

*Wie als Antwort auf seine Überlegungen sagte Chloé:
»Hier fährt gerade ein Zug ein! Ich denke, die wurden
alle gestoppt.«*

»O mein Gott ...«, entfuhr es dem Deputy Director.

*Und auch Geving erkannte, was sie übersehen hatten:
die Depots. Das, wonach sie suchten, bewegte sich!*

*»Die Züge!«, schrie Geving. »Chloé, sofort raus da! R-a-
u-s d-a!«*

»Was zum Teufel ...«, ihre Verbindung brach ab.

»Chloé!« Nichts. »Chloé!«

*Wie zur Bestätigung gab Pedersen bekannt: »Das Vi-
deosignal zur Station Stadhuis ist abgebrochen.«*

*Gevings schlimmste Befürchtungen hatten sich be-
stätigt.*

***

»Ich wiederhole: An alle Einheiten. Mehrere Explosionen in der Metrostation Stadhuis. Polizeikräfte vor
Ort außer Gefecht. Es gibt Berichte über Dutzende Tote
und Verletzte. Lage völlig außer Kontrolle. Alle verfügbaren Kräfte sind dort umgehend zusammenzuziehen.
Großalarm!«

*Als er den Platz endlich erreichte – zusammen mit an-
deren Polizei-, Feuerwehr- und Rettungseinheiten, die
im selben Moment auch dort eintrafen –, bot sich ihm
ein Bild der Apokalypse. Das Chaos brach sich Bahn
rund um die Station, die sich unter der Coolsingel befand, einer breiten, baumgesäumten Hauptstraße
durch das Stadtzentrum. Weil der Bereich bisher nicht
hatte abgesperrt werden können, bildete sich ein langer Verkehrsstau, der den nahe gelegenen Hofplein innerhalb kürzester Zeit lahmzulegen drohte. Viele Fahrzeuge standen direkt auf der Straße und waren verlassen, da die Fahrer wohl selbst zu helfen versuchten. Allein das Hupkonzert der Autos war ohrenbetäubend.*

Aus dem Untergrund der Station quoll dicker, öliger schwarzgrauer Rauch. Er war so dicht, dass man die leuchtend gelben Stationsschilder, die die Zugänge normalerweise weithin ersichtlich markierten, nicht erkennen konnte.

Straßen und Plätze waren übersät mit Verwundeten. Teilweise lagen oder kauerten sie, teilweise irrten sie panisch desorientiert herum, der eigenen inneren »Notbatterie« folgend. Schreiende, weinende Kinder. Schreiende, weinende Mütter. Schreiende, weinende Kinder und Mütter, die voneinander getrennt waren. Aus dem Untergrund ergoss sich eine, einem sich windenden Lindwurm ähnelnde rußverschmierte und blutüberströmte Menschenmasse.

Panik! Panik setzte jegliche Vernunft außer Kraft. Die Menschen brüllten um Hilfe oder vor Schmerzen mit angstverzerrten Blicken, fielen, krochen, trampelten übereinander her. Trampelten sich tot! Hier wollte jeder nur noch seine Haut retten.

Er stand starr vor Schreck mitten im Gewühl, hin- und hergerissen zwischen den plan- und ziellos Flüchtenden. Zu Boden geworfen und kaum wieder auf den Beinen. Er lächelte. Er hatte es kommen sehen, stand nun dabei und wusste nicht, was zu tun war. Es erschien ihm so abstrus. Doch es erging nicht nur ihm so. Die Menschenmenge drückte ihn direkt in die Arme seines Kollegen Piet Veenstra.

Der stand plötzlich vor ihm, wie zur Salzsäule erstarrt. Kam er mit ihm, oder war er schon da? Es spielte keine Rolle, jemand musste jetzt die Initiative ergreifen. Er packte ihn am Arm. Piet erschrak, wie aus einer Trance gerüttelt.

»Tinus«, sagte er leise. »Du hattest recht. O mein Gott!«
»Beruhige dich. Reiß dich zusammen und erklär mir die Situation!«

Er schluckte. »Es gab zwei Explosionen im Stationsinneren, in jeder Fahrtrichtung eine. Zumindest erzählen das hier alle.«

Langsam kroch Geving der widerliche Geruch verbrannten Fleischs und Bluts in die Nase. Ihm wurde übel, doch er konnte sich nicht gehen lassen.

»Wie viele unserer Leute sind noch da unten?«

Piet lachte völlig von Sinnen. »Du hattest die ganze Zeit recht!«

»Piet! W-i-e v-i-e-l-e?«

»Ich weiß es nicht. I-c-h w-e-i-ß e-s n-i-c-h-t!«

Es war schwer, sich bei diesem ohrenbetäubenden Lärmgemisch aus Alarmsirenen und menschlichen Schreien zu konzentrieren.

Jetzt musste sich Geving konzentrieren. »Was wurde bisher in die Wege geleitet?«

Piet schüttelte den Kopf und sagte nichts, lachte nur halb wahnsinnig.

Geving fasste ihn an die Schultern, schüttelte ihn durch. »Piet!«

Sein Kollege fing an zu heulen.

Genug! Er verpasste ihm eine Ohrfeige. »Mann, komm zu dir! Wir müssen jetzt funktionieren!«

Piet schluckte seine Verzweiflung herunter und atmete tief durch.

Wieder wurden beide zu Boden gerissen, rappelten sich wieder auf.

»Welche Maßnahmen wurden eingeleitet?«, fragte Geving noch einmal.

»Bis auf die notärztliche Versorgung der Menschen noch nichts.«

»Du koordinierst die Rettungsmaßnahmen hier oben.«

Geving und Veenstra sahen in diesem Moment emotionslos mit an, wie ein junges Mädchen – vielleicht vierzehn Jahre alt – an einem der Stationsaufgänge fiel.

Niemand half ihm auf. Niemanden kümmerte es. Die Kleine wurde von der Massenpanik niedergetrampelt. Ein kurzer Schrei, ein paar Momente des erwehrenden Zuckens, keine Chance, sie blieb reglos liegen. Sie würde später dort sterben.

»Sichert die Ausgänge, und lenkt die Evakuierung in geordnete Bahnen.«

»Verstanden.«

»Es müssen Gassen gebildet werden, ich möchte ...«

Eine weitere Explosion. War es eine Explosion? Eher ein dumpfes Grollen. Kam es von hier? Nein! Geving schaute sich in alle Himmelsrichtungen um und blieb an einem Punkt hängen. Es war auf der anderen Seite des Stadtzentrums, wo sich ein dunkler Rauchpilz erhob. War es das Westin oder das Beurs-World Trade Center? Nein, die Skyline schien unversehrt.

»Centraal Station«, erklärte Piet.

Bumm! Eine weitere Explosion, etwas näher, die Coolsingel runter.

»Und wo war das?«, fragte Geving.

»Lass es bitte nicht die Erasmusbrücke sein. Lass es b-i-t-t-e n-i-c-h-t die Erasmusbrücke sein!«

Da wurde es Geving schlagartig klar. Das hier war nicht die Hölle. Es war ein Vorspiel, die Vorhölle.

»Es ist eine Ablenkung!«

Geving drehte sich im Kreis, wurde angezogen von einem Punkt nahe der Einbiegung zur Kruiskade, fast hundert Meter entfernt. Für einen Moment trafen sich ihre Blicke. Es schien, als ständen sie sich direkt gegenüber. Verdammt! Geving hatte recht. Der Mann stand mit einem diabolischen Grinsen im Gesicht und hielt etwas hoch. Was war es? Es blinkte. Eine Zündfernsteuerung!

»Das kann doch nicht ...«

Jetzt brach die Hölle los, der Boden unter Geving gab nach. Eins, zwei, drei, vier! Geving hob es vom Boden ab, er wurde von einer Druckwelle erfasst und rücklings mehrere Meter durch die Gegend geschleudert. Dann Schwärze. Stille ...

***

Geving kroch durch das Trümmerfeld, das bis vor wenigen Minuten noch Teil der Coolsingel gewesen war. Er fand seinen Kollegen. Er lag, als schliefe er, jedoch die Arme und Beine seltsam verrenkt.

»Veenstra.« Nichts. »Piet!«

Er fühlte dessen Puls. Nichts. Veenstra war tot.

In all der Apokalypse stand Chloé plötzlich vor ihm. »Ich hatte gehofft, dich noch einmal wiederzusehen.« Er wusste, dass dies nur ein Hirngespinst war. Sie hatte bereits die erste Explosionswelle nicht überlebt, zu nahe hatte sie an einem der Züge gestanden. Chloé Lambert war förmlich pulverisiert worden. Es würde von ihr nichts zu beerdigen geben, ihr Sarg würde leer sein.

Dieses schöne und freundliche Gesicht ...

»Ein Teil von mir wird immer bei dir sein. Der Teil, der dich niemals aufgeben lässt, egal wie hoffnungslos alles erscheinen mag. Es entspricht deinem Naturell.«

»Ich kann nicht mehr.«

Plötzlich veränderte sich die Szenerie. Sie standen nicht mehr in der Coolsingel, sondern in der Arminhöhle.

Sie streichelte ihm über die Wange. Es fühlte sich so echt an, er konnte es fühlen. Dazu der Duft ihres Handgelenks.

»Du bist nur überwältigt von deinen Erfahrungen«, versicherte sie ihm. »Und du brauchst Ruhe.«

Ihm fiel nichts mehr ein. »Chloé, ich habe mich bemüht, aber worin besteht der Zusammenhang?«

»Zu der Erkenntnis bist du schon gekommen.«

»Jonas ter Hoorst?«

Sie bejahte oder verneinte nicht. »Alles hat seinen Sinn.«

»Man darf nichts übersehen. Auch nicht die unmöglichen Dinge, die Zufälle.«

»Es gibt keine Zufälle«, sagte eine dunklere Stimme. Er hatte Mia gar nicht kommen sehen. »Es gibt nicht nur ein dunkles Geheimnis. Es gibt nicht schwarz oder weiß. Die Welt ist grau, Tinus.«

»Du musst ihrem Pfad bis zum Ende folgen. Es ist nicht mehr weit. Kannst du das?«, sprach Chloé.

»Ich möchte es.«

»Manchmal muss man das scheinbar Unmögliche wagen, um zu sehen, was möglich ist. Es liegt ganz bei dir.«

Mia blickte Chloé an. »Es ist an der Zeit.«

»Tinus, du wirst verstehen.«

Hochmut – Tag 6:
Samstag, 23. Januar

»Guten Morgen, Dornröschen!«

Das sauertöpfische Gesicht des Oberarztes Spengler war wirklich nicht das, was Tinus Geving als Erstes sehen wollte. Die Bilder, die er wahrnahm, waren noch verschwommen, das Deckenlicht blendete. Er hatte jegliches Zeitgefühl verloren, ein kurzer Blick zum Fenster verriet, dass es dunkel draußen war.

Geving fühlte sich erschlagen. Langsam kehrten die Erinnerungen an das Geschehene zurück, an Rotterdam, an Chloé, an Mia. Etwas in ihm hatte sich verändert. Seine dunklen Gedanken, denen er allzu oft nachhing, waren wie weggeblasen, zumindest für den Moment. Er sah die Ereignisse der vergangenen Tage mit zunehmender Klarheit.

Aber wieso lag er in einem Krankenhausbett?

»Was ist passiert?« Er hatte Mühe zu sprechen, musste mehrfach schlucken, seine Kehle war vollkommen ausgetrocknet.

Spengler sah ihn prüfend an. »Können Sie sich nicht mehr erinnern?«

»Wir haben Mia Kolberg befragt. Dann die Unterredung mit meiner Chefin.«

»Unterredung ...«, ätzte Spengler sarkastisch. »Das halbe Krankenhaus hatte etwas von Ihrem verbalen Handgemenge. Die hat Sie rundlaufen lassen. Ich weiß nicht, was da zwischen Ihnen beiden los ist, aber normal ist das nicht.«

»Ich habe nicht den blassesten Schimmer, wie ich hier gelandet bin.«

»Mal sehen, Atemnot, Engegefühl in der Brust, Hyperventilation, Herzrasen, Schweißausbrüche und schließlich Ohnmacht. Glückwunsch, Sie hatten eine Panikattacke! Hand aufs Herz, ist nicht Ihre erste, oder?«

Es hatte keinen Sinn zu lügen.

»Nein«, gab er leise zu. »Wie lange war ich weg?«

»Fast fünfzehn Stunden.«

»Fünfzehn Stunden?« Geving hatte über einen halben Tag versäumt.

»Sie hatten eine gesunde Dosis Schlaf. Wenn es Vorher-Nachher-Bilder von Ihnen gäbe, würden Sie sehen, dass Sie den dringend nötig hatten.«

Er wollte aufstehen. Spengler drückte ihn zurück ins Bett. »Schön sachte, ich bin noch nicht fertig mit Ihnen. Sie arbeiten an der Grenze des seelisch Verkraftbaren. Wenn Sie so weitermachen, bringt Ihr Leben auf der Überholspur Sie schneller unter die Erde, als Ihnen lieb ist.«

»Ich stecke mitten in einem Fall«, versuchte Geving sich zu rechtfertigen.

»Ist mir klar. Trotzdem sollten Sie es ruhig angehen lassen.«

»Wo ist sie?«

»Mia Kolberg?«

»Wer denn sonst?«

»Kann ich nicht beantworten. Selbst wenn ich wollte, ich weiß es nicht.«

»Sie wissen es nicht?« Er fragte ruhig, ohne Vorwurf.

Dafür war Spengler sauer. »Eine verdammte Schweinerei ist das! Ich bin mir fast sicher, Ihre Chefin steckt dahinter. Aber was weiß ich schon? Ich bin Arzt und kein Detektiv.«

»Mich wundert gar nichts mehr«, sagte Geving mehr zu sich selbst.

»Zurück zu Ihnen. Viel kann ich nicht für Sie tun. Normalerweise würde ich Sie bitten, noch ein bis zwei Tage zur Beobachtung hierzubleiben, doch warum auf Ärzte hören? Ich nehme an, Sie bestehen auf sofortiger Entlassung.«

»Worauf Sie Gift nehmen können.«

»Na schön. Ich verschreibe Ihnen Diazepam, das sollte gegen Angstzustände helfen, und es sichert einen ruhigen Schlaf. Sind Sie in Behandlung?«

Die Art der Fragestellung signalisierte Geving, dass der Oberarzt ihn durchschaut hatte. Er interpretierte die Wahrheit sehr großzügig. »Ja.«

»Länger als eine Woche bleiben Sie nicht auf Medikation. Ich lasse Ihre Überweisungs- und Entlassungspapiere fertig machen. Draußen wartet übrigens Besuch für Sie.«

Damit hatte Geving nicht gerechnet. »Besuch?«

Der Oberarzt verließ das Zimmer und sagte beim Hinausgehen: »Er ist wach, Sie können jetzt zu ihm.«

»Na, wieder auferstanden von den Toten?« Markus Grünwald sah in Zivilkleidung ganz verändert aus. Die gute Laune des Polizeirats wirkte aufgesetzt.

Wiebke Hellmund stürmte mit mütterlich besorgtem Blick auf ihn zu. »Mein Gott, Geving. Sie machen Sachen!«

»Halb so wild. Damit kann ich umgehen.« Er hatte jetzt die Gewissheit, dass er es konnte.

Sabine Jentsch wirkte so locker und aufgeräumt wie eh und je. »Schöne Grüße von Kommissar Stegner und Thomas.«

Thomas also ... »Wie geht es den beiden denn?«

»War keine große Sache. Die Täter wurden dingfest gemacht. Muss reine Zeitverschwendung gewesen sein, die Bernburger Kollegen hätten es vermutlich ohne sie geschafft.«

Wenn Wiebke Hellmund nur diesen betroffenen Blick lassen könnte. »Wie haben Sie das nur so lange durchgehalten? Rotterdam, all die Opfer, Ihre Freundin!«

»Hat Frau Doktor Kresch es Ihnen auf die Nase gebunden?« Das ließ tief blicken.

»Kresch ...« Für diesen Namen hatte sie nur Verachtung übrig. »Wenigstens müssen wir uns mit der nicht länger rumärgern. Ein Silberstreif am Horizont.«

Geving runzelte die Stirn. »Wieso?«

»Haben Sie es noch nicht gehört? Sie wurde gestern zur Innenministerin hochgejubelt, Schulze ist zurückgetreten. Wer weiß, wie sie das angestellt hat.«

Da war er kaum einen Tag außer Gefecht gewesen und die Welt geriet aus den Fugen. Schulze war also zurückgetreten. Jetzt ergab alles Sinn. Warum sonst hätte er sich dazu herablassen sollen, einem Kriminalbeamten zu helfen? Ein Mann, der nichts mehr zu verlieren hatte. Dass Anninka Kresch es wirklich auf dessen Stuhl abgesehen hatte ... Geving musste blind gewesen sein.

»Dann hat sie ja, was sie wollte.«

»Das erklärt ihren Auftritt in Sachen Matthes«, bemerkte Sabine Jentsch.

»Das erklärt so ziemlich alles, was seitdem gelaufen ist.« Grünwalds Frustration war nicht länger zu überhören.

»Was habe ich noch verpasst?«, fragte Geving, der eine dunkle Vorahnung hatte.

Wiebke Hellmund sah betreten zu Boden. »Man hat die Ermittlungsleitung mir übertragen. Aber das ist eine reine Formalie, jetzt da Sie wieder auf den Beinen sind.«

»Nein, nein, nein. Ich denke, ich werde mich unterhalb des Wahrnehmungsradars bewegen müssen.« Danach an Grünwald gerichtet: »Und Genze?«

»Dazu kam es gestern nicht mehr. Ich wurde als Revierkommissariatsleiter abgelöst. Von Henneberg! Die stellvertretende Ermittlungsleitung hat man mir gelassen. Ich denke, es ist nur eine Frage der Zeit, bis Henneberg auch danach greift.«

Jetzt begriff er, wieso der Polizeirat in so mieser Stimmung war. »Das tut mir leid.«

»Muss es nicht. Genze hatte recht, die Tatwaffe wurde aus unseren Asservatenbeständen entwendet. Alles deutet darauf hin, dass Henneberg es vertuscht hat.«

»Das haben Sie schwarz auf weiß?«

Grünwald hob zwei Papiere hoch. »Jop! Ob er auf eigene Faust oder im Auftrag handelte, ich weiß es nicht.«

»Wir sollen eindeutig nicht zu einem Ergebnis kommen, das den Tatsachen entspricht. Erst werden Stegner und Rausch abgezogen, dann die Sache mit dem Polizeirat. Geving, Sie werden unmöglich gemacht, und schließlich sollen die Ermittlungen eingestellt werden«, fasste Wiebke Hellmund die Lage zusammen.

»Herrschaften, so sehr ich mich über Ihren Besuch freue, aber was haben wir jetzt vor?«, wollte Geving wissen.

»So dringend scheint es dem LKA mit der Beendigung der Ermittlungen nicht zu sein. Lorenz Behrendt jedenfalls verhält sich auffällig ruhig bisher.«

Der nächste Schock. »Behrendt macht das jetzt?«

»Wundert mich nicht«, gestand Sabine Jentsch. »Wenn man der Gerüchteküche glauben darf, hat er mit Kresch die Nachfolge im Bett ausgekaspert.«

Wiebke Hellmund verzog das Gesicht. Offenbar fühlte sich in ihrer Geringschätzung bestätigt. »Muss ich noch irgendwas dazu sagen?«

»Was gedenkt der Herr Staatsanwalt zu unternehmen?«, erkundigte sich Geving.

»Das ist eine komische Sache. Er fragte vorhin nach Ihnen und wollte wissen, ob es Anweisungen aus dem LKA gebe.«

»Das hat nichts zu bedeuten«, sagte Grünwald. »Er kann eigenständig agieren und jederzeit den Laden dichtmachen.«

»Dann muss es heute zu Ende gehen. Unter allen Umständen.«

»Was hat Mia Ihnen erzählt?«, fragte Wiebke Hellmund.

»Sie hat gestanden.« Tinus Geving schilderte den Anwesenden jedes Detail der Unterhaltung und schloss mit der Frage: »Doktor Spengler erwähnte, dass sie verlegt wurde?«

»Ja«, bestätigte die Kriminaloberkommissarin. »Nicht einmal wir wissen, wohin.«

»Die Kresch möchte nicht, dass sie redet«, ergänzte Grünwald. »Jetzt ist sie in der Lage, so ziemlich alles unter den Teppich zu kehren.«

»Ich weiß nicht«, überlegte Geving laut. »Vielleicht ist sie nur eine Marionette. So wie Henneberg.«

»Möglich. Die Sache stinkt gewaltig. Er hat versucht, es hinter seiner Arroganz zu verbergen, aber ich glaube, er steht unter Druck.«

»Allein mit Mutmaßungen kommen wir nicht weiter. Was bleibt für uns noch zu tun?«

»Mias Aussagen mit handfesten Beweisen unterlegen. Wir haben das Puzzle fast zusammen«, stellte Geving klar.

»Ihr Motiv ist mir noch immer ein Rätsel, Frau Hellmund.«

Es gibt nicht nur ein *dunkles Geheimnis.* »Ich denke, sie hatte nicht das eine Motiv.«

»Wie meinen Sie das?«

Es gibt keine Zufälle. »Sie und Jentsch sollten nach Verbindungen suchen, die zwischen den Eltern der Opfer und Jonas ter Hoorst bestehen könnten.«

»Wie soll uns das helfen?«

»Ich habe da so ein Bauchgefühl.«

»Glauben Sie, die haben uns belogen?«

Es gibt nicht schwarz oder weiß. Die Welt ist grau. »Sie haben uns zumindest nicht alles erzählt. Ter Hoorst hat sich doch in mehrdeutigen Anspielungen ergangen, oder?«

»Das ist wahr.«

»Dann kann ein genauer zweiter Blick nicht schaden. Man darf nichts übersehen. Auch nicht die unmöglichen Dinge, die Zufälle ...«

Grünwalds Handy klingelte, er ging kurz vor die Tür.

»Wieso ausgerechnet Jonas ter Hoorst?«, dachte Wiebke Hellmund laut.

»Der Name geisterte ständig durch unsere Besprechungen.« Geving wurde für einen Sekundenbruchteil still, fing sich aber sofort wieder. »Wir sind uns schon einmal begegnet.«

Sie verstand. »Rotterdam ...«

Ein kurzes Nicken. »Ich glaube nicht an Zufälle.«

Grünwald stürmte wieder herein, er war plötzlich ganz aufgekratzt. »Ich hatte einen Anruf von Genze!«

»Was will er?«, fragte Geving, plötzlich hellwach.

»Uns treffen. In etwas über einer Stunde.«

»Wo?«

»Arminhöhle.«

Geving hatte gedanklich das Krankenhaus schon abgehakt. »Wir sollten Herrn Genze nicht warten lassen.«

08:45 Uhr

Mia fühlte sich benommen und desorientiert. Sie brauchte einen Moment, um zu realisieren, dass man sie verlegt hatte. Sie wachte in einem anderen Zimmer auf, es war so hell und ruhig. War sie noch in Altenrode? Langsam kehrten die Erinnerungen zurück. Ihr Geständnis, ihre Mutter, diese Frau ... Nein, Mia war nicht mehr in Altenrode, sie war jetzt weit weg im Nirgendwo. Panik kroch in ihr hoch, sie fühlte sich wie lebendig begraben.

Jetzt erst bemerkte sie, dass sie nicht allein war. Er saß in einem Sessel, ihr gegenüber auf der anderen Seite des großen Raums – ihr Erzeuger. Mia wurde unwohl bei dem Gedanken daran, wie lange er dort schon sitzen mochte. Sie hatte nichts als ein abfälliges Lachen für ihn übrig.

»Ich hätte wissen müssen, dass du dahintersteckst.«

»Ich habe dich gewarnt, Mia.«

»Was hast du jetzt vor? Mich aus dem Weg räumen?«

»Gewissermaßen habe ich das längst getan.« Er machte eine große, den Raum umschreibende Geste. »Hier kannst du in aller Ruhe nachdenken.«

Sie lachte erneut. »Es ist zu spät. Ich habe dem Polizisten alles erzählt.«

Ihr Vater zuckte gleichgültig mit den Schultern. »Was du auch erreichen wolltest, du hast versagt. Vielleicht hast du dein Gewissen – so du überhaupt eines hast – erleichtert. Das war's dann aber auch schon.«

Mia stand auf, schüttelte den letzten Rest Benommenheit ab und tapste barfuß durch den Raum in Richtung der hohen, verriegelten Fenster. Vielleicht ließ sich der Ort ihres Gefängnisses trotzdem feststellen.

»Meinen Mangel an Gewissen muss ich von dir geerbt haben.« Sie blickte ihm direkt ins Gesicht. »Das pisst dich richtig an, oder? Ich bin dir ähnlicher, als dir lieb sein kann.«

»Deswegen bin ich so froh, dich jetzt ganz nah bei mir zu haben. Unter Kontrolle.«

Mia bewegte sich leicht lasziv auf ihn zu. »Einen richtigen Kontrollzwang hast du. Mal über eine Behandlung nachgedacht?«

»Sagt der Psycho ...«

Sie blieb abrupt stehen. »Was kann denn bitte gestörter sein als deine dreckigen Geschäfte?«

»Was weißt du schon?«

»Die Töchter deiner ... Geschäftskumpanen haben mir in all der Zeit ziemlich viel verraten. Oder eingeprügelt. ›Erpressung‹. Ja, so haben die es genannt.«

»Du glaubst, alles zu wissen. Du dachtest, du könntest die Party sprengen. Doch die Musik spielt unbeirrt, der Tanz geht weiter.«

Wenn er sich da nur nicht täuschte. Mia warf einen Blick in einen der Schränke, er war leer.

»Möchtest du mir nicht verraten, wo ich hier bin und warum ich hier bin?«

»Das Wo ist einerlei, und das Warum kannst du dir selbst beantworten. Weißt du, dass deine Mutter und ich eine Abmachung hatten? Ich bezahle, dafür bekomme ich dich nie zu Gesicht. Aber du musstest das ja unterlaufen.«

Mia wusste sehr wohl davon. »Dafür hast du mich doch zur ›Sonderbehandlung‹ ins Kloster geschickt.« Sie lachte laut, fast wahnsinnig. »Ging nicht ganz auf, deine Rechnung.«

Er lachte nicht. »Der Täter steht fest, du bist es nicht. Finde dich damit ab. Was den Rest angeht: Wirklich, wer glaubt schon einer Psychopathin?«

Sie hatte ihre klammheimliche Freude daran, ihn jedes Mal aus der Reserve zu locken. »Mit Psychopathen kennst du dich aus, die meisten sind schließlich deine Geschäftsfreunde.«

Es reichte ihm, er erhob sich, ging zur Tür und klopfte. Es dauerte einen Moment, dann wurde von außen aufgeschlossen. Er drehte sich ein letztes Mal zu ihr um.

»Tob dich aus, schrei es meinetwegen in die Welt hinaus. Hier hört dich niemand schreien.«

Die Tür schloss von außen. Mia war nun allein, aber mit sich im Reinen.

»Dein letzter Irrtum«, sagte sie dem Abwesenden hinterher.

Anninka Kresch zog ein wie der siegreiche Feldherr nach der Schlacht in die besetzte Hauptstadt des Feindes. Doch sie wurde schwer enttäuscht. Frank Schulze hatte es nicht für nötig befunden, den Mitarbeitern seines Ministeriums das Wochenende zu nehmen.

»Guten Morgen, Frau Ministerin«, brachte Frank Schulze unter großen Mühen, aber weitestgehend freundlich hervor.

»Herr Minister«, grüßte Anninka Kresch. »Wo sind denn alle?«

Frank Schulze war an diesem Morgen nur ins Büro gekommen, um seine persönlichen Dinge zu ordnen und die lästige Kleinigkeit der Amtsübergabe hinter sich zu bringen. Nein, er hatte keinerlei Verlustempfinden in seinen letzten zwei Stunden als Minister gehabt. Was hatte sie erwartet? Dass Staatssekretäre, Ministerialdirigenten und Direktoren Spalier standen und unter Blumenregen den Einzug einer neuen Regentin feierten? Dabei war dies ein bürokratischer Akt, wie so viele andere. Völlig glanzlos. Er hätte es etwas persönlicher gestalten können, aber wozu? Es würde ihr guttun, die Last des Amts vom ersten Augenblick an zu spüren. Keine Feierstunde, keine Flitterwochen. Diesem Anfang sollte kein Zauber innewohnen.

Als Nochinnenminister informierte er daher rein dienstlich. »Ich übergebe Ihnen das Ministerium für Inneres und Sport des Landes Sachsen-Anhalt. Nach Ihrer Vereidigung stehen Ihnen die Staatssekretäre zwecks Einweisung zur vollen Verfügung. Wie Sie danach mit den dienstlichen Obliegenheiten umgehen, ist allein Ihre Entscheidung. Haben Sie Fragen?«

Natürlich wusste er ganz genau, dass sie am Montag harte Fragen würde beantworten müssen. Das bedeutete die Zuarbeit des gesamten Ministeriums, dennoch hatte er keinen Finger gerührt. Schulze überließ es ihr, den Leuten ihr verdientes Wochenende zu nehmen. Sie sollten sofort wissen, wem sie das zu verdanken hatten.

Anninka Kresch verneinte stumm.

»Gut«, schloss Schulze. »Ich wünsche Ihnen in Ihrem neuen Amt alles Gute und Gottes Segen, sofern Sie gläubig sind – was ich bezweifle.«

Damit hatte er eine Reaktion provoziert. »Warum hassen Sie mich so?«

Er bat sie, in der Sitzecke Platz zu nehmen. Dieses Gespräch würde dauern.

»Sie wollen zu schnell eine Antwort und riskieren, der Frage nicht voll auf den Grund zu gehen. Meine Gegenfrage lautet: Was ist Hass?« Schulze wurde scharfzüngig. »Na los, Frau Ministerin, das sollten Sie hinbekommen.«

»Die stärkste Form der Abwendung, Verachtung und Abneigung. Immerhin sitze ich jetzt auf Ihrem Stuhl.«

Die von ihr zur Schau getragene Selbstsicherheit begann zu zerbröseln. Schulze nötigte sie zu einem philosophischen Diskurs mit ihm. Er wusste, dass sie dem nicht gewachsen war.

»Alles in allem haben Sie das vorbildlich runtergebetet. Wie im Studium, bei Ihrem ... Lieblingsprofessor. Und wie ich bereits feststellte, gehen Sie dem Sinngehalt der Frage kaum auf den Grund.«

»Wir können das lassen, denke ich.«

Schulze grinste. »Wieso? Es wird doch gerade spannend. Hass ist die leidenschaftliche Abneigung gegen das, was uns Unlust bereitet. Der Hassende verabscheut nicht nur Menschen, er möchte ihnen schaden. Dies entspringt dem Eigennutz, Neid, gekränktem Ehrgeiz, Eifersucht, verschmähter Liebe. Nicht mehr so simpel, wie Sie es gerne hätten, nicht wahr?«

»Wenn Sie es sagen ...«

Er hatte nur noch Belustigung für sie übrig. »Reden wir über Eigennutz. Der Handelnde erstrebt seinen eigenen Vorteil, zumeist auf Kosten anderer. Fällt Ihnen dazu etwas ein?«

»Nein.«

»Mir schon. Ministerin bezichtigt ehemaliges Sportidol des Terrorismus und wirbt für Gesetzesverschärfung.«

Anninka Kresch sprang auf. »Ich gehe.«

»Sie sind noch nicht vereidigt, also setzen Sie sich gefälligst hin!«, schnauzte er sie an. Da war sie wieder, die Schülerin, die vor dem Direktor kuschte. »Neid, eine der sieben Todsünden. Worum sollte ich Sie beneiden? Sie sagten es bereits, Sie sitzen jetzt auf meinem Stuhl. Gekränkter Ehrgeiz?, werden Sie fragen. Doch ich bin freiwillig zurückgetreten. Ich habe keinen Ehrgeiz, den man noch kränken kann. Was hätten wir noch? Verschmähte Liebe.« Schulze musste bereits beim Gedanken daran herzlich lachen, hatte er dem Ministerpräsidenten doch »nur« dessen Frau, nicht seine Geliebte ausgespannt. »Also ... irgendjemand mag Sie attraktiv finden, irgendwie ... Aber es tut mir leid, Sie sind nicht mein Fall. Warum sind Sie eigentlich so still?«

»Sind wir hier fertig?«

Er genoss es. Jede seiner Bemerkungen saß wie ein Schlag. »Nicht ganz. All die Erkenntnisse führen zu einem Ergebnis: Sie haben die falsche Frage gestellt. Dafür hätte ich jetzt eine Frage an Sie.«

»Was immer es sein mag ...«

»Warum hassen Sie mich so?« Anninka Kresch schwieg. Entweder aus Betroffenheit oder aus schlechtem Gewissen. »Erwischt, Frau Doktor Kresch. Wenn Sie glauben, es am Ende dieser Geschichte noch menscheln lassen zu müssen, damit Sie sich besser fühlen, dann muss ich Sie enttäuschen. Nicht ich bin der Hassende, Sie sind es.« Sie blitzte ihn böse an. »Sie hassen an mir meine grundsätzlich andere Einstellung in so ziemlich jeder Hinsicht. Das ist okay, ich nehme es nicht persönlich, es zeugt immerhin von Meinung.« Er machte eine Kunstpause. »Es könnte von Meinung zeugen, wenn Sie eine hätten.«

»Sie werden unverschämt, Schulze!«

»Wieso? Weil ich feststelle, dass Sie nie, zu keinem Zeitpunkt Ihrer Karriere je eine eigene Meinung zu irgendeinem Thema hatten?«

Sie parierte den Vorwurf. »Ich kann meine persönlichen Überzeugungen zurückstellen.«

»Dann sind Sie eine Heuchlerin. Niemand erwartet, dass Sie als Ministerin Ihre persönliche Meinung hintanstellen, gerade wenn sie zur Sache gehört. Das ist der Grund, warum Sie Ministerin sind, Ihre Meinung ist gefragt! Unter Umständen müssen Sie sich mit der Mehrheitsmeinung arrangieren. Entweder Sie können das, oder Sie treten zurück. Doch das war schon immer Ihr Problem, nicht wahr? Fleißig, aber nicht kompetent. Die – wie nannte man Sie – ›Fleißmeise‹. Leider Gottes sind Fleißmeisen die größten Opportunisten. Trotzdem verspüre ich Sie betreffend keinerlei Emotion. Wollen Sie wissen, wieso?«

Keine Antwort war auch eine Antwort.

»Weil Sie unerheblich sind, egal. Sie wollen für etwas geliebt werden, das Sie nicht sind: ein Mensch.« Schulze stand auf, ging Richtung Ausgang. »Sie sind ein Golem. Ein Golem, der sich den Habitus des menschlichen Umgangs zugelegt hat. Doch der Charakter bestimmt den Menschen. Außer dem Willen nach Macht steckt nicht viel Charakter in Ihnen. Wenn Sie die Macht haben, wie wollen Sie sie nutzen ohne Vorstellungskraft? Ich finde das sehr bedauerlich, sogar traurig. Nein, Anninka, ich hasse Sie nicht.«

Frank Schulze verließ sein Büro zum letzten Mal, ohne zurückzublicken.

Zwischen Altenrode und Erzhütte
Arminhöhle
09:23 Uhr

Der Aufstieg zur Arminhöhle verlief äußerst still. Geving und Grünwald hatten sich nicht viel zu sagen. Zu viel war geschehen in diesen Tagen, zu viele Fallstricke und Tiefschläge.

Tinus Geving musste einsehen, dass sein Wechsel in die Provinz vielleicht keine weise Entscheidung gewesen war. Er wollte vergessen, was nicht vergessen werden konnte. Das Schicksal fügte es, dass seine Vergangenheit ihn ausgerechnet jetzt in Form von Jonas ter Hoorst wieder einholte. Einem Bankier, der sich als Mitwisser die Hände schmutzig gemacht hatte. Ob es eine gerechte Strafe war, dass ter Hoorsts Tochter zu den Opfern zählte? Geving schob diesen abscheulichen Gedanken sofort beiseite.

Der Ausgang im Fall Eichenburg verblieb offener denn je. Niemand konnte ermessen, wie viele Interessen und Befindlichkeiten plötzlich miteinander kollidierten. Geving und seine Ermittler wurden als Figuren in einem Spiel missbraucht, dessen Spielregeln sie schnell erlernen mussten, um es zu ihren Gunsten zu drehen. Anscheinend konnte Eduard Garrijewitsch Genze seinen Beitrag dazu leisten.

Seit ihrem ersten Besuch in der Höhle waren einige Tage vergangen, doch der Faktor Zeit schien keine Bedeutung zu haben. Nichts deutete auf das grauenvolle Geschehen hin, das sich hier vor exakt einer Woche abgespielt hatte. Wüsste man es nicht, man hätte nie vermutet, dass sechs Menschen an diesem Ort ihr Leben gelassen hatten. Kein Mensch hatte sich seitdem hierher verirrt, der meterhohe Schnee lag nahezu unberührt, bis auf jene Spuren, die verrieten, dass jemand vor ihnen eingetroffen war. Das Tal lag friedlich. Am blauen Himmel stand die strahlende Wintersonne, der Schnee reflektierte ihr gleißendes Licht. Eine andere Zeit.

In der Höhle trafen Tinus Geving und Markus Grünwald auf den Biznesmen, mit unvermeidlicher Zigarette im Mund.

»Ich hätte nicht gedacht, Sie noch einmal wiederzusehen, Herr Genze«, offenbarte Grünwald zur Begrüßung.

Der Geschäftsmann wirkte so freundlich unverbindlich wie am Vortag. »Nach den gestrigen Missverständnissen war ich Ihnen das wohl schuldig.«

»Warum gerade hier?« Geving fand Genzes Neigung zu wortreichen Untertreibungen verstörend.

»Manchmal muss man sich ein Bild vom Ort des Geschehens machen, um die wahren Ausmaße zu erkennen. Man stellt fest, dass vieles anders ist, als es zunächst den Anschein haben mag. Zumindest ist das meine Erfahrung.«

»Was sagen Ihnen Ihre Erfahrungen?«

»Lassen Sie mich Ihnen eine Geschichte erzählen. Ich war noch ein junger Hauptmann zu Beginn meiner Dienstzeit in der DDR. Irgendein Marschall der Sowjetunion kündigte sich an. Es galt, die sowjetisch-deutsche

Waffenbrüderschaft zu feiern, mit einer Parade. Wir hatten zwar kaum etwas zu fressen, und unsere Behausungen fielen auseinander, aber wenn es um Repräsentation ging, waren wir peinlich genau. Der Stechschritt wurde geübt und geübt und geübt. Es wurde morgens, abends und in der Nacht exerziert, eine Woche lang. Schließlich nahm der kommandierende General der Parade unsere Übung ab, danach folgte die Auswertung. Wir standen uns stundenlang die Beine in den Bauch, auf einem Flugfeld mitten im Nirgendwo. Die Nacht brach an, man ließ uns nicht wegtreten. Es muss gegen drei Uhr morgens gewesen sein, da trat der General mit dem knappen Befehl vor die Truppe. ›Und das Ganze sofort noch einmal‹ Man kann sich den Druck nicht vorstellen, dem man als Offizier der Roten Armee ausgesetzt war, wenn die eigene Truppe aus der Reihe tanzte. Am darauffolgenden Morgen beim Frühstück gingen einem Kameraden die Nerven durch, er brach in Tränen aus. ›Ich halte das nicht mehr aus. Ich will nur noch sterben.‹ Ein anderer Kamerad sprang vom Tisch auf, stellte sich hinter ihn, zog seine Pistole und hielt sie ihm an den Kopf. ›Du willst sterben? Bitte.‹ Er drückte ab. Natürlich war die Pistole nicht geladen. Der Betroffene verstand. Kein Wort der Klage kam mehr von ihm. Der Offizier jedoch, der seine Waffe gezogen hatte, verschwand für immer.«

»Lagerkoller ...«, diagnostizierte Geving.

»Sie sehen, dass Ausnahmesituationen völlig rationale Menschen zu völlig irrationalen Taten verleiten können. Der Druck muss nur groß genug sein und die Lage ausweglos.«

»Klingt so, als hätten Sie viel Verständnis für Mia Kolberg.«

»Es muss einen Grund für ihr Handeln geben.«

In gewisser Weise sah Geving das ähnlich, aber es konnte nicht der Grund sein, warum sie sich hierherbemüht hatten.

»Worum geht es Ihnen?«

Genze zeigte sein dünnes Lächeln. »Zunächst tut es mir leid, wie man mit Ihnen beiden umgegangen ist.«

»Moment, Sie wissen davon?«, entfuhr es Grünwald erstaunt.

»Ich wäre ein schlechter Geschäftsmann, wüsste ich nicht, wie ich an Informationen gelange.«

»Natürlich ...«

»Hat Henneberg Ihnen erzählt, wie er mich gestern hinauskomplimentiert hat?«

»Schien mehr eine Nötigung gewesen zu sein.«

Der Biznesmen hob die Brauen. »Interessant.«

»Stimmt es nicht?«

»Es war eher so, dass er versuchte, mich zu kaufen. Mein Schweigen könne sich für mich lohnen, anderenfalls müsste man genauer hinsehen demnächst. Ich reagiere nicht allzu gut auf Drohungen.«

»Sie hatten recht. Die Jarygin kam aus unserer ›Sammlung‹. Die Bestandszählung wurde manipuliert.«

»Ja, das gestand mir Herr Henneberg.«

»Er gestand?« Geving zeigte sich beeindruckt.

»Ich für meinen Teil sah die Unterhaltung im Revier nicht als beendet an. Daher suchte ich ihn auf ... in etwas informellerem Rahmen. In einer anderen Verhandlungsposition habe ich mich dann weiter mit ihm unterhalten.«

Markus Grünwald schüttelte den Kopf. »Mit anderen Worten, Sie haben sich Zugang zur Wohnung verschafft und ihn bedroht.«

Genze schmunzelte. »Ich habe ihm seine Optionen klargemacht.«

»Will ich das so genau wissen?«

»Henneberg war plötzlich sehr motiviert und kooperativ. Mit Informationen war er äußerst freigebig.«

»Hilfreiche Informationen?«, fragte Geving.

Genze ging in der Arminhöhle auf und ab. »Alle beschweren sich über die Russen. Dabei treiben es die
Deutschen noch ärger, wenn es hart auf hart kommt.«

Der Biznesmen zog mehrere Fotos aus der Mantelinnentasche und gab sie ihm. Er sah sie an und reichte sie
kommentarlos an den Polizeirat weiter. Die Aufnahmen zeigten Polizeihauptkommissar Henneberg auf
dem Schulgelände, zusammen mit Mia Kolberg. Damit
nicht genug. Sie zeigten, wie Grünwalds nur vermeint-
lich kreuzbraver Stellvertreter ihr eine Pistole übergab.
Nichts deutete darauf hin, dass sie sich beobachtet
fühlten.

Markus Grünwald wäre vor lauter Wut fast in Tränen
ausgebrochen. »Wieso?«

Genze hatte noch Unangenehmeres auf Lager. »Hat es
Sie nicht gewundert, dass jedes Mal der Polizeihauptkommissar zur Stelle war, wenn es Ärger mit der
Schule gab? Ihr Stellvertreter kassierte kräftig mit,
wenn wieder etwas zu ›bereinigen‹ war. Irgendwie gelangte Ihre Täterin an Beweise, mit denen sie ihn hätte
bloßstellen können. Es sei denn, er würde ihr eine
kleine Gefälligkeit erweisen. So kam sie an die Waffe.«
Eduard Garrijewitsch Genze schien zufrieden. »Von
mir hat er keinen Cent erhalten, er hatte andere Möglichkeiten der Einkommensmaximierung.«

»Haben Sie sonst noch etwas aus ihm herausgekit-
zelt?«, fragte Geving.

»Seine ... Auftraggeber sind identisch mit jenen Leuten, die Ihrer beider Karrieren beenden wollen. Das ist
äußerst bedauerlich. Mit diesen Aufnahmen hatte man
ein Druckmittel gegen Henneberg in der Hand, der Ihre
Ermittlungen bremsen sollte.«

»Darin war er sehr erfolgreich«, gab Grünwald zu.

»Ihre Ermittlungsergebnisse passen nicht in deren Konzept.«

Geving wurde hellhörig. »Es gibt ein Konzept?«

»Wozu lässt man diesen Lehrer dumm dastehen?« Wieder wurde Genze allgemein. »Die Deutschen unterscheiden sich nicht so sehr von den Russen. Wenn mir etwas im Fernsehen als Wahrheit verkauft wird, glaube ich kein Wort. Ich höre mir erst die eine Sichtweise an, dann die Gegenbetrachtung. Im Regelfall entpuppen sich beide Meinungen als Lügen, und die eigentliche Wahrheit liegt irgendwo dazwischen.«

In puncto Deduktion unterschieden sich Geving und der Geschäftsmann nicht besonders voneinander.

»Jemand nutzt unseren Fall, um Profit daraus zu schlagen.«

»So viel ist offensichtlich, Geving. Welch hübsches Gesicht profitierte denn bisher am meisten?«

»Anninka Kresch ...«

»Sehen Sie. Mit Ihrer Beharrlichkeit treten Sie der Dame auf die Füße. Und wie geht man mit Mitwissern um?«

»Man entledigt sich ihrer.«

»Rufmord ist immer noch die sicherste Methode.«

»Steckt noch mehr dahinter?«

»Das müssen Sie schon selbst herausfinden. Ich kann mich nicht so tief involvieren, ohne mich gleichzeitig zu exponieren. Ich möchte nicht in Ihrer Haut stecken, meine Herren.«

»Was ist, Grünwald, glauben Sie ihm?«, fragte Geving auf dem Rückweg.

»Dass er unseren Abgang bedauert?« Er musste lachen. »Mit keiner Silbe.«

»Und den Rest?«

»Den Rest glaube ich ihm aufs Wort.«

»Wie gehen wir damit um?«

»Da hatten wir schon ganz andere Probleme.«

»Die Fotos reichen, um Henneberg zu Fall zu bringen.«

»Bei wem? Uns stehen nicht gerade die Türen offen.«

Geving kam ein Gedanke. »Wir sollten den Herrn Staatsanwalt besuchen.«

»Ich schwöre, dass ich meine Kraft dem Wohle des Volkes widmen, Verfassung und Gesetz wahren, meine Pflichten gewissenhaft erfüllen und Gerechtigkeit gegen jedermann üben werde.«

Anninka Kresch war am Ziel.

Der Landtagspräsident schüttelte ihr die Hand. »Im Namen des Hauses beglückwünsche ich Sie und wünsche Ihnen in Ihrem Amt gutes Gelingen.«

Das war's. Anninka Kresch war offiziell als Ministerin für Inneres und Sport des Landes Sachsen-Anhalt vereidigt. Sie grinste wie ein Honigkuchenpferd, es war beschämend. Den Glückwünschen des Landtagspräsidenten schlossen sich unter Beifall der Koalitionsfraktionen der Ministerpräsident, sein gesamtes Kabinett und die beiden Fraktionsvorsitzenden der Koalitionsparteien an.

Auf der anderen Seite, in den Reihen der Opposition, herrschte betretenes Schweigen. Hier applaudierte niemand, alle blieben wie versteinert sitzen. Meyer wollte diesen Moment am liebsten aus seinem Gedächtnis streichen.

»Das ist der Untergang«, versetzte sein Nebenmann leise.

»Abwarten«, zischte Meyer zwischen den Zähnen hindurch. Er sagte es mehr zu sich selbst.

Sabine Jentsch stürmte aufgeregt ins Büro. »Frau Oberkommissarin, Besuch für Sie.«

Wiebke Hellmund hatte nichts in ihrem Terminkalender stehen. Etwa wieder eine dieser Interventionen?

»Wer ist es?«, fragte sie alarmiert.

»Josephine Kolberg.«

»Mia Kolbergs Mutter?«

»Genau die.«

Das war nach Mias unerklärlichem Verschwinden eine Sensation.

»Führen Sie sie herein!«, ordnete sie ungeduldig an.

Wiebke Hellmund kannte Mia nur von Fotos, doch sie war ihrer Mutter wie aus dem Gesicht geschnitten. Die gleiche sportliche Statur, die gleiche Größe, hellblondes Haar. Eine Frau mit Ausstrahlung.

Die stetig hin und her wandernden Blicke verrieten Josephine Kolbergs Anspannung. Wiebke Hellmund hatte das Gefühl, dass es hier auf ihre Zuhörqualitäten ankam.

»Bitte nehmen Sie Platz, Frau Kolberg. Können wir Ihnen etwas anbieten?«

Sie setzte sich, stumm verneinend.

An die Kriminalkommissarin gewandt sagte sie: »Danke, Frau Jentsch.«

Die verstand und schloss die Tür hinter sich beim Hinausgehen.

Nach Gevings Schilderungen war Mias Mutter bisher alles andere als kooperativ gewesen. Dazu war sie verständlicherweise auch nicht verpflichtet. Würde es Vorwürfe geben, oder wollte diese Frau tatsächlich reden?

Josephine Kolberg kam direkt zur Sache. »Meine Tochter ... sie ist nicht sie selbst.« Es bereitete ihr Mühe, sie suchte nach jedem einzelnen Wort.

Was sollte sie darauf erwidern? »Sicherlich. Immerhin lasten sechs Menschenleben auf ihrem Gewissen.«

Josephine Kolberg sah sie ernst und entschlossen an. »Das bezweifle ich. Ich habe mir lange nicht eingestehen wollen, dass Mia zu solch einer Wahnsinnstat fähig sein könnte. Je mehr ich darüber nachdenke, desto weniger erkenne ich darin eine Wahnsinnstat.«

»Frau Kolberg, Sie sollten sehr vorsichtig mit dem sein, was Sie sagen.« Wiebke Hellmund wollte es als Warnung verstanden wissen.

»Es ist egal, was mit mir geschieht«, entgegnete Mias Mutter ruhig. »Ich habe mich zu lange der Realität verweigert. Wenn ich ehrlich sein soll, ich wüsste nicht, ob ich an ihrer Stelle anders gehandelt hätte. In Anbetracht ihres Vaters ...«

Sie musste sich kurz ins Gedächtnis rufen, dass ihr Vorgänger in diesem Punkt nicht weitergekommen war. »Sind Sie deswegen hier?«

»Wahrscheinlich, aber nicht nur. Um Mia zu verstehen, muss man die Hintergründe verstehen.«

Bei Wiebke Hellmund fiel der Groschen. »Sie wollen nicht länger schweigen?«

»Nein.«

Sie nickte. »Ich höre Ihnen zu.«

»Wissen Sie, ich bin verwitwet«, begann Josephine Kolberg. »Mein Mann starb vor knapp fünfundzwanzig Jahren.« Die Ehe sei kinderlos geblieben. Nichts außer Erinnerungen, die mit jedem Tag mehr und mehr verblassten. So sehr sie auch versucht habe, daran festzuhalten. Sie seien sieben Jahre verheiratet gewesen. Mias Mutter seufzte. »Hat uns kein Glück gebracht.«

»Wie haben Sie Mias Vater kennengelernt?«

Beim Wort »Vater« ging ein kurzes Zucken durch das Gesicht der Frau. Es war ihr offenbar peinlich, sie wollte diesen kleinen Ausbruch überspielen.

»Ich musste wieder hinaus ins Leben. Dabei lernte ich einen Mann kennen, etwa zehn Jahre älter als ich. Charmant, klug, schlagfertig. Seine Karriere war im Aufschwung begriffen, dennoch war er zum damaligen Zeitpunkt kaum bekannt.«

»Sein Name?«

Sie nahm die Frage entweder gar nicht zur Kenntnis oder überging sie. »Ich fiel ihm auf. Eins führte zum anderen. Natürlich behielten wir die Beziehung für uns. Erst später merkte ich, dass er eine ganz eigene Motivation dafür hatte.« Sie klang verbittert. »Was immer es war, es ging nur über drei Monate. Drei Monate, die ausreichten, um zu begreifen, wer er wirklich war.« Josephine Kolbergs blaue Augen verengten sich zu Schlitzen. »Ein kaltherziger, korrupter, von Macht zerfressener Mann, der für seine eigene Karriere über Leichen geht. Ich meine das nicht in übertragenem Sinne.«

»Was wollen Sie andeuten?« Wiebke Hellmund saß plötzlich kerzengerade.

Mias Mutter schüttelte nur den Kopf, fuhr sich durchs Haar. »Er war verheiratet und hatte zwei Kinder.«

»Sie fühlten sich benutzt?«

»Schlimmer. Ich hing zu sehr an ihm. Ich brauchte ihn, um mich weniger allein zu fühlen. Ich war ihm ausgeliefert. Er beendete das Ganze, da war ich bereits schwanger. Etwa sieben Monate später kam Mia zur Welt.«

»War er gegen die Schwangerschaft?«

»Natürlich, aber ich wollte sie behalten. Es hätten sich außerdem zu viele Fragen gestellt, die auf ihn zurückzuführen gewesen wären. Also habe ich ihm ein Arrangement abgenötigt. Er würde nichts mehr von mir hören, wenn er finanziell für Mias Zukunft sorgte. Das konnte er sich leisten.«

»Wusste Ihre Tochter davon?«

»Wie soll man einem Kind vermitteln, dass es das Ergebnis eines Fehltritts ist und der Vater nichts von ihm wissen will?«

»Was haben Sie Mia denn erzählt? Ich meine, sie muss doch Fragen gehabt haben?«

»Als sie klein war, hat sie geglaubt, ihr Vater wäre mein verstorbener Mann. Damit habe ich das Unvermeidliche nur hinausgezögert.« Josephine Kolberg unterbrach kurz. Dann fragte sie: »Sind Sie verheiratet?«

»Geschieden, alleinerziehend. Ein Sohn.«

Josephine Kolberg sah sie mit großen Augen an. »Können Sie immer von sich behaupten, eine gute Mutter zu sein?«

Komisch, das war sie vor einigen Tagen so ähnlich schon einmal gefragt worden. Sie musste lächeln.

»Bei meinem Job? Nein, da bleibt nicht immer Zeit fürs eigene Kind, Frau Kolberg. Ein Auf und Ab, man bemüht sich.«

»Ich habe bestimmt viele Fehler gemacht, trotzdem hatte Mia eine glückliche Kindheit. Aber der Tag der Wahrheit rückte näher, das wusste ich.« Irgendwann habe sie sich mit Mia zusammengesetzt und ihr alles erklärt. Da sei sie dreizehn Jahre alt gewesen. Josephine Kolberg erzählte, dass sie wahnsinnige Angst vor dem Moment gehabt habe. »Mia stellte Fragen über Fragen, die ich ihr zu beantworten suchte, so gut ich konnte. Dann wollte sie ihren Vater kennenlernen. Sie wissen, das widersprach der Abmachung, doch wie dem Wunsch der Tochter widerstehen?«

»Ließ er sich denn auf ein Treffen mit ihr ein?«

»Er war fuchsteufelswild. Er dachte, er hätte seine Ruhe erkauft.« Das habe er ihr so direkt ins Gesicht gesagt. Mia habe begriffen, warum ihre Mutter so lange geschwiegen habe, sei aber mit seiner Ablehnung nicht klargekommen. Bis zu diesem Moment sei sie eine Einserschülerin gewesen, eine tolle Sportlerin. »Ihre Leistungen rutschten in den Keller. Sie zog sich immer mehr in sich zurück, nur der Sport gab ihr noch ein wenig Halt. Als Mia fünfzehn wurde, beschloss ich, dem ein Ende zu setzen.«

»Das Gymnasium Kloster Eichenburg.«

»Ich wollte, dass Mia ihre Probleme hinter sich lässt, eine andere Welt kennenlernt, später studiert. Sie sollte die Zukunft haben, die sie verdient. Leider kein billiges Unterfangen. Ihr Vater musste einspringen. Überraschenderweise zeigte er sich enorm erfreut und war sofort bereit, die entsprechenden Fäden zu ziehen. Ich dachte, na, entwickelt er doch Interesse für Mia? Sie dachte es ebenfalls. Wir täuschten uns gewaltig. Jetzt hatte er sie – er hatte uns – da, wo er uns immer haben wollte: unter Kontrolle. Denn Mias Mitschülerinnen waren die Töchter seiner Freunde.«

»Mia hatte also keine leichte Zeit.«

»Es war der reinste Spießrutenlauf für sie. Ich habe davon nichts erfahren.«

Wiebke Hellmund konnte das nicht glauben. »Auch nichts von jenen Vorfällen des letzten Jahres?«

»Es wurde ja alles vertuscht! Ich bemerkte schon, dass aus dem Menschen Mia der Funktionsautomat Mia wurde. Ihre schulischen Leistungen blieben zwar bestens, aber nach den Vorfällen war sie gefühlskalt, verschlossen, abweisend. Nicht ganz unberechtigt gab sie mir eine Mitschuld, ich hatte sie schließlich dahin ausgeliefert. Diese Mädchen haben ihr den Rest gegeben.«

»Mag sein. Aber ihnen das Leben zu nehmen, erfordert sehr viel mehr. Das können wir uns bisher nicht erklären.«

»Diese Mädchen kannten das Geheimnis meiner Tochter, ihre Herkunft. Nicht von ihr! Sie haben es sie jeden Tag spüren lassen. ›Bastard‹ gehörte zu den zahlreichen Freundlichkeiten, die sich Mia jeden Tag anhören durfte. All das habe ich erst jetzt erfahren.«

»Von wem?«

»Der Schulleiter hat seine Sprachlosigkeit überwunden.«

Das überraschte Wiebke Hellmund. Berghausen zeigte der Mutter einer Schülerin, die fünf ihrer Mitschülerinnen getötet hatte, so viel Offenheit? Eichenburg musste in einem ziemlichen Sumpf stecken.

»Die Auswahl der Opfer war nicht willkürlich, Frau Kolberg?«

»Opfer ...« Sie lachte höhnisch. »Ihre Eltern stehen allesamt mit Mias Vater in Geschäftsbeziehungen. Was glauben Sie, woher die so genau Bescheid wussten?«

Bemerkenswert. Die Eltern der Hinterbliebenen hatten Wiebke Hellmund nicht nur nicht alles gesagt, sondern sie obendrein belogen, als es um Mia gegangen war. Ein Opfer erklärte es nicht.

»Wie verhielt es sich mit Alexander Matthes?«

Mias Mutter wich aus. »Es war komplex.«

Sie versuchte es noch einmal. »Wollen Sie mir nicht endlich den Namen des Vaters verraten?«

Heftiges Kopfschütteln. Sie antwortete ausweichend, wurde panisch. »Achtzehn Jahre habe ich gegen ihn angekämpft, meine Kraft ist aufgebraucht. Wenn Sie weiterhin glauben, meine Tochter wäre wahnsinnig, möglicherweise ist sie das. Er hat sie in den Wahnsinn getrieben.«

»Frau Kolberg, Ihre Tochter wurde verlegt. Wo ist sie?«

»Sie werden nicht an sie herankommen, er wird es verhindern.«

Wiebke Hellmund verstand nicht. »Sie wurde entführt? Warum zeigen Sie Mias Vater nicht einfach an? Wir können Ihnen helfen.«

»Ihn anzeigen?« Josephine Kolberg lachte traurig. »Er hat nicht nur Mia und mich unter Kontrolle, er hat alle unter Kontrolle. Auch Sie!«

Wiebke Hellmund konnte es sich nicht erklären, sie glaubte der Frau. Josephine Kolberg, diese beeindruckende, kontrollierte Person, hatte ganz offenbar Angst!

»Sie verstehen, dass wir nicht beweisen können, was Sie mir erzählt haben?«

Josephine Kolbergs Gesichtsausdruck wechselte von Furcht zu einem triumphierenden Grinsen. »Mia ist wesentlich klüger als er.« Sie zog einen Briefumschlag aus ihrer Handtasche und gab ihn ihr. »Lesen Sie, vielleicht begreifen Sie dann.« Schließlich holte sie noch einen Schnellhefter hervor.

Wiebke Hellmund schlug ihn kurz auf, blickte auf Überweisungen und Kontodaten.

»Das sollte reichen«, erklärte Josephine Kolberg, »um herauszufinden, wessen Name hinter den Zahlungen von Mias Schulgeld steckt.« Damit war sie fertig und ging zur Tür, wo sie sich noch einmal umblickte. »Sie sind Mutter, Frau Hellmund. Wenn Sie Mia helfen wollen, gehen Sie der Sache auf den Grund.«

Im Lauf der nächsten Stunde las Wiebke Hellmund Mias Brief bestimmt zehn Mal. Jedes Mal war sie noch tiefer erschüttert. Dann rief sie Sabine Jentsch zu sich und übergab ihr die Bankunterlagen zur sofortigen Analyse.

Tinus Geving musste davon erfahren. Sie erreichte ihn nicht, daher schrieb sie ihm eine Nachricht.

Erbitte umgehend Rückkehr. Das müssen Sie sehen!
16:01, 23. Jan.

Das Gebäude der Staatsanwaltschaft war an diesem Samstagnachmittag wie verwaist. Tinus Geving und Markus Grünwald unterhielten sich mit Werner Vogel ungestört in dessen Büro. Sie hatten alle Zeit der Welt, es gab nicht mehr viel zu tun. Dieser noch nicht einmal einen Tag während Schwebezustand der Untätigkeit legte sich auf die Gemüter. Man wartete auf nichts.

Geving schilderte dem Staatsanwalt in aller Ausführlichkeit, was Mia Kolberg ihm und Sänger am Vortag gestanden hatte. Natürlich konnten Vogel die Neuigkeiten nicht überraschen.

»Das ist in höchstem Maße erschütternd«, konstatierte er Geving gegenüber nur schulterzuckend. »Doch die neue Innenministerin hat recht.« Vogel hatte große Schwierigkeiten damit, Kreschs neuen Titel über die Lippen zu bringen. Nichtsdestoweniger war mal wieder Geving Zielscheibe seines Unmuts, wenngleich seltsam kraftlos. »Erneut haben Sie auf eigene Faust an den Vorschriften vorbei ermittelt. Muss ich dazu noch irgendwas sagen, Geving?«

Er ließ es nicht gelten. »Dann befragen Sie sie eben erneut.«

»Sie sagten, man habe sie verlegt? Und dass selbst ihr behandelnder Arzt nicht weiß, wohin?«

»Ja.«

Vogel stieß einen tiefen Atemzug aus. »Tja, vielleicht ist es mit ihrer Einwilligung geschehen. Ich habe leider nicht den blassesten Schimmer. Selbst wenn ich es wüsste, ich glaube kaum, dass sie das zweite Mal den Fehler machen wird, Ihnen auf den Leim zu gehen. Ob sie zurechnungs- oder steuerungsfähig ist, darf nach Sängers Einschätzung ohnehin bezweifelt werden.

Davon mal abgesehen, Frau Kriminaloberkommissarin Hellmund ist nun für die Ermittlungen zuständig. Also, frage ich Sie, wozu führen wir noch dieses Gespräch?«

»Ihr Geständnis brauchen wir vielleicht gar nicht.«

»Aha. Weil wir jetzt alle Gedanken lesen können, Geving?«

Darauf hatte Markus Grünwald gewartet. Der Polizeirat legte die Fotos vor, die sie am Vormittag vom Biznesmen erhalten hatten. Vogel studierte die Bilder mit Interesse. Der ehemalige Revierkommissariatsleiter berichtete, wie er der Fälschung der Bestandsauflistung auf die Spur gekommen war.

»Wenn wir die Aufnahmen genauestens analysieren würden, sie würden bestätigen, was ich Ihnen bereits auf den ersten Blick sagen kann. Was Henneberg Mia Kolberg da in die Hand drückt, ist die Tatwaffe. Eine Jarygin PJa.«

»Ich verstehe nur nicht, wieso Ihr bisheriger Stellvertreter da involviert ist.«

Es kostete Grünwald merklich Überwindung. »Henneberg hat sich allem Anschein nach einen gewissen Ruf erworben. Und das unter meinen Augen, ich stehe da wie ein Idiot!« Er wirkte ehrlich aufgebracht. »Es stimmt, ich bringe es wirklich nicht mehr.«

Geving legte ihm eine Hand auf die Schulter. »Na, na, na. Lassen Sie's gut sein. Sie trifft keine Schuld. Es ist immer schwierig, wenn es Leute aus den eigenen Reihen sind.«

Werner Vogel ignorierte die Selbstzweifel. »Leider hilft uns das kaum weiter. Es ist politischer Wille, die Ermittlungen zu beerdigen.«

»Damit hat Herr Behrendt es plötzlich nicht mehr so eilig«, entgegnete Geving.

Der Staatsanwalt verzog das Gesicht zu jenem schmerzverzerrten Ausdruck, der Geving inzwischen bestens bekannt war. »Herr Behrendt kann tun und lassen, was ihm beliebt, das ist nicht mein Problem. Ich stehe seitens meiner Vorgesetzten unter Druck, das passende Ergebnis abzuliefern. Ganz gleich, wie die offenkundigen Tatsachen aussehen.«

»Welcher Druck?«, fragte Geving.

Vogel schien unschlüssig, suchte nach den passenden Worten. »Ich behaupte, die Aufstellung der Soko Eichenburg erfolgte nicht nach dem Zufallsprinzip. Jeder von uns ist erpressbar.«

Hatte er das richtig verstanden? »Jeder von uns?«

»Ganz genau. Da wäre der ehrgeizige, aber korrupte Karrierist Henneberg, der mit der Hand in der Keksdose erwischt wurde, ohne dessen Zutun es diesen Fall wohl nie gegeben hätte. Da fragt man sich doch, warum? Dann Sie, Grünwald, dem entscheidende Vorkommnisse in der eigenen Behörde entgangen sind. An sich keine große Sache, angesichts der Umstände reicht es. Zur Vergangenheit unseres teuren Kriminalrats muss ich nichts sagen. Bleibt noch meine Wenigkeit.«

»Was können Sie schon auf dem Kerbholz haben?«, fragte der Polizeirat. »Haben Sie einen Eierdieb laufen lassen?«

Der Staatsanwalt seufzte. »Es ist etwas komplizierter.« Er öffnete eine Schreibtischschublade und zog zwei Seiten Papier hervor, die er Geving reichte.

Er las, verstand nur Bahnhof und reichte die Dokumente weiter.

Grünwald hingegen schien ganz genau zu wissen, was er da in Händen hielt: Vogels Verpflichtungserklärung für das MfS. Ihm entglitten die Gesichtszüge. »Sie, Vogel?«

»Menschenskind, Grünwald! Jetzt schauen Sie mich nicht so an, als käme ich vom Mars. Ja, ich! Sie sind doch ein alter Hase und hatten selbst genug unfreiwillige Bekanntschaft mit denen.«

»Sicher. Dass man damit immer noch erpressbar
ist ...«

So langsam verstand Tinus Geving, um was es ging.
»Auf die Gefahr hin, der dumme Wessi zu sein, haben
Sie dafür eine Erklärung?«

Vogel seufzte erneut. »Es war der letzte Sommer vor
Toresschluss. Ein Studienfreund dachte darüber nach,
über Bulgarien in den Westen abzuhauen. Leider flog er
auf. Die Stasi fand raus, dass ich von den Fluchtplänen
gewusst und sie nicht gemeldet hatte. Republikflucht
stand schließlich unter Strafe. Angesichts meines Stu-
diengangs wurde ich unter Druck gesetzt. Ich hatte
eine kleine Tochter und eine junge Frau, es war schon
schwierig genug. Man ›ermutigte‹ mich, meinen Klas-
senstandpunkt zu überdenken. Noch ehe ich begriff,
was sie damit meinten, legten die mir eine Verpflichtungserklärung vor.«

»Mit anderen Worten, die hatten Sie bei den Eiern«,
konstatierte Grünwald.

»Sozusagen.«

»Haben Sie je was berichtet?«

»Quatsch! Keinen Monat später öffnete Ungarn die
Grenzen, Republikflucht wurde zum neuen Volkssport.
Das MfS hatte ganz andere Sorgen. Ein halbes Jahr später gab es die faktisch nicht mehr. Meine Verpflichtung
blieb folgenlos.«

»Wie konnten Sie trotzdem Staatsanwalt werden?«
Geving war bewusst um einen nicht wertenden Ton bemüht.

»Weil ich vor meiner Einstellung in den Justizdienst
entlastet wurde. Seitdem war keine Rede mehr davon.
Bis gestern ...«

Markus Grünwald ging unruhig auf und ab. »Ganz
klar, eine Warnung. Zumindest interpretiere ich das
Anschreiben so.«

Vogel presste die Fingerkuppen aneinander. »Sie sehen, die haben uns alle bei den Eiern.«

Geving dachte nach. »Warum kommen die jetzt damit?«

»Die Gesetzesvorlage«, vermutete Grünwald. »Die sieht Sicherheitsüberprüfungen von Richtern und Staatsanwälten vor.«

Werner Vogel stimmte zu. »Wer nicht für uns ist, ist gegen uns. Ganz wie in alten Zeiten.«

»Führen Sie die Ermittlungen fort, dann wissen Sie, was Sie zu erwarten haben. Stellen Sie sie still und leise ein, ist alles in Butter. Perfide«, sagte Grünwald.

Vogel lachte sarkastisch. »Perfide ist das, was es auslöst. Die Jungen und Ambitionierten verlassen das Land in Scharen, sie können es sich leisten, ihre Karriere andernorts fortzusetzen. Wenn Sie jemanden suchen, der der Regierung noch in die Flinte pissen kann, sind Sie bei denen angelangt, die eh nichts mehr zu verlieren haben, weil sie kurz vor der Pensionierung stehen. Genau das wird mit denen gemacht, sollten sie es tatsächlich wagen. Bleibt der mittelalte fügsame Rest von uns, der die Köpfe einzieht, weil er nicht auf der Straße landen will.«

»Gleichschaltung.«

»Mir bleibt kaum eine andere Wahl, Grünwald. Ich kann es mir nicht leisten, meinen Job zu verlieren.«

»Verdammte Scheiße.«

»Ich sage vorsichtig, dass ich durchaus daran interessiert wäre, was Sie da noch rausbekommen. Sollte es wirklich diese Größenordnung haben, liegt es kaum mehr in meinen Händen, ich wäre fein raus.«

»Das heißt, Sie lassen uns weitermachen?«

»Das heißt, Frau Hellmund leitet die Ermittlungen. Das heißt, ich stelle Montag die Ermittlungen ein, sollte sich kein Wunder ereignen. Im Übrigen ist Samstag kein Arbeitstag für mich. Wir führen hier nur ein Privatgespräch.«

Geving schmunzelte. Vogel hatte also ebenfalls seine unkonventionellen Methoden. »Wäre das geklärt. Und weiter?«

»Sie haben Zeit bis morgen Abend. Herr Kriminalrat, Sie sollten liefern, sonst ist uns allen nicht mehr zu helfen.«

Geving hatte Wiebke Hellmunds SMS verdutzt zur Kenntnis genommen. Unmittelbar nach ihrer Unterredung mit Werner Vogel wechselten er und der Polizeirat von der Staatsanwaltschaft zum Revierkriminaldienst, der nur wenige Minuten entfernt lag. Dort wurden sie von der Kriminaloberkommissarin und Sabine Jentsch bereits erwartet.

»Scheint ja dringend zu sein«, begrüßte Geving sie.

»Ich hatte ein Gespräch mit Mias Mutter.«

Damit hatte er nicht gerechnet, es war also dringend. »Und?«

»Sie haben richtig vermutet. Mias Situation ist kompliziert.« Wiebke Hellmund berichtete, wie sehr die Frau mit ihren inneren Widersprüchen ringe, dass sie reden wolle, sich trotzdem über wichtige Dinge ausschweige. »Die Angst, dass ihrer Tochter etwas zustoßen könnte, ist größer als ihr Wille, mit uns zu kooperieren«, schloss sie ihren Bericht und zeigte Geving und Grünwald den von Mia verfassten Brief. »Nachdem ich den hier gelesen habe, glaube ich, dass diese Angst begründet ist.«

Tinus Geving und Markus Grünwald überflogen das Schreiben, was völlig reichte, Inhalt und Tragweite zu erfassen.

Sehr geehrter Herr Geving,

da man Ihnen Ihre Arbeit schwer, wenn nicht gar unmöglich machen will, möchte zumindest ich es Ihnen leichter machen.

Natürlich haben Sie keinen Grund, mir zu glauben. Nicht nach dem, was ich getan habe.

Es ist wahr, Marie Jannings, Stephanie Pousset, Johanna von Kleeberg, Sophia Dibelius, Alisah ter Hoorst, sie sind durch meine Hand gestorben.

Sie wollen wissen, warum ich es getan habe. So einfach ist die Frage nicht zu beantworten.

Ich kann nicht beschreiben, welche Hölle ich in diesem Kloster zu durchleiden hatte. Ich habe dafür keine Worte mehr.

Letztendlich mussten sie wohl sterben für das, was sie waren: die Kinder ihrer Eltern. Sie mussten sterben für das, was ich war, was ich bin: die Tochter meines Vaters.

Ich bin die Tochter von Björn Jochimsen. Jenem ehemaligen Justizminister Björn Jochimsen, der sein Blutgeld mit dem Leid und Tod Unschuldiger verdient. Er betreibt das professionell, durch mich sind Menschen aus persönlichem Idealismus gestorben. Wer von uns beiden ist der Mörder?

Mein leiblicher Vater lehnte mich immer ab. Niemand kann sich vorstellen, was das in einem jungen Mädchen auslöst. Jahrelang versuchte ich, seine Aufmerksamkeit zu gewinnen, ohne Erfolg. Eines Tages hatte meine Mutter den Einfall, mich nach Eichenburg schicken zu wollen. Plötzlich nahm er mich wahr. Er befürwortete es! Alles nur Fassade.

Ich sagte es, die Toten sind die Töchter ihrer Eltern. Sein Interesse galt nicht mir, sondern deren Eltern. Am Ende waren wir alle Deko für Geschäfte, denen unsere Eltern im Hintergrund nachgingen.

Ich wollte meinem Vater nicht mehr imponieren, ich wollte, dass er aus meinem Leben verschwindet. Er ließ es nicht zu, seine Interessen gingen vor. Schließlich habe ich ihm damit gedroht, sein Netzwerk mit einem Hieb zu zerschlagen. Entweder wollte er mir nicht glauben, oder es kümmerte ihn seltsam wenig.

Warum musste Alexander Matthes sterben? Er verkörperte für mich eine bessere Welt, in der mein Vater nicht vorkam. Auch nur eine Illusion.

Ich ließ es so aussehen, als wäre er der Täter gewesen. Mein Vater hatte es durchschaut, er unternahm nichts dagegen. Björn Jochimsen tut nie etwas ohne Absicht. Ich wollte wissen, was es ist. Meine Befürchtungen erwiesen sich als wahr, alles kam so, wie ich vermutet hatte.

Ist es krank, was ich getan habe? Vielleicht. Sie sollten wissen, dass ich ein gesunder Mensch war bis zu dem Zeitpunkt, da ich zuließ, dass er in mein Leben trat. Ich entschuldige mich nicht für das, was ich getan habe. Es liegt nicht daran, dass ich nicht möchte, ich kann es nicht.

Mein Leben verlief wie in Trance, ich habe kaum Erinnerungen an meine Zeit in Eichenburg, nur die schlechten. Ich weiß, dass Sarah meine einzige Freundin ist, die jetzt einen besonderen Gewissenskonflikt mit sich auszutragen hat. Nehmen Sie es ihr nicht übel, sie ist vielleicht der Grund, warum es nicht viel früher passierte. Ich bereue nichts, denn ich fühle nichts. Ich kann nicht einmal beschreiben, wie es war, wie ich es getan habe. Ich weiß nur, dass ich es getan habe. Es fühlt sich gut an. Ich fühle mich gut dabei, Blut an meinen Händen zu haben. Ob ich Triumph dabei empfinde? Für eine kurze Zeit gewiss. Doch es kommt Ekel darüber hoch, dass es sich so gut anfühlt.

Ich bin Mia Kolberg. Ich bin achtzehn Jahre alt. Ich habe kein Leben, ich habe keine Interessen. Ich habe nicht mal Interesse für Jungs – oder für Mädchen. Ich fühle nichts außer dem Bedürfnis, geliebt zu werden. Doch ich kann nicht lieben. Ich kann nicht zum Ausdruck bringen, was ich fühle. Ich kann nicht sagen, ob ich schön bin oder nicht. Ich kann nicht sagen, was ich mir für meine Zukunft wünsche. Denn da ist nichts. Ich bin komplett leer. Ich bin krank, und ich brauche Hilfe. Was ich weiß, ich will leben. Ich weiß nicht, ob man mich lässt. Es muss einen Grund haben, warum ich nicht zu den Toten zähle. Ich hoffe und wünsche, dass ich eines Tages – trotz meiner Geschichte und dem, was sie aus mir gemacht hat – geliebt, geachtet und wahrgenommen werde. Ich wünsche mir noch viel mehr, dass ich eines Tages all die Dinge kann, die ich in der Vergangenheit verlernt habe, die aus mir herausgeprügelt wurden.

Dieser Brief ist meine Lebensversicherung. Ich kann nicht sagen, wieso. Aber ich glaube, dass Sie mich verstehen. Und deswegen lege ich mein Leben in Ihre Hände.

Ich vertraue Ihnen.
Mia Kolberg

»Frau Kolberg ließ uns entscheidende Informationen zukommen, die beweisen, dass das Schulgeld für Mia von einer dritten Partei gezahlt wurde«, sagte Sabine Jentsch, nachdem alle den Brief gelesen hatten. »Die Abwicklung erfolgte jedes Mal über einen Fonds, der bei – jetzt halten Sie sich fest – der Deutsch-Niederländischen Privatbank ter Hoorst angelegt ist. Das kann kein Zufall sein, zumindest legt es den Verdacht nahe, dass ihr Gönner mit Jonas ter Hoorst in Verbindung stand. Ich habe mir daraufhin erneut, wie von Ihnen gewünscht, den wirtschaftlichen Hintergrund der Eltern unserer Opfer angeschaut.«

»Mit welchem Ergebnis?«, wollte Geving wissen.

»Einem überraschenden: Nicht ter Hoorst ist der Fixpunkt, sondern das Sicherheitsunternehmen *Aquila Defence*.« Die Kriminalkommissarin breitete im Detail das von ihr aufgedeckte Beziehungsnetzwerk aus. »Frau Kolberg legte es darauf an, dass wir es herausbekommen.«

»Und das haben wir«, bestätigte Wiebke Hellmund. »Aber mit welcher Tragweite?«

»Ganz klar«, antwortete Markus Grünwald, »jemand kannte von Anfang an die Tathintergründe. Man ließ uns mühsam ermitteln, damit genügend Zeit blieb, die nächsten Schritte in Ruhe vorzubereiten.«

»Zeit wofür?«, fragte die Kriminaloberkommissarin.

»Die Abstimmung im Landtag«, erklärte Geving. »Wir haben alle nicht verstanden, was Kresch mit ihrem Gang vor die Presse bezweckt hat. Man wollte, dass es Matthes war, man wollte, dass es so aussah, als wären wir darauf gekommen.«

»Moment, nur damit ich das richtig verstehe. Anninka Kresch soll von Anfang an gewusst haben, was sich in der Arminhöhle abgespielt hat? Sie vertuschte es und präsentierte der Öffentlichkeit einen Unschuldigen? Dann muss Mias Vater der Kresch alles erzählt haben, wie hätte sie sonst handeln können? Wo liegt die Verbindung zwischen Kresch und Jochimsen?«

»Das Gesetzesvorhaben«, fuhr Grünwald fort. »Wir alle wissen, dass es außerhalb der Politik größtenteils auf Ablehnung stieß. Nun kippt die Stimmung in der Bevölkerung, weil man sagt: ›Seht ihr, eine politische Straftat. Dagegen haben wir das passende Mittel. In Zukunft müssen nie wieder unschuldige Kinder sterben.‹ Die Leute gehen dieser Lüge auf den Leim.«

Nun erschien auch Wiebke Hellmund die Sache logisch. »Wir hatten schon zu Beginn der Ermittlungen angenommen, es gäbe ein Leck im Innenministerium bei den ganzen Indiskretionen. Dass es nun ausgerechnet Kresch war … Es ergibt Sinn. Die schrittweise Verkleinerung unserer Soko …«

»… mit wahrscheinlich keinem anderen Zweck als der Bereinigung von Mitwissern«, setzte Grünwald ihre Überlegungen fort. »Schließlich Gevings und meine Absetzung. Schon hat man ein Gruppenfragment, das auf dem Papier als Alibi ausreicht, in Wirklichkeit aber nur noch ein zahnloser Tiger ist.«

Sabine Jentsch schloss sich dieser Auffassung an. »Es lässt sich alles auf Einflussnahme zurückführen. Jetzt löst Kresch, die Dauerwerbeträgerin von Law and Order, einen Mann ab, der die gegenteilige Position vertreten hat. Am Ende ging es nie darum, uns ungestört unsere Arbeit machen zu lassen.«

Wiebke Hellmund wirkte abgekämpft. »Was können wir noch tun, außer an unserem Ermittlungsergebnis festzuhalten? Wir können unmöglich der Innenministerin in den Rücken fallen, das wäre unser Karriereende.«

Grünwald war kaum optimistischer gestimmt. »So wie ich es sehe, haben wir ohnehin nicht mit einer Belobigung zu rechnen. Sie und Frau Jentsch wird man auf unerhebliche Posten abschieben, wo Sie nicht viel Schaden anrichten können.«

Der Kampfgeist war jäh verflogen. Bei allen setzte sich die Erkenntnis durch, dass es im Grunde genommen vorbei war. Sie würden vielleicht noch einen Tag strampeln können gegen das unvermeidliche Ende.

Nicht ganz, dachte Geving. »Wenn die es die ganze Zeit nicht als reine Mordermittlung gesehen haben, sollten wir es vielleicht auch nicht.«

»Wie stellen wir das denn an?«, fragte Sabine Jentsch.

»Frau Jentsch«, teilte er der Kriminalkommissarin mit, »Sie haben recht. Auch ich vermute, dass *Aquila Defence* der Fixpunkt in diesem Fall ist. Ich weiß es.« Geving offenbarte allen Anwesenden, dass Jonas ter

Hoorst und *Aquila Defence* für ihn keine Unbekannten waren. Er offenbarte ihnen weiter, dass diese Namen im Zusammenhang mit jeder Menge finanzieller Ungereimtheiten in Europol-Ermittlungen aufgetaucht waren, die sich gegen ein Terrornetzwerk namens »*Motstandsbevegelsen*« gerichtet hatten.

»*Motstandsbevegelsen*!«, rief die junge Frau erstaunt aus. »Waren die nicht für die Anschläge von Rotterdam verantwortlich?«

»So ist es«, bestätigte Geving.

Markus Grünwald machte dicke Backen. »Puh! Sie glauben, die Anschläge wurden von ter Hoorst und *Aquila Defence* finanziert?«

»Ich glaube, die sind tief verstrickt, ja. Ich glaube, dass hinter dem Mord an fünf Schülerinnen und einem Lehrer wesentlich mehr steckt. Was wissen wir über Mias Vater, Björn Jochimsen?«

»Der Mann ist in jeder Hinsicht eine graue Eminenz«, fasste Sabine Jentsch zusammen. Jochimsen sei bis zu seinem überraschenden Ausscheiden aus der Regierung der Kronprinz gewesen, der sich Hoffnungen auf die Nachfolge des jetzigen Ministerpräsidenten machen durfte. »Wahrscheinlich war ihm das nicht mehr lukrativ genug. Ziemlich schnell tauchte er aus der Versenkung wieder auf. Als neuer CEO von *Aquila Defence*.«

»Wann war das?«, wollte Geving wissen.

»Im März des vergangenen Jahres. Kaum einen Monat nach seinem Rücktritt aus ›familiären Gründen‹ Ende Januar.«

»Nach den Vorfällen in Eichenburg ...«, sprach Geving mehr zu sich selbst.

Wiebke Hellmund verstand nicht. »Was haben die Vorfälle damit zu tun?«

Sein alter Fall. Geving entsann sich eines Gespräches mit seinem norwegischen Informanten Henning Mikkalsen, kurz vor dessen unseligem Dahinscheiden.

»Nehmen wir an, Ihre Informationen treffen zu. Demnach besteht Ihre Organisation aus sieben autonomen Sektionen, richtig?«, hatte er Mikkalsen damals gefragt.

»Es sind sogar acht. Ich habe mal von einer Sektion fünf gehört, die auf Konditionierung durch Erpressung spezialisiert sein soll. *Motstandsbevegelsen* ist wie ein Krebsgeschwür, das Metastasen gebildet hat. Sie können versuchen, Einzelpersonen wie mich auszuschalten, das stört die Gesamtorganisation nicht im Geringsten.«

Konditionierung durch Erpressung. Geving erklärte den Ermittlern, wie sehr er sich darüber gewundert habe, dass sich ein Unternehmen wie *Aquila Defence* exklusiv um die Sicherheitsvorkehrungen an einer Schule wie dem Kloster Eichenburg kümmere. Er breitete das von Genze zugespielte Material vor ihnen aus, beschrieb, dass man damit den hochkorrupten Polizeihauptkommissar Henneberg erpresst habe, die Ermittlungen zu sabotieren. Das sei aber nur ein Bruchteil des Wissens gewesen, dass sich bei *Aquila Defence* über die Jahre angesammelt habe. Die hätten von den Aktionen gegen Mia, Sarah Trautvetter und ihre Mitschülerinnen gewusst. Die hätten auch gewusst, wessen Kinder dahintersteckten. Mias Vater habe dieses Druckpotenzial nur geschickt einsetzen müssen, womit er zu Mias Brief griff.

»Björn Jochimsen hat Mia dazu missbraucht, seine ›Geschäftspartner‹ zu erpressen. So ist er auf dem Chefsessel bei *Aquila Defence* gelandet. Und Mia wusste davon.«

Wiebke Hellmund, die von Gevings These überzeugt zu sein schien, schüttelte entgeistert den Kopf. »There is no business like family business.«

»Jentsch, ziehen Sie mir bitte alles auf Datenträger.«

Die Kriminalkommissarin runzelte misstrauisch die Stirn. »Was haben Sie vor?«

»Vogel wollte, dass wir bis morgen liefern, und genau das werden wir tun. Ich muss nach Magdeburg. Unsere Ermittlungen stießen nicht nur bei Kresch auf reges Interesse. Es gibt da jemanden, der uns helfen kann, der uns schon geholfen hat.«

»Noch ein Informant ...«

»Was glauben Sie, woher die LKA-Akte zu Matthes gekommen ist?«

Wiebke Hellmund fasste sich an die Stirn. »Herr Kriminalrat, Sie sind unglaublich.«

»Was haben wir zu verlieren?«, fragte er mit ermutigendem Lächeln.

Sie musste nicht länger überzeugt werden. »Der Feind meines Feindes ist mein bester Freund.«

Keine halbe Stunde später saß Tinus Geving im Auto. Es war an der Zeit für Frank Schulze, seine Ankündigungen in die Tat umzusetzen.

***Ministerium für Inneres und Sport des Landes
Sachsen-Anhalt
Halberstädter Straße 2
Magdeburg
Büro der Ministerin
19:17 Uhr***

»Sie ist ja ziemlich schnell hier angekommen«, stellte Lorenz Behrendt fest.

Seine Beobachtungen bezogen sich ausdrücklich nicht auf die Einrichtung ihres Büros. Während der Vereidigung hatte der Hausdienst des Innenministeriums dafür gesorgt, dass Schulzes persönliche Dinge entfernt, verpackt und in dessen Abgeordnetenbüro geschickt wurden. Anninka Kreschs neues Büro wirkte nun steril und unpersönlich, ihre Einrichtungsvorlieben waren hier noch nicht bekannt. Es würde steril und unpersönlich bleiben, denn die ehemalige Direktorin des LKA und neue Innenministerin liebte es spartanisch. Wahrscheinlich aus Mangel an Vorlieben, Behrendt zumindest waren keine solchen bekannt. Von Inneneinrichtung hielt sie grundsätzlich nichts, waren sie doch Manifestation der Verbundenheit mit einem bestimmten Ort. Anninka Kresch wollte sich nicht binden. Vielleicht hatte sie bisher nie die Zeit dafür gehabt, zu steil erklomm sie die Karriereleiter – mit Lorenz Behrendt im Windschatten. Viele, immer höhere Posten ließen keine Zeit, persönliche Wegmarken zu hinterlassen. Aber in erster Linie mochte sie es wohl unpersönlich.

Es war nicht ihr Einrichtungsstil, der Behrendt seine Feststellung treffen ließ. Es war ihre Art, die ihm signalisierte, dass er fortan mit der Ministerin sprach und nicht mit der Direktorin.

»Ich sage es vorab, ich habe nicht viel Zeit«, beschied sie ihm knapp.

Er war enttäuscht, hatte gehofft, ihr als Erster persönlich gratulieren zu können. Daran schien sie nicht interessiert zu sein.

Behrendt blieb bemüht förmlich. »Ich verstehe, Frau Ministerin, die Parlamentsanhörung am Montag.«

»Weil wir gerade beim Thema sind, die Ermittlungen im Fall Eichenburg.« Sie hob nicht einmal die Förmlichkeit auf.

»Kein Grund zur Besorgnis.«

»Kein Grund zur Besorgnis? Ich habe die Ermittlungen faktisch für beendet erklärt. Warum gibt es noch keinen Abschlussbericht?«

»Darüber sollten wir reden, denke ich.«

»Worüber? Der Täter steht fest. Jetzt sollte langsam Ruhe einkehren.«

»Ich denke, wir sollten der Soko wenigstens die Gelegenheit geben, intern ihre Alternativergebnisse vorzulegen. Wir können sie immer noch verwerfen. Wenigstens ist dann der Aufschrei nicht so groß, wir würden irgendetwas unterschlagen.«

Sie ließ die Hand auf den Tisch krachen. »Die jetzige Ministerin hat der Bevölkerung vorgestern den Täter präsentiert. Die Ermittlungen sind beendet!«

Er fand es verwunderlich, dass sie auf einmal in der dritten Person von sich sprach. Verfrühter Cäsarenwahn?

»Ich halte das für unklug. Es wird für Diskussionen im LKA sorgen, die wir im Moment nicht gebrauchen können.«

»Es ist Aufgabe des amtierenden Direktors, sie einzudämmen oder gar nicht erst aufkommen zu lassen. Führungsstärke, Behrendt«, blaffte sie ihn an.

Behrendt stellte sich ihr entgegen. »Zu Führungsstärke gehört es auch, sich nicht in die Ermittlungsarbeit des LKA einzumischen.«

»Kalte Milch! Ich habe keinerlei Interesse daran, meinem Vorgänger allzu bald in den Orkus zu folgen.«

So schnell konnte man also Positionen räumen.

»An mir soll es nicht liegen, die Staatsanwaltschaft muss mitspielen.«

»Ja, dann kümmere dich darum!«, fuhr sie ihn an.

Also jetzt doch informell …

»Ich mache deinen Job nicht für dich! Am Montag möchte ich diesen Meyer beerdigen. Eichenburg ist bis dahin von der Bildfläche verschwunden, habe ich mich klar ausgedrückt?«

Von der Bildfläche verschwunden wie die Täterin?

»Jawohl.«

»Lorenz, mach dir nicht ins Hemd«, fügte sie sanfter hinzu. »Alles ist wasserdicht, niemand wird noch Fragen stellen.«

Wenn sie sich da nicht irrte. Er musste ihr von seiner Begegnung am Vorabend erzählen, das war er ihr schuldig, doch warum zögerte er? War dies nicht der geeignete Ort?

»Okay. Wie sieht es aus? Wollen wir heute Abend nicht ein wenig feiern? Ich hatte noch gar nicht die Gelegenheit ...«

»Deine Dienste werden nicht länger benötigt«, unterbrach sie schroff. »Tu nur, was ich dir sage. Du bist lediglich amtierender Direktor, es gäbe kompetentere Leute für deinen Job.«

Dito!

Behrendt stand auf und verließ wortlos das Büro. So schnell und schmerzlos konnte man abserviert werden. Zumindest wusste er nun, worüber er Anninka Kresch weiterhin im Unklaren lassen würde. Vielleicht hatten Schulze und Meyer recht, sie betrachtete ihn als nützlichen Idioten. Es war an der Zeit sich zu emanzipieren.

Die Ermittlungen würden beendet werden. Hochmut kommt vor dem Fall ...

Landtag von Sachsen-Anhalt
Domplatz 6-9
Magdeburg
Abgeordnetenbüro Frank Schulze
20:43 Uhr

Ein seltsamer Tag ging zur Neige. Man hatte Tinus Geving den Fall entzogen, er wirkte nicht einmal mehr offiziell mit. Doch er war kein Geist. Geister waren gezwungen danebenzustehen, zuzusehen, ohne Möglichkeit einzugreifen. War er also ein Untoter? Ja, das passte. Man hatte ihn zurückgeschickt, Chloé hatte ihn zurückgeschickt. Er glaubte nicht ans Übernatürliche, dennoch stimmte es vermutlich. Der Teil in ihm, der sie nicht gehen lassen konnte – nicht gehen lassen wollte – trieb ihn dazu an weiterzumachen.

Längst hatte der verbliebene Rest der Soko Eichenburg erkannt, dass Mia Kolbergs mögliche Motive schlafende Hunde weckten. Es bestand ein reges Interesse daran, diese Hunde in ihrer Ruhe nicht zu stören. Niemand wusste zu dem Zeitpunkt, wo Mia steckte, nicht einmal ihre eigene Mutter.

Vielleicht hatte Genze, der Biznesmen, recht und es gab nie *die* Wahrheit, sondern sie lag irgendwo dazwischen, in einem Meer von Lügen.

Undurchsichtig im besten Sinne war sein »Wohltäter«, der ehemalige Landesinnenminister Frank Schulze. Geving suchte ihn an diesem Abend in seinem Abgeordnetenbüro auf. Die Flure lagen dunkel und verlassen, es war Wochenende. An diesem trüben Abend flüchtete sich jeder Abgeordnete in heimatlichen Schutz und familiäre Wärme.

Frank Schulze war nicht allein, bei ihm war der Oppositionsführer Meyer, den Geving bisher nicht kannte. Schulze und Meyer mussten Stunden damit zugebracht haben, unzählige Unterlagen und Dokumente zu sichten, der Schreibtisch bot ein heilloses Durcheinander. Irgendwo in dieser Wüstenei meinte Geving, ein Organigramm der Deutsch-Niederländischen Privatbank ter Hoorst erspäht zu haben. Eine leichte Gänsehaut kroch seinen Rücken hoch.

Schulzes Sekretärin brachte Tee und Gebäck, ließ die Herrschaften ungestört und schloss die Tür hinter sich. Sie nahmen in der kleinen Sitzecke Platz, die Schulzes Büro bereithielt.

Tinus Geving referierte in gebotener Kürze zu den neuesten Ermittlungsergebnissen. Er legte Mias Brief vor, bevor er zum Punkt kam.

»Was weiß Mia Kolberg über ihren Vater? Besteht in dem, was sie weiß, die Verbindung zwischen Björn Jochimsen und Anninka Kresch?«

Schulze zeigte sein viel wissendes Lächeln. »Herr Kriminalrat, es ist Zeit, mehr Licht in die Sache zu bringen. Sie sind in Ihren Ermittlungen auf *Aquila Defence* gestoßen, da die Firma unter anderem für die komplette Sicherheit im Kloster Eichenburg verantwortlich ist.«

»Haben Sie eine Vorstellung, mit was für einem Unternehmen wir es zu tun haben?«, fragte Meyer, der sich daranmachte, an seinem Laptop einiges an Daten zu präsentieren.

»Sie sind mir nicht zum ersten Mal auf die Füße getreten. Ich schätze, dass wissen Sie bereits«, beantwortete Geving die Frage des Oppositionsführers.

»Sie haben nicht einmal die Spitze des Eisbergs gesehen«, behauptete Schulze.

Meyer begann seinen Vortrag. »*Aquila Defence* ist ein mittlerweile global agierendes Sicherheitsunternehmen. Es fing nach der Wende ursprünglich als Sicherheitsdienst an, unter dem Namen ›*Adler Sicherheit*‹, benannt nach dessen Gründer.«

»Was weiß man über ihn?«, erkundigte sich Geving.

»Nicht viel, außer dass Felix Adler hauptamtlicher Mitarbeiter im Ministerium für Staatssicherheit war.« Die Tatsache, dass Adler genügend Startkapital für die Privatwirtschaft habe aufbringen können, lasse vermuten, dass er an höherer Stelle involviert gewesen sei und Beziehungen gehabt habe, die ihm nach der Wende einen weichen Fall ermöglicht hätten. Seine Firma habe sich zunächst auf Objektsicherung konzentriert. Autohäuser, Supermarktketten, Konzernniederlassungen, was ihm weitere Beziehungen gesichert habe. »Das Unternehmen beschäftigte ausschließlich ehemalige Angehörige der bewaffneten Organe der

DDR, die nach der Wende nicht mehr zu vermitteln waren.«

»Volkspolizei und NVA?«

»Ja.«

»Stasi?«

»Bei dem Firmengründer? Natürlich. Adler nahm die Besten der Besten. Dazu gehörten auch sogenannte Kundschafter des Friedens. Spezialkräfte, die – bedingt durch ihr Training – ihren Westkollegen ebenbürtig, wenn nicht sogar überlegen waren. So machte sich die Firma in den Neunzigern einen Namen. Dies wäre nach deren Maßstäben Stufe eins ihrer Entwicklung.«

»Es gibt mehrere Entwicklungsstufen?«, wunderte sich Geving.

»Insgesamt drei. Stufe Zwei begann nach dem elften September.« Die Fähigkeiten von *Adler Sicherheit* seien plötzlich weltweit gefragt gewesen: im Irak, in Afghanistan oder im Sudan. In mehreren Bereichen hätten sie eine günstigere Ausgangsposition als die Konkurrenz gehabt, dank alter Verbindungen und Geschäftsbeziehungen aus der Vorwendezeit.

»Die Bundesregierung hielt uns aus der ›Koalition der Willigen‹ heraus, zur Belohnung hagelte es Aufträge der neuen Machthaber«, bemerkte Frank Schulze ironisch.

»Welche Aufträge waren das genau?«, fragte Geving.

Meyer überflog seine Informationen. »Es ging um Personenschutz und paramilitärische Aufträge. *Adler Sicherheit* wuchs mit einem Schlag von einem privaten Sicherheits- zu einem Militärunternehmen.« Um am größtenteils amerikanisch geprägten Markt mithalten zu können, habe man sich schließlich einen klangvolleren Namen gewählt: »*Aquila Defence*«. Die Positionierung als größtes privates Sicherheitsunternehmen Deutschlands sei vollzogen gewesen, verständlicherweise unterhalb der Wahrnehmungsschwelle der Bevölkerung. Mit derlei Unappetitlichkeiten habe sich niemand so genau beschäftigen wollen. Auch der Landtag nicht, gestand Meyer, was dazu geführt habe, dass man in einem anderen Bereich nicht so genau hingesehen habe: deren guter Draht zur deutschen Waffen- und Rüstungsindustrie. *Aquila Defence* habe sich als äußerst effektive Lobbyistin – und Zwischenhändlerin – in solchen Gegenden erwiesen, die offiziell dem deutschen Rüstungsexportverbot unterlegen gewesen sei.

»Das perfekte Geschäftsmodell«, ergänzte Schulze. »Die Deutschen können nicht direkt liefern, *Aquila Defence* fungiert als Kunde, der weiterverkauft, gegen eine Vermittlungsgebühr. Ein Strohmann. Die Parlamente stellen keine Fragen, alle machen den großen Reibach.«

»Stufe drei ist momentan in Ausführung«, kam Meyer auf seine Ausführungen zurück. Als globaler Dienstleister für Sicherheit und Rüstung berate *Aquila Defence* aktiv Regierungen in »sensiblen Regionen«, sprich mit unappetitlichen Regimes, die der deutschen Industrie und dem Konzern selbst Aufträge in Milliardenhöhe garantieren würden. »Digital Solutions« nenne sich ein völlig neuer Geschäftszweig, der sich der Entwicklung von Sicherheitssoftware, Staatstrojanern, Selektoren und all den technischen Finessen widmen würde, die für Normalsterbliche kaum nachzuvollziehen seien.

Tinus Geving kannte diese Sorte Mensch, sie kroch auch bei Europol herum. Gewissenlose Typen, um die er stets einen großen Bogen gemacht hatte.

Ähnlich schien es dem ehemaligen Innenminister zu gehen. »*Aquila Defence* ist zum Staat im Staate mutiert. Ein mächtiges Privatunternehmen, das sich öffentlicher Kontrolle entziehen kann. Die Finanzbehörden haben keinen Überblick darüber, wie Steuern in Deutschland abgeführt werden, ob und wie Gewinne aus Transaktions- und Beratungsgebühren am Fiskus vorbeigeführt werden.«

Für Tinus Geving war das zwar sehr interessant, allerdings war für ihn keinerlei Verbindung zu seinem Fall erkennbar. »Wie hängt das mit Eichenburg zusammen?«

»In mehrfacher Hinsicht«, sagte Schulze. »Der Konzern wird von der Kanzlei *Jannings und Röhler* vertreten.«

»Die Eltern des Opfers Marie Jannings.« Geving musste gestehen, dass das Schicksal einige seltsame Wendungen bereithielt.

»Seit März letzten Jahres – nach dem Tod des Firmengründers – hat *Aquila Defence* einen neuen CEO: Björn Jochimsen.« Dessen Wechsel in die Privatwirtschaft habe für ziemliche Empörung gesorgt. Es sei schmutzig gewesen, aber leider nicht verboten. Der ehemalige Innenminister war zerknirscht. Dennoch habe es gereicht, dass man ihm und seinem Unternehmen mehr Aufmerksamkeit gewidmet habe. »Es wird noch interessanter«, fuhr Schulze fort. »*Jannings und Röhler* waren maßgeblich am Entwurf des neuen Gesetzes zur Sicherheit und Ordnung beteiligt.«

»Das Gesetz, das für so viel Wirbel gesorgt und Ihren Rücktritt herbeigeführt hat?«, fragte Geving.

Frank Schulze sah ihn mit ernster Miene an. »Kurz nach Jochimsens Antritt bei *Aquila Defence* erreichte mich eine Kabinettsvorlage zur Neuausrichtung der inneren Sicherheit.« Auch mit seiner Stimme sei beschlossen worden, eine externe Kanzlei, *Jannings & Röhler*, mit einem Gesetzentwurf zur Beratung zu beauftragen. Im September habe der vorläufige Entwurf seinem Ministerium vorgelegen. »Mein Schock saß tief. Ich meldete in gutem Glauben meine fachlichen Bedenken an. Die Reaktion des Ministerpräsidenten ließ nicht lange auf sich warten, die Staatskanzlei machte es zur Chefsache, wir hatten keinerlei Gestaltungsmöglichkeiten mehr. Ich war schon drauf und dran, meinen Rücktritt zu verkünden, da kam der Kollege Meyer mit seinen Erkenntnissen zu Björn Jochimsen und *Aquila Defence* auf mich zu.«

Meyer wiederholte für Geving, was er dem damaligen Innenminister zu offenbaren hatte. »*Jannings und Röhler* fungierten als Alibi. Das Gesetz wurde in zentralen Teilen von *Aquila Defence* verfasst. Jenes Unternehmen, dem Björn Jochimsen seit knapp sechs Monaten vorstand und in dessen Aufsichtsrat er als Minister jahrelang gesessen hatte. Sollte es beschlossen werden, bekäme *Aquila Defence* weitreichende und lukrative Staatsaufträge. Staatstrojaner, Selektoren, der einzige Grund, die Abteilung Digital Solutions zu etablieren.«

Geving verstand. »Daher Ihr Rücktritt gestern.«

»Vom Eis ist die Kuh damit noch lange nicht«, warnte Schulze. »Wir haben nur zwei Tage Zeit gewonnen, um die brisante und alles entscheidende Frage zu klären: Hat sich Björn Jochimsen ein Gesetz gekauft? Noch schwerwiegender: Hat Björn Jochimsen die Regierung gekauft?«

Geving klang skeptisch. »Dafür brauchen Sie wasserdichte Beweise, sonst bleibt Ihre Theorie nur Theorie.«

Frank Schulze zog eine Reihe von Ausdrucken hervor und gab sie Geving. Er hatte sich eingangs nicht getäuscht. *Man darf nichts übersehen. Auch nicht die unmöglichen Dinge, die Zufälle.* Es gab keine Zufälle. Dieser Fall war kein Zufall mehr. Geving sah es schwarz auf weiß.

Date
11/08

Description
Online Banking Transfer

from GILNKNSK1673
Eagle Trust
Confirmation#Pepitschek

Amount
1 500 000,00 EUR

Status
P

Available Balance
1 500 000,00 EUR

Date
11/08

Description
Online Banking Transfer
from GILNKNSK1674
Eagle Trust
Confirmation#TatankaYotanka

Amount
500 000,00 EUR

Status
P

Available Balance
500 000,00 EUR

»Jonas ter Hoorst machte uns diese und andere Transaktionen zugänglich«, sagte Schulze wie zur Bestätigung.Geving lächelte grimmig. »Gingerland S and Ls
Offshorekonten.«

»*Aquila Defence* unterhält getarnte Firmenkonten bei ter Hoorst und betreibt massive Bestechung. Es flossen Beträge auf zwei Konten ab, deren Herkunft leicht zu klären ist.«

»Eins Komma fünf Millionen Euro für Pepitschek. Kennt man die Kinderoper, dann verbirgt sich hinter dem Synonym der weibliche Gegenpart: Anninka. Anninka Kresch. Und eine halbe Million für Tatanka Yotanka.« Geving lachte. »Sitting Bull, der Häuptling.«

Schulze musste darüber schmunzeln. »Unser ... Landeshäuptling wird offenbar beschissen, schließlich scheint Frau Doktor Kresch etwas mehr wert zu sein. Von da, so viel sagte ter Hoorst, floss das Geld in mehreren Tranchen in geschlossene Immobilienfonds seiner Bank. Damit nicht genug, dort vermehrte sich das Geld und wurde rechtzeitig vor Platzen der Immobilienblase abgezogen.«

»Insiderhandel«, schlussfolgerte Geving. Diesen Nachweis hatte sein verstorbener Kollege Piet Veenstra nicht mehr erbringen können. Jetzt, jetzt hatte er den Beweis, der ihnen damals womöglich geholfen hätte.

»Wäre interessant zu erfahren, wieso er Kresch so bevorzugte«, meinte er.

»Sie war Jochimsens Studentin«, eröffnete ihm Schulze. Unmittelbar nach Kreschs Referendariat habe Jochimsen für ihre Übernahme in den Justizdienst des Landes gesorgt. Innerhalb von fünf Jahren sei sie zu seiner Staatssekretärin aufgestiegen. Nach mehreren Skandalen im LKA habe sie dort für Ordnung sorgen sollen. Obwohl das LKA dem Innenministerium zugeordnet sei, sei es Jochimsen gelungen, seine Wunschkandidatin beim Ministerpräsidenten trotz fragwürdiger Qualifikation durchzusetzen, gegen Schulzes Willen, wie er bekräftigte. »Jetzt ist sie Innenministerin ... Der Kontostand beweist, dass sich Loyalität gegenüber Björn Jochimsen lohnt. Bewiesen wäre auch, dass

Kresch dafür bezahlt wurde, Stimmung für das Gesetz zu erzeugen und zu verbreiten. Sie wurde außerdem dafür bezahlt, so lange Stimmung gegen einen amtierenden Minister zu machen, bis der entlassen wurde oder freiwillig aus dem Amt schied.«

»Dann unterliegt die fälschliche Beschuldigung von Alexander Matthes ebenfalls dieser Kalkulation.«

»Jochimsen hat sich durch sie ein Ermittlungsergebnis gekauft, das jene Gesetze legitimieren soll, die unser Land in einen Polizeistaat seiner Prägung verwandeln.«

Tinus Geving hatte im Lauf seiner Karriere schon viel erlebt. Natürlich auch Korruption und Korruptionsversuche, für die er nie empfänglich gewesen war. Dieses aufgedeckte System war an Perfidie kaum zu überbieten. Trotzdem schien ihm die Lage nicht klarer als zuvor.

»Jetzt, da Kresch nicht mehr Direktorin ist, wird Lorenz Behrendt ihr Nachfolger?«

»Er ist wiederum ihr Wunschnachfolger, Geving«, bestätigte Meyer.

»Dann muss er in die ganze Sache von Anfang an verwickelt sein.«

»Sagen wir's mal so, er erwies sich bisher als nützlicher Idiot.«

»Er wird kaum daran interessiert sein, den eigentlichen Hintergrund der Ermittlungen aufzudecken. Behrendt ist Kreschs Marionette, weiter nichts.«

»Das bezweifle ich stark«, bekannte Meyer mit ironischem Unterton.Geving merkte instinktiv, dass ihm etwas verschwiegen wurde. »Wie meinen Sie das?«, fragte er misstrauisch.

Schulze beantwortete die Frage. »Behrendt war vielleicht dumm genug, seiner Chefin den Rücken freizuhalten. Dass er jedoch von Zuwendungen profitierte, ist nicht erwiesen. Er weiß ganz genau, wenn Kresch fällt, fällt auch er. Dazu ist seine Karriere mit ihrer zu eng verflochten. Behrendt wird sich eher früher als später zu emanzipieren suchen. Ehrgeiz kennt keine Loyalität. In diesem Punkt ist er Kreschs gelehrigster Schüler, was ihre Achillesferse sein wird.«

Die beiden Berufspolitiker kannten sich auf den Fluren der Macht bestens aus, daran konnte kein Zweifel bestehen. Jedoch wusste Geving immer noch nicht, was das mit ihm zu tun hatte.

»Was genau erwarten Sie jetzt von mir?«

»Dass Sie die Schweinebande auffliegen lassen natürlich, Geving«, lautete die unverhohlen direkte Aufforderung des Oppositionsführers. »An der schonungslosen Aufklärung besteht ein gewisses öffentliches Interesse.«

»Sorry, nicht mein Ermittlungsauftrag.« Geving schnaufte verächtlich. »Sie sind kaum besser als Kresch und Jochimsen. Ist überhaupt jemand an der grässlichen Wahrheit interessiert?«

Schulze versuchte zu beschwichtigen. »Zur Wahrheit gehört, dass Teile der Politik rechtsstaatliche Ermittlungen aus Eigeninteresse torpedieren.«

»Wie würden Sie dann Ihre Intervention rechtfertigen?« Schulze blieb still. »Es ist nicht mein Ermittlungsauftrag, der Fall wurde mir entzogen, schon vergessen?«

Das wollte Meyer nicht gelten lassen. »Was denn, Geving? Nach all dem, was ich über Sie gehört habe, wundert es mich, dass Sie den Schwanz einziehen. Etwa feige geworden?«

Tinus Geving sprang mit Empörung auf. »Ich kenne Sie nicht mal, und Sie besitzen die Frechheit, meine Motivation zu hinterfragen?«

»Wir beruhigen uns jetzt erst mal«, lenkte Frank Schulze ein und bedeutete Geving, wieder Platz zu nehmen. »Jedoch, Herr Kriminalrat, eines ist erwiesen: Man hat Sie von vornherein in der Absicht eingesetzt,

Sie als Bauernopfer wieder loswerden zu können, sollten Sie nicht das gewünschte Ergebnis liefern. Sie erschienen lenkbar.«

Das war der Soko alles schon bekannt. Geving fragte dennoch mit gespieltem Interesse: »Und wie erklären Sie das, Herr Meyer?« Er mochte diesen Typen nicht.»Es ist Ihre Biografie, Geving! Ist Ihnen nie in den Sinn gekommen, dass die Sie angreifbar macht? Jeder Mensch kann nachvollziehen, dass Ihnen die Ereignisse von Rotterdam wahrscheinlich für den Rest Ihres Lebens zu schaffen machen werden. Wem ginge es nicht so? Kresch hat Ihren wunden Punkt ausgenutzt, Sie im passenden Moment kaltzustellen.

«Frank Schulze nickte entschieden. »Da hat er nicht unrecht.«

»Vielleicht nicht«, räumte er ein. »Sie handhaben es schließlich genauso. Für Sie war es das gleiche Kriterium. Man nehme einen vorbelasteten Ermittler und greife ihm unter die Arme.«

»Sie tun gerade so, als wäre das etwas ganz Schlechtes.«»Ich habe nie den Fehler gemacht, Ihnen vollständig über den Weg zu trauen, Schulze.«

»Ich habe nie behauptet, Ihr Freund zu sein.«

»Ich finde es etwas scheinheilig von Ihnen, sich empört hinzustellen und zu beklagen, ich sei benutzt worden.«

»Es steht Ihnen jederzeit frei sich zurückzuziehen, wenn es Ihnen nicht passt. Nur frage ich mich dann, was Sie mit den traurigen Überresten Ihrer einstmals großen Karriere noch anfangen können. Wir agieren nicht aus purer Selbstlosigkeit.«

»Es ist letztendlich die Macht«, gab Meyer preis. »Die klassische Frage: Wer hat sie, und wer sollte sie haben?«

»Na, jetzt fangen wir endlich an, ehrlich zueinander zu sein«, brachte Geving mit leicht abfälligem Hohn hervor.Meyer ließ sich davon nicht beirren. »Den

Kreschs dieser Zeit darf man nicht das Feld überlassen. Sie macht sich zur willigen Vollstreckerin von Kräften, die – wenn wir sie nicht aufhalten – diesen Staat in einer Weise umformen, die uns nicht gefallen kann und die kaum rückgängig zu machen ist.«

»Mit Kresch ist Ihr Problem nicht gelöst. Dahinter steckt immer noch dieser Jochimsen.«

»Wenn wir Kresch zu Fall bringen, steht Jochimsen ohne Deckung da«, analysierte Schulze. »Es dürfte als gesichert gelten, dass die jetzige Landesregierung es politisch nicht überlebt, sollten die ganzen Hintergründe an die Öffentlichkeit gelangen. Wir haben ein Druckmittel.«

Geving reagierte erheitert. »Jonas ter Hoorst? Da wäre ich sehr vorsichtig. Er hat seinen Hals schon einmal aus der Schlinge gezogen, glauben Sie mir, ich weiß, wovon ich spreche.«

Frank Schulze hob die Schultern. »Warum liefert er uns diese Details? Weil er sich Straffreiheit verspricht. Sie sagten es, Sie haben Erfahrung mit ihm. Ob Sie es sich eingestehen wollen oder nicht, Sie haben ohnehin noch eine offene Rechnung mit ihm zu begleichen.«

Geving ließ nicht locker. »Sie haben mir nach wie vor nicht beantwortet, was für Sie dabei herausspringt.«

»Was für mich dabei herausspringt, springt für alle dabei heraus. Dafür müssen wir zuerst die Reihen von Jochimsen-Sympathisanten gesäubert haben.«

»Machtergreifung ...«

»In der Politik geht es immer darum, Macht zu bekommen, Macht zu erhalten und Macht zu nutzen. Ich meine, wir können sie nutzen, um die schlimmen Einflüsse zu zerstören. Das Risiko sollte es wert sein.«

»Es ist sehr leicht für Sie zu behaupten, Schulze, Sie gingen ein Risiko ein. Sie haben diesen wunderbaren Schreibtisch in diesem bequemen Büro. Wenn etwas schiefgeht, sind Sie bestens versorgt und fein raus.

Mein Name ist es, der dann den Bach runtergeht. Danke, aber nein danke.« Geving wollte aufbrechen. »Ich konzentriere mich lieber darauf, Mia Kolberg zu überführen. Wenn ich das überhaupt noch kann.«

Das Gespräch war an einem toten Punkt angelangt.

Der ehemalige Innenminister wandte sich an Meyer. »Lassen Sie mich und den Herrn Kriminalrat allein.« Der Abgeordnete wollte zum Protest anheben, wurde von Schulze aber sofort in die Schranken gewiesen. »Ich denke, ein Gespräch unter vier Augen sollte alle Zweifel ausräumen.«

Tinus Geving wurde hellhörig, welches Ass wollte Schulze denn noch aus dem Ärmel ziehen?

Der Oppositionsführer gab nach und tat, wie ihm geheißen. Nicht ohne Geving beim Hinausgehen einen finsteren Blick zuzuwerfen. »Sie sollten nicht vergessen, dass wir hier die Guten sind.«

Dieser Versuch, das Treffen informeller zu gestalten, bürstete Geving ab. »Ihre plumpen Motivationsreden in allen Ehren, sie tragen kaum dazu bei, Ihren Ehrgeiz zu verbergen.«

Der ehemalige Innenminister ließ sich davon nicht aus der Fassung bringen. »Ich weiß, worauf Sie hinauswollen. Es geht mir um Macht. Dafür nutzen Politiker Menschen aus, dafür nutze ich Sie aus. Demokratie ist am Ende nur eine Schattierung von Kapitalismus. Die Quintessenz ist die gleiche: die Ausnutzung des Menschen durch den Menschen. Jeder Mensch ist ein Egoist, jeder Wähler ist ein Egoist, ich bin ein Egoist, Sie sind ein Egoist. Der kollektivierte Egoismus des Menschen ist der Wählerwille. Der Wähler bestimmt diejenigen, die seinen Egoismus am besten bedienen. Danach richten wir Politiker uns gerne. Im günstigsten Fall bedienen wir den Massenegoismus und werden wiedergewählt, im schlimmsten Fall versagen wir und werden abgewählt. Diese Regierung ist auf dem besten

Weg abgewählt zu werden. Also setzt sie schnell noch ihren Egoismus um, nicht den der Wähler. Jetzt sind Sie gefragt, nicht als Polizist, sondern als Egoist. Setzen Sie dem Treiben ein Ende, um damit eigene Bedürfnisse zu befriedigen, oder lassen Sie es weiterhin geschehen? Für welches der beiden Übel entscheiden Sie sich? Ich persönlich habe Sie nie belogen, können Sie das Gleiche von Anninka Kresch behaupten? Kommen Sie also bitte von Ihrem hohen Ross herunter, denn Sie haben den gleichen Ehrgeiz wie ich.«

»Ist es moralisch richtig, dafür Mia Kolberg laufen zu lassen?«

»Interessante Frage. Rechtlich gesehen ist es falsch, doch das liegt kaum in Ihrer Hand. Mia Kolberg ist Ihrem Zugriff entzogen. Da können Sie noch so sehr gegen Mauern anrennen, Sie werden sie nicht überwinden. Sie sehen doch, welche Abgründe sich auftun. Ist es ein Zufall, dass sich Ihre Wege erneut mit Jonas ter Hoorsts kreuzen? Nein, es ist Schicksal! So zynisch es klingen mag, Mia Kolberg hat für sich entschieden, nicht länger Opfer sein zu wollen. Dieser Entschluss steht bei Ihnen noch aus. Ob es moralisch richtig ist, das Mädchen von der Angel zu lassen, vermag ich nicht zu beantworten, das können nur Sie. Den nötigen Kontext dazu sollten Sie schon herstellen.«

Tinus Geving war ernsthaft hin- und hergerissen. Er hätte diesen inneren Konflikt für sich lösen können, bei allem, was er nun über Mia wusste. Doch wuchs ihm alles nicht über den Kopf? »Ich sehe keine Möglichkeit, wie wir dem Herr werden können.«

»Es gäbe eine Möglichkeit. Sie trauen sich nur nicht, Sie in Betracht zu ziehen. Ich mache es leichter für Sie.« Schulze ging zu seinem Schreibtisch und holte eine dünne schwarze Mappe hervor. »Lassen Sie mich Ihnen zeigen, worin meine letzte Amtshandlung bestand.« Er kam zurück und reichte Geving die Mappe. »Lesen Sie.«

Er öffnete die Mappe, die nur einen einzigen Bogen Papier enthielt.

Sehr geehrter Herr Deputy Director,
mit Wirkung vom 23. Januar beantrage ich meine Wiedereinsetzung als Ermittlungsleiter in der Abteilung O4 = Counter Terrorism.
Hochachtungsvoll
KR Tinus Geving

<u>Genehmigt:</u>
Frank Schulze, Minister für Inneres und Sport des Landes Sachsen-Anhalt
Lorenz Behrendt, amt. Direktor des Landeskriminalamts Sachsen-Anhalt

Geving war nicht nur verblüfft, er war sprachlos. Hatte Frank Schulze, den er gerade noch einen Karrieristen gescholten hatte, ihm eine Art Freundschaftsdienst erwiesen?

Schulze lieferte die Antwort. »Ich habe mit Deputy Director Pedersen gesprochen. Er ist sofort bereit, Sie als Ermittlungsleiter bei Europol wiedereinzusetzen. Angesichts der dokumentierten Beweislage und des Mitwirkens von ter Hoorst hält er Ermittlungen von Europol für mehr als gerechtfertigt. Noch dazu, wo Jonas ter Hoorst endlich bereit ist zu reden. Lorenz Behrendt hat Ihrer Versetzung umgehend zugestimmt. Er möchte sich emanzipieren. Wie ich bereits sagte, alles ist sehr viel komplexer, als es den Anschein hat.«

Geving schüttelte nur den Kopf. Die Versuchung war groß, doch pflückte er nicht eine vergiftete Frucht?

»Ich bin mir nicht sicher, ob ich das noch kann.«

»Sie können und Sie werden! Ich weiß, Sie haben Freunde verloren. Neben allen Opfern macht Ihnen besonders der Verlust von Chloé Lambert zu schaffen.

Doch genau darin besteht Ihr Antrieb. Ihr Wechsel zu uns mag aus einem gewissen Blickwinkel richtig gewesen sein, wahrscheinlich brauchten Sie den Abstand, um den Kopf freizubekommen. Sie sind aber nicht der Typ, der Baustellen hinterlässt. Legen Sie Eichenburg und Rotterdam übereinander und sehen Sie, was dabei herauskommt, wer weiß das schon? Alles, was Sie noch tun müssen, ist, zu unterschreiben. Den Rest erledigt Behrendt.«

War es so einfach?

»Gut, aber wir machen es auf meine Weise.«

»Das ist alles, was ich hören wollte.«

Wozu noch zögern? Tinus Geving unterschrieb. Das Spiel der Anninka Kresch, es ging dem Ende entgegen.

Gier – Tag 7:
Sonntag, 24. Januar

Aquila Defence
Firmenzentrale
Halle (Saale)
14:30 Uhr

Es hatte begonnen. Der Anfang vom Ende.

Der neue Firmensitz von *Aquila Defence*, ein futuristischer Glasbau aus mehreren ineinander verschachtelten Würfeln, lag in einem Gewerbepark nahe dem Flughafen. Das Gebäude strahlte nach allen Seiten hin eine Transparenz aus, die es in Wirklichkeit – so viel wussten Tinus Geving und seine Kollegen nun – nicht gab. Hier liefen alle Fäden in einem der bemerkenswertesten Fälle in Gevings Karriere zusammen.

Für ihn war das eine eigenartige Situation. Gestern noch war er als Beamter des LKA ein Aussätziger gewesen, Anninka Kresch sei Dank. Heute, zurück bei Europol, war er nahezu unantastbar. Welch seltsame Fügung des Schicksals. War er dazu bereit? Eine gewisse innere Distanz zu seinem neuen und ehemaligen Arbeitgeber blieb. Noch.

Der Parkplatz für die gut siebenhundert Angestellten der Zentrale war etwa zur Hälfte belegt. Hier wurde auch am Sonntag gearbeitet. Bereits im Vorbeifahren machte Geving den Grund dafür aus. Vor dem Haupteingang parkte eine schwarze Limousine der Fahrbereitschaft des Landes, der Dienstwagen der Landesinnenministerin Anninka Kresch.

»Ihr muss der Arsch wegen morgen ja gehörig auf Grundeis gehen«, vermutete Kriminalkommissar Tobias Stegner.

»Umso besser, dann haben wir sie alle zusammen in einem Nest«, entgegnete Geving.

Tobias Stegner und Thomas Rausch waren umgehend nach seiner erneuten Ernennung zum Ermittlungsleiter ins Team zurückgeholt worden. Sabine Jentsch freute sich besonders über die Rückkehr des Kriminalkommissaranwärters und konnte es kaum verbergen.

Sie parkten etwas abseits, denn sie wollten das Überraschungsmoment nutzen, das für eine groß angelegte Razzia unabdingbar war.

Der Himmel war diesig und wolkenverhangen, die Luft klamm. Den ganzen Tag über wollte es nicht richtig hell werden. Ideale Witterungsbedingungen, um zuzuschlagen. Niemand würde einen Blick nach draußen werfen, niemand würde sie kommen sehen.

Noch war Zeit. Zeit für Geving, mit dem Staatsanwalt zu telefonieren.

»Sie wollten, dass wir liefern? Wir liefern jetzt.«

Werner Vogel klang erleichtert. »Sehr gut. Wie ist die Lage bei Ihnen?«

»Einsatzhundertschaft müsste jeden Augenblick eintreffen. Übrigens, die Ministerin ist im Haus.«

»Nicht gänzlich unerwartet.«

»Wie sieht es bei Ihnen aus?«

»Hellmund und Grünwald nehmen gerade Henneberg in die Mangel. Singt wie ein Kanarienvogel. Allein das, was er uns bisher erzählt hat, reicht locker für eine Anklage gegen Jochimsen und Kresch.«

»Dann liefern wir den Rest.« In dem Moment fuhr eine erheblich große Fahrzeugkolonne der Polizei vor, die Einsatzhundertschaft. »Ich muss auflegen.«

»Viel Glück und gute Jagd!«

Die Verstärkung war eingetroffen. Geving hatte erneut die Zweite Einsatzhundertschaft der Bereitschaftspolizei angefordert. Jene Truppe, die sich bei der

Suche in den Harzer Wäldern bewährt hatte. Eine effektiv geführte und schlagkräftige Einheit, die nicht lange fackelte. Kaum angekommen, schritten sie zur Tat.

Der Hundertschaftsführer gab erste Anweisungen. »Alle Haupt- und Nebeneingänge unverzüglich sichern! Niemand betritt oder verlässt das Gebäude.«

Geving begrüßte ihn mit einem knappen Handschlag. »Ist mir eine Freude, auch wenn wir uns demnächst vielleicht glücklichere Umstände aussuchen sollten.«

»Immer wieder gerne, Herr Kriminalrat.«

»Also gut, wir gehen rein.«

Sie durchmaßen schnellen Schrittes das Eingangsfoyer mit dem Empfangsbereich, wo verdutzte Sicherheitswächter gerade zum Telefon greifen wollten.

Sabine Jentsch reagierte blitzschnell und unterbrach die Verbindung. »Das lassen Sie schön bleiben.« Den umstehenden Polizeibeamten befahl sie: »Jegliche Kommunikation ist zu unterbrechen. Nichts kommt rein, nichts geht raus, bis wir hier fertig sind.«

Knappes Abnicken der Anweisung und sofortige Ausführung.

Stegner wählte zehn Polizeibeamte aus, die mit ihnen den Fahrstuhl in die achte Etage nahmen, Chefetage.

»Es wird ein innerer Vorbeimarsch für mich sein, diese Leute festzunageln.« Der Kriminalkommissar konnte seine Jubelstimmung kaum bändigen.

Achter Stock. Die Fahrstuhltüren öffneten sich. Alle Vorstandsbüros waren besetzt. Fassungslose und überrumpelte Vorstandsmitglieder erhoben sich.

Sabine Jentsch zog ihre Dienstmarke. »Landeskriminalamt Sachsen-Anhalt«, rief sie laut vernehmlich. »Wir wollen uns hier ein wenig umsehen. Unterbrechen Sie, was auch immer Sie gerade tun, und bleiben Sie an Ihren Plätzen!«

Björn Jochimsens Büro lag den Gang runter.

»Stegner, Rausch, Sie kommen mit mir«, ordnete Geving an. »Frau Jentsch, Sie haben das hier im Griff?«

»Klaro. Mit den Schlipsträgern werde ich fertig.«

Schnurstracks stürmten sie auf das Büro zu. Vorbei an einer völlig derangierten Sekretärin, die ihnen hinterherrief: »Herr Jochimsen ist gerade in einer Besprechung!«

»Sorry, dieser Termin geht vor«, scherzte Stegner im Vorbeigehen.

Geving stieß die Doppeltür auf, und sie standen im Büro des CEO. Glas nach allen Seiten, spartanisch eingerichtet, scheintransparent.

Geving hatte sich Björn Jochimsen imposanter vorgestellt: kaum über ein Meter siebzig groß, fünfundfünfzig Jahre alt, Halbglatze, graues Gesicht. Auf diesen Mann fuhren nun alle ab?

Er hatte noch kein Wort gesagt, da schnellte bereits Jochimsens Termin, Anninka Kresch, hoch. »Was soll dieser Auftritt? Geving, was machen Sie hier?«

Bei Erwähnung von Gevings Namen hob Jochimsen kurz die Brauen. »Wie wäre es demnächst mit Anklopfen?«, wies ihn der CEO arrogant zurecht.

Tinus Geving holte den Durchsuchungsbeschluss aus der Mantelinnentasche, knallte ihn vor Jochimsen auf den Schreibtisch, wobei er ihm frech ins Gesicht grinste. »Ich habe die Lizenz zum Nichtanklopfen.«

»Wie kann ich Ihnen helfen, Herr Kriminalrat?«, fragte er bemüht jovial, wohl gewahr, mit wem er es zu tun hatte.

»Wer hat das autorisiert?«, empörte sich die frisch berufene Innenministerin.

»Lorenz Behrendt. Aber im Grunde genommen wohl Sie«, gab Geving ironisch zurück. »Sie wollten, dass die Ermittlungen im Fall Eichenburg schnellstmöglich einem Ende zugeführt werden. War das nicht Ihre Anweisung? Nun, hier sind wir.«

»Ich bin mir sicher, da liegt ein Missverständnis vor, das wir rasch aufklären können«, gab sich Jochimsen ölig verbindlich. »Wenn nicht«, seine Blicke wanderten zu Anninka Kresch, »ist es ja deine Polizei.«

Geving gab sowohl Stegner als auch Rausch ein Zeichen, sich neben den Türen zu postieren.

»Ich möchte Sie gar nicht lange auf die Folter spannen. Der Grund unseres Besuchs: Mir ist da eine sehr interessante Geschichte zu Ohren gekommen. Eine Geschichte, die offenbar nicht für meine Ohren bestimmt war. Eine Geschichte, die für niemandes Ohren bestimmt war.«

»E-eine Geschichte ...«, stammelte Anninka Kresch.

»In meiner Karriere habe ich unzählig viele Geschichten gehört. Man könnte sagen, ich bin ein Geschichtensammler. Es ist die Geschichte zweier Mittelmäßiger, die zu Höherem bestimmt waren.«

Tinus Geving hatte sich für subtilen Terror entschieden, anders waren Leute wie die Ministerin und Jochimsen nicht zu brechen.

Bei ihr zeigte sein Vorgehen eine erstaunlich schnelle Wirkung. Sie stand kurz davor zusammenzuklappen. »Ich weigere mich, meine Zeit für mehr Ihrer Hirngespinste zu vergeuden!«

Björn Jochimsen blieb noch erstaunlich gelassen. »Lass gut sein, Anninka«, beschwichtigte er sie. »Ich bin enorm beeindruckt von Herrn Geving. Er kennt mich seit kaum fünf Minuten, und schon bezeichnet er mich als ›mittelmäßig‹. Mich interessiert sehr, woher er diese Chuzpe nimmt.«

Geving amüsierte es, wenn Menschen zu einer realistischen Einschätzung ihrer Lage nicht mehr fähig waren. Es amüsierte ihn umso mehr, wenn sich Leute wie Jochimsen für unbesiegbar hielten und überhaupt nicht merkten, dass sie jeden Augenblick stürzen konnten.

»Er bekommt so oder so keinen Fuß mehr auf den Boden«, behauptete sie selbstsicher.

»Was zu beweisen wäre.«

Jochimsen ließ sich zu so etwas wie anerkennendem Kopfnicken hinreißen. »Alle Achtung, Sie sind wirklich unerschütterlich.«

»Wie gesagt, es ist die Geschichte zweier mittelmäßiger Menschen«, begann Geving. »Er: Inhaber einer mittelmäßigen Professur an einer mittelmäßigen Hochschule in einer mittelmäßigen Stadt. Sie: eine mittelmäßige Studentin an jener mittelmäßigen Hochschule mit bestenfalls mittelmäßigen Karriereaussichten. Sie hatte nur ein mittelmäßiges Leben zu erwarten. Etwas ganz Erstaunliches geschah. Eines Tages trafen beide – wohl eher zufällig – aufeinander. Sie stellten sehr schnell fest, dass sie gemeinsam zu mehr in der Lage waren als Mittelmaß. Gemeinsam konnten sie nach der Macht greifen. Sie hatten Erfolg. Er wurde Landesjustizminister. Sie wurde seine Staatssekretärin, dann Direktorin des LKA und nun Innenministerin. All das erreichten sie gemeinsam, dennoch schienen sie nicht am gewünschten Ziel angekommen. Beide stellten fest, dass Macht in Form von politischer Macht ganz schön, aber nicht alles war. Zeit für ein neues Experiment. Ihm fiel in seiner Zeit als Aufsichtsratsmitglied eines großen Konzerns auf, dass die Macht des Geldes noch eine ganze Spur verlockender sein konnte. Das Experiment: Was würde geschehen, wenn man die Macht der Politik mit der Macht des Geldes verheiratete? Man einigte sich auf Arbeitsteilung. Er wurde Chef jenes Konzerns, dessen Aufsichtsrat er bereits als Minister angehörte, ganz gleich, wie korrupt das aussehen mochte. Und er half ihr, sie in exakt die Position zu bringen, in der es ihr möglich sein sollte, die Macht des Geldes in politische Macht umzumünzen. Es sollte dem Geld gelingen, mithilfe eines neuen Gesetzes die Politik zu kaufen. Seit zwei Tagen ist man fast am Ziel.«

Der CEO schmunzelte. »Schöne Geschichte. Wenn auch nur ein Märchen.«

»Ein Märchen?« Geving fuhr sich übers Kinn. »Ich weiß nicht. Natürlich habe ich Quellenforschung betrieben und bin auf die gleiche Geschichte in etwas anderer Form noch einmal gestoßen.« Er zog Mias Brief aus derselben Innentasche hervor, aus der er vor wenigen Minuten bereits den Durchsuchungsbeschluss geholt hatte. Es war der Brief, den Josephine Kolberg am Vortag seiner Kollegin Wiebke Hellmund für ihn übergeben hatte. Er öffnete den Brief und las ihn vor. Mias Geständnis, ihre Beweggründe, ihr Leiden, Björn Jochimsens Bloßstellung als ihr Vater.

Während des Lesens behielt Geving den ehemaligen Justizminister genau im Auge. Er merkte, wie die Gesichtsfarbe des Mannes von zornesrot zu aschfahl wechselte. Direkter Treffer.

»Haben Sie dazu irgendwas zu sagen?«

Die Innenministerin sprang ihm fast an die Gurgel wie ein tollwütiges Tier. »Geving, das wird Ihnen endgültig das Genick brechen. Versprochen!«

Er betrachtete seine Fingernägel. Nichts konnte ihm in diesem Moment gleichgültiger sein als Anninka Kreschs Widerspenstigkeit. Die Widerspenstige war gezähmt.

»Frau Ministerin, für den Moment haben Sie Sendepause!«

Sie schwieg. Vielleicht hatte ihr so viel entgegengebrachte westfälische Kaltblütigkeit die Sprache verschlagen.

»Ich habe nichts dazu zu sagen.« Jochimsen bemühte sich sichtlich um Kontrolle.

»Wäre das geklärt«, scherzte Geving süffisant. »Sie müssen ja auch keine Familienmitglieder belasten.«

»Sie sind impertinent. Wenn Sie der Geschichte dieses Mädchens Glauben schenken, dann taugen Sie als Ermittler wirklich nicht. Kein Wunder, dass Sie es bei Ihrem vorherigen Arbeitgeber nicht gepackt haben.« Jochimsen war bereits in die Ecke gedrängt. Er kannte sein Gegenüber nicht – ein grober Fehler.

Geving überging diese letzte spitze Bemerkung und biss sich fest. »Also, Sie haben mit dieser Mia Kolberg nichts zu tun?«

»Die Frage habe ich bereits beantwortet.«

Ein kaltes Lächeln zeigte sich auf Gevings Gesicht. »Merkwürdig, ich könnte schwören, Sie kennen sie doch ...«

Geving warf dem CEO von *Aquila Defence* Kopien jener Schriftstücke auf den Tisch, die dessen Zahlungen von Mias Schulgeld über die letzten fast drei Jahre einwandfrei belegten.

Jochimsens Gesichtsfarbe wechselte von aschfahl zu kreidebleich.

Geving hatte ihm den sprichwörtlichen Fangschuss verpasst. Es war nur eine Frage der Zeit, bis er zur Strecke gebracht wäre.

»Mia Kolbergs Schulgeld wird monatlich durch einen Fonds beglichen. Hinter diesem Fond stehen Sie. Kein Firmenkonto, Sie als Privatperson.« Jochimsens ungläubiger Blick sprach Bände. Geving ließ ihm nicht viel Zeit zum Nachdenken, er wurde laut und drohte: »Herr Jochimsen, es wird nicht besser für Sie! Entweder Sie packen aus, oder es geht direkt ab in die grüne Minna. Also wird's bald?«

Jochimsen suchte Anninka Kreschs Blick. Die wirkte wie gelähmt und war keine große Hilfe. In der Hoffnung, dieses Gespräch wieder in geordnete Bahnen zu lenken, gab er zu, was ohnehin offensichtlich war.

»Ja, Mia Kolberg ist meine Tochter. Vor etwas über achtzehn Jahren hatte ich ein außereheliches Verhältnis mit ihrer Mutter Josephine Kolberg, das einvernehmlich beendet wurde.« Ihm erschien dieser Fakt wichtig.

»Also haben Sie fortan für Mia gezahlt?«

»Da haben Sie doch den Beweis! Natürlich habe ich gezahlt, ich bin ein Mann, der sich nicht vor Verantwortung drückt.«

»Verantwortung?« Geving amüsierte sich köstlich. »Sie wollen ein Mann mit Verantwortungsbewusstsein sein? Männer mit Verantwortungsbewusstsein würden kaum die eigene Ehefrau und die gemeinsamen Kinder hintergehen. Zumindest bekennen sich Männer mit Verantwortungsbewusstsein offen zu ihrer Verantwortung und suchen nicht den Schutz anonymer Fonds. Aber das ist eine Frage des Charakters, für Sie daher vollkommen unerheblich.« Sein Ton wurde zunehmend autoritärer. »Was dann weiter? Wie war das mit Eichenburg?«

»In Halle ist Mia auf Abwege geraten, also bat mich ihre Mutter, an der Schule für Mias Aufnahme zu sorgen. Das habe ich getan.«

»Sehr zuvorkommend von Ihnen«, spottete Geving. »Schade nur, dass Sie Ihre Tochter damit ins Verderben gestürzt haben.«

»Ich? Wie sollte ich ahnen, wie die dort mit ihr umgehen? Grässlich, was ihr zugestoßen ist. Ich habe versucht zu intervenieren, doch selbst mein Einfluss hat Grenzen.«

»Standen Sie in dieser Zeit mit Mia in Kontakt?«

»Regelmäßig. Ich sah, dass es psychisch bergab mit ihr ging, aber was konnte ich tun? In meiner Position konnte ich kaum riskieren, dass mein Fehltritt bekannt wird.«

»Sie haben versucht, Ihr zu helfen?«

»Ich habe mir nichts vorzuwerfen.«

Wie oft man diesen Satz von Leuten hörte, die bereits mit beiden Beinen im Gefängnis standen ...

»Hat Mia Ihnen gegenüber jemals den Wunsch geäußert, Rache oder Ähnliches an ihren Mitschülerinnen üben zu wollen?«

»Das hat sie. Wer kann es ihr verübeln? Natürlich entwickelt man da Rachegedanken. Aber zwischen Gedanken und konkreter Tat liegen Welten.«

»Mit anderen Worten, Sie haben es ihr nicht zugetraut?«

»Das tue ich auch jetzt nicht, denn sie war es nicht. Diese Sache mit ihrem Lehrer war zu viel für sie. Er hat sie benutzt und wie eine heiße Kartoffel fallen gelassen.«

»Wollen Sie andeuten, die beiden hatten ein intimes Verhältnis?«

Eines musste man Jochimsen lassen, er war ein hervorragender Schauspieler.

»Ausnutzung Schutzbefohlener! Muss ich zum Charakter dieses Mannes noch irgendetwas sagen? Es ist erwiesen, dass er der Täter war. Mia ist nervlich so angeschlagen, dass sie sich einredet, sie wäre es gewesen. Sie wünscht es sich geradezu.«

»Warum sollte sie es sich wünschen?«

»In Anbetracht ihrer Machtlosigkeit? Ihres Ausgeliefertseins? Sie hat sich in eine Scheinwelt geflüchtet. Vergessen Sie nie die Macht der Illusion.«

Das Gehabe dieses Mannes widerte Tinus Geving an. Jede Sekunde mehr, die er sich mit ihm befassen musste, vergrößerte seinen Ekel. Dabei kratzten sie bisher nur an der Oberfläche.

»Warum wurde Mia verlegt? Geschah das auf Ihre Anordnung?«

»Es lohnt sich kaum, das zu bestreiten, Geving.«

»Warum sind Sie nicht auf uns zugekommen? Wir hätten alles diskret klären können.«

»Ich weiß es nicht. Mia ist gerade so mit dem Leben davongekommen, ich wollte ihr zumindest diesen Dienst erweisen. Ihr und ihrer Mutter. Sie brauchte Ruhe. Mia schien in den Tagen nach dem Vorfall selbstmordgefährdet, wissen Sie?«

»Hat das ihr Arzt festgestellt?«

»So etwas merkt man. Ihr muss geholfen werden, damit sie irgendwann das Leben führen kann, das sie verdient.«

Geving ballte seine Hände zu Fäusten. Er, der sonst die Ruhe in Person war, konnte nicht mehr lange so ruhig bleiben. Björn Jochimsen hatte keinerlei Gewissensbisse, das Schicksal seiner unehelichen Tochter mit Lügen durch den Dreck zu ziehen.

Langsam kam die Innenministerin wieder zu sich. »Haben Sie Ihren pathologischen Voyeurismus befriedigt, Geving?«

»›Pathologischer Voyeurismus‹, wie Sie es nennen, ist Teil meines Jobs.«

»Damit ist jetzt Schluss.«

Geving schüttelte bedächtig den Kopf. »Schluss ist, wenn ich die Ermittlungen für beendet erkläre.«

Anninka Kresch schien wieder ganz sie selbst zu sein. »Immer einen lockeren Spruch auf den Lippen. Mit Ihrem Charme mögen Sie Ihre ehemaligen Kollegen geblendet haben, bei mir zieht er nicht.«

»Man schlägt sich so durch«, entgegnete Geving grinsend.

Das war genug, um sie erneut auf die Palme zu bringen und sie zu ihrem letzten Fehler zu verleiten.

»Diese Ermittlungen *sind* beendet.« Die Innenministerin griff zu ihrem Telefon.

»Das würde ich mir an Ihrer Stelle noch einmal überlegen.« Tinus Geving verwies auf die anwesenden Kollegen Stegner und Rausch. »Sie sind unter Zeugen.«

»Darauf scheiße ich. Ich bin die Ministerin, schon vergessen?«

Gevings Grinsen wurde breiter. Jochimsens Stirn legte sich in immer tiefere Falten. Anninka Kresch entging dies alles vollkommen.

»Wen rufen Sie denn an? Lorenz Behrendt?«

»Worauf Sie wetten können, Geving.«

Am anderen Ende der Leitung nahm niemand ab. Sie schaute ungläubig aufs Display.

»Nanu, ist er etwa nicht erreichbar?«, fragte Geving scheinheilig.

Seine Kollegen konnten ihr Schmunzeln nicht länger unterdrücken.

»Ach Quatsch …«, behauptete sie stur. Sie versuchte es erneut, wieder ohne Erfolg. »Ich habe andere Möglichkeiten«, sagte sie schon etwas unsicherer.

»Nein, die haben Sie nicht. Herr Behrendt möchte weder mit Ihnen in Verbindung gebracht noch mit Ihnen in den Abgrund gezogen werden.« Geving ersparte sich eine Anspielung auf deren Bettverhältnis, stellte trotzdem erheitert fest, dass zur Abwechslung einmal sie ausgenutzt worden war. »Sie sind weit vor der Ziellinie erledigt. Die Ermittlungen können von Ihnen nicht eingestellt werden, nehmen Sie das mal zur Kenntnis! Deswegen reden wir jetzt über den vermeintlichen Täter. Wie war das mit Alexander Matthes?«

»Der Beweis des Gegenteils ist Ihnen nie gelungen. Dumme Sache, Geving! Was dachten Sie denn? Hinter meinem Rücken gemeinsame Sache mit meinem Vorgänger zu machen … Ich hasse Illoyalität. Haben Sie ernsthaft gedacht, ich würde Matthes’ LKA-Akte nicht auf die Spur kommen?«

Er hatte die Innenministerin erfolgreich provoziert. Schulze hatte recht gehabt, Anninka Kresch neigte zu Dummheiten, wenn ihre Kompetenz offen infrage gestellt wurde. Sie redete sich gerade um Kopf und

Kragen, und sie bemerkte es nicht einmal. Die Tragik einer Fleißmeise.

»Über Illoyalität brauche ich von Ihnen keine Belehrung, Frau Ministerin. Darin sind Sie unangefochtene Meisterin. Dass Sie tatsächlich so skrupellos sein würden, einen Unschuldigen zu belasten, ist bereits ausreichend, Ihnen den Prozess zu machen.«

»Was habe ich denn getan? Ich habe mir die einzelnen Hinweise angesehen und daraus meine Schlussfolgerungen gezogen. Im Übrigen waren Sie es, Geving, der einen politischen Hintergrund von Anfang an nicht ausgeschlossen hat. Sollte es unangenehme Fragen an mich geben, wird Ihr Name der erste sein, der fällt.«

Sie dachte immer noch, sie könnte ihn erpressen. Tinus Geving ließ sie in diesem Glauben. Er kam zum eigentlichen Punkt. »Sie haben bewusst ein falsches Ergebnis lanciert. Zu einem Zeitpunkt, als das Gegenteil längst feststand.«

»Worüber Sie mich nicht rechtzeitig informiert haben. Ein weiterer Beweis Ihrer Inkompetenz.«

»Sie waren nicht erreichbar. So wie Behrendt jetzt nicht erreichbar sein will. Es gäbe Telefonprotokolle, die belegen, dass Ihre mangelnde Erreichbarkeit und der Zeitpunkt Ihres denkwürdigen Kameraauftritts in engem zeitlichem Zusammenhang stehen.«

»Ein Zufall, der nichts beweist.«

»Das behaupten Sie inflationär.« Geving glaubte nicht an Zufälle.

Die Innenministerin lachte ihr hysterisches Lachen, das immer dann zum Vorschein kam, wenn sie ihre innere Panik zu überspielen suchte. »Sie waren schlicht und ergreifend nicht in der Lage, mich vom Gegenteil zu überzeugen.«

Je aufgeregter sie wurde, desto ruhiger wurde Geving. »Das war auch nicht nötig. Die Beweise sprechen für sich.«

»Beweise? Was für Beweise?«

»Der Obduktionsbericht.«

»Professor Krieger sprach von ›mutmaßlicher Selbsttötung‹. Netter Versuch, ich habe den Bericht genauestens gelesen.«

»Und den Einschuss an der rechten Schläfe wollen Sie sich immer noch nicht erklären?« Tinus Geving legte ihr und Jochimsen, der gerade nur zum Statisten taugte, jene Aufnahme aus dem Besitz von Matthes’ Eltern vor, die den Toten als Biathleten zeigte, im Liegendanschlag mit seiner Sportwaffe zielend. »Wie soll sich ein Linkshänder diese Wunde zugefügt haben?«

Jochimsen fiel die Kinnlade runter.

Die Ministerin verdrehte die Augen. »Der Mann hatte eine professionelle Ausbildung! Nur weil jemand vorgibt, lediglich mit links schießen zu können, heißt das nicht, dass es sich auch so verhält.«

»Warum soll es in der Höhle, wo niemand ihn beobachtete, anders gewesen sein? Warum ein Schauspiel abgeben, wenn kein Publikum vorhanden war und er sich ohnehin das Leben nehmen wollte?«

»Ihre unerhebliche Einzelmeinung.«

»Es ist die Summe meiner ›unerheblichen Einzelmeinungen‹, die ins Gewicht fällt. Kommen wir zur Tatwaffe, der Jarygin PJa. Eine Waffe, die sich bei mehrfachem Gebrauch kaum für Präzisionsschüsse eignet, da sich der Lauf verzieht. Zu diesem Ergebnis kam das ballistische Gutachten. Dieses Gutachten wurde direkt ans LKA weitergeleitet, erreichte uns in Kreisstadt jedoch nie. Wieder nur ein Zufall? Ein ehemaliger Bundeswehroffizier hätte sich nie auf derart mangelhaftes Material verlassen.« Geving nahm Björn Jochimsen wieder ins Visier. »Hören wir auf, so zu tun, als würden wir immer noch über Matthes’ Schuld streiten. Sie wissen, dass es ganz anders verlief.«

»Wie sollte ich?«, gab Jochimsen patzig zur Antwort.

»Uneinsichtig bis zum Schluss ...«

Tinus Geving ließ durch Stegner das wiederhergestellte Video von Alisah ter Hoorsts Handy abspielen. Der Satz *»Unsere Wege trennen sich hier«.* Schließlich der Abbruch. Großes Standbild: khakifarbene Winterschnürschuhe, rote Schnürsenkel, rote Sohle.

Geving durchbohrte Jochimsen mit seinem Blick. »Die Schuhe gehören Ihrer Tochter. Und zur Tatwaffe«, er hielt zwei völlig identisch wirkende Dokumente gegeneinander, »die Tatwaffe wurde aus den Asservatenbeständen des Revierkommissariats Altenrode entwendet.« Sowohl Jochimsen als auch Anninka Kresch stand der Schock ins Gesicht geschrieben. »Sie beide müssen nicht so überrascht schauen, schließlich haben Sie Polizeihauptkommissar Henneberg dazu veranlasst, die Bestandsdaten zu fälschen. Ein Glück, dass es Polizeirat Grünwald aufgefallen ist.« Er legte die Dokumente ab und rieb sich die Hände. »Weil wir gerade beim neuen Revierkommissariatsleiter sind ...« Jeder beigebrachte Beweis saß wie ein Schlag in die Magengrube. Geving zog einen weiteren Trumpf aus dem Ärmel, das Foto, das Henneberg zeigte, wie er die Tatwaffe an Mia übergibt. »Es gibt dazu Aufnahmen der Überwachungskameras in Eichenburg. Überwachungskameras, die zum fraglichen Zeitpunkt angeblich wegen Wartungsarbeiten außer Betrieb waren. Zu Ihrer Information, Henneberg legt gerade beim Staatsanwalt ein volles Geständnis ab.« Er betrachtete Jochimsen mit einem abschätzigen Blick. »Jener Staatsanwalt, den Sie mit einer völlig unerheblichen und erpressten Verpflichtungserklärung für das Ministerium für Staatssicherheit aus dessen Studienzeit zum Schweigen bringen wollten. Denn das waren doch Sie, oder?«

Jochimsen schnaufte verächtlich.

Tinus Geving kam zurück auf Mias Brief zu sprechen. Über zwei Sätze hatte er intensiv nachdenken müssen.

Zum einen: *Letztendlich mussten sie wohl sterben für das, was sie waren: die Kinder ihrer Eltern.* Zum anderen: *Sie mussten auch sterben für das, was ich war, was ich bin: die Tochter meines Vaters.*

»Der Sinn des letzten Satzes ist nun ersichtlich, Mia Kolberg ist Ihre Tochter. Doch was meinte sie mit dem mysteriös verklausulierten ersten Satz? Wir haben uns daraufhin den Hintergrund der Eltern aller Opfer angesehen.«

Geving präsentierte das Ergebnis der Nachforschungen zu Jochimsens Umfeld. Er hatte nicht an Zufall glauben wollen und behielt recht.

Konrad Dibelius, Synodalpräsident der Evangelischen Landeskirche Anhalt. Ein erzkonservativer Kirchenmann und intellektueller Verbündeter, wenn es um ein härteres Vorgehen staatlicher Sicherheitsorgane ging. Seit gemeinsamen Tagen in der Bürgerrechtsbewegung der Wendezeit ein persönlicher Freund Björn Jochimsens.

Marc und Anna Jannings, Teilhaber der Berliner Kanzlei für Wirtschaftsrecht *Jannings & Röhler*. Offizielle Berater von *Aquila Defence*. Noch entscheidend in anderer Hinsicht.

Ansgar von Kleeberg, deutscher Botschafter in Kasachstan. Kleeberg hatte sich seiner Befragung durch die Polizei bisher erfolgreich entziehen können. Vermutlich wollte er keine Details zu seiner auffälligen Nebenbeschäftigung preisgeben. Als Lobbyist von *Aquila Defence* in ebenjenem Land, in dem er als Botschafter diente und das dafür bekannt war, nicht zimperlich im Umgang mit Oppositionellen zu sein. Der kasachischen Regierung – so viel wusste Geving nach seiner Unterredung mit Schulze und Meyer am Vorabend – war von *Aquila Defence* ein komplett digitales Überwachungssystem zum Nulltarif zur Verfügung gestellt worden, was den Aktienkurs des Unternehmens in den vergangenen sechs Monaten in die Höhe schnellen ließ.

Nutznießer unter anderem: Anton Pousset, Inhaber und Geschäftsführer der *Sektkellerei Pousset.* Und Großaktionär von *Aquila Defence.* Pousset hielt einundzwanzig Prozent der Firmenanteile, damit besaß er ein Vetorecht in allen wichtigen Entscheidungen.

»Plötzlich verstand ich. Diese Schülerinnen mussten sterben für das, was sie waren: die Kinder ihrer Eltern«, schloss Geving seinen kurzen Vortrag zu Jochimsens Freundes- und Bekanntenkreis. »Sagen Sie, Herr Jochimsen, gab es in Eichenburg diskrete Treffen mit Mia?«

»Ich sagte doch, dass ich mich um ein stärkeres Band zu Mia bemüht habe.«

»Sie haben sich mit ihr getroffen, obwohl sie nichts mit Ihnen zu tun haben wollte?«

»Ja«, gab Jochimsen zähneknirschend zu.

»Ich wette, Ihre Beweggründe waren anderer Natur. In einer Gesellschaft, die diskret ist. Wo Sie nicht der Gefahr ausgesetzt gewesen sind, dass Ihre Indiskretion publik werden würde. Für einen einfachen Landespolitiker ist die eigene Tochter auf einer solchen Schule doch wie das Paradies auf Erden! Sie kamen in Kontakt zu Kreisen mit Geld und sehr viel Einfluss. Andere Politiker müssten sich ihr halbes Leben lang für solche Kontakte abmühen, Ihnen fielen sie auf einmal wie reife Früchte in den Schoß. Sie waren nicht Ihrer Tochter wegen dort, Sie haben Ihre späteren Geschäftspartner umgarnt. Doch die waren nicht ohne weiteres bereit, einem schmierigen Charakter wie Ihnen auf den Leim zu gehen. Wäre da nicht Ihr Posten im Aufsichtsrat des Unternehmens gewesen, der Ihnen einzigartige Einblicke gestattete. Zum Beispiel in die Verfehlungen der Töchter jener Leute, die Sie bis zu diesem Zeitpunkt hatten abblitzen lassen. Verfehlungen, die unter den Teppich gekehrt werden sollten.«

Jochimsen schwieg.

»Ganz plötzlich, nach Felix Adlers Tod, eine einmalige Gelegenheit, die Sie sich nicht entgehen lassen wollten. Also haben Sie Ihre späteren Geschäftspartner erpresst, sich Ihr Schweigen teuer bezahlen lassen. Mit Anton Pousset fädelten Sie den entscheidenden Deal ein: Ihren Wechsel vom Justizministerium an die Spitze dieses Unternehmens. Pousset als wichtigster Großaktionär war Königsmacher, somit hatten Sie den Job problemlos in der Tasche. All das wurde hinter den Klostermauern der Schule ausgemacht, wo niemand Sie des Vorwurfs bezichtigen konnte, Ihr öffentliches Amt zur persönlichen Bereicherung zu nutzen. Mia war gefangen in einer Welt, die nicht ihre war, sondern die ihres Vaters. Was wohl an Hoffnung, Zuversicht und Liebe in ihr abgestorben sein muss, als sie erkannte, dass Ihr Interesse nicht Ihrer Tochter galt, als Sie sich für ihre Aufnahme am Gymnasium so scheinbar selbstlos einsetzten? Sie benutzten Mia als Steigbügelhalter wider Willen. Big Business! Schämen Sie sich eigentlich nicht? Eine Antwort erübrigt sich, denke ich. Scham ist weder eine Maxime Ihres Handelns noch eine Gefühlsregung, zu der Sie imstande sind.«

Die Kiefermuskeln des CEO arbeiteten.

»Was macht nun eine Gefangene, die dieser Welt nicht entkommen kann? Die sich in einem Netz verfangen hat, in dessen Mitte Sie, Herr Jochimsen, wie eine fette, gefräßige Spinne sitzen? Die körperlichen und seelischen Demütigungen, die Mia zu ertragen hatte, hätten unter normalen Umständen schon ausgereicht, das bedauerliche Mädchen zu brechen. Doch was wirklich zu ihrem Zusammenbruch – und folglich zur Tat – führte, war die Erkenntnis, dass sie diese Hölle auf Erden in Ihrem Namen zu ertragen hatte. Sie lachten sich ins Fäustchen, weil Ihr illegitimer Spross doch noch zu etwas nütze war: der Beziehungspflege zu jenen Eichenburger Eltern, die Ihnen und *Aquila Defence* bereitwillig zu Diensten standen. Alexander Matthes war Mias einziger Fluchtpunkt aus dieser Welt. Sie projizierte Erwartungen und Sehnsüchte in ihn hinein, die er nicht erfüllen konnte, selbst wenn er gewollt hätte. Er ist das einzig unschuldige Opfer und ein Kollateralschaden, dessen Leben nicht Mia auf dem Gewissen hat, sondern Sie. In Ermangelung des Vaters ein Vaterersatz, der ihr durch die Finger geglitten ist. Schließlich durchbrach Mia in einem Anfall von Weltekel diese Sinnlosigkeit ihres bisherigen Daseins.«

Björn Jochimsen verlor jegliche Contenance, sprang Geving fast an und fauchte ihm ins Gesicht. »Jetzt reicht's! Ich höre mir das nicht länger an!«

Geving zeigte sich gewohnt unbeeindruckt.

Jochimsen fuhr herum, packte Anninka Kresch unsanft unter dem Arm, was ihr Schmerzen zu bereiten schien, und zog sie in Richtung der Kriminalbeamten. »Was stehst du eigentlich so teilnahmslos daneben, du blöde Kuh? Wozu habe ich dich zur Innenministerin gemacht? Jetzt unternimm endlich was!«

Sie entzog sich seinem Zwangsgriff und richtete ihr Kostüm. Sie zitterte. »Was sollte das deiner Meinung nach sein? Komm mal wieder runter! Unser lieber Kriminalrat fischt im Trüben. Was will er eigentlich nachweisen? Morgen werden die neuen Sicherheitsgesetze beschlossen, und der Spuk hat ein Ende. Dieses Ärgernis ist ohne jeden Belang. Die Soko Eichenburg ist erledigt! Wenn Lorenz dabei nicht behilflich sein möchte, finden wir einen anderen Trottel. Jetzt bleib mal ruhig!«

Versuchte sie, ihn oder sich selbst zu überzeugen?

Geving unterbrach die Nochverbündeten. »Der Gesetzentwurf ... Mit Verlaub, Frau Ministerin, es war ungeschickt von Ihnen, das jetzt zur Sprache zu bringen.«

»Noch eine Verschwörungstheorie?«, fragte sie genervt.

»Sie wissen ohnehin, dass ich mit Ihrem Vorgänger gemeinsame Sache mache. Er ist der Überzeugung, es wäre Ihr verhängnisvollster Fehler gewesen, ausgerechnet mich mit den Ermittlungen zu beauftragen. Bei meiner Biografie.«

»Genau deswegen wurden Sie eingesetzt. Ihnen glaubt kein Schwein!«, spottete sie.

»Dann haben Sie einen entscheidenden Punkt übersehen. Ich gehe jedem Problem bis auf den Grund nach. Dabei nehme ich keinerlei Rücksicht. Ich muss feststellen, dass Sie uns alle für dumm verkauft haben. Die ganzen Indiskretionen ... Die Herkunft der Waffe, die Namen der Opfer. Das Informationsleck waren die ganze Zeit über Sie!«

»Welchen Grund sollte ich dazu gehabt haben?«

»Alles begann mit einem Beschluss des Landeskabinetts, die Sicherheitsgesetze zu reformieren. Mit der Erarbeitung eines Entwurfs beauftragte man die Hausjuristen von *Aquila Defence Jannings und Röhler.* Das Arbeitsergebnis machte zumindest den früheren Innenminister Frank Schulze stutzig. Er stellte sich damals schon die Frage, die sich nun ein ganzes Parlament stellt: Wieso bevorzugt der Gesetzentwurf in seinem Sinngehalt ein einziges Unternehmen, *Aquila Defence*?« Er wandte seine Aufmerksamkeit dem ehemaligen Justizminister zu. »Machen wir uns nichts vor, Sie laufen außerhalb jeder Konkurrenz. Welch glückliche Fügung, dass *Aquila Defence* ein Überwachungssystem anzubieten hat, das sich bereits in der Praxis bewährte. Der Deal mit Kasachstan. Keine gesetzlichen Beschränkungen, kein öffentlicher Aufschrei, der ideale Feldversuch. In der Zwischenzeit wechselte der Minister vom Aufsichtsrat an die Spitze des Unternehmens. Beim Innenminister sorgte das für berechtigte Empörung, womit er allerdings einsam auf weiter Flur stand. Dennoch wollte man nichts dem Zufall überlassen, Frank Schulze musste über kurz oder lang deinstalliert werden. Also schickten Sie, Herr Jochimsen, Ihr bestes Pferd ins Rennen, Ihre ehemalige Studentin Anninka Kresch. Jene Frau, die eine steile Karriere in Ihrem ehemaligen Ministerium hinlegte und die – gegen Schulzes Willen – Landeskriminaldirektorin wurde. Mit dem Hintergedanken, dass sie dort sehr nützlich werden könnte. Wie wir nun wissen, wurde der Ministerpräsident entsprechend bearbeitet. Frau Doktor Kresch ging hoch motiviert zur Sache und machte sich daran, am Stuhl ihres Chefs zu sägen. Es gab da noch ein klitzekleines Problem: Man hatte die Stimmung der Bevölkerung gegen sich. Notfalls hätten Sie das billigend in Kauf genommen und ignoriert. Doch plötzlich ergab sich völlig unverhofft eine Chance, womit wir beim Fall Eichenburg wären. Ihre Tochter war, genauso wie die Opfer, nur Staffage. Ich glaube Mia jedes Wort, jede Silbe.«

»So?« Jochimsen stieß hörbar Luft durch die Nase.

»Sie wussten, dass sie in einer Ihnen geltenden Hasstirade ankündigte, den Kindern Ihrer Geschäftsfreunde das Leben zu nehmen. Sie wussten, dass Mia ein psychisches Wrack war, die vielleicht gar nicht meinte, womit sie Ihnen drohte. Wie sagten Sie, zwischen Gedanken und konkreter Tat liegen Welten. Vielleicht haben Sie recht, was bedeutet, dass Sie sie hätten stoppen können. Es hätte nur eines kleinen Zeichens bedurft – Ihrer Anerkennung. Das war Mias Drohung zunächst, ein Schrei nach Anerkennung. Sie haben diesen Schrei Ihrer Tochter nicht ernst genommen, was in ihrem zerrütteten Zustand zu der Entscheidung führen musste, vom Gedanken zur konkreten Tat zu schreiten.«

Anninka Kresch war wie vom Donner gerührt. Ungläubig starrte sie Jochimsen an. »Was?«

Geving war ernsthaft verblüfft über die Reaktion der Ministerin. »Ach, das wussten Sie nicht? Hat er Sie glauben lassen, Sie würden lediglich Mias Amoklauf vertuschen, damit der Abstimmung nichts mehr im Weg steht?« Er lachte laut. »Sie sind ja naiv.«

Sie hatte sich immer noch nicht gefangen. »Björn, ist das wahr?«

Jochimsen wich ihren Blicken aus. Sprach da etwa Scham aus ihm?

»Ich kann das nicht bestreiten«, gab er reumütig zu. »Mia hat mich ihr ganzes Leben lang gehasst. Ich kann es ihr nicht verübeln, denn ich war ja wirklich nicht für sie da. Irgendwann war es zu spät für uns beide. Ja, ihre Drohung habe ich nicht ernst genommen.«

»Sie hätten besser daran getan«, bemerkte Geving grimmig.

»Sie haben doch überhaupt keine Ahnung! Sie haben Mia nicht so erlebt, wie ich sie erlebt habe. Ein Schrei nach Anerkennung? So habe ich es nicht wahrgenommen. Ich hielt das für eine weitere ihrer Maschen.«

»Sie kennen Ihre Tochter aber schlecht.«

»Ich glaube, als Vater habe ich mehr Erfahrung als Sie, Herr Kriminalrat!«

Tinus Geving konnte erneut nur verständnislos den Kopf schütteln. »Ist Ihnen bekannt, dass Mia an einer schizoiden Persönlichkeitsstörung leidet?«

Etwas schien in Jochimsen zu rumoren. Er rang nach Atem. »Nein, das wusste ich nicht.«

»Menschen mit schizoider Persönlichkeitsstörung haben ein Problem mit menschlicher Nähe, und doch suchen sie sie. Menschen wie Mia können ihren Vater hassen und sich gleichzeitig nach dessen Zuneigung sehnen. Menschen wie Mia haben kein Gespür für gesellschaftliche Normen. Sie können zum Äußersten greifen, wenn sie sich von der Gesellschaft, die sie nicht verstehen, missachtet fühlen.«

»Aber ...«

»Menschen mit schizoider Persönlichkeitsstörung können töten, Herr Jochimsen! Schieben Sie es nicht auf andere, Sie hätten Mias Leiden erkennen können und Konsequenzen daraus ziehen müssen. Fünf Schülerinnen und ein Lehrer wären heute noch am Leben.«

»O mein Gott ...« Jochimsen vergrub das Gesicht in seinen Händen.

»Für Reue ist es zu spät«, beschied ihm Geving voller Abscheu. »Was zählt, ist, dass Sie die Wahnsinnstat Ihrer Tochter vertuschen wollten. Unter allen Umständen!«

»Wieso hätte ich es nicht tun sollen? Sie ist meine Tochter, Herrgott! Ja, ich habe mich mitschuldig gemacht. Ja, ich habe mich in Ihre Ermittlungen eingemischt. Nach allem, was geschehen ist, bin ich immer noch ihr Vater!«

»Dafür hätte ich sogar Verständnis«, entgegnete Geving ohne merkliche Emotion. »Sie kämen zwar nicht straffrei davon, aber ich könnte nachvollziehen, dass Sie unsere Ermittlungen nur blockiert haben, um Mia zu schützen. Allein, ich glaube Ihnen das nicht. Plötzlich sahen Sie nämlich eine Gefahr für Ihre Ambitionen. Die Soko Eichenburg kam schneller zu Ergebnissen, als Ihnen lieb sein konnte, Sie haben sich verrechnet. Ihnen war klar, dass die Spur irgendwann zu Mia führen musste. Im Moment der Aufklärung war wie durch Zufall die LKA-Direktorin vor Ort, um mich aus dem Rennen zu nehmen. Ich glaube nicht an Zufälle.«

Anninka Kresch schloss für einen Moment die Augen.

»Dann die Gesetzesvorlage. Es war vorgesehen, Schulze durch einen gefügigeren Nachfolger zu ersetzen. Dafür hätten Sie sich mehr Zeit gewünscht. Jetzt musste alles ganz schnell gehen. Ich wette, es hat Sie nur einen Anruf bei Ihren politischen Freunden gekostet, um die

Abstimmung vorzuverlegen. Die Tat Ihrer unehelichen Tochter spielte Ihnen dabei in die Hände. Sie hatten einen exemplarischen Vorfall, der geeignet war, die Stimmung zugunsten des von Ihnen gekauften Gesetzes zu drehen. Alexander Matthes war zum Buhmann geradezu prädestiniert. Wer hätte daran zweifeln können? Mia haben Sie gerade noch rechtzeitig unserem Zugriff entzogen, damit sie nicht weiterplaudern konnte. Schulze war weg vom Fenster, Ihr Liebling an seiner Stelle installiert.« Geving trat ganz nah an Jochimsen heran. »Herzlichen Glückwunsch, Sie haben erreicht, was Sie wollten!«

Jochimsen versuchte sich zu verteidigen. »Politik ist ein schmutziges Geschäft. Hätte ich nicht gehandelt, dann hätte Frank Schulze aus der Situation Profit zu schlagen versucht. Glauben Sie denn, er hat Ihnen aus reiner Nächstenliebe geholfen? Ich stehe für eine Sache ein, die ich für richtig halte, Anninka Kresch ebenfalls. Wofür stehen Sie? Was sind Ihre Überzeugungen, oder macht es Sie nur geil, der Liebling von Ministern und Politikern zu sein? Werfen Sie der Ministerin nicht vor, sich benutzen zu lassen, denn Sie sind nicht besser, Herr Kriminalrat!«

»Ich frage mich, ob nicht Sie an einer noch größeren Persönlichkeitsstörung leiden als Mia. Erst versuchen Sie, mir zu verkaufen, Sie hätten als Vater gehandelt. Und plötzlich handelt der ehemalige Justizminister? Wo ist da die Grenze?«

»Sie werden es nicht verstehen, denn Sie sind ein verbeamteter Karrierist. Wir haben unsere Wahl getroffen, die richtige Wahl.«

An Geving prallte diese Beleidigung ab. »Haben Sie eben nicht. An zwei Punkten in der Vergangenheit hätten Sie Gelegenheit gehabt, die richtige Wahl zu treffen. Entweder Sie hätten Mias Worten Beachtung geschenkt, dann wären wir heute nicht hier. Oder Sie

hätten sich uns unmittelbar nach Mias Tat offenbaren
können, Sie hätten immer noch viel für Mia tun können. Das Absurde: In beiden Fällen wären Sie mit Ihrem
politischen Kunststück davongekommen. Stattdessen
haben Sie – als Vater und Politiker – alles falsch gemacht, was man falsch machen konnte. Nicht etwa,
weil Sie es nicht besser wussten, sondern weil es für Sie
der Weg des geringsten Widerstands war. Vielleicht bin
ich ein Karrierist, man hat mich schon als Schlimmeres
bezeichnet, liegt am Beruf. Aber Sie sind einfach nur
ein Schwein!«

Anninka Kresch musste sich setzen. »Ich dachte, du
wolltest deine Tochter wirklich nur da raushalten.«

Jochimsen ignorierte Gevings letzte Bosheit. Er nahm
stattdessen lieber »seine« Ministerin ins Gebet. »Ich verstehe nicht, warum du dich so aufregst. Was hätte es
geändert? Mach jetzt bitte keine Zicken.«

Sie sprang auf. »Keine Zicken? Du bist doch krank!«

»Vorsicht, meine Liebe! Schließlich hast du mir einiges zu verdanken. Was dachtest du, warum ich dich damals ausgewählt habe? In deiner Skrupellosigkeit und
deinem unbändigen Willen, nach oben zu kommen,
warst du unschlagbar. Dafür war dir jedes Mittel recht.
Dafür ist dir immer noch jedes Mittel recht.«

Dem konnte Geving nur zustimmen. »Ob Sie von Mia
wussten oder nicht, das spielt keine Rolle. Mitgefangen,
mitgehangen.«

Anninka Kresch blieb stur. »Darüber wird noch zu befinden sein.«

»Darüber wurde bereits befunden.«

»Woher nehmen Sie eigentlich diese ätzende Selbst-
gewissheit?«, zischte Jochimsen.

»Betrogene Betrüger schimpfen am lautesten. Ihre
engste Vertraute ist nicht die Einzige, die Sie in Sachen
Eichenburg über den Tisch gezogen haben. Der beste
Plan nützt nichts, wenn es der Bankier ist, der redet.«

»Wie bitte?«

»Jonas ter Hoorst!«

Die Erwähnung des Namens ließ den CEO, der zwischenzeitlich seine gesunde Gesichtsfarbe zurückgewonnen hatte, erneut erblassen. »Wer soll das sein?«

»Hören Sie auf, den Unwissenden zu mimen, allmählich langweilt mich das!«, schnauzte Geving ihn an. »Sie wollen das Finanzgenie in Ihrem erlauchten Netzwerk nicht kennen?« Er zog jene von Jonas ter Hoorst zugespielten Kontoauszüge hervor, die sie am Abend in Frank Schulzes Büro ausführlich unter die Lupe genommen hatten. »Dazu fällt Ihnen nichts ein?«

»Ich verweigere die Aussage.«

»Und Sie, Frau Ministerin?«

Anninka Kresch sah sich die Auszüge an und blickte noch karierter drein. »W-was sollte ich dazu sagen?«, stammelte sie.

»Jenes Konto auf den Namen ›*Pepitschek*‹, dahinter stecken Sie!« Geving tat ihr heftiges Kopfschütteln mit abwinkender Geste ab. »Wir wissen, dass Sie eins Komma fünf Millionen Euro erhalten haben, das ist der Nachweis. Genauso können wir nachweisen, dass der Ministerpräsident – denn der verbirgt sich hinter *Tatanka Yotanka* – mit einer halben Million Euro gekauft wurde. Wie der wohl reagieren wird, wenn er herausbekommt, dass Sie das Dreifache wert sind? Noch ein Betrogener.« Er zwinkerte Jochimsen zu. »Allmählich wird es eng für Sie.« An Anninka Kresch gewandt fuhr er fort: »Überhaupt *Gingerland S and Ls*. Sie hätten wissen können, dass ich in meinem letzten Fall bei Europol bereits das Vergnügen mit Jonas ter Hoorst hatte. Damals überprüften wir Offshorekonten bei ebenjener Bank: *Gingerland S and Ls*. Es war sogar das gleiche Prinzip. Geld floss von legalen Konten ab, kam später zurück und wurde in geschlossenen Immobilienfonds angelegt. Damals schwieg ter Hoorst mit

Rückendeckung der Deutschen und kam gerade so davon. Dieses Mal ist er motivierter. Dieses Mal wird Jonas ter Hoorst auspacken.«

»Geben Sie sich doch dieser Illusion nicht hin. Seine Bank wäre erledigt«, erwiderte Björn Jochimsen wenig überzeugt.

»Das ist dem Mann völlig egal. Bisher habe ich wirklich nur im Trüben gefischt. Nichts von alldem, was ich bisher präsentiert habe, hätte ausgereicht, Sie zu überführen oder Ihnen Einflussnahme auf unsere Ermittlungen nachzuweisen. Vielleicht wäre die Luft für Sie sehr dünn geworden, aber gute Anwälte hätten genug Zweifel streuen können, um unsere Ermittlungen zu kassieren. Auch Leute wie Schulze oder Meyer wären keine Gegner für Sie gewesen. Eine perfekt geplante konzertierte Aktion. Aber, Herr Jochimsen, Sie haben nicht einkalkuliert, dass einer Ihrer Geschäftspartner angepisst sein könnte, weil es seine Tochter erwischt hat. Jonas ter Hoorst wusste von seiner Tochter Alisah, wie mit Mia umgegangen wurde. Er wusste, dass sich Alisah mitschuldig gemacht hatte. Jetzt kam seine Tochter durch die uneheliche Tochter seines bedeutendsten Geschäftskunden ums Leben. Er musste nur eins und eins zusammenzählen, um herauszufinden, dass Sie es hätten stoppen können. Dafür will er Sie bluten sehen, und ihm ist jedes Mittel recht. Er war es, der uns den zentralen Beweis erbrachte. Wesentliche Teile der Landesregierung und der Koalitionsparteien stehen auf der Gehaltsliste von *Aquila Defence*. Ohne finanzielle Hilfe hätten Sie Ihren Stunt nämlich nicht durchbekommen. Wir werden herausfinden, wie viel Henneberg von Ihnen bekommen hat oder wer im Justizministerium dafür bezahlt wurde, nach Dreck im Leben des ermittelnden Staatsanwalts Werner Vogel zu suchen.«

Anninka Kresch übernahm. »Sehr schöne Ansprache, Herr Kriminalrat, sehr ehrgeizig. Nichts von dem wird jemals nach außen dringen. Ich habe Ihnen die Ermittlungen entzogen. Sie handeln hier in purer Amtsanmaßung, was reicht, Ihnen den Prozess zu machen. Ich kann das nicht dulden. Und das Landeskriminalamt kontrolliere immer noch ich.«

»Wer sagt, dass das LKA noch tonangebend ist?« Tinus Geving zeigte ihr die Kooperationsvereinbarung zwischen LKA und Europol, die ihn als Ermittlungsleiter benannte. Unterschrieben von Laurits Pedersen bei Europol und Lorenz Behrendt im Namen des LKA Sachsen-Anhalt.

»Nein ...«, war das Einzige, was die Ministerin noch hervorbrachte.

»Überlegen Sie mal, warum der amtierende Landeskriminaldirektor nicht ans Telefon geht.« Er machte eine Kunstpause. »Das Fest ist jetzt zu Ende!«

Björn Jochimsen setzte sich hinter seinen Schreibtisch, faltete die Hände und sah den Kriminalrat fast freundlich und anerkennend an. Währenddessen stand Anninka Kresch unschlüssig herum. Für den CEO von *Aquila Defence* war sie nicht mehr von Interesse, Tinus Geving dafür umso mehr.

»Sie haben es wirklich geschafft, mich zu verblüffen, Herr Geving. Sagen Sie, was wollen Sie eigentlich?«

»Ich gehe den Problemen auf den Grund. Und ich nehme dabei keine Rücksicht.«

»Das sagten Sie bereits. Aber was wollen Sie eigentlich?«

»Ach so ...« Geving schaute sich zu seinen beiden Kollegen Tobias Stegner und Thomas Rausch um. Stegner schüttelte nur den Kopf, Rausch schien aufgeregt wie immer, die Röte seiner Wangen verriet ihn. »So klingt es, wenn Amtspersonen bestochen werden sollen. Die

Woche war ein ziemlicher Crashkurs für Sie, oder?«, fragte er ihn.

Rausch schaute schüchtern zu Boden. »Na ja, ich lebe noch.«

Geving widmete seine Aufmerksamkeit wieder Jochimsen, dem er mit ziemlicher Bestimmtheit verkündete: »Von Ihnen möchte ich wirklich gar nichts.«

Jochimsen musterte ihn weiter und blieb entspannt. Für ihn schien dies nach wie vor eine Geschäftsverhandlung. Business as usual. »Wie sagte Joseph Fouché? *Wenn es heißt, ein Mann sei unbestechlich, so frage ich mich unwillkürlich, ob man ihm genug geboten hat.* Hat man Ihnen genug geboten, Herr Geving?«

»Als Machtzyniker dürften Sie Herrn Fouché ebenbürtig sein.«

»Man wird noch Vorbilder haben dürfen.« Jochimsen zeigte ein teuflisches Grinsen. »Kommen Sie. Wie viel? Eine Million? Drei Millionen für Sie und Ihre Leute? Wie sieht es mit Beförderungen aus? Es hat den Anschein, als wäre unsere Ministerin hier mit dem amtierenden Landeskriminaldirektor nicht ganz zufrieden.«

»Björn, halt endlich die Klappe!«, fuhr sie ihn an.

Jochimsen stand auf und beugte sich vor. »Nein, du lässt jetzt mich reden! Du hast schon genug verbockt!« Er setzte sich wieder und fuhr ruhig fort. »Ich möchte wissen, was das Schweigen dieser Leute kostet. Irgendeinen Preis hat jeder. Der Mensch ist gierig und möchte sein Stück vom Kuchen abhaben. Ist doch so, Geving, oder nicht? Ihnen kann nicht ernsthaft daran gelegen sein, einen Sturm auszulösen, den Sie nicht kontrollieren können. Was glauben Sie eigentlich, wer da alles involviert ist? Dahinter stecken Milliardeninteressen, Arbeitsplätze. Meinen Sie, die lassen sich von Ihnen aufhalten? Die werden sich einfach einen anderen Weg suchen. Niemand wird das System gefährden, auch Europol nicht. Möglicherweise gelingt es Ihnen, unser

Konstrukt zum Einsturz zu bringen. Damit lähmen Sie die Polizeiarbeit über Jahre hinweg. Währenddessen schlagen Kräfte zu, die nur auf diesen Moment der Schwäche gewartet haben, und die Hölle bricht los. Dann wird man sich erinnern. Man wird sich an Sie erinnern und mit dem Finger auf Sie zeigen. Auf die Frage ›Wer ist Tinus Geving?‹ wird es heißen: ›Der Mann, der Terroristen eine Freifahrkarte ermöglicht hat.‹ Das kennen Sie schon, oder? Nach Rotterdam? Also nennen Sie Ihren verdammten Preis.«

Die Innenministerin versank vor Scham und Zorn in Grund und Boden.

Geving war dabei gerne behilflich. »Alle Achtung, Frau Doktor Kresch, tolle Freunde haben Sie da. Wie haben Sie gestern eigentlich Ihren Amtseid geleistet? Mit gekreuzten Fingern hinter dem Rücken? Nun, damit wird sich der Landtag zu befassen haben. Ich glaube, das Freundlichste, was Sie morgen zu erwarten haben, sind Fragen zum Zustandekommen des Gesetzes. Sie sollten sich darauf einstellen, dass Ihnen die Immunität entzogen wird, zumindest wenn es nach Schulze und Meyer geht. Herr Vogel wird ein entsprechendes Begehren noch heute an den Landtagspräsidenten schicken. Was Sie betrifft, Jochimsen, für Sie ist die ganze Welt ein Basar, oder? Ich drehe das Szenario mal um. Auf die Frage ›Wer ist Björn Jochimsen?‹ wird es heißen: ›Der Totengräber der parlamentarischen Demokratie, der mithilfe von Korruption das Vertrauen in den Staat auf Jahre beschädigte.‹ Doch die Leute werden sich davon erholen, sie werden dazulernen. Irgendwann ist der Name ›Björn Jochimsen‹ nur noch ein fernes Echo einer schlechten Zeit. Mehr wird von Ihnen nicht bleiben.«

»Die Leute. Demokratie ... Demokratie ist die Herrschaft von Mittelmaß. Sie verhindert, dass eine Gruppe zu mächtig wird, denn das würde bedeuten, sie könnte den Staat herausfordern. Wir sind der Staat! Kresch und ich sind der Staat! Wir sind das Mittelmaß. Wir sind die Personifizierung der Ängste und Unsicherheiten der Menschen, denen Intelligenz unheimlich ist. Die Leute wollen und brauchen uns, und sie verabscheuen intellektuelle Überflieger wie Sie. Gutmenschen, die bereits am Frühstückstisch über Existenzialismus philosophieren.«

»Sie haben recht, jeder Mensch hat seinen Preis«, gestand Geving zu. »Bereits vor Rotterdam war klar, dass ter Hoorst zwar Kontobewegungen vertuschte, letztendlich aber nur ein Mittelsmann war. Dahinter standen ganz andere Kreise, die wir nie ermitteln konnten. Jonas ter Hoorst hat mein besonderes Interesse geweckt. Es gibt nämlich Hinweise darauf, dass *Aquila Defence* – mit Ihnen als Aufsichtsratsmitglied – Konten seiner Bank dazu benutzt hat, eine norwegische Gruppierung zu finanzieren, die unter unserer Beobachtung stand: *Motstandsbevegelsen*. Das Unternehmen – Ihr Unternehmen – wollte seine Staatstrojaner und Selektoren an den Mann bringen. Kurz nach den Anschlägen griff Kasachstan zu. Wissen Sie, was ich denke? Ich denke, wer sich nicht zu schade ist, die eigene Tochter für politische Zwecke zu missbrauchen und den Tod von sechs Menschenleben billigend in Kauf zu nehmen, der finanziert auch rechten Terror und hat mit siebenundsechzig Toten kein Problem. Kann ich das beweisen? Noch nicht, aber ich werde es beweisen. Mein Preis ist der menschliche Makel: Rache. In Rotterdam habe ich nicht nur Freunde verloren, sondern auch die Frau, die ich geliebt habe. Ich habe mir geschworen, die Verantwortlichen hinter Gitter zu bringen. Sie werden für lange Zeit hinter Gitter wandern. Mögen Sie dort verrecken und zu Kompost zerfallen.« Er drehte sich um, um Jochimsens Büro zu verlassen. In Höhe von Stegner und Rausch blieb er noch einmal stehen. »Herr Jochimsen, Sie können mir kein besseres Angebot machen.« Und an Anninka Kresch gewandt sagte er: »Mia Kolberg ist heute noch in die Obhut ihres behandelnden Arztes Doktor Spengler zu überstellen. Dafür garantieren Sie mir!« Damit war er fertig. »Stegner?«

»Herr Kriminalrat?«

»Verfahren Sie nach Belieben.«

Der Kriminalkommissar schritt zur Tat. »Björn Jochimsen, Sie sind vorläufig festgenommen wegen Abgeordnetenbestechung, Nichtanzeige geplanter Straftaten, übler Nachrede und Verleumdung gegen Personen des politischen Lebens, Verunglimpfung des Andenkens Verstorbener, Ausspähen von Daten, Abfangen von Daten, Verletzung von Privatgeheimnissen, Verwertung fremder Geheimnisse, erpresserischen Menschenraub, Nötigung, Strafvereitelung, Geldwäsche, Betrug und Bestechung.« Stegner holte erst einmal tief Luft. »Da haben Sie ja fast das ganze Strafgesetzbuch zusammen.«

Handschellen klickten. Tinus Geving nahm es nur noch beiläufig wahr. Er bekam einen Anruf von Frank Schulze, nicht mehr sein Problem, er ignorierte ihn.

***

Das Wetter klarte auf. Wo vorhin noch trübes Grau geherrscht hatte, zeigte sich am Ende des Nachmittags ein dunkelblauer Himmel, in dessen Farbton sich bereits das Aprikosenfarbene des Sonnenuntergangs mischte. Fast schien es, als hätte der Himmel nur auf den Moment der Erlösung gewartet, den Tinus Geving nun für sich in aller Stille auskostete.

Er stand vor dem Haupteingang und genoss die Frische der Luft, die ihm vorhin noch so klamm vorgekommen war. Uniformierte schwirrten um ihn herum, verpackten Rechner, Aktenordner und anderes Büromaterial. Inmitten dieses Gewühls war Geving mit sich allein. Das Geschehen ereignete sich in einer nahen Parallelwelt, deren Teil er in diesem Augenblick nicht war. Die Ermittlungen, bis eben noch aktuell, sie lagen schon weit hinter ihm. Er war erstaunt, er konnte loslassen. Andere Aufgaben, andere Herausforderungen warteten auf ihn. Seine innere Distanz löste sich in Wohlgefallen auf. Er kannte jetzt seinen Platz.

Verschwunden war die Beschwernis der bleiernen Zeit, die zu lange auf ihm gelastet hatte, verschwunden die Düsternis, die sein Dasein vergiftet hatte. Am Ende des Wegs stand das zarte Pflänzlein Hoffnung. Tinus Geving musste wieder an einige Verszeilen jenes Weihnachtslieds denken, das ihm schon vor einigen Tagen in den Sinn gekommen war. *Das Blümelein so kleine, das duftet uns so süß, mit seinem hellen Scheine vertreibt's die Finsternis.*

Er schlug den Mantelkragen hoch und ging hoffnungsvolleren Zeiten entgegen. Mitten im kalten Winter.

Hoffnung

Am frühen Nachmittag dieses 23. Februar stand Tinus Geving zusammen mit Laurits Pedersen im Essener Stadtteil Bredeney, einer gehobenen und ruhigen Wohngegend, die weit südlich der A40 an den Ruhrhöhen emporstieg. Wie auch in anderen Ruhrgebietsstädten üblich, trennte der Ruhrschnellweg, der sich wie ein Band durch den Pott zog, Essen in einen von Arbeitervierteln geprägten Norden und einen bürgerlichen, vielleicht manchmal schon etwas versnobten Süden.

Nichts wies hier auf das Getümmel dieser quirligen Großstadt hin. Wie so oft im Februar wurden trübe, völlig verregnete Tage von milden mit lauer Luft, wolkenlosem Himmel und strahlendem Sonnenschein unterbrochen. Dies war einer dieser Tage.

Frühling kündigte sich an. Geving genoss den letzten Moment der Ruhe. Er nahm einen tiefen Atemzug der ihm so vertrauten Luft, lauschte dem Gesang der Amseln, Meisen und Grünfinken.

»Sie haben sich verändert, Geving«, stellte Pedersen fest.

»Wirklich?«

»Sie wirken mit sich im Reinen.«

»In gewisser Weise bin ich das.«

»Haben Sie schon was Neues von Mia Kolberg gehört?«

»Die Besuchserlaubnis ist endlich da. Es wird sich zeigen, was die Zukunft für sie bereithält. Verdient hätte sie eine.«

»Bereit?«

»Darauf warte ich schon lange.«

»Glaube ich Ihnen aufs Wort.«

»Nett, dass Sie gekommen sind.«

»Das sind wir Chloé Lambert und Piet Veenstra schuldig.«

Sie öffneten die Pforte und gingen durch einen parkähnlichen Vorgarten hinauf zum Anwesen, vor dem ihr Gastgeber auf und ab ging.

»*Goedendag, meneer ter Hoorst*«

»Herr Geving, ich habe Sie erwartet.«

Handelnde Personen

Soko Eichenburg

Kriminalrat **Tinus Geving** – ehemaliger Ermittler bei Europol, Ermittlungsleiter

Polizeirat **Markus Grünwald** – Revierkommissariatsleiter von Altenrode

Kriminaloberkommissarin **Wiebke Hellmund**

Kriminalkommissarin **Sabine Jentsch**

Kriminalkommissar **Tobias Stegner**

Kriminalkommissaranwärter **Thomas Rausch**

Christian Sänger – Kriminalpsychologe

Werner Vogel – Staatsanwalt

Landesregierung von Sachsen-Anhalt

Björn Jochimsen – ehemaliger Justizminister, CEO von *Aquila Defence*

Frank Schulze – Innenminister

Anninka Kresch – Landeskriminaldirektorin

Lorenz Behrendt – Stellvertretender Landeskriminaldirektor

Gymnasium Kloster Eichenburg

Julius Berghausen – Schulleiter

Carolin Aschenbach, Mia Kolberg, Judith Metzger, Jasmin Roth, Sarah Trautvetter – Schülerinnen

Niederländische Regierung

Minon Vermeulen – Ministerin für Sicherheit und Justiz

Adriaen Mulder – Chef des Landelijke Politiediensten

Europol

Deputy Director **Laurits Pedersen**, Dänemark

Lieutenant **Chloé Lambert**, Frankreich

Agent **Piet Veenstra**, Niederlande

Weitere Personen

Eduard Garrijewitsch Genze – Geschäftsmann

Jonas ter Hoorst – Eigentümer und Vorstand der Deutsch-Niederländischen Privatbank ter Hoorst

Josephine Kolberg – Mutter von Mia Kolberg

Hermann Krieger – Rechtsmediziner